中国传统评书抢救出版工程

主　编　田连元
执行主编　耿　柳

大西唐演义（上）

陈青远　编著

春风文艺出版社
·沈阳·

图书在版编目（CIP）数据

大西唐演义：上下 / 陈青远编著．— 沈阳：春风文艺出版社，2025.5
（中国传统评书抢救出版工程丛书 / 田连元主编）
ISBN 978-7-5313-6389-7

Ⅰ．①大⋯ Ⅱ．①陈⋯ Ⅲ．①北方评书—中国—当代 Ⅳ．①I239.8

中国国家版本馆CIP数据核字（2023）第007856号

春风文艺出版社出版发行
沈阳市和平区十一纬路25号　邮编：110003
辽宁新华印务有限公司印刷

责任编辑：姚宏越	责任校对：于文慧
封面设计：黄　宇	幅面尺寸：145mm × 210mm
字　　数：666千字	印　　张：21.25
版　　次：2025年5月第1版	印　　次：2025年5月第1次
书　　号：ISBN 978-7-5313-6389-7	
定　　价：90.00元（全2册）	

版权专有　侵权必究　举报电话：024-23284292
如有质量问题，请拨打电话：024-23284384

目 录

上册

第 一 回 营中认姣儿 / 001
第 二 回 初会樊梨花 / 008
第 三 回 师命缔鸳鸯 / 015
第 四 回 闯营觅少帅 / 021
第 五 回 辕门斩爱子 / 028
第 六 回 误中空城计 / 035
第 七 回 姜须搬恩嫂 / 042
第 八 回 圣母战群雄 / 048
第 九 回 舍生踏番营 / 055
第 十 回 飞球打妖道 / 061
第十一回 洞房酿命案 / 069
第十二回 怒斩薛丁山 / 074
第十三回 二下寒江关 / 080
第十四回 头请樊梨花 / 086
第十五回 将军跪大堂 / 091
第十六回 起兵青龙关 / 096
第十七回 大战黄子陵 / 102
第十八回 诈降都督府 / 109
第十九回 花园动痴情 / 117

第 二 十 回	蓝天雕丧生 / 126
第二十一回	愣韩豹揪头 / 133
第二十二回	月娥巧成全 / 141
第二十三回	连杀两兄弟 / 149
第二十四回	大闹韩家院 / 155
第二十五回	一剑解双围 / 161
第二十六回	二女双挥刃 / 167
第二十七回	兵进赤虎关 / 175
第二十八回	古刹遇地雷 / 182
第二十九回	韩豹战老道 / 188
第 三 十 回	薛金莲出马 / 195
第三十一回	姜须搬救兵 / 200
第三十二回	全军染瘟疫 / 206
第三十三回	王禅再传艺 / 212
第三十四回	丁山丢盔甲 / 218
第三十五回	收妻窦仙童 / 226
第三十六回	夫妻两分兵 / 234
第三十七回	报号杀四门 / 240
第三十八回	公主戏仙童 / 247
第三十九回	灵丹救三军 / 254
第 四 十 回	唐贞观亲征 / 261
第四十一回	受阻界牌关 / 268
第四十二回	罗通盘肠战 / 276
第四十三回	黄土岗遇险 / 283
第四十四回	单骑救圣驾 / 289
第四十五回	初掌二路帅 / 294
第四十六回	被困飞火阵 / 300
第四十七回	夜宿太平庵 / 305
第四十八回	点穴定咬金 / 312
第四十九回	破阵救夫君 / 317
第 五 十 回	公主会先锋 / 324

下册

第五十一回	钟情徐文建 / 331
第五十二回	卧底当驸马 / 337
第五十三回	被押韩家坟 / 345
第五十四回	傻韩豹逞威 / 352
第五十五回	窦一虎下山 / 359
第五十六回	白纳道折将 / 364
第五十七回	难敌迷魂锣 / 370
第五十八回	一虎会丁山 / 377
第五十九回	矬虎戏太保 / 384
第 六 十 回	窦一虎送信 / 392
第六十一回	姜腊亭定计 / 401
第六十二回	巧破番军营 / 408
第六十三回	攻打赤虎关 / 414
第六十四回	老周青阵亡 / 420
第六十五回	戴罪下寒江 / 426
第六十六回	三杀程咬金 / 432
第六十七回	活擒铁独龙 / 437
第六十八回	杀贼阻迎亲 / 444
第六十九回	收子薛应龙 / 451
第 七 十 回	庵内遇恩师 / 458
第七十一回	梨花掌帅印 / 465
第七十二回	设计遣徐清 / 472
第七十三回	夜闯八卦山 / 479
第七十四回	飞空擒梨花 / 487
第七十五回	一虎救元帅 / 493
第七十六回	赫连英归唐 / 500
第七十七回	一盗困龙剑 / 507
第七十八回	二战飞空僧 / 513

第七十九回	二盗困龙剑	/ 520
第 八 十 回	怒杀白纳道	/ 527
第八十一回	教主清门户	/ 532
第八十二回	盘龙岛救驾	/ 539
第八十三回	马德山反水	/ 547
第八十四回	真假焦天摩	/ 556
第八十五回	阻路砸囚车	/ 562
第八十六回	逼上卧龙山	/ 569
第八十七回	兵陷盆底川	/ 577
第八十八回	薛礼救圣驾	/ 584
第八十九回	大战齐古敦	/ 591
第 九 十 回	薛礼中毒镖	/ 599
第九十一回	困龙削开天	/ 606
第九十二回	梨花献丹药	/ 612
第九十三回	丁山写休书	/ 619
第九十四回	锁阳城入狱	/ 624
第九十五回	血战白虎关	/ 631
第九十六回	少千岁亲征	/ 637
第九十七回	二番下圣旨	/ 642
第九十八回	再请樊梨花	/ 648
第九十九回	三请樊梨花	/ 656
第 一 百 回	破敌斩杨凡	/ 663
后　　记		/ 670

第一回　营中认姣儿

大唐二帝贞观李世民在位。这天他驾坐早朝，丞相魏徵启奏，突厥造反，口口声声要进长安。贞观皇刚一愣，丞相魏徵出班："启奏我主，我们应该争取主动，统兵讨之，否则必受其害。"皇上马上宣英国公、护国大军师徐懋功上殿，问军师该当如何。徐懋功说："启奏我主，要想征服突厥，早日凯旋，就得在天牢里放出背屈含冤的薛礼。"皇上准奏。这才把薛礼从天牢放到金阙，马上见驾。贞观皇也知道薛礼屈呀，是无罪加诬。这阵儿就顾不得谈这些了，马上让薛礼平身，跟薛礼讲："你此番统军征服突厥，早日归来，将功折罪，还要官上加官，纸上称封。如果说要是此去大败，你就罪上加罪啦。"

薛礼领旨，统兵二十万，奉旨来到边疆。老元帅威风不减当年，界牌关、金霞关、截天关，三关都是走马就取，不费吹灰之力。这一天老元帅来到寒江关东门外，安营下寨，可就不行喽，两军阵上一连戟挑六将，最后关主樊洪出马，又来个大败亏输。这个寒江关的关主叫樊洪，他有两个儿子，长子樊龙、次子樊虎，可怕有一个闺女叫樊梨花。樊梨花马上步下刀马纯熟，真得说是女中的魁首，樊洪让她出马，两军阵跟薛礼一见面，两人一动手，大战有百回合，薛礼把本领使尽，不能胜樊梨花。而且说樊梨花手下留情了，否则老元帅命就没了。老元帅闹个大败回营，令下高挂免战牌。

老薛礼败回来，人家是今天讨敌，明天骂阵。日月如梭，光阴似箭，转眼就是半年多呀，不能出马。老元帅薛礼这天在大帐闷坐，心里就在想，我薛礼当年投军，远征十二年哪！攻无不克，战无不取，没打过败仗。可是怎么老了老了，我这么窝囊！一个小小寒关弹丸之地,就把我阻挡六个多月过不去,况且还就是一员女将,黄毛的丫头,十几岁!她跟谁学的?好厉害的刀,好厉害的暗器!难道说我这把老骨头就要葬到突厥?老王爷正在一筹莫展,就听噔噔噔!外边进来人道:"启禀老帅,南营门来一个穿白小将,口口声声要进营见您老人家,说有要紧的事,他说前来报号。"

"啊?"老帅薛礼心想:樊洪啊樊洪,你们父女想干什么?别看老夫在两军阵前败在樊梨花之手,你的暗器厉害,刀马纯熟,难道说我坐到大营还怕你吗?噢!日子多了,我没有走,你才想出这个办法,要使人前来诈营?你真是赶尽杀绝!薛礼喝道:"来人!"

"有!"

"到营门叫那穿白小将进营,上大帐钻刀见我!"

"是!"

老元帅下令摆下刀枪阵,整个的白虎帅帐弓上弦,刀出鞘,悬鞭挂铜,排开雁翅,刀对刀头,枪对枪头,戒备森严。这个人到营门瞅瞅那个穿白小将:"哎哎,营外小将听真,老元帅令下,叫你钻刀上帐,敢入便入,不敢入,赶紧走开。"

营外的穿白小将,气不长出面不更色,说了一声:"知道了。"

"随我来!"这个小将就跟着进营,到了帐内,有人把马给接过去,枪也给下下来,这个人在帐外刚这么一立到这儿,就听里边喊:"老元帅有令,叫来者钻刀上帐啊!呜——威——"小将从打帐外说了一声报门,一躬身就打帐外进来了,在帐里头他往左右这么一看,那高的、矮的、丑的、俊的、瘦的、胖的,真是高的威风,矮的煞气,瘦小的精神,胖大的魁梧。两边盔明甲亮,一个个耀武扬威,威风凛凛,杀气腾腾!小将紧走几步,再偷眼往当中一望,一员老将,素罗袍,外挂银甲,头顶帅盔十三曲簪缨,上面是三叉盔枪。脸上看,老人家虽然面皮苍老,但是两眼炯炯有神,胸前花白髯根根透肉,条条有风,一派乾坤正气,坐在当中是稳如泰山。小将上前拱臂打躬,口称:"上面这位老人家,不知您老人家尊姓大名?"

"老夫姓薛名礼,表字仁贵,你是什么人?"

小将听到这,连忙跪倒向上叩头,口称:"爹爹在上,不孝儿与爹爹叩头!"

"啊？奇怪，老夫不认识你，我们素无相识，刚一见面，你就父子相称，你是什么人？"

"爹爹，我是您老儿子薛丁山，我回家来了！"

"啊？薛丁山？哎呀奇怪，你要是我儿丁山，这些年不在为父身旁，你上哪厢去了？"

"这……"小将跪爬半步，尊道，"爹爹，您老当年远征，留下我的母亲在寒窑之内，我是背父所生的薛丁山。您老还记得吗？您老远征全胜，奉旨探家经过汾河湾，孩儿正在那打捕射雁，您老人家误伤孩儿，认为我没命了，其实我被救了，我的恩师把我救到云梦山水帘洞学艺到今天。我的授业恩师，叫王禅老祖，他老人家听说您在寒江被困，才让孩儿前来报号，认父归宗，骨肉团聚。爹爹！的确是孩儿归来，我薛丁山回家来了！"

"你掌上面来。"

薛丁山一仰脸，老元帅拿眼一看，哎呀！真是当年汾河湾那个娃娃！"你是我儿丁山？"

"是儿丁山。"

"你是孩子还家？"

"没错！是您老的亲生儿子前来认父！"

"你起来，起来！"老元帅眼泪下来了，都说大丈夫泪不轻弹，父子见面怎么还哭了？父子与父子不一样，那要是一般的父子，一天出来进去见八回哭八回，眼睛不哭瞎了吗？人家这个父子不是那么回事。老元帅薛礼当年远征，留下柳氏迎春在破瓦寒窑，临走的时候夫人怀孕，王爷指着前边的丁山角，说生男孩子叫丁山，生女孩子叫金莲，老元帅就走了。老夫人生下一儿一女双胞胎，那薛丁山十二岁在汾河湾打捕射雁，对付着母子糊口。老元帅远征凯旋，加封王位，奉旨探家到汾河湾，看见一个娃娃，有十二三岁，放头雁，射二雁，专射张口雁，箭箭不空，王爷高兴啊，这是了不起的一个孩子！这个孩子要是长大成人，入朝居官，这就是国家的擎天白玉柱，架海紫金梁。王爷正在高兴，突然来一只斑斓猛虎，一扑这个娃娃，老王爷看势不好，搭弓认弦就是一箭，咯嘣嗖！虎没了，到了跟前儿一看，把孩子给射死了！哎呀，老元帅傻了！这是黎民百姓的孩子，我怎么去讲啊？什么话能安慰人家啊？

得给人家多少钱人家能够原谅我？王爷掉了几个眼泪，也没有办法，只能说赶紧地回了寒窑见了夫人，准备问明白，好登门请罪啊！在破瓦寒窑见到柳迎春，老王爷把自己的荣耀一讲，夫人高兴，可把王爷盼回来了！这就给王爷忙活，烧水呀，没茶；做饭啊，也没有好粮；论菜，不用说肉，连油都没有！夫人忙活着，老王爷一看那边放双鞋，这双鞋是男人穿的，自己照量照量还小，夫人穿还大，老王爷出去十二年了，不能不多想，老王爷就问柳迎春："这双鞋何人所用？"

柳迎春一瞅王爷有点多心，今天因为高兴，也愿意逗趣儿："啊，你问这个人啊？从你走后，没离我左右，白日同餐，夜晚同眠，多亏他给我做伴了。"

"啊？什么人？"

夫人一看王爷的脸有点不正常了，再要是多说就不合适了："是咱儿丁山。"

"啊，他多大了？"

"你走多少年了？"

"一十二载。"

"咱儿一十二岁。"

薛礼就问："他在哪里？"

"汾河湾打捕射雁。"

薛礼急问："穿什么戴什么？"

夫人从头一讲，王爷哎呀一声昏过去了！夫人把王爷叫醒，两个人来到汾河湾再一找啊，那娃娃是踪影不见，活不见人死不见尸。王爷一跺脚："唉！也罢，不是他担不了我，就是我持不了他，父子无缘，是儿不死，是财不散，夫人不要再想，死心了吧！"话虽这么说，可是能忘了吗？夫人那两眼哭得都要看不着了。

老王爷今天一看，真是那个娃娃！父子一见面，老王爷鼻子这么一酸，眼泪就下来了，让丁山起来，薛丁山谢过爹爹，吩咐打座，在旁边告坐。老王爷看了一会儿特别高兴："儿啊，在山上跟你师父学了些什么，练了些什么？"

"爹爹，孩子在山上跟师父学十八般兵刃，攻杀战守，黄公三略，吕望六韬，这兵书战策我也学了些。"刚说到这儿，只听噔噔噔，外面跑进一个人跪倒,"启禀老帅得知,寒江城炮响,又像往常一样,来了不少人马,那小子在外边大骂猖獗,让咱们出去。"

"严守营门,还是免战高悬。"

"得令。"这个人刚要走,薛丁山站起来了:"站住!"

虽然这个人不认识少帅,可是一看,在帅帐有个座那还用问吗,就没敢动。

"爹爹,兵来将挡,水来土掩,孩儿既然回家,他这样无理欺人,我要出去杀杀他的威风,当头一棒给他个厉害,不知爹爹意下如何?"

"这,孩子,你一个是劳累了,人恐怕乏了;二一个你在营里歇上几天,看看动静,番将不是好惹的,你还是不去为佳。"

"爹爹,您老不要提他人的威风,灭自己的士气,我觉得他们都是些个无名鼠辈,孩儿两军阵,谈不到旗开得胜马到成功,我不能当天取寒关,三天之内我也把关城到手。"

老元帅一想,被困半年多,儿子来了,也不知道儿子有多大本领。王爷往两边瞅了瞅:"姜须。"

"小侄在,您老有什么吩咐吗?"

"丁山儿啊,这是你叔叔姜兴霸之子,姜兴霸与为父有过命之交,这是你兄弟姜须。"老帅回头叫一声,"姜须,上前给你哥哥见礼。"

"哥哥你好,小弟姓姜名须字腊亭,人称赛霸王,我父亲和老伯父那就是一个人,哥哥哎,咱们父一辈子,子一辈交着看,我跟哥哥一块儿去。"

薛丁山说:"兄弟,你得多帮忙啊。"

"哥哥不用问,你一定是本领高强,我说来人啊!"

"喳!"

"给我们抬枪鞴马!"

外边排开一千二百人马,把哥儿俩的马给带过来又给鞴好,把薛丁山的枪也抬来,姜须的点钢枪也预备了,哥儿俩要走,老帅拦住丁山,嘱咐说:"能行就行,能止则止,你别忘了胜败军中常事,不在一朝一夕,千万不要勉强。"

薛丁山忙答应:"儿知道。"

老帅又叫:"姜须,一切一切全看你,你们弟兄胜与不胜,太平归来。"

"伯父,您就放心吧,带马啊!"

哥儿俩到外边纫镫扳鞍各提掌中枪,当啷炮响,队伍齐出,来到营外。姜须吩咐闪开门旗,压住阵脚,二十四面催阵鼓爆豆一样。姜须说:"薛哥啊,你可多加小心啊!行不行这是小事,我们被困半年他也没把我们怎么着,我们早早晚晚有办法。哥哥,不能勉强,他们可挺厉害。"

丁山说:"兄弟放心。"说完一踹马,马到对面,他往两军阵上一看,有匹青龙马,在马鞍桥上坐着一个人。这个人是瘦小枯干,青虚虚一张脸,眼睛不小像铃铛似的,还是大嘴岔,招风耳,两道红眉毛,头顶青铜狼牙盔,掌中一口青铜板门刀。薛丁山高声喝喊:"呔!面前番将姓甚名谁,爷手下不死无名之鬼,报名!"

"好小辈!我乃镇城都督,子不言父,樊洪的长子,再往下问就是你家少都督樊龙是也,休走,看刀!"

薛丁山拿枪一架,两个人就斗在一处,薛丁山跟他战没有十趟就看出来了,不是什么太厉害的人物,我干脆吧,我拿住一个算一个,我今天能拿的都生擒活捉,费事的都把你整死,败走的那个啊,那就算你捡着。薛丁山主意拿定,回马再往前一奔,一对面就给人两枪,樊龙给薛丁山枪架住,这两匹马就头尾相齐了,俩人马头对马尾,薛丁山枪交左手,右手探过去就把樊龙的左肋给拎住了:"你过来吧!"

刚把樊龙挟过马来,就听咯嘣嗖,就来了一支箭,薛丁山一想,你这阵儿射我,刚才射我兴许我躲不了,这会儿我有挡箭牌,拿着樊龙这么一挡,后边紧跟着嗖嗖一共三箭,一箭也没射中薛丁山,其中一箭正中樊龙的颈嗓咽喉!薛丁山瞅瞅,这个人已经这样了,一撒手,去你的吧,扔地上了,樊龙是气绝身亡。这时就听后边喊:"哥哥!你死得好苦啊!"谁?樊虎,箭就是他射的。他一叫哥哥,薛丁山明白了,刚才爹说了城里有俩少都督,薛丁山就问:"你是樊虎?"

"哎呀不错,休走,你看枪!"薛丁山打他没有几回合,就号出脉,还不如那个呢!薛丁山就拿他耍着玩吧,拿枪领他的招数,左一枪右一枪,打得樊虎只有招架之功,没有还手之力。工夫大了,薛丁山想:别逗了,我得留点余力,我把这个力气都费到玩上了,要来高人怎么办？薛丁山拿定了主意，枪一回头来个霸王摔枪式，啪！就打到樊虎的马后胯上，把马打得咴一声，往北就下去了。薛丁山瞅了瞅，乐了，"好小子，你也不想回城，往北去，好，玩去吧。"

薛丁山再看番兵番将都败到城里，城门紧闭，他来到了吊桥外面，往上头一看，弓箭预备下了，不能往前进，薛丁山高声喝喊："赶紧报，有名的来战，无名的别来送死！"

老都督樊洪正在大厅坐着候等，突然有人进来报："老都督，大少都督在两军阵上被二少都督射死，二少都督被唐将打跑，这小子太厉害了！"

啊？老都督一听昏过去了，等把他唤过来，他吩咐排开兵将，抬过叉带过马，纫镫扳鞍："气死我了！"

薛丁山阵前正等候，忽听炮响如雷。关内拥出番兵番将，乌骓马上端坐一老将，只见他瓜皮子脸，扫帚眉，红胡须，头戴青铜狮子盔，绿罗袍外挂青铜甲，勒九股襻甲丝绦，左弓右箭，前镜后旗，手推三股钢叉。薛丁山马上喊："老儿你是何人？爷爷我枪下不死无名鬼，报上名来！"

老都督泪眼愁眉："哎呀冤家，刚才我儿可是死在你手？"

"你是老关主樊洪？"

"不错。"

"你儿虽然没被我杀，可是因我而死，你二儿子上北边玩去了，干啥我不知道，你是不是挺乖的，带兵前来投降？如果献关马上就献，否则恐怕你保不住了！"

"休走，看叉！"

薛丁山拿枪一压，知道他力气大，薛丁山打没到十回合，就来个单手枪，单手枪一到，老都督樊洪一架，右手鞭就下来了。老都督抬头一看，不能躲了，脑子往前一探，把后背让出来，啪！甲叶给打飞了好几片，老人家就觉得腔子发热，嗓子发咸，两眼一黑，一口血就出来了。他带领人马败到城里，薛丁山就到了城下："呔！再不出城，待我杀进城去，一人不留，斩草除根，刀刀斩尽，刃刃诛绝！"刚喊到这儿，就听城里炮响，谁？薛丁山要初会樊梨花。

第二回　初会樊梨花

　　樊洪败回城里来到府门外头，下不了马了。众将扶着把他搀到大厅，坐在当中，老人家却越想越不对味儿，樊洪心想：长子死了，次子丢了，我又败了。"哎呀天哪！恐怕是寒关难保？"

　　他这一嗓子不要紧，喊的声音太大了，震到后楼。正赶上丫鬟夏莲打茶，托着茶盘下楼走到第三层，就听前边老都督的这一嗓子，差一点把茶盘扔了。丫鬟转身就回来了，跑到里边见了小姐樊梨花："小姐！大事不好了！"

　　"什么事？你看你这个惊，狼抓你来了？"

　　"不，老都督在前边喊叫，听着声音是不是跟谁打起来了？"

　　樊梨花听到这儿，赶忙起来，叫着丫鬟："跟我走，看看去。"樊梨花手扶丫鬟，赶忙走着心里琢磨。穿宅越院，进大厅见爹爹他浑身血染。梨花忙问："爹爹怎么回事？"

　　老都督见女儿，刚张嘴又吐一口血，二目流泪："女儿啊，你俩哥哥去出马，不知唐将使得什么法儿，让你二哥射死了你大哥。你二哥被他打跑，为父又被鞭打。恐怕此城保不住了。"

　　樊梨花柳眉倒立："爹爹别怕，我就去抓他来碎尸万段。"

　　"女儿啊，别去了，你再有个好歹，寒江关不就完了？"

　　"爹爹，请您放心，我不会败在他手，我一定能胜。"樊梨花带着丫鬟夏莲来到后楼，告诉丫鬟拿过盔和甲包。樊梨花顶上头盔挂上甲，带上佩剑，带着丫鬟回来了。这个时候樊梨花盼咐排兵点将，来到大厅见爹爹："女儿我就去了。"

　　"孩子，实在要去，为父也不拦你了，不过能行就行，能止就止，你可不要勉强，这个小子可厉害呀。"

"爹爹请放心，女儿知道了。抬刀带马。"樊梨花出了大厅上马提刀，带领人马，出了东门就过了战壕。丁山阵前抬头，但只见：列摆门旗分左右，当中桃红马上端坐一女将，头戴七星额子花盔，身穿玲珑宝铠内衬红袍，护心宝镜如秋水，护背旗就在身后飘。胸前双飘狐狸尾，雉鸡翎插在后脑勺。左肋佩戴杀人剑。手擎一口绣绒刀。桃花镫内金莲小，好像一对红辣椒。桃花粉面，两道弯眉，悬胆鼻子樱桃口，是怒气冲冲。

樊梨花打东门出来，一奔疆场就在二目出神，注意观看，到底什么样的唐将这么厉害？樊梨花来到两军阵上，离薛丁山不远了，她把马给勒住了。打量面前这员将，细腰乍背双肩抱拢，亮银盔一顶头上戴，上嵌宝珠放光华。素罗袍外挂亮银甲，十二钩挂九吞八乍。五彩云靴踏在亮银镫，肋佩宝剑，手掐一杆亮银枪。他面似敷粉，唇红齿白，两耳垂轮，剑眉虎目。

樊梨花正暗自想，不知什么样的女孩，能有福气和此人婚配。这时薛丁山大枪一抖分心扎来，樊梨花用刀招架："慢着！我问你，家住哪府，你姓什么，你爹是谁，排行老几，有无妻室，多大岁数，我这刀下不死无名之鬼。"

薛丁山双眉倒皱，二目圆睁："我父就是唐营里的都招讨兵马大元帅，子不言父，姓薛名礼字仁贵，我是他儿薛丁山，再往下问就是你家薛少帅。"

樊梨花一听，闹了半天，还是他呀！怎么还出来他了？要没有他也就没有这部书了。

樊梨花四岁的时候生身母亲就死了，那个时候就多亏了姑母把她将养到八岁。可是姑母不幸也与世长辞，表兄高奎命人套车把她送回寒关，就跟那些丫鬟住在后楼。樊梨花虽然说跟父亲练功夫练武艺，能够解点闷儿，不想母亲，但是有的时候哭，想妈。老都督樊洪的性格他就偏偏爱才，在白虎关有个杨凡，十二岁做了水军都督，樊洪看他有才，命人说媒，就把女儿樊梨花许给了杨凡。樊梨花和杨凡他们两个是同年同月生，不同时。杨凡到十四岁这年到寒江关岳父家前来探亲，翁婿见面，畅饮一番。杨凡喝多了，樊洪命令书童把他送到花园外的书房里让他休息。这个事情就叫丫鬟夏莲知道了，她跑回后楼见了樊梨花，上前施礼，尊道："小姐，恭喜恭喜！万全之喜，抬头见喜，出门我给您碰了喜，小姐您大喜了！"

樊梨花瞅瞅丫鬟："你这个丫头，你瞧瞧你这个贫嘴，哪儿那么些喜呀？"

"小姐您爱喜不喜吧。"

"胡说。"樊梨花问，"到底怎么回事？"

"小姐，刚才您没听炮响吗？"

"炮响干什么呀？"

"干什么？我们老都督头门悬灯，二门挂彩，两廊动乐，炮响三声，大闪仪门，迎接一个高贵的客人，您说是谁？"

"我怎么能知道他是谁！"

"他就是白虎关水军大都督，我们杨姑爷来了。"

樊梨花听到这儿脸就红了，面红耳赤。沉了半天，又一想，丫鬟也不是外人："丫鬟，看见你姑爷了吗？"

"看见了。"

"你姑爷他……"

夏莲一想，这是要问长得怎么样，这可糟了！我话怎么说呀？杨凡这个长相没法说：前奔儿喽冲东南，后脑海对西北，斜山吊角，翡翠琉璃瓦的脑袋瓜儿，母狗须的眼睛，对青竹的嘴巴，招风的耳朵。那真是面蓝又绿，绿中透青，青筋暴露，怪肉横生，长得三分像人，七分像鬼，十个见着九个咧嘴，剩下一个还直后悔。丫鬟沉了半天，"小姐，我们姑爷长得那真是天下难找，地上难寻，黑屎壳郎、红眼圈儿，那是没对儿了！我要知道他老吃哪个井水，哪管我喝一羹匙，我也不长这个鞋拔子样。"

"长得那么好？"

"那可不，那脸上一道道——"

"什么？"

"花呗，就像花，就是，比长花还好看。我们姑爷这么说吧，那算没对儿了。"

"我不信。"

"不信,小姐您看看。"

"怎么,我还许看?"

"唉,小棉袄也不是假的。可是白天不太合适,晚上去,三更天都睡了,我领您去。"樊梨花也没驳,看这意思就默许了,愿意去。可是到了夜里头了,一更没动静,二更过了,丫鬟也不张罗。樊梨花瞅瞅丫鬟:"夏莲,什么时候了?"

"二更多了,要到三更天了。"丫鬟想,你着急呀?你着急我可不着急,"小姐,是啊,应该我引小姐您去看看,可是我不敢下楼。"

"为什么?"

"我跟她们前几天要钱,输给她们婆子钱,她们在楼下堵着跟我要钱。"

樊梨花明白了,道喜还没给赏钱呢。心里话,死丫头,一点过儿不落,"好,夏莲,明天我替你还债。"

丫鬟一想别逗,明天?今天一看,明天就黄了!"小姐,明天,是,好,明天,可是她们不能放我过去呀。"

樊梨花一想,这还是现钱不赊,好吧,从衣箱里拿出二十两银子,"给你。"

"谢小姐。"给了钱了,夏莲就把姑娘引到楼下,到了书房,来到了书房的后头,窗户外头,丫鬟左胳膊趴在窗棂台,用唾津把窗棂纸洇开往里看。杨凡在桌子上卧着,喝多了,他也没上床。丫鬟一闪,拿手一打手势,意思叫姑娘看。樊梨花看看左右无人,来到跟前儿,合着一只眼,睁着一只眼,往里头一看——冤家路窄,无巧不成书,正赶上杨凡出酒,冷丁往起这么一蹿,那个脸再那么一憋,哇再一吐,真把樊梨花给吓死了!丫鬟想背哪背得动啊,连拖再拉把樊梨花弄到楼下,盘双腿捶后背,好不容易叫过来。樊梨花一睁眼一看丫鬟在跟前儿呢,"死丫头!"啪就给个嘴巴,"你,你说你姑爷这么好,那么好,我看他活像个鬼头!"

"小姐,我们当奴婢的敢那么说?我们——怎么反正也是不对。"

樊梨花明理,一想,对,这不怨丫鬟,姑爷,她敢说像鬼头?"夏莲,我错了,你别生气,我打错了。"

"小姐,没什么。"

"好，天也不早了，你去歇着吧。"

"小姐您也上楼。"

"不用管我。"这个时候丫鬟把小姐陪到楼上。樊梨花左思右想就觉得不对味儿，心想，爹，您把我嫁乞我跟乞，嫁叟我跟叟，可是这——我怎么办？嫁乞，花儿乞丐我不嫌他穷；嫁叟，他八十岁的老叟，我不嫌他老，女人在家从父我可以。可是嫁的就是个鬼！我看不了，一看就吓死，我们怎么能够过日子？爹呀，我怎么能够从命，我活不了！樊梨花哭来哭去，才拿着白绫，到后花园挂到树上，她就吊上了。樊梨花已经没有知觉了，等她睁开眼睛再一看，旁边站着一位出家的女尼。樊梨花就愣了，女尼就问："你年轻轻的为什么要上吊啊？"

樊梨花把详细一说，"哦，好吧，你跟我走吧。"

这位女尼就是梨山圣母，带到金霞山梨花洞教樊梨花本领。到后来樊梨花临下山，老圣母就给她这么一张字帖，叫她的终身大事按这个行事。当初你父把你错许杨凡，字帖上头是让她嫁给薛丁山。

樊梨花回到寒关也没敢跟爹爹说，爹也没提杨凡那个事，一直到现在，薛礼被困半年，那是樊梨花没打，打他在这儿待不了半年，半个月也待不了。樊梨花不打，就等着唐营里头出薛丁山。好容易今天碰上了，一听他报薛丁山，樊梨花一低头，心想，闹了半天还是他，这才引出这个他。

樊梨花这个时候可就为难了，这怎么办？我说师父之命嫁给他，虽然他没杀我的哥哥，我哥哥因他而死，二哥失踪没归，爹爹又挨了他一鞭，这怎么办？要是我听爹爹的话，抓他出气报仇，那么我的终身大事又怎么办？樊梨花越琢磨越犹豫，脸一红一白的，双眉紧皱。薛丁山一看，听我名字怎么的，把你气坏了？还等你气死，我把你宰了得了！嗡一枪，樊梨花用刀一架，"你先慢着，慢着——"薛丁山又一枪，樊梨花再把枪给拨开，"说姓薛的，我问你一件事，贵恩师哪位？"

"问这干什么？"

"您的师父是不是那位王禅老祖？"

"你怎么知道？"

"我怎么知道？我师父是金霞山梨花洞，恕个罪儿梨山圣母。"樊梨花说到这儿也就豁出去了，一狠心就顾不得害羞了，瞅瞅薛丁山，"难道你师父也没有告诉你？我师父已经告诉我了，你我的终身大事两位师父定了，我是你的人。"

"啊？"薛丁山瞅瞅樊梨花，"我问你个事，刚才死的这是什么人？"

"那是我大哥。"

"往北跑败下去那是什么人？"

"那是我二哥。"

"我鞭打的老将是你什么人？"

"那是我的父亲。"

"你就是他的女儿，什么官姑小姐樊梨花？"

"不错，正是。"

"呸！正事可不正办，不要脸。你哥哥因我而死，你爹爹中我的钢鞭，你不但不报仇，反来要嫁我？你真是败类。"

薛丁山这话说完樊梨花可火了，"姓薛的，你以为我看你不错？这是奉师命，我没有办法，姓薛的，你想怎么样？"

"我要跟你决一死战。"

"那好，我奉陪到底！"

薛丁山嚓就是一枪，樊梨花用刀一架，两个人打来打去，战来打去，樊梨花一想，打到多咱是了呢？又一想我得跟他把话唠开，这个话已经说出去了，还能说了就不算了，黄了？樊梨花往南一看，有一带树林，哎，我把你弄到偏僻的地方，咱俩到那儿唠去。樊梨花打着打着拉一个败式："好厉害！"

薛丁山一想怎么跑了？"你往哪里走？"薛丁山一想到底是黄毛丫头，不行。败了可以，你怎么还蒙了呢？跑你得往西跑，怎么往南去了？"拿命来！"

樊梨花过两道树林，第三道树林把马拨回来，一看薛丁山上来了。好，我给你点厉害吧！樊梨花掌中这口刀，一变三路，三变九路，九九八十一路，再一看薛丁山可有点蒙了！樊梨花说："你看刀！"

薛丁山一低头，樊梨花往回一带刀，一刀背把薛丁山从马身上打下去了！薛丁山往上一起，一条腿跪下，一条腿支着，就听喊："看刀！"

薛丁山一想，我要一缩脖，一刀砍不下来还得遭罪，干脆给你吧，反正我也跑不了了，头一低，脖往前边一伸，砍吧。

樊梨花一看这个人够拧，看样子心够狠，"你看看是刀刃刀背？"

薛丁山抬头一看，刀背还离老高呢。他站起来："姓樊的，这就不对了，大丈夫可杀不可辱，你要杀我给你，你为什么跟我开玩笑？"

樊梨花左手掐刀，右手从怀里取出一物扔在就地，"请你看看这是什么？"

薛丁山拾起一看："啊？"

第三回　师命缔鸳鸯

樊梨花把薛丁山逛到树林拿于马下,掏出一物,扔到地上,叫薛丁山看。薛丁山拾起打开一看,是个字帖,上有几句话:"姻缘红线牵,恩师把婚联。鸳鸯定成对,梨花与丁山。夫妇结伴侣,白头度百年。不准违师命,梨山和王禅。"

薛丁山想起来了:我在下山的时候,师父也给我这么一件东西,赶紧掏出来一对,果然一样。薛丁山点点头,对樊梨花的看法扭转了:哦,这不是水性杨花的姑娘。他瞅了瞅樊梨花:"樊小姐,刚才在两军阵上,薛某性子粗鲁,我冒犯了小姐,说话不周,请多原谅。"

"薛少帅,是不是你马上看出不能胜我,把我逛于马下,仗着你是男子汉力大,你想要在步下胜我?"

"不,请你不要不放心。"薛丁山转身跪在地上,望空一拜,"上神听真,我薛丁山与樊梨花寒江见面,奉师命订婚,绝无二意,如有三心,五雷轰顶!"

樊梨花急得跳下马来,挂上钢刀,搀起薛丁山:"你、你怎么什么都说呀!"樊梨花一看他答应了终身大事,她才想起我回家怎么交代啊?樊梨花鼻子一酸,眼泪吧嗒吧嗒就掉下来了。薛丁山可就愣了:"樊小姐,刚才我答应终身大事,说来是喜事,怎么你还倒哭起来了?这么办吧,你马上回城;我回营。你回城对你父讲,我回营对我父说,奉劝二老,罢兵息战,让我父派人说媒,我们择吉日,名正言顺夫妻成就,你看怎么样?"

樊梨花一想:不行,我下山半年之久就没有找到你,你在唐营里眯了个老实。这回好容易把你淘换着了,你想回去?再眯起来我哪儿找去？想到这儿，樊梨花微微摇头："不，我看这样吧，你跟我一同回关见我父亲，咱们俩劝他老人家把高关一献，请公爹进城，你看怎么样？"

"这——哎呀，樊小姐，刚才你还讲，咱们不算有仇，也算有恨啊！我鞭打岳父，老人家见我焉有不怒之理，恐怕不合适吧？"

"不，你放心，那还有我呢！"

"是啊，有你是肯定，恐怕可就没我了！"

"不，我一定不能放你回去。"

薛丁山这么一琢磨，不入虎穴，焉得虎子！我父被困半年之久，我当天报号真要进去把城取了，岂不是好！薛丁山说："好，就依小姐。"两个人一块儿上了马，直奔寒江关。薛丁山猛一抬头："你看，你们那边的番兵番将都上来了！"

樊梨花说："三军马上回去，从现在起两家的仗不打了，我们回城吧！"

在城头上有一个沈三多，他是老都督樊洪得用贴己的老谋士。沈三多把这个阵观来观去观糊涂了，一看大事不妙，沈三多命令："赶紧把城门关上，无论谁都不准给他开城。"说完跑下了城头来到督府，闯上大厅："老都督，我、我沈三多回来报告——"

"你家小姐胜败高低？"

沈三多施礼说："我给小姐观阵，那唐将左一枪右一枪，小姐不还手，眼看他俩进了树林，看样子好像沾亲带故……现在两人不打了，双双回城来了。"

老都督一听："给我带马！"沈三多扶着樊洪到了外边上马，他们来到城下，顺着马道上城到了垛口。老都督樊洪忍着后背疼痛，他手扶垛口往远一看，果然见打自己的那个小将和女儿是并马而来，老人家脑袋轰一下子！

薛丁山老远还跟樊梨花说："哎呀，不好！城门关上了。"

"不要紧，我一叫便开。"他们来到吊桥外，樊梨花单独过了吊桥，来到城下："怎么把城门关上了，赶紧开城。"她仰面叫赶紧开城，正赶上她爹往下看，父女一个对面，老头子这两只眼睛是怒目看姑娘，樊梨花脸唰就红了！一低头，呀，糟了，爹他要问，可怎么办哪?老都督在城头上瞅着樊梨花:"梨花,为父问你,你身后那是什么人?"

"这……"

"他是什么人?"

"这,您问他?"

"我问的就是他!"

"他,他是大唐薛老元帅之子,他是少帅薛丁山。"

"嗯?他鞭打为父你不知道吗?你哥哥因他而死,你忘啦?他少帅不少帅你把他带到家来,为了什么?"

"爹爹有所不知,我在高山跟师学艺下山时,老师对我讲,让我终身许配他,这是女儿遵师命,不是女儿独出己见,请爹爹原谅。两下打仗,他误伤您老,请您老多加原谅。哥哥虽死也不是死在他手,女儿遵师命带他回来,爹爹您就高抬贵手吧。"

老都督气得咬钢牙,命令放箭。番兵城上操弓箭,沈三多急忙相劝:"尊都督,小姐要在,咱们城还能保,不如劝劝小姐,让她快把唐将杀了。"

老都督听到这儿,一想也对啊,真的要是把女儿射死,我这寒江关还倚仗何人?老人家止住痛泪,忍气吞声:"孩子,你想一想,你四岁你母就死去,为父把你拉扯到现在很不容易,你怎么能够不听为父相劝呢?终身大事不能自己做主,再者你不清楚,你十二岁,我就把你许配杨凡,你是有夫之妇啊!杨凡十四岁过府探亲,你上吊自杀,被救学艺。你下山回来,你还应该寻找原夫,你不应该弃了杨凡又嫁一个,你这不是胡闹吗!"

这几句话可了不得了!薛丁山在后边一听:啊?她是有夫之妇啊!你爹把你许给杨凡,你没看好他,你看好我了。现在你看好我了,往后你还能老看好我吗?你要再看好了别人,我不跟杨凡一样?哎哟!樊梨花啊樊梨花,闹了半天,你还是这类货啊!我幸亏没上当,我要跟你拜堂,可就坏了!薛丁山这马就过来了,也没犹豫,照着樊梨花的后心就是一枪!樊梨花看不见,她爹看见了。老都督在城上居高临下一看,后边动手了,老头子能不着急?"女儿,枪到了!"

他着急就这一句话,告诉女儿,后边枪到了!可有一件,他手扶着垛口，这块砖年深日久风吹雨淋过劲了，他要不使劲便罢，他猛一使劲，这个砖噗就下去了。砖一下去了，因为他往上一蹿身，顺着这个垛口，老头子呼——就下来了！

樊梨花听到枪到了，她一扭身，这事是一块儿来的：枪也到了，樊梨花躲，砖也掉了，老都督也摔下，这都是一码事。樊梨花这么一侧身，这个枪就空了，枪从左肋过来，樊梨花一伸手把枪就抓住了，她在马上一回身一看，是薛丁山，哎呀！出乎意料："好贼！"这个时候就听城上响动，樊梨花一回身，爹下来了！正摔在城下一块卧虎石上，就听啪！樊梨花一看爹爹摔得脑浆迸裂——"爹！"她就蒙了！这个时候，薛丁山往回一夺枪，没夺回来，俩手没架住樊梨花的一只手，两夺三下子他没捞回去，薛丁山知道樊梨花力大，枪弄不回来，薛丁山一撒手，给你吧！一拨马，够奔唐营跑了。樊梨花在这个时候一看爹爹也摔死了，他也跑了，脑袋嗡一声，扑通！樊梨花在马上也掉下来了。

沈三多高喊："快开城门！"

众番将跑出城外一看，老都督已摔得脑浆迸裂。只见樊梨花坐在地上两眼发呆。三多说："都督他老归天，人死不能复活，你应该捉住唐将给都督报仇啊！"

樊梨花这边提刀刚要上马："马上我去抓唐将。"

沈三多施礼："小姐，您要去打仗拿唐将，那么大的唐营，您得多带人马呀！"

"不，你们回城等候发丧，我一个人抓他不费吹灰，你们等着吧！"樊梨花飞身上马，眼都红了。樊梨花来到唐营外头，高声喝喊："你们赶快禀报，我不要别人，就单要你们薛丁山少帅出马，叫他赶快来！就说我樊梨花是前来找他！"

大唐名将老帅薛礼在帅帐上候等，头一个是姜须回来了，姜须到了帐外，弃镫离鞍跑到大帐，见了伯父："哎呀，报伯父知道，哥哥在两阵上出马会战呢，哥哥这个能耐可够不小。"他就把两军阵上鞭打樊洪，又是怎么死了樊龙，跑了樊虎，说到樊梨花出马，老帅一愣："她来也败了吗？"

"这个不好说，樊梨花虽然没败，不敢跟我哥哥打，看这样老远听不着唠啥,还老哭哭啼啼的。后来她往南去了,我哥哥追去了,他俩奔南树林,不知道是怎么回事。"

"好,你再去打探……"这时就听外头喊:"将马带过!"薛丁山回来了。

薛丁山来到大帐,不用抬枪,枪扔了啊!到了大帐里头上前给爹爹施礼:"孩儿交令。"

"哎呀丁山儿,两军阵胜败如何?"

"我在两军阵上头一阵樊龙死、樊虎逃,二一阵鞭打樊洪,三一阵樊梨花……"

老帅听到樊梨花那儿,就问道:"我儿,樊梨花你跟她胜败高低?"

"这……"薛丁山瞅瞅爹爹的颜色呀,是很惧樊梨花,我要说赢了,他必得具体问怎样赢的,干脆吧,薛丁山上前施礼:"爹爹,樊梨花看样子杀法骁勇,惯战能征,她把我诳到南树林,刀法精奇,想要巧赢我。孩儿看势不好,我就收兵回营交令来了。"

老王爷乐了,一想我儿子岁数不大,挺乖,这就对了,能行则行,能止则止,这个军中打仗不在一朝一夕。"好孩子,你太对了,回营来还没跟你母亲见面,为父征西是携家带眷啊。你母亲现在后营,这些年想你把眼睛都哭坏了,你到后帐见见你母亲也是她的安慰。"

"孩儿遵命。"

"中军,引你少帅到后帐去见老夫人。"

"是,少帅随我来。"

薛丁山离开大帐,跟着中军奔后帐去了。老帅高兴,虽然我儿当天没取寒关,今天仗总的说打得不错,嗯,有取寒江的可能。老帅刚一高兴,蓝旗进来,"启禀老帅得知,樊梨花来到营外口口声声请少帅出马,别人不要。"

"嗯?刚打完仗又来找我儿,她带多少人马?"

"她马前马后,马左马右,闹闹哄哄的就是一人一马一口刀。"

"胡说,再探!"

老帅一想,一个人来的,不带兵将,单独找我儿子,再加上姜须刚才的报告，她不愿意跟我儿打，还有点哭哭啼啼的？老帅叫道："姜须，你到营外看一趟，瞅一瞅两军阵樊梨花又找你哥哥干什么，你要多加小心。"

姜须说："伯父放心。"

老帅嘱咐："你不要跟她动手。"

"是，我打不过她。"

"你要问明白。"

"那没错，您老放心吧！"

姜须上马提枪，出了营门。闪目留神：但则见樊梨花桃花马上盔明甲亮，咬牙切齿恨，还有点泪眼愁眉，姜须带笑问："问美人儿，不知你是什么人儿，要找什么人儿。"

姜须这一开玩笑不要紧，樊梨花一看不是薛丁山，就火了！好！姓薛的又躲起来了，又得躲半年哪，我上营里找你去！樊梨花一咬牙，要催马抡刀闯唐营。

第四回　闯营觅少帅

　　樊梨花一看在大唐营里来的这个人，细腰乍背，双肩抱拢，跳下马来能有七尺多高。头戴镔铁盔，身穿皂袍，挂着铁甲。胯下黑马，掌中一条镔铁点钢皂缨枪。再往他脸上一看是黑脸，这个脸长的，是刀条子脸，圆眼珠儿，短眉毛，雷公嘴，一对招风耳，薄片嘴，准能说。看这个人有点嬉皮笑脸，樊梨花一想，我要闯唐营，跟他闹大了，后来怎么收拾？忍气吞声瞅着这个姜须，姜须就乐了："哎我说，马上这位可是樊官姑吗？"

　　"不错，我正是寒江关都督之女，我叫樊梨花。"

　　"哎呀久仰久仰啊！我今天得见，真是福分不浅，我说樊小姐，一不带兵，二不带将，匹马单刀来到唐营，你找谁呀？"

　　"我，我来找你们大营的薛丁山。"

　　姜须一想，就冲这个语气就有事，"我说樊官姑啊，这个我不得不问，你打算要找哪一个薛丁山？"

　　"你们大营里有多少薛丁山？"

　　"哎呀，这话你还真碰上我了，你要碰到别人，他还摸不着头。因为我掌过一个时期的花名册，头两月还归我管呢。全营里呀，这二十万大军，薛丁山，我可没记太准，大概不是八十九个，就是八十七个。"

　　"啊？你们怎么那么多薛丁山？"

　　"你看，他重名重姓这个有什么办法呢？这么说吧，简单一点，你找岁数大的岁数小的？"

　　樊梨花还能找岁数大的？"我找这个人，岁数不大。"

　　"有有有，给元帅牵马坠镫啊，有个薛宝，他是携带家眷在营，上些天生了个小孩，我也好凑趣儿，没人给起名，我说我给起一个吧，叫薛丁山。今天大概不是三十二天就是三十五天，你找他干什么？"

樊梨花把脸一红，沉吟一下说："我找岁数大的。"

"哎呀，有有，后营里有个火头军叫薛洪，也是携带家眷在营，他爷爷今年不是九十八了，就是九十九了，叫薛丁山，你找他干什么？"

"你，你胡说，你这个人不是正经人！"

"哎呀，我是正经人啊。"

"你，你胡说，我找这个薛丁山，十七八岁。"

"啊！有有有！我说，刚才啊你那么一提，我没直接讲，因为男女有别啊。你要是一提找薛丁山，你十七八，我这个也是十七八，说出来不合适。我说出来一个多月的小孩，九十多岁的老头儿，显得我这个正经，不耍屁嗑儿，不闹玩笑。你找这个薛丁山要十七八岁，太有了，那是我哥哥。"

"嗯？您贵姓？"

"我姓姜。"

"啊，你姓姜？"

"姓姜名须字腊亭，我是前营前锋官，别号人称叫赛霸王。"

"你姓姜，他姓薛，是你哥哥？"

"嗨，这还有什么错，他父和我父八拜之交，我们是父一辈子一辈的交情，我们哥儿俩就得说不错，你找他有什么事啊？"

樊梨花瞅瞅姜须，唉了一声："我当何人，闹了半天还是姜贤弟。"姜须说："别别别，怎么又贤弟？你说得明明白白，我听得清清楚楚，你说得稀里糊涂，我听得乱乱呼呼，这个你得说明白点，怎么是贤弟呢？"樊梨花说："兄弟，我有话跟你说，实在是怕你耻笑。"

"没有的话，正经事咱们正经办。"

"唉，贤弟……"

樊梨花眼含热泪："贤弟，因为师父有话，让我嫁给你哥哥。他跟我一块儿回城，在城下他刺我一枪就跑，我爹爹急得坠城而死。特来找你薛哥算账。"

姜须说："你要为找我哥哥来要命，唠这些闲嗑儿干啥？明摆着你是宽宏海量，一来认公婆，二来找哥哥。贤人你真走运遇上我了，你就准备拜天地吧，我就去找伯父和我薛哥。"

梨花说："贤弟先别开玩笑，你哥哥心太狠了。"

"别怕他，别怕他！我见着伯父三言两语，嫂子，你就等着吧！"

"贤弟，你要能帮这个忙，嫂子忘不了你的好处。"

"好嫂子，等着呗！"姜须一拨马，来到队伍，"哎我说众将官，你们不要回来，在这等着啊，可有一件，不许人进营门，你们预备弓箭压住这个阵脚，我去营马上就来。"姜须催马进营来到帐外，弃镫离鞍上了大帐，见了伯父上前施礼："伯父，哎呀您老恭喜了！"

"啊？姜须，伯父被困半年，愁有千万，喜从何来？"

"老伯父您不知道，刚才我哥哥去出马回来的那个报告啊，有个事他没说啊！我现在全明白了，您说樊梨花来干什么来？她跟我哥哥是这么这么个经过，您说……"

"啊？姜须，樊梨花诡计多端，不是前来诈营？"

"不不不，保证不能，那察言观色我不敢说有两下子，闻其声便晓其意啊！她在两军阵上那完全都是真的，我敢下全保。"

"要如此说来，你看应该怎么办？"

"我的老伯父，您还糊涂呢！怎么办？半年多被困怕谁？不就怕她，她要归了咱们，这仗就好打了，咱不就早日还朝了吗？我看把人家请进来，他俩天地一拜，洞房一入，那不就什么都好办了吗？"

薛礼点头："哦，好！既然如此你看得准，你就请贤人进营。"

"好啦，带马呀！"外边带马，姜须出来纫镫扳鞍，来到西营门，姜须在队伍中冲出来，离樊梨花老远就喊上了："嫂子嫂子！恭喜你了，我跟你公公一讲，还得说你公公人家老人家明白啊，哎呀可乐坏了！你婆婆这阵儿啊都乐得合不上嘴，哎呀，把天地桌摆上了，大蜡都点着了，哎哟，我哥哥在天地桌站着等着你呢，让他梳洗打扮，好几个人给忙活，我哥哥这阵儿认了，我来请嫂子，嫂子快快快，马上就去拜天地！"

樊梨花脸红了："死小子你喊什么，你真能诙谐。"

"不不不，这完全都是属实啊！"

"这，公父叫我进营……"

"这不是叫，请！"

樊梨花一听公公叫进营，激灵灵一个冷战。暗想，大唐营兵似兵山将似将海，他父子良心坏，我进去是凶多吉少。又一想，我不进唐营，下半辈子都难遇强人。罢罢罢，无论如何我一定去见公公评评理："姜贤弟带路。"叔嫂来到帐篷外，听着里边有人喊："老元帅令下，番女报门上帐！"啊？樊梨花拿眼睛瞅瞅姜须，姜须咔吧眼皮，心里话儿：老伯父，您这是干什么？这不对呀！您叫我出去请人家来，结果您摆下了刀枪阵，还让人家钻刀上帐，怎么人家有罪了？你这不叫我蹲灰儿吗？姜须咔吧咔吧眼皮，眼珠儿转了一下，一转身，一看樊梨花的颜色有点不正，"我说嫂子，别慌张好不好？我姜须办事就是有始有终，我说保证就保证，什么都保证，你放心，这是老元帅一时糊涂，不知道这是怎么回事。你随我来，我替你报门。"

姜须到在帐门一躬身："我代替番女樊梨花报门啦！"姜须往里走，樊梨花一想，事到如今怎么办呢，也罢！把心一横也就跟进帐门。见帐上两旁众将如狼似虎，瞪眼皱眉。好将官有的是，恰好似六丁六甲童子重出世，好兵刃有的是，刀枪剑戟斧钺钩叉晃目昏。好盔甲有的是，金盔金甲银盔银甲铜盔铜甲铁盔铁甲碗子盔撩膝甲重重叠叠千间大厦鱼鳞瓦，好战袍有的是，鹅黄袍淡黄袍乌罗袍皂罗袍素罗袍密匝匝绿配红的颜色而更新。见众将那真是，高的矮的丑的俊的瘦的胖的数不尽，一个个脸分五色，黄的黑的白的蓝的紫的那真像凶神。

樊梨花看罢众将再看老帅，见他老，戴一顶银光显显银龙，银龙似水适衬银盔盔一顶。顶门上镶衬着大如斗口，红光绕火焰生，十三曲簪缨压在顶门。外挂着银装甲甲有龙鳞梭子唐猊铠，前胸佩吞口兽兽咬嚼环晃目昏。衬一领素罗袍上绣龙蟒，鸟飞凤凤如龙虎穿在身。系一条好巧手刺绣的玲珑宝带，穿一双虎头靴，云跟衬衬云跟，虎头战靴刚沾尘。腰挂宝，戴一口三尺纯钢杀人剑，玉把龙头，不带血腥便能杀人。

樊梨花忙叩头："王爷您老万福。"樊梨花这阵儿没过门不能叫公公，只好跪在地上，口尊："您老人家在上，难女这旁有礼。"

老王爷瞅了瞅，她不抬头不说别的，王爷便问："下边跪的什么人？"

樊梨花一想，姜须你倒替我说话没有？怎么什么人还不知道啊？"我是寒江关都督之女，樊梨花。"

"樊梨花，你既是寒江城都督之女，咱们两下开兵半年之久，打到今天，你来到我的白虎帅堂，不知你有什么要事？难道你寻找何人？"

哎呀，樊梨花一想姜须你可损八辈子了！你这是一点也没给我报告啊，你是把我诓进来了！哎呀要我难堪啊！我樊梨花怎么说呀？哎呀我——樊梨花这阵儿就有点傻了，答对不上了。老帅连问几句："啊，樊梨花来到唐营寻找何人？"

樊梨花头越来越低，脑袋都有点贴地了，这阵儿有地缝都钻进去了。姜须看不是事，打众将后面一猫腰就绕到老帅身后，把老元帅右肩头轻轻拍一下，老元帅一回头，姜须皱眉咧嘴说："老伯父，您要照这么活，您这胡子一年比一年还要白。"

"嗯？放屁！"

他们爷儿俩说话不过是声音压低，谁也听不见，可是就即便听不见，这话除了姜须谁也不敢。"老伯父，您这是怎么了？糊涂了？家丑还不外扬，再说您身为都招讨兵马大元帅平辽王，在众目之下，你怎么要你儿子媳妇啊？"

薛礼一瞪眼："嗯，这是什么话？"

"什么话？什么事您都知道您还明知故问啥呀？您问她寻找何人，这个姑娘脸就是再厚她能跟您老说，没见面，没过门，我找我女婿？您再问找他干什么，这不，这不热闹了吗？"

"这个……"老元帅一琢磨也是有点过了，姜须说："我看就应该这么这么这么办，您别糊涂了。"

"哦，明白了，回去。"

姜须退回来，老王爷在上边瞅瞅樊梨花："樊梨花，赶紧平身，一切的事情本帅明白了。"樊梨花一想，怎么糊里糊涂他又明白了？这是怎么回事？樊梨花起来往旁边一站，面红耳赤，垂头不语。老帅瞅瞅两边，叫过姜须："去，到后帐见你姐姐薛金莲，叫她来到前边，把贵人请到后边休息，然后我再和你哥哥谈话。"

"是是！得令得令！"姜须领命由打大帐出了往后帐去，怎么老王爷征西老夫人跟着，女儿也跟着？对，王爷这个征西啊，那就是携家带眷。因为老王爷当年穷得吃不饱，在老柳家卖工，柳员外的女儿柳氏迎春看见大冬天薛礼冷得可怜，给他扔了个棉袄，惹恼了父亲，前门赶走了薛礼，后门赶走了亲生，柳迎春和薛礼才在寒窑里头度日。后来投军薛礼出征，把夫人留下，他一去就是十二年。远征回来，身居王位，倒是好了，没承想叫成亲王李道宗说薛礼带醉闯宫，无罪加罪，启奏皇上推出斩首。最后死罪饶过，活罪不免，打在天牢。这一回突厥造反，徐懋功上本，说别人不行，除非薛礼，皇上这才把薛礼从天牢提出来，这算戴罪征西。老帅想也是年龄到了，打突厥死生难料，这几口子，生，生一处；死，死一处，所以他是携家出征。

姜须打大帐里出来转弯抹角来到后帐，刚要往里迈步，一看哥哥在里头跟母亲说话呢。薛丁山的后背对着帐门，他没看着姜须，姜须跟老伯母正对着脸儿。老伯母左边是薛金莲小姐，右边是丫鬟春桃。薛丁山十二岁跟母亲分手到今天这些年没见，老夫人想儿子把眼睛都要哭瞎，薛丁山见了母亲，那老太太哭得都发昏！哭罢叫儿子落座，问他跟师父学什么，练什么。薛丁山正讲高山的经过，怎么学的，怎么练的，两军阵打仗这些事，薛丁山还没提到呢，姜须就来了。姜须一想，我要一进去，我哥哥那个脾气，不行啊！他要一炸庙了，那么这事全砸。姜须有心眼儿，他等着等着啊，就赶上薛金莲无意中一抬头，姜须一伸右手啊，往外搂，往外搅，不但往外搅，拿手还往前边指，意思是姐姐，你出来，我不能说话，不得不打哑谜，这个前边有事。薛金莲一看姜须这个意思，薛金莲一低头好不乐意，心里想，咱们都老大不小了，应该男女有别，授受不亲，避免点嫌疑，叫人家好说不好听，这么大个子，你这是干什么？有事你说到明处，不进来，你在外头晃什么呢！薛金莲又一想，不对啊，姜须可不是这种人，你看姜须诙谐没有比他再诙谐，可是人正。薛金莲也没叫母亲察觉，哥哥更不知道，他说得正在有劲的时候，薛金莲一步一步就出来了。薛金莲一出大门姜须往后一退，薛金莲再往前进了两步，这个帐里谁也看不着了，薛金莲低低的声音："死小子，鬼火儿，你上这儿晃什么来了？"

"嘿嘿，姐姐别生气，姐姐恭喜你了！"

"嗯？什么喜事？"

"哎呀，这事可没法说，太好了，姐姐这想都想不到，嘿，这、这真是……"

"你倒讲啊！"

"我一边走咱们一边唠，咱也走到了，也说完了，不耽误事。半年咱们没出马，就怕一个樊梨花。哥哥下山才知道，樊梨花奉师命要嫁哥哥薛丁山。"

"啊，真的啊？"

"樊梨花要到你们老薛家，那寒关何愁不归咱啊。"

薛金莲越听越乐，没承想寒江还能有今天。他们姐弟刚进帅帐，樊梨花听有声音，抬眼一看，姜须后边有个女婵娟：黑黑的头发如墨染，那发髻就用红绳缠。金花银花她没戴多少，左鬓边还插着一支黄金簪。面如梨花自来俊，杏核眼两道黑眉月牙弯。玉米银牙排口内，西瓜灯儿的钳子在耳轮前。上身穿粉红的衬衫多可体，八幅罗裙系腰间。罗裙绣的是丹凤朝阳，蝙蝠流云四角纤。这个时候薛金莲上前施礼："爹爹在上，您老恭喜。"

"哦，女儿，大家同喜。樊贵人来到唐营，你把她领到后边，让她好好休息一下，但听爹爹吩咐，周济他们夫妻成对。"

"女儿知道了。"薛金莲一回身，小姜须过来了："来来我给介绍介绍，这位是谁，你还不知道，这是我老伯父的女儿，我老伯母的闺女，就是我薛哥的妹妹，还是我的姐姐，可你们怎么论，我还真有点说不上，你们自己论吧。姐姐，这就是樊贤人樊官姑。"

薛金莲瞅瞅姜须，上前施礼："我未曾远迎，请樊小姐多加原谅。"樊梨花连忙还礼："妹妹过谦。"

"贤人，你跟我来吧。"

"好，多谢妹妹关照。"

樊梨花辞别公公，这姑嫂就打帐里出来，两个人出了大帐往后赶奔，眼瞅着薛金莲打算一绕啊，就把她领到自己的帐，不上母亲的帐，别叫哥哥看见。可是正往前走，冷不丁的就听对面说话："小贱人，你敢闯进唐营，你给我拿命来！"姑嫂一抬头，谁啊？薛丁山。就见薛丁山呛啷一亮剑，是直扑樊梨花！

第五回　辕门斩爱子

上一回书说薛丁山见到樊梨花，拔剑就闯过来了，薛金莲一看不好："哥哥你这是干什么？"又听门外有人笑："哎呀真有意思啊！怎么着，小两口天地还没拜，洞房还没入，啊！这就演台戏啊！你们演的什么戏呀？"

谁呀，姜须。姜须怎么来了？老王爷薛礼让女儿薛金莲把樊梨花带走，马上就叫姜须，说："孩子，你到后边去一趟，要办得巧妙一些，你看看你哥哥在哪儿呢，把他叫来，等我把他说好了，你设摆花堂，今天就周济他们拜堂成亲，你看这么办合适吗？"

姜须说："老伯父，那太合适了！这话又说回来，不但您高兴，我高兴，老伯母听到高兴，全营众将三军，没有一个不高兴的！我们这半年在这儿被困，寸步难行，我哥哥跟嫂子要拜了天地，您说我们还怕谁？脚面水平蹚啊！寒江关？就连其他关，一切的难题都迎刃而解喽！老伯父您等着，我到后边去，甭见着您啊，我就把哥哥先劝好啦！"他晃个脑袋，唱唱呵呵打帐里头高高兴兴地出来，正往后面走着，才看见打起来了。姜须来到跟前儿这么一说呀，薛丁山看样子还是瞪眼皱眉，叫妹妹躲开你不用管。

姜须说："孩哭没法子，我叫他娘去。"姜须说完去找老伯父。薛丁山一看，姜须走了，别等我父知道，他往前一纵身想要躲开薛金莲，哪知道薛金莲马上步下，那也是好本事，跟哥哥就拼了命了，说什么也不放他过去。两个人在这争执，樊梨花进退两难。工夫不大就听有脚步声，猛然看见中军官手提着大令："少帅听令，老元帅令下，叫你前帐回话！"不问便知，这是姜须在前边整的，薛丁山你别看他怎么跟樊梨花玩都行，薛丁山还是个孝子，他也明白，军令无亲，这个事不是闹着玩的。薛丁山点了点头把宝剑入匣，说了一声："知道了。"一回身，把脚一跺："贱人，识时务你给我滚出唐营，等我回来你没走，我岂肯与你善罢甘休，哼！"薛丁山瞪眼皱眉是扬长而去。

樊梨花哭得坐到地上，哭得如酒醉，薛金莲扶起嫂子说："哥哥不讲理，跟我走，让我妈给你做主。"

进后帐，梨花跪倒，老夫人问明了情况，脸气得发黄："媳妇起来你别怕，为娘做主马上拜堂。"

樊梨花谢过婆母，薛金莲给搬过座来，叫嫂子坐下。老太太问长问短，樊梨花哭哭啼啼，薛金莲给嫂子擦擦眼泪："嫂子别哭，怕什么？我告诉你说，你还别看哥哥瞪眼皱眉的，两军阵上你把他拿下马，他怎么就服了？他也说要你了？还对天发誓了啊！这回他回家了，他又有主意了，他又觉得有理了？到必要的时候，嫂子给他点厉害！"

"小妹，那……"

"没有什么，娘，您说对吗？"

老夫人点头："是啊，也用不着那样，他到前帐你父一定要做主，谅他也不敢推脱。他要真说个不字，我自有道理。"

她们唠着唠着就听帐外冷不丁地有人喊："哎呀！老伯母啊，哎哟嫂子，姐姐，可了不得啦！我老伯父真狠，把我哥哥弄到前边马上五花大绑推到帐外咔巴拉嚓，给宰啦！"这一喊可不要紧，樊梨花一听，怎么着，死了？樊梨花一想，爹去世了，大哥死了，二哥丢了，哎呀，又听他再死了，我还为什么活着？天啊，扑通一声昏倒在地。

老太太也蒙了，不像刚才说话那么硬棒了："哎呀老天杀的，你可把我坑苦喽！孩子回来，娘儿俩没说几句话，你这狠心的老贼，你把他弄到前边马上就杀，有我儿在我能在，孩子一死我能活得了吗？哎呀老天杀的，我跟你拼命了！"

这是怎么回事呢？原来姜须到前帐啊，报告老伯父哥哥如何无理，要杀樊梨花，所以老王爷让中军把薛丁山带到前面。薛丁山上帐见了父亲这么一施礼："爹爹把孩儿叫来有何吩咐？"王爷瞅瞅丁山，压了压怒火："为父问你，今天两军阵上出马刚才回来，报告为父我

029

没太听清,你再从头讲一下,今天这个仗你都怎么打的?"

"父帅,儿到两军阵,头一阵战死樊龙,打败樊虎。"

王爷问:"二一阵呢?"

"鞭打樊洪。"

"三一阵呢?"

"这——樊梨花出马了——"

王爷说:"慢着,樊梨花出马你跟她怎么见的?你怎么说的怎么唠的?一字不差,一句不落,从头讲讲我听听。"

薛丁山一听,这是爹爹都知道了,说实话吧:"爹爹,樊梨花见着我不念父兄之仇,她说有师命嫁给我,我不答应,她把我引到南树林拿于马下,给我字帖一看哪,我也有字帖,我才认为此事是实,所以我对天盟誓,收下她了。她带我回家,我在城外给她一枪,没杀死,我就回来了。"

老王爷一听:"慢着,你既收下此女,怎么你还又要杀她?"

"爹爹有所不知,她父亲在城上跟她说话呀,我才明白,樊梨花不是正经人!她十二岁许配杨凡,十四岁杨凡到府探亲,她看杨凡丑陋不堪,她上吊自杀,被救学艺下山之后,她又看好了我,可现在她看好了我,将来能不能看好不敢说。爹爹明镜高悬,这样的水性杨花下流之女,我是绝不能要。"

"哦,为父明白了。自幼年她父亲把她许给杨凡,她因此上吊求死,她被救是两世为人。我觉得呀,这叫错许杨凡啊!她两世为人,她要再嫁杨凡还得死,而且又有师父的吩咐,天地君亲师为大,师徒如父子,她又要嫁给你,我认为这是对的。"

薛丁山一听就明白了,这是一面官司,他老人家倾向樊梨花,我是怎么整也没理。薛丁山瞅瞅父亲:"爹爹,不管怎么样吧,此女我不要。"

老王爷把脸一沉:"嗯?为父按军法也好,家法也好,军法我是元帅,军令无情;按家法,我是你父亲,不管怎么样,我认为收此女为对。"

"儿一定不要!"

"如果你要任性不要,可要推出斩首。"

"爹爹，儿愿做刀头之鬼。"

嘟！王爷一拍桌子，吩咐两旁人来，"把他推出去，杀！"呼啦把薛丁山就推出来了，姜须一看这事不行啊："慢慢慢慢，刀下留人，慢动手！"姜须一回身，说："老伯父，这个事您要这么整，这不整僵了嘛！我哥哥有个好歹，我伯母也活不了了，不但伯母活不了，那樊梨花怎么办？"

"你看他这么任性，我不给他点厉害如何得了？"

"伯父啊，我哥哥这个人幼年他在家不懂事，他青年的时候就上山学艺，以山为邻，以树为友，他多见草木少见人，他哪知道军规戒令这些事啊，您得慢来呀！"

薛礼问："你看怎么办？"

"老伯父，还得成全他俩。"

薛礼无奈："是啊，他得要啊！"

姜须说："他要是要，您就不杀吗？"

"那是一定。"

"您老等着，我看看。"姜须来到外边轻轻地拍拍哥哥的肩头，薛丁山一回头："兄弟你来了？"

"哥呀，姜家、薛家我也不用细说了，我自己介绍，恐怕你回营，现在还不一定明白咱们两家怎么关系。我父亲是八大总兵之一，我恕个罪，他老姜兴霸，跟我伯父八拜结交，好得就像一个人儿啊！所以咱们是父一辈子一辈，薛哥呀，我姓姜名须，字腊亭，人称赛霸王，我为什么成全你跟嫂子？这就说咱们两家过得多，而且这个老婆娶了，有便宜，没亏吃。可现在一看不行了，你要死了，到这个地步还得说分出远近，哥哥，你还有什么求的没有？你还有什么说的没有？想吃点啥不？我都能办得到，旁的办不到，营里头不好整棺材，总算是我不能让你土压脸，我给你弄个深深的坑。哥哥这个眼看就完了，你还有话说吗？"

"哎呀，兄弟，事到如今，看来我还是个短命啊，没有什么可说，说也无益，好，来生再见吧。"

姜须想，他不怕死不好整，要怕死就好办了，"哎呀，哥哥哎！可是我心里却说不出这个滋味，我这酸溜溜的，不是别的，就是说哥哥你死,哥哥是大丈夫不在乎这个,可是我老伯母啊,这条老命可惜呀!她也得跟着一块儿去,死得好苦!"

薛丁山愣了:"你说的是我娘……我不怕死,可是我娘……"

"对呀!哥哥,你死了,老伯母也就等于没命了!你是明白人啊!我有个办法,别人帮不上,死与活还得自己当家。"

薛丁山说:"兄弟,我自己当什么家?"

"嗨!我的傻哥哥呀,告诉你句实话吧,老伯父的脾气要说杀个人,不带缓和的,所有帐上人包括兄弟在内,谁要敢哼一哼,推出斩首一律问罪。现在伯父拍着桌子在大帐就这么喊的,没办法,只有一个人……"

薛丁山问:"谁?"

"谁他都管不着人家啊,不属于他老管,也就是外来的——我那个苦命嫂子樊梨花。她要按照和你的关系有理由上帐,跟老公公哭哭啼啼哀求,那么老伯父对她是一点办法没有。"

薛丁山说:"兄弟,那么你赶快跑一趟给哥哥费心。"

"别别别,那不行啊!她不一定管不管,你对着人家太过火了。"

"你多说好话。"

"是啊,能说坏的嘛!她就管上帐给你保下来你也死,保不下来你也死,咱费那事干啥?"

"兄弟,我成了短命鬼了?她保不下来,当然死,怎么保下来了我还死?"

"哎呀哥哥你怎么只看眼前,就算她去保你,她准得说你死了她没依没靠,老伯父看她面上把你放了,带到大帐上准问你,你要不要樊梨花?你准说我不要,推出杀!你看这不白忙一阵儿吗?"

"哎呀,兄弟要这么说,我还得要?"

"那我就不知道了,这个你自己的事,要不我说你死活别人帮不上忙,得你自己当家。"

"好,为了我娘我答应,兄弟,你分分神吧。"

"啊,咱们可一言为定,不带反悔的,你可别叫我在当中蹲灰儿。"

"不能,兄弟。"

姜须乐了:"哎呀,好!哥哥你等等。"小姜须退出多远扑哧一乐,姓薛的,就这么两下子。姜须来到后帐不远,心里就在想:那口子叫我治服了,这口子怎么样?跟我哥哥是真的假的?你跟我哥哥近便到什么程度?我都得较量一番。所以他在帐外这么一喊,这帐里才乱了。这帐里头这么一乱,姜须打外边进来了:"哎哟姐姐,这是咋回事?"

"死小子,这不是因为你喊的。"

樊梨花哎呀一声睁开了眼说:"刚才帐外是你喊的?"

姜须说:"虽然没死也差不离儿,伯父为你怒斩薛哥,众将谁保也不依。嫂子要真疼薛哥你就快去保,不愿管,你就等着看死的吧。"

樊梨花忙说:"小妹你同我去。"

老夫人说:"他丧尽天良,死也不屈。本想不让你妹妹去,看媳妇面上,陪你嫂子看看去吧。"

姑嫂急忙走出帐,姜须在后边跟着,心里琢磨:薛哥啊,你有多大的福气!这个人真是打着灯笼没处找啊。樊梨花进大帐,连忙跪倒:"公爹,不知道杀您儿子为什么?"刚才没叫公爹,这回怎么叫了?刚才没过门,实在叫不出口。这回要讲人情越近便越好,知道不叫公公不好说话,樊梨花更会来事。

老帅说:"他对你不好我就斩!"

梨花说:"公爹请斟酌,常言说虎毒不食子,杀了他,苦命的媳妇可如何是好?要杀你儿先杀我,儿媳情愿同他死。"

姜须也说:"老伯父啊,我看该收场了,戏就演到这儿吧。看着我嫂子也真是贤人,还得成全。"

薛礼说:"那好,你到外边问问你薛哥,他要答应就放他回来,他要说个不字,我是定斩不饶。"

"好嘞!"姜须转身往外走,从樊梨花的跟前儿过,樊梨花低低的声音:"兄弟你这儿来。"姜须到跟前儿:"嫂子有什么话说吗?"

"你见着他,他要说收我,那是更好了,如果他要说个不字,兄弟,瞒上不瞒下,请你多帮忙,你马马虎虎回报才是。"

姜须满口答应,走出大帐,心里想:哎呀樊梨花我算服了,你为我哥哥这个劲可真足。哥哥哎,你这真是福分不浅哪。来到了跟前

033

儿:"薛哥,兄弟可算给你帮忙了,这回就看你的了。哎呀,可好不容易啊!我到了后边啊,见着嫂子这么一说呀,嫂子哭哭啼啼地为你那就别说了,哭了两个发昏。后来我嫂子连滚带爬的,到了前边见了伯父啊,这一哭,这一闹,把满大帐的人都给哭的呀,全哭了!老伯父最后打了个咳声,实在没办法,他就问我:'你哥哥能不能要?''我说:能要。''你去问问,他要是收下放他回来,如果不收不用回报,马上斩首。'我这才又来了。我说薛哥啊,你估计怎么样?能行不?你可要琢磨呀,到大帐上跟现在要说一样话。"

薛丁山听到这儿,点了点头:"罢了,既然这样,兄弟请你帮忙回我父知道,就说我应下了。"姜须上前赶紧解绑:"哎呀,哥哥,你受惊了,受惊了。你看这是多余啊,白挨一绳子,走走走,到大帐上见着老伯父啊,好好说,就认个错吧,当儿女的嘛!再者说樊梨花这个人我还这话,我打保票,你天下难找地上难寻啊,你要跟她一个心眼儿,咱是绝对没亏吃的,慢慢久而自明啊,走走走。"

薛丁山心里暗想:我什么要了?我到在大帐上啊,趁着她不加提防,我给她身旁一过,一抬脚一脚踹死贱人,不然的话我慢慢非变杨凡不可!所以薛丁山咬牙切齿,愤恨难当,跟着姜须够奔大帐。

姜须来到里边上前施礼:"老伯父,我哥哥答应了,我哥哥说了过去错了,一时不知道怎么迷糊了,这回现在明白了,哥哥叫我放回来到大帐见您老,前来认错。"

"哦,叫他进来。"

"来了,哥,老伯父叫你上帐呢。"

薛丁山往帐里一走,来到樊梨花跟前儿,樊梨花低头不敢瞅,这薛丁山一抬腿要踢樊梨花。

第六回　误中空城计

薛丁山来到樊梨花的跟前儿，刚想要抬腿，上边老元帅哼了一声，薛丁山没敢，紧走几步来到近前，上前施礼："爹爹在上，儿谢父不斩之恩。"

"丁山，我来问你，你可答应与贤媳樊梨花成亲？"

"爹爹，有父命，孩儿不敢不听。"

"好，下帐更衣，准备完婚。"

"这……"薛丁山迟疑了一下，说，"爹爹，能否容孩儿说几句话，我再更衣不迟。"

"也好，你有话便讲。"

"爹爹，孩儿刚刚下山，我有一事不明……"

薛礼问："哪事不明？"

薛丁山说："听我师父讲，行军作战，有十七条五十四斩军规大律，是吗？"

"那是当然。"

"爹爹，第九条听说是说的什么'所到之处俱要亲民，如有逼淫妇女等情，临阵收妻者，此监军犯者斩首'，这一条，是给全营三军定，给众将定，包不包括我在内？"

薛礼听罢一愣："这……"

"爹爹，您老明鉴，如果说我与樊梨花马上完婚，这叫临阵收妻，那么您儿收妻无罪，久后众将这样怎么办？怪罪他们吧，不公，不能正己焉能正人？不怪他们，乱了军规能不能打胜仗？请我父三思。"

老帅也有点闷口，叫他讲到理上了，"那么要依我儿怎么办？"

"爹爹，我看这样，让樊梨花回寒江候等，樊梨花的本领还有她用武之地，我们父子带兵往前进，如果军前有了难事，回来叫她军前立功，将功折罪，我们再完婚不迟，请我父斟酌。"

王爷一听确有道理呀，这个时候王爷又叫媳妇梨花："刚才丁山说话，你也听到，如果要让媳妇回寒江候等，你可愿意？"

"您老人家怎么做，媳妇我都从命。"

"好，那么姜须啊，把你嫂子送出大营，让她回寒江候等。"

"是。"

王爷又嘱咐樊梨花："媳妇啊，你到寒江城里告诉三军众将，劝他们投降，把旗号换了，公父就不进城了，由打城外我们大营直奔青龙关，你赶紧到寒关等信儿吧。"

"媳妇遵命。"樊梨花被姜须给送出去了。

等姜须回来，王爷叫姜须和薛丁山两个人为先锋官，准备人马，在这歇兵三天，瓶酒方肉犒赏三军。到在第三天头上，歇兵完了，这就准备着拔营。薛丁山跟姜须两个人是先锋官，他们在头前儿准备人马，老元帅中军左翼右翼，后队五路行军：拔营起寨炮三声，队前排开十层兵。头层兵藤牌手营门摆队，二层兵藤子枪排列几层。三层兵三股叉叉挑日月，四层兵四棱锏锏放光明。五层兵五节鞭鞭打上将，六层兵六棱棒棒打天灵。七层兵七星剑杀人见血，八层兵八短刀刀缠红缨。九层兵九里锁专锁上将，十层兵十里绳寸步难行。十里旌旗空中舞，九九弯弓射彩鹏。八方挑起英雄汉，七星旗上绣团龙。六里长枪如怪蟒，五花袍分为黄蓝紫白青。四蹄踩的路旁土，三军报事来回行。两杆门旗分左右，一棵坐纛旗飘在半空。旗下罩着一匹马，马上坐着平辽公。

且不表老帅行军，单表姜、薛二先锋逢山开道，遇水叠桥。这日来到青龙城。探马报："前边青龙关不到二十里地，有远探探明，城门大开，吊桥坠落，城上无兵，城下无将，青龙关的敌人逃走，是座空城啊！"

薛丁山一听这可省事，哈哈大笑："兄弟，这个关主看样子还挺乖呀，真是识时务，这可省事了。好吧，那么我们就准备进城。"

姜须忙摆手："哎哟薛哥，慢着，这里头可得琢磨琢磨，青龙关的关主叫黄子陵,是个老道,据说他武艺高强,神鬼莫测,这个家伙不会这么跑掉,其中有诈,我们可别上当!"

薛丁山不以为然:"兄弟,你是久被困,挂免战,有点叫人欺负怕了。他既把城门大开,城都让了,我们还怕什么?三军暂时停下,就地休息,来啊!派五百人,你我弟兄探上一番。"姜须拧不过他,他是正印先锋,姜须是副的。哥儿俩带着五百人马,齐催征途,乱抖丝缰。不一会儿就来到青龙关的城外。一看,可不,城门大开,吊桥落了,城上无兵,城下无将。姜须一拦,薛丁山一摇头,进城!带了五百人进城一直探索,摸到十字街也没什么动静,薛丁山下令四下散开,搜!不一会儿都回来了:"报告少帅、姜先锋,一兵一将皆无,一点破绽没有,敌人早就远遁了。"

薛丁山哈哈大笑:"贤弟,这回明白了吧,赶紧回去交令。"

姜须也真有点闷口了,你说他是诡计,一点破绽没有。没法子,跟着哥哥出了关门,有人报老帅到,薛丁山赶紧过去,向老帅汇报:"爹爹,我弟兄来到青龙关,敌人远遁他乡,城门大开,番兵都跑了。"

薛礼一皱眉:"不对,不能进城……"

"孩儿已经进城,城里完全查明,一点破绽没有。"

老王爷手捻着髯口,"儿啊,黄子陵诡计多端,用兵如神,他岂可善罢甘休。我看他这叫挖下深坑等虎豹,撒下香饵钓金鳌,老朽岂肯中你之计。来啊!人马倒退四十里。"

薛丁山忙说:"慢着,爹爹,那诸葛亮摆了个空城计,司马懿要不叫多思,哪能退兵四十里,查实没兵再回来,迟了。这机不可失,时不再来呀!那黄子陵就算是高,就是真有本事,他就不许有个天灾病业?他就不许有点什么事情,赶这个巧他没在家或者有病抬出城了?他还兴死了呢!这个机会咱要再不进城,单等他的后边援兵到来,叫人家耻笑。再者说他也许就没有什么埋伏,他就是有什么埋伏,有孩儿掌中枪胯下马,也杀他个马仰人翻!"

这玩意儿晚辈你还别露脸,一露脸老人也迷糊。老帅一听对啊,他就有什么埋伏,有我儿丁山呢,我惧他何来?"好,你弟兄带领人马到青龙关的西门外安营四十里,准备着明日起兵,我们进城到城中休息。"姜须一想,人家宠儿子,咱又没有什么根据,只能跟着吧。

这就把人马带到青龙关西门外安营四十里,准备来天好起兵。薛礼众将进城到都督府,满街上巡城瞭事,把守城头,严防小心,注意搜查,真的什么说道也没有。大伙正在这个都督府大厅上坐着,突然就听外边一阵大乱,再听半空中嗡嗡嗡……老元帅带着人等往外跑,有人前来报:"回老帅知道,在这个侧院啊,屋里头放着一个五尺多长的大木箱,有二尺多宽,二尺多高,也不知道什么钉得挺结实的。我们喊里咔嚓打开,这里头装的无数只鸽子,你看都在半空中嗡嗡直响。这鸽子我们强捂才捂住两个,都跑了!鸽子就往西南飞下去了。"

薛礼倒吸一口凉气,哎呀,不妙,上当了!可是老王爷这阵儿悔也来不及了,只能下令四城小心严防。等到饭毕,天黑后一更、二更、三更,就听着城外连声炮响,不一会儿有人报:"启禀老帅,东门外一望无边也不知哪里来的番兵番将啊!正在忙着安营下寨。"这边薛丁山也来了,姜须也来了,外边所有众将一齐到了,老王爷这才带着所有人乘跨战马,来到东门,顺马道上城楼,老王爷手扶垛口一看,灯球火把照如白昼,真是南至南山,北至北岭,往东看一望无边,压颤地皮,番兵番将那真是:对对帐房列摆,层层皮袭扎营,一望无边是雄兵,真有数十万众。几处传铃诱马,几处锄道安营。里边是人欢马叫乱成一团,埋锅的埋锅,造饭的造饭,铡草的铡草,喂马的喂马,看这种来头,老王爷就知道来者不善啊!一事未了又一事,按下葫芦起了瓢。自己就想:悔不该听信我儿之言,唉!寒江被困半年,难道这青龙关还要被困不成?薛礼想到此说:"城上多加小心。王衮,你带领人等多多准备灰瓶、火炮、石子、弓箭等,严守东门,有事报我知道。"

王衮忙说:"是!"

老帅带领人等下了城头,回到帅府,哪能睡觉,天没亮战饭早完了,击鼓聚将,升了白虎帅堂。老王爷在当中刚刚坐稳,众将在两旁一列,外边蓝旗官进来了,单膝点地:"报,启禀老帅得知,东门外番营里号炮连天,队伍齐出,在里头出来一个老道,骑着个八叉梅花鹿,这老道在两军阵前骂不绝口,请老帅出敌。"

"再探!"老王爷往两旁看了一下,"杨青、杨红,你们弟兄到东门外去一趟,问问老道是哪里的出家人,他为什么要和我们作对?难道说他就是关主黄子陵吗？你们要多加小心。"

"得令，带马来！"杨青、杨红上马提刀过了战壕。杨青一催马直奔两军阵，但只见番兵番将迎门压阵脚，半空中八卦图被风直飘。有一匹八叉梅花鹿，上坐着一个老道身穿紫道袍，腰系水火丝绦，一双登云履，手拿五股托天叉，头戴五梁道巾，上嵌宝球，青虚虚一张瓜皮子脸，半拃多长的压耳毫毛，衬着两道红眉。杨青喊叫："老道你是哪一个？"

老道哈哈一笑："我就是青龙关主黄子陵，你是何人，你敢跟贫道走几招？"

杨青说："也慢说老道，和尚姑子我也不惧，休走看刀。"两人叮叮当当马走盘旋，十几个回合，就见那道五股托天叉一晃，把大将杨青打落鞍鞒。杨红老远看见急催马上来，也不说话，照着老道就是一刀。老道忙架，没走三照面，杨红又被五股托天叉打死落马。唐兵呼啦撤回城内，城门紧闭，高绞吊桥。有人来到帅堂赶紧报："老帅啊，杨青、杨红叫这老道给打死了！"

"啊！哪一个去把老道抓进城来？"

"我去！"下面闪出四员大将，老王爷嘱咐一番，告诉他们小心，四将领命由打帅堂下来都纫镫扳鞍，炮响三声，够奔东门。老元帅在这里听候消息，等来等去，不一会儿的工夫有人报："回老元帅，大事不好！四将全阵亡了！"老王爷一想：寒江关刚到，我当天戟挑六将，我还被困半年，这回头一仗我就连伤六将，哎呀！我就不是被困半年了，恐怕一年也出不去！"给我抬戟带马！"外边给老元帅把坐马带过来，抬过方天画戟，刚排开兵将，老王爷站身还没等出白虎帅堂，打外边跑进一个人，大将王衮上前施礼问道："老帅您干什么？"

"我要出去会会黄子陵。"

王衮打了个咳声："老元帅且慢，去不得！我在城上观敌瞭阵，这个仗不能打。您老人家要讲掌中戟胯下马，那真得说是生平无对手，不过这个老道不是一种正经能耐，他跟杨青、杨红打，用他的五股托天叉还是那么回事，后来他跟这四将打我看他往下败，四将往上一追，他就在那个左边有个皮兜里拿出什么玩意儿，像个小灵头幡儿，还没有一尺高，就那么一晃荡，也不知怎么回事，四个人都翻身落马,叫他打死,这老道有邪门儿,他这手里头这个暗器厉害!"

姜须也过来了:"这打不得,您老不能去,您老人家得想,兵败将没败不算败,将败帅没败就更不算败,您老一杆大纛在这戳住,他们就得琢磨着,我们也就有了靠了,老伯父高低别去。"

薛礼说:"那么别人也就别上这种当了,没有治这种暗器的办法,去也无益,免战高悬。"

薛丁山在旁边过来说:"爹,我去!"

"你战老道倒行,刚才王衮说老道手里拿出这个幡儿一晃人就落马,被获遭擒或者是死,你有什么办法破他,告诉为父。"

"这——我倒不懂什么幡儿不幡儿,不过孩儿有命而已!"

"住口!你这叫一勇之夫,不准出去!"

"是,孩儿遵命。"

老元帅把免战高挂,制止任何人出去。黄子陵今天讨敌,明日骂阵,是朝朝如此。光阴似箭,日月穿梭,虽然没到半年,仨多月了,今天整是一百天。黄子陵一想:薛礼你干什么?攻杀战守,你仗着粮草充足你就会一个字——守?黄子陵下令,今天多派人马,派三千番兵,带着弓箭手云梯火炮,打他的东门!外边他把番兵番将排好了,架着云梯火炮,弓箭藤牌,所有的番兵搠营里出来,老道一催他的八叉梅花鹿,高声喊:"无量天尊!城上听真,你们报告薛礼,能出马便出马,如不能出马,今与往常不同,贫道带着我的人马要打进东门,你告诉他,我要活擒薛仁贵!"

唐兵也没敢哼,一瞧这来头与往常不同,来者不善,风头挺硬,我说下去报告吧,老帅不说用不着报吗?反正来了就挂免战。别,今天这事你看不出来吗?咱不报怕误事,今天得报,去,好!蓝旗官顺着马道下了城头,直奔帅府,他跑到一个街的胡同儿口,就听有人喊了一声:"站住!"蓝旗官回头一看,是少帅薛丁山。薛丁山这仨多月等于好几年!爹不让打,这个被困越琢磨越是自己的事。有一次还听姜须说两句闲话:你们是父子,老伯父听你的,不认真假人,怎么样上当了吧。薛丁山在大街上碰到蓝旗官慌慌张张,知道往常用不着报,反正就是守,免战高挂,怎么他这是……

"蓝旗官,你干什么去?"

"少帅,我上帅府报告老帅,今天不报不行了!番营里头来的兵比往天多两倍,架着云梯火炮,老远看着是强弓弩箭藤牌手啊,老道也说了,今天不出马,就要攻进东门。"

薛丁山一想:黄子陵杂毛老道你真看我父子软弱,报告我父,他还是坚守啊。"蓝旗官,我父叫我在这候等就是为了这个,我们现在知道了,你赶紧回去不用报告,我们这自有办法。"

"这不见老帅行吗?"

"怎么我的话,你敢不听?"

"是是,我就回去,不报告,不报告!"蓝旗官被他唬回去了,薛丁山一转身就回到自己这个院,进了自己这个房,一看院里院外呀,他手下有五十人呢。薛丁山一看有的人上街的,有做什么的,好几个月也不打仗,他院里屋里一共一看能有二十多人,"你们都收拾收拾,顶盔挂甲,准备跟我走。"

"少帅,咱们上哪儿去?"

"不用问。"

"是!"这些人顶盔挂甲,披挂整齐,带上佩剑收拾好了,拉过马抬过枪,薛丁山带着这二十七个人,搁帅府里出来了。一出来了大伙再问,薛丁山就不瞒着了:"今天老道要攻城,看样子不出马的话东门就守不住了,我带你们出去生擒老道。"大伙一听,带着我们这二十多人拿老道?也不敢说不行,跟着薛丁山到了城下,薛丁山叫城谁敢不开,吊桥一落,他带人出来了。

薛丁山到阵前见老道眼睛都红了,困了好几个月,就因为你我脸上不好看,这阵儿的老道一看来了这个人,这也不像打仗,怎么回事?这小子长得还挺漂亮,黄子陵一想:哎呀听说樊梨花嫁给薛丁山,就因为他漂亮,要真是冤家你,我今天要把你碎尸万段,樊梨花还得归到我们。"嗯,你是不是薛丁山?"

薛丁山点头:"既知少帅不用多问,休走,看枪!"

老道一看来对了,打了有十几个照面,老道一看真厉害呀,马往下一败,薛丁山就追去了。老道取出晃魂幡儿一摆,薛丁山刚跑去不远,就掉下马了!老道一看薛丁山昏过去了,马到切近一举托天叉,照着薛丁山搂头就打。

第七回　姜须搬恩嫂

薛丁山在东门外去对付老道，他带人在街上走的时候，二十多匹马奔东门，正赶上胡同儿口来了一个人，这个人是谁？姜须。姜须这三个多月也是闷闷不乐，寡言少语，真是食不饱，睡不着。他在街上无聊正在走着，就看一群马过去了，他影影绰绰看是薛哥，也没看太清，旁边有个兵，他一摆手："哎哎过来，刚才过去这些人都是干什么的？"

这个人一听，"姜老爷，这事您不知道？"

"我知道能问你吗？"

"姜先锋，您要不知道这个事要不妙！他是这么这么这么回事，少帅出马去了！"

姜须听完吓得一缩脖，打里边出来："众将官，赶快抬枪带马，快快快！"不一会儿把枪抬过来，姜须手提长枪，一看马也拉来了："哎，怎么不鞴鞍子啊？"

"姜老爷，去搬鞍子的还没回来呢。"姜须一听怎么着，搬鞍子还没回来？哎呀拉倒吧！他明白现鞴马鞍来不及了，提枪骣骑黑斑豹出城，一看坏了！薛哥落马，老道举叉要下毒手，姜须一看不好了！姜须还差挺远，够不着，等到跟前儿的话，哥哥就没命了。那姜须随机应变来得快，老道举叉没等落下呢，姜须就喊了一声："看枪！"你还真别说，这个招儿还灵啊！姜须这一喊，老道一抬头，你别看他喊那阵儿没到跟前儿呢，姜须的马叫千里豹，那个快劲没法说啊！他一喊，他一抬头的工夫，姜须就真到了。老道一看这小子，也没把姜须搁到心上，一瞅姜须这个人，好像是糟饸饹不起碗儿，五股托天叉就想着三叉两叉就能够解决问题。姜须你看这个人诙谐,他掌中这个枪也真不白给啊!人称赛霸王,第一他有力气,二来说名人传点高人指教,他挨着净是什么人?那挨金似金,挨玉似玉,那真得说近朱者赤,近墨者黑,鸟随鸾凤飞腾远,人伴贤良品格高,姜须这个枪还真够老道忙的。老道一看不妙,打着打着我哪有工夫跟他整啊?主要的我得宰那个小子,哎哟他一看坏了!已经叫人家后边把薛丁山给抢回去了,好!我不整死你还等什么?老道拨回八叉梅花鹿,往东跑,高声喝喊:"唐将,战你不过,贫道去也!"

姜须想:别逗,什么叫去也啊?你是又要玩灵头幡儿,你跟你爹你妈玩去吧,我姓姜的不吃这亏!姜须高声喊:"慢跑,别害怕,姜老爷从来就有德,你只要说怕,咱不带赶尽杀绝的。慢慢跑,回家要是吓着了,你娘没在这儿,没人给你叫魂儿,我就算买雀儿放生积德啦!明天再会!"他也回来了。

姜须往回跑,众人进了城,城门紧闭,吊桥高绞。姜须看哥哥在地上长拖拖地躺着,来到跟前儿,弃镫离鞍,再看哥哥,唇似靛叶,面如金纸,闭目合睛。姜须心如刀绞:哥哎!这都是咎由自取,现成的道儿不走净走弯路,这是我老伯父紧顾听你的,弄巧成拙了。哥哥,你要有个好歹可就要了命了!

大伙把薛丁山抬回帅府,姜须紧走几步,来到里边见了薛礼:"伯父!"薛礼问:"你哥哥怎么样?"

"伯父,我说出来您老也别着急。"

"我不着急。"

"也别上火。"

"我不上火。"——这个招儿更不好,如果是在大街上冷不丁碰上,哎哟二哥,我找你半天才找着,家里出事了,我告诉你,你可别着急啊,我不着急,你可千万别上火啊,其实更着急,这就上火了,知道家里的事小不了!老帅知道糟了:"孩子,你哥哥他……"

"他在两军阵上动手,我一步来迟,也叫老道拿那个小灵头幡儿把哥哥给晃倒了,好不容易我把哥哥抢回来了,现在你说他活着,人事不省;你说他不好吧,还有点气儿。这个伯父您别着急呀,人就这样,无事不找事,有事不怕事,已经摊上了,急也没用。"

薛礼忙问:"现在哪里?"

"现在外边。"

"抬进来。"

大家抬到里边,把少帅放到那儿,老帅一看,哎呀,完了!老元帅摸摸脉,摸摸脸,看看这儿,瞅瞅那儿,"哎呀,天啊!这倒叫我薛礼……"他刚说到这儿,就听见后边喊:"我的儿啊!"姜须一看可糟了,谁的嘴这么快,一看,老伯母上来了。老夫人三步当两步走,有丫鬟扶着,看那意思春桃都扶不住了,旁边是丫鬟、闺女,薛金莲也喊:"我的哥哥——"

老夫人抱住丁山泪湿衣襟,只哭得眼泪变红,越哭越厉害,大家咋劝也劝不住,姜须来到跟前儿叫声:"伯母,我问您一句话。"

"啊,你说。"

姜须说:"您愿意我哥哥死,您愿意我哥哥活?"

老夫人愣了:"这,这还用我说吗?"

姜须接着说:"我急了半天我没说话,因为您老人家啊,不糊涂。到现在您老怎么这么糊涂?您看我哥哥死了吗?您摸不是有气儿吗?"

"有气儿,他咋不能说话?"

"是啊,他这叫背气。"

"背气,喊他怎么不醒?"

"这叫大背气,这个他没有死,这个三魂七魄您老懂吧?他这阵儿三魂七魄就在外头左右晃荡呢,您老这一哭,您可知道啊,那阎王爷现在不知道我哥哥三魂七魄出窍,阎王爷一听哪儿哭?就问判官,判官说,那帅府少帅三魂七魄出窍了,阎王说抓来!您不是把我哥哥的命送了吗?"

"啊?"老夫人蒙了。姜须说:"您老要不哭呢,阎王爷不知道,判官也不能来,您看我哥哥呢,慢慢慢慢他三魂七魄就归窍了。他起来就好了,像睡觉似的,您老不能够当母亲的送孩子的命啊!您这不给阎王爷送信儿吗?您看我敢哭吗?我不敢掉眼泪,不敢出声。"

老夫人赶紧擦眼泪:"哎,那我也不哭,我也不哭。"

"您老别瞅,瞅着揪心,您老赶紧后边去。我敢下保险,我哥哥不能死,死人他就没气儿了,这没死,这就是三魂七魄啊,打仗吓的，搁马身上摔下来，现在在外头晃荡呢，找不着肉体呢，等找着他就回来了。"

"好好，对，我不瞅了。"薛金莲也明白了，跟春桃互相对视，那意思，姜须你是真能整，这把老太太真给唬住了，愣说有阎王爷！

老夫人被薛金莲、春桃扶到后边，姜须爷儿俩赶紧命人抬着把薛丁山送到他那屋，留下四个人给薛丁山苫上，告诉找国手官，国手官最高的来十六个人，到里边看了半天，回头来都跟先锋官讲，不明白这是什么病，还没有伤，这个没办法。姜须就知道这是那个老道不知使的什么邪门儿，反正在他这个幡儿里头有说道。

姜须跟老王爷留下四个人看着薛丁山，爷儿俩回到前边，这些人渐渐地都退下去了，爷儿俩一直唠到夜里头二更来天。姜须问："老伯父，您倒想出主意没有？"

"孩子，我现在也实在是当局者迷，我毫无办法。"

"老伯父，我倒想起一个招儿来，我看呢，这个老道我们城中不是他的对手，主要是不明白他这个幡儿，你多大的本事出去跟他打，他一晃就掉马这个没办法，您老也白给。我看看，要想打胜仗，救哥哥这条命，只有一条路，您老还记得樊梨花吗？"

"啊，你嫂子？"

姜须说："对，把人留下怎么说的？这不是有用吗？说英雄有用武之地得叫人家用啊，把人家留到那儿凄凄凉凉，这边哥哥吃苦，咱们被困，要送个信儿嫂子准能来。来了，恐怕嫂子要对付老道不太为难吧？"

王爷大喜："哎呀，对！我还把儿媳妇忘了！姜须，这要去找她得闯番营，谁行啊？"

"这您老琢磨吧。"

老帅琢磨来琢磨去琢磨了半天，说："姜须啊，我还舍不得你，可是这个营要想闯过去，别人还怕办不到，除非孩子你。"姜须一想：我真是自己搬砖砸我自己脚，又一想：姜须啊，都管你叫大仁大义，又是大义通天啊，重感情，怎么到这个时候，哥哥死生不保，你还怎么——"哎呀老伯父，我去！"

"孩子，你可得多加小心。"

"这您老就不用讲,我不小心,我就回不来了!您老放心。"

老帅心里有点没底:"你说你要去你嫂子能来不?"

"保证来,保证来呀!您老等着吧!"

姜须这才到了外边,这回把自己的马鞴上鞍鞴,把前肚袋,后肚袋,前后肚袋紧了三扣,抱住马鞍鞒,前推不去,后扳不来,稳住马鞍心,鞍鞴嚼环一切齐整。姜须把衣服也都换了换,都准备好了,回来说:"老伯父啊,我还就得趁夜走,白天这个营不能靠边啊。"

"孩子你可千万……"

"嗨,您老放心吧,这个我也不糊涂,也不傻,我还敢说这话,他拦不住我!伯父,您就等着好信儿吧!"

"孩子,全城危急,胜负就在你身上了!"

"老伯父请您放心,您老保重吧!"

老王爷不放心,打帅府同姜须一块儿出来了,爷儿两个乘着马来到东门,弃镫离鞍,这个时候,老王爷瞅着姜须说:"我在城头给你观看,孩子,你可要……"

"老伯父,您保重,请放心,开城!"城门悄悄打开,姜须悄悄出城,老王爷顺着马道上了城头守着垛口,看着姜须这马是直奔番军营。

姜须出城马过吊桥,到番营不停马,一个照面他就蹽。枪似怪蟒连扎带挑,马如猛虎连咬带咆。忽然间一将横锤挡去路,姜须瞪眼吵吵:"后边二哥快下手啊。"番将一回头,看无人知道上当了,但是来不及了,姜须一铁枪把他挑下马。

番兵也蒙了!番兵一想,这个大都督没打过败仗,怎么就一个照面都顶不住呢?那个说:"也怪,那小子使了什么邪门儿?"

"什么邪门儿?"

"那我们都督打仗回头看什么?"

"可说呢,哎呀过去了!"

赛霸王姜须在番营里就这样,逢营闯营,逢寨越寨,那真像特快火车过小站儿似的,也看不清咋回事。在这时有人跑到八卦大帐报告老道,营主黄子陵是威震青龙关的大都督,正在闷坐,听着营里乱成一团,有人进来:"报,启禀道爷,可了不得了!城里来匹黑马,马上坐着一个黑小儿,由西往东勇不可当,我们人刮着就死,碰着就亡啊!多大的都督一见他也不知道怎么就麻爪儿了,就叫他杀了,这小子往东去了!"

老道一听:无量天尊,好恼啊好恼!薛礼老儿你这又是使的什么手段?这叫什么办法?拉过梅花鹿,抬过托天叉,带兵,"追!"黄子陵上鹿带将追姜须。

姜须这阵儿恨不得一下子到寒江请嫂子。樊梨花从薛家父子走后把她留到寒江关,明面上看挺安静享福了,实质樊梨花这几个月可不太好熬啊,那真是愁有千万,度日如年。

城里头都督在生前最可靠的一个谋士叫沈三多,跟老樊家不错,老都督故去,樊梨花守寒江也就依靠沈老都督。丫鬟夏莲来到前边找沈三多:"老人家不好了!小姐的病这两天更重了,看来比俩月前还厉害,您看这怎么办呢?"

沈三多打了个咳声,瞅了瞅夏莲:"丫鬟啊,凡是寒江的名医啊,咱们都请到了,也就是百治无效,现在问卜啊、讨签啊,算卦啊,也都使尽了,这倒叫我,唉!"老人家站起来,直摇脑袋,丫鬟瞅着老都督说:"这样吧,您老人家想办法,是不是到后边望一望还有什么办法没有,我去伺候姑娘去。"丫鬟说着她就回去了,她凄凉凉一步一步往后楼够奔,她刚到后楼不远,一看,"啊!你们要干什么?"一看有好几十人,各提刀枪,拧眉瞪眼,扑奔后楼。丫鬟来到跟前儿一看是瓦里龙、焦里虎两个大都督,这是老都督樊洪生前的左膀右臂,"二位都督,你们要干什么?"

"闪开,干什么?我们要杀樊梨花!"

"你们这是干什么?为什么要杀小姐?"

"为什么?老都督死在唐将之手,她不报仇,我们给都督报仇!都督对我们天高地厚,我不能忘恩负义,不能像她这样没良心的,都给我闪开!"

丫鬟说:"不行……"

"去你的!"噔噔噔扑通!丫鬟坐在地上,瓦里龙和焦里虎喊了一声,呼啦啦好几十人上楼要杀樊梨花。

第八回　圣母战群雄

话说瓦里龙、焦里虎两位大都督，把丫鬟夏莲给扔开，往楼上闯，要杀樊梨花。他们可存心已久了，这些人不错，都是都督樊洪的贴己人，总觉得这个事不是味儿，就觉得老都督是死在薛丁山手了，樊梨花又为什么嫁给人家？人家到底是要没要？这把我们留到这儿叫干什么？瓦里龙、焦里虎刚往上一闯，就听喊了一声："慢着！"他俩回头一看，正是老谋士沈三多。他们两个是老都督的贴己，沈三多更是樊洪的知心。瓦里龙一回身："老兄，你有话说？"

"哎呀，我不知道二位将军你们要干什么呀？"

"老哥哥，跟你实说了吧，我们早有此意。就从樊梨花投唐那天，我们就找这个机会，没有空隙我们不敢轻举妄动。樊梨花厉害，这个老兄你也知道，我们认为老都督之仇不报，我们绝不甘休。"

"给老都督报仇？"

"是。"

"杀老都督的闺女？"

"对。"

沈三多说："哎呀，这不是胡闹吗！老都督生前对我们好，我们不忘他。他就是俩儿子，一个闺女。长子死了，次子失踪，就剩这么一个闺女，咱们再给收拾了，这是报恩？这是报仇啊！"

"不，老兄，你想错了！老都督死在薛丁山手，樊梨花不报仇，反来嫁给人家，这是大逆不孝啊！这样的女儿留她何用？"

"哎呀，慢来，慢来，小姐这事情不是独出己见，我也问过，这是师父之命，天地君亲师为大，师徒如父子，她也不敢不从师父之命。老都督的死呢，话说回来也不是薛丁山杀的，就是大少都督死也没死到人家手，是二少都督误伤射死的。樊梨花投唐这个事情跟咱们也讲了，只要她好，有她公公白袍老元帅薛王爷，我们大家都跟着沾光。现在要这样做，我们对得起谁呀？久后见到二少都督，说把你妹妹杀了，为着你爹，这说得下去吗？老都督死在九泉，咱们要这么做他也不能瞑目啊！"

"老兄，每回都能听你的，这次我们绝不能听，走！"好几十人，刚到楼梯这儿，上了两磴，瓦里龙刚抬腿要迈第三磴，就听见楼梯上头说话："你们要干什么呀？"

抬头一看，在上面站着一个上岁数的老太婆。这个老太婆上下穿着一身白，白袜白鞋白上下衣，眉毛头发连半点黑的也没有，就像雪霜那么白，整个儿的一白到底。右手拿着个龙头拐棍，左手拿着一枝莲花。往脸上一看，虽然是发眉皆白，可她这个脸并不苍老，冷不丁一看也超不过六十岁。两眼瞅谁一下，里头不说发光，使人都一激灵。这是谁呀？瓦里龙沉了一下："老太婆，你在楼上干什么？我们要上楼杀樊梨花，你为什么在这儿阻拦？"

"你们要说清楚，为什么要杀我徒弟啊？"

"啊？你是？"

"我是梨山。"

大家知道，樊梨花的师父是梨山圣母，据说是世外高人，心想：这老太太这么大岁数还能高到哪儿去？瓦里龙又一想：可也别闹，樊梨花都那么厉害，是人家教的。"樊梨花既是你徒弟，我们前来杀她，你是不是……"

"是啊，我徒弟不该死，没有罪。你们把杀她的理由告诉我，如果当死，我领你们杀。"

瓦里龙又把刚才给都督报仇的事说了一遍，老太太一听，说："岂有此理！让她嫁给薛丁山，归唐献关都是我的主意。樊龙是叫樊虎射死的，樊洪不慎坠城身亡，也与樊梨花无关，更与唐将无关。现在我就告诉你们，动我徒弟不行，赶紧回去吧。"

"这……"

"怎么还不服啊？如果不服你们谁上来试试。"瓦里龙一想，不用说服不服,较量一下子,开开眼界也好,倒看你这老太婆有什么厉害。瓦里龙说:"好,你要胜了我就不杀,你要胜不了我,我们是非杀不可,大家说对不对?"

大伙七嘴八舌:"对!对!"

瓦里龙噔噔上来了,刚到上边,他想要站在这儿细唠唠,也不知道怎么回事,没看见老太婆伸手,就听骨碌……下去了!焦里虎一看,耶?伸手都没看到怎么伸的,他也噔噔上去,啊!骨碌……他也下去了!

这个时候众人往上这么一冲,再一看大家都到楼下了!老太婆站在当中,说:"你们能听的,站在这边,如果不服的就站在那边。"

瓦里龙、焦里虎说:"一起下手——"前后把老太太就围上了。哪知道这位老圣母梨山一转身,也没看着怎么动手,噼呲扑通摆倒了十四个,都摔得鼻子、眼睛、嘴、腿,没一处好地方!大家全都跪下了:"老圣母!我们该死!我们该死!"瓦里龙、焦里虎傻了,哎呀真够世外高人,名不虚传,"我们认了,认了!老圣母请您指点,那么究竟樊梨花这么做对吗?"

"不但对,你们要想好,都应该依她、从她,她叫你们如何就如何,跟着我徒弟没亏吃。你们都年轻轻的,来日方长,你们还是听我徒弟话吧,她要投唐归顺,你们都跟着荣升高转。"

"多谢老圣母指点。"

"久后再有类似这个事,不能像今天这么便宜。"

"是是是,请老圣母放心,我瓦里龙,焦里虎,我们哥儿俩作保,有其他人,不管府内的府外的,再来想要有意动小姐,甭他动,我们就把他碎尸万段。"

"好,一言为定。如果这样的话,你们要照顾她一下。丫鬟,这有三丸药,给你姑娘一天用一丸,她就会好了。我常来看她,有事你大喊一声,我就到。"

"是。"

说着就看她一纵身上楼了,再一转眼没影儿了。一叫她她就到,能吗?这些都督一听老圣母还有邪门儿呢,有事这边一叫她就到啊!瓦里龙、焦里虎就给沈三多和丫鬟都跪下了,"小姐要是好了,你们能不能不把我们这些无礼冒犯、罪该万死的事告诉小姐？"

沈三多扶起他们赶快起来，说："我绝对不能，绝对不能，守口如瓶。"

丫鬟也说："我多谢众位都督恩典，你们请放心，我绝不是那样人，小姐好了，我一字也不能提，请你们放心。再者说我们小姐宽宏大量，你们也看出她素往的为人。这个事如果就是知道，她也不会把你们怎么样，请你们放心。都督们，你们多分神照顾小姐。"

这些人千恩万谢，走了。沈三多跟丫鬟上楼，给小姐灌了一丸药，这丸药灌下去，到半夜时候，小姐就明白了。第二天又灌一丸药，樊梨花就觉着身子轻快，能坐起来了。第三天又灌这丸药，樊梨花坐着坐着就哭了，丫鬟一看，"小姐您……"

樊梨花说："丫鬟，唐营来信儿了吗？"

丫鬟一想，糟糕，就怕问这个，来什么信儿？半寸宽个字条也没有！"小姐，您要想开些，这事情当初是这么说的，前敌有事来信儿叫您去，好跟姑爷团聚，立功不要功，将功折罪。没有事把您找去，还等于临阵收妻，您急什么呀。"

樊梨花委委屈屈，眼泪骨碌吧嗒又掉下来了。丫鬟出去给樊梨花倒茶，不大一会儿回来了，说："小姐，恭喜您！大唐来人了！"

这是怎么回事？原来姜须从打番营里头穿出来，黄子陵还真追出来了。追出了有二十里地，一点影子没有。黄子陵在马上哈哈大笑："无量天尊，我明白了！这是薛礼老儿无能，寒江被困，青龙难动，他命人还朝搬兵去了！薛礼呀，你还朝搬兵，最快回来也得半年，你还想活半年哪？我让你半个月也过不去，甚至我明天出马，我叫你半天也活不过去。小番们，收兵回营。"

姜须穿出他的番营，出来能有二三十里地吧，把马放慢，跳下来，松松鞍子，坐下来歇一会儿。姜须觉得这回心里头稳当一些了：好嘞！黄子陵，黄老道！我到寒江关给你请剑子手去啦，单等我那嫂子把刀磨得快快的，等回来的时候，黄子陵，我把你个杂毛老道，我嫂子要宰你的时候我按着！姜须高兴跳上马，他这样就来到寒关。

到了寒江关，进了西门，转弯抹角来到都督府，弃镫离鞍，有人过来一问，报到里头。沈三多一听唐营来人了，也是高兴，跑出来迎接姜须。姜须上来就问:"我嫂子在家?"

"在后楼呢。"

"那好了好了,我回来再跟你说话,有事情着急,我上后院了。"

沈三多一想:这位可真有意思,你不经我报你就进去了?这么大的后院后楼,你就直接找到了小姐?我倒看看你怎么找。沈三多也没拦他,姜须就到了后院了。往后院一看,有楼,屋又多,嫂子在哪儿?也得说姜须的脑袋够用,他拿眼睛一扫,那楼上有两个丫鬟在那儿嘀咕着,又来一个丫鬟,一起在那儿唠什么。姜须一想我都不用问,他就喊上了:"哎,我说嫂子啊!梨花嫂子!你在哪屋呢?大唐的兄弟姜须来了!嫂子哎!"姜须喊完一看,有个丫鬟一激灵,姜须琢磨,可能这个就是伺候我嫂子的。就瞅这个丫鬟回头瞅姜须一眼,一转身往屋跑,姜须一想,就这屋!他随后也就来了。

丫鬟进来到里边:"小姐,恭喜您!大唐来人啦!"

"什么人?"

"他说姓姜叫姜须,管您叫嫂子。"

"哎哟!快去,就说有请。"丫鬟一转身,帘子就挑起来了。

"不用请,我来啦!嫂子……"姜须跟樊梨花叔嫂俩一对眼光,姜须傻了。一瞅樊梨花后边搁枕头靠着坐着,不然的话恐怕都坐不住。再一瞅嫂子这个模样儿,形容憔悴,瘦如枯柴,那真是皮不包骨,骨头要散架子;骨头不支皮,皮都塌了腔儿了。在当初见我哥哥那时候哪是这样啊!这是有病了啊!姜须越看越难受,他能不难受嘛,明摆着,薛哥等着这边救命呢!姜须心如刀绞,瞅着樊梨花眼泪就下来了,"嫂子……"

樊梨花有气无力地说:"兄弟,数月不见了,怎么刚见嫂子还没有说话,你就哭了?你这是怎么了,你是有事啊?"

姜须说:"嫂子我这还没说呢,我要说出来,你比我哭得还厉害呢。"

小姜须哭哭啼啼把事情学了一遍。那樊梨花病久气弱,她在那儿躺着气就不均,一听到丈夫已经生死不保,凶多吉少了,她一着急,这一口气儿就没上来。姜须一看,哎呀我的妈呀,这可要了命了。过来喊嫂子、嫂子,丫鬟喊小姐、小姐。好大的工夫,樊梨花昏昏沉沉苏醒过来，她慢慢地睁开眼皮看看屋里，瞅瞅丫鬟，瞅瞅姜须："兄弟，你哥哥到底怎么样了？"

"嫂子，我没说嘛，抢回去活着吧，他就往那一躺，像死了一样，你说他死了吧，气还不绝。我们爷儿俩哭到半夜没办法，才想起嫂子你。琢磨着你备不住能救哥哥，也许能对付老道。我这才深更半夜一个人儿穿营过来了，见了嫂子，没承想，白来了！嫂子，你好好养病吧，也别着急，念夫妻之情把病养好了，你去给哥哥报仇，杀老道，人卸八块。我呢，得连夜赶回去，老伯父着急，哥哥还不知道怎么样，嫂子，我准备着吃点东西就走。"

樊梨花说："兄弟，我也去。"

"啊？你也去？嫂子就你这个模样儿怎么穿番营啊？穿番营有老道啊！你能打仗吗？嫂子，事到现在也不怨别人，哥哥那是咎由自取，他自己作的，我还是自己回去……"

"不，兄弟，你不管怎么说，我高低要去。"

姜须想了想，说："嫂子，这样好不好？丫鬟哪，你把盔盒拿过来，咱们试一下，把你的头盔搁脑袋上你要能顶得住，那你就去。要连头盔都顶不动，你就为哥哥再有这个情义，你也别叫兄弟为难，你看怎么样？"

樊梨花点头："好，我试试看。"姜须打开盔盒，捧出头盔，往樊梨花的脑袋上，轻轻这么一放，"嫂子你觉得怎么样？"

姜须这么一撒手，盔往下一压呀，樊梨花压得一缩脖儿："兄弟，不行……"姜须心说：哎呀！完了完了！姜须把头盔放到盔盒，"我说嫂子，你说，这还用兄弟说话吗？你琢磨琢磨，头盔要顶不动，你马都坐不稳，打老道？你，你打兔子也打不了。"

"兄弟，我告诉你一句到家的话，我为了你那狠心的哥哥，我就是爬，我一步一步也要爬到青龙关。"

姜须一跺脚："那好！嫂子为了哥哥，有夫妻感情，兄弟也不能没有一点义气，我陪嫂子你，闯番营我在头前儿，打仗我打，嫂子，我保护你进城。"

丫鬟预备饭，姜须陪着嫂子吃。这个时候沈三多求见。樊梨花让进来，沈三多到里面问明一切，问小姐："我们要动多少兵马？"樊梨花说不带兵马,姜须一回身说:"对,兵马不行,闯不过番营啊!我就跟嫂子俩人闯吧。"

姜须跟嫂子从楼上下来,樊梨花还打晃儿。这叔嫂两匹马越走越快,越走越快。外面黑呀,由一更到二更一过,正往前进,老远一看,兵似兵山,将似将海,那灯球火把,亮子油松,照如白昼。姜须说:"嫂子,看见没有?远远的灯球火把,就是番营,好几十里地,嫂子能行吗?能闯吗?你觉得怎么样?"

樊梨花说:"行。"

姜须说:"好!随我来。"叔嫂要连夜闯连营。

第九回　舍生踏番营

上一回书,说到姜须叔嫂二人来到番营不远,姜须抬腿跳下马,一回身:"嫂子下来吧,关键的地方到了,远远灯球火把照如白昼,那就是番营。说真话,嫂子,我从西营门进来,东营门出来,到寒江请你,可不是兄弟本领高强,全靠着一个字——快。我在番营里面马不停蹄,给他们来个迅雷不及掩耳。第二次咱们俩来,嫂子,你下马,在这儿歇一会儿,等歇好了,精神集中,我们一股劲就进去。要真是在营里头,甭说是歇着停马,就是稍一缓和就得被包成饺子馅儿。嫂子,你不看兄弟还要看哥哥呀,你可要歇好了啊!歇好了咱就走。"

樊梨花说行了,她站了起来,栽了两栽,说:"兄弟,走!"

姜须琢磨了一下,说:"嫂子,你上马我瞅瞅。"

樊梨花手扶着鞍鞒上了坐马,坐到这儿一提丝缰:"兄弟,怎么?你怕嫂子掉下去?"

姜须说:"不,我不是那个意思,嫂子,这样不行。我在头前儿闯,我跟他们打,可是这个番兵番将也有眼睛,他们看头前儿这个人又打又战的,后边那个手无寸铁跟着跑,他们就兴许把方向转到你身上,那就坏了!我只顾在头前儿打,过去了,让他们在后边捡臭鱼就把你划拉去了!"

樊梨花说:"兄弟,那你说怎么办呢?"

"有办法,有办法。"姜须把樊梨花的刀给摘下来,往马鞍鞒上那么一担,让她左手压着刀镰,右手扶着刀头,借着铁过梁这个力量,姜须说:"你拿着这个刀,不能杀人也能吓人,他知道你会不会呀,我在头前儿打,你在后面拿着刀,即便就不动手,番兵也得合计,你看后边那个,没动手更厉害。他不敢招呼你。"

樊梨花乐了:"兄弟你是真有办法。"就见姜须纫镫扳鞍跳上坐马,刚要走,"哎呀!"姜须从马上二番又跳下来:"嫂子,完了完了!哎呀糟了糟了!一时没有琢磨到,错了错了!"

"兄弟,你又怎么了?"

姜须说:"我在番营里走这趟,就仗着一个字——快!嫂子你别看我这人不起眼儿,我这马可地道,这个马叫千里豹,日行一千夜走八百,一般的马想跟上它,没门儿!可你那马一天能走多少?我这马日行一千,我在头前儿不敢缓慢,就得飞啊,四十里地大营,我出去了,你能走一半儿,还在正当中,正好把你围个风雨不透!这不糟了?"

樊梨花拍拍自己的马,说:"兄弟,嫂子这匹马,叫千里胭脂雪。我这个马有点小毛病儿,不管什么样的烈马良驹,只要挨上它,你在头前儿走,一步不许扔。"

"哎呀!我说嫂子,这可是真话吗?"

"兄弟,这是闹着玩的时候?"

"可也对呀!哎呀要是这样的话,嫂子妥了!咱出去了,走!走!"

这叔嫂的两匹马眼瞅着来到了东营门外,里边可大意了。这呀都怪老道,黄子陵判断薛礼派人回朝搬兵,至少半年才能回来。哪知道是姜须去寒江关搬来个樊梨花,还不到半天就回来了。这时候番营里几个番兵正在闲唠:"哎?好像有什么动静。"

"我说你怎么啦?一惊一乍的,咱们道爷没说吗,那个黑小子呀,他回朝搬兵,从这儿到长安,来回至少也得半年,你怕什么?半年内没事。"

"不,外边真是马蹄响,快出去看看。"几个人出来一看,有两匹马一前一后,就像长了翅膀一样,嗖——嗖——飞过去了。

"谁?谁?"

"你爷爷!"

千里豹风驰电掣,胭脂雪追风赶电,转眼闯进有二十里,梨花突然啊了一声:"兄弟慢点走,我觉着头迷眼黑心里闹腾。"

姜须说:"我的妈呀,这可要人命,嫂子,无论如何挣扎着走。"正说着,梨花在马上侧楞几侧楞。姜须无奈勒住马,就这么一停的工夫,四面八方号炮连声,旗幡招展遮星月,盔明甲亮耀眼明,刀枪密布惊人胆,杀声震耳鬼神蒙。

"哎呀嫂子,你会找地方,你会歇,歇得好哇!"四外简直就像开锅一样啊,杀声震耳,号炮连天:"杀呀,拿呀,奸细啊!"

樊梨花慢慢地往前后左右、四面八方看了一看。哎呀,知道糟了!这是在番营,没出去,被包围了。樊梨花在这个时候心里琢磨,不好,樊梨花瞅瞅姜须:"兄弟,我有两句话你可要听?"

"嫂子,到什么时候了还客气什么,你有啥说啥,我能不听吗?嫂子你说吧。"

樊梨花说:"兄弟你快逃,我们不能卖一个搭一个呀!"

姜须说:"妇道人说话就是差点劲,你知道薛姜两家什么交情?咱叔嫂要死同亡,生同在,你歇着,天塌下来我顶着。"

姜须催马拧抢过来,正跟老道一个对面。姜须见到老道把圆眼珠儿一转,心想我跟他打,一般的打法不行。姜须笑嘻嘻地瞅着老道:"我说梅花鹿上那位可是黄道爷吗?"

黄子陵一看姜须,不认识。当初东门外救薛丁山那一瞬间,姜须既没顶盔,又没挂甲,捎带着骣骑坐马。这回他头上有盔,身上有甲,这顶盔挂甲也和演员化装一样,不化装认识,化装了你就兴许不认识。黄子陵在八叉梅花鹿上瞅了姜须半天,看姜须掐巴掐巴不够一碟,捏巴捏巴不够一盘,七尺来高的个儿,瘦小枯干,雷公嘴儿,招风耳儿。老道就纳闷儿:怎么还跟我挺客气。"你是什么人哪?"

"啊,哎呀,黄道爷,我昨下晚从大营过去一趟,这是我不礼貌,我就怎么想也感觉对不住你。不过事情太急,没办法,是我哥哥病了,想我嫂子,我这是为朋友,动感情,就不顾一切了,从此借路走,应该先跟道爷你商量商量,得到你的同意,我再过去。我没打招呼就过连营是不对,这全是为了我哥哥嫂子。这回我把嫂子接来了,到大营里,要过我们早就过去了,现在回青龙关我都能吃完饭睡一小觉儿了。我为什么没急着走呢?就是心里觉着礼貌太亏了。这回我见道爷先来道歉,实在对不起,请你原谅。道爷,你看看,城里有什么事,我可以给你捎一下。如果没事的话,我们叔嫂就要告辞了,离开贵营,我们要回家了。"

"啊?"老道一听,这是说话哪?"你是什么人?借路没有这么借的,你从西营门进来,打东营门出去,你知道我大营里如何吗?在营里你连枪挑带马踏,可把我们糟践苦啦,在你手下死了十二名,受伤的七十八名,连营里弄个乱七八糟的,就这么借路啊?你回来还想走?走不了!"

"呀,那我这是慈悲生祸害,搬砖砸脚了,您这意思是想把我留下?"

"不错,我一定要把你拿住。你是干什么的?"

"我在城里是个喂马的,哎呀,这话怎么说呢,您拿我干什么呢?"

"要给死者报仇。"

"哎呀,那您打算是怎么个拿法呢?"

黄子陵气得大叫:"我容你动手,咱们两个大战疆场,我要生擒活捉!"

姜须把眼珠儿一转:"道爷,那么恭敬不如从命。可是您要跟我动手,您是打算跟我君子战?小人战?"

"怎么叫君子,怎么叫小人哪?"

姜须说着话,还故意高抬声:"这个君子呀,这么说,你这个身份是道爷,威镇青龙关的大都督,众将之首,应该是一位君子。这君子战嘛,就凭你掌中这杆五股托天叉,我凭掌中这条枪,咱们分个高低上下,我就是死在你手下,我不后悔,我也不冤得慌。咱俩一打到底,你不能派别人,不能叫四面八方一齐上。如果你要是小人战,你发一句话,我就下马了。你下命令:四面八方一齐上,把他抓住!呼啦这一上,我就下马受绑,低头等死。你是君子,我就斗胆奉陪,你若是小人,我就下马领死。你是君子呀,还是小人?"

黄子陵那么大一个大都督,能说我是小人?黄子陵在他的梅花鹿上琢磨:我一只手也把你抓住了,还弄小人干什么?"无量天尊,娃娃,贫道跟你君子战。"

"哎呀，那是不叫大伙动手？"

"当然。"

"那您要胜了不动手，我要把您刮着碰着，您还叫他们帮忙不？"

"岂有此理，绝不叫他任何人动手。哪一个过来，我是定斩不饶。"

"哎呀，真君子啊！我说道爷，这君子战您是君子半截儿啊，还是君子到底儿呢？"

老道说："你够啰唆的，你这个黑小子鬼了光唧的，你想干什么？咱们这个君子战就是君子战，君子战还有半截儿？还有到底儿的吗？"

"那当然有啊！我说道爷，咱们就明说，您老人家什么都比我强。您老人家身份比我大，名誉比我高。您就骑那八叉梅花鹿都比我这马值钱。您掌中的五股托天叉，您看五个头儿，我这枪才一个枪尖。您看您这个身高胖大，我这瘦小枯干，哪点我也不如您。可是这明着看不如您，这暗的我更不如您。我知道您身上带着这个那个、那个这个，我也叫不出名，总的说一句，那叫什么暗器呀？您跟我打，五股托天叉把我赢了，什么也甭说。万一人有失手，马有漏蹄，万一我小子要一下把您给碰着，刮着，您就急眼了！一伸手，这个那个都整出来了，我连明白都不明白，我连死都不知道咋死的。咱们得把话说到头里，上半截儿你没取暗器，那是君子。下半截儿你要一使别的玩意儿，把我整死，那就叫小人，那就叫半截儿。我说道爷，究竟您倒是愿意君子到底呢，您是愿意君子半截儿呢？"

黄子陵是什么身份？威震青龙关大都督，率领十二万大军，安四十里路大寨，为首的总指挥。当着手下的都督众将，就能那么厚着脸皮说"我半截儿……"那说得出口吗？死也得挺着。姜须把这话八面八方都说得挺严实，一点空隙不给。黄子陵在马上咬咬牙，心里就琢磨：我黄子陵赢你也就像鹰捉燕雀，不费吹灰，还用跟你使暗器，用半截儿？黄子陵在八叉鹿上大笑说："贫道跟你个无名小辈动手，我还半截儿？今天跟你实说，我就死到手，不叫任何人帮忙，谁过去我杀谁。我就是被你碎尸万段，我什么暗器也不使，我要拿出一种，你就用嘴把我啐死。"

"哎呀，道爷，您可是真君子啊！我说嫂子，你看怎么样？我就说黄道爷是君子，人家是高人哪。来来，道爷，我冒犯了啦，对不起，您看枪！"他就一枪。老道在这个时候就琢磨姜须这个小子不是好人，跟我这一举一动够滑呀，心里话：你不管怎么滑，咱们手上见。姜须大枪一抖就够奔老道，前三枪、后三枪、左五枪、右六枪，啪啪啪，扎者为枪，旋者为棒，老道往外招架来招架去，越招架，越觉得有点不对味儿。可也不能说了不算，已经到了这个地步，挺着吧。

转眼大战数十趟，樊梨花看着看着说不好，想到这儿，抖抖精神壮壮胆，催马抡刀来替姜须。樊梨花抡刀搂头往下劈，老道钢叉一架。樊梨花哎呀一声，马奔正西，老道紧追。姜须一惊喊："嫂子，你打人的东西还有没有？怎么还不弄出去？"

老龙正在沙滩卧，一句话惊醒梦中人。姜须一喊："嫂子，还有没有别的玩意儿？"樊梨花咋没有？樊梨花这阵儿一伸手在她那皮囊里头取出一物，叫子母阴阳球，一回身，就听见啪嚓一声！要问老道怎么样？下回分解。

第十回　飞球打妖道

　　上一回书，樊梨花在番营里头听姜须的主意，子母阴阳球奔老道去了。这个老道黄子陵没瞅得起樊梨花，他也没预防这一点，突然这个东西到了，他躲闪不及，啊！啪！正打前胸，老道扑通搁马身上下去了，"哎呀！"老道都梦想不到的吃这么一个亏！樊梨花这个球，这个打去，那个球一晃，这个就回来，往皮囊这么一带。姜须可就借题发挥了："哎，我说番兵们，你们谁能搪得了这个球啊？你们就过来尝尝什么滋味，我这还有俩呢，来来，你们尝尝！"他马往前一奔，假装这么一掏，番兵番将往四外一闪，是抱头鼠窜。姜须就势把樊梨花的刀给拾回来啦，"嫂子，走东西呀！"这叔嫂俩穿出营门，就来到东门下，姜须一抬头，"快快开城开城，落吊桥！"城门大开，吊桥坠落，叔嫂到城里，把吊桥赶紧绞起来，城门关闭。姜须说："你们加小心啊，老道叫我们揍了，一会儿还兴来呢，注点意。"

　　"是是是。"

　　"不要害怕，这一回，你们看不见吗？少夫人来啦，要有我嫂子樊梨花，你们琢磨，也慢说老道，和尚也用不着害怕。"

　　"是，是。"

　　姜须和樊梨花来到了元帅府，姜须弃镫离鞍，跳下马来："嫂子，下马吧。"樊梨花到什么程度，抬腿都抬不了了，她就有点下不来了。姜须往前一近身，站到嫂子跟前儿，一躬身，"来，兄弟给你搭个扶手。"樊梨花一扶姜须的左肩头，这才勉强地把腿抬起来，扑通就坐到地上。

　　姜须说："嫂子，你就在这儿坐一会儿，再休息一会儿，我到里边跟伯父说一声。"姜须来到里边一看,老伯父一个人坐到那儿愁眉不展。老元帅自打姜须走后,到现在没吃一顿饱饭,王爷净喝水了。坐到这儿啊,他前思后想想,就觉得自己老了,这个主意也拿不准了,我要听姜须的话,何必青龙被困?可我就听了冤家薛丁山的话,结果不但被困数月,冤家现在还不知死活。姜须虽然出城,从番营里出去没有?寒江关樊梨花在不?姜须去,人家来不?来了,由打大营里能不能过来?正想着听见后面的脚步声,姜须上前施礼:"伯父,小侄交令了!"

"你回来了?"

"回来了。"

"你嫂子她来了?"

"来了!在外面候等,就听您吩咐。"

王爷对姜须说:"领你嫂子到后房看看你哥哥怎么样,赶快报我知道。"

樊梨花辞别了公爹,跟着姜须离开了前厅往后院走,转弯抹角,不一会儿就来到薛丁山的住所。薛金莲看见樊梨花,擦擦眼泪:"嫂子,你多咱来的?"

姜须说:"什么事得有主次,还多咱来的?我看咱先别演戏,主要的是救人。嫂子,你看了半天,你瞅瞅我哥哥有救没有?"

"兄弟,赶快取碗温开水。"

姜须冲外边喊:"我说外边的!"

四个兵在外头呢,这四个兵在窗外窥视,一个个还正纳闷儿:"我说,少奶奶来救少帅?"

"那可不?不救少帅请她来干什么?"

"我说人死好几天,还能活?"

"不活她能来吗?"

"哎呀,那可真是个光景,要那样的话,这天下就搁不过来了。"

"怎么?"

"那要把坟地都刨开,不就都活了?"

"你废话,埋上还能活吗?"

姜须这么一喊,这个去不一会儿取了一碗温开水,拿到这儿来交给姜须，姜须回身递给嫂子。樊梨花看了看这碗温开水，倒了半碗，掏出丹药放进去，从头上拔下金簪和弄开。叫小妹撬开薛丁山的嘴，灌完药，就听薛丁山的五脏六腑响，一张嘴，吐了挺多绿水。

薛丁山睁眼慢慢坐起，忙问："我这是怎么了？"

姜须说："哥哥受伤，已死三天，刚才有人把你救活了。"

薛丁山忽听身后女人哭，转身看是樊梨花。薛丁山一看是樊梨花，气不打一处来，他站起身在西壁上摘下宝剑，呛啷！剑一出匣，他一转身奔樊梨花。薛金莲上前拉住："哥哥你干什么？人还有点良心没有？你！你！你太狠了！"

姜须在旁边瞅了瞅："薛哥，你先把剑放下，我有几句话说，你听完了再杀人还晚吗？"

"兄弟，你想说什么？"

"哥哥你在两军阵，被黄子陵打下马，我可是玩命把你抢回来的。我看伯父伯母哭得我实在忍不了了，我豁出脑袋到寒江把樊梨花给你请来的。嫂子病任多月，盔顶不动，刀拿不动，她听到你受伤，爬都要来，对你什么劲？刚才把你救好了，你连一句温暖的话不会说，你还要杀人家？一个人做事都得有点良心。问心自揣你良心何在啊？薛哥，哎呀，我真都没听说过天下能有你这样的人！"

"兄弟，你也听我说两句啊。"

"我开开耳光。"

"你嫂子是阎王爷？"

"不是。"

"是判官？"

"不是哇！"

"她一不是阎王爷，二不是判官，她让谁活谁就活？我跟老道会战受伤不错，掉下马，可能是震的，我糊涂几天，我现在就是她不来也该好了，她这不是干脆骗人吗？那能耐也太大了。"

姜须问："哎呀，那你的意思？"

薛丁山也不哪来那么大气："我是有三寸气儿在，我不杀她，我也得把她赶出青龙关。"

"好了，姓薛的，这么说吧，她对你如何，你们谁对谁错与我无

063

关，你们老薛家的事，我姓姜的跟你说一句心里话，我这是冒着险请来人，不能弄个劳而无功。如果这样的话，你说不是她救的，你自己好的，她没功事小，我不干！咱到前边讲讲理去。"

薛丁山也把脸一撂说："兄弟，你也好无情啊。"

"对待你这样的人就得这么办。"

"姓姜的。"

"啊，姓薛的。"

"人做事得留点余地，你也别太过火了。薛家的事与你何干？说一句不好听的话，你姓姜，我姓薛，我们家的事清官难断，你管得着吗？"

"好啊，薛丁山，你等着。"姜须一转身跑到了前边，老帅正在那儿坐着。姜须这火就大了，到了跟前儿，照着桌子啪就一掌："老薛头儿！"

"啊！你说什么？"

"老薛头儿，我有一事不明，当面要问。"

"孩子你说。"

"我是给你当差来啦？"

"不是。"

"我是给你站堂？"

"也不是。"

"那我是你手下的三军啊？"

"不是。"

"这也不是，那也不是，我说老薛头儿，我在你这儿干什么？你说说，我明白明白。"

"哎呀，孩子！说这话，小孩儿没娘——话就长了。我也跟你说过，你也知道：因为伯父被害，坐天牢多少年，这次让我戴罪出征，在动兵的那一天，十里长亭，满朝文武给我饯行，我拉住你父亲姜兴霸的手，我眼泪掉下来了！你爹叫我途中保重，我才说：'我这么大的岁数了，能够凯旋呢，弟兄还能见面，我要真是死到突厥，咱们就算永别了。'你父亲也就哭了，在这个哭的中间，我说了一句：'我呀，最不幸的就是老来丧子。'那阵儿你哥哥薛丁山不是活不见人，死不见尸,已经明白人没了。老来无儿,我说我眼前连个混眼睛的都没有,你父亲才一点手叫你过来,给我磕头,让我把你带到帐前,一来见识见识,二来让我帮你把这条枪再好好练巴练巴,两军阵前经验经验。你父亲嘱咐你,让你白天晚上不离伯父左右,让你跟我来混眼睛。孩子,今天你怎么说出这样的话,当差效劳?你不是给我混眼睛来了?"

"这么回事啊,那行,也混得不大离儿了,把你的眼睛也混来了。那你也知道我爹妈没多就是我一个,我说老薛头儿,我也该回去给我爹妈混混眼睛啦。"

"孩子说得完全对,太对了。可是我、我倒是愿意这么做,不过你得叫我明白,孩子你今天来的这股风不是这个事,你这里头事里头藏着事,你不叫伯父明白,伯父也不能就这么叫你走了。"

姜须说:"这简直是要人的命,你还要明白?老薛头儿,你们家一个好人也没有,从今后你们爷儿们我不交。"

老帅闻听吓了一跳,"贤侄你疯了?哪个惹着你了,为什么你跟伯父这么牢骚?"

姜须说:"就是你儿得罪了我,他恩将仇报。我为他不顾生死闯番营,请来梨花嫂子,刚才把你儿子救好了。你们爷儿们连句好话都不会讲,拔剑就削嫂子。我刚解劝,他说你们家的事情我管不着。老头儿,现在我问你,你能管,咱就讲讲理,不能管,我走啦,姓薛的一个也不交了。"

老帅一拍桌子:"中军!"

"在!"

"传令——去将你家少帅捆来见我。"

"是!"中军官带领人等够奔后院,这阵儿薛丁山看姜须走了,知道要不妙,这更厉害了,薛金莲劝不住,丫鬟在这儿拦着。樊梨花瞅了瞅薛丁山,如狼似虎。樊梨花打了一个咳声,说:"将军,我有两句话说,你看这样好不好,刚才说你好不是我救的,我也承认,这算巧合。这么办吧,你别叫我走了,我实在回不去寒江了,再一再二再回去跟大家怎么讲呢?你又给我撵跑了,为什么呀?人有脸树有皮,你把我留下,我也不是非跟你夫妻成就,婆婆上了年岁,目力又不佳,我在跟前儿伺候伺候。营里头比如要再有什么大事需要我,我替你出去办办。就像现在东门外的黄子陵他没死,他非来不可,恐怕他来了更要厉害,我替你出去宰他。兵我替你退,我樊梨花寸功不要,我干完了活就孝顺婆婆,我只要在大唐营里站脚。你不撵我,我对你就感恩了,我一生也就算足矣了。"

"贱人!你说这些话有多无耻,狗皮膏药怎么还粘上了!你想待下,你算干啥的?我母亲用你伺候?要丫鬟有丫鬟,要妹妹有妹妹。营里头有千军万马,用你帮着打仗?难道说没我们就不能打胜仗?我薛丁山岂肯甘休,你看剑!"

正这时就听门外有人喊:"少帅听令。"

薛丁山忙出来:"中军大人。"

"来人,把少帅捆起来。"

薛丁山一看这风头来得挺硬啊!这个时候,呼啦一下把薛丁山抹肩头拢二臂,是五花大绑。绑的人手更黑,勒得挺紧,都有点为樊梨花打不平,生闲气。薛金莲、春桃跟樊梨花这三个人六只眼睛都直了,这是怎么回事啊?"走!"中军官带人押着薛丁山够奔白虎堂。

丁山上堂叩头,王爷拍案骂道:"违军令你私自出战,姜须把你抢回城,又豁命请来贤媳梨花,治好伤,你就要杀吾妻,恩将仇报,还斥责姜须,反面无情。拉出去,杀!"

丁山说:"我被老道打死三天,刚明白我拿梨花硬当黄子陵了。到现在雨后送伞啥都晚,对梨花今生有错我来生报。"

王爷闻听问:"冤家,樊梨花你倒要不要?"

丁山说:"儿不死,情愿和她拜天地。"

王爷叫姜须:"你看这事就这样行不行?"

"老伯父,这太好了!我小子就是这么想,就是为了成全他们俩。既是这样的话,我姜须没有气儿了。"

"好孩子,你到下边给忙活忙活,我听你报,马上就叫他们拜堂成亲,今天夜里就洞房花烛。你明白,孩子,别忘了夜长梦多呀。"

"我知道我知道!"姜须从里面跑出来说,"薛哥,你去换换衣服。"

薛丁山说:"换什么衣服,这身挺好。"

姜须高兴紧张罗:"众将官你们来,谁明白这个,找几个老的,赶紧就在这儿设摆花烛。我到后面送信儿,一会儿嫂子就收拾好了,我们这就准备着周济他们拜堂,叫你们喝喜酒呢。"

薛金莲带着丫鬟春桃把樊梨花送到后边去啦,樊梨花见了婆婆跪倒磕头,老夫人叫孩子起来,坐到旁边。薛金莲从头讲了一遍,可把老太太气坏了:"这个冤家!简直他就是气死我了,媳妇啊,这么办吧,看看你公公在前面有什么办法,他要能回心转意,也就既往不咎吧。你们是夫妻,当老人的,看见你们和了,我们就乐。他要如果拧性不变,我,我一定跟他拼命。"

大家把樊梨花劝的,也就算缓和一点。这时就听外面说话:"哎呀,我说嫂子,恭喜你啦。"姜须跑到里边跟樊梨花说,"我老伯父在前面,把我哥哥给说服了,让我来帮忙。我这里头准备设摆花堂,我说姐姐你就帮忙给嫂子梳洗打扮,收拾得越漂亮越好。今天晚上洞房花烛,现在天地桌摆得不大离儿了。"

金莲说:"谢天谢地!"

老夫人点头,"这就算行了。"

樊梨花说:"婆母,小妹,别听姜须的,他嘴里的话,三七儿扣不住。"

姜须说:"哎呀,趴着门缝看人看扁了!那么说,收拾不收拾在你,我摆我的花堂去。我该干啥干啥,姐姐你可别忘了,这可是真事。"

他一转身,走了。薛金莲也怕把事情弄含糊了,那要真忙乎上没这回事,我嫂子受得了吗?叫丫鬟春桃去看看去。春桃不一会儿跑回来说:"小姐,是真的。老夫人,恭喜您,外面天地桌都摆上了,我们赶紧准备吧。"

薛金莲瞅瞅樊梨花:"嫂子,要那么说,来,我们给你忙活忙活。"

樊梨花也琢磨:"怪呀!真的莫名其妙啊,难道我樊梨花这回还没算白来?"樊梨花的眼泪下来了,老夫人劝哪,薛金莲和丫鬟春桃给樊梨花忙活。要把樊梨花啊,在这苦恼之中扮成一个新娘子。

这时候姜须在前面也没闲着,找了一个老兵懂行的,把天地桌整

067

得好好的。姜须吩咐:"摆得越齐全越好,我去找薛哥去。"姜须这儿找没找到,那儿找找不着,找来找去,找到薛丁山的卧室。一看他在这儿躺着呢!姜须一扒拉,"薛哥,起来啊,这日子口儿,你怎么能睡得着觉呢!"姜须拉着薛丁山往外走,说,"天地桌摆好了,就等着你去拜天地呢。"

薛丁山一想不拜不行,拜,我怎么算?又一想,明着我是斗不了你,小贱人,今天晚上洞房花烛,神不知鬼不觉,我不杀你,誓不为人!薛丁山一咬牙,拜天地是假的,他要刺杀樊梨花。

第十一回　洞房酿命案

　　姜须把哥哥弄到天地桌前，又命人到后房去催新娘。樊梨花在后房有薛金莲忙活，老夫人也在旁边帮着劝媳妇说，这回就好了。
　　薛金莲、春桃给樊梨花忙活，老太太看着高兴，樊梨花虽然脸上没带出笑容，心里头也就知足了，能有今天，这次的唐营我总算没有白来。我和他这几个月呀，不管怎么样吧，我算熬出来了。这个时候前边催促，就听有人喊："天地桌摆好了，姜老爷有吩咐，请少夫人到前边拜堂。"薛金莲瞅瞅丫鬟春桃，两人赶紧就给樊梨花忙活完了，主仆俩搀扶新娘来到院中天地桌旁。小姜须点着黄香递过去，薛丁山和樊梨花拜完天地，回身走，薛丁山掉头就走，姜须一看心里难过，梨花嫂子命苦啊，这薛哥太缺德了。姜须没办法，再到前边一吵吵一闹，老元帅再一动怒，又绑了杀了的，还不吉利，姜须也就忍下了。薛金莲一看哥哥没进洞房，恨哥哥，这阵儿还不能吵吵，只能忍气吞声。薛金莲带着春桃就时刻不离樊梨花，把樊梨花扶进了洞房。姑嫂唠到二更，小妹走了，三更来天丁山还没到。
　　薛丁山这小子拜完天地甩袖子他走了，回到自己的卧室，一口气头朝里睡了一觉。等他睁眼就听外边哪哪哪，咣咣咣，三更。薛丁山连晚饭都没有吃，一想我这觉睡大了，误事了。三更天我再不去，天亮就麻烦了。薛丁山赶紧起来，周身收拾一下，带好佩剑从打屋里头出来。伺候他的两个兵一看少帅也没敢哼，往两旁这么一躲呀，薛丁山就走了。薛丁山他高抬腿轻落步绕到洞房，怕被人家看见。这两个兵也没敢问，他俩你瞅瞅我，我看看你，挤鼻子弄眼儿，心照不宣，意思就是说：少帅白天没上洞房去，因为两口子常打架，不好意思，这回半夜了,是上洞房会新娘去了。

薛丁山到了洞房外,老远一看里头灯火飘飘,没有人影摇摇,里头没有人呢?是樊梨花睡着了?薛丁山慢慢地就凑到窗棂底下,在窗外又窥听一下,也没听着什么动静。他心里头一合计:我呀,干脆别犹豫了,他这个时候右手持着宝剑慢慢拉开门,这屋是一明两暗,樊梨花住在东屋,有一个虾米须的竹帘儿,薛丁山来到竹帘儿这儿,想要左手掀竹帘儿进去,一合计不行啊,我得弄明白里边情况,轻举妄动会吃亏的,樊梨花绝不是好惹的,如果她要没睡,我是绝不能动。他隔着这个竹帘儿的空隙往里头一看,南床,樊梨花头北足南面朝东,只能看见樊梨花的后背,在那睡得挺稳当。薛丁山想进去又一想,睡着没睡着?要没睡实可不是玩的,薛丁山这会儿内在折服樊梨花,当初在东门外给樊梨花一枪,樊梨花一个手,他俩手没夺下来。跟樊梨花南树林打架,樊梨花一个反背刀把他拨下马,薛丁山尝试过。尤其是青龙关,自己出去,黄子陵差点没把自己打死了,樊梨花带病穿番营,据说还打老道一下,樊梨花是比我高啊!这个时候他想来想去,把竹帘儿轻轻地撩起来,往下一放,啪嗒,微微有这么点声,他隔着空隙瞅樊梨花动没动。没动,连三次,啪嗒啪嗒!樊梨花稳如泰山。薛丁山心想:这是肯定睡着了。樊梨花这身功夫眼观四路,耳听八方,如果要没睡着,我竹帘儿响,她非回头看看不可。好,正是机会了,机不可失时不再来,薛丁山这回悄手悄脚的,他左手掀起竹帘儿慢慢地进来放下,来到樊梨花的床头。薛丁山右手握着宝剑,心里想:说真的咱俩没仇,就是我恨你呀不该这么逼我,我不要你就拉倒吧,你一而再再而三地没完,我当断必断,不得不下毒手,樊梨花呀,你还在酣睡,你死都不知道怎么死的,是我薛丁山对不起你,剑往上去往下一落,脑袋扑一下就下来了。就在这时候就听得窗户外冷不丁地有人说话:"薛丁山你好狠!"薛丁山听见了有人说话,他抽身就出来了,来到外边,好像有人上房,薛丁山往后退身,往房上望了半天没瞅着人,薛丁山一想:这樊梨花生前不好斗,怎么死了还玩邪门儿啊?怎么你跟我闹鬼?不能,我从来也没见过什么叫鬼,师父也说那妖魔鬼怪未之有也。嗨,我这是自己吓唬自己啊!可能我老害怕樊梨花没睡,我这是精神作用,这是我自己的听觉有毛病了吧？薛丁山自己解释了一下，哎，总算是我水落石出了，这回我什么也不怕了，可是薛丁山也觉得自己有点缺德。

薛丁山赶紧进房翻找，发现替死换生的皮人子，才明白梨花没死回了寒关。

薛丁山知道这回惹祸了，我这是搬砖砸脚，咎由自取，杀人家没杀了，知道这是个事。薛丁山这一发愁，回房去头朝里呀，他把宝剑往旁边一放，就睡了。他一觉放下心头稳，他睡着了。可有一件，老元帅啊，姜须啊，众将啊，这城里头啊，真有的是人通宵没睡。三军众将虽不沾亲带故，大家多数百分之八十倾向樊梨花，同情这个苦命的人。何况这个时候被困数月之久，黄子陵如何欺人，没有办法治，好容易请来樊梨花，这回跟少帅又和好了，准知道少奶奶天亮就能出去宰老道。所以大伙高兴，你瞅瞅我，我看着你呀，这有希望了！老元帅也是熬了一宿啊，跟姜须唠长唠短，老薛家的这个事，你哥跟你嫂子的和美，是你的功劳。姜须说："老伯父，您也不用这么说，这是您老人家有德呀，还是您的福气，也是我哥哥呀，别看一时冲动，还算明白人。再者说呢，我嫂子也真够好了，就是一再地谅解，要不然的话这事也早弄僵了，这回就好了！哎呀到天明，咱们这一仗，你看这个杂毛老道，我要薅他的杂毛！"爷儿俩喝着喝着啊，天太晚了，也没有躺下，就在这儿靠着打了个盹。天刚一拂晓，王爷起来了，净面漱口收拾完毕，泡了早茶，喝完早茶吃了早饭，老王爷饭吃完了还没等动呢，噔噔噔……有人来报："启禀老帅得知，东大营里号炮连天，队伍齐出，今天的番兵番将比哪天来得都多！那个老道在外头出口不逊，他、他、他今天疯魔一样，要死，要不出马他说绝没完！"

王爷呵呵微微一笑，"不要听他如何无礼，也别看他张牙舞爪，再探，不挂免战，今天我们要生擒黄子陵。"

"得令！"蓝旗官说话气也壮，转身出去，对外喊喝："对！今天不挂免战牌，老道你阳寿已满！"

王爷吩咐升堂，再看中军辕门旗牌众将，两旁人等呼啦啦一个个盔明甲亮，整个的在白虎帅堂摆开，大伙都明白啊，知道今天这个大战场，我们好几个月净受气了，这回说上句。大伙在两旁瞅着老帅，老王爷往旁看看姜须："姜须啊，你去一趟到后边叫你哥哥嫂子，赶紧收拾,到前边来,今天就看你嫂子的啦!拿老道,我们今天要打胜仗。伯父我也出敌,我给你嫂子观敌瞭阵,叫他们小两口暴打老道。"

"是是是!得令啊!"姜须往外就跑。可是姜须一想:人家夫妻洞房花烛夜,我进不得呀,可进不得这怎么办?老道在外头骂阵,急等着打仗,我在这得等到多咱?姜须眼珠儿一转,一回身说:"哎呀你们都起来了?你们早啊!哎呀太阳这么高了啊!我吃完饭了,你们都吃完饭了没有?都吃了?好好,天不早了。"他这意思呢,像跟别人说话,其实他这是往洞房里送信儿呢。这时候就应该洞房里头起来呀,或者搭话啊,可他侧耳听了半天一点动静没有。哎呀,姜须想:这俩人这觉睡得这个实,太死了!嫂子犹有可原,病久了,体弱,又累。哥哥不应该,哎对了!哥哥也是死了好几天刚活,这俩人这是一对的,一个模样,这怎么办呢?进去不得。他听着有脚步声音抬头一看,从西边来的正是丫鬟春桃,端着一盆净面水,"春桃,进屋赶紧叫他们起来,天不早啦!"

春桃说:"哎,我都来了三趟了,他们还没醒呢。"

"你进去了吗?"

"我没有……"

"进去看看,叫起来。"

春桃为难:"姜老爷,我怎么能进去呢,您说?"

姜须一跺脚:"就说我的吩咐,去去去,快,去吧,叫你进屋就进屋,叫他们起来!去吧,去去!"

小丫鬟春桃没办法,姜须哈着她,这才从外边进来了,进去隔着竹帘儿往里看:"呀,姜老爷这屋没人呢?"

"啊!"姜须跑进来,他一掀帘子往里一瞅,哎哟,床上一个人没有!姜须把眼珠儿这么一转,啊,闹了半天,这里头……我明白了!

姜须咔吧咔吧眼皮,想必是哥哥昨夜没来,嫂子脸厚找上门去睡到哥哥那儿了,连忙到哥哥那儿,进屋一看,有点傻了,哥哥自己鞋帽没脱和衣而卧,宝剑出匣。姜须一看宝剑,心里咯噔一下,琢磨不好,抓起薛哥:"走,你给嫂子偿命。"

薛丁山一看是姜须:"兄弟来啦。"

"啊!我来了,我来了哎!我说哥,你怎么睡到这儿?昨天晚上你没到洞房去吗?"

"这个,我去晚了。"

"怎么晚了?"

"我,我回来累了,睡了一觉,我觉得我三更多天醒的,我再到洞房,你嫂子生气走了。"

姜须一瞪眼:"什么?走了?你去晚一会儿,她还气了?她要那么样小性子,小心眼儿,她能将就你到现在呀?啊,你睡觉还把剑都亮出来啊?哎,我说哥哥,我问你个事,昨天夜里头三更多天,就提着这口宝剑鬼鬼祟祟地到嫂子房外直接进去,照着嫂子扑哧就一剑,我说那小子是谁?"

薛丁山这人他直啊,不会转弯抹角,当时张口结舌接不上来了,姜须一看完了!"嫂子啊,你死得好苦啊!姓薛的你狠透了,哎呀,你真能下去毒手,嫂子,我我我,这个仇我给你报了!"他往外就走,薛丁山着急了:"兄弟,你回来。"

"我回来干什么?你!你!哎呀,姓薛的你等着!"

小姜须大放悲声,边哭边跑,来到前厅:"老伯父,你说你儿子狠不狠,把嫂子大卸八块,床上地上都是血!"

老帅一听叫中军把冤家绑来,丁山跪在大厅。老帅说:"咱俩是冤家不是父子,你心黑杀了梨花贤媳,谁替我去杀黄子陵?"老王爷越说越恼,吩咐:"推出去,杀!"

两旁呼啦一抓少帅,薛丁山跪爬半步:"哎呀,爹爹,你容我将事说明再杀不迟。"

姜须在旁边说:"老伯父你听见了没?我哥哥别看杀了人,可能他还有理,我看待着也没什么事,你们爷儿俩慢慢唠吧!叫他说,哎呀,说出理来不是更好吗?"老王爷知道姜须这不是好话,啪一拍桌子:"不用你多讲,你用不着跟我再说,军法无情,两旁人来,推出杀!"

073

第十二回　怒斩薛丁山

上一回书说老王爷一定要杀薛丁山，最后拍案大喝，吩咐把他给我推出去。薛丁山不走，跪爬半步还是苦苦哀求："爹爹，她没死。"就把经过说了一遍。

老元帅命中军去洞房，不一会儿，把皮人子拿到。老帅说："你有意杀人就有罪，她没死，你死也不冤。传令斩！"

这个时候众将不能旁观啊，大家苦苦哀求，老帅最后一拍桌子："推下去，不管谁，不准再求情！哪一个再多说，我把你们推出去一律问罪，都给我退下去！"

大家一听喏喏后退，你看看我，我看看你，束手无策，都默默不语。姜须在旁边一看：糟了，我把这个油添得太旺了，这下有点落不下来了。姜须一想要因为我，老伯父脑袋一热真把儿子杀了，久后要想起来也得恨我啊！老伯母得骂我一辈子，再者说，那寒江那位，哎呀呀，别看对待我是不错啊，拿我当亲兄弟，要真听说因为我姜须把人家汉子杀了，哎哟这个……姜须把眼珠儿一转，赶忙跑出来，告诉外边刀下留人，千万别杀啊，听我的。姜须这才回来往前凑合："老伯父老伯父，我有几句话跟您说，我说完了您要觉得这话说得没用，就算拉倒，要有用，您就斟酌一下。"

"你想说什么？"

小姜须眼珠儿一转："尊伯父，寒关被困半年整，您老究竟怕什么？要是您把哥哥斩，没有梧桐树，樊梨花就不到您的家。"

老帅无奈问："孩子你有什么好办法？"

姜须应该这么这么这么办，王爷听罢暗暗点头，吩咐放回逆子薛丁山。老元帅啪一拍桌子:"冤家,非是为父不杀你,你兄弟苦苦求情,为父万般无奈,看在姜须的面上,将你的死罪饶过,活罪难免。"啪,把大令往下一扔:"我命你三天内请来贤媳樊梨花,将功折罪。三天内请不来樊梨花,为父我是杀你个二罪归一,定斩不饶!下去,退堂!"

老帅退了白虎堂,薛丁山愣了半天,一看一个人也没有了,薛丁山就在琢磨,屡次三番我那么对樊梨花,这回要到人家寒江关低三下四请人家,人家对我什么样?也不能轻饶我,我去不得啊!薛丁山凄凄凉凉,犹犹豫豫,打里边就往外一步一步地抬腿,他才刚出门啊,就听外边有人唱唱咧咧,他一看是姜须。薛丁山一想,兄弟这个人你别看他岁数小,足智多谋,天大的事情你问到他的头上都有招儿。薛丁山来到跟前儿叫他:"兄弟啊兄弟。"姜须装没听见,叫了数声不语,薛丁山紧走一步轻轻一拍姜须的肩膀头:"兄弟!"姜须一回头:"哎哟薛哥,怎么还没走呢?怎么等兄弟给你带马啊?"

"兄弟,哥哥求求你,你给哥哥拿个主意,你说我对你嫂子我也不用细说你也知道,哎呀这一次我要到那儿,她也不能轻饶了我啊!"

"你让我拿什么主意吧?"

"你说怎么办?"

"有办法呀,就是俩字儿,不去。"

"哎呀,你也听见爹爹下令,三天请不来樊梨花杀我二罪归一,我要不去,这关我也搪不了,他老也不能饶我呀!"

"那也好办啊!"

"怎么办?"

"快去啊快去。"

"去了你嫂子不能宽恕我啊!"

"对,我把这事给忘了,还是别去。"

"别去爹爹不让啊!"

"对,还得去。"

薛丁山着急了:"哎呀兄弟,你给哥哥拿一个一定的主意。"

姜须这才说:"什么一定的主意?这不是明摆着吗?事情到现在,兵临城下,将至壕边,老伯父就等嫂子杀黄子陵,我费那么大劲,把人家请来了，你把人家半夜逼走了，你大丈夫脑袋掉了算个啥，你也得去，这命令一下，你不去死在这儿，是不忠不孝，你死到嫂子手是忠孝双全！"

"兄弟你拿我开心，这怎么话说呢？"

"没错啊！你要是违抗将令，就是不去，爹呀我也不听，令我也不遵，我就挺到三天，我没请来樊梨花，你把我推出一杀。按国法你是先锋，不听将令谓之不忠；按家法父为子纲，你是不孝啊！所以说你死在这儿是不忠不孝。如果你去了，到寒江樊梨花真要是小脸子，她把眼睛一瞪，把你推出斩首，死就死了嘛！为国嘛！那就说你既为国尽忠，又遵父命尽孝，我看还是死到那儿好啊！"

薛丁山说软话了："兄弟，我的意思就说，我、我想求求兄弟你，兄弟你再给我帮帮忙，你再去一趟，把你嫂子请来，这回我保证好了。"

姜须说："你真能逗啊，那番营四十里地，黄子陵杀法骁勇，就我这两下子，我跟他打过一个来回了，再去，兄弟我这条命可就是他的了。"

"无论如何你就帮哥哥最后这一次吧。"

"不去不去，说什么我也不去。"

"当真不去？"

"当真！"

"兄弟，你实在不去？"

"就是不能去。"

薛丁山说："好。"他一按佩剑，咯嘣呛啷！姜须一瞪眼："怎么姓薛的，哎呀好啊！你求我，我不动，你还要动这个？那么你就把我杀了，哎，痛痛快快的！"

"兄弟，我能那么干吗？"

"你呀，你这人儿没准啊！你这个人良心不知道怎么长的，对谁都能下手啊！"

"不，兄弟，我绝对不能对朋友那样无情。"

"那你亮它干啥？"

"兄弟，我、我就不等爹爹再杀我了，去，我也不敢去，我就不如一死方休。"薛丁山说着剑就往脖子上搭。薛丁山想兄弟义气，我拿剑一比画他就替我去了。薛丁山是猜透姜须的心理了。姜须一看他一抹脖子，伸手把他的腕子就抓住了，姜须咋想的？姜须想我哥哥有勇无谋啊，这个人直啊！说了就敢干啊！他要真把剑按在脖子上了，那么就算他是假的，我要不拦，他扑哧就兴真拉了，这不还是我沾包儿吗？

姜须把哥哥腕子抓住说："哥哥，你别死。"

"我一定要死！"

"我去还不行？"

"啊，兄弟，多谢帮忙！"

姜须无奈："哎我说姓薛的，这个招儿你可以就使这一回，你再使可就不灵了，你是知道我交朋友不怕生死，为朋友大义通天，你拿剑吓唬我，你要下次再这么吓唬我，我可瞅着你了啊，我可就不管了。"薛丁山脸通红，姜须说："行了，好好好，既然这样，为朋友生，为朋友死，我姜须也豁得出来，那么你等着，可是我要把嫂子请来，你可真得照办，如果你要再跟嫂子说一句错话，我可跟你没完！"

"兄弟你放心，你嫂子来了，哎呀，百随百依，我这回跟她夫唱妇随，白头到老，也就是了。"

"好，哥哥，你等着。"

姜须等着外边天黑了，他收拾完了，把马都鞴好，亲身刹刹肚带，又跟哥哥嘱咐一番。薛丁山把兄弟送到东门，姜须看看薛哥，心说：我要是能穿过番营，把嫂子请来，那是怎么都好说，我要是穿不过去，我们兄弟……姜须心里也好难过。小姜须出了东门，马就奔番营来了。

他离番营近了，番营的番兵感觉有马蹄声，就愣了："啊？谁？谁？"姜须说："我。"

"你谁？"

"我，你看不出来啊？哎那两个人，就那个病女人到城里头把针线包落到家了，让我回去取，我说，我不敢回去，番营不好过，她就把打你们老道那球给我拿来了，你们谁活够了？着家伙吧！"

番兵一听打老道的球，知道厉害，纷纷后退，姜须就闯进营，谁拦是挨着死碰到亡，那匹马简直是生龙活虎，在番营里头就像虎进羊群，加上姜须这个枪也玩命。姜须就仰仗这个迅雷不及掩耳，在营里头眨眼就干进去十几里地。姜须心里还担心一个事：我嫂子当晚搁城里头出来，能不能心眼儿窄寻短见再闹别的事？就不闹别的事，她有没有什么三亲六故，一窝火，没脸回寒江上别处串门去了？嫂子要真回了寒江，我见着不管怎么样也能把她说出来。如果嫂子要没回寒江，我到那要是空跑一趟没见着嫂子，我回来，这怎么办？营我怎么过？哥哥怎么交代？这一系列的问号在姜须脑子里头打转转，那么樊梨花究竟到底回没回寒江？

那天樊梨花在洞房里头，薛金莲走了后，她倒在床上三琢磨两琢磨就睡着了。在梦里头就看见她爹和哥哥都来了，见到她又是哭又是痛，说："薛丁山心狠手黑，他可别来杀你！"樊梨花一激灵醒了，心里也琢磨：对啊，我无事防有事，水不来先叠坝。樊梨花想到这儿，她就赶紧起来收拾一下，在皮囊里把一个替死换生的皮人子拿出来就放到枕头上，把被拉开，里头楦上别的东西，她把这个皮人子弄得真跟樊梨花一样。她想：我单看薛丁山你到底是什么心。

樊梨花从打屋子里收拾出来到了外边，刚到外边往前走不几步，发现有人，她赶紧躲起来。就看这个人鬼鬼祟祟的，在窗外怎么站着，房门怎么站着，怎么进屋。樊梨花看他进屋，就趴到窗棂外边用唾津把窗户纸洇开，她闭一眼睁一眼往里看薛丁山。薛丁山在竹帘儿那儿，弄竹帘儿，最后进来一看，他明晃晃掐着宝剑，在自己的替死换生的皮人子跟前儿站着，不知想啥，再看他手起剑落，噗！把皮子的脑袋给劈下来了！樊梨花哎呀一声："薛丁山你好狠！"樊梨花彻底没了希望了，她飞身上了房，逢房越房，樊梨花由打这个城里头出来，回到了寒江关，见到丫鬟夏莲悲悲切切把事情讲了一遍。

丫鬟说："姑爷慢慢准会好的，老道一定天天出来给你帮忙。"

梨花说："老道把我都恨苦了，他哪能帮你姑娘的忙。"

夏莲抿嘴笑："我说他帮忙，他准帮忙。小姐您认为黄子陵怎么给您帮忙？他去劝姑爷？他能说上话吗？而且他能干吗？他要说好话还就坏了！他不用说好话，他每天一攻城一骂阵，他在疆场上这么一使威风，大唐这么一害怕，不是困好几个月了吗？这样就给您帮忙了！您想一想，您的老公公要不怕他是没办法，能让姜须到这儿来找您吗？姑爷刺杀洞房把您逼走了，这个事还有不露的呀？纸里包不住火呀，雪里能埋住人吗？知道您回来了，您老公公他非逼姑爷不可：'你去把你媳妇请来！'他不得这么办？我琢磨您坐着等着吧，放心吧，三天以内他就来！"

"他还能来我这儿？"

"来，准来。他不来行吗？老元帅能让吗？逼他，大压小，强压弱，他肯定得来。不过他来了您怎么办？姑娘您可要斟酌，真把刀把递过来了，您就得做出个样来，要再水水汤汤的他说怎么就怎么的，那可就不好办了。"

"不，你这是胡猜，他不会来的，他怎么还能……"

"哎，您就等着看吧！"她们主仆把话说到这儿啊，丫鬟给姑娘出个主意，告诉前边沈三多小心点啊，不能随便来人就往后跑。

她们等了一天没动静，又等了一宿还没动静，天亮了，刚吃了早饭，就听着外边沈三多说话。夏莲跑出来，沈三多说："跟小姐说，大唐来人了！"

"啊！姑爷来了？"

"不，就是上次来的那个姓姜的姜先锋。"

夏莲说："别叫他过来啊，小姐有话不准上后院，你现在等一会儿。"丫鬟转身回来了："小姐，真来人了！"

"谁来了，是你姑爷？"

"不，又是姜老爷来了。"

梨花说："兄弟太好了，你就说有请。"

夏莲说："小姐，请不得。姜老爷是好人，不怕您把他得罪了，久后您给他磕头呢，咱们再挽回。不过这个事，姜老爷做得不对，他来了算什么？老王爷绝不能求到他头上，老王爷一定是逼姑爷来，姑爷是不敢来，他又求的他。他这个人多事，替姑爷来的，保证没错。您要是稀里糊涂就跟他去了，到那里把番营一破，老道一宰，一进城姑爷一瞪眼您又回来了，您说为了什么？"

"你说怎么办好？"

"怎么办？您要听我的话想好，就这么这么这么办，没错！"

"哎呀，这可过火点。"

"没什么过火的，干吧！"哎呀这回可把姜须糟践苦了。

第十三回　二下寒江关

要依着樊梨花,把姜须客客气气请进来,丫鬟夏莲阻止,"刀把儿到咱们手了,咱们不能撒手了。老元帅真管事,姑老爷他真怕事,求姜须来呢,姜须好管事,咱们得把坏事变好事,不能把好事变坏事。"

樊梨花说:"那咱们怎么办?"

夏莲说:"把他轰回去!"

梨花瞅瞅丫鬟:"他要不走呢?"

"不走啊?您就别客气了,就把他打也打跑了!得罪他不怕,姜老爷明理,这个事他办得不对,他要不来,姑爷不就来了吗?他来了这算怎么回事?"

樊梨花点了点头,瞅瞅夏莲,夏莲就明白了,出去就传话让沈三多进来。沈三多来到楼上见了樊梨花,马上问:"小姐有什么吩咐?"

"你去到前面给我升堂。"

沈三多问:"那姜先锋?"

"叫他外边等着,升堂之后,准备叫他堂上回话。"

"这……是是!"沈三多到了前边马上吩咐:"小姐有令,升堂!"咚咚咚!聚将鼓响起,沈三多来到姜须跟前儿:"对不起姜先锋,我们小姐有公干,要升堂,请您外边候着去!"

"耶?"姜须一看这风头儿不对,我这真是慈悲生祸害啊,你可别胡闹啊!就听里边击鼓聚将,两旁众将是明盔亮甲,刀枪密布,整个的一个大堂上是布置森严。就听到沈三多在里头喊:"大唐先锋官姜老爷听真,姑娘有令叫你堂上回话啊!"

"哎呀——"姜须一想,我嫂子懂人情啊,不能啊,这心里不得劲啊!我这为谁啊?拿我不识数啊?小姜须往里边一走,他偷眼一瞅,这些个都督众将:高的、矮的、丑的、俊的、瘦的、胖的,一个个拧眉瞪眼,真是不横假装横、不愣假装愣、不冲假装冲,真是令人发威。姜须再往当中一瞅,嫂子这回可不像那回,顶盔挂甲,披挂整齐,肋佩宝剑,冷森森一张面孔,一点笑容都没有,俩眉皱成一块儿,成了两个眉疙瘩,绷着脸啊,真就像跟我素无相识。两旁一边还有八个丫鬟,两旁十六个,各使双刀,往那一站,这简直成了阎罗殿了!嫂子你怎么成了母阎王,怎么审冤鬼呢?哎呀,姜须可觉得不是滋味儿,刚跟嫂子想对对眼光,好知道嫂子对我什么程度,刚想看看嫂子的神色,姜须一对眼光赶紧把眼光就收回来了,樊梨花怒目而视,瞅得姜须都有点不敢抬头——

樊梨花柳眉倒立,手拍桌案:"什么人大胆管我叫嫂子?"

姜须说:"嫂嫂哪能不认识兄弟?"

梨花说:"闹了半天是你,有啥事,谁叫你来的?"

姜须说:"伯父限三天让哥哥来请嫂子,哥哥不敢来。"

梨花说:"你不必啰唆,快走,再多说我要打你二十板子!"

姜须说:"看哥哥的面,不能打弟弟呀。"

樊梨花一听,"看你哥哥再加二十!拉出去打四十板。"

姜须被打得是皮开肉绽,轰出大堂。到了外边姜须上马抬腿都觉得吃力,扶着鞍鞒,左手拉的丝缰,晃到府门外,来到上马石,姜须在上马石上一站,左脚纫上镫抬右腿,往鞍桥一坐,哎哟,损透了!小姜须在这个时候可越想他越不是滋味儿,满心的好意成全人,结果没成全好,把自己成全了挨顿揍,打得还真不轻!可能这些打人的也是恨,不恨姜须恨姑爷,拿姜须出气。他一点一点搁城里挪出来,出了西门够奔青龙关,姜须在这个时候又回头瞅了瞅寒关:"樊梨花,樊梨花呀,问心自揣你良心何在啊!"

姜须越琢磨这个事,哎呀,不怪嫂子,人家两口子眼瞅见面的事,叫我在当中不知好歹,我没有分寸,我这来的没理没理没理!头一回我来有理,那是哥哥死到城里,我来是为救命。这回人家活蹦乱跳的,我在当中这是干什么?哎呀,我挨了打,还里外不是人!越琢磨越不是滋味儿,对!我跟哥哥这笔账没完!他这匹马就够奔了青龙关。

薛丁山在城里头可有点吃不住劲了,薛丁山一想三更多天还没回来,四更还没有信儿,我兄弟在番营里头,好几十里地,兵似兵山,将似将海,不太好闹啊!我兄弟再有个好歹……

四更天突然来匹马,马上正是姜须。丁山忙问:"兄弟回来了,赶紧进屋,兄弟坐。你嫂子咋没来?"

小姜须说:"我告诉你,嫂子不仅不来,还把我打得皮开肉绽。她说打我屁股,就是打了你的脸皮。"

薛丁山这阵儿是火撞了顶梁,哎呀樊梨花啊!你千不该,万不该,哪怕打我,你也不能把咱兄弟打了,咱兄弟这个人为了咱们那都豁出一切了!薛丁山气得连咬牙带哆嗦,姜须也不瞅他,一个劲地连吃带喝忙乎个酒足饭饱。放下筷子姜须说:"哎,我说薛哥,你什么时候去呀?"

"兄弟,我跟你说实话啊,我不去了。"

"你不去了?你不去了,三天期满老伯父能答应你吗?"

"兄弟,就冲她对你这个样,我去是凶多吉少啊!"

姜须说:"凶多,凶再多也就是一死呗!你不去三天后也得死,那么你去了万一还不死呢?我看哥哥去者为妙。"

"兄弟啊,这个,我的意思是,番营我没走过,我也不知道怎么个走法,你能不能陪哥哥再去一趟,你是轻车熟路……"

姜须哎呀一声跳起来:"干什么?揭痂啊?刚定痂再揭下来那滋味儿就更不是玩意儿了!另请高明,另请高明!"

"兄弟,别人往返这么些趟,他也办不到,哥哥自己也怕办不到。你已经出这么大力了,最后一次,你再成全成全哥哥吧。"

姜须一琢磨,你还真别说着玩。哥哥见嫂子从来连个好脸好话没有,这回他既有心去,不说低三下四也得卑躬折节,你要见嫂子真是能够说两句小话儿,哎呀,花多钱这场面真看不着!"呵呵呵,哥哥,好吧,我这个人啊,吃一百个豆不嫌腥,我再陪你去一趟!咱们这马上就走,趁天没亮,我这刚从营里出来,他们一点预备没有。"

薛丁山高兴赶紧站起来:"兄弟,我到外边鞴马去!"

姜须和薛丁山出来到外边,薛丁山给兄弟带马,姜须接过来回身一看薛丁山的马,"哎呀,坏了!这回别怪我不帮忙!不行了!"

薛丁山一听:"兄弟你事可真多。"

"不是我事多,我这来回几趟,可不是我有能耐,就仗着一个字:快!你这马不行啊!跟不上我的千里豹啊!到时候我这马冲出去了,把你落在后头给番营送礼了!这么着,你骑我马去!"

薛丁山说:"兄弟,没有你,我心里就没底。再不然把你马撂下,咱俩都鞴别的马,咱都慢点?"

"慢点?那给番营送礼就送了一对!不行不行,"姜须把眼珠儿一转,"哎我说哥啊,有了,这可真是机会!我嫂子那匹马叫千里胭脂雪,那马可好,上回闯营的时候,我说不行,嫂子说一步扔不下,我不信,结果还真的一步也扔不下。嫂子是骑马进的城,叫你逼跑了是越房回的寒江,这回哥哥你还有词说了,你这叫千里送马啊!你骑嫂子这个马,那个马真快!咱哥儿俩要骑这两匹马走番营,你还别说,比一个人还好,前面一晃,后边还一个,准行!"

不大一会儿把樊梨花的千里胭脂雪拉来,鞴好鞍鞴,戴上嚼环,三环肚带紧了又紧,拉了过来。姜须说:"哥哎,就走啊,天快亮了,再晚一会儿不行了。"

这哥儿两个也没跟任何人说,也没见老帅,直接就拉马纫镫,姜须龇牙咧嘴:"哎呀哥呀,这滋味,我的中衣呀可能是这一路上沾身上了,这回真又扒一张皮,这又是新茬儿!"

薛丁山说:"兄弟啊,把哥哥疼坏了!"

"行了别整这个了,你对我嫂子好点啊,什么都有了!你这回去能不能和嫂子说几句好话?"

"兄弟,哥哥也是到末路了,这跟兄弟你说实在的,我没有和好的心,我也就不去了,我既去啊,我也都认错了,兄弟你是大义通天的啊!"

姜须摆摆手,然后抬头说:"开城吧,有军务,这不少帅你不认识啊!"

城门官说:"是是是!"吊桥轻落,哥儿俩从东门出来,姜须一看番营要到:"哥啊,我在头前儿,我轻车熟路了,你在后边跟着,跟着可跟着,咱可把话说清,我也没工夫回头照顾你,就有这种精神,咱哥儿俩生生一处,死死一起,我们就是祸福共之,你可不能离开呀!我一打一个照面过去你就到,你能给他一家伙就给他一家伙,不给一家伙你也比画一个照面,你过去也别回来,主要这马不兴往回圈,就是一个劲往前跑,你别离开我,我别离开你,那就说过其番营极其容易。哥哥,你记住没?"

"兄弟,你放心,只要是你过去,哥哥准过得去。"

两个人就到了番营门了,这营门里真是像姜须猜测不假。那些番兵番将就是再动脑筋他也琢磨不出来,这人刚搁这儿出去他又能回来啊!营里头可真有点麻痹大意了,听着马响,就问:"谁?"

"不知道,啊!"

"他又回来了!"

"我说这小子来回干什么?"

"还干什么,你看不出来?他纯粹这小子待着没事,他是遛马呢!"

"拿咱们大营遛马?"

"人家不有能耐吗?咱咋那么倒霉,唉,别提了!上回我二哥肚子都给踢娄了!"

营里头喊声一片:"拿奸细啊!大唐那个黑小子又回来了——来回地不知道干什么哪!这回还多了,又来个白小子⋯⋯"

薛丁山一听大营里头人声鼎沸,喧嚣在耳,真就是一锅粥,简直是乱成一团。薛丁山心里头是真佩服兄弟,往返这些趟,如同马踏平地。哎呀,薛丁山折服了,他精神高度集中,特别紧张。姜须在头前儿,他也不急,他这个乐观劲,在马上:"哎呀,谁该死呀,往前凑合啊,退我则生,靠我则亡啊!"

扑哧嘭哧帐篷都倒了,到了大营中间,上来一匹马拦他,姜须一看这个家伙,在掌中使着金顶枣阳槊,大喝一声:"你往哪里走!"

姜须乐了:"天大人小哪还跑不了,哪儿走?不想走,走了能来吗?休走,看枪!"姜须照着他就一枪,他用槊一架,姜须又一枪,连三枪姜须马往东跑就下去了。这小子一想他都这个办法,一个照面过去就不回来,所以他赶紧勒马赶紧拨回来直追姜须,追着就听后面马响,他一想后边是自己人,没承想是薛丁山,照这小子就是一枪:"看枪!"没等他回头,薛丁山就把他挑下去了。薛丁山说:"兄弟!这个叫我宰了!"

姜须说:"对!就这么干,快跑!"

哥儿俩刚往前一进马,就听后边喊道:"无量天尊!"哎呀!黄子陵到了。

第十四回　头请樊梨花

薛丁山和姜须哥儿俩在番营里，把四十里路番营闯出有三十挂零。姜须说："哥哥，你在头前儿走，我在后边跟着，就这么一个门道，你学会了没有？"

"兄弟，我明白，就是一个劲往前跑。"薛丁山在头前儿提着这条枪，那千里胭脂雪跑足了劲，前腿弓，简直就像一条土龙，薛丁山就觉得两耳生风。薛丁山扎则为枪，甩则为棒，把对面的番兵番将打得人仰马翻。姜须一看哥哥也真行，那千里豹在后边是紧紧不离。正往前奔薛丁山一看，头前儿有一员大将，手使双锤，长得面似红火，两道压耳毫毛，往上倒立，就像两杆笔一样，翘下巴，大奔儿喽头，一对招风耳，声如沉雷。薛丁山就记着兄弟的话，马不停蹄，照对面一枪，来人拿锤一架，薛丁山一个照面马就过去了。这个小子拨马就追薛丁山，他在想：一个黑小子来回跑熟了，这回就变成个白小子，小子完了变女的，你们在大营里头来回是遛马呢？是竞马呢？你们这是拿我们开心！他拨回马来一踹绷镫绳，膝盖碰飞虎鞴，掌中一悠双锤，喝喊一声："哪里走！"这时候姜须到了，姜须马头一截这小子马尾，俩手一较劲，照他后背就一枪，那枪尖把衣服都给点破了才吵吵："看枪！"那还吵吵啥劲，姜须像插蛤蟆似的把他扔下去了。姜须追上薛丁山说："别停，快点走！"哥儿俩催马又干出去有十几里地，薛丁山瞅瞅姜须："兄弟，这回算是出来了吧？"

姜须说："差不多。"哥儿俩下马在这树根底下稍停一停，下了马，把马鞍子整一整，准备好了，再上了马，这个马就不用跑那么飞快了，够奔寒江，也不是太慢。忽听后面喊："无量天尊！"

谁啊,黄子陵。话说黄子陵得到禀报,吩咐外边拉过梅花鹿,抬过五股托天叉,他排兵点将带着马追。出了大营,追有十几里地,没追上。黄子陵不肯甘休,让大家后边跟定他,越快越好,他自己个儿催开八叉梅花鹿,追到一处山岗,他上去往下一看,影影绰绰远处果然有两匹马,一匹红马一匹黑马,一看马上有两个人,"好!无量天尊,唐将你哪里走!"

姜须一看黄子陵来了,心里咯噔一下子,自己琢磨这回可糟了!姜须瞅瞅薛丁山:"哥哥呀,事到其间,你可听我话?"

"兄弟,有话你还客气什么?"

"哥哥你催马跑,奔寒关,到那见嫂子,你就说我姜须死在中途,叫老道把我杀了,嫂子准来给我报仇!你别看她打我呀,嫂子不能不给我报仇。"

"你让我跑,你去玩命?"

"是啊,咱们得把话说明白了,你要是有个好歹可就完了!哥哥啊,你明白吗?"

薛丁山急了:"哎呀不管明白不明白,你去告诉你嫂子,这回她不能打你,你就说哥哥死在老道手内,我跟他打!"

"薛哥啊!你太糊涂!你脑子进糨糊了!嫂子她为谁?她希望的是谁?就是哥哥你!这回你要是真叫老道如何了,我到寒江关那就不是打我一顿呢,把我轰出来,她永远不登大唐营!我们还想征西啊?老伯父就一切完了!如果说哥哥你在,我死在这儿,嫂子一来能给我报仇,二来跟你团聚,三者帮着征西早日还朝,我们大唐马放南山,枪刀入库,我姜须就是死,死而无怨,为国捐躯,我觉得死得值。哥哥往下不用废话了,再多说,咱俩卖一个搭一个全完了,哥哥你跑!"

"不行,我……"

"无量天尊,你们俩往哪儿跑!下马服绑!"

姜须一催马就过来了:"我服绑?你知道我是谁不?"

"你不是个喂马的吗?"

"我喂马?我给谁喂马啊?瞎眼的东西你有眼不识泰山,我就是白袍老元帅帐前的前营先锋官,姓姜名须字腊亭,别号人称赛霸王,他是王爷之子,将帅的苗裔,再往下问,他是你家少帅爷爷薛丁山!

老道杂毛，你这回认识认识吧。"

黄子陵仰天大笑："薛丁山哪？这真是踏破铁鞋无觅处，得来全不费功夫，要不因为你，樊梨花不能投唐，我今天要把你薛丁山铲除，樊梨花还归突厥，何愁不擒你们薛家老少。来来，你们两个识时务下马服绑，口出半个不字，我让你们俩在我的鹿前横尸，叉下做鬼！"

姜须说："老道别他妈做美梦了，你尝尝这玩意儿是什么滋味！"嗡地一枪，老道用叉往外一挂，薛丁山也上来了，两条枪对付老道。老道的五股托天叉对付这俩人还真不太容易，黄子陵一想：我别跟他俩麻烦了，我一拨回八叉梅花鹿，他俩一追我用暗器就得了。老道的鹿就往西败，一边败一边喊："两个唐将厉害，贫道去也！"

薛丁山喊声："哪儿走！"

姜须一拦："别啊，哥哥，你怎么傻了？他一会儿灵头幡儿又掏出来了，他走了咱也走，不怕，跑！"

两人往东，老道一看，"哎呀这黑小子真滑呀！"他刚一拨回他的梅花鹿往前要追，就听一边有人说："无量天尊，僧见僧，佛法兴，道见道，玄中妙。"黄子陵一看大树旁站着一个老道，冲他施礼说："贫道不知道友为何跟两个俗家人动手，这两个俗家人都是一般的娃娃，怎么能惹着道友？不知你道号高名，贫道这里稽首了。"这个老道身穿天蓝色的道袍，腰系水火丝绦，下边水袜云鞋，手里头拿着马尾拂尘。头上九梁道冠，面如银盆，真是仙风道骨仪表非俗。黄子陵被这个老道给拦住心里憋气，一看这样子还不太好惹，便上前问讯。

姜须回头回脑一看后边有个老道把黄子陵截住了，忙说："哥呀，快跑！"就这样，哥两个来到寒江关，他们缓慢进城，来到都督府。弃镫离鞍，姜须拉着马，一看都督府门口有人，他往前一近身："哎，我说我麻烦麻烦你们啊，你回报一下，报给你们家的樊小姐说，现在呀，不但挨打的那个姓姜的又来啦，还给她请来了大唐少帅，不认识你们姑老爷？瞅着愣什么啊？卖不了的秫秸，还在那杵着呢！这是你们家的姑老爷少帅薛丁山。"

大伙听到这儿，你瞅瞅我，我看看你，姜须以为他们得过来施礼呀，客气呀，一瞅一个个就像木头似的，没有过来吱声的，姜须一看,这情形不对呀!薛丁山也说:"兄弟,恐怕要不好。"

这是怎么回事呢?上次姜须给打回去之后啊,樊梨花后悔了,回后楼樊梨花愁得饭都吃不下去。丫鬟看樊梨花烦恼,也不敢再提这茬儿,只能劝说姑娘喝点水吧,吃点饭吧,别着急啊,有希望啊……正这时外边有人报沈三多来了,丫鬟出来这一问,说是大唐来人了,姑老爷来了。哎哟丫鬟一乐:"你你你等着。"丫鬟转身回来:"小姐,恭喜您,姑老爷来了!"

樊梨花一下子坐起来:"啊?怎么他真来了?哎呀,他来了,我又该怎么办?"

丫鬟一转身出来:"沈老将军,大唐姑老爷自己来的吗?"

"不,又跟上回那个姜先锋一块儿来的。"

丫鬟一转身到了里边:"小姐糟了,姜老爷又来了。"

樊梨花瞅瞅夏莲:"你看这还怎么办呢?"

"哎呀小姐,我可不敢说话了,我倒不知道怎么办了,小姐听您的吧。"

"啊,死丫头,你也拿上我,怎么,我樊梨花现在父母双亡,一个近人没有,就靠你,你遇事还要旁观,瞅我的笑话……"

"不是,小姐,我也实在有点害怕,刚才您也埋怨我,这是姑老爷来了,他要不来,我还怎么见小姐。"

"不管怎么样,你还得给我想个办法,是不是把他们请上来?"

"请上来?小姐,那您又错了。"

"你说还该怎么办?"

"怎么办?姜老爷不来,咱们把姑爷请上来好好唠唠这是对的,人家当朋友的为了帮你们的忙,叫你打了四十大板,这回跟姑爷来了,姑爷到你就有请,你叫姜老爷怎么想?你赔情说什么也不好听,你周身是嘴也辩不过来理啊!姜老爷来了,那就给他看个样儿,尤其是给姑爷也得来个下马威,你要不把他制服了早晚也是事。来到这儿好说话,到他们那儿就变脸,我看小姐干脆你这个治病就釜下抽薪,来一个痛快!"

"那怎么个治法?"

夏莲说:"我也豁出去了,小姐,我看应该这么这么这么办。"

"哎呀，这可有点过火……"

"那小姐，您自己斟酌吧，我反正是也没有别的主意可出了，就看您自己的了。"

樊梨花低头琢磨老半天，一想这个事，也别怪丫鬟不对，也别说出的主意过火，她点了点头："好！就照这么办吧。"

"好嘞！"丫鬟跑出来："沈老将军啊，我们小姐有吩咐，跟上次一样升堂，这个升堂小姐还说了，比上次啊只能厉害不能轻。兵要多，将要广，眼睛瞪大点，叫他们两旁摆好，单请姑爷上堂回话，你就去照样做吧。"

丫鬟回来开始给小姐准备，盔盒，甲包，顶头盔，挂身甲，十六个丫鬟各持双刀，后边预备都是短衣襟小打扮，一律是粉绫手帕罩发，下穿软帮鞋，像乌鸦伴凤似的陪着樊梨花，簇拥着樊梨花。前边沈三多击鼓众将列摆，堂上示威，这回整得凶得很哪！薛丁山在外头和姜须就听里边喊："小姐令下，请姑爷上堂回话。"

薛丁山紧张了："兄弟糟了，怎么办？"

姜须那小子干什么的？马上一捂脑袋："哎呀，你说平时我还有个主意想个道道儿，现在我这脑袋有点像糨糊似的，哥哥，汗得出到病人身上，自己的梦自己圆吧，别人帮腔上不去台呀。"

薛丁山硬着头皮走到厅门，丁山没敢进，大厅上，樊梨花怒气冲冲在当中坐着，姜须用力一推你进去吧，薛丁山身不由己扑通就跪在这了！他这一跪下，众将愣了，姜须也傻了，樊梨花也呆了，薛丁山也蒙了，这个场面怎么收拾？

第十五回　将军跪大堂

　　上回书说薛丁山头请寒江关，他到了寒江，一看樊梨花摆的这个刀枪阵，真有点胆怯不敢入，正在七上八下提心吊胆，姜须一看你这等多咱？要看热闹，两手掐着薛丁山的后腰，你进去吧哥！噔噔噔……薛丁山本意不打算跪下，可他脚站不住了，糊里糊涂扑通就跪在这了！薛丁山再想起可也就起不来了，当时就觉着脑袋轰——这么一下子，就觉着两耳插了翎子了，嗡——自己觉得人算丢尽了！双手捧起三江五湖四海水，当时也难洗脸上羞，有地缝儿我得钻进去，薛丁山的脑皮就贴了地了。整个大堂鸦雀无声，樊梨花更傻啦！

　　姜须看出意思来了，你别看头一次樊梨花把姜须打了，姜须这个人是个容人让人屈己待人的人，为朋友，吃一百个豆不嫌腥。现在一看这小两口有和美的可能，姜须就把挨打的事啊，忘掉了十之八九。现在姜须一看，嫂子袅袅地下来了，要搀哥哥，哥哥在那儿一动不动，姜须说："这真有意思，这么好的兄弟来了，你打，对你这么不好的他你还要优待……"樊梨花脸唰的一下，像巴掌打似的从左边就红到右边，樊梨花也觉得这个场面不好收拾，一转身瞅了瞅丫鬟，一摆手，樊梨花就奔后堂了，走了！这个堂稀里糊涂地退了。

　　姜须一瞅这个场面可怎么整？两旁的众将也在那儿都愣了，你说退堂吧？没吩咐。不退堂？小姐走了，我们给谁站堂呢？大唐薛少帅还在那儿跪着，姜先锋在那儿挤眉弄眼的，大伙你瞅我，我瞅你，有两个带头一转身，也没哼没哈，就打这个大堂上也都溜达出去了。这个时候大堂上只剩两个人，跪着的薛丁山，站着的姜须。薛丁山这阵儿两耳嗡嗡嗡什么也听不见，也不能抬头，抬不起头来。薛丁山心里埋怨樊梨花：我现在当众出丑跪这儿，你得叫我起来啊！我也得找个台阶啊，我就这么跪着跪着腿疼我起来了？姜须一看，有意思，他搁薛丁山的右边绕到上面，坐到樊梨花那个位置，姜须左手一掐脖子，右手一掐鼻子，他在上边瞅着薛丁山把那个声往细勒："丈夫何必如此，丈夫平身。"

薛丁山晕晕乎乎，心想樊梨花你真算开恩了："谢过娘子。"薛丁山一抬头，啊？一看姜须在那儿坐着，薛丁山站起一看，堂口一人皆无，就是弟兄俩，"你还拿我开玩笑耍哥哥呀！"薛丁山就觉得羞愧难当，忍无可忍，咯嘣呛啷就把剑拽出来了，叫了一声："姜须，你、你真够朋友！我薛丁山生不如死，咱们来生再见！"他把剑往回一搭，就要自杀啊。姜须在旁边一伸手把腕子抓住："哥哥你干什么？你怎么了？精神不好，你疯魔呀你！"把剑夺下来给他插入鞘内，"哎呀，我的薛哥！你可是真有两下子，怎么？你还拿着当真事啦？咱哥儿俩的交情，我认为超过这八倍！再者说，兄弟跟你开玩笑，咱们就收场了，不然的话，你在那儿跪着好看哪！话又说回来，这要有第三者，我这么整也不像话，这儿除了你就我，兄弟跟你耍耍腔，你的兄宽弟忍都哪儿去了？我说哥哥呀，你呀，你这小心眼儿多咱能长大！"

"兄弟啊，哥哥太活不起了，你说这叫什么事！你要不推我能给她跪下吗！"

"这个啊，我不推你你就站着不进来，可我也没承想你就跪下，我推你进去，我看你在那儿犹豫，可我没让你跪着，这事整的！哎呀，这话又说回来，你也够对得起人家的了，从见面到现在，除了杀就是斩，我说你就吃这么点亏……"话说到这儿，就听得后边有脚步声，不大一会儿，来了个十四五岁的这么一个小书童，到跟前儿满脸堆欢："姑爷，您好！"薛丁山一想，好什么？好难看。书童又说："姜先锋，您好！"姜须说："对，好，打得热乎乎的，能不好吗！"

"我们小姐有吩咐，让我来请姑老爷和姜老爷，请到书房休息。"

姜须说："随便吧。"

这个时候，书童一转身说："随我来。"

他弟兄跟着书童到了书房，薛丁山越想越窝囊。书童说："姜老爷，我们小姐有吩咐，这一个屋子睡呀，不太方便，请您到西书房。"

姜须瞅瞅薛丁山："我说书童啊，我们哥儿俩一块儿来的，怎么分家了？"

书童笑嘻嘻，说："是啊，小姐有吩咐，我说不好，姜老爷，您请吧。"

姜须说："也好，哥哥那么着，你在这儿休息，不用我陪着，哥啊，一切事甭上火，你就这么想，吃多大的亏也是便宜，怎么说呢，青龙关二老被困，有她什么都好办，没她，哥哥你琢磨呀，千军容易得，一将最难求啊！兄弟去了啊。我说书童啊，那西书房离这东书房多远？"

"姜老爷，西书房东书房对个儿，那还能远吗。"

"好了，太远走不动。"姜须牢牢骚骚来到西书房，书童上前一拉门，姜须进来，姜须看看书童，书童瞅瞅姜须："姜老爷您休息，我给您倒杯茶，您喝。"把茶倒上，姜须瞅瞅他："你家小姐告诉把我们哥儿俩分开，就管点水喝呀？"

"不，已经备饭，我给您取去。"

"行行行，管吃的就中啊。"不一会儿，给姜须摆了一桌丰富的酒菜。书童瞅瞅姜须："姜老爷，您请用吧。"

"那好了，我也不客气了，你该干什么干什么去。"姜须把书童打发去了，坐着他心想：哥儿俩要在一块儿吃多好，谈谈心，喝两盅，解解乏，痛快痛快多好。你看，这还分家。姜须又一想：也别说得分家，要不分家，你说有我这么个人也别扭，说话干吗的不方便，哎呀，我的嫂子，我明白，我姜须什么都懂。不管怎么的，喝一盅，这酒还不错呢！菜也弄得不咸不淡的，真适口。姜须这时候就觉得那两口子的事，看样子有希望，姜须心里高兴，这酒就越喝越觉得甜，越甜越爱下，越爱喝，三整两整的，姜须就有点喝多了。姜须喝多的时候很少，他喝的酒能摆布他了，姜须想起点事。想起东书房的薛丁山，我哥哥这个人是有勇无谋啊，遇事钻牛犄角尖，他想不开，万一要想不开也不吃也不喝，这可不是玩啊！明天要是嫂子布兵对付黄子陵，我们还得往回去打仗，把哥哥的身板闹坏了，可不得了。姜须一想兄弟还得管你啊，谁叫我姜须好多事呢，看看去。哥哥那有酒菜呢，我再喝几盅，哥哥那要是没有的话，我把哥哥拽到这儿来，我们在这儿喝。脚还没跟,晃荡,晃荡我可没醉,我姜须就这样,海量!他从西书房晃晃荡荡,这真是酒是气流水儿,先醉胳膊后醉腿儿,高一脚低一脚的,来到东书房一看,门没关严,没睡,里边有灯,姜须也没犹豫,借点酒劲一扒拉门,就晃进来了。姜须不进来便罢,一看这也是一桌子丰富的酒菜。姜须瞅瞅桌上摆的肉山酒海,回头看哥哥在那儿是愁眉不展,一语全无,姜须进屋他能听不见吗?头抬一下子,眼皮撩一撩,又低脑袋连瞅也没瞅。姜须往跟前儿一凑合就到这桌子跟前儿了,姜须站那边乐:"哎呀,我说薛哥呀,我嫂子把这菜真给你做绝了!样样俱有,哥呀,你怎么没吃?酒也没动啊?"

"我不饿,我也不喝。"

"我说哥哥,还是吃点喝点,这个天大的事也不能够挡了吃饭,人是铁,饭是钢,一顿不吃饿得慌,我在那屋吃了半天,喝了半天了,我才想起哥哥你,来来来,咱们哥儿俩,我陪着你,你别看我喝得不少,从头再喝。"

"兄弟,你少喝点吧,我看你有点喝多了。"

"你真小看我,海量姜须你都不知道,来来来我给你喝个样!"姜须倒了一杯一仰脖就下去了,"怎么样,多了吗?哎呀这酒是我嫂子给你烫的!"

"你怎么知道?"

"这个劲可特别足啊!"姜须叨了一口菜吧嗒吧嗒嘴,"哎哟我说哥哎,跟着我那屋全不一样,这菜是我嫂子亲手给你炒的!"

"你又怎么知道?"

"炒的这个味道里头有点胭粉味儿。"

"兄弟你是真喝多了,你回去睡吧。"

"不不,我还得喝!"

姜须从来没有喝得这么多,可真多了,一点含糊没有,忽悠一阵儿就觉得天转地转,扑通!姜须就躺到地上。薛丁山看他喝成这个样,就有点着急了,这怎么办?我把他送回去?在这犹豫的工夫,就听这个窗户底下有脚步声,噗嗒噗嗒的木头底儿响,薛丁山心里一琢磨,这还是女人,女人来我的书房深更半夜,又是谁呢?哎呀,是不是她?他瞅了瞅地上的姜须,如果樊梨花要来,冲她摆这个阵势,把我们哥儿俩分家，让兄弟西书房，我东书房，她既有此意来了，有姜须在那儿躺着，她就要不满意，我惹烦了她，哎，我倒不是怕她，玩命我不怕，可是她能动兵，她要不去青龙关，谁去杀黄子陵？黄子陵要不死我爹娘能解围吗？想到这儿薛丁山赶紧要把姜须藏起来，没处放啊！一掀床帷子就推床底下去了："兄弟你先委屈一会儿吧！哥哥也没有办法。"

　　这阵儿就听着门开了，薛丁山拿眼睛一瞅，正是樊梨花。薛丁山坐到床边一低头一语全无。樊梨花瞅瞅丁山，叹口气说："全怪我，将军请你原谅，上次姜兄弟来了，我也是酒后无德，因为愁肠多贪了几杯，我把兄弟打了，我觉得实在对不起姜须。这次要是你自己来，我绝不能摆刀枪阵，因为他同你来的，如果不给他看看，怕是叫兄弟心里怀恨。我完全就是摆个样，可谁知道你——你还跪到大堂，你叫我当时太难为情了！话又说回来呢，将军，咱俩从打寒关见面，你回顾一下，我樊梨花哪句话哪件事，我对你过分无礼过？丈夫，你当初应下亲事，在城下我父女说话，你后边给我一枪，下过毒手啊！我不顾一切，我找到唐营，在后帐门里亮剑第二次又杀我呀。到青龙关你被老道打死，我舍生忘死到城里头，把你救活了，你什么也没说，亮剑第三次又要杀我。公公命令你我拜堂成亲，洞房花烛，你却下此毒手，你把我的替死换生皮人子脑袋都砍下来了，第四次你多狠！可是我樊梨花不恨你，难道说你四次真刀真枪杀为妻，我就这一次有点冒犯，有点无礼，你就不能海涵担待吗？"

　　薛丁山说："我就问你出兵不出兵？"

　　"丈夫来了，我一定去救公婆。"

　　"那好，我再问你，你是不是黄子陵的对手？"

　　"丈夫，只要你给我观敌瞭阵，取黄子陵的脑袋，如探囊取物，盘中取果。"

　　薛丁山说："好，我不生气了，马上出兵！"

第十六回　起兵青龙关

上回书说薛丁山头请寒江关，樊梨花深夜送枕，在书房赔情。最后薛丁山点点头："好，咱们两个呀，过去的事就过去吧，别再想了，作为云过天空。你准备好，明天咱们拿老道。"两口子一起和衣而卧，薛丁山面朝那面，樊梨花面朝这面，两人背靠背。睡觉时已经都三更大多四更来天了，经白天的劳累，这睡得真是：一觉放下心头稳，昏昏沉沉奔阳台。这两个人在床榻上酣睡。可是天都亮了，他俩没醒啊，楼下这位醒了——姜须在这个床底下醒了。他往起刚一起，脑袋嗡一下撞了，这是什么地方啊？睁眼看看，这是哪儿啊？他这一划拉，里面还挺憋屈，姜须就琢磨：我到什么地方我怎么记不住了？姜须一看这边亮，把床帷子一掀，脑袋探出来了。哎哟爬出来了，他才发现，这是床底下。哎呀，我怎么跑底下睡觉？他回头拿眼睛往床上一看，躺俩人，一瞅是一个男的，一个女的。姜须一想，薛哥啊你可损透了！这这这叫什么事？姜须这个时候两步就到门这儿了，一跺脚上去推门，咣当一声，姜须走了。

樊梨花听有动静醒了，揉揉眼睛坐起来，一看薛丁山也有点动静了，樊梨花说："将军，你醒了吗？"

薛丁山也坐起来了："哎呀，娘子，我太累了，现在醒了。"

樊梨花说："天不早了，咱们赶紧上楼吧。"樊梨花引薛丁山出来，够奔后楼。来到楼下，丫鬟都在那儿伺候着，没敢上书房去，一看两口子来了，丫鬟赶紧迎接，口尊小姐姑爷。两个人到楼上，打净面水，净面梳头。两口子梳洗完毕，丫鬟忙着献茶，这边喝着茶，丫鬟下去备饭。

薛丁山问道:"什么时候出兵啊?"

樊梨花瞅瞅他,"用不着急,黄子陵今天活不到天黑,我们吃饱再走。"

这个时候丫鬟忙着摆上杯碟筷箸,把这酒菜也都摆满了。樊梨花想起来了,赶紧把姜须找来。薛丁山说:"兄弟,赶紧吃饭,吃完饭,我们就准备发兵,准备今天除老道。"

"哎呀,薛哥,好吧,这笔账上咱们先放下,现在我说这个也没什么意思。等把番兵退了,老道宰了,老人也救了,咱们高兴的时候啊,在犒赏三军的桌面上,哥哥嫂子你们两个都记着啊,这里头有笔账没算完。"

樊梨花说:"兄弟我糊涂了,到底……"

"你不用问了,到时候告诉你,你不听还不行。"

樊梨花他们把饭吃完了,樊梨花吩咐升堂。弟兄们同着樊梨花,来到前面公堂,沈三多上前施礼:"小姐,您让我们准备三千人马,已经在外边都点好,粮草也都备齐了。"

"好,吩咐把坐马都鞴上。沈老将军,我此次到唐营去,恐怕一会儿半会儿回不来。我不回来,全城一切由你当家。"

"这个小姐请放心。"

"瓦里龙、焦里虎!"

"在!"

"你们二人是武将,一切事全靠你们了。我们这个城就是大唐所属,有事给我去信儿,千万把寒关保住。"

"是,请小姐放心。"

"外边准备好了,我们就起兵。姜须啊!"

"嫂子!"

"你在头前儿带队先行一步怎么样?"

"这……"

"你带五百人催粮运草,我跟你哥哥在后边带两千五百人随后就到。"

"是!嫂子,你那意思叫我到番营先拿老道?"

"你能拿得了吗?"

"嘿呀，能拿还来找你啊？"

"是啊，你到那儿不要打，你告诉老道，就说嫂子就到，马上他能跑是他便宜，他要不肯走的话，叫他自己找葬身之地。"

"那话我会说！好嘞！我说众将官，给我抬枪带马！"姜须打里边出来这回高兴了！姜须就信赖樊梨花，知道樊梨花的能耐，别人谁也不行。姜须到外边一看，五百人给他准备好了，车辆粮草也准备齐了，姜须当时纫镫扳鞍，先行一步，带着这五百人押着粮草，直接就够奔青龙关。

姜须一边走一边高兴啊：老伯父走运哪！哥哥有福啊！樊梨花这回跟哥哥这一好啊，我们一切的事，脚面水平蹚！我们不久就回朝喽！姜须在马上高高兴兴，带领着人马欢天喜地，一点压力没有。等到他们走到太阳平西，头前儿探马有人报："回姜老爷，面前离番营不到十里。"

"好！就在这下寨。"姜须一声令下，三军开始扎营：挖战壕、铺梅花桩子、钉铁蒺藜，严守汛地。埋锅的埋锅，造饭的造饭，铡草的铡草，喂马的喂马，忙成一堆是乱成一块儿。姜须这个时候还留点心眼儿："哎我说，你们大家注意啊！嫂子没来，营里头大家精神点，今天夜里嫂子要不到的话，我们人不离盔，盔不离甲，马不离鞍，鞍不离马，抱着刀枪睡觉，听见没有？有点动静马上来报。"

这个时候发放口令，巡营瞭哨。姜须到了大帐里头，饭做好了，姜须饱餐一顿，也不敢喝酒。姜须把饭吃完了，他告诉别人，人不离盔，盔不离甲，自己也是一样，也觉着真要闹出点事担待不起，这回我们是打胜仗的时候，别再弄得不欢喜。姜须喝着茶，外边也就在二更来天，突然就听着炮响，探马跑来报告："启禀姜老爷得知，可了不得了！北营门外，号炮连天啊！压颤地皮，灯球火把，照如白昼，够奔我们的大营，平推上来了！"

"啊！加小心，准备弓箭迎挡敌人，严守汛地！"

这些人往外跑，有人又报："回姜老爷，南边压颤地皮一望无边，番兵包围我们了！"姜须没等说话，又听有人报："西营门无数人马，头前儿带队的，手使五股托天叉是个老道——"

姜须一想可糟了！嫂子啊，你不对啊！你这把我推上台叫我难堪,你把哥哥留到后边,你们两口子方便说说唠唠,哎哟!我在头前儿这不要遭罪吗?就这三面包围我,我顾哪面?我又不是老子一气化三清!姜须盼咐抬枪带马,他就搁帐里出来了,这时候有十几人都过来了,都到跟前儿问姜老爷怎么办,姜须说:"上马上马!"

"报!不好了!西营门打进来了!"

"报!北营门也打进来了!"

"报!南营门也打进来了!"

姜须一看这个大营里头乱乱糟糟,叫人家杀得抱头鼠窜,马仰人翻,真是鲜血摊摊,刀兵滚滚!姜须的马往东就来了,就听后边喊叫:"我看你们往哪里走!无量天尊!"姜须一听,这是黄子陵啊!这个老道我可支呼不了,见到他,他也不能轻饶我,他真吃过我的亏。姜须这阵儿也顾不得一切,啪啪一打马,这匹千里豹就像插了翅膀一样,那马是一气干出二十里地去。姜须再一回头,也看不着谁了,弄得干净利索就我一个人了!五百人马还有那么些个平章都督二十多战将,哎哟,可糟了!都说兵马不动粮草先行,粮草是军中命脉,没粮草军心不稳,我嫂子催兵两千多,在后边行军到这儿没吃的,这罪小吗?姜须自己凄凄凉凉,抓耳挠腮,看起来大江大浪经多少,小小阴沟也能翻船,我姜须干这点事都没干周到,看来我姜须不走字儿啊!一看外面已经过半夜了,天头儿就要拂晓。姜须远远看着大队往上来,他抬头一看,旗幡招展,队伍交杂,绣带飘扬,对面一看是寒江兵马。再往头前儿一看,俩马并辔而行,一匹白马,一匹红马,白马上薛哥,红马上正是嫂子,两个人边走边唠,看这样是真有点不像过去了。姜须在马身上跳下来往前凑合几步,老远就施礼:"嫂子哎!姜须领罪,罪该万死啊!哎呀,我真是死有余辜啊!"

樊梨花和薛丁山跳下马,有人将马带过,樊梨花往前走了几步,"兄弟,你起来,你瞧瞧你怎么越活越窝囊了?谁叫你动不动跪下干吗,怎么,有事?"

"嫂子,这事还不小呢!"

"什么事啊,大惊小怪的。"

"嫂子,你给我的五百人一个没剩,包圆了。"

"啊?你开仗了?"

"没有啊,没敢打,都按嫂子说的办的,我押着粮草我也知道重要,离番营十里地安营下寨,这就天黑了。吃完饭,我还告诉严守汛地,人不离盔,盔不离甲,别睡觉,嫂子不到,咱们要有不好的打算。突然,二更一过,北面炮响,敌人攻北营门,南门炮响攻南营门,西边炮响攻西营门,三面番兵一望无边,北接西,西接南,三面一个月牙,包上来了!我刚到外边上马提枪要打,哪知道也没往营门去呢,营门就开了,都打进去了!哎呀,在这乱军之中,我看是不行,站不住脚,兄弟就跑了!等我到这儿一个也没有了,嫂子哎,你怎么罚怎么是,怎么怪怎么领啊,我是罪该万死啊!"

樊梨花皱皱眉:"黄子陵好大的胆,他竟敢这样无礼,真是猖狂到极点。兄弟,你放心,五百人不至于都死了,也就是暂时被他掠去,那粮草呢,他也给咱们保存一会儿,嫂子一到,他就交出来了,上马吧,我们大兵往前紧奔,我要会会黄子陵!"

"嫂子,这个杂毛老道意毒心狠,嫂子你可千万不能大意。见着他不能当一般的仗打呀,嫂子我知道你零碎也挺多,还是先下手为强,后下手遭殃,一见老道就给他金风未动蝉先觉,暗算无常死不知。下手把这老道一宰,什么都迎刃而解。杂毛老道要是不死,这三四个月,他可把我们欺负苦了。你说是不哥?"

薛丁山说:"对,这老道的确有特别的。"

姜须说:"对,嫂子你加小心。他有个灵头幡儿,这老道是白天晚上不离身的小幡儿一尺多高,在他左边那个皮囊里头插着。跟人一打仗啊,他就说:'打你不过,我要去了。'他就诈败往回一拨他那个梅花鹿,你要一追他,他把五股托天叉往左手一交,就把那玩意儿掏出来了,拿出来就照着对面一晃一甩,也不知道怎么地,我哥哥吃亏不就是这个嘛!糊里糊涂就落马了。头一天开仗东门外叫他杀了我们六员大将啊!嫂子今天你要见着他呀,千万千万你得小心灵头幡儿。"

樊梨花点头记下,姜须上马,这两千五百番兵人马都换成了唐军号坎儿。樊梨花在马上瞅瞅薛丁山,"这回咱们要见到黄子陵,我跟他要决一死战,千万你可不要过去。"

"是,娘子,我不行就是不行,看你的。"

樊梨花带领着人马往前赶奔,一路上见到溃败的兵丁仨一群俩一伙有的是,"哎,小姐,我们回来了,小姐,我们回来了,我们回来了!"

樊梨花说:"好,都归到后队去。"

"是是是。姜老爷你……"

姜须小脸通红,"嘿嘿,我对不起,我跑头前儿了。"这五百人走死逃亡,死的不多,受伤的也不咋多,主要是跑回来的占百分之八十以上,樊梨花把这些兵合在一起大概能有三千来人往前进。姜须就指着:"你看头前儿,那就是我们安的营。你瞧你瞧,那粮草什么也没了。"

樊梨花带领大队到此刚要扎营,就听炮响,外面跑来一人:"报!小姐,在那个西大营里头号炮连天,来了一个老道,骑了一只梅花鹿,这老道五股托天叉哗棱棱直响,看这意思,他好像要进我们的大营!"

樊梨花发令:"好,排兵点将马上出去。姜须!"

"在。"

"你们哥儿俩两旁给我压住阵脚,我亲手除老道。"

三声炮响,薛丁山跟姜须带着人从打西营门就出来了,往南北左右这么一分,闪开二龙出水式,左旗下薛丁山,右旗下姜须,两条枪如同两条怪蟒,亚似蛟龙出水压住阵脚。空中是旗幡招展,下边是枪刀剑戟,盔明甲亮。樊梨花抖抖精神壮壮胆,这次旁边又有薛丁山助威压阵,樊梨花人得喜事精神爽,一蹚绷镫绳,这匹千里胭脂雪够奔正西,樊梨花过来往正西一看,不是老道,有一员将在马上提枪喝喊:"什么人?"

樊梨花瞅瞅他,一看那人黑乎乎脸膛,掌上提着一条大铁枪,周身一身皂,胯下黑马。樊梨花说:"你不用问我什么人,把你们老道叫出来,我找黄子陵。"

"就凭你黄毛的丫头,跟我们祖师爷动手?休走看枪!"

樊梨花刀往旁边一推,刀把一搅把枪压在底下,刀往前一进顺水推舟,那小子啊一声,樊梨花一翻腕子,噗的一声,斜肩带背就给劈下去了。樊梨花把他这一劈下去了,就听后边一声:"无量天尊!丫头看你往哪里走!"樊梨花一抬头,正是老道,樊梨花要大战黄子陵。

101

第十七回　大战黄子陵

黄子陵眼空四海，目空一切，他就觉得薛礼父子被困数月，什么人也救不了他，他也估计到姜须来回穿营是有事，是找能人来破关。老道憋气的是什么呢？那一回追姜须碰到一个老太婆，穿着一身白，看着是个高人，老道没敢动。二一回在道上他追薛丁山和姜须，眼看着二人危险，又来一个老道。这个老道这么劝那么劝，就是不让黄子陵过去，黄子陵后来急了，他怎么动手也挨不着人家，人家也不还手，老这么缠着他。缠着时间可不小了，估计黄子陵也追不上了，那个老道乐了，开口说："玄玄玄，妙妙妙，我上深山去练道。修得个耳不烦心不恼，功夫成，脱凡壳。三月三，赴蟠桃，饮琼浆，玉帝朝。落了个长生不老，不老长生，逍遥自在，自在逍遥。"这老道唱唱呵呵地走了，把黄子陵鼻子都要气歪了。黄子陵这回连夜劫寨打了个大胜仗，稍微出了点气。他把早饭吃完了，有人打探回来一报，说又来了！黄子陵一想，我叫你人不歇乏，马不停蹄，我就杀你个措手不及！到两军阵上没承想，杀了他手下的大将穆虎，那是他贴己的人，黄子陵有点火了，他一催八叉梅花鹿，哗棱棱掌中一摆他的五股托天叉，往两军阵地一看，马上那员女将怎么这么面熟？黄子陵勒住他的梅花鹿，喊了一声："面前这个黄毛丫头你是什么人？"

樊梨花瞅瞅黄子陵青虚虚的脸，说："我不是别人，我是威震寒关都督之女樊梨花！"

"啊！哎呀！你气死贫道！"

黄子陵知道自己不是樊梨花的对手，干脆我用暗器先下手为强。这老道边往西跑，边伸出右手掏毒幡儿。对准梨花，甩了三甩。梨花用七星飞火弹把他的毒幡儿给点了，老道一看眨眼工夫只剩下幡杆了，心想不好，樊梨花打出阴阳球，正打在老道后脑勺上，打得黄子陵的脑袋就像晒了一年零八个月的老干巴瓢似的，啪嚓一声给凿碎了，老道掉下梅花鹿。蛇无头不走，兵无主自乱，这个旗倒兵散是真不假，后边番兵一看老道叫人家打死了，八卦图也扔了，一个个慌如丧家之犬，忙赛漏网之鱼，抱头鼠窜，马仰人翻。姜须一蹦高："哎呀！冲上去，杀啊！"薛丁山把枪也抖开，这两条枪再加后边两三千人，杀得番兵抛了兵刃，扔了盔甲，什么也不要，就是抱着脑袋逃命。整个四十里路大营搁东边杀进来，杀得营里是南奔北逃。这阵儿白袍老帅也看出机会来了，城里头亮队杀出，老王爷胯下赛风驹，掌中方天画戟，带着他手下的中军、辕门、旗牌、众将、仁将、义将、勇将、猛将、偏将、虎将、大将这些个从西往东来。樊梨花夫妻和姜须往西杀，公媳会面了。这一会面啊，樊梨花瞅瞅公公，不减当年啊，还是人老筋骨壮，胜似少年郎，虎瘦雄心在，人老秉性刚。老帅看樊梨花在马上有点精神不抵，盔歪甲斜，看样子她是强支撑啊，就觉刀也沉了，两臂发酸。王爷也看出媳妇体格太弱了，"媳妇，好好地休息，进城吧。姜须啊，你带领众将收拾番营。"

老王爷叫媳妇进城休息，薛丁山在旁边见过爹爹说交令，王爷点头说："行，你还算不错，好孩子，收拾残局。"那番营里头所有的军衣号坎儿，刀矛剑戟，旌旗帐篷，给养粮饷，都归了大唐。收拾战场，死尸葬埋，受伤的经医调治，该放的放，该走的走，打了一个大胜仗。

老元帅到了城里头，一个事做错了。因为他亲眼看见媳妇体弱，王爷想，用人是用人，也不能累死了媳妇啊！看她的体格，几个月病得不轻啊，所以王爷关心媳妇，就把樊梨花搁在后帐，让她不离婆婆、小妹金莲、丫鬟春桃等等，意思是让媳妇好好休息，不用到帐前听令，这就错了。

那么老王爷错在哪里呢？话说老王爷犒赏三军三天已毕，也都收拾完了，叫薛丁山和姜须，让他们哥儿俩在头前儿带着五千人马逢山开道，遇水叠桥，赶紧兵发黑风关。头一关寒江关到手，二一关青龙关到手，黑风关要再到手，回朝的希望就大了。薛丁山也把突厥看得脚面水平蹚，姜须有樊梨花这个仰仗也觉得有把握。哥儿俩带着五千人马，离开了青龙，这一天就到了黑风关的关外。姜须下令安营，唐兵忙成一堆，乱成一块，安营下寨，炮响三声。哥两个看营内一切都安排得恰当，他俩就弃镫离鞍上了大帐，到了大帐坐下，还没等坐稳当，就听蓝旗禀报。薛丁山瞅瞅蓝旗："报启何事？"

"启禀先锋官得知，城里炮响队伍齐出，东门外来个大个子，出口不逊，叫我们赶紧拔营走，不然的话要打进营来，一个不留。"

"再探！"

"得令！"

"带马！"

姜须一听忙说："哥哥你要干什么？"

"我到外边看看。"

"哥哥别打啊，老伯父有话，叫咱们在这安营扎寨等着，等伯父来了，我们怎么个打法还得听伯父的，老人家打一辈子军务，哥哥呀，咱们可不要轻敌呀。"

"兄弟，先锋先锋，安营先征，要不先征，叫什么先锋？你害怕在营里等着，哥哥去，带马来！"外边给薛丁山把马带过，薛丁山真是人没休息，马没停蹄，马没得饱草，人没得充饥。来到外边提枪上马，带着一千二百人，炮一响，他就搁西营门出来了。闪开门旗，压开阵脚，薛丁山往两军阵上抬头一看，头前儿有个大个子，冷不丁一看，就像庙里头那泥塑的大泥陀子一样，足有一丈二尺高，胸宽背厚，膀阔腰圆。看他在头上有一块青布压着头，粗打麻花扣。这个人是金乎乎的一张大金脸，两只眼睛往外努努着，上边衬着两道红眉。大嘴大耳，大手大脚，短衣襟小打扮，腰系一条皮鞓带，一巴掌多宽，下边一对薄底皮靴。在掌中右手拿着一只独脚铜人㮣，这个㮣是个小孩形，一个小孩两手抱着脑袋，看这个小孩眼睛鼻子嘴，七窍俱全，左腿蜷着，蜷到右膝那儿，右腿伸着。这个大个子就拿着右腿的脚脖儿，拎着这么一个就像铜孩子似的，这叫独脚铜人㮣。大个子在这儿瞅着薛丁山没哼没哈，薛丁山一看这个大个子，心里就有打算：我要跟他打，恐怕他一个手指头的力量都比我大，拿的那玩意儿都比我沉，我干脆给你一家伙，捡着就捡，捡不着拉倒。薛丁山也没报名,马也没停,到跟前儿嗯就一枪!这个大个子在两军阵上也觉得怪,这是怎么回事?这打得哑巴仗呢?他还等着薛丁山勒马报名呢,枪就来了!他用槊当一声一架,呛啷!枪就飞了!薛丁山枪出手觉得不好,一拨马往回来,大个子一步上来槊就起来了,照着薛丁山的脑袋就砸。薛丁山的马就往前多蹭了半步,把薛丁山就救了!那槊往前一落,啪!把马后胯都给打碎了!薛丁山啊一声搁马身上翻身掉下来了,大个子的左手一把把薛丁山的后背叼住,往起一拎,就跟拎布娃娃一样,"哇哈哈,人来!把他绑回去!"他往回这么一抛,就把薛丁山扔下来了。番兵过来拿挠钩一搭,抹肩头拢二臂,把薛丁山就给捆上了。一捆上薛丁山,在这个时候队伍里惊动一个人,谁呀?姜须。

姜须出营一看,一个照面对方打倒薛哥的马,鹰抓燕雀一样就把薛哥给拎过去了。番将像个大铜塔,我姜须恐怕……"赵胜,你赶快收兵回营等老帅。"说完姜须催马直奔阵前,番将刚要动手,姜须下马笑着说:"快把我绑上,我有冤枉,咱们进城再谈。"

太保收兵进城,回督府报叔叔,老都督传令,把二唐将带到堂前。薛丁山立而不跪,姜须跪倒喊冤。都督传令:"把白衣的推出去斩了。"

姜须大叫:"不能斩,容我诉完,你不仅不斩,还得重用我俩。"

都督哪知道姜须故意被擒,就是保哥哥这条命来的。姜须知道哥哥有勇无谋,拿进去人家一问,他一瞪眼,推出就斩。所以才叫赵胜守营别打了,等老帅,我去保护他去。他这么混进城来瞪着眼睛说胡话,愣说喊冤。

黑风关的大都督叫蓝天雕,长子蓝文,次子蓝武,他有个女儿叫蓝凤仙。父子守城兵精粮足,可比青龙关、寒江关厉害。尤其是这个大个子还不是黑风关的,是赤虎关的,赤虎关督蓝一字并肩王复姓赫连单名杰,他是赫连杰的儿子,人称叫亚雷太保,名叫赫连龙。这个小子可厉害,在突厥五关之中得说是有他这一号,掌中的独脚铜人槊没逢敌手,力大无穷。他的力量恨山无柄,恨地无环,山长个柄他能给它摇了,就这么厉害。他还不骑马,步下日行一千,夜走八百,两条飞毛快腿。因为赤虎关的一字并肩王赫连杰和这黑风关都督蓝天雕、寒江关的都督樊洪，老哥儿仨磕头，赫连杰老大，樊梨花的父亲樊洪老二，这个蓝天雕老三。寒江丢了，赫连杰在赤虎关为兄弟难过，说二弟死得苦。知道唐兵又兵发黑风关，怕三弟蓝天雕也同样有危险，老人家才打发他的儿子亚雷太保赫连龙带着五百人，来拔刀相助。一个是疼三弟蓝天雕，要保住黑风关；二也是因为黑风关是赤虎关的大门，黑风关在，赤虎关在。黑风关一旦有失，唇亡齿寒，赤虎关也在旦夕。亚雷太保赫连龙刚来，他把五百人放在西门外安了行营，他进了西门，到了督府见了叔父。蓝天雕一看侄子来了高兴，知道侄子厉害，俩儿子搁一块儿也不如侄子一个手指头，也就拿这个侄子当了一家靠山。爷儿俩在这里头刚说几句话，还没等给摆饭，就听着炮响，同时有人报唐兵兵临城下，将至壕边。

老人家马上升堂，亚雷太保跟三叔说："我去看看。"蓝天雕的意思说，孩子你刚来，你一路劳乏还没休息哪能出马。太保说："还把他们放在心上？我先迎头一棒挫他们的锐气，叫他们尝尝黑风关的厉害！让薛礼闻风丧胆，望风而逃。"他是这么样出的马，亚雷太保赫连龙也不是目空一切，实质上也真是力大梁重，万夫不当，百战不输啊！两军阵擒住两个人回来交令，老都督叫人带他下边用饭休息，然后吩咐把两个唐将带上来。

姜须到里边跪倒磕头："老都督啊，我冤啊！我冤啊！我是喊冤的，我不是打仗的，我是自愿进城的，我可不是抓来的啊！"薛丁山一想这是哪一套？往这一站，薛丁山气宇轩昂，腆胸叠肚，拧眉瞪眼，虽然二臂被绑，丝毫没有惧色。蓝天雕一想，这两个人一块儿来的，就这两个形状我那就没办法了，他也不搭理姜须，啪一拍桌子："大胆的唐将，敢在我的面前这样无礼，把那穿白的小辈推出去杀！"

两旁呼啦一捞薛丁山，姜须一回头："慢慢慢！刀下留人，我保他我保他！"

老都督扑哧乐了："你保他，谁保你呀？你是干什么的？你是对方的敌人，把你拿了来，你还有权保另外一个人不死？哎呀，你精神不好吧？"

姜须跪爬半步："老都督啊，您得容诉啊！我有十大冤枉，我们哥儿俩是一块儿来喊冤的,可不是抓进来的,我们是来喊冤的,老都督!您要是把他杀了,我现在就不说了,那么就一切都糊涂了。您要不杀他暂时留下,那等我说完,你听着要真该死,您再杀哪管剐呢!可是那您就不杀了,为什么?只要我一说完您就明白了,不但不杀我,你还得重用我们,我们是您的贴己人。"

蓝天雕一听,这真新颖,千古奇闻,你们来打我的黑风关,还是我的贴己人?贴己人才叮贴己人?那好,把那个小辈暂留一会儿,"你说说到底有什么冤?你姓什么叫什么?他是谁?你说说我听听。"

姜须说:"这您老就算明白了,您老真是明镜高悬。要问我和他呀,我姓宫,我叫宫水。他呢,姓丁,他叫丁山。"

"你们俩冤在哪里呀?"

"老都督,这个事说起来呀,我们俩生在寒江关,自幼就没爹没娘,我们两个是两个孤儿,自小就在一块儿同患难,同要饭,你看现在穿得挺好,我们净要饭长大的。偏偏的我们俩就病倒大街上了,一点出路没有,要死了。樊老都督走到那了就看见了,一问没家没业也没有老人近人,才把我们俩带到都督府,给我们俩治了病,病好之后,我们就不愿离开,我们就在他老的跟前儿。可是不承想樊老将军生个逆女樊梨花,她一心要嫁给薛礼之子薛丁山,结果樊老将军一气之下坠城而死,他儿子也因薛丁山而死。樊梨花这个黄毛丫头,父兄之仇不报,反而献关归唐。我们哥儿俩恨透了樊梨花,两次在后花园要杀她,没杀成,她太厉害了。那一次我们俩跟着瓦里龙、焦里虎两位大将要上楼杀她,又叫她师父梨山老母那个白毛老太婆给打倒了。我们哥儿俩从此只好忍着,等待机会。青龙关不行,青龙关那个老道黄子陵不懂人情,跟我们樊老都督也不和,我们这才投奔您老来了。不信你去问问他们出城的兵将,丁山哥哥是叫那个大个子打败的,我是自动来的,甘愿被擒,进城来好找您,求您老收下我们哥儿俩,今后上阵甘愿卖命,等拿住薛礼父子和黄毛丫头樊梨花,好给樊老都督报仇。"

蓝天雕又问:"那个小子倒是怎么回事?上了大帐为什么立而不跪?"

姜须说:"老都督,我丁山哥哥他这个人气性大,他一生气就犯病,一犯病就不说话,就不认识人了。今天本来是来投奔黑风关的,反倒叫那个大个子拿铜人槊把他的马打伤了,他一生气,又犯了老病。等我慢慢劝劝他就好了。"

蓝天雕听完之后,手捻胡须,半信半疑。

第十八回　诈降都督府

姜须和薛丁山被获遭擒。在黑风关的大堂上，姜须三寸不烂舌，两行伶俐齿，编芭结笊，移花接木，那真是把老都督说个闭口无言，"好吧，你们如果要是樊洪我那二哥心上人，我也能拿你们当作贴己。哎，我看看你哥哥如果病要好了，我再收你们，来人哪！把那唐将带上来。"

不一会儿把薛丁山从外边给推回来，薛丁山也纳闷：为什么我兄弟在大营里头在我父亲面前说一不二，有时候他说一句够我跑三天。到这个三关里头，他还能说话有效，奇怪啊！都督动怒，眼睛都红了，推出杀我，怎么他还把我保下了？薛丁山从外边回来，两眼发直，瞅着姜须，意思说，你怎么弄的？姜须过来说几句话他眼睛更直了，姜须说："哥呀，你怎么了你呀？咱们哥儿俩在营里头说得好好的，早就找这个机会，一到黑风关见到老都督咱们就喊冤，咱把事情说明白之后，老都督能错待咱们吗？可你，你这个病早不犯晚不犯，这阵儿犯病，你不犯这个疯病便罢，你一犯这疯病差点把脑袋都丢了！这是老都督明镜高悬，我一说呀，人家就原谅你了，要不然的话，你刚才瞪眼拧眉，那叫干什么呀？哥哥好点没有？这回老都督答应把咱俩留下，等你病好了就收降了，咱们就给樊老都督报仇了。"

薛丁山一句话也不懂，这哪儿跟哪儿，这说些个啥呀？两眼就更直了。两旁还有附和的："你看那个真有病，看出来没？"

"我也看出来了，眼睛发直。"

"对，他这疯病不像别的，一般人装也装不了，他的病可不轻啊。"

"可说呢！"老都督蓝天雕吩咐，"来人哪！把他们两个打在南牢，押起来。"

这个人刚往前一凑，姜须一听："老都督您怎么把我们送到牢房去了？这可不行啊！"

蓝天雕说："得等着你哥哥病好啊，我得听他说话，他病不好，我不能收降。"

"是啊，正因为这样，您不能把我们弄那儿去，我们没有罪。我们要到牢房啊，那里头又脏，他这疯病就是这么个劲，顺着他就好了，到那里不是就重了嘛。他就不是明天后天，他后年也兴好不了。"

老都督说："那你的意思？"

姜须真会说："我的意思，您看看哪个地方空气好，还肃静，能舒适一点的，我哥哥我再一说，慢慢他病就好了，我们俩好赶快报效您啊。话又说回来了，樊老都督的仇我们不报，这大唐薛丁山、樊梨花我们要不把他们宰了，我们哥儿俩是死不瞑目，我们都发过誓了。"

蓝天雕听这个话也对，叫过四个家将："你们把他们俩带到后花园，把他们俩绑到树上，你们在那儿看着，今天好了今天来报我，明天好了明天来报我，你们四个就干这个事，去吧。"

"是是是是。"四个人把薛丁山和姜须从打里边带出来了，往后花园走。姜须一想不想进牢房，后花园再说不好，那不就得带客厅了吗？那怎么能呢，一瞅，这四个人一个青虚虚一张脸，一个红乎乎一张脸，一个白刷刷一张脸，一个黑黝黝一张脸，四个是府里头的家将。姜须想，要是把这四个小子整不好，时刻不离左右，我跟薛哥不能说话，我们不能唠私话，他这病还有好？姜须一边走他就笑了，"我说您贵姓啊？"

"好说，我姓高。"

"您台甫怎么称？"

"嗯，我叫高登。"

"啊，那位呢？"

"我姓夏，我叫夏亮。"

"哦，那位——"

"我姓齐，我叫齐坏。"

"我叫吴比。"

姜须一听,这四位,高登、夏亮、齐坏、吴比,好赫亮的名字。再看这四个挺不和气,小脸绷着冷哇哇的。姜须一边走一边唠:"哎我说,朋友,你们都当多少年差了?"

"我年头多,我在这府里待十二年了。"

"那几位呢?"

"我七年。"

"我们俩最少,我们俩还不到五年呢。"

"哎呀不算少了,你们哥四个当这么些年差,在府里怎么不弄个官做呢?"

"什么?哎呀做官还有不愿意的?那官还有随便做的?谁想做谁做呀?有那能耐吗?"

姜须就乐了:"什么叫能耐?你听着我们哥儿俩,在大堂上跟老都督说话,我们哥儿俩什么出身啊?要饭的,俩孤儿啊!樊老都督可怜我们,就把我们带到府里头重用。这话又说回来啦,老都督这一死,我们到这儿,你没听蓝老都督说,等哥哥病好了把我们收下,不敢说是能说得上话去,也差不多少。这个做官终究也得有点心眼儿,光靠能耐也不行。你瞅瞅我们哥儿俩没多大能耐,就不过一个是机会,再一个也在于人,你得想办法,你光那么挺啊,等啊,那多咱能做官?你们哥几个要不嫌弃,谁叫咱们先见面呢,这也算有缘,只要是我们哥儿俩在这儿能够待得下,老都督一收我们,我打保票,你们哥几个马上就升官!"

高登瞅瞅夏亮,夏亮瞅瞅吴比,吴比看看齐坏,"啊",态度有点缓和,"要这么说,咱都是朋友,你到时候多关照,多提拔。"

"这倒谈不到什么提拔,这就见面有缘嘛!"

到了花园,把这哥两个一个在东南角,一个在西北角,对着面,把他们俩弄个绳子往树上要捆。姜须说:"这个可就不必了吧?这个自己人,你再把他吊起来,他挺难受的,病一半会儿好不了。绑着他也跑不了,再说你松开他都不能跑。我看你那绳子搭在树上就那么搭着吧,就别再把他吊起来,你们看怎么样?"

"行行行,对对,这也不是什么差事,你们也没犯罪。"

"对啊,咱们都是自己人。"姜须话说到这儿一看不行,他们哥几个在跟前儿,我跟薛哥这话是一句也说不上。这哥几个有的坐下来,有的站着,有的靠着树,看这样挺无聊。姜须就乐了:"我说这天也不早,我看你们哥几个也不好喝?你看这待着多无聊,弄几盅啊!"

"哎呀,我说姓宫的朋友,你唠了一道儿了,我们就是朋友了,什么都说了,我们挣多少钱?家里还有老婆孩儿,随便动不动就喝点,办得到吗?哪有那笔款子啊!"

姜须乐了:"看你们哥几个是够厚道的,是机会都不要。今天这机会要喝两盅酒,炒几个菜,那还叫事啊?"

"那你说怎么办?"

"你们出去两位到厨房,愣愣的,冲冲的,你就说,老都督叫我们在后花园看两个唐将,老都督说了,给我们两嗉子酒,弄四个菜,赶快做!我们在那喝酒是小,我们看着唐将别出错。你说那个厨房能跑前边见老都督,问有没有这回事吗?他马上痛痛快快就给你做啊!他就有点怀疑,他也不过到花园看看有没有这么个事,一看你真在这看着我们呢,这就算完了,这还叫个事?弄点酒喝,弄点菜吃,这要是天天都办得到。"

四人一听,你可别说,这个姓宫的有两下子,他说的这玩意儿是理儿啊!我们要挨着这个人,我们迟早都得好,这就叫鸟随鸾凤飞得远,人伴贤良品质高,近朱者赤,近墨者黑,慢慢我们就得跟他学习。我们去试试,也搭不上啥,不给就拉倒。齐坏、吴比去了,高登、夏亮等着。不一会儿回来,两个人拿着一个托盘,四个菜,拎着两嗉子酒:"哎哟我说,这位宫兄弟,你可真有两下子!你这个招儿我们到那一说,厨师连犹豫都没犹豫,马上就做。"

姜须说:"你们要好吃好喝,搁现在开始,等我——现在我的心不静,等我哥哥病好,我们一投降,待着没事,咱们哥儿六个白天晚上在一块儿,这个我包了。"

"哎呀,那太好了太好了!咱们可不许说了不算,咱们就是生死朋友了!"他们几个把这个盘子往就地一搁,赶上也寸,从北边来了一阵小风,唰!往上边给盖了一层土。姜须一看,"哎呀你看!挺好的菜撒上芝麻盐儿了!我说你们也真是,我咋说呢,你们这个花园这么大，连一个空屋子也没有？你们就在这露天喝？你们弄到屋里去他也喝着舒服啊。"

"那倒有，这不你看西北那里眼瞅不远，那是更房子。有可有，我们上那里喝，我们在这不是看差呢吗？"

姜须把脸一沉："你看谁啊？我们是什么罪？杀人凶犯，响马强盗啊？你真是，这说一百遍了，咱不是自己人吗？你看着吧，你拿棒子轰我们我们还能走是怎么的？"

"哎呀，对！那我们上那儿喝，我说你们俩喝不？"

"我哥哥精神不好那就不用说了，我是滴酒不沾，你们去吧，咱也用不着客气，等我们降了之后，这个事来日方长，有的是。"

"那好，那我们上那儿去，走走走。你们可别在这溜达呀，这花园是都督府里头谁都不准来的地方，我们这里头啊，有位小姐在这花园中……"

姜须说："是哪的小姐？"

"就是跟你说话的那个蓝老都督，他老是两个儿子，一个闺女。大少都督蓝文，二少都督蓝武，他老的女儿，叫蓝凤仙。蓝小姐在花园这儿常练武啊，观花啊，别人都不准来。要不是因为你俩，我们也不敢往这里迈步啊。那个小姐脾气可暴了，杀人不眨眼啊！"

"好，你放心，我们既知道不给你们惹祸，你们请吧，请吧。"

这哥儿四个拿着酒菜，眼看着他们进了东北方向的那个更房子里去了。姜须左右前后看没人，低低的声音说："薛哥你还生气呢？薛哥啊，现在可到时候了，兄弟要跟你说两句话，哥哥听不听可在你呀。"

"兄弟啊，你想说什么？"

"哥哥，你这叫什么脾气？在大堂上你一瞪眼不要紧，哎呀！"姜须打了一个咳声，"薛哥啊，你这叫有勇无谋啊！要依着你，你说在大堂上能活吗？我是这么这么我跟他这么一扯，就给他扯住了，就把你放了，叫你在这儿养病。哪儿来的病啊，天亮你信你兄弟话就好了，咱们就在这儿降了，这叫诈降。咱们在他的左右，你说城里啥事咱们不知道？伯父在城里安了四只眼睛，怎么叫不好呢？现在这个机会，拿多少钱都办不到，薛哥呀，你可别拗了。"

薛丁山眉头一皱："我告诉你，不管你怎么说，兄弟，我算不能低三下四，跟他说好的，爱杀就杀，我是死生不惧！"

姜须说："我倒不怕死，我就想我妈，我要死了，我妈也得哭死。"

丁山一听也傻了眼，说："我不怕死，我也挂着我妈。"

姜须说："要依小弟，明日就诈降，找个机会很快就能回家。"

丁山点头说："从今往后兄弟你当家，你说咋办咋办。"

姜须说："薛哥，你说的，一切的事我做主，我说东，你就跟着东，我说西，你就跟着西。你只要依着我，我说什么你也不抬杠，保证咱们不但回去，咱们还得立一大功，黑风关，也就是你我弄下来的。"

"兄弟，我信你。"

"过一会儿天就亮了，天亮了我告诉你说呀，咱就这么办，我就喊我哥哥病好了……"

姜须和薛丁山刚商量到此，就听远处有女人的声音："丫鬟！"

"小姐。"

"什么人在那旁说话，赶快把他叫来，气死我了！这是什么地方，他好大的胆子到我的后花园，哼，叫他来！"

姜须一听，赶紧一努嘴，薛丁山也不敢动了。就听那边有人往这走了，走得还挺缓慢，一边走嘴里还叨咕："我说谁呀？哪个书童啊？哪个家人啊？你说你们真是不睁眼睛，这是什么地方不知道吗？啊？委屈了？挨打受骂了？别处哭去啊！你在这儿哭，小姐可烦了，让我叫你，你看看，轻则一顿打，急了啊，哼！小命都保不住。我叫你哭吧！还哭呢，你还——怎么俩人啊？还嘀咕什么呢？我告诉你，小姐叫我来找你来了！"

这个丫鬟看样子是心好，那个小姐的脾气可能是暴躁，轻者挨一顿锤，重者还真就兴许要了命。这个丫鬟好心，一边慢慢缓步走，一边这么喊，意思是你要听见你就走了，你走了我没找着人，这事也就罢了。丫鬟一步一步就奔这儿来了，姜须还跟薛丁山小声嘀咕呢。丫鬟一想，这个人真气人啊，挨打也白挨，我也对得起你了。丫鬟冷不丁就走到薛丁山那儿，丫鬟提着灯笼来的，这个时候把灯笼往上一挑，薛丁山头前儿这树杈吊着个绳子，这个绳子还牢拉在薛丁山的脖子跟前儿。薛丁山是绳捆二臂，靠着大树在这儿立着，头上还发髻蓬松，这个绳子还在他的脖子旁边晃荡。丫鬟一看："呀！吊死鬼！"这下把她吓得，撒手把灯笼一扔是转身就跑。

怎么回事？这个丫鬟叫巧玲，是镇城都督蓝天雕女儿蓝凤仙的贴己丫鬟。蓝凤仙每天带她就在这个地方舞剑，姑娘马上步下挺厉害。蓝凤仙叫她的丫鬟拿着两个灯笼，挂在花厅上，这边照出余光来，主仆在这儿练剑。听那边嘀嘀咕咕的，蓝凤仙把脸一撂，就要抓到这个人先打一顿，她才让丫鬟去叫。

这丫鬟撒腿往回跑："小姐可了不得了！小姐，哎呀！鬼鬼鬼！吊死鬼！"

"什么吊死鬼？胡说八道，哪儿呢？"

"就在树那儿呢，这我看得真真的，一点含糊没有，姑娘今晚别练了，回去睡觉吧。"

"住口，你也知道姑娘我胆大，我倒开开眼界，我瞅瞅这个吊死鬼，你看这个吊死鬼长得怎么样？"

"哎呀，我没敢看，披头散发的，我就影影绰绰地看舌头有一尺多长。"

"啊？真的吗？"

"我也没看准。"

蓝凤仙把剑亮出匣外，说："你挑着这个灯笼跟我去。"丫鬟把花厅上的灯笼摘下来，在头前儿走，不走不行，可是走头前儿她脸老往后转，不敢往前看。蓝凤仙逼着她往前走，工夫不大，蓝凤仙感觉真有一棵树，树有绳子，是鬼是人不说，还真有。站住了把灯笼往上挑挑，丫鬟巧玲挑灯笼的手突突直颤。蓝凤仙练武的人视力非常好，定睛一看，在树旁站着一个男人，绳捆双臂，细腰乍背，鼻直口方，两耳垂轮，面似粉团，重眉大眼。这姑娘越看越想越不爱动，丫鬟忙催："小姐我们赶快走。"

主仆走出不太远，小姐叫丫鬟："你回去问一问，他姓甚名谁，家住哪儿，再问他身犯何罪？"

这个时候，这个丫鬟她也不像刚才害怕说是鬼啊神啊的，这回她

115

也确定是个人了。她听小姐的吩咐走过去,挑着灯笼边走边想,姑娘这是什么意思?

丫鬟走到树旁仔细看看,哎呀,怪不得小姐……这样人世上真少见,盖世无双。忙问:"你家住哪里?姓啥叫啥?犯了啥罪?"

丁山不答,小丫鬟一连问了好几遍,姜须在边上哈哈哈哈笑了。小姜须这么一笑啊,把丫鬟吓一跳,她一转身拿灯一晃:"呀,这还有个黑小儿呢!"

丫鬟问姜须:"你们俩是一块儿的?"

"哎,不错,那是我哥。"

"你们是哥儿俩?"

"可不是嘛。"

"那怎么他那么白,你这么黑?"

姜须龇牙一笑:"你看那我有啥办法,就这么长的啊!你别看黑,不牙碜。来跟我说你是哪儿的?"

"你问我呀,我就是镇城蓝老都督府的一个丫鬟,我叫巧玲,刚才来的那位小姐是我们家蓝小姐,就是老都督的女儿。小姐让我来问问,你们是怎么回事啊?怎么绑到这儿来了?谁送来的,姓什么叫什么呀?我问他,你说他不会说话还会说话,会说话他还不说话,这是怎么回事啊?"

姜须这个人啊,那真会见风使舵,见景生情。姜须一想,就冲你问这么细腻,又是那么大一个官姑小姐,我就别报宫水,他别报丁山,干脆直说吧!姜须把眼珠儿一转,才要智取黑风关。

第十九回　花园动痴情

薛丁山在后花园巧遇蓝凤仙主仆，姜须那是见景生情比谁都来得快，他能够对人见其外知其里，见其内晓其心，看外表就知内容，你一行一动他就能够明白你的心意。姜须把丫鬟叫过来，一指薛丁山说："你要问他是谁呀？"

姜须说："你小姐有眼力，他父老帅薛礼，他就是薛丁山，唐营的少元戎。"我们是如此这般这么回事。丫鬟回花厅对小姐讲完，蓝凤仙沉思半天问丫鬟："你看咋办好？"

丫鬟说："你要救薛少帅，好说不好听。你要许给薛少帅，怎么救他就都有理。"

小姐听完低头面红耳赤，半天不答话。丫鬟一想：坏了，这事是成了！怎么知道的？那个时候封建时代说起保媒啊，久保媒的她懂得，你要到人家姑娘家给保媒，到屋里头姑娘的父母也客气，姑娘也客气，你往那儿一坐，问干什么来了？一说保媒，你看那姑娘，头就低下，脸就红了，再问给谁保啊？是谁谁谁谁，那姑娘或是害臊躲出去了，或是始终不哼不哈，这就有门儿啊！说明姑娘有愿意的意思。要是这种情况就不行了：你坐那儿一说给谁谁谁保媒，姑娘把脸一摆，我说二大娘，你爱坐坐着，不爱坐你走吧！这就坏了，就保不得。今天巧玲丫鬟一提出来，巧玲也知道姑娘素往为人脾气，现在一看姑娘一低头脸一红，知道成了，这叫默许。可丫鬟又一想：我可不能挑头儿，我挑头儿久后吃不了我得兜着走，这事还得让姑娘点头。巧玲说："小姐您别生气，您打我几下，我明白了您是不愿意，那咱们就回去吧，反正谁也不知道，小姐咱们走吧！"

凤仙也不动地方,丫鬟一叫走她不走,二叫走她也不走。巧玲说:"小姐,您不愿意咱们走吧。"

蓝凤仙说:"这个事咋说呢,咱们愿意也得人家愿意,人家能要吗?"

巧玲说:"他敢说不要,他不要,哼,刀把儿在咱们手呢!小姐您要是点头的话,我就去问他。"

蓝凤仙说:"你要把这个事办成,巧玲,我一定重重有赏。"

"好,小姐,您等着。"

巧玲这回理直气壮回来到薛丁山这儿,往这一站:"我说薛少帅……"

薛丁山在这个时候瞅瞅她,又把眼皮撂下了,没吱声。"你不说话也不行,这回我就得逼你说话,就跟你实说了吧,你是愿意刀,你是愿意招?"

薛丁山没听懂,瞅瞅她:"什么叫刀,什么叫招?"

"你会说话,那就好办。什么叫刀?什么叫招?招是招亲的招,刀是挨刀的刀。刚才那位小姐就是我们镇城都督的女儿,马上步下武艺精通,文的文、武的武,那就说全了,这样人世上少有。现在我同情你在这里头被难,我在当中做媒啊,我们小姐打算要嫁给你。你要能够答应,这就叫招,招亲的招。你要招了亲马上就放,城里头不但你不死,你想如何就如何,这是好事。你要说不愿意,把脑袋一拨楞,说我不要,那我就回去报小姐,小姐就报给他父亲,马上就把你带到前边,咔吧啦嚓这就叫一刀的刀!你是愿刀还是愿意招吧?"

薛丁山一想,一点因由没有,见面就要嫁给我,你嫁了多少?薛丁山嘴里没说话,一摇头。丫鬟说:"怎么,你不要啊?你要愿意刀吗?"

"对,愿意刀,去告诉你家都督,快把我刀了吧!"

"那好那好!哎呀,你可真是……"丫鬟刚一转身,就听旁边姜须说:"不不不,招招招!"

丫鬟没好气:"你招,你招什么?你糟糕吧!还轮不到你头上呢!"

姜须赶忙说:"不是我招,你来来来,我问问你。"

丫鬟来到跟前儿，"你问什么？"

"我问你，你多大了？"

"你放屁，你管我多大？"

"不不不，你别多想啊！我问你多大了，就是说你保过多少红媒？"

"哟，我们可没保过，这是头一回。"

"是，我看你是外行，你没保过。哪有那么保媒的？按着人家脖子你是刀你是招？太可笑了！你别看我岁数小，我保过的姑娘啊，寡妇啊，老的，小的，刚才你保媒的时候，我琢磨着算了一下，我大概不是保了七十七个就是七十八个。"

"哎哟，你净保媒了！"

"可不，这个保媒啊，保熟了他有一套办法：得话里引话，话里勾话，话里逗话，话里透话。把这事说清了，弄明白了，那就成了。还把刀按脖子上问要不要，那叫什么事啊！"

"要这么说你会保？那你要把这个媒保好了，我说的就算，不但他有命，把你也放了。"

姜须说："咱可一言为定！那好，那你躲开。"

丫鬟奇怪了，"我躲开干什么？"

姜须说："不躲开不行，随便学不中，你得躲开，我说话你要是能听得见，我就不管，我不管，你回去也交代不了是不是呢？你要想好，弄俩赏钱，你躲远远的，我给你劝他，一小会儿我就把他劝好了。"

"那好，姜先锋，你要能办好了的话，我要得赏也不能白了你，咱们俩一半一半。"

"那好那好，你得走，走，快，远点远点。那不行，再走。"姜须把她支走了，拿眼睛瞅着薛丁山，低声道："薛哥，怎么又犯病了？兄弟的意思你明白不？"

薛丁山一瞪眼："我不明白，这简直地一会儿一个变化，在大堂上你那么说，怎么到这儿又这么说？"

"薛哥啊，咱不能舍近求远。在两军阵上你叫人拿去，我要过去玩命兴许都死了，我才下马诈降。在大堂上推出杀你，我要不哼，你

119

死了我也危险,我才给他舌战,到花园现在我一看,这个比那个近便,那还得明天诈降,不道多少天才能够卧底成功,里应外合,诈他的黑风关。这回要是小姐这个事你答应了,你是高门贵客啊,那在城里头谁敢碰你?黑风关就是咱们的啦!我说哥哥呀,老伯父省多大心?现在你赶紧搭话说你愿意啊!虽然说你没看好,这个丫头连我也没看好,这咱不是坑她,她自己坑自己,这是两军阵前,天亮了咱取黑风关,别的事再合计。她要真是好的,咱们在大唐营里给她找个婆家,成全她。她要不是好的,那还用我说吗?薛哥,这叫将计就计,借水行舟,有什么不好呢?"

"哎呀,这样办法不太合适,太缺德了!"

"哥哥,将计就计吧,哥呀,咱们俩还说这话,脑袋掉碗大个疤瘌,我姜须就不怕这个字,什么叫死啊、活啊,可是咱们的老娘啊!"

"哎呀,兄弟,你又提这个!那好,就这么办吧。"

"哎,这就对了。"姜须啊哈了两声,就对外面说:"你来吧!你去,过去问问,你看看他还怎么说。"

"好啊。"丫鬟巧玲来到跟前儿,"薛少帅,还是我刚才说的那个事,你是招了吧?"这回她把刀扔了,薛丁山狠狠地瞅了她一眼:"哎,将就吧!"

"什么?我们这么大的千金小姐怎么你还将就了?"

姜须赶忙说话了:"我说丫头呢,你要再逼黄了我可不管了啊,我姜须就管一回,不管两回。"

"那,那好,我也就将就吧。"丫鬟上前把薛丁山绑绳就解开了,"姑老爷恭喜您!"薛丁山也没哼声,迈步奔姜须。丫鬟忙拦住说:"姑爷您干什么?"

"这是我兄弟,有福同享,有罪同遭,我们哥儿俩从小就讲的,祸福共之,我得把兄弟解开。"

"那可不行,小姐没话这个我可不敢担,姑老爷您得见了小姐,跟小姐讲,小姐吩咐了我再来放他。"

薛丁山一瞪眼:"要这样的话,黄了!"

姜须一看不好,赶忙说:"薛哥,你跟着走吧,你怎么又耍小孩子脾气?这地方凉凉快快的,我待会儿有什么不好?再说,你去见小姐,小姐一说话,我不就……走走走。"

"兄弟你受屈了!"

"哎,这儿挺好,一个人越待越肃静。丫鬟啊,领着你家姑爷好好走,我告诉你说啊,你别忘了啊,得钱有我一半。"

丫鬟领着薛丁山直接奔花厅,花厅那边姑娘已经得了信儿,丫鬟就引薛丁山来到后楼,从打楼下上来到了里边往里奔,直接一进屋,蓝凤仙一低头,把脸就转过去了,唰一下脸就红了。丫鬟一看薛丁山站在那儿也没词儿,就过来拿胳膊肘一捅姑娘,"小姐这可不行,这可太不礼貌了,人家来了,你不理人家,这算怎么回事?"

蓝凤仙红着脸:"哎呀,我真有点不好意思。"丫鬟巧玲趴她耳边说:"你现在不说话这事情不就黄了?没成婚,您就客气一番嘛!"

蓝凤仙听了丫鬟的话,对着薛丁山飘飘一拜:"薛少帅光临多有屈尊,请薛少帅海涵。"

薛丁山点点头:"蓝小姐,这样的关怀使我薛丁山真是有恩难报。"

"少帅请坐。"

"谢过小姐。"当时让薛丁山坐下,丫鬟看茶,喝了杯茶,蓝凤仙说:"巧玲,你到厨下要一桌子酒席。"

丫鬟一摆手:"小姐,这可不行,您从来晚上没喝过酒吃过饭,今天要摆上这么一桌丰富的酒席,明天天一亮,花园里丢了这么两个人,那不使人家怀疑吗?老都督要找到楼上来那不麻烦了?等这事情缓和过去再跟老人家讲明,我看比较合适。"

丁山一听,"对对对,别闹出不好,我还不太饿。"不太饿就是还是有点饿,那怎么办呢?丫鬟说:"我看这样吧,小姐,您的点心还有的是呢,就着茶水不好吃一点吗?"

蓝凤仙瞅瞅薛丁山,丁山说:"那太好了太好了,点心就挺好。"等把点心拿过来,薛丁山刚往嘴里要搁,又拿出来放下了。蓝凤仙就愣了:"薛少帅,难道你还怀疑这点心里……"

"不,花园里还有我兄弟,我们哥儿俩患难相扶啊,我在这儿吃喝,他在那儿押着我心里不好受。"

蓝凤仙说:"对呀,我真是不周。巧玲啊,去,把姜先锋请来。"

"哎。"丫鬟答应往外走,她给姑娘使了一个眼色,她在外边等着,姑娘会意就站起来出来,到了楼门,"丫鬟,你有事?"

"小姐,那个人可不能叫他来呀,那个人大眼珠子一转转,我看他净道道儿,鬼了光唧的。姑老爷朴实,在这儿待着行,那个人要来了,我担心他把姑老爷给鼓捣走了。"

"那怎么办?他不来,他还不吃。"

"只要您允许,我有办法,他呀,把一切经过都跟我说了,谁看着他们呢,是高登、夏亮、齐坏、吴比那四个家人,他们还都挺对脾气,那几个人喝酒,您要是不怪,我有办法。"

"那好,你酌情吧,别叫他来闹出事。"

小姐回来,再陪薛丁山,给倒茶,薛丁山倒喝,这个点心始终没吃。不一会儿丫鬟回来回话:"小姐,那人不来。"

薛丁山就愣了:"他怎么不来?"

"他说,他跟那几个人倒挺对脾气,那几个人还跟他连吃带喝,他们挺好,我看那儿比您这儿吃得还好呢。"

薛丁山一听,对,他们是唠得挺好,那几个人还等着兄弟提拔他们。对呀,他还有酒,还有菜,可真比我的茶水就点心强。这个事要唬姜须就唬不了,巧玲把薛丁山就唬得一愣一愣的,他信了。蓝凤仙在这个时候瞅着薛丁山说:"少帅,那就请您先用点心,屈尊一顿吧。"薛丁山这回才开吃,把点心吃了,茶水喝了。蓝凤仙跟丫鬟在外头又合计了一番回来,"少帅,你就在楼上安心休息,我和丫鬟到外面。"说着丫鬟已经把水都打来了,薛丁山梳梳头发,洗洗脸,连脚水打来了洗洗脚,他穿的袍子已经被拿的时候叫钩铙都给搭开了,这会儿把袍子脱下来,薛丁山里头剩个布背心,光着两只脚,他再就不能脱了,意思就在这儿睡一宿,天明再说。小姐这阵儿已经跟丫鬟到外边那间去了,薛丁山上了床了,这个被褥都给铺得挺好,薛丁山拉过被子他就要睡,心里话:睡到天明,我得跟兄弟合计跑啊!城里头一天不能待,我在这好像度日如年,想我父母,我回到营里头看着我爹,我心里就安定。

薛丁山在这儿还没睡熟呢,似睡不睡的时候,就听得外面叫门:"巧玲啊!巧玲啊!"这下不但说丫鬟害怕,小姐蓝凤仙激灵打一个哆喽，一听是爹。老都督蓝天雕深夜这一叫门，姑娘一想是不是知道了？瞅瞅丫鬟，丫鬟一摆手，那意思说你怕也不行了。丫鬟这个时候不答话，赶紧到里边，薛丁山起来坐那儿就戳在那儿了！丫鬟也是脑袋挺快，把西北角那衣箱就打开了，把盖一掀开，把姑娘的衣服顺便往左一塞，就塞到八仙桌子底下了。一点手意思叫薛丁山到这儿来。薛丁山一想，哪儿都中啊！跳下床过来就进了衣箱，他一进衣箱，丫鬟咣当把盖扣上了，钉锦就挂上了，锁头就插上了，薛丁山就搁衣箱里头了。回头来她就把薛丁山的靴子袍子衬衣这一打卷都给捆到八仙桌子底下了。老都督在外边叫得紧了："怎么，没醒啊？"

丫鬟假装平静地问："谁啊？"

"我的声音也听不出来？"

"哎哟，老都督您怎么还没休息？您有事吗？"

蓝天雕一边进来一边说："叫你家小姐起来，我见她有事。"

"是，是，您稍等一会儿。"丫鬟把姑娘拉到旁边，趴到耳朵这儿告诉可千万沉住气别慌张，您怕也不行啊！两个人一看屋子里头没有破绽，丫鬟才轻轻地把门打开："老都督您请，小姐起来了。"

蓝天雕老都督从外边就进来了，来到里边，老都督一看姑娘这张脸，就像巴掌打的似的，那真是一张红布一样，又不好意思抬头，又不好意思瞅父亲。丫鬟说："老都督，您请坐，您请坐。"

"凤仙啊，你怎么了？凤仙啊，你怎么面红耳赤，你有事啊？"

"小姐，老都督问呢，您怎么不说呀？老都督，您看我们小姐，我们小姐从昨天呢就凉着了，吃两服药就没见好，这刚才呀，这不是嘛，已经要睡了，她觉得强一点，可能这一起来，小姐您是不是又觉着——"

蓝凤仙赶忙顺着说："爹爹，我觉得头晕。"

"哎呀，你这怎么早不说啊！哎，丫鬟，你也是个废物，你家小姐有病不去告诉我，坐下，坐下。为父啊，找你来跟你合计点事，现在为父有点拿不出主意来了，我也老了，脑袋也笨了，也慢了，你两个哥哥我还真信不着。孩子啊，我想跟你合计合计，你看我们黑风关怎么办？"

"爹爹您是说……"

"薛元帅到在我们突厥,半年多取了寒关,是他儿子薛丁山够厉害,收下樊梨花之后寒关巧得。薛礼在青龙关他又被困好几个月,按说黄子陵威震青龙人所共知,十个人也得俩五个说薛礼这辈子别想出青龙,可是没料到黄子陵死到樊梨花之手,青龙关又取得不费吹灰。现在到我们黑风关,黑风关不能说是兵寡将微,但是城大空虚,架子不小没有实力。靠我们父子,你说为父能胜薛礼,那樊梨花你俩哥哥能胜她吗?包括女儿在内,别看你是高人传授,准说跟大唐对付,也怕是不好办啊。哎,我现在是这么想的,当初我出长安也是一口气啊,我看不惯成亲王李道宗所作所为,现在我就想是不是带你们还回故土。孩子啊,你给为父出个主意,要觉得咱们回去对,就把黑风关双手奉献,请薛帅进城,我们就不愁回故土了。"

他把话说到这个地方,冷不丁就听得那个衣箱扑腾扑腾,"嗯?这是什么?"丫鬟巧玲可傻了,丫鬟心里说,是什么?活人!小姐的脸上就加倍地红了,蓝天雕就问:"女儿,衣箱里是什么?"

"这……"

"衣箱里是什么?"

"这……"两番话她没答上来,老都督就站起来:"这是怎么回事?"丫鬟说:"老都督您请坐,您看小姐,您还不敢说,不说也不行了,事到现在老都督问到头上了,那就得说了,小姐您不说我说。老都督您请坐,我跟您说……"

蓝凤仙一想:死丫头,你可把我坑苦了。事都是你替我办的,回来你卖我。蓝凤仙又一想,是不是丫鬟听见爹要投唐,她认为这个事就不算事了?这是两回事呀!蓝凤仙心里合计:我父亲的脾气,叫他老知道他是绝不答应啊。投唐是投唐,要投完唐之后还可以,现在这时候要发觉薛丁山在这儿,那他老人家不但不投唐,非玩命不可!这一切都糟了。蓝凤仙狠狠地瞅了丫鬟一眼,丫鬟就像不理睬、不明白似的,接着说:"小姐你瞅我干什么?您是不让我说呀,老都督您说我说不说?"

蓝天雕问:"为什么不说,到底是怎么回事?"

"老都督啊,那里头是个大耗子,小姐这些衣服都是您给做的,那天想要拿出一件穿,打开一看,一件好的没有了!气得小姐给我俩嘴巴，小姐还哭了一场，告诉我别告诉您，告诉您怕您生气呀！"

"孩子你可真罢了，那才几个钱，你要告诉为父，早就给你做齐了。"

这时候箱子里头扑腾扑腾得厉害，为什么？没留缝啊，他在里边没气儿啊！老都督呛啷把剑拔出来："丫鬟你把衣箱打开，我看看耗子多大。"

"哎呀老都督你跟它置什么气……"

"你痛快的，打开！"

丫鬟这才把锁头打开，她未曾掀盖先这么给里头送信儿："老都督可来了，拿剑宰你来了，我看你这大耗子，你还不跑，你还不跑你，你快快……"她把箱盖往上一掀，老都督往箱子里一看，薛丁山往上一挺身。

第二十回　蓝天雕丧生

　　上回书说丫鬟巧玲开箱盖的时候，的确还很照顾薛丁山，她把这个箱盖欠开缝儿，她没有冷丁掀，她想，在里头没有空气，可能憋的，不然的话他扑腾什么呢？往里边透点气，意思让薛丁山好缓口气，你好预备躲。薛丁山明白着呢，薛丁山一想我往哪儿跑？在这箱子里头能跑吗？箱盖子这一掀开，薛丁山赶紧站起来，他这一站起来，老都督一看，傻了！老都督那么大的岁数，那是干什么的？这是闺阁秀女的绣楼啊，在这闺房里头，那封建时代哪许进男人？现在不但进了男人，一看薛丁山周身上下这个模样，老都督火高万丈，那还用细问这怎么回事吗？老都督大叫一声，"小辈，你往哪里走！"往前一进就是一剑。薛丁山打箱子里抬腿出来，一看赤手空拳没有办法，就把桌子旁边那把椅子抄起来。老都督一见他拿椅子往上一搪，噗一声把椅子削半拉，老都督气得又一剑，又一搪，就剩个椅子腿了。薛丁山手里头拿着椅子腿，心里头琢磨怎么办，这个时候蓝凤仙赶紧往前一闯："爹爹，爹爹！您先慢着！"

　　"逆女！你这这，这气死我了！"说着搂头就一剑，薛丁山身后想：你宰她来我宰你，不然恐怕我下不了楼了。抄起椅子腿，啪嚓一声响，打得老都督脑袋迸裂，蓝凤仙哎呀一声晕了过去，小丫鬟吓得转身忽忽悠悠一步蹬空，摔下楼去。

　　薛丁山一瞅着这个楼上就剩自己是个活人，琢磨一下：不好，我不能在这儿待，这是是非所在。他把椅子腿就扔了，一猫腰，就把老都督掌中这口剑拿起来了。薛丁山一琢磨：我先往哪儿奔呢？对了！找兄弟去。薛丁山一想：要想有主意，还得说姜须，我要见着他呀，什么事都好办。薛丁山拿这口宝剑，赶步下了后楼，来到花园，他一看，没有姜须。又一想，可能他在那更房子和那四个人喝酒呢。薛丁山马上来到更房，进了这个屋一看：床上躺着仨，地上躺一个，横躺竖卧，满屋子酒气熏天。四个人喝得真是仰面朝天啊，一个个呼声如雷，简直醉得那是人事不省。薛丁山赶紧搁里边出来，又到树底下找一下，又在花园里转一圈，也没找到姜须的踪影，薛丁山可就有点蒙了。又一合计我从前面还不能出去，他就来到花园的后门，他把花园门打开，从打里边出来一看是个胡同儿，往东瞅瞅，往西望望，他刚往西一回头，就听那胡同儿口一阵大乱，有兵有将。薛丁山一看不好，直接他就够奔这个北胡同儿下去了。

北胡同儿他往前跑，总觉得后边有人追，薛丁山也顾不得回头了，一直往前跑。薛丁山心想：人不走字儿，喝口凉水都塞牙，真倒霉，死胡同儿，出不去！不但死胡同儿，这整个胡同儿里头，右侧没有门，都是墙。往左侧一看，仅有一个黑大门还关得挺紧。薛丁山影影绰绰地觉着胡同儿口还有动静，是不是有人来追我？我在这胡同儿里多危险，所以薛丁山赶紧来到黑大门的跟前儿，咣咣咣打门，还不敢太声大。他打了几下啊，就听这个上屋的门响，吱扭一声，又听得有脚步声不慢不快地来到门里，问声谁。薛丁山想，这怎么说啊？"我。"咯噔，门就开了。薛丁山一想：开门了，我别这么唠，这么唠，胡同儿口有人能看见，薛丁山猛一步就进来了，一回身替主人就把门关上了。薛丁山关上门转身再一瞅，好大一个院落，这院落进来五百人都挺宽敞，甚至于在这院子里头赛马都行。这院是干吗的？他一瞅开门的这个人是个女人：乌云巧绾盘龙髻，髻心横插白玉簪。簪插云鬓飞彩凤，凤裙紧衬百褶衫。衫袖半吞描花腕，腕戴金镯是玉兰。蓝缎宫裙折百褶，褶下微露小金莲。莲花裤腿绿丝带，带佩香珠颜色鲜。鲜艳长就芙蓉面，面赛桃花柳眉弯。弯弯柳眉杏核眼，眼含秋水鼻悬胆。丹朱一点樱桃口，口内银牙玉米含。含情不露多娇女，女中魁元赛天仙。

看这个女人站在那非常大方，见薛丁山这么一个陌生人，手里拿着剑，这一大早起，天头刚亮，这个女人丝毫不怕："你是干什么的？为什么叫我家的门？我怎么不认识你，你进院里有事吗？"

薛丁山剑交左手搭上一躬："哎呀这位恩姐，咱们素无相识，我是被难之人，后边有人追赶，我是无路可走，我才来到这里无礼叫门，请恩姐救命。"

"嗯？那好，你到屋来吧。"

薛丁山一想：这可真怪，这个女人这么大的胆子，就敢叫我进屋？薛丁山就跟着她直接进了上屋，一明两暗，五间上房，这个姑娘拿手一领，就往西屋里领："请吧。"薛丁山到了西屋一看，屋子里头宽敞是宽敞，太狼狈了，没有一件整齐的东西，一看屋子里头的桌椅啊，加上床上所有吧，薛丁山一看这是个穷家。这么大的院就这么一个女人，也不知道是个姑娘还是个少妇，所以薛丁山进来后很规矩，很拘束，瞅着这个姑娘发愣。

姑娘发话了："我问你，你要说实话，你要如果不说实话，哼！你出了龙潭，又进了虎穴了。"说着话这姑娘嗖的一下就上床了，就在西壁咯嘣呛啷她亮出一口宝剑，往地上一跳，用手一指："陌生人，说话吧，你姓甚名谁，家住哪里，杀了多少人，做的什么歹？你现在无路可逃，你跑到我这就认为完了？杀人偿命，欠债还钱，你可知道你要是不说实话，我就把你马上除掉。"薛丁山一想，这个姑娘还这么厉害，怪不得这么大胆。薛丁山赶紧抱腕说："恩姐，我全说实话，我就是东门外大唐营里头老元帅之子，我叫薛丁山……"

"你是少帅？"

"不错。"

"你怎么到这儿来了？"

"东门外开战，我被获拿进来的，老都督把我押到后花园，深夜就碰见他的女儿蓝小姐蓝凤仙带着丫鬟在花园那儿练武，碰上之后，也是我们……"说到这儿，他打了个喷儿，薛丁山一想，我要说我骗了蓝凤仙，到楼上打死她爹，这个姑娘是城里头的，离督府不远，她们有没有关系？再者说，我是大唐的，是对阵的敌人，薛丁山一想，我跟你含糊点，我得学兄弟姜须，什么事也得见景生情，我要报是老都督的姑爷子，蓝凤仙嫁给我了，你要轻举妄动把我如何，你也得沾包儿。薛丁山接着说："恩姐，蓝凤仙见到我，我们二人也是有点投缘，从中有丫鬟为媒，她就许给我了。把我带到她的绣楼……"

这个女人点着头瞅瞅薛丁山："往下说。"

"可是我们睡到半夜，老都督叫门上楼，他这一发现就动怒了，亮剑要杀我，我只能说躲。他女儿哀求他，我们三躲两躲老都督也是上了年纪了，没小心啪就摔倒了，把脑袋摔到桌角上，看样子凶多吉少，他就躺在血泊之中。蓝凤仙一着急昏过去了，丫鬟也跑了，我看事不祥，我下了后楼，出了后花园门，我刚想往东西走，胡同儿口有兵，我就进了北胡同儿，我怕有人追我，我就叫门遇上恩姐，这就是我薛丁山由进城到现在的经过。"

"哦，要这么说，你跟蓝凤仙是夫妇？"

"不错。"

"老都督摔死了？"

"死活不保，看样子凶多吉少。"

"哎，好吧，既这样的话，你也不要害怕。我跟你说句实话，你就算走运，你要跑到别处，现在你大闹都督府，人家一会儿出兵要全城抓你，你逃出我这个院，你在这个城里头，我不客气地说，谁也保护不了你。可是你落到我这个院，这话又说回来了，也慢说都督府，他就是任何人，他也不敢到我这个门前刮旋风，到我院来抓人，你放心吧，我保你太平。"薛丁山一听这话就觉得有了仰仗，嘿，这真把门叫对了，"哎呀多谢恩姐！"

姑娘把剑入匣，还挂到墙上。这阵儿姑娘瞅瞅薛丁山："你这衣服都扔到都督府，还光着脚，你看这儿，哎呀，我们家穷，你也看出来的，这屋子里头真是破烂不堪，你就瞅这张桌子这个腿儿都坏了后接的，这不这儿还垫着。我哥哥倒有衣服，这个院里就是我们兄妹两个人，哥哥没在家，外出日子不少了，就是我一个人住着这个院。我也没有别的，我哥哥倒有一套衣服，你先遮遮体吧，比这么待着强，这么待着穿个布背心光个膀子，光个脚，披散个头发，这不像模样啊！"

就看这姑娘，在那边有个柜，打开柜门一伸手，拿出个包递给薛丁山，"我哥哥这一套都在这儿呢，你穿上先将就吧，不能太可体，我哥哥比你个儿大。"

薛丁山把包抖搂开一看，火红缎子的一双靴子，这个靴子要挂到卖鞋那儿就是靴幌子。薛丁山这个脚穿这个靴子，不用脚趾往下伸，就平着就用靴勒还挺宽绰，薛丁山脚就到底下了。薛丁山一想，这就挺好啦，不管怎么着，比光脚强啊。一看衣服是一个火红缎子的长袍，薛丁山把衣服穿上，带子系上，袖子挽上，薛丁山往前迈了一步，这衣服后摆还没动弹呢，在地上呢。薛丁山没有办法，把他这个火红缎子的长袍往起这么一折，在腰这个地方前后折好了，离脚面高一点，薛丁山在腰上一系，也行。一看是火红缎子包头布，薛丁山一想咱就干脆都用上吧，一红到底。把头发绾巴绾巴，薛丁山把布也包在脑袋上。薛丁山一想也没有镜子，要是有镜子看看我就成个小火神爷了。薛丁山说："多谢恩姐关怀照顾。"

"我锅里头熬的小米粥，你能吃点吗？你吃饭了吗？"

"哎呀，恩姐，我哪儿吃饭了，我还真有点饿了。"

"不过没有好的给你做，就是这个小米粥，我想给你做别的也没有，我们家就是穷，不能说一贫如洗呀，有的时候偶然断炊，你就得将就吃点。"

"挺好，我是最喜欢小米粥了。"薛丁山也真有人情，不喜欢能怎么样？就瞅着这个姑娘，挺大方的，把桌子放上，俩筷子俩碗摆上，粥拿来，当中搁着一个咸菜碟，真没有别的可吃。给薛丁山盛一碗，她自己也盛一碗，对面就坐下了。薛山一看这姑娘不但说有胆子，还不拘小节，不那么扭扭捏捏，非常大方开朗。薛丁山一合计，人家不避男女，我也就别想别的了，这是人家这个风俗，薛丁山也没客气就坐下了。姑娘说："那你就请吧，今天不但吃这个，只要是不走，明天还得吃这个，除非是哥哥回来呀，还能差不多。"薛丁山瞅着她，她瞅着他，两个人对面坐着就喝开小米粥了。小米粥喝得正有劲，忽听院外大叫："开门来。"

这是怎么回事？外边这个嗓门不知道多大，就听到门咣咣咣，就像凭空打个霹雷一样，把屋子那个棚上的灰都震得唰唰掉。薛丁山一抖，差点没把饭碗扔了，眼睛就直了："恩姐，这……这来人了吧？"

姑娘也有点紧张："来人可来人，不是来抓你的，这是我们家的人。这个院子就是我们兄妹过日子，这是我大哥啊！"

薛丁山刚松口气："哦，是恩兄……"

"不好!"

"怎么?"

"糟了!"

"怎么糟了,恩姐?"

"哎呀坏了!"

几句话吓得薛丁山发蒙:"恩姐,你快说……"

"哎呀,这怎么说呢?我哥哥这个人哪,他的性子特别,也就是说与众不同,话又说回来——直说吧,他有点憨傻,心眼儿来得慢,他又最心细,不用说你在屋子跟我吃饭,就在门外走一趟,他都不能让你。我哥哥还力大无穷,本领高超,能耐还大,武艺还高,心还细,你在屋里吃饭,他不能让你。"

这时候就听外面咣咣咣:"开门!妹妹开门来!"

姑娘说:"不开不行,开了他进来,不容你说话,他一伸手就能把你撕巴碎了!"

薛丁山一想我可真倒霉,这回可整到虎嘴来了!"哎呀恩姐,这……"薛丁山真有点身不动自晃,体不热汗流,"这……这个,恩姐,还是杀人杀了死,救人救个活,想办法救命要紧!"

"你快下来!"姑娘一摆手叫薛丁山下了床,她这屋里是南北床,就看这个姑娘叫薛丁山到北床:"你快!"这阵儿薛丁山任人摆布,一上床,姑娘用手一指:"趴下。"薛丁山就趴到北床上了,就看姑娘在被垛上拽一床被子就给薛丁山盖上了,"你可不要动,你要动可危险,你要一动不动,哥哥进来,他看不见你就行了。"

薛丁山一听这糟践人啊,"恩姐,这大天白日,我在这趴着,盖上一个被,看不见他就能饶了我?"

"我哥哥脾气性子憨傻,你可千万不要动,你只要不动他准不怀疑。"

薛丁山一想,这太危险了!姑娘说:"我可不管了,你不能动,我出去开门去。"就听姑娘咯吱咯吱出去了,到了大门里头就问了一声:"谁呀?"

"谁?妹妹连我的声音都听不出来?哥回来了,开门吧!妹妹呀,哎呀,哥想你了!"

姑娘把门一开,大个子进来了,姑娘赶紧把门给插上。就看大个子左肩头扛着一条大棍,这个大个子往那儿一站,起码说一丈二尺还得多。那才叫膀阔三庭,腰大十围,胸宽背厚,那胳膊一伸檩条一样,膀扇就像房门一般,手伸出就跟小簸箕一样,手指头像棒槌似的。这个大个子他也这套衣裳,火红缎子布包头,穿着火红缎子长袍,下边火红缎子吊面一双薄底靴子,腰系大带一巴掌多宽,勒得绷绷甚紧。面如红火,大眼睛红眉,两眼往外努着,就像两个鹅卵似的,那两个眼珠子努得那个可怕啊,要不叫通天鼻梁在当间隔着,俩眼珠子啪啪就能碰碎。两个大招风耳,四方阔口,瞅这个主啊,胡须将露,岁数不大。他瞅瞅妹妹,把大棍就戳到房檐这儿了,"妹妹啊,哥哥可真想你了,回来看见妹妹哥就乐了!哈哈!"他说到这儿就进屋了,一看,"妹妹吃饭呢,哎呀?怎么一个人吃饭还搁俩筷子俩碗呢?"

"哥哥,你连这儿都不明白,你出去多少天了?"

"记不住,反正日子不少了,都想你了吗。"

"哥哥想妹妹,妹妹能不想哥哥吗?每天吃饭我都俩筷子俩碗,这边扒两口就等于我,那边扒几口就等于你,就像跟哥哥在一块儿吃饭一样。"

"怪不得我在外头有的时候不吃饭我饱了,妹妹替我吃的。"

薛丁山在被子下一听,这个主可真够傻,傻透腔了,薛丁山正琢磨呢,傻子一转身,往床边一坐,"妹妹,你真孬透了,饭都吃了,怎么还不叠被?"

薛丁山在被窝里一哆嗦,"呀!被子还动呢?"他往前这么一凑啊,姑娘就傻了:"哥哥你可别动!那里头是二大娘的猫,你别叫它挠你!"

"它挠你不挠我。"两步到跟前儿,把被往上一掀,呀!活猫!他一把抓起薛丁山,好小子!往下就摔。

第二十一回　愣韩豹揪头

上回说那个傻小子要摔薛丁山,那么这家兄妹二人是什么人呢?他们的父亲韩策就是这个黑风关的副都督,跟蓝天雕是磕头的弟兄。他病危托孤,把大都督蓝天雕叫到跟前儿,跟兄弟讲:"哥儿俩结拜一回,多年一起,我眼看是不行了,单等我口眼一闭,我这两个孩子就交给你了。"韩策这个托孤寄子,蓝天雕始终没忘。

韩月娥和蓝凤仙姐俩都在白莲庵学艺,一师之徒。两个人一块儿学艺,一块儿出徒。回到都督府,蓝天雕跟女儿一商量,就不让韩月娥回家了,这个大院空落落的,一个人多无聊多寂寞。尤其是这个家,让韩豹造得是一贫如洗,啥也没有了,凡是动产都卖光了,就剩这个房子,这个院落没卖。他不明白,明白可能也卖了。韩豹这个人在外边讲究好交好为,好打好闹,好说好笑,好打人间不平。你看他浑,他可讲理。而且他不但不欺负人,谁要欺负人碰见他没好,他是疾恶如仇。韩豹挺正经这么一个人,他还惜老怜贫,帮丧助婚,街上有要饭的他就给点,哪个娶不起媳妇他就帮点,这个家着火了他帮你给房子整上,什么事都管。他父亲这点遗产还够他造的吗?凡是浮物都卖光了,他就在外边混,没钱花就找叔叔蓝天雕要点,蓝天雕还给。蓝天雕也知道孩子在外边不惹事,挺正经。全城送韩豹个外号叫揪头太岁,他兜里常揣着核桃,拧下脑袋给安核桃,大脑袋换小脑袋,大伙就给传了这么个外号,叫揪头太岁。揪没揪过还不一定,人们传他这个名。吓唬坏人是一方面,也是赞扬韩豹。你还真别说,就在十字街路北那个床子不是有老两口子在那儿卖鲜货吗?这天正赶上都督府一个平章花得山来这儿买桃,这个花得山在这个鲜货上这些年没花过一个大钱,但是什么鲜货下来,他都要先来二斤尝尝,记账。偏偏老两口病了好几个月,拉了不少外债。这回又病刚好,把床子摆上了,桃放上去。今年的桃还少,还贵,还好卖。花得山到这儿来今天还长分量了:"给我称四斤。"老两口知道是白称,瞅瞅桃,弄四斤就攥去一半儿。老头子过来施礼作揖:"花老爷,您看我们老两口近来太困难了,我这病刚好请您高抬手,照顾照顾吧。是不是来二斤?"

花得山把眼睛一翻,"你是什么东西?来二斤,怎么的?老爷不给你钱啊?"啪!就给一嘴巴。老伴儿就过来了,老伴儿一想,算了吧,宁可穷也别挨这份窝囊气了:"我给您称,花老爷您别生气,他上岁数了颠三倒四的,还喝了顿酒,真不会说话,来来来。"

老头儿挨了一个嘴巴也有点火了:"你光说,你把桃给他了,咱们吃什么呀?他不给钱哪!"

"放屁!"花得山说个放屁,老伴儿赶紧把桃包好了,递给了花得山。花得山瞅瞅桃,翻翻眼珠子,"给你钱?你做梦吧!"他这一打老头儿,一吵吵,人都围着不少。大伙都气不过,你瞅瞅我,我看看你,白生气的分儿,谁敢惹都督府的花老爷?大家咬牙不满,就在这个时候也是冤家路窄,正赶上韩豹走到这儿了。从中有个人就给他堵上了:"韩大爷。"

"哎?你干什么?"

"你不外号叫揪头太岁吗?"

"啊,是啊!大脑袋换小脑袋。"

"嘿嘿!你打人间不平。"

"是啊,谁欺负人也不行。"

"那眼前儿这欺负人的你咋不管?"

"谁呀?"

这人就说是这么这么回事。韩豹一听:"啊!好哇!"他这一吵吵,人往两边一闪。单摆浮搁就把花得山晾在那儿了。韩豹两步来到跟前儿,左手抓住花得山的脖子:"好小子,我揪你脑袋!"

"哎呀,哎呀,哎呀大爷大爷大爷!"这个时候他往下缩脖,就跪在这儿了。韩豹当时就问他:"你这桃给钱了没有?"

卖桃的老头儿也急了,"给什么钱?不但现在没给钱,年年吃桃也不给钱！我们老两口子没儿没女的，花老爷你也太欺负人了！"

"好小子，我摸摸，我还有核桃呢。"花得山也知道他的外号叫大脑袋换小脑袋，摸核桃这就是要换，"哎呀！韩大爷，韩大爷，我给钱我给钱……我身上不带钱。"他从来出了门不带钱。

"不带钱你给什么？"

"对门那个药铺，我上门借钱。"

"好。"韩豹掐着他的脖子就到了药铺这儿了。掌柜的一看花老爷，"哎哟花老爷您这是？"

"我说掌柜的，咱们面子上的事你赶快借给我二两银子，我回家就给你拿来。"

韩豹一听炸了："什么？二两？人家老两口说年年吃桃都没给钱，二两就行了？二十！"

花得山一想二十也是便宜，我这是买脑袋。掌柜的拧着鼻子没办法，拿天平平了二十两银子，交到花得山。花得山这个时候要交给韩豹。

"等会儿，你自己交给人家，你欠人家的我不管。"把花得山拎到床子跟前儿给老两口二十两银子，韩豹还问够不够，老两口说太多了，太够了。老两口一想我们的床子也不值这么些钱："哎哟，谢韩大爷。"

"谢什么？我说小子，你把钱也给了，我看这回该揪了吧？"

"哎呀，别别别，我给您磕响头，您饶了我吧！只要您饶了我，我就改脾气，今后我再也不欺负人了。"

"那你要再欺负人呢？"

"那您就揪。"

"好。"说完咣地一脚，"滚！"

花得山"哎哟"一声，骨碌碌地跑了！所以韩豹这名儿越传越大，都知道他兜里揣着核桃。妹妹韩月娥和蓝凤仙住在都督府，韩豹连来三趟跟老都督讲："叔叔，我带我妹妹回家，不在你们这儿住。"

蓝老都督就问："怎么回事？"

"哎！你们这院不行啊，老爷们儿太多。"

都督府没老爷们儿能行吗？"哎呀，孩子你别这么想。他们也不敢到后院乱来。如果去的话我是重责不饶。"

"别说了，您上岁数了看不过来。白天不去，晚上去，我带我妹妹就走。"姑娘韩月娥还好，她就本着有父从父，无父从兄，哥哥说怎么就怎么，别看他憨傻我得听。在府里是真享福，我认可不享这福，就跟哥哥回到这空空落落、凄凄凉凉的大院落，跟哥哥认可喝小米粥，吃咸菜，没怨言。

韩豹这回出去日子不少，想妹妹了，所以他才回来。他走到东门外就发现后面有兵有将，还有营扎在城外。不远还有个红马，马上坐着个女将，抡着一口刀。他一看这个姑娘照着东门直骂，他生气了。韩豹想我也住在城里，你骂黑风关不是也骂我吗？"黄毛的丫头欺负人哪！拿命来！"韩豹这两条腿那快劲真是眨眼就到，他那个腿日行一千夜走八百，起点早贪点黑就能走个一千二百五，所以韩豹眨眼就到。对面这个女将还等他站下说话，一看到跟前儿了，扑过来了，"哎，不好！"嗡一声就给他一刀。当！呛啷！刀就飞出去了。韩豹回手就一棍，这女的哎呀一翻身，也就是她，要别的人腰断两截了。拦腰一棍，这人唰一翻身，一个卧看巧云，马镫蹬着一个，甩了一个，卧到马旁，这马就跑下去了。

"好丫头你往哪里跑！"也幸亏这匹马是千里胭脂雪，换别的马呀这女人命没了。这个女人是谁呀？樊梨花。

昨天到这一安营，薛丁山被获遭擒，姜须诈降，他们俩进城之后，赵胜在营里头把营门紧闭，把住战壕。等老元帅薛礼一到，上帐报告，是这么这么这么回事。老王爷升帐聚将，告诉大家今天要和城里决一死战。外边给他带过来赛风驹，抬过方天画戟，老王爷出帐上马，放炮，来到西门外，闪开二龙出水式，压住阵脚，老元帅的马刚想要够奔阵地，就听后边马蹄响，回头一看是樊梨花。

"公爹。"

老元帅见着樊梨花，心里就在想：我呀，一错再错，步步错。寒江关听信逆子之言，临阵收妻有罪，就把樊梨花留到了寒江，我才在青龙关中计被困数月。最后使冤家请来媳妇除掉黄子陵，才在青龙关大获全胜。青龙关获胜之后，我看媳妇身子骨太弱，病久了，让媳妇不离婆婆在后营休息一个阶段，又信了冤家薛丁山的话，让他同姜须带兵为先锋，兵发黑风关。没承想昨天到这儿，哥儿俩全拿进去了。媳妇在后营可能是知道信儿了，这要是媳妇在这儿，不见得安营就叫人擒去俩先锋。老元帅问媳妇："不在后面伺候你婆母，来到前营有事？"

"公爹，我听到怎么，他们弟兄都让城里抓去了？"

"昨天安营下寨，据说冤家丁山出马，被一个大个儿使槊，有人报我，是赤虎关的什么太保赫连龙，就这么个情况。哥儿俩不幸都在城里。今天我想跟他们要决一死战。"

"公父，让给我。"

"媳妇你身体不强。"

"公爹，我勉强支撑，也能跟他们打上一天。"

"好，媳妇多加小心。"

"媳妇记住了。"樊梨花这阵儿都如疯如傻一样，心里不敢埋怨公爹把我搁在后营，他们哥儿俩你信得着，怎么样？拿去一对。樊梨花一想我当天不但要把他们救回来，把东门劈开，打进黑风，我当天就要把黑风关到手，叫您老看看你这软弱的媳妇，除了怕你儿子，我谁也不怕。樊梨花今天真急了，动了她的心了，就在东门外要阵。突然就来了这么一个大个子，到跟前儿他棍举起来了，樊梨花一看不好，樊梨花也急了："嘿，你这个野人！"照着他就一刀。未曾想他手快，一棍！刀就飞了。

老薛礼也蒙了，当时一瞅这个状况，兵马赶紧围上媳妇回营。傻子到了城下，"开城，我回来了。"城上一看把唐兵都给打退了，城门也开了，谁不认识他啊！镇城大都督蓝天雕磕头弟兄的儿子，那就等于少爷一样。城门打开吊桥下去，韩豹进来，"哎，他们再来骂就告诉我，我揍她。"

"韩大爷，您真英雄。"

"唉，别说这个了，都一样。"

"哎呀，要不叫您来，我们还得挨骂。"

"不怕，再来我揪她的脑袋。"他这么回的家。到家一看妹妹吃饭，一瞅被子在那儿还没叠，他才掀被子。一看被子底下一个大活人，他能不炸庙吗？左手把薛丁山上身抓住了，下边把俩脚脖儿搁手这么一拢，那手像簸箕似的就把薛丁山举起来了："好小子，跑我家

137

睡觉了，我摔死你。"他往下刚要落，韩月娥过来就拦着："慢着，哥哥摔不得。"

"啊？怎么还摔不得？你说说为什么摔不得。"

韩月娥拦住哥哥："你摔不得，他叫薛丁山，唐营的薛少帅，他和凤仙姐姐是夫妻。"

傻子听完哈哈笑："这是妹夫啊！凤仙女婿，也是你女婿啊！"

薛丁山一听，这个还有借光的？我是蓝凤仙的女婿还是他妹妹的女婿？薛丁山也没敢乐，这也顾不得了，还不知道放不放呢。傻子这阵儿就把薛丁山脚搁地上了，"哎呀，闹了半天还是真亲啊。这不是外人，不是外人。哥哥得罪你啦，掐脖子疼不疼？你是她们女婿……"韩月娥在这儿脸弄得通红，他怎么出来这样的话呢？要不他傻呢。当初他把妹妹带回这个大院，有朋友给他出主意得给你妹妹找主，妹妹大了，男大当婚女大当聘，他也认为对，他就老给韩月娥找主。韩月娥一看不好，就偷偷地到督府，找姐姐就把这个话告诉蓝凤仙，蓝凤仙就把这话告诉蓝天雕，老都督就把韩豹找到督府去了，吃得酒足饭饱，爷儿俩唠闲嗑儿，都督就问他："你怎么给你妹妹要找主？"

"啊，对呀，都说嘛，姑娘大了得嫁人啊。"

"你别给找了。"

"我不给找，她自己也不能找，那怎么办呢？"

"你糊涂，你见的人没有我见的多呀，我在这边给找。"

"啥时候能给找着？"

"你放心，你这不俩妹妹嘛，我能给找，你听着，蓝凤仙有主，她就有主。"

"啊，她俩嫁一个？"

老都督一想，反正你胡里八涂："对，她俩嫁一个，凤仙嫁给谁，月娥就给谁，那多好啊。"

"那好了，那我就不给找了，找好的啊。"他脑里有这么个轮廓。这是一种安慰他的话，也是没有影儿的话。今天他听是蓝凤仙的女婿，才说也是你的女婿，他是本着这个来的。韩月娥的脸一红："哥哥，别说傻话了，别叫人家笑话了。这是你的妹夫没错的，也是我的姐夫。姐姐是真嫁给人家了，我叔叔上楼不应该还要杀人家，女儿给人家了,你还杀人家对吗?"

"可不是咋的,那就叫不讲理啊。我告诉你说妹夫,别害怕,有哥哥什么都好办了。我妹妹跟蓝凤仙好啊,她们俩是一头儿的,咱们俩是一头儿的。她们俩要想欺负你,那算没门儿。"

薛丁山心里话,这糊涂话反正这么一说,我这么一听就完了。我就是要借这个劲要取黑风关,有机会我就回营了。薛丁山瞅瞅韩豹:"好,我什么都听大哥的。"

"哎呀,妹妹呀,是不是你跟妹夫在这儿吃饭呢?"

"可不是怎么的,你回来我不就那么说呀,你妹夫不吃饭他不饿呀?"

"这亲戚来了就给整小米粥,吃咸菜,这可太不好看了。"

"那么家里有什么我舍不得给他吃吗?哥哥你有吗?"

"对对,是没有。妹夫别生气,哥哥上街就给你买去。我这回带钱回来了,朋友给的,我教他们能耐,他们就供我饭。临走我说想妹妹了回家看看,还给我拿的银子。妹妹你等着我去买去。"这位做事从来用不着商量,说我去买去,这就走,您也甭拦甭商量。薛丁山一看他走了,长出了一口气:"恩姐,要不叫你帮忙,我这回好危险哪。"

"是,你放心,看不出来吗?哥哥这个人就是心实。他要说跟你好,现在就是我碰你都不行啊。你请放心吧,哥哥一切会帮你的忙的。"

"哎,是呀,不知道督府现在怎么样了。"薛丁山心里他不认亲,嘴上可还说得挺像,"还不知岳父大人在楼上摔得怎么样,又不知道你姐姐,这简直……"

工夫不大,韩豹搁外边回来了:"妹妹呀,把门关上点,你看。"薛丁山一看他买回了一块肉,多了没有,没有三十斤也得有二十五斤。胳膊底下还夹了一捆粉,这捆粉没有八斤也有五斤。这两样菜就看他往那儿一放,姑娘到外边把门关上,"妹妹我做。"月娥知道哥哥那两下子,赶紧说:"哥哥你别做,你要做人家不能吃。"

"没有的事,我说妹夫,不爱吃哥哥做的饭?哥哥做你吃不吃?"

"吃吃吃,哥哥做肯定能好。"

"哎，真是，你吃不好，还说妹夫吃不好，瞅着。"薛丁山靠着门框瞅着，韩豹把东西往菜板子上一放，上去一刀，二十多斤肉割两半，又一刀变四块，最后变成八块。添了一锅水他就给推里去了。点着火了，烀吧，烀熟了，看怎么整吧。一看他把这粉条儿喊里咔嚓都打开了都推到锅里去了。薛丁山一想这叫什么菜啊？粉要熟了，那肉还没烂，等肉要炖烂了，这粉成泥了！也不敢乐。锅盖盖好了，烧火。一开锅，锅盖掀开了，预备一个大盆搁半盆凉水，他一顿稀里哗啦，都掏出来弄盆里去了。薛丁山一想这是做菜呀？心里琢磨，这简直是馇猪食。韩月娥两道眉皱得两个大疙瘩一样，生气，可惜这个东西。知道哥哥就爱吃这个，一咬那个肉冒血津儿。他吃着得胃，别人那个胃受不了，容纳不了哇！

薛丁山一想我受不了哇，那一咬都冒血津儿。我也咬不动，也弄不烂，也不敢用，"我就喜欢吃粉条儿。"

"哎呀，粉条儿啥滋味，你来一块，来一大块。"

"不不不不。"

月娥说："哥啊，你自己吃吧。你整这玩意儿人家吃不了。"

"哎，妹妹你懂啥？这肉才香呢——听，外面打门，我听着好像凤仙，来找你女婿来了，不怕她。"

"哥哥你吵吵什么，她要来了，我有办法，不用你管。你把这肉盆端走，你们上那屋吃去。"

"怕她干什么？来了我对付。"

"哎，你快去吧哥哥。"

你别说，那傻子还真听妹妹的，端着肉盆，"妹夫，拿着碗，走。"这个时候薛丁山也收拾，韩月娥也收拾，都收拾到那屋去了。这屋收拾利索了，告诉哥哥，不要高声说话。瞅着薛丁山："薛少帅，你可注点意，把门关好。"韩月娥就打上宅出来。咚咚咚，外边打门打得挺紧："月娥，月娥，怎么听不见？给我开门呢！"

"哦，来了，来了姐姐。你来了？"

"我来了。"听声就不是好声。这个时韩月娥来到跟前儿，咯噔将门开开，往外这么一看，这才引出来要大闹韩家院。

第二十二回　月娥巧成全

门叫得挺紧，韩月娥开门一看，是姐姐蓝凤仙。她怎么来了？天亮了蓝文、蓝武找爹，要跟爹问问您跟妹妹怎么商量的。因为亚雷太保赫连龙拔刀相助帮守黑风关，蓝天雕老都督并不是太欢迎。老都督存心要献关，跟大儿子拿话稍微透一透，我要跟你妹妹商量商量，商量好了，咱们再想法儿怎么办。蓝文心里有这个底儿，哥儿俩来到房里一找爹，有人说昨夜上后楼去见小姐，到现在没回来。哥儿俩一听怪了，所以蓝文、蓝武就奔后楼。到楼下一看，怎么丫鬟摔死了？哥儿俩着急，噔噔往楼上跑，进来一瞅爹爹死在地上，哥儿俩傻了！再看妹妹哭得眼睛变红，问妹妹这是怎么回事。蓝凤仙瞅瞅哥哥："哎呀，一言难尽。爹爹昨夜叫门，上楼跟我合计点重要的大事。我们父女正在谈话，这个唐将忽然上楼，就把爹爹活活打死。我脑袋忽悠一沉，等我明白过来凶手踪影皆无。爹爹死得好苦，死在唐将之手。"

哥儿俩一听这话赶紧跑下后楼，来到前边闯到房里头："大哥大哥！"亚雷太保赫连龙刚吃完饭，忙问："怎么回事？"

"哎呀大哥！可了不得了，爹爹叫人家打死啦！"哥儿俩详细一讲，赫连龙一想，这真是叔叔慈悲生祸害，拿住唐将该杀就杀，不杀就押在南牢里，怎么还能搁在花园叫他行凶。当时问府里昨天谁打更？谁下夜？又问附近谁巡城？谁瞭事？把所有人都给叫到详细一问，全没看着。再把四门守将叫来一问，说城里头没有出去人，城门没开也没进来一个人。赫连龙吩咐升堂，平章都督都到在前边，亚雷太保这才跟大家讲，昨夜不幸叔叔被刺，凶手就是唐将，我们要抓凶手。现在城门没开，吊桥没落，他插翅难飞，一定还在城里隐蔽，我们就是海底捞针也得把他抓出来。马上吩咐每个平章带二十人，分片儿分段儿，各街各巷，大街小巷，各个胡同儿，谁分几家，谁分多少，无论是谁，不管多大的官，不管你是士农工商，五行八作，家家户户挨着户给我搜。谁抓出来重重有赏，如果要是隐瞒不献，抄家灭门。

亚雷太保这一下令，一个平章带二十人，这一分组一忙活，照着黑风关的地图，各街各巷谁在哪哪哪儿？这一分开这一忙乱，事情就越弄越大。出去的人逐渐回来报，都说没有，最后全城都回来报告是踪影不见。

蓝文、蓝武瞅着大哥："这可就奇怪了，哥哥判断他不能出城，城门没开，真飞不出去，怎么就都没见着呢？"这时又进来一个平章报事，问说见着没有。平章说："没有。"

"你都搜遍了？"

"没敢搜。"

太保瞅瞅他："什么，你没搜？"

"我那段不用搜，也不敢搜，也不能搜，我就回来报告反正没看着。"

"哦？怎么回事？"

"我分的是后花园门北胡同儿，这一胡同儿里没有第二家，就是一家老韩家，用不着搜也没敢去往那儿凑合。他家有个大个子，常常大脑袋换小脑袋，人称揪头太岁，力大无穷武艺高超，这兄妹两个谁也不敢碰。我们一琢磨也不能在那儿待着，也不能跑到那儿。我们就没搜，回来了。"

"怎么回事？他们家不属于我们管？怎么他比我们督府还横？蓝文、蓝武你们俩知道不知道？"

"大哥你别多思，这个不是外人。这个就是城里副都督，大伯父韩策的一个儿子一个闺女。儿子呢，憨憨傻傻，人称揪头太岁叫韩豹。妹妹呢，叫韩月娥，兄妹两个常到府里来，那就说我们两家有交情。他们家不会隐藏唐将，要真去了他们也早给抓来了。"

太保听了点点头，等所有出去的人全回来了，就是最后一份报告也是踪影没见。赫连龙瞅瞅蓝文、蓝武说："兄弟，这可怪了，全城都搜遍了，就是庙里，买卖铺商，所有的都搜遍了，就是胡同儿老韩家没搜，这叫哥哥我怀疑。他跑不出去，而且出后花园门，你看看这个图，就进韩家的院子，这个不能不搜。外边排兵点将，我亲身去一趟。"

蓝文、蓝武忙拦住："大哥，哎呀！韩大哥他这个人脾气挺暴，这个人不容说话，你去可别打起来了。"

"啊？怎么还挺怕他？"

就在这个时候就听见外边有脚步声音，再看是蓝凤仙。赫连龙说："妹妹，你不要太难过，人死不能复生，你看你那眼睛哭的。"

"哥哥，我看这件事情我去吧。我听说排兵点将，怎么你要搜韩家院？"

"哦？妹妹你知道韩家大院都怎么回事？"

"是啊，全城搜遍没有，就他这个院没搜，我有点怀疑，哥哥，我去。韩月娥她和我一师之徒，我们姊妹又好说话，她家院又大，房间又多。我到她家就让她领着我，各屋都看遍，他们也不能多思，也不能变脸。傻哥哥韩豹要是你去了，他非得炸了不可，他不入盐酱，什么人也劝不了。你们俩要打起来，二虎相争必有一伤，咱们不是大水冲龙王庙？"

"要这样的话，也好，你去看看，我认为唐将没走，就在城里。妹妹你多带人马。"

"不，我不能带人马，我谁也不带，我自己去。"蓝凤仙也不排兵也不点将，也不抬刀也不鞴马，姑娘这个时候就带着佩剑，随便的衣服，带个丫鬟从后花园门出来，直接几步就进了韩家胡同。姑娘一进这个韩家胡同，眼泪咕噜吧嗒就下来了。

韩月娥瞅瞅姐姐，"先到屋吧。"蓝凤仙进院将门关好，姐俩进了上宅这就来到西屋。让姐姐坐下，看她样子一摊泥了，凤仙拿不成个儿。韩月娥把姐姐一搁就搁到床上了，拿一个头枕她就躺到这儿了，开头说："妹妹我渴呀。"

"姐姐，我给你先弄饭。"

"不，我一点不饿，就是渴得厉害，嗓子都冒烟。"

韩月娥当时把火点着了，外面给烧上水，到屋子里头来瞅着蓝凤仙，蓝凤仙愁眉紧锁把事讲了一遍，说薛丁山估计跑你这院子躲起来了。

韩月娥说："没有，我也没听着门响，我也没听着跳墙，我这个院谅他也不敢来，哥哥的厉害谁不知道？"

"唐将还管你那个，这个小子在大唐是有名的。"

"有名？他有多大名？"

"他就是征西老元帅的儿子少帅薛丁山，能说没名儿吗？"

"哦？姐姐，你还认识他？"

"我，我，怎么说呢，我是认识他。"

"姐姐你真神仙哪，他上楼把叔叔打死，一转身跑了，你还糊涂了，眨眼现在你都知道他叫薛丁山，姐姐你会算吧？"

"妹妹，你说些个什么呀？他是在两军阵拿进来的，在大堂上问过的，押在后花园，怎么能不知道他叫薛丁山？"

"哎，这是姐姐你，这要是别人我还真有点多思。你那个楼他也熟悉，上楼你也没管，打死爹爹，你就糊涂，他就跑了？"

"妹妹，你看水开了没有。"韩月娥怎么拿话点，蓝凤仙也不往那上说。最后把水烹开了，"姐姐，这包茶有半年多了，我给你下上吧，我没舍得喝，还许走味了呢。"把茶放上，闷了一会儿，给蓝凤仙倒了一碗。

蓝凤仙接过茶："妹妹，喝完水你领我到各屋看看。"

"姐姐你放心，他要真的能跑到这个院来，他可就在咱们掌握之中，插翅他也出不去了。姐姐，唐将薛丁山照你说这人还长得挺漂亮吧？"

"人倒是还行。"

"那，姐姐你还兴许杀他下不去手呢。"

"妹妹，你净说些个什么，快给我倒水晾一碗。"

韩月娥把水又给她倒上了，她连喝了三碗，就觉得脑袋忽悠，两眼发黑，两耳嗡一声，糊涂过去了。韩月娥这包茶不是茶，究竟是什么玩意儿，看样子起了作用了。韩月娥当时又到了东屋："哥哥，盆端回那屋吃吧。"

韩豹问："她走了吗？"

"她睡着了。"

薛丁山瞅瞅韩月娥,"哎呀,恩姐,不行啊,她睡觉,我们过去了,一会儿她醒了不麻烦吗?"

"少帅,请你放心,我办事都是有把握的,走。"

傻子瞪眼:"别怕,有哥哥你怕啥?真胆小,怕老婆,什么玩意儿。"他端着肉盆,又拿着酒具,这才都到了西屋,一看可不在那儿睡着呢。薛丁山害怕,也不敢表示。韩豹还是照样大口撕肉吃,薛丁山还跟着溜粉条儿,两个人又说又唠。韩月娥也没闲着,打了一盆洗脸水,给姐姐擦擦,把她头发绾绾。薛丁山一看,可把人糟践苦了,把一个大姑娘给开了脸,这一绾,真像新娘子。薛丁山暗中乐,你还认为我们是夫妇,其实我们也没有夫妻相称,也没有夫妻之分。这阵儿遗憾的就是找不着姜须,要有兄弟在,该怎么办怎么办,他有道道儿,可惜我薛丁山当局者迷。他瞅来瞅去,韩月娥给她收拾完了,觉也不知怎么那么大,就那么摆弄梳头,搽胭脂,怎么她也不醒。韩月娥就把这屋的东西往外倒腾,把姐姐的佩剑,凡是能打人的,能拿起来扔出去,打上就够呛的这些东西都拿走,最后连笤帚都拿走了。薛丁山是丝毫不懂这是怎么回事,他吃着饭看她在这儿忙活,一直看外边天头都黑了,薛丁山也不吃了,傻子也酒足饭饱了,"妹妹啊,你也得吃饭了,一天了,这黑了,掌灯。"

韩月娥把灯掌上来,叫哥哥把肉盆端出去,连碗筷酒具一收拾。韩豹纳闷,"妹妹,收拾这么干净干什么?"

"哥哥你别说话了。"韩月娥在屋子里头把灯就搁在这儿,同时把那屋的灯点着,把哥哥就推出来了。一回身,咯噔,把这门倒锁了。薛丁山回头看见蓝凤仙在那儿睡着,不敢高声,低声问:"恩姐,你这是干什么呀?你开门。"韩月娥一声不哼,傻子不干:"妹妹,你干吗?你帮着你姐姐谋害亲夫啊?"

"哥哥,你当大哥的竟说些个啥,怎么能这么说话。"

"要不你怎么把门锁上了,那俩人要打起来,我妹夫就得吃亏呀!欺负我妹夫那可不行。"

"哥你别管,睡觉去吧。"

"不不。"一转身看韩月娥收拾别的,他搬出个凳子就搁到这个西

145

屋,从门这儿他就侧着耳朵贴着门听。韩月娥赶紧拦他:"哥,你这是干什么呀?当大哥的太糊涂,快,走!"

你别说,傻子真听她的,把他弄到东屋去把门关上,韩月娥就跟傻子讲,"你可别这么闹了,人家是夫妇,你听什么呀?"

"我怕妹夫吃亏。"

"咳!不会吃亏的,他们能往真的打仗吗?要真的她能把他放出来吗?他搁楼上怎么跑的?姐姐那都是假模假式。"

"你反正这么说吧,你要是碰我妹夫可不行,就连你碰我也不干。"

他们嘀咕,薛丁山在这屋可就傻了。薛丁山一想,把我搁到这屋,这算怎么回事?一个屋子不大,她下地来划拉,那还能躲得了?门锁挺紧又出不去,薛丁山一横心就说了:"蓝小姐,请你原谅,我薛丁山在你面前领罪,我罪该万死。"

"啊,你是谁?"

"我就是楼上逃下来的薛丁山。"

"哎呀,好贼呀!你可真狠透了。你把我爹爹打得好苦。我要让你逃出我手,誓不为人。你休走,看剑!"

薛丁山一想,你看剑等于看不见,还摸剑了,连剑匣子都没有。蓝凤仙一摸,是呀,身上没有东西,一划拉没有打人的,蓝凤仙急了,"这是怎么回事?好贼,你可狠透了。你未曾下手,你应该想想打得打不得。他是我的父亲,你不知道吗?话又说回来,你既然答应下终身大事,你怎么还能够下此毒手?以小犯上,我跟你绝不甘休。"

薛丁山说:"我也是为了你呀!我看他老人家这剑呀,一而再再而三,非杀你不可。我一看你危险,我为了关心你我才失手。打下去我也知道错了,老人家这一死,我觉得愧得慌,没脸见你,我就先跑了,没承想你追到这儿,又在这儿见了。"

"是,我来抓你,我来报仇,我非宰你不成。"

这时就听外边门响,谁来叫门?因为白天蓝凤仙到韩家大院没回去,到天黑了,蓝文、蓝武他们弟兄跟哥哥亚雷太保赫连龙也没有吃饭。初更过了,眼瞅着到二鼓还不见凤仙回来,蓝文、蓝武也发愣,太保也惊讶,这是怎么回事?赫连龙说:"怎么妹妹到现在还不回来?

她怎么去这么长时间？"

"可说呢，妹妹又吓又急的，是不是在那儿糊涂了？"

"这也难说。哎，我们到后楼再看看。"

亚雷太保赫连龙带着蓝文、蓝武，让人挑着灯笼这才来到后楼。太保在楼下看看这个丫鬟摔的地方，是从楼上掉下来的。到楼上又看了看，叔叔躺在血泊之中。再一观瞧，那边整个衣箱还开着盖，里面的衣服哩哩啦啦都在八仙桌子底下。太保在这桌子底下一件一件拽，问蓝文："这都是妹妹的衣服？"拽来拽去，"嗯？这也是妹妹的？"

"不，这对靴子好像是唐将穿的。"

"那这个袍子？"

"这袍子也是他穿的。这不是抓的时候一挠钩给搭破了？这是他的袍子。"

亚雷太保赫连龙再看把椅子劈开了，最后劈剩椅子腿，看叔叔的脑袋，瞅椅子腿上的血迹，这是拿椅子腿打的。再看叔叔光带着剑匣还没有剑了。太保问了一句："兄弟，你看这是怎么回事？"

"这个……真看不出来是怎么回事。"

这时亚雷太保叫从人把灯放下，"你先下楼，叫你再上来。"

"是。"

太保低低的声音，抓住蓝文、蓝武说："兄弟，叔叔死得不明白。"

"怎么回事？"

"我告诉你们，兄弟，你们老蓝家丢了我们赫连家的脸，赫连家不好看你们也跟着丢人，咱们两家是荣辱不二，哥哥才敢说。说对了咱就这么办，说不对了咱们守口如瓶就拉倒。"

"对呀，大哥你也用不着客气。"

"叔叔是死到妹妹手了。"

"啊？"蓝文、蓝武瞪眼睛听着。

"看见没有？拿住唐将为啥押到花园，妹妹是不是常上花园？"

"对，她在花园练武。"

"可能跟唐将见面，融洽，就把唐将整到楼上睡着了。叔叔来得紧急，藏到箱子里了，你们看见没有？衣服一划拉就扔到桌子底下了。叔叔上来了不知怎么感觉到箱子有人,逼着打开,出来了,叔叔拿剑杀他,他用椅子搪,剩椅子腿。这个时候妹妹兴许拦爹爹,兴许拉爹爹,老人家回头跟妹妹说话,他后边下毒手,叔叔就死了。妹妹糊涂还有可能,他就跑了。你们说对吗?"

"哎呀哥哥,你像看见一样,太对了,就是这么回事,这怎么办?"

"怎么办,要真的对了,你说唐将在哪儿?"

"在哪儿?"

"在老韩家。"

"那怎么能那么说?"

"妹妹已经把心给人家了,要没有他,她不能待到半夜还没回来,一定是在那儿她见着了,也许老韩家就给解和了,她跟唐将又好了,天明就兴跑了。"

话说到这儿,蓝文、蓝武点头也觉得有理,这才派兵把韩家院包围了。叫门不开,赫连龙手起槊落,当!大门就给削坏了,呼啦人们就进来了,抬头一看要大闹韩家院。

第二十三回　连杀两兄弟

亚雷太保赫连龙打倒了门，他就闯进了韩家。这个时候胡同儿里面的兵满了，外面已经把整个韩家院四面八方包围个风雨不透，水泄不通。可是蓝文、蓝武哥儿俩还没等进院，就听后边有人报，白纳道长到。太好了，两人赶紧一回头，再看从胡同儿口，这个老道就到了。这个白纳道长他在八卦山九莲洞三仙祠出家，是青龙关老道黄子陵的二师哥。白纳道来到跟前儿见着蓝文、蓝武，二目中眼泪汪汪："二位少都督，几月不见，变化太大了！师弟黄子陵在青龙关死得太惨了，有人到八卦山九莲洞三仙祠和我说明，我一想去青龙关无用，这才来到黑风关，想跟令尊商量要在黑风关助他一臂之力，抵挡唐兵，我要跟杀我师弟的樊梨花决一死战。可是我一步来迟，来到都督府我才知道，不幸昨夜老都督归天了，又是唐将亲手所杀，听说唐将还没出城，跑到这个韩家大院，贫道闻讯我才迅速赶来，不知道少都督凶手拿住否？"

蓝文、蓝武听到这儿，眼泪也下来了："道长啊，您和我父亲不错，多年的交情，常来常往，这个事情昨天你要来就好了，也许他老的性命就保住了，昨天夜里……唉！"说到这儿，蓝文、蓝武就不肯说实话了，家丑不能外扬啊！他顿了一下，"道长啊，您来了，您念在和我父亲的交情，请您多帮忙吧。"

"是，贫道自当帮忙……你听，院里打起来了。"说着话，蓝文、蓝武和这个白纳道，由打大门往里看，这院子里头兵已经进去无数，四面八方都包围了，因为这个院大，当中留着这个地方，也慢说俩人仨人打仗，你就在这儿打篮球都蛮够用。老道一瞅，亚雷太保赫连龙真像铜塔一样,魁伟庞大,手持独脚铜人槊,是力大槊重。可是但有一点,他往对面这么一瞧,这位比太保还高一头,真得说比太保肩膀还宽,比太保还凶,这是什么人?那亚雷太保赫连龙这个时候都有点蒙头啊!

这时候就听房内一声叫,韩豹蹽倒房门,擎着镔铁大棍,他两个就交上手了,棍槊相碰叮当直响,震耳欲聋,满院冒火星,嗬,打得这个凶啊。

这太保要说力量真得说从寒关、青龙、黑风到赤虎到锁阳,这一路里头属头牌,首屈一指,没比。可是没承想碰着这个傻子,今天两个人这一碰,槊下去棍往上托,就把太保震得倒退好几步,就觉着两臂酸麻,虎口疼痛。这阵儿太保才服气,强中还有强中手,能人背后有能人。太保过去认为纵横天下无对手,没承想在黑风关就碰上这么个硬茬儿。太保还不知道呢,太保他的两条腿日行一千、夜走八百,傻子那两条腿要起点早贪点黑,能达到一千二百五,也比他横。太保这时也不能示弱,他可说威震赤虎关,一字并肩王的儿子,那是够身份的,也不能一个照面就认了。他把周身的力量叫足,往上一蹿身,喊一声:"休走招打!"槊又下来了。傻子还高兴了,拿棍一架当啷啷声响,傻子乐了:"哎呀,我从来也没碰见这么硬的,真好,朋友你可别走,咱们玩够了算哪。我家有牛肉,打累了你就吃,吃饱了咱就打,打累了咱就睡,真行,好哇好哇!别人不行啊,一碰就趴下,一拨楞就倒,那也没意思,你扛打,我再打你一棍。"傻子韩豹照着太保就往上一蹿身,嗡一声棍就抡下来了,搂头盖脸就像泰山压顶一样。这阵儿太保藏了点心眼儿,他琢磨就冲我打他两槊,他的力气在我以上,不在我以下。他把力量叫足了傻乎乎地愣打,我往上托要托不住,槊往下一沉把脑袋压脖子里去了。所以太保来个以巧破千钧,俩人打仗就是这样,有力的用一力降十会,没力的用以巧破千钧。那就说兵刃长,一寸长一寸强,兵刃短,一寸小一寸巧,不在长短轻重,这个里头招数全在巧妙,见景生情,见招发招,见式发式。棍往下落他往旁磕,他不往上托。当啷啷啷声响,火星乱迸。傻子更乐了:"哎呀,你还真扛住我这一棍,那可太好了,更别走了,咱俩在这打他个七年八年吧,哎,你叫什么名字?"

太保说:"我告诉你,我就是赤虎关少都督,我父复姓赫连,单名杰,我就是亚雷太保赫连龙,你是什么人?"

"哎呀,宝儿啊!"韩豹听半天啥也没记住,就干干脆脆记住一个宝儿。太保一皱眉,这是什么词儿?"你到底是谁?"

"我爹啊,就在这城里当过都督,他老叫韩策,现在他老,我妹妹告诉我那叫作古。我就是他儿子揪头太岁韩豹,我说宝儿哇!"

"我叫赫连龙,亚雷太保。你怎么叫都行,你不能单叫一个字。"

"多了我也记不住。咱俩见面有缘,别走了。来来我再打两下。"

"住手,韩豹。"

"哎,我说宝儿……"

"我问你,大唐的唐将在你家吗?"

"在屋里坐着吃粉条儿呢,他不吃肉。"

"我没问你这个,你认识他吗?你为什么留他?"

"我不认识能留吗?那是真亲,我傻子就认亲,谁动他也不行,那是我妹夫。"

"妹夫?"

"对呀,我的俩妹妹都给他了。"

"啊,哪俩妹妹?"

"蓝凤仙妹妹,韩月娥妹妹,都是我妹妹。我这俩妹妹呀,还是我那蓝叔叔说的,久后就给一个吧,那就给他了呗。现在他是我妹夫,在屋里吃粉条儿呢。我这蓝凤仙妹妹也来了,哭了一阵子,俩人也挺好。我妹妹给他们整饭烫酒,我也喝了不少,你们这不讲理把门楼打倒了,我这还没问你呢!那门楼你得给修上,不修上我找你家去,房子给你推倒!我说宝儿啊,来吧,说了半天那事,完了再说,咱俩还是打好。"

说着抡棍就打,赫连龙打了两下,退到旁边说:"韩豹,你可知道,留下唐将,你该抄家灭门,你罪可大了,你死有余辜。"

"你说这个我都不懂,我就知道打着玩挺好的,再打。"他也不唠个正经的,太保赫连龙在这儿叮叮当当陪着,一合计怎么办?有这个家伙在这挡了,慢说抓唐将,看都看不着。在大门这儿,蓝文瞅瞅蓝武,蓝武看看蓝文,哥儿俩一看身后,站着这个白纳道,不表声色。

他俩一琢磨，人家来是给师弟黄子陵报仇的，要见到了樊梨花他可能动怒，现在看他有点坐山观虎斗，搭桥望水流。蓝文、蓝武一合计，按说呢，傻子的爹韩策跟我父磕头，太保哥的爹跟我父也磕头，可是这就讲不起了，事情得有分寸，太保是给父亲报仇，那么就顾不得韩大哥了。所以蓝文大喊一声："呔，韩豹，你太不讲理了，你父跟我父磕头，我父被唐将打死，唐将到你家你还隐藏不献？哎呀，韩豹，你要献出唐将还则罢了，如果不肯，你拿命来！"他催马够奔韩豹。韩豹正是面对太保叮当打得怪有劲的，越打越兴奋，一棍比一棍猛，太保招架有点吃力。蓝文在后面要下毒手，这个时候在房门这儿就惊动了薛丁山。屋里也不吵了，蓝凤仙也没法再争执了，韩月娥跟姐姐说了，什么事咱们放下，完了再说，先对外，外边已经包围了咱们。外患不退，咱们家的事也没工夫扯这个。所以都在房门这望着，薛丁山这阵儿真把傻大个儿搁心上了，他妹妹对我有救命之恩，而且傻哥哥拿我当作贴己人，为我遮风挡雨，连他妹妹都不顾。所以薛丁山一想，你两个人对付他一个，他又傻，这哪行。薛丁山当时一看蓝文要动手，傻哥哥马上就要吃亏，我往前跑也来不及，到不了跟前儿，他枪就到了，傻大哥背后就得挨枪。薛丁山一看我过去是不赶趟了，他才大喊一声："呔！来将看法宝！"

　　蓝文一听，怎么的，法宝？什么叫法宝？蓝文在马上一回头，一看什么红乎乎的，奔着迎面来。什么东西啊？靴子。薛丁山要打仗，你看他平时在屋子里穿着还行，要打仗，他那双靴子可是不中。那是韩豹穿的，大！他一走得踢踏，就这个机会，薛丁山一看蓝文已经到了，他随机应变一抬右腿，这个大靴子就奔蓝文迎面打来："看法宝！"蓝文这么一闪，掉地上了，仔细一看，什么法宝？靴子啊！蓝文刚要回头，他抬左脚，这个又出去了："接这个！"蓝文拿枪啪地往旁边一挑，抬眼一看，正是昨天拿的那唐将。爹爹就死在你手，好哇！嗡一声就是一枪。薛丁山一闪往上蹿，两个人一个马上，一个步下，是枪剑交加，在院中打了一个难分难解。

　　这个时候在大门惊动了老二蓝武，蓝武一看大哥跟唐将打，那也明白这是杀父之仇分外眼红。再一看，哥哥在马上，这条枪不一定能胜他。唐将别看在步下，光着俩脚，挺利索，大哥不但拿不了他，工夫大了还危险。蓝武掌中一抖这条枪,他哥哥蓝文要帮太保,薛丁山跟他整上了。他在这儿要帮大哥蓝文,跟薛丁山整,那就是俩打一个。两条枪对付一口剑,两个马上战一个步下,薛丁山那就万分危险了。在房门这个地方,站着蓝凤仙,你别看她爹被打死,她恨薛丁山又如何如何,到这个关键时刻,蓝凤仙就在想:我现在已经是薛家的人了,他要有个好歹我怎么办呢?门儿还没过他就死了,这个叫望门寡。我,我得保护他,完了我再治他,我恨是我恨,别人动就不行。蓝凤仙大喊一声:"二哥,你干什么?"这个时候蓝武一看俩打一个不行,房门又上来一个,简直把蓝武的鼻子都给气歪了,蓝武一看妹妹这个样儿,大哥判断的真是千真万确,脸儿都开了,这是在这拜的天地,我们要再不来,今天晚上是洞房花烛夜。一看妹妹开脸梳头等等,不是姑娘变了妇道。其实这是韩月娥给整的,她中了迷魂虫,啥也不知道。蓝武眼睛都红了,双眉倒立,瞅着妹妹,气得真是周身乱抖:"你和杀父仇人要夫唱妇随?不让杀他我先杀你!"

蓝武说罢拧枪就刺,凤仙忙用剑推挡。就在这个时候,后面来个大铁枪头儿,搁他左脖进右边,右脖进左边,那东西冰凉梆硬,搁头前儿的颈嗓咽喉扎出来有半尺,从马身上像叉蛤蟆似的给挑下去了。谁呀?薛丁山。薛丁山在这儿大战蓝文,看出蓝文不大好整。薛丁山一想干脆败中取胜,给你个假招子吧,他往回一转身,喊了一声:"好厉害!你等着我到房中取法宝!"他奔上宅门就跑,蓝文就追上去了。薛丁山扑通一个跟头就趴那儿了。他趴下了,蓝文那还能挺着吗?大枪一颤照着薛丁山的后心,嗡地就一枪。薛丁山这招儿可是能败中取胜,一般练不好,危险。趴在这儿,他这个枪单看在后背点没点上,就这个时候薛丁山往左这么一翻身,他往左这么一骨碌,这枪在后背就刺空。薛丁山左手一回手就把枪抓住了,蓝文一看枪叫他抓住了,两手往回这么一夺,就着他拽的这个劲薛丁山就起来了,起来右手剑顺着枪杆顺水推舟,照着蓝文这一剑就上来了。蓝文不撒手手指头就掉了,他一撒手,剑往上一动,就把蓝文搁马上给整下来了。蓝文这一下去,薛丁山枪就拿过来了,不要自己的剑了,照着蓝文又拿他的这条枪噗噗给两枪,没救了。

薛丁山一转身,正看一个人跟蓝凤仙说话,知道他俩要打起来,

153

心里就在想：蓝凤仙，别看我打死你爹，我还帮你打别人，我这回帮帮你，叫你看看。所以薛丁山也没哼没哈，照着蓝武后脖子就给一枪，这一家伙给挑下去了。蓝凤仙一看是薛丁山，"哎呀，好贼呀！你杀了我的父亲，又杀了我的哥哥，我跟你岂肯甘休！"

薛丁山傻眼了，一想这怎么了？薛丁山刚这么一愣，就听大门外有人说话："无量天尊，别叫他们跑了！"老道一纵身跳到天井当院，要拔刀相助，大闹韩家院。

第二十四回　大闹韩家院

　　蓝凤仙看薛丁山把二哥给杀了，简直心如刀绞，柳眉倒立，杏眼圆睁，骂道："好贼，你打死我的爹爹，这又杀了我的二哥！"薛丁山也觉得周身是嘴没法辩解："蓝小姐，说真话，你从花园把我带到楼上，对我天高地厚，恩重如山，我就那么想的，凡是动你的人就是我的仇人，我就没加思索，没加分析，也实在是危急，老人的剑奔你去得太紧，我才下的手。可是我手也下去了，把老人也打倒了，我知道也错了，我帮你是对的，可我打的是谁？我现在是追悔莫及。今天在这个时候，我真是梦想不到，我怎么知道这是二哥呀？我要知道，我有天胆也不敢，我这不又帮了倒忙了吗？我还是为了你，这个时候我已经把那个杀了，我倒出手来——"

　　"啊？哎呀！"蓝凤仙不瞅还则罢了，一看在那儿远远躺着是大哥，"好贼，我大哥也叫你杀了！"蓝凤仙眼睛都红了，"姓薛的，你，我们家的人都叫你包圆了！我就这么两个哥哥，一个没剩，都死你手，你还打死我的父亲，现在咱俩绝不甘休，我非宰你不可！我把你宰了我也死，咱们都同归于尽！看剑！"她往前一扑，薛丁山往旁一闪，她递到第二剑，就觉得天旋地转，两脚没根儿，扑通就躺下了。薛丁山抓过蓝武的马来，一合计，我现在有枪有马，我得走人，我别在这里头找麻烦。薛丁山这一上马，一看那边打得挺紧，谁呀？白纳道人、韩月娥。薛丁山现在真得说指望着韩豹、韩月娥，这两个是真正的恩人，他一看韩月娥有事，这阵儿他可是直奔韩月娥来。一开始这个大院里头，傻子对太保，蓝凤仙对蓝武，薛丁山对蓝文，他们这六个对上，打成一片。那老道他是来帮忙来了，他刚往院里一

155

奔，念了一声"无量天尊"，上房门就听有人喊："老道，过来，我对付你。"这时候院子外的那些都督、番将心里都有点画问号，你瞅我，我看你，心里就琢磨，怪了！上屋里有多少人？这边出去一个，那边过来一个；这边出去一个，那边又过来一个。老是一个对一个，一个对一个，不叫俩打一个。这上房屋里甭说人还有的是，所以这些个都督镇住了，心想：我们要真都过去了，里边也都呼啦出来了，凡是过来的还都不弱，那可怎么办？大伙一看这回过来这个人，多数认识，一看是韩姑娘，韩月娥，都知道她跟蓝凤仙一师之徒，够厉害。但看韩月娥头上手帕罩发，短衣襟小打扮，掌中提着一口剑，奔老道就来了。韩月娥一看这个老道，也就在七八尺高，细腰乍背，头上戴着天蓝色鱼尾道巾，身上穿着深蓝色的道袍，腰系水火丝绦，下边白布高袜，穿着一双麻鞋。瞧这个老道面若银盆，一对招风耳，两只眼睛好似一对蛇眼，一部黑胡须在胸前飘洒，手里提着一口古铜剑，是直奔韩月娥。韩月娥用剑点指说："老道，你是个出家人，你管俗家的事干什么？"

老道听这话瞅瞅姑娘："无量天尊，贫道是八卦山九莲洞三仙祠出家，不瞒你，威震青龙的黄子陵那是我的亲师弟，想不到叫大唐的樊梨花给杀了，得信儿之后我就到黑风关来，拔刀相助，我就为了给师弟报仇，我要能把樊梨花铲除了，我尘土不沾，转身就走，我绝不留在黑风关。我一不为升官，二不为发财，名利二字，我出家人本来就没有，今天我在这个时候也不过暂时帮助他们蓝家，管管这点闲事，蓝都督生前对我不薄，人都得有个良心，我要为死去的都督报仇。"

韩月娥听到这个话，两道柳眉立了一立，狠狠瞪了老道一眼。他俩大战了几十趟，老道知道难以取胜，身子一晃逢房越房，他就打这院子上房要走，薛丁山这时候一看蓝凤仙昏倒在地，他就直扑老道来了。老道一跑跑到西门外，因为亚雷太保带着兵在西门外安营，城里一乱，这营里头的都督就带着不少人出来了，就来打探看看太保有没有什么事。这些人正往西门奔，猛一看太保头前儿叫人打的，简直那个狼狈，大伙就愣了。太保就打出世那天就打胜仗，一个败仗没打，没逢敌手，在赤虎关是首屈一指。今天怎么在黑风关碰着了对手？大伙一瞅，在后面追太保的这个红大个儿，老远一看真是天神一样，手里拿的那也不是棍，那简直就像房檩一样，一看那手像小簸箕似的，手指都像棒槌似的，大眼珠子像鹅卵一样往外努努着，像飞了一样追太保。太保那腿大伙都知道，快马都盯不住，一看跑不过这红大个儿。

太保在韩家大院里跟傻子动手，两个人打到一定程度，亚雷太保赫连龙一看院子里这种情况不好，他一想我得走，他噌噌几步到了外边，傻子就追。太保一出这个大门，整个这个胡同儿里边都是番兵，那简直不说是一个挨一个也差不了。太保搁当中喊："闪开！"他一回头看傻子追出来了，太保就喊："把他挡住！不能叫他追出来！"太保这一喊，那两旁的番兵不傻呀，知道大伙往前一挡，大个子要往当中一冲，那就是虎入羊群，挨着死碰着亡，就这一扑噜，就拿脚这么一蹬，这一溜就得倒个百八的。这些番兵都知道，傻大个儿这个人专打人间不平，不欺负人，番兵里头有乖的，就喊："给他跪下，咱们挡不住！"这下子满胡同儿里没有一个站着的，像求雨似的都给跪下了："韩大爷韩大爷呀，您饶命吧！您别往前抬腿呀，您一抬腿我们都得死啊！我家有老婆孩儿呀，韩大爷饶命呀，饶命呀。"

傻子韩豹他当时磨不开这个劲了，他就害怕这个："哎哟，快起来快起来，我不跟你们打，我追那个宝儿，快起来快起来。"番兵这么一软招子放赖，傻子一看，不起来我真出不去，还能踹他们脑袋吗？那不都给踹死了吗？傻子一想：我唬你们一家伙，你们再不起来我要扔大棍，看你们起来不起来！傻子一瞪眼："起不起？你们不起，我要撇大棍了！"他一摆这个架势，那谁知道他扔不扔？他跟前儿的先起来了，跟前儿的起来后面就起来了，后边的后面也起来了。傻子就这个机会，这他才出了胡同儿。他一出胡同儿，影影绰绰赫连龙是往西跑下去了。傻子往前追："我说那宝儿啊，你怎么不打了？宝儿啊，你可别跑，我没打够啊。"傻子这么一吵吵，就打那个人堆儿里头，来了这么一个使棍的，也是个红大个儿，就奔着傻子韩豹杀来。这个人掌中是一条齐眉熟铜棍，他到了跟前儿，瞅瞅傻子，傻子在这个时候看看他，他个儿比傻子还是低点，看样子肌肉比傻子还是少点，这个人到了跟前儿，叫了一声："傻瓜你真无礼，斗胆包天敢追太保，休走！"搂头就是一棍。韩豹一看棍来了，哎哟嗬，小子还跟我对棍，就拿棍往外这么一抡一磕，俩棍相触，那人的棍就没拿住，呜——就飞出去了！这一家伙把他这棍给削出去有多远呢？要搁现在说俩钟头下不来。怎么那么高？弄树上去了，掉不下来了。这个小子一转身抹头就跑，就看傻子在后边喊了一声："好小子，我跟那个宝儿动手，你过来干什么哪？你回去还叫那个宝儿来。"

书中言道，迎接亚雷太保的这两个人一个叫谢天雷，一个叫谢天雨，亲哥儿俩。这个谢天雨，棍给磕飞了往回跑，傻子没追让他捎信儿，可是他刚到人群，这个谢天雷就火了，谢天雷就琢磨：我兄弟丢这个人，我得给把场子找一找。对面这个人他是傻傻呵呵的，他有什么能耐，不就有点笨力气吗？所以他就在马上跟太保讲："我谢天雷不才，愿去生擒活捉这个傻大个儿。"

太保这个想法就挺复杂了，太保一想我叫人家撵得抱头鼠窜，打得这么狼狈而归，你还要生擒活捉他？你这不是寒碜我吗？你比我高？我要不叫你尝尝，你也不知姜是辣的。所以太保还挺正经的，说："好，你说得有理，谢天雷你过去要生擒活捉，把这个傻瓜抓住，我让你官升三级。"

"谢太保千岁。"

"慢着，不许你败，你在那儿能战也得战，不能战也得战，一定要打到底，今天许胜不许败。败了，回来拿头交令。"

"得令。"这个主儿明白了，这个主儿脑袋也不慢，哎呀不好，一看太保动怒了，知道是话说过火了，太保叫他打败，我要生擒活捉，嘿，我浑蛋呢！谢天雷一想就凭我掌中的这个镋，对方的棍再重，你也未必比我虎头镋高多少，我兴许三镋两镋要真把你给镋了，怎么着，你太保在赤虎关无对手，谁跟你伸过手？谁看见了？反正就是你身份高，嘴大，怎么说怎么有理。今天要赶寸了，我要真把这傻瓜赢了，甭我说话，叫那事实就说话了，那么大伙怎么评？我还兴真就抖起来了。你让我官升三级，王驾千岁见喜，还兴我升六级呢，我跟王爷还并肩而坐都不一定。我谢天雷这回豁上了，反正我也回不来了，许赢不许败，赢了我就能三级升了，我要败了就得拿头交令，我死在前头也不死在后边。主意拿定，就看他抖抖精神，壮壮胆，一托虎头锐，旁边谢天雨可就傻了，"哥哥呀，你可要小心！"谢天雨后悔了，这个咱都多余，也看出太保动怒，人在矮檐下，怎敢不低头？也没办法啊，"哥哥呀，话说过火了，小心点吧！"

"兄弟放心，我看我差不多。"就看他大喊一声："好小辈，拿命来！"他一踹绷镫绳，掌中合着虎头锐，就冲上前去。韩豹右手拄着这条大铁棍，左手叉着腰，抬头一看在人群里头来的不是宝儿，他不高兴了："小子，我劝你回去，你还叫那宝儿来，你不行。刚才没看那使棍的，一下子棍就飞了。那宝儿扛打，你们都不行。"

谢天雷双眉一皱："什么？傻瓜，你叫我回去，我告诉你实话，我今天要不把你打扁了，就算你长得结实。"他说着话，怕后面听到，声音低点，"你别看你把太保打倒了，你对付我呀，你重学学吧，你八个也不行。"

"哎呀好小子，就冲你这一句话，我非把你揍地里头去不可。"傻子说这话，这阵儿谢天雷哪往心里去，他掌中合着这虎头锐，刚要伸手，傻子到他跟前儿，大棍一抡，这一大棍由他的头上给抡下来，真就像天塌了一样。谢天雷还不是小瞧轻敌，他嘴那么硬，也知道太保都被打跑也够整的。可是他把全身的力量都叫足了，用他的虎头锐一架韩豹的镔铁棍，当！怎么着？棍打到他的锐上，他的锐搪不住了，他没那么大劲，胳膊一打弯，他这个锐杆就搁到脑袋上了。那脑袋还能帮着两个手顶得住多大劲？一家伙，脑袋往下一塌就两半了。脑袋两半了，就到脖子这儿了。脖子没扛住，上身就打酥了。上身一碎了，下身也就跟着扁了。马鞍桥也瘪了，马腰骨也折了。扑哧这一棍，就地？进去有半尺，连窝儿都没动，连人带马这叫一勺烩，都给？成了一摊泥了。太保这阵儿心想你们看见了吗？谢天雷的本领谁都知道，就这么一下就这样，你们别看我跑，我倒跑了。就在这个当下，老道在后面看得清清楚楚，白纳道一想我来帮忙，给师弟报仇，没报了。大院里整得还挺难看。我在这儿找找场子。别管你这个傻子多大力气，你怎么本领高，我是不怕你。因为这个老道他有特别的，老道一想我跟你玩暗器，玩邪的，我取你命还不费吹灰。大个儿正喊："别人别来呀，我还跟宝儿打呀！"老道在树旁边转过来："无量天尊，傻瓜。"

"这还有个杂毛老道,我说你哪头儿的?"

"你叫韩豹?"

"啊,不错,你怎么认识我?"

老道说:"我来抓你。"

傻子说:"你来抓我,我先揍你!"嗡地一棍,老道一闪,连着几棍,差点把老道给囵囫了。老道败下来,他左手一压剑,右手取出一件东西,一回头说:"傻子你往哪儿走?"就听啪嚓一声,傻子怎么样,下回分解。

第二十五回　一剑解双围

　　上一段书说白纳道打算用暗器伤韩豹，他把这暗器拿出来，就听咔嚓一声，并不是他的暗器把韩豹如何，老道抓暗器的手被打中了。啪！就来这么一块飞蝗石，哪儿来的？韩月娥。当时大闹韩家院，韩月娥怕哥哥有个三长两短，她抓过一匹马，直接就从院里蹿出去了。从胡同儿出来，兵已经撤了，她这匹马就像入无人之地，就奔西门来。她出了西门一看，远处有兵，哎呀不好！她看见哥哥在那里打老道，老道不是真败，老道这是要败中取胜，恐怕要动别的，所以她从皮囊掏出两块飞蝗石子儿就准备，一看老道一扬手，她啪一石子儿，老道的右手当时就肿起来了，老道一回身，啪又一块，老道一下腰往西就奔出去了。

　　西边这些个番兵本来就不多，都从赤虎关来的，亚雷太保在人丛里面一看，这位道长已经挨了打了往下撤，这虽然是暗中下手，也是来者不善，赫连龙令下，弓箭手开弓放箭挡住他们，别叫他们进来。头前儿的弓箭手这才准备开弓放箭，要依着傻子还要上大堆里找那个宝儿，没打够。姑娘喊："哥哥跟我来，走！你能追上马吗？"傻子一听，"怎么的？追上马？那还跑了它了！"

　　"你追妹妹来，这马可真快，怕你追不上。"

　　"没跑儿！"

　　就这么两句话，把哥哥从打西门就引下来了。韩月娥也估计，对方那边上千人，咱们要是再停一停被包围了，乱箭齐发，你什么本事使不上，所以进西门吩咐把城门关了，吊桥高绞，小心外面。大伙也知道，韩小姐、蓝小姐，那都是都督的眼珠子，现在少都督没了，老都督不在了,那不听小姐又听谁呢?番兵番将这阵儿守住城头,城门紧闭。

韩月娥说:"哥,赶紧回家看看院里怎么样了,别叫把咱们家都给抄了。"

"对,这些小子真不讲理,门都给打坏了。"

韩月娥和哥哥来到胡同儿,进了大门再一看,哎呀,俩人在那打得挺厉害。蓝凤仙跟薛丁山,简直两口剑上下翻飞,看这样子姐姐占上风,唐将可能是理亏不敢动手,终究差得远了。蓝凤仙嘴还不闲着,就说我父亲死在你手,我两个哥哥你又都给杀了,咱俩没完,你给赔命。对方薛少帅说什么韩月娥听不着,再一看,哎哟,糟了!两个人最后打来打去到什么程度,这两口剑绞到一块儿了。二剑相触谁也不能撤了,薛丁山撤他没命,蓝凤仙撤她也没命,两个人就僵到这儿了。韩豹一看急了:"干什么?你们俩要玩命啊?嘿!简直了,两口子打架,还有这么打的,我生气了!"

韩月娥说:"哥哥啊,你别管,你躲开。"说一个躲开,韩月娥搁马身上跳下来,飞身来到跟前儿,呛啷亮剑,韩月娥心中也在想,这个事真难办哪。

韩月娥一剑挑开二人的两口剑,解劝道:"人死不能复生,更何况少帅也是为了救你呀!"

蓝凤仙这个时候也就没有办法了,自己怎么琢磨也是哑巴吃了黄连,有苦说不出。瞅了薛丁山一眼,把宝剑入匣,说:"妹妹,走,都到我家去吧。薛少帅,请你也到府里再说。"

薛丁山一想:怎么都行,反正你杀我我不干,嫁给我我还不要,城里头还不待。我薛丁山哪受过这个?薛丁山对着樊梨花说上句,也净不讲理,这回他又碰见对他不讲理的了。这时候大家跟着蓝凤仙就回到督府。

高搭灵棚办丧事,一连七天不开城门,急坏了薛丁山。蓝凤仙传令:"三军众将都督,你们把城门紧闭,吊桥高绞,城上准备弩弓弩箭,火炮礌石,严守四门。不管是谁,没有我蓝凤仙的命令,谁要私自开城,拿头见我。"她每个城头上派上五个她父生前贴己的人,"你们守城,你们有权,什么人叫城不许进来,不许出去,没有我令绝不开关。"

"是。"

蓝凤仙回头又派了三个贴己的平章:"你们带着五十人,伺候这位薛少帅,白天晚上时刻不离左右,要多多地照顾,恭敬客气,别屈待了人家,明白吗?"蓝凤仙又暗地叫过一个告诉:"不许把他给我看丢,人要在,你们在,人要不在,哼!你们可知道我不会轻饶你们。"

"是,小姐放心,五六十人看一个人还看不住?"

"你们要注意些,不过不要难为他,吃喝一切都要另眼看待,他想如何就如何,就是一个事,不准他走。"

"是。"

这样一来薛丁山可就遭罪了,在这个城里头,他也不敢哼也不敢哈,就得听人家的。薛丁山一想:究竟我在城里这么待下去,这算怎么回事?第二天他也没去见蓝凤仙,在屋子里他来回走,听外面当当当炮响,薛丁山就愣了,"嗯?外边哪里炮响?"听外边不一会儿回来报,"小姐出马了。"

薛丁山一听蓝凤仙出马,跟谁战?这是怎么回事?薛丁山对外边说:"给我抬枪带马,我要到外边去看看。"这些人你瞅瞅我,我看看你,就有点为难,放他出去小姐怪罪担待得起吗?不放,人家要出去给小姐观敌瞭阵,这又拦得住吗?几个人在外边打喳喳,哪知道在这个时候就听着外边有脚步声音,出来一看,是韩月娥。

"韩小姐,您……"

"少帅在屋吗?"

"在,小姐出马,少帅要给观敌,我们正为难,也不敢放出去。"

"不要紧,可以叫他出来,有我谅他也走不了。"

几个人一想,这还行,到里边跟薛丁山一讲,韩小姐来见,薛丁山就出来了。薛丁山对待这兄妹还挺尊敬,觉得在落难的时候到了韩家,素不相识,韩月娥因陋就简,给弄点小米粥,吃点咸菜,还总算是好招待,薛丁山还不忘这顿小米粥。再加上傻哥哥真倾向他,大闹韩家院,要没有兄妹帮忙,自己还要吃大亏,所以薛丁山总觉得这兄妹对他有恩,想着有了机会把他们带到唐营,给傻哥哥娶一个,给韩月娥找一个,这才算了我薛丁山一片心意。

薛丁山到了城外一看，呀，不好，蓝凤仙和樊梨花打起来了。樊梨花怎么来的？薛丁山到黑风关被擒的那天，姜须进来保他，两个人在后花园巧遇蓝凤仙。蓝凤仙把薛丁山弄到后楼上，这个姜须扔到那她就不管了。姜须在花园里这个憋气呀，好黄毛丫头！就看我哥哥长得不错，白脸儿的弄走了，黑脸儿的扔在这儿，遭罪事小，天一亮人家不问吗？那个哪儿去了？我怎么说呀？我说在楼上行吗？我说不知道中吗？我可倒了霉了。我为了哥哥你，哥哥你在楼上坐得也稳当，我这不叫搬砖砸脚吗？我不识人，哥哥你……你好狠哪！姜须哪知道薛丁山没忘他呀，在楼上吃点心都不吃，叫丫头来找，结果丫鬟说谎没去，把姜须这个事就撂下了。此时姜须一想坏了，天要亮了，这怎么办呢？就听后边吧嗒一响，他刚一愣，有人往这边来了。姜须问："谁？"

来人答话："姜须吗？"

姜须一听可乐了，"不是我是谁？嫂子吗？"

来人是谁？樊梨花。话说当日薛丁山和姜须陷入城中，老元帅坐在帐中想对策。一个是自己的儿子，千顷地一棵苗。另一个姜须，人家也是独根草，这俩孩子那就是老帅的两个眼珠子。三更都过了，听着有动静，中军报："少夫人来了。"王爷叫进来，樊梨花赶紧来见公公，上前施礼问薛丁山被擒之事。老帅打个咳声，说："不错，他们的确被抓到城里，天明咱们再跟他们要人。"

"公爹，媳妇我打算马上到城里看看，万一有危险怎么办？"

"媳妇，你进城怎么个进法？"

"您老放心，进这个城，我易如反掌。"

"这个，你带多少人？"

"公爹，请你放心，一人不带。他俩要能碰上我，我就救回来。天明再跟他们开战。"

老帅点头应允，樊梨花就这样悄悄地出营，她到在护城河这个地方，泅水到了这边儿，樊梨花用爬城索上城到了城里，转弯抹角，她就绕到都督府。这个都督府她来过，樊梨花搁外边越大墙飞身过来，搁后花园哪儿黑走哪儿，高抬腿轻落步，她悄悄往前摸。没想到碰到一个花盆，吧嗒一声，引起姜须动问。姜须一听是樊梨花，"嫂子你来了？哎呀，嫂子这可太好了！嫂子你怎么来的?"

"我到这儿来看你们，你哥呢？"

"他……"

"怎么？"樊梨花害怕了，"难道你哥哥有什么危险？"

"没，没有，没有，嫂子。蓝都督见我哥哥眉开眼笑，说和我老伯父是结拜好友，依我看，蓝都督有意献关。"

梨花说："贤弟你可不许说谎。"就这样，樊梨花救他回营内，老帅一听说："我和都督不相识，何时结过金兰？"

梨花亮剑逼问姜须，姜须说："好嫂子饶命，我说实话，这件事不怨哥哥，那蓝凤仙要嫁哥哥，掠走了薛哥。"

这个时候樊梨花是有点火了，瞅了瞅姜须说："死小子，我应该还把你弄回去，我也不能杀你，我也不能管你，我还把你绑在那树上。"

"嫂子，你忍心吗？话又说回来了，我还告诉嫂子，我哥哥别看对你有脾气不好的时候，对这个事哥哥还真行。你别看他给掳到后楼，我敢这么说，哥哥不能要她。哥哥当时眼珠子一瞪，说死活随便，他绝没有应亲之意，嫂子你可不要误会哥哥。你看我就更不用说了，我在旁边我都帮着骂，什么东西，你不知道我有嫂子吗？"

樊梨花被公公拦着，忍气吞声，老王爷又叫姜须把你嫂子送回后帐，姜须又劝一番，叫樊梨花回后帐，忍耐到天亮。天一亮吃完早饭，战鼓齐鸣。这个时候亮队出营，樊梨花在两军阵上，东门外这一叫关，城里头就是免战高挂，不战。樊梨花更多思：你们在里头怎么的，拜天地呢？办喜事呢？怎么不打呀？又不是打败仗，又不是没能人，免战高挂不理我们。樊梨花从来没这么欺敌，这回可不让，她高低在外面大骂特骂，不出来不行，我要杀进城去如何如何。

城里为啥不打？夜里头闹事呢！天亮了，老都督叫人打死了，抓凶手找刺客，大闹韩家院，哪有心扯这个。所以说樊梨花正骂着，正赶上傻子韩豹回家，见着樊梨花，把刀给干飞了，又抢过去一棍，那是樊梨花，别人就完了，樊梨花就这样败下来了。傻子进城回家，他们闹韩家院。可是樊梨花呢，回到营来一宿没睡，也加上日积月累，身体本来就不好，叫薛丁山闹的，昨天晚上又这么一回，这回又叫傻

165

子打了，樊梨花回来就站都站不住了。薛礼看出不好，叫姜须找薛金莲才把樊梨花弄到后帐，躺到那儿发烧。樊梨花这一下子就病了七八天。等樊梨花好了，到了前大帐，薛礼正在聚齐众将，要想法攻城。樊梨花跟公公讲，我先打头阵，老帅觉得媳妇还是有把握的，嘱咐一番多加小心，排兵点将，樊梨花这么出来的。

樊梨花在东门一讨战，一报蓝凤仙说来一员女将，她知道准是樊梨花。蓝凤仙狠毒，一合计有你樊梨花在，薛丁山什么时候能是我的？所以上马提刀出来，见了樊梨花，说："休走看刀。"

樊梨花说："你别跟我装傻，看刀就看刀！"她们俩就打了个难分难解。

薛丁山最后和韩月娥一到，赶紧给她们分开。薛丁山才做介绍，这位是镇城都督蓝都督的女儿，小姐蓝凤仙。这位也是镇城都督韩都督的女儿，韩月娥韩小姐。回头介绍这是我妻樊梨花，樊梨花心里还稍微过得去，这么介绍，或者丈夫没有其他。可是蓝凤仙受不了了，蓝凤仙一想：姓薛的，我对你那么好，闹了半天，没我的份儿啊！哎哟，她瞅着樊梨花更红眼了。她跟韩月娥在樊梨花的身后站着，樊梨花跟丈夫说话，人家是夫妇。

梨花埋怨薛丁山："你不应该城内待了这么多天，婆婆想你吃不下饭，公公想你度日如年。你在城里贪恋啥？"

丁山刚要说贤妻别多想，蓝凤仙暗地咬牙，心说唐营要有你梨花，薛丁山何时能归我？心一横对准梨花就是一刀。

第二十六回　二女双挥刃

上一回书，蓝凤仙在樊梨花的身后，照着樊梨花就一刀，脑袋掉了。是谁的脑袋掉了？蓝凤仙的脑袋掉了。那怎么回事呢？他们是一早晨，在黑风关的东门外，薛丁山是背西面东，樊梨花和他对面站着。蓝凤仙是在樊梨花身后右侧，韩月娥在樊梨花身后左边，她们两个听人家夫妻说话。早晨的太阳是在东边，天头是万里无云，所以她们的影儿就射到了樊梨花的前边。在这个时候，蓝凤仙咬牙愤恨照着樊梨花她把刀起来，她刀起来的时候稍微犹豫一下，杀得杀不得？最后一想，我为了夺薛丁山是非杀不可，照着樊梨花的右脖子刀就来了。樊梨花跟丈夫说话，突然发现身后边的影子，刀起来了！奔自己的脖子，就在这一瞬间，那是樊梨花啊！也得说反应快，刀已经到了脖子，樊梨花一低头，这刀嗡一下就走空了，樊梨花也没说啥，一转身就一刀。蓝凤仙在身后这属于暗杀，她就没有想到樊梨花能还手，没承想刀空了，她刚一惊，刀就到了，再想躲，扑哧！脑袋就下去了，骨碌多远，噗！一腔子血，蓝凤仙的尸身就倒下了。

蓝凤仙身子倒下，脑袋出去，薛丁山仅看见樊梨花一刀把蓝凤仙杀了，他真的没看见蓝凤仙先杀樊梨花。谁看见了？韩月娥。她看见姐姐杀樊梨花觉得不对，刚想要喊又怕姐姐不满，就这一犹豫，樊梨花躲过去，刀再回来，蓝凤仙脑袋掉了。韩月娥脑子嗡一下子，真是魂飞窍外。韩月娥一想，樊梨花不愧有名，真够厉害，这手该多快呀！同时她也没犹豫，抬左脚纫镫飞身上马，她奔东门去了，找大哥。

韩月娥不走便罢，韩月娥这一走，薛丁山是火高万丈。薛丁山素往嘴不承认,心里还真想樊梨花这个人吧,吃一百个豆不嫌腥,真得说容人让人,屈己待人,事事都站在理上,我薛丁山有点情屈理短。可是今天薛丁山觉得自己没错,我和蓝凤仙没有夫妻之名,她是有那么个意思,我并没接受,我一口一个蓝小姐。韩月娥就甭说了,那是真正的恩人。回来我对待樊梨花承认我们是夫妻,我薛丁山做得怎么不对?反过来樊梨花你话里带刺我不懂吗?这倒行,我能担待你,你怎么还下这么狠的手呢?蓝小姐救过我的命啊!

梨花说:"刚才是她先杀的我,我一回身才杀的她。我手快保住了一条命,你反而心疼外人!"梨花伤心上马,扬长而去。

薛丁山一看樊梨花走了,他也傻了。虽然樊梨花不对,谁做证人?谁看见了?除了她就是我啊!平素都是我的不对,怎么这回我就对了?人家不琢磨吗?我的爹娘,我就说个天花乱坠,爹不信,妈也不能信呢。哎呀糟了!就在这个时候,唐兵后面飞来一匹千里豹,马来得快,"薛哥——"

哎哟是兄弟!薛丁山一想:怪啊!我在城里头没少打听,这几天一个人也没有见到你的踪影。我还真在想,你活不见人,死不见尸,你在花园被谁给害了?我算服你了!你是比哥哥高一头,我在城里虽然没死,这些天——哎呀我精神上受的这些个折磨,冒的这些个风险,回顾大闹韩家院——可怕啊!可你呢?还没人管,没人帮,你就能离开龙潭虎穴回去,今后我真得向兄弟好好学学,你是高人。薛丁山正在想,姜须弃镫离鞍来到跟前儿,一瞅,嫂子樊梨花不在,就地躺着这个,他到了脑袋跟前儿看看,虽然叫不太准,他影影绰绰夜里头见过一面,可能是蓝凤仙。"哥呀,这是怎么回事?谁干的?怎么把她杀了?哥哥,你、你、你杀嫂子樊梨花杀惯了?怎么你又杀开她了?"

"哎呀兄弟别提了,哥哥哪是那样人。过去的错,现在哥哥全改了。这是你嫂子樊梨花把人家杀了。"

"因为什么?"

薛丁山心里话这怎么讲,"我也跟兄弟你说实话,别看那夜里头把我带到后楼,我到现在跟她连夫妻之名都没有,我没有跟她夫妻相称。她也没敢,她张口一个薛少帅,闭口一个薛少帅,她也没敢叫丈夫，我搁那天到现在我也没提那么一句。另外，我在城里头啊，现在老都督怎么死了，少都督怎么死了，大闹韩家院，兄弟，这事就多了！多亏韩家院里头有个傻子叫韩豹，这人还不错，兄妹俩，他妹妹叫韩月娥，把我救了，要不叫他们帮忙我还危险。"

"哥哥，你划拉多少才成啊？"

"什么，划拉？"

"还怎么又出了个韩月娥？哎哟，我说哥哥，那么你在城里头——哎呀，这又是凑合俩出来。"

"哎呀兄弟，别冤我。刚才我已经说明，跟蓝凤仙我们连夫妻之称都没有。韩月娥是这么这么这么回事，兄弟你可不要胡说啊，别侮辱人家。"

"那么我嫂子樊梨花为什么要杀她呢？"

"别提了。你嫂子素往完全是隐恶扬善，都是假面具。看她好啊，那是皮毛，内在她是心狠意毒，看样子忒辣啊！她可能猜测到这儿，那阵儿我正跟她说话，听说爹妈在营里头怎么着急，想我，我就掉泪了，我低头一擦眼泪这么个工夫，就听扑哧一声，我一看你嫂子这个刀过来了，她也就死了，你嫂子就这么狠。"

"蓝凤仙说啥了？"

"没有，人家在后边什么也没说。"

"她们也没吵嘴？"

"没有，我在场，这不刚才的事嘛。"

姜须一想，可惜你在场我不在场，这事我真弄不清。我嫂子樊梨花，我就做梦想，她也不是这种人。你说不是这种人，这死尸一条。"哎呀，我嫂子樊梨花呢？"

"别提了，我跟她倒没吵。我说咱俩到营里辩理，老人要说你杀得对呢，那就算拉倒，那要说杀得不对，咱们再说。你嫂子瞪我一眼上马走了，估计又回寒关了。"

哎呀，这个事整的，姜须一想，无凭无据，连个证人都找不出来。正这个时候，就听后边喊："好丫头啊！杀了我的妹子，我非把你打地里头去不可！"姜须一抬头，打西边来了一个红大个儿，一看他火红缎子手帕罩发，身穿火红缎子的长袍，腰系皮鞓，火红缎子中

169

衣,火红缎子吊面儿一双大靴子。不但周身上下一色,眉毛红,脸红,那衣服破了还补块红补丁,这家伙,火神爷!手里抡着镔铁大棍,喊:"大丫头哪里走?你把我妹妹杀了,我跟你没完!"到跟前儿就奔姜须。他认识薛丁山是他妹夫,那不是大丫头,他一看没有别人,就这个大丫头,"啊!好丫头,你往哪儿走?"他一抡棍子,姜须往后一退:"哎哎哎我说怎么连公母都不分?"

薛丁山赶紧拦住他:"大哥大哥,不是他,不是他!"

"不是他把妹妹杀了?"

"不是,那是女的,那是樊梨花。"

"啊,他不是女的?"

姜须说:"你别逗了,是女的我可不找婆家?哎,这什么货啊?我说哥啊,他是谁?"

当时薛丁山打个咳声:"我没跟你讲嘛,韩家大院冒险多亏他,没有韩大哥我就完了。这不后边是他妹妹韩月娥,兄妹是我的救命恩人哪。"

姜须心里话:这个大个儿我认识,把我嫂子樊梨花打回去病了八天,哎呀他这条大棍子可真厉害。刚才哥哥要不在跟前儿,真拿当大丫头就兴把我给找了婆家。

薛丁山叫韩月娥下马来到跟前儿,给介绍说:"这是我的兄弟,他父跟我父莫逆相契,这是我的兄弟姜须。这就是我跟你说的,救命恩人韩小姐。"

姜须说:"哎呀我这旁有礼了,那么这位是好汉,韩豹?大英雄!"韩豹一听高兴了,也问姜须:"你叫什么玩意儿?"

"什么玩意儿?我姓姜名须字腊亭,唐营的先锋官。你跟我哥哥不错,又是哥哥救命恩人了,咱们今后都多亲多近。"

"好啊!刚才差点没打你啊,别生气啊。"他拿手还摩挲姜须脑袋,像哄小孩似的,"你看你,吓着没有?"

姜须说:"别逗了你啊!哎,我说这个韩小姐,那你们兄妹怎么刚才没在这儿呢?"

"刚才在这儿了,姜先锋,我哥哥没在这儿,他在后边了,我在这儿呢。我和姐姐蓝凤仙和——"说到这儿,她直晃脑袋。姜须一听,"要这么说,韩小姐,她们俩怎么回事?这怎么把人杀了?你都看见了?"

"我看见了,看得真而切真。"

薛丁山知道姜须嘴不好,回去怕告他,怕这个事都给他栽上。薛丁山一想,我说什么兄弟不一定信,他信的是别人,今天要让韩月娥把这个真实情况一说,我薛丁山就省事了。所以薛丁山瞅瞅韩月娥:"韩小姐,你给做个证,我低头也没看清,她们俩这谁先杀谁?"

"怎么回事我看得一清二楚。"

"那你说说,你跟姜先锋唠唠。"薛丁山还特意把身子转到那边去了,心里话我连瞅都不瞅,你叫她说吧。

韩月娥琢磨一下,我要说樊梨花先下手,亏心。虽然我跟蓝凤仙一师之徒,不过这个事姐姐你过火呀,为什么要杀人?咱们这也做不出的,想都想不出来的事。

她刚这么一琢磨,姜须就乐了:"韩小姐,闹了半天,你还没看清啊?那你就别说了,拉倒吧。你要看清了就说一下,咱听一下这是怎么回事。糊了巴涂的,也没看准。"

"不,我看准了,姜先锋,这个事啊,樊梨花正跟薛少帅夫妻两个说话,我和姐姐就在身旁站着。究竟是为了什么,我也不知道,就是很快,你一句话的工夫都没有,我眼瞅着姐姐蓝凤仙刀起来,奔着樊梨花脖子就去了!"

薛丁山这阵儿就往回转身,一想你可说不得,他转过身,她的话就出去了:"也不知道樊梨花怎么那么快,刀到脖子了,她没死,一低头就看她回了一刀,扑哧就把我姐姐宰了。这话又说回来了,樊梨花先没有动手,蓝凤仙是死了,那也是怨她,不知道她为什么动手。"

薛丁山傻了:"你看准了吗?"

"我在跟前儿,你低着头,那我还看不清吗?这是一清二楚。"

姜须瞅瞅薛丁山:"怎么的?别人没看清,你看准了啊?一是一,二是二,我姜须就这么个人,蓝凤仙先杀樊梨花,樊梨花还手,这是事实。你就不用再说别的了,姓薛的,咱俩帅帐见吧。"

姜须抓马纫镫扳鞍,薛丁山一看糟了:"兄弟兄弟!你先等会儿,

171

咱们哥儿俩一块儿走。"

姜须说:"什么?一块儿走?我为什么跟你一块儿走?"

姜须催马回营,上帐大叫不好,薛帅忙问:"怎么回事?"

姜须说:"这您老梦中也想不到,薛哥城里贪恋二美女,见嫂子哥哥给介绍,他说蓝凤仙算老大,韩月娥老二,让梨花嫂子当老三。凤仙上来杀嫂子,我嫂子还手宰了凤仙。哥哥照梨花一连砍了好几剑,可能把嫂子左胳膊削掉了。"

姜须从头这么一讲,老元帅火碰顶梁,七窍生烟,拍桌案高声喊道:"快叫冤家薛丁山上帐见我!"这个时候就听外边喊:"将马带过。"薛丁山回来了。

薛丁山在两军阵上一看姜须走了,就埋怨韩月娥,你不应该这么说,你一说蓝凤仙先动手,我就危险了。韩月娥当时就问:"薛少帅这是什么意思?"

"咳,别提了,我父亲就听姜须的话,因为他父亲和我父亲磕头,我们是父一辈子一辈。我和樊梨花不太和,几次三番是兄弟在当中帮着樊梨花拿我搓球儿,今天樊梨花杀蓝凤仙,据你这么一说错在蓝凤仙,可我没有看见,我才说怨樊梨花。现在他根据你的话,回去非报告不可,有的没的往一块儿一凑合我就完了。韩小姐,你请回去吧,以往在韩家院你对我天高地厚,我也是感恩不尽,今天到这个地步,恐怕咱们就永别了。"

韩月娥听到这儿心里头也觉得怪懊悔的,我这不把人坑了?又一想我说的是实话,也不亏心哪!"薛少帅,难道你们父子的关系不如另姓人?"

"不如不如,他说一句话够我跑三天了。好,你请回吧。"

"不,薛少帅,你把我带回大营,我到那儿要有机会,我求见求见老元帅,我从中再做证。"

薛丁山一想除非如此,没有办法。韩月娥一回身:"大哥,你赶紧回城,你回城准备迎接大唐朝的老元帅,我们这黑风关就算归大唐了,哥哥,你看怎么样?"

"那好啊,我就跟少帅在一块儿,妹妹死了,你也是我的妹夫,你说是不是,你不管我叫哥了?"

薛丁山一回身："还是大哥，大哥是没错。"

"好，妹夫，我就是你们这头儿的了，打仗你甭打，我都包了。"

韩月娥让哥哥回城，她跟薛丁山乘马就进了唐营，来到帐外。薛丁山说："你进不去，你在这等一等，我要去了恐怕我凶多吉少，最后你要是把话说明白之后，我父亲息怒就息怒，他要非杀我不可，你不要多说，韩小姐就请回黑风关，咱们来生再见吧。"

薛丁山诚惶诚恐，战战兢兢来到大帐，一瞅众将在其次，姜须在旁边那个模样，就知道他给种上了啊！薛丁山一看，父亲在上头，冷哇哇的面孔可怕，连忙跪倒向上磕头："父王在上，不孝儿丁山回营交令。"

老帅这个气，啪！一拍桌子，"逆子！冤家！畜生！你在城里干什么了？这些天音信渺无。为父在营里命你妻樊梨花出马，樊梨花哪儿去了？疆场又怎么死了一个叫什么蓝凤仙，她是什么人？还有个韩月娥，什么老大老二？嗯？"

薛丁山瞅瞅姜须，也不知道怎么给我种的，哪码跟哪码我也安排不上。薛丁山嘎巴嘎巴嘴没说出来，老王爷一拍桌子："逆子，你讲！十来天，你在城里头收了两房妻子？什么叫蓝凤仙是老大，韩月娥是老二？樊梨花还成了老三？这老三是谁说的？这、这究竟是怎么回事？冤家你讲！"

薛丁山在这个时候又嘎巴嘎巴嘴说："父亲啊，您老人家听谁说的我可不知道，这两个姑娘跟我没有私情牵扯，我在后花园是这么这么这么回事，蓝凤仙因我在韩家院怎么大闹，她两个哥哥怎么误伤，她父亲怎么死，如何长短。韩月娥兄妹对我是救命之恩，是这么这么这么回事，孩儿我一个也没有收。"

"你不说实话，两旁人来！把他推出去，杀！"把薛丁山搁帐里拽出来不容多说。到了外边薛丁山瞅了韩月娥一眼，韩月娥就明白了，真料到了，真是这么厉害。韩月娥说："请你们大家帮忙，能不能把少帅留下一会儿，我要保保他。"这因为是杀少帅，要是别人大伙就兴刺儿她——你算干什么的？你保？这阵儿大伙没有哼也没有答应，反正也不能随便就杀。韩月娥在帐外喊了一声："民女有冤！"有人往里头一报，老帅一愣，怎的？外边来一个叫什么韩月娥？可能是姜须说的那个,"叫她上帐!"

韩月娥进帐连忙跪倒向上叩头:"天朝大帅薛老王爷在上,黑风关民女韩月娥,与老元帅叩头。"

老帅一听不是公媳相称,"韩月娥你是什么人?"

"老元帅,在城里头我父生前是镇城副都督,他老已经作古,就抛下兄妹二人。大哥韩豹,我叫韩月娥。您老人家之子少帅薛丁山如何在督府冒险被人追赶到我家,我兄妹豁命保他,大闹韩家院,是这么这么这么回事。现在我来到大营见老元帅,我也不敢强说保他不死,薛丁山可冤哪!"

"他冤在哪里?"

"两军阵上有位姜先锋,刚才他问我事情的经过,我说的全是实话:蓝凤仙先动的手,樊梨花后杀的她,这是事实。当时薛少帅听得老人在营里头想他,他低头啼哭,等他听到人头落地,他一看正是樊梨花杀蓝凤仙,他跟樊梨花牢骚几句,那樊梨花才扬长而去。"

老帅瞅瞅她:"牢骚?难道说他把樊梨花的左肩砍掉,你没有看见?"

"没有,这也没有。"

"啊?姜须?"

姜须乐了:"伯父,没有没有没有,实不相瞒哪,我是恨哥哥恨得不知道怎么说解恨。哥哥没动手,嫂子没受伤,走了这是事实。"

王爷听到这儿,点了点头,"也罢,你们闪在两旁,把冤家带回来!"

薛丁山跪到帐前:"谢我父不杀之恩。"

"非是为父不斩,死罪饶过,活罪难免。今天你应该这么这么这么办,你马上给我赶快去。"

薛丁山一听,吓得目瞪口呆。

第二十七回　兵进赤虎关

老元帅把薛丁山放回来就跟薛丁山讲："死罪饶过，活罪难免，摆出两条路，你走哪一条？第一条，你要能够到寒江关，把樊梨花请来，首功一件，将功折罪，你逼走的你给我请媳妇去；你不去请她，我给你十二万大军，命你一百天限，你把赤虎关给我拿下来，也能够将功折罪，功劳簿上坐头名。赤虎关一百天你不能到手，我就杀你个二罪归一，你愿意怎么办？等着回我。"

薛丁山一琢磨：我去请樊梨花，这个滋味不好受，咱们没跟人家客气过，这回好容易刚客气几句，我又把人家逼跑了。到那个地方，头一回那滋味也尝了，这回恐怕比那次还要厉害，干脆我就别去丢那份人。当时薛丁山跪爬半步，尊道："父亲，儿要十二万大军取赤虎关，百天内准取，那就是盘中取果，探囊取物，不费吹灰之力。"

"好，既要这样，为父也不再难你。我马上就给你大兵十二万，你给我即日起兵，取赤虎关。为父就坐在黑风关，等你回报。"

"孩儿得令。"薛丁山站起来瞅了瞅老元帅，"父王，儿还有一件事情。您要能答应我这一点，赤虎关准能到手，如不到手，拿头交令。"

"答应你什么？"

"我要个帮手。"

"你要谁？帐上所有人任你挑。"老元帅心里说：你要挑谁呀？谁也不如姜须，那真够一个谋士，比你精得多。

薛丁山没犹豫连忙施礼："父王，我要兄弟姜须。"

姜须一听，心说道：姓薛的，你真能整！"我说薛哥呀，人得有良心,你要这么干,问心自揣良心何在?不错,我姜须屡次三番,一而再再而三给你们两口子打和,可是我没有坏心。我有的时候一句添两句啊,逗弄我伯父的气呀,给你点厉害,给你点压力,是为了叫你跟嫂子好。你就把这个都攒到一块儿了,怎么,这回要报私仇吗?你大权在手就不同,在我伯父的白虎帅帐,你把我带去,哪个时候喝点酒,琢磨琢磨不是滋味了,你要算账,你把我拉出去打呀、杀呀、剐呀?哥哥另请高明吧,不去!"

"兄弟,哥哥能是那样的人吗?"

"就冲你对我嫂子樊梨花,这个事不好说呀,你跟一般人的心长得不一样。反正不管咋地,你有千条妙计,我有一定之规,你另请高明吧。"

"兄弟,难道说你要袖手旁观?说真话,哥哥有你这个拐棍儿我就有靠山,我离开你就觉得没主意。都督府这一次后花园,你走之后一言难尽,要不叫韩家兄妹,哥哥就回不来了。现在兄弟你在气头上,什么也不管,你要瞅我的笑话,可是你重感情,有义气,哥哥走了没有你去帮忙,哥哥就兴许回不来了。到那个时候你再吧嗒吧嗒嘴琢磨琢磨,你可会后悔?兄弟,人死不能复生,你现在气哥哥,哥哥在跟前儿,等哥哥要真到赤虎关闹出意外,你想看哥哥,你就看不着了。"

"哎呀,我说薛哥你真能整,你这话整得人酸吧溜的,不是滋味儿。你说不帮吧,还真有点不对,帮你我还真有点瞅你眼晕。"

老王爷开口叫道:"姜须,你跟你哥哥去。伯父作保,他要一个帮手,我也就想到你,还是你哥哥有眼力,除了你我还有点放心不下。你跟你哥哥去,他要把你如何,我一定给你报仇。"

"是啊,我哥哥到那儿官报私仇,把我拽出去宰了,您老听信儿把哥哥也杀了,我请问老伯父,一命抵一命是对了,我能活吗?那我不干,那不行。报仇不报那都是小事,我死了就活不了了。"

"孩子,还是你去一趟的好。"

"这也行,事情到现在呢,你们爷儿俩已经把话说到这儿了,我也不能那么狠心。不过老伯父,我有条件……"

"你有什么条件?"

"这第一条,他带十二万大军,我要一万二,怎么样?这一万两千人不归他管,我这个兵不跟他在一块儿走,不跟他在一块儿安营,老有距离,可也不能太远。太远了,有事不能接洽,隔个三里五里也行。我们是两码事,他是元帅,我这个叫独立军,不属于他管,他调不动我,遣不动我,管不着我,我也管不着他,这么说吧,平权。"

"好,就依贤侄。"

"那妥了,这是第一。第二件事呢,哥哥如果帅营有事找我,不能叫,不能调,他得请,请到那儿了,有什么事,我就得说,说完了听不听,我抬身就走不许留。我回我的营,他在他的营,什么事我都管,什么事我要不管,他也没权把我如何。薛哥你看这个怎么样?"

"都依兄弟。"

老王爷也点头应允,姜须说:"那妥了,我去了,粮草啥的咱们都单来吧,别在一起合伙。"

"哎呀,兄弟,你太多心了。"

"不不不,你这个人也得这么样叫人多想,这回如果你真好了,我有把握了,下次兄弟这样就叫非礼了。就这一次,哥哥你原谅,我同你去。老伯父,我还说个事,就是这位韩小姐,既在韩家院能够保护哥哥死里复生,我认为这位小姐武艺高超,我哥哥手下用人之际,那么您老人家也应该重用,让她随军前往。"

王爷点头:"既要这样,韩小姐你愿意吗?"

韩月娥点头:"我愿前去。"

王爷叫过赵胜:"你给你家少帅做先锋,副先锋,就搁韩小姐。"姜须又提她哥哥力大棍重,也是一个英雄。韩月娥一想,我就这么一个哥哥,愣头愣脑,他要到两军阵,什么他都管,什么仗他都打,那是凶多吉少,回不来了。所以韩月娥恳求老元帅关怀,我一切都要出力,要打仗,要如何,尽我的可能,赤虎关我还熟,我一定到那儿全力以赴。不过我哥哥请王爷高抬贵手,要留到黑风关,爹娘就留下这么一条后,无论如何王爷多加关照。王爷也认为傻子到前边不中什么大用,又加上留下他也好,省得韩月娥闹出什么意外,也便点头应允。老元帅心想,赤虎关比以往这些关不同,镇守赤虎关的是一字并肩王,复姓赫连单名杰,他儿亚雷太保赫连龙,独角铜人娃娃槊,万夫不当，百战不输。另外赤虎关里王爷他还有一个爱女，人称亚雷公主赫连英。据说这个丫头不次于樊梨花，好生厉害。老元帅说真的，你多大力气，多大本领他不怕，老王爷就对什么和尚啊，老道啊，姑娘啊，这样的人，老王爷提起来就有点心惊胆战，因为这些人往往净用暗器，王爷对这个暗器是的确不通。

这个时候，外面就准备点兵进城，犒赏三军。把黑风关盘查仓库，贴布告安民。该买的买，该卖的卖，照常营业，黑风关就属于大唐了。

再说先锋官赵胜和副先锋韩月娥，大队人马逢山开道，遇水叠桥。中队就是薛丁山，薛丁山现在等于老元帅，已经授印。左有左翼，右有右翼，中有中队，后有后队，分为五路行军奔赤虎关进发。他的兵后面间隔五里地，是姜须的独立军，一万二。他手下有二十八将，这些人报效姜须，人人高兴，都知道我们伺候的这位是亏不吃，是当不上。

薛丁山这天正往前面进军，头前儿兵不走，赶紧命人打探怎么回事。时候不大先锋官赵胜来到跟前儿，弃镫离鞍，见了元帅上前施礼："报告元帅，现在我们的大兵不能前进了。"

"为什么？"

"头前儿就是九岖峪。让人一打探，从打东岭口进去，搁西边要想出去可能约得数百里，这是一道原始森林。里头树木丛杂，稠密的地方是仰面不见天，俯首不见地。那里头榆柳桑槐，苍松翠柏，而且狼虫虎豹无一不有。这个地方不能行军，往里走，越走越窄越走越窄，到最后狭窄的地方过去马都很困难。这要想进兵就得伐倒树木，可是这个工程太大了。"

薛丁山一想那怎么行？慢说几百里，就是一百里，要把树木撂倒，开出一条路，我们搁东林进去，搁西边出去，赤虎关一百天限，百日不取赤虎关，杀我个二罪归一，这个……薛丁山说："我去看看！"赶紧带着中军、辕门、众将、先锋人等，就来到九岖峪附近。一看有两道小岭不大，搁当中进来往里头一看，果然树木参天，一望无边。往那儿一站倒真是百鸟喧音奇花异草。薛丁山进去几里地瞅瞅状况，把马拨回来，"赵胜，去，到独立军营有请我那兄弟姜须。"

"是。"赵胜穿出他们的队伍几里地就是独立军,这时候薛丁山他们不往前走,姜须也不张罗来看,就在后边告诉暂时休息。有人报姜须,前面有先锋官赵胜来了。赵胜来到切近,跳下坐马来到跟前儿,深打一躬:"姜谋士,元帅有请。"

"嗯,什么事知道吗?"

"头前儿是这么这么这么回事,有点不敢往里进。打算请姜谋士您给看看,想想高见。"

姜须素往就有话,一出黑风关就告诉他手下这贴己的二十八将,时刻不许离我。不管元帅白天晚上在什么地方,找我合计什么事,不用我说话,你们就不离我左右。元帅不管怎么埋伏,对我怎么地,有什么事,你们看我的眼目行事。该伸手就伸手,天大的娄子我兜着,不要害怕。现在这些人一听要上元帅那儿去,那真是有刀的亮亮刀,有剑的亮亮剑,怕到时候亮不出来。这前后左右马上收拾紧趁利落,就围着姜须一共能有三十多人,跟着赵胜来到头前儿。

薛丁山老远也客气,"哎哟,兄弟。要没有兄弟来,没说嘛,我真是寸步难行。哥哥是井底之蛙,见者不大。对于这军务事,咱也没干过,也年轻,真是缺材短料,少智无谋。兄弟呀,你给合计合计吧,现在你看这道树林怎么办?"

姜须详细地问了一遍,薛丁山把他知道的事情,又跟姜须讲了一遍。姜须马进去能有十几里地,看完之后马上返回来。大伙都坐在这个山坡下面石头上,大伙你瞅我,我望着你。薛丁山瞅了半天,"兄弟,你看怎么办呢?"

"薛哥,这么办,我们往里面进兵,弄出一里走一里,弄出二里走二里。最低限度得能通车。车赶不进去,不往里走。因为什么呢?这树木丛杂一望无边,如果不开开道,穿着树的空隙往里走,马过不去,撂倒一棵树,人挤过就算,要是一旦闹出火险,我的薛哥啊,可不是玩的。那诸葛亮一生老玩火呀,这个赤虎关有没有会玩火的?咱们可别弄得在这儿火烧九岖峪呀。我说薛哥,小弟之见就这样。我们开路往里走,伐倒树木。车能进我们就进,不进就停。开一里走一里,开二里走二里。"

"兄弟这个办法倒好,一旦闹事往回撤,我们能退回来。不过兄弟你得想，我父令下，叫我百天取赤虎，要如果把日期都耽误在这上，到百天还没有出九岖峪，杀我二罪归一，我也交代不了啊。"

姜须说我该说的都说了，转身走了。薛丁山在这儿琢磨了半天，反复在想，兄弟说得在理儿，可就是时间不允许。哎，薛丁山一想，怎么能那么倒霉，我就能碰上会玩火的。万一要是从这里过去，还是省时间省得多啊。想到这儿，薛丁山马上喊："先锋赵胜。"

"在。"

"你马上带领三军，赶紧进九岖峪，叫大家准备干粮袋水壶，我们在里头不要埋锅不要造饭。走一天算一天，走两天算两天，走出去再吃饭。而且在里头时刻不准休息，昼夜行军。"

"是。"赵胜一听这个办法不太妙，没办法，命令一下，马上他就带着所有的唐兵把干粮袋、水壶都准备好了，赵胜带兵就进了九岖峪。随跟着一队接一队是陆续不断，薛丁山把这十二万大军就带进森林。一天没觉景，两天就有点吃累，第三天吃完午饭没有晚饭，带的干粮都吃光了，而且不让休息，三军都抬腿如山，一个个两眼发黑，四肢无力，甚至都要瘫痪了。你瞅我，我看你，这可太苦了。这叫什么行军，到那儿还打仗不？大家又过了一宿，哪知道第四天，一天没吃嘛，再加累得几天，到第五天头儿上，觉没睡又断了粮，那简直的横躺竖卧，就不玩了。有的躺在那儿想，我宁可在这儿死了，我也不再遭这个罪了，说不上啥时候出去。人是铁饭是钢，一顿不吃饿得慌。不让吃饭，不让睡觉，不让休息，这还有活吗？先锋官赵胜一看这个来头不妙，马上去报告元帅，元帅还是照样下令："违令者斩，不准埋锅造饭，赶紧往前进。"

赵胜又带着人走一程，有人跟先锋讲，如果要再往前坚持，看见没有，十个人要少八个。就即便能打这个森林出去，我们这十二万大军两万也剩不下。怎么办？赵胜一想，跟元帅报？这不像老元帅，少元帅好像不通人情，你忒任性了。姜谋士的话没听，还依着你的办，你能够咬牙不吃不喝，别人有点顶不住。赵胜把眼珠儿一转，"马上埋锅，要二十人看着一口大锅，注意严防，主要就一个字，火。我们在这儿埋锅造饭，吃饱了再走。"

三军一听，埋锅，许可造饭，哎哟！躺着的也都起来了，"我去掰干枝去，架锅。"

"我说先锋可有令呢，可千万小心，这火是命啊。要不闹火险便罢，这树林里要一起火，咱们可都做烂面焦头之鬼啊。"

"你放心吧，好几十人围着一口大锅，又没有什么风啊，没事没事没事。"

"注意！"

"是。"

他们埋锅造饭，赵胜在这个时候带着八个人就往前探。意思是看看究竟离西边的林子边还有多远。这里头不是走马的地方，有的地方还能行呢，有的稠密的地方，本来人都强过，马怎么过呢？就得撂倒两棵，不过没有正经道儿。八个人随着先锋官赵胜，绕出来离造饭的这个地方，出来五六里地，"嘿！先锋官你看！"

"什么？哎哟可不是吗？哎哟好了好了。"赵胜一看，老远发现有一个大院落，这是什么地方呢？有人说话了："庙，庙！"

老远一看这个大庙滚龙脊，褐瓦沟，朝天犼，冲天兽，临近一瞅，有钟鼓二楼。看样子这个大庙年久失修，破烂不堪，庙门剩一扇，上边儿有一块儿横匾，黑底金字，影影绰绰还能够看得出来叫玄坛观。

赵胜进院跪倒，口尊："上神显灵，我本是唐营先锋，祈上神加佑。"拜毕抬头看虎嘴叼着一物，细看是赤虎的金钺令，伸手拉不动，猛力一拉，轰的一声，整个大庙是火起烟发。火光冲天，金蛇乱窜，唐兵叫苦连天，人喊马嘶，处处哀鸣。果然是，水火不留情。赵胜、韩月娥、薛丁山都被火烧得踪影全无。整个九岖峪再这么一看，就是一片火海！火光冲天，狼烟四起，老远姜须一看，完喽！后悔也来不及了！我只能就地还席！

第二十八回　古刹遇地雷

亚雷太保在黑风关大闹韩家院以后，叫傻子追了一个狼狈不堪，从黑风关败下来。白纳道跟他讲："我回山有点事，我还回来，你先回家吧。"太保带人这才够奔赤虎关。

他就走到九岖峪这个地方，有人报："公主在这儿。"太保赶紧来找妹妹，谁呀？亚雷公主赫连英。

赫连英怎么来的？话说当初赫连杰派亚雷太保动身奔了黑风关，赫连杰想，唐军老帅薛礼是大唐有名的人物，真得说是东挡西杀，南征北战，攻无不克，战无不取，寒江关半年多他也谋了去了。再想起二弟樊洪死得那么惨，樊梨花这个无耻的东西，你还投唐归顺，嫁给薛丁山。我的女儿赫连英可不像她们，知三从晓四德，对父亲母亲非常孝顺。我女儿平时常讲，凡是女将要在我们这几关，什么樊梨花，什么蓝凤仙，她敢说都没放在眼里。这回我派她哥哥到黑风关，我得找我女儿问问，我孩子有些个见解啊！

老人家这才来到后楼，有人一报，赫连英接父亲上楼，请坐献茶，问："爹爹，您到楼上来对女儿有什么训教？"

"孩子啊，为父来见你，主要就是为了两下征战的大事。我把你哥哥打发出去到黑风关，助你三叔一臂之力。"

赫连英皱着眉沉了一下："爹，您不应该让我哥哥去呀！我哥哥不说是有勇无谋，我老认为他有的时候见解太迟钝。"

"是啊，我是这么想的，不守住黑风关，赤虎关就得兵临城下。黑风关就等于我们赤虎关的大门，我的意思宁愿在门外打，不叫他上院里打，才叫你哥哥去了。可是把他派走之后，我也觉得你哥哥有点靠不住，女儿你看……"

"爹，您准备人马，我出去，我到黑风关，我包打大唐营，什么薛礼呀，什么薛丁山，包括樊梨花等等，我把他们一网打尽，一堂您把他们都审清。"

"孩子，有这个把握？"

"爹爹，还把他们放到心上？您多给我点兵将。"

"好！"

老王爷给她带十万人，亚雷公主赫连英辞别了母亲，带人来到了九岖峪。流星探马一报，这个地方是原始森林，公主观看一番，又把图拿来一看，"哦，这是一条暗道。"公主把眼珠儿一转，"我上黑风关干什么去呀？借此天然的地势，我叫你薛礼全军尽殁，不费吹灰之力，这是天助我也。扎营！"

公主把大营就安在这儿了，亲身带人到里面一探，这个庙是旧有的，探来探去，远近大小，她就安上了六十七处连珠地雷火炮，总线就通到玄坛庙，就在神台上赵公明骑着这只黑虎的嘴里头出来，接上这根假令箭。把这都准备好了，公主带人，都在侧面安排埋伏成了。她刚一工程告竣，太保就败下来了。太保见了妹妹，说明这个事，公主气坏了，好，薛丁山你要来到我的九岖峪，我把你火化灰飞，烧不死你！叫你看看我赫连英的厉害。薛礼老败类，你就生这样的儿子，仗着他，你就想要平复我们，妄想！"哥哥，准备！埋葬他们的全军！他们不来便罢，只要来了，上了我的当，中了我的计，我们就捡他的骨头渣子，一个活的也没有，全军尽殁！"

"好妹妹，还是你高啊，咱们这就挖下深坑等虎豹，撒下香饵钓金鳌！"

兄妹在这里坐等，果然薛丁山就上当了，赵胜一拉令箭，就把一个九岖峪变成了火海。公主从高处往下看，越看越乐："哥哥，你头前儿带人先下去，收拾他们的残兵败将，万一要跑出些，把他们一网打尽，一个也不要走，都给我抓来，抓不来的话都叫他们死。"

"妹妹，你放心，跑不了他们！"

"好，给你一万五千人。"

亚雷太保赫连龙由打暗道过了九岖峪，就往黑风关的大道追去了。走着听头前儿有人报，说是唐兵唐将没都烧死，有往回跑的。太保一想他也真能耐，真还有活的，追！他带领人等追来追去，眼瞅着追到了太阳偏西，天头渐渐黑了。有人报，影影绰绰的，头前儿的山口里头，他们好像跑到这儿累了，在那个地方埋锅造饭呢。好啊，太保一想，你们跑出来就够便宜了，怎么？跑出来还想要吃点喝点？吃饱了喝足了再跑，那都是做梦。追！这一万五千人就来到了这个山口，他把这个兵往里边进，突然有人飞马来到跟前儿，搠马身上跳下来："回太保千岁，这里边果然是唐兵唐将，究竟有多少说不好，看样子能有几千人，他们在那里头慌慌张张的，人不离马，马不离鞍的，在这儿埋锅造饭，看这意思，吃完饭不想待，没安行营，还打算连夜跑。"亚雷太保赫连龙哈哈大笑："我叫你连夜跑，你连夜回老家吧，马上给我杀上去。"

　　头前儿一吹牛角，后边是战鼓齐鸣，就杀进山了。亚雷太保带人进来了，再一看，唐兵唐将看样子是刚才跑的，那个锅都埋着呢，锅底下有把火点着的，也有要点还没点的；那个米呢，有的淘了，有的刚搠水还没淘完，有的下到锅里头了，什么现状都有。太保也追了一天挺饿的，他瞅了瞅这个状况，你们给我们埋的锅，你们给我们淘的米，对！太保吩咐要在这儿借着锅灶吃饭。旁边有人说话："太保千岁，这个不好。咱们不知道这个里头有没有高人，咱们吃他的饭，恐怕——"

　　太保就在这后面找人挨着锅这么一试，也没有毒，什么说道也没有，太保乐的："怎么样？他就是跑这儿，饿了要吃点，吃完好跑，他还没有这份精力再对付我们，我们就着他们的锅灶吃饭。"

　　太保一声令下，呼啦一下这就淘米，你没淘好我淘，稀里哗啦往锅里头倒，那边打火，这就点着。这一点着可出了毛病了，火一点，在这灶坑里，呲呲呲！听着动静不对，哎，怎么？哎哟，不好！这就不少人都崩到半悬空去了，再一看胳膊大腿往下直扔，惨呼不绝。自己点的火，那个药捻子都在灶坑底下呢，地雷都在这儿埋着，你自己炸自己那你又怨谁呀！太保一看，呀！上当了。这阵儿亚雷太保掐着独脚铜人娃娃架，看他的兵啊，将啊，慌成一堆，乱成一团，赫连龙把牙都咬碎了！就想我咋这么倒霉呢，就不许我露脸，我这么大的本事，不说没有对手，我赫连龙怕过谁！怎么我在黑风关打得那么惨，叫傻子把我追了个上天无路，入地无门。哎呀我这回跟妹妹出来，妹妹火烧九岖峪，炮炸唐军，打得全胜，就叫我收拾收拾这些残兵败将，我还能收拾出这个模样了！赫连龙哭不得笑不得，这仗我打的，可忒……哎呀，谁这么损，你可太高了！他看了南面、北面、东面，见头不见尾都是唐兵，没法冲，就是西面这边安静。

亚雷太保他不知道姜须一共带了一万两千人，埋锅造饭摆着那个阵势，那不是在这儿吃饭，人家在这儿是胸有成竹，四面埋伏。南边是以石为兵，就借着山上那个石头，高低不同都立立着，人家把它也戴上帽子，穿上号坎儿，绑上刀枪，老远看一层一层的，一望无边，其实没人，就是那后边有五百人呐喊，吹牛角，又是击鼓又是放炮，那都是以石为兵。

东边借着那片树林把号坎儿给它穿上，帽子戴上，绑上刀枪，老远一看是见头不见尾，无边无岸，后边也搁五百人击鼓呐喊，后面有一块平坦的地方，弄几十匹马，尾巴上都给拴着树枝，脖子上给多挂銮铃，把它都打得来回转，尘土飞扬。人一呐喊，杀声震耳，号炮连天，那叫以木为兵。

北边没有石头，没有木，他们就借着那草，把草给绑上，也戴帽子，一层一趟，也是一望无边，以草为兵。三面一共也不到两千人，主要的兵力都在西边。在夹石口这个地方，那上面把滚木礌石都弄足了，弩弓弩箭都堆得山一样，就等着要给敌人全军尽没。亚雷太保赫连龙他上这个大当，搁这儿往外闯，三次没冲出去，人马就已经折去五分之四了。最后他下了绝令，不出去，杀！番兵一看反正都是死，往前面冲，还有点希望能冲出去呢。今天也就把这个阵势看出来了，不是鱼死就是网破，就玩命了，身上中几箭都不瞅它的了，这么冲出来，连太保都中了一箭，一瘸一拐跑的。

姜须吩咐收拾，把太保赫连龙给他妹妹押的粮草等等，他们这回都逮个足了。可单有一件哪，姜须马上下令，赶紧收拾迅速逃走，时刻别停，再回来可不是这个了，那又要对付咱们了。大伙点头，口服心服，大家就有这个议论，我们老元帅要是真有眼力把兵权给姜老爷，那就好了！你看给少元帅弄得这么惨，全军尽没。我们剩下这一万两千人打这么漂亮一个仗,得这么些粮啊,草啊,还把敌人不说给包圆了也差不离。大伙收拾忙成一堆,乱成一块,姜须带着这些人,就算是这样找了一找场,他们收兵回来了。

姜须带领人等,不分昼夜来到黑风关,这回心里也平稳一些,姜须心里想着老伯父的身体,老伯母的体弱,樊梨花回寒关那个委屈,哥哥在九岖峪那个惨状,哎呀,这一幕一幕在姜须的脑袋里头,过一幕又一幕,越琢磨越难受,凄凄凉凉,姜须进了黑风关,来到了元帅府,自己个儿的眼泪就止不住了:"老伯父,哥哥中途路过九岖峪,哥哥不听我的,强进军,森林起火,全军尽殁。"

老元帅哎呀一声,昏了过去,姜须叫醒老伯父说:"咱们打不了了,应该撤兵回朝。"

老帅说:"宁死黑风,无颜回朝。"

姜须含着眼泪瞅着伯父,说:"老伯父,您老宁死不走,我也不能强劝您回朝。不过据小侄的愚见来看,从赤虎关来的这位不是好惹的,他未出赤虎先放一把火,这一把火烧得就这么惨,把我们整个的力量消去了八成。那么我当地还席,又烧他们一下子,可不过,没碰到他的主将,这也不过是他手下的窝囊废而已。他回去一报,用火的这位必要动怒。他要一怒包围黑风关,跟我们决一死战,您老人家撤,咱们这会儿走,如果不撤,咱们就得准备着。"

"我认可就把这把老骨头葬到黑风!孩子啊,别想回朝的主意,我薛礼拿着国家的俸禄,我是都招讨兵马元帅,又是平辽王位,在这种情况下,我要是遇敌远遁,那简直得骂名千载,遗臭万年哪。孩子啊,为国捐躯,理所应当。"

"伯父,咱就准备打这场仗吧,我这个拙主意是这么说的,城里头咱把兵都调回来,这阵儿坐地就别往好想,我们就先顾一个字:守。能守得好这就是我们的胜利,别想把敌人如何。可是守,我们在城外顾不过来,我们干脆借黑风关有利的地形,把人都调到城里,把城里头所有的老百姓都撵走。下令就说三天以内都得出去,不搬家的话,开杀。"

"哎呀,这样好吗?"

"到现在还顾得了那个吗?咱也不杀,带兵一去这么一围,他们也就跑了。把老百姓轰跑了,整个的城就归我们了,我们除了唐兵就是唐将，生，生一处，死，死一处。这个办法虽然拙点，也就这个招儿了。"最后爷儿俩合计来合计去，老元帅也只能听他的，下令告诉全城百姓，两个昼夜，搬不净的，杀、烧。黎民百姓在这种情况下虽然掉泪，不满啊，有的甚至于谩骂呀，可是也得动弹啊，就把黎民百姓整个就赶出黑风关。回头把唐兵唐将，在城外的所有都调到城里，姜须亲身布置，在某城头搁谁，某城头搁谁，城上把兵都给准备好，预备弩弓弩箭，灰瓶火炮，滚木礌石。就是准备着敌人攻城，我们在这守着。老元帅和姜须在各城头上也走了，也看了，一想也就这样吧，还有什么办法。老元帅一想，我老来丧子，就这么一个儿子死了，自己也就不想回朝了，回不回又能怎么样？所以老元帅在这种情况下跟姜须昼夜不离。

这天夜里，突然四外炮响连天。王爷吩咐升堂，白虎帅堂一升，老帅刚到，就有人进来报："回老帅知道，西门外兵临城下，将至壕边，敌人包围西门。"

"再去打探，严守城头。"

"报！南门接着西门，兵似兵山，将似将海，包围南门。"

"再去打探，严守城头。"

"报！东门接着南门，安营下寨，兵困东门。"

"严守城头！"

"报！北门外接着西边东边安下营寨，四外八方，兵营无数，一望无边，把我们黑风关是团团围住，风雨不透。"

"马来！"老元帅吩咐一声，外边有人把马给拉过来，姜须、众将、中军，一块儿出了帅府。由打北门，看看西门，望望南门，瞅瞅东门，哎呀，老帅明白了，真是姜须说的话，善者不来，来者不善。那么究竟为首者倒是何人？你真欺我薛礼太甚，我薛礼到今天有何惧哉！死生置之度外，我与你们要决一死战！

王爷回到府里又跟姜须唠了一阵儿，外边天明了，战饭一毕，击鼓聚将，众将来齐，列摆两旁。老王爷刚往当中一坐，外头有人急忙进来，蓝旗官进来单膝点地："启禀老帅得知，东门外号炮连天，队伍群中，出来一个老道，前来讨战，有请老帅出马。"王爷刚听罢，四面八方都来报告，说是一起攻关。老元帅一听，哎呀，要大难当头！

第二十九回　韩豹战老道

老元帅一听是个老道，就有点胆虚，因为老王爷在青龙关遇上黄子陵，中计被困三个多月，要不叫媳妇樊梨花，直到现在还未必能够战胜。可是今天怎么在黑风关又出来一个老道，这个老道是什么人？老元帅在白虎堂上心里想了一下，善者不来，来者不善，老道既来讨战，也罢！我这么大的年纪了，我还有什么可怕的？好，我要对付对付老道，不管胜负，我打他一仗，吩咐外边："给老夫抬戟带马，排兵点将，本帅要东门会战。"老王爷在这一吩咐，外边给排兵点将，拉马抬戟。可在这个时候，在旁边惊动一个人，他把眼珠儿一转，"哎呀，慢来。蛇无头不走，军无主必乱，军中必须有您老坐镇。我们和敌人，兵对兵来将对将，我姜须东门对付老道。"

姜须吩咐抬枪带马，猛听身旁有人大喊了一声。一看是傻子韩豹来了，姜须眼珠儿一转："韩豹，老道吃了你妹妹，还吵吵还要吃你。"

傻子韩豹听了姜须的话，简直眼睛都红了："啊？把我妹妹吃了？他哪儿这么一个老道？我妹妹多咱吃的？"

姜须说："别提啦，就是刚才的事，你妹妹从外边回来，正想你，刚要看看，这老道在外头就骂，老道一骂你妹妹就出去了，叫老道抓住了。哎呀！撕巴撕巴都给吃了，一点没剩，连衣服都吃了。吃完他还说没吃饱，又要吃你的脑袋。我们一琢磨跟你一说，你准害怕，我去对付他去。"

"这老道他怎么不吃饭还吃人呢？"

"这是妖老道。"

"哦,妖精啊!姜须啊,他在哪儿?我去吧,你不如我呀,我薅他的杂毛。"

姜须把眼珠儿一转,"来人啊,把他领到东门,就说我的吩咐,把城门打开,把他放出去,让他去打老道。"

"是是是!韩大爷您随我来。"这个人就领着韩豹奔东门,姜须一想没办法,因为你能耐大,樊梨花都让你忙活打回来了,你就使这个招儿,备不住把老道能够忙乎了。冷不防老道没有预备,看你又傻,他能上当。姜须也琢磨了,这老道是有特别的能耐,我姜须是深知道黄子陵厉害,这个要不如黄子陵,他也不能来。既来,可能比黄子陵还兴厉害,就看韩豹你了。胜了更好,胜不了再说吧,姜须又够奔帅堂。

韩豹跟着这人来到东门,把城门开放,就把傻子放出去了,告诉傻子:"你可加小心了,你看见了吗?就这个老道,这个老道可厉害了,你可得把他整死。"

"哎,跑不了啊,把那桥放下来我过去。"嘎吱吱——把吊桥放下来,傻子韩豹这一嗓子,喊得就像半空中咔吧啦嚓打个霹雷相仿:"妖老道啊,拿命来!"

韩豹出城跑过吊桥,看见老道就打,老道知道自己不是韩豹对手,还得用暗器!他伸手掏出迷魂锣儿,当啷一声,这下可糟了。

这个老道就是大闹韩家院,助纣为虐的白纳道,出自八卦山九莲洞三仙祠,是黄子陵的亲师哥,比黄子陵厉害。

今天这四门外的兵马十二万,那就把一个黑风关困个水泄不通。西门外那是总指挥,一字并肩王赫连杰的女儿亚雷公主赫连英,她一出赤虎一把火,就火焚唐军,九岖峪全胜。叫她哥哥带兵追赶残兵败将,她觉得这不会出事吧?出乎意料,亚雷太保带着一万五千人,他最后从那炮炸、火烧、箭射、滚木礌石打出来,死走逃亡剩七十二个。亚雷太保赫连龙中了一支箭,轻伤不重,上好药裹好伤口,他又聚起逃回来的番兵平章都督等等这些残兵败将,累累如丧家之犬,忙忙似漏网之鱼,就够奔后边来了。

他正往前走,迎面正是他妹妹带兵到了。太保老远眼泪就下来了:"妹妹呀,我好苦啊。"

赫连英问道:"哥哥怎么了？你追赶残兵败将如何了？"

赫连龙就把这仗如何长短，长短何如，我怎么追，他怎么跑，就他的锅灶想要吃饭，没承想我上了当，怎么样中地雷、火烧、滚木礌石打，你看，哥哥左肩中伤。赫连英一想，这是什么人？好厉害！他将计就计，就地还席，这叫以火还火，打牙还牙，真是来而不往非礼也呀。好，我记得你这笔账，我要久后碰见使计的这个人，我不把你生擒活捉，碎尸万段，不解心头之恨。"哥哥不要害怕，赶紧整顿军马，迅速进兵，给我包围黑风关，别叫薛礼老儿跑了。"

这大队人马不分昼夜，离黑风关一近，赫连英告诉大哥："你带领三万人马包围北门，兵临城下，将至壕边，不但说是人，就连一猫一狗也不许放走。"

她又回身叫萧天净、萧天碧，这是她父亲左膀右臂的两员大将，两对锤够得起万夫不当之勇，百战不输之能，"你们俩带领三万人马在南门外安营下寨，接着我的西营。"

"是！"

"不许放走唐兵唐将。"

"喳！"

"放走一个，拿头交令。"

"是。"

公主扎营到西门外，在马上一回身，公主就笑了，说话很客气："哎呀，白纳道长，请真人是不是还助我赫连英一臂之力。"

"哎呀，无量天尊，何出此言，贫道既来就不外，外就不来。我师弟黄子陵据说和令尊交厚，那就是说我们彼此不外，公主用不着和我谦虚，请公主吩咐吧。"

"道长，烦您在黑风关东门外接着南营北营，安营下寨。我们这叫四面八方团团围住，给他一个风雨不透水泄不通。要把薛礼生擒活捉，白纳仙长您看如何？"

"无量天尊，贫道照办也就是了。"

公主派了四员大将不离道长左右，听道长指挥。白纳道带着三万人在东门外接着南门外萧天净、萧天碧；萧家弟兄南门外的营接着西门外的赫连英；公主西门外的营接着北营亚雷太保赫连龙；太保北营还接着白纳道的东营。这正是营挨营寨连寨，那可真够水泄不通。公主在西大营里下令，天明一块儿出马。一个事，都给我要薛礼，给我拿活的，有了薛礼，就不愁换他的八水长安城。

白纳道想，公主对自己非常尊敬，把自己看得了不起，我也得给公主打个样儿看看。外边把兵将排开，放炮出营，一出西营门，眼看着黑风关的东门，摆上门旗，压住阵脚。老道在步下，他一步一步非常稳重，来到黑风关的东门外讨敌要阵。突然城门开了，吊桥落了，没来兵，没来将，没响鼓，没响号，也没放炮，就来了一个人。老道一看，认识，哎呀，这个大个子可厉害，在黑风关西门外，把我这顿忙活。当时我掏出暗器没等打，也不知道是谁暗中下手把我打了，我这口怨气至今没息，这可真是出气的日子到了。他寻思这个傻子韩豹，能够站一下跟他唠唠，他还等着呢，傻子那儿都火了，眼睛都红了，煞神入体，凶神入窍了，哪有工夫跟他唠这个？傻子到了腿没收着棍子就搂头打下来了。老道心想这个小子你是真不讲理，你比我厉害是咋的？你打听打听白纳道！棍子是搂头盖顶，老道他往左这么一转脸，往右稍微撤了半步，这棍就打他的左臂就落下去了，打空了。老道以为他打空了，是不是得把棍撤回去，再换别的招再打呀，谁知道傻子的这个棍，从老道的左臂打空落下去，他没往回撤，就照着老道的左肋往右这么一使劲，因为他力量太大了，这棍沉是沉，搁他手跟秫秸棍一样。在他左身子这边，就着那个手腕儿，稍微这么一活动，那棍就搂着老道的左腰。要真慢一点，就把他腰断两截，比刀切的都厉害。老道一看他的棍奔腰来，老道真快，嗖！老道起来了。打他脚下这棍就走空了，往老道的右边去了。老道得落下来啊，他在空中能站着呀？老道脚往地上一落，他的脚刚挨地，傻子拿那个棍，就像秫秸棍似的，他这么一晃腕子，稍一往右，搁老道的右边又回来了，又奔他的腰，嗡的一声一扫。哎呀，白纳道一想坏了！我要再往起一奔，没等脚落下来，他又回来了，我再蹦几蹦起不来，就不利索了。老道这回他的反应挺快，不往上奔了，噌！他往后跳，不叫你来回划拉我了。老道一边往后跳，一边生气。生气什么？谁这么不说人话呢？怎么我还吃了活人？吃他妹妹没吃饱还要吃他？管我叫妖老道，妖精什么样连我都不知道，哎呀，无量天尊，说这个话的人，你

191

都损出弯儿来了。老道往后一侧身,脚这么一挨地,傻子往前就上一步,他脚落地了,傻子脚也落地了,这个傻子的大棍就奔着老道的肚脐眼儿,老道一看可坏了!老道一想这小子腿比快,厉害,大棍子带风,他?你一下,要?到肚脐眼儿上就串蛤蟆了。老道噌又往后一撤,他一撤傻子就一追,他再撤傻子再追,傻子嗡嗡一连就抡了十二棍。老道脑袋嗡一声,心里就在想,今天可比那天还厉害。傻子最护亲人,沾点亲带点故,他豁出脑袋来他都得保护。亲妹妹他还有不疼的,那谁说他妹妹一句不好都不行,瞪着眼叫老道给撕巴撕巴吃了?这阵儿傻子就红眼了,把老道摁倒了,非把他撕零碎了不可,所以这棍就简直的没完了。老道一想,干脆吧,噌!往后一撤步,他一转身,老道一下腰,够奔番营。老道一想今天我除了用暗器,什么也办不到了,这个家伙我没法整,不懂他的招数。老道往回一跑,高声喊:"战你不过,贫道回营。"

"你还想走啊?钻耗子窟窿我都把你抓出来。老道,妖老道,你把我妹妹吃了,你给我吐出来。"

老道把剑往左手一交,右手在他左肋的皮囊一伸手,唰,取出一个玩意儿,形状就是锣,但是小,也就像碗口那么大,他拿出这个玩意儿,就看他照着傻子一晃,说:"傻子,你妹妹我现在就给你吐出来,你听听!"

当当当——

这三声锣响,傻子就觉得天转地转,两眼发黑,扑通!把傻子摔了个头南足北,仰面朝天。傻子躺在两军阵地,老道喘了一口气,拿左手的中指在头顶上抹擦一下他的汗珠,"哎呀呀,好厉害,这个家伙真是我有生以来,初开眼界。来人哪!把他给我捆起来。"后边来人,抹肩头拢二臂,拿挠钩搭住绑傻子。

老元帅薛礼在白虎帅堂,听见来报说是东门外老道取胜,却看见姜须从外边溜达回来了,"怎么,你没去?"

姜须上前施礼,"伯父在上,小侄姜须交令。"

"你没去出城?"

"没有,有人替。"

"什么人替你?"

"就是那个韩月娥她亲哥韩豹去了。"

"哎呀姜须啊,这个人憨憨傻傻,天真烂漫,你怎么让他去?他吃饭都不知饥饱,睡觉都不知道,他能打仗吗?"

"老伯父,您可别趴着门缝看人——把人瞧扁了。这个人你还记得吗?咱们打黑风那时候,我嫂子樊梨花没走,一顿大棍叫他给忙活回来了,要不叫马快就完了。嫂子回来,因为急的病了八天,这个人可不白给呀,你看他傻是傻,能耐是能耐。"

"哎呀姜须呀,我还真挺爱惜他,这个孩子憨憨傻傻的,他招人喜欢。心不但直,糊涂人说正经话,他是专打人间不平的揪头太岁,今后多保护他。"

"那您放心吧,您有话还有什么说的。"正在此时,蓝旗官又来报,"启禀老帅得知,南门外炮火连天,队伍齐出。两军阵来一番将讨敌要阵,口口声声不要别人,单请您老出马。"

薛礼心中想:城里就一个我,东门要,你也要。老帅还没等说我去,姜须在旁边施礼:"伯父,东门外我没去,韩豹替我,我外边兵也排了,将也点了,把我的马也鞴了,枪也抬了,别白弄,我到南门试试,不论如何您老别动。我这个话,您老比我还明白,武子十三篇您老通熟,那就是说帅在谋不在勇,兵不在多兵在精,一帅无能累死千军。话又说回来了,今天这个仗打到什么程度,打八年,兵败将没败,不怕。将败了帅没败,稳当。您就在这一坐,就能压住阵。我们打得胜了败了军中常事,我替您出去。我说众将官啊,抬枪带马!"

"孩子你可要小心,不要大意。素往你是精明强干,今天用人之际,别忘了城大空虚。孩子,你是伯父的眼睛耳朵,也是伯父的心尖儿啊。"

"伯父您就放心吧,您就说吉利的,旗开得胜,马到成功。众将官,走啊!"

姜须满不在乎,带领人马来到南门。开关落锁,拥出城外。踏吊桥来到阵地,列了门旗,压住阵脚,姜须一马当先是直扑对面,这马像飞的一样。赛霸王姜须手持镔铁点钢皂缨枪,胯下千里豹,头顶镔铁盔,身挂铁甲,内衬皂袍,刀条子脸儿,圆眼珠儿,短眉毛,雷公嘴儿,还配了一对招风耳。姜须薄嘴一片儿,黑眼珠儿溜圆,直奔疆场。他往对面这么一瞅,对面有个花花脸儿的,蓝的紫的绿的青的黑的黄的,也不知道他这脸长得什么颜色,就像那个花尾巴狗似的。一看这两只眼睛也往外努努着,挺大,蒜头鼻子长倒腔了,上边粗下边细,蛤蟆嘴。就瞅见这个主儿在马身上,头上青铜盔,身挂青铜甲,内衬淡黄袍,掌中一口三亭青铜刀。他在对面马上瞅着姜须示威:"哇呀呀!"

姜须扑哧就乐了:"我说你哪儿疼呀?"

"放屁,胡说八道。"

"哎,你怎么骂人?"

"你问我哪儿疼。"

"那你叫唤什么?"

"我看你这一个无名小辈,上两军阵也来动手。"姜须一听这是没瞧得起他,"你说我无名,你看你身后那人有名吗?"

"什么人?"这小子一回头,姜须嗡就一枪。啊!他觉得肚子里凉,晚了。姜须一枪把他挑下去了。"他妈的,你还跟我吹。"这挑了一个不要紧,就听后面一声:"好恼啊!"飞来一匹马,马上这个人手使双锤,姜须又一枪,当,枪起一丈多高。姜须磨马就跑,这个人是举锤就打。

第三十回　薛金莲出马

白袍老帅薛礼，在黑风关被困，夜里困城，天明讨战，都要薛礼。东门外傻子韩豹出去对付老道，姜须奔南门。姜须刚走，又来蓝旗跪倒报告："启禀老帅得知，西门外号炮连天，营里头来员女将，口口声声请您老出马，别人不要，报告完毕！请令定夺！"

老元帅一想，"好，外边给我抬戟带马。"

"喳！"外边这阵儿把兵将点开，老元帅一出马，那真是与众不同，虎头军三千摆开，赛风驹鞴好，方天画戟抬到，老元帅带领众将下了白虎帅堂，来到府门，他一伸手拿过方天画戟，左手刚接丝缰，"慢着！"老帅回身一看，来者非别，正是爱女薛金莲。老元帅一看，"闺女，今天怎么了这是？"七星额子花盔在上，穿着红袍，挂着玲珑宝铠，内佩宝剑，披挂整齐是准备要打仗。老王爷瞅瞅闺女："金莲你上哪儿去？"

"爹爹，听说您老人家要到西门打仗，西门既来女将，女的敌女的，男的对男的，您老人家请回，等女儿出去。"

"孩子，你回去吧，跟你母亲说，还不到这个程度，不用老少齐上阵，现在我觉得她就是什么人前来，也不能把你父如何！女儿回去吧，告诉你母亲放心……"

"不，爹爹，我一定要替您老去。"

老帅心里说：我绝不能叫你出去啊！你哥哥没了，我们全靠你混眼睛，这两军阵打仗，那不保险的，万一……你母亲还活得了吗？这话到了唇边没说出来，"回去吧，你不能出马。"

"爹爹，我从到突厥也没有开场，寒江关、青龙关没出过马，现在黑风被困您再不叫女儿去，我学这能耐有什么用，干什么使啊？爹爹,您怎么就不让我去呢!爹爹!"

"哎呀女儿,这两军阵上你没打过仗,你怎么能行?"

"爹爹,我马上步下这口刀,您老也说过不白给任何人,我嫂子看完刀还说我不次于她呢!"

这个时候众将也不同意老帅去,老元帅在,城在,他要一倒,那叫旗倒兵散,军中不可一时无主啊!那是闹着玩吗?军中有两员得用的大将也在跟前儿,就跟老元帅讲,小姐要去,就让小姐去试试,女将对女将,要把来者战败不是更好吗?薛金莲到跟前儿伸手就夺丝缰,不管怎么样,您老不叫我去,我也不能让您老人家去。

工夫大了蓝旗回来:"报!启老帅得知,那个女将要刀劈西门,架起云梯火炮,再不出马她要攻城……"

"爹爹,您老人家等着吧,马来!"薛金莲飞身上马,伸手提刀,老王爷眼见薛金莲带着兵将,是直扑西门。马到阵地,见对面有匹桃花马,马上端坐一人。头戴丹凤朝阳盔一顶,宝石珍珠镶顶风。金簪凤头插鬓角,雉鸡翎脑后飘两根。胸前悬挂狐狸尾,绣凤红袍穿在身。身披梭子连环甲,护心宝镜似月轮。勒甲丝绦麻花劲,护背旗四杆赛彩云。束一根八宝云龙红玉带,系一条绣花虎皮鹦哥裙。柳叶蛾眉弯又细,杏眼含威有精神。悬胆鼻子樱桃口,玉米牙白亮如银。金莲斜踏桃花镫,绣绒大刀右手拎。

单说这个女将是谁?正是赫连英。薛金莲瞪眼皱眉问:"你是什么人?敢来讨战,兵困黑风关,这还了得,你在马前留名,好在我的刀下受死!"

赫连英横刀答:"好,我告诉你,我家住赤虎关,我的父亲是威震赤虎关一字并肩王,女不言父,家严复姓赫连单名杰,我有个哥哥人称亚雷太保赫连龙,在北门外困关。我就是四门外兵马总都督,我叫赫连英!"

"啊哦!你就是赤虎关王爷之女,亚雷公主!"

"不错,正是我,我说你叫什么名字?"

"我父亲就是兵马都招讨大元帅,女不言父,姓薛名礼,我叫薛金莲!你要识时务,赶紧拔营起寨,远遁他乡,一笔勾销作为罢论,不听我的良言相劝,亚雷公主,恐怕你难逃我手!"

"好，薛小姐，既这样咱们有缘见着，也不太容易，好容易见一面我就跑了，久后也是后悔，这么办吧，我赫连英也没见过什么，井底之蛙，见者也不大，那么今天我不能错过良机，我要开开眼界，请你在马前进招吧！"

"好，赫连英休走，看刀！"力劈华山就是一刀。

二女交战打了数十合，薛金莲就觉着有点难担。这个公主真厉害，她也慢说胜啊，这个刀，看样子连边都不敢沾。薛金莲只好拨马往下败，公主后边喊："薛小姐你不要害怕，回去报告你父，我要和他见面谈谈。他要不来我就攻关，打进城去。"公主在后边连喊带叫，薛金莲闹了一身汗，哎呀厉害呀！这时薛金莲在西门外，姜须南门外，傻子韩豹东门外，这都是一块儿的事，不过就一个嘴道不开。就在这个时候，老元帅从打外面要上白虎堂等三面报告，还没等上白虎堂，蓝旗官上堂跪倒报说，北门外来一个人，有请老元帅说有要事相商，来得挺紧，看样子他也要攻打北门。老帅一想：我看看众将有没有这个胆量，"众将官！"

"到，伺候老帅。"

"哪一个到北门去把来将擒来？"

"末将不才，情愿前往。"

老帅一看是左都大将刘恒，"你可要多加小心。"

"请老帅望安！马来！"

刘恒上马提刀出城过了吊桥。催马抬头看番将，手拎独脚铜人槊，金乎乎大脸红眉毛。青布罩发短打扮，牛皮靴皮鞭大带系在腰。刘恒马到刀就到了，大个儿低头躲过。刘恒反背刀又到，大个儿低头又躲过去了。刘恒看打不过拨马往回就跑，大个儿举槊砸头，刘恒一架，没架住，哎呀，鲜血尽抛。

亚雷太保赫连龙将刘恒连人带马打死阵前，唐兵收兵，城门紧闭，吊桥高绞。太保来外边高声喝喊："报你城里薛礼知道，就说是我赫连龙在两军阵前非他不战，像这样无名小辈就不用使他们前来送死！"

再说老元帅薛礼，一看四门外都有人出马，他就上了白虎帅堂坐在这儿等，就听噔噔噔蓝旗官来报："报！东门外老道也不知道使的什么玩意儿，掏出来老远一看像个小锣儿似的，那韩豹咣当一下就摔

197

倒两军阵,叫他命人抹肩头拢二臂地拿进东大营,死生不保,老道在外还是继续讨战。"老帅一听就明白了,真又是一个黄子陵。黄子陵用一个小幡儿,他这用一个小锣,这个小锣必有妖法。老帅口传将令:"免战高挂。"

"得令!"

老元帅心里正想对策,听外头有人回来了,"将马带过!"谁?姜须,怎么不抬枪?枪扔了!这个时候姜须从打他的马身上跳下来,慌慌张张往里赶奔,"伯父在上,小侄交令了。"

"贤侄,南门外会战何人?不知道胜败高低?"

"这个……老伯父,我真有点说不出会战谁,叫我给挑了一个,是谁不知道,他也没说,我也没工夫问。又来一个手使双锤,力大锤重,无法可挡,我就给他一枪,枪就出手了,我拨马就跑,他随后追赶,我想着跟他整,空两手也没意思,我就收兵回来了!"薛礼问:"那么南门外?"

"南门外我吩咐把免战牌挂出来了,咱们暂时先不搁南门打,看看这边怎么样?"

"将马带过!"姜须听见声音愣了:"伯父,这外边好像姐姐!"

"不错,她在西门外出马。"姜须一听,都出战了!再看薛金莲,从外边盔歪甲斜,慌慌张张来到里边,上前施礼:"爹爹在上,女儿交令。"

"女儿,不知西门外来者何人?胜败高低?"

"爹爹,西门外来的丫头就是赤虎关一字并肩王的女儿,素往说的亚雷公主赫连英,嫂子都说她挺厉害,真够厉害!女儿跟她大战几十合,实是难胜,这口刀风雨不透,一点空隙不给,女儿大败回来了!"

"原来如此,那么西门外?"

"我把免战牌挂出去了,咱们先不跟她打!爹爹,这边不知道怎么样?"

"报!"

王爷回头问道:"报启何事?"

"启禀老帅得知,可了不得了!北门外大战刘恒阵亡!"

老元帅听到这儿,瞅了瞅蓝旗官,吩咐道:"免战高挂!"

"得令！"哪知道工夫不大，这个蓝旗官又返回来："报！北门外敌将把后边兵马都调上来了，架上云梯火炮，说请您老出去，不打也行，说几句话，他有要紧的事。"

老元帅一想，东门、南门、西门三门挂免战，都没有动静，唯独北门不归，那么你倒有什么厉害，这样欺人太甚？"好，我去看看，外边给我抬戟带马。"众将簇拥着老帅，一个一个地你看我、我看你，准知道今天最后这一仗关键，你别看三门打了败仗，高挂免战牌，老帅出去要打一个胜仗，就能镇住他们。可是老元帅要万一，黑风关就成了风中残烛了！大伙心是这么想，嘴不能说。来到外边，这阵儿已经把老元帅的千里赛风驹鞴好，方天画戟抬过来，三声炮响，战鼓咚咚，三千虎头军耀武扬威，一个个威风凛凛，同着老元帅是齐奔北门。

亚雷太保赫连龙在北门外这么一看，城里头出来这个兵可真是与众不同，前面二龙出水式压住阵脚，当中一看，戳着一面长方形白缎子的帅字坐纛图，周围火炬，绣带飘扬，那真是三军司命，斗大一个帅字。细往下面这么一看，前军红旗似火炭，后军黑旗似黑烟，左右旗青龙白虎，前后旗朱雀玄武，飞龙旗张牙舞爪，飞凤旗紫雾盘旋，飞虎旗腾空煞气，飞豹旗盖日遮天，坐纛旗三军司命，四令旗三军胆寒，门旗对对，钺斧双双，三军赳赳，将帅昂昂，衣服济济，剑佩当当，鼓声咚咚，锣声锵锵，人上一千无岸无边，人上一万无边无岸！

赫连龙一看后边这个威风，抬头问道："马上可是大唐薛礼？"老帅点点头："然，不错正是本帅，你是哪个？"

"我父乃是赤虎关一字并肩王赫连杰，我是他的儿子，人称亚雷太保，我叫赫连龙！薛礼，你要识时务，从这马身上下来，我不杀你，我把你拿回赤虎关见我父！任凭我父发落，或者有你活命。"

老帅听到这儿微微一笑："多谢你父子的厚意，不过我这么大的年纪了，久慕太保的大名，遇此机会，机不可失，时不再来，老朽我老了，老了要开开眼界，我不揣自量，想要奉陪三合，你看如何？"

太保说："既然如此，休走看槊！"槊往下一砸，老帅用戟往上一架，这两个人碰到一起，那就像山崩地裂，天翻地覆一样！这真是棋逢对手，将遇良才，胜败高低，实难猜测！

199

第三十一回　姜须搬救兵

黑风关四门被困，同一天，四门讨战都要薛礼。老元帅薛礼来到北门，碰着对方的亚雷太保赫连龙，各不服气，两人这么一动手，赫连龙的独脚铜人娃娃槊称得起力大槊重，往下一打，老帅没往旁磕，也露一手，你看我老不是吗？欺我年迈啊？老人家掌中的方天画戟往上平端，实力碰实力，我老头子碰碰你这小伙子。这两件兵刃合到一块儿，可了不得！就像山崩地裂一样，太保赫连龙震得虎口疼痛，两眼冒金星，腾腾腾他倒退有五六步。老帅的千里赛风驹也往回迈了两三步，老帅薛礼感觉到，怨不得赫连龙这么傲慢，果真是两膀有千钧膂力呀！老元帅心想，除了我薛礼，换第二个，连人带马就打成了肉饼。也怪不得我的得力大将刘恒，哎呀，死得好惨哪！

赫连龙退回之后，倒吸一口凉气，怪不得薛礼攻无不克战无不取，连取突厥四关！看来呀，恐怕他在黑风关跟我动手，我赫连龙也未必能是他的敌手！赫连龙这阵儿就在想：我出师以来没露过脸，全打败仗，丢人的事叫我包圆了！今天我要是对付他再打一个败仗，我怎么到西门外见妹妹？没法说话，也没法见人。所以支撑着咬着牙往上一蹿身，当当当，一连三槊，都被老王爷的方天画戟架出去了。老王爷开言道："太保，不愧有名啊！果有其实，真乃好汉也！"

"不！还得说你薛礼年老筋骨壮，好厉害！来！"

"老朽奉陪到底！"

这两个人开始还客气点，打来打去不客气了，不言语了，两个人就玩了命了！这就叫二虎相争，棋逢对手。什么叫二齿钩子挠痒痒？都是硬手啊！由数合战至十数合，数十合，亚雷太保赫连龙一看薛礼打着打着是马奔北门，不回来了，要跑！哎哟！太保一想不管怎么的，我就抓不住你，我也追两步，好看，不然显得我怕了，他逞强一吼："老元帅，薛礼，你往哪里走！"

老元帅哪是败啊，老元帅一想：今天各门打败仗，北门我要再打个平常，就镇不住他们啊！干脆，我玩个心眼儿吧。老帅他拿手绝活百步穿杨，这个百步穿杨不像别人，他射一箭再一箭，老元帅这个箭能够连发三箭，对方不好躲就在这儿。不但射得准百发百中，而且他来得迅速，他这个手法也特儿！老王爷马往回来，他把弯弓摘下来了，走兽壶三支雕翎都准备好了。太保也就是逞逞强，壮壮脸，你跑到城下我就不追了，回头我就打得胜鼓回营！他在这儿异想天开呢，眼瞅着追着追着，老薛礼这个马一慢，他刚一发愣，老帅一回头，嗖嗖嗖就三箭！太保也不含糊，大叫一声，右手刚抓住一只雕翎，另一只雕翎把他头上的罩发布就给穿了！啊！他一侧歪，又一只把左耳朵就给豁了个口子！他一磨身撒腿就跑，平章都督番兵将，上前来前后左右，护着太保赶紧回营。

老薛礼马上还没说话，后边姜须等就喊上了："打得胜鼓！收兵回城！"老王爷往他们的这个北营看了一看，营门上头看他们也挂出了免战牌，老元帅点点头一扬手，那意思收兵，见好就收。

太保和众将败到营门，怕老薛礼追进来，太保在马上一回身："高悬免战！"挂完之后太保也觉出来，哎呀，看来我就是这个命了，丢人的事我包圆了！他还没回营细打听呢，哪门都打得不错，就他现丑了。大唐军马前队改后队，后队变前队，一个个得意扬扬，簇拥着老帅，真像众星捧月，由打北门闹一个全胜而归！城门紧闭，吊桥高绞，姜须就喊："哎，城上加小心啊，别看打胜仗，这些小子什么心都有，半夜三更兴许来，你们可注点意呀。"

"是是是，姜老爷，谅他也不敢来。"

"不能那么想，无事防有事嘛，水不来先叠坝，事到临头防之不及啊。"

姜须这时候来到了王爷跟前儿，姜须乐了："老伯父，还得说您，您说今天咱们四门外开这四仗，从头数，南门外，我虽然捅下去一个，我差点没叫人家把我俘去，枪都扔了，别人给我捡回来的！西门外,我姐姐薛金莲就算大败亏输,保住命,这算捡着;东门外,拿去傻子韩豹;北门外,刘恒一死,我们是四门大败。没承想您老人家最后兜底,这回可好,叫他们尝尝姜是辣的,给他们迎头一棒!不但挫了北大营太保的锐气,也叫他们西门外什么叫大公主啊,赫连英啊!哎,叫她听听也明白明白,我们不是白给。"

"不要欢喜呀,看来这也不过是昙花一现,孩子,你想过没有?明天怎么办呢?"老王爷带领大伙回到元帅府,传下命令,巡城瞭事,打更下夜,发放口号,按照帅府的吩咐,夜里头加岗加哨,街上城上垛口城门,就连那帅府各地都加严防,都是双值更、双巡城。吃完晚饭之后,王爷告诉大家,今天夜里我们要严防预备,人别离盔,盔别离马,马别离鞍,今夜小心一下,防止敌人有别的动静,明天再好好休息。传下命令之后,大家照办,外边已经黑了,起更了,二鼓了。

老王爷正发愁,姜须来了。老帅拉他坐在身旁问:"侄儿你看该怎么办?"

姜须说:"敌强咱弱,他们是洒水拿鱼,困城如果日子太久,那时啥都晚了,总不如赶快回朝搬兵。"

老元帅沉默一会儿:"不知派谁搬兵妥当?"

姜须听到伯父问这个话,派谁?姜须半天没说话,爷儿俩你瞅瞅我,我看看你,心照不宣。姜须说:"伯父,您的意思是不是让我……"

"孩子啊,怎么说呢,说真话,当初在青龙关被困,你反复踏番营安全无恙,伯父知道你高啊!对付敌人,你赶上老叟戏婴儿一样。可是今天比那还厉害,青龙关仅是东门外困关,现在黑风关是四门围困,这个人要打敌营穿出去,不说项生三头,肩长六臂,本领高强,还得见景生情,足智多谋!孩子,你要去当然番营能踏,路上能走,你能够早日归来。不过,我就老不愿意离开你,你在我的跟前儿,我就像有个主意似的,一转身我看不见你,孩子,这真叫我忒难了!别人去我真不放心,他在营里有个好歹,咱还不知道在这儿傻等,要是天长日久,粮草尽绝全完了。就是即便他能打营里穿出去,沿途上没有随机应变,还恐事出意外,姜须你……"

"伯父,这样吧,我去。城里暂时还行,因为咱们打了一个胜仗啊！那就说是兵败将没败，将败帅没败，尤其是咱们有这个好地势，居高临下，他们想打进来那也不太容易。"

爷儿俩又商量一番，也没有别的办法，只可依着姜须。这才叫他到外边准备一番，把马拉过来自己亲手鞴，前后肚带各紧三扣，扳住马鞍鞒，推，推不去，扳，扳不来。准备好了，姜须拍了拍千里豹的脑门："哎，又看你的了！青龙关哪，往返来回啊，全仗你帮我忙。这回咱俩要回朝了啊，找皇上去，你可卖点力气。"赛霸王姜须周身上下紧趁利落，都准备好了，老元帅这才把奏折交给他，姜须揣在身上，然后恭恭敬敬地给伯父施了一礼。老元帅眼睛水澌澌地瞅着姜须，不愿意分手，"孩子，你在番营可加点小心啊！"

"伯父这个您老放心，嘿嘿，伯父，小侄说个笑话，我不加小心，立竿见影，我就完蛋了！您老放心吧，您就往好了想，别往歹了想。"

"孩子，行，你看，咱们爷儿俩还能见着吧？"

"伯父，您可别把我整个酸溜溜的，那个时候我心里老是难受，到番营哪兴许吃亏，您老说两句高兴的话，咱们不敢说旗开得胜，马到成功，我没说嘛，闹玩一样！"

"好，好，好，我送你到东路。"老元帅同姜须乘着马，离开帅府来到东门，老王爷没上城楼，就在城下告诉开城，悄悄地让姜须出去。可是刚要叫走，老王爷心里更觉得酸溜溜的，瞅着姜须："孩子！但愿你太平早归。"

姜须来到跟前儿又给伯父施了个礼："老伯父啊，我走后预防番兵攻城，您要把城门洞子用土塞上，城上多备弓箭滚木，番将来了，备点头号铁锅把水烧开往下浇。伯父保重！小侄告辞。"姜须这才拉过千里豹，抬左脚，靴尖纫镫，飞身上马，由打东门悄悄地出城，越过吊桥是马奔番营。

老元帅转过身来顺着马道跑到城头，扶着垛口，左手捋髯，他远望姜须，好像影影绰绰是他，哎呀，离番营不远了。啊，到了！哎，就听番营里头，喧嚣在耳，人声鼎沸呀！啊，看，什么也看不见了，他只能说听，听这个声音是越听越远，可能孩子进营了，往东去了，声音隐隐约约，忽隐忽现的，听不那么太准确。老王爷直听到深更夜静，万籁无声，一点什么动静也没有，究竟姜须是从番营里头出去了？是——有意外了？王爷不敢那么想，一直看着这个天已经放出鱼肚白，拂晓了。你看他顺着城头凄凄凉凉往回走，"城上注意，今天无论谁来开战，我们还是免战高悬，不打，你们严守城头，他要攻城的话，报我知道。"

"是！"

老元帅下了城头，有人带过马来，乘跨坐马，这样凄凄凉凉，无精打采回了帅府。有人接过马去，马入马厩，王爷到在房中，早饭没吃，天已大亮，王爷喝了点茶。这阵儿他还没有升堂，就听有人进来，"报，东门讨战。"

"报！南门讨战。"

"报！西门讨战。"还真不错，就是北门没来。"传我的命令，都挂免战牌，今天不战，告诉他们明天再说！"

"是！"蓝旗官各路城头回去，高挂免战牌。老王爷在帅府里头，他时时刻刻脑袋里头都在转，眼睛一合就像姜须在跟前儿。或者老王爷稍稍地这么一迷糊一打瞌睡，就觉得朝廷的救兵来了，好像是皇上都来了，倾国大兵都来了。还有护国大军师——吞吐天地之料，神鬼莫测之才，运筹帷幄之中，决胜千里之外的英国公徐勣徐懋功也来了！哎呀太好了，可睁眼是个梦。老王爷在城里头就是一个劲的思绪万千，时刻脑袋里头也不闲着，第二天如此，第三天这样。今天讨敌，明天骂阵，老元帅就是跟姜须合计的那个办法，坚守不出，真就下令把四门的城门洞子干脆拿土全塞上，你就真是到城底了，你往里头凿，三天两天你也凿不动。在城上把对搂多粗的大木头架到城上，两头绳索一拴，埋上立柱，准备着，放下去能打，上来个三十个、五十个，这一滚木就能砸下去。再拿滑车绞上来，那真比人力强得多。城上增将加兵，一个城门就搁五百人在这专门护着这个城门。老元帅还没像姜须说的，抬大锅烧开水往上浇，就像秃撸小鸡那么秃撸，没有。反正是滚木整了，还有猛弓、弩箭、火炮、灰瓶、石子儿等物，城上戒备森严。老王爷在城里头，今天明天就是盼望姜须，日月如梭，光阴似箭，眨眼数月之久，老王爷一看，截至今日要五个月了，要真回来差不多了。姜须出没出营？回没回朝？来没来兵？什么时候到来？这四面八方始终水泄不通，至今不退。守城这几个月，老王爷在城里头就明白姜须真是高人，揣事如见，料事如神。怎么说呢，一个月后就不像头一个月，三天讨敌，两天骂阵，这一个月后十天半月来一回，也不走也不攻，反正你不出去，挂免战，那边也不出营来，就在大营严守。老帅一想这个招儿就是姜须说的，这叫洒水拿鱼！真得说是太辣了，釜底抽薪，这就靠我这点吃的，我这粮草一尽，不战自亡，那还有好。老元帅一想，不到破釜沉舟的时候，我不能跟你们玩命，真是再日久粮草见底，救兵不来，老夫再跟你们以死相拼。

老王爷这一天呢，身体觉得不太舒服，晚饭就吃得不多，他一宿就在房里头觉得闷闷无聊，老王爷就不爱睁眼，不爱抬头，后来躺一会儿起来，起来就来回走，这一宿折腾他没睡。天亮后他也没吃也没喝，连脸也没洗，就在外头又转了一阵子。一看这个天已经大亮了，老王爷想要到屋里头休息一会儿，突然听后边有动静，回头一看，是丫鬟春桃，老王爷一愣："你怎么？哭什么？"

"哎呀，老夫人不知怎么，忽然就躺在床上，口吐白沫，两眼发直，什么也不懂。小姐刚要去，扑通躺在地上也是如此，老王爷您快去看看，都有病了！"

"啊？"扑通！"你怎么了？啊？你——"老王爷一看，丫鬟春桃也是口吐白沫，两眼发直。老王爷脑袋嗡一下子，回身再一看，觉得院子有动静，扑通扑通的，再一看，满院子里都是横躺竖卧一个个，啊！老帅一跺脚，天哪！这非是人战之罪，真是天绝我也！

第三十二回　全军染瘟疫

老元帅被困五个来月，在黑风关盼望姜须早日归来，音讯杳无！这日老元帅突然清晨早起，发现全城都中了病。老王爷一看，身边躺着丫鬟春桃，院里其他人横躺竖卧都是口吐白沫。老王爷来到后房往里奔，一瞅，可不是薛金莲在地上躺着呢！看看自己的爱女，也是口吐白沫，回头看一看夫人在床上躺着也是如此，老王爷拿手摸摸脉，脉还有，夫人的心口窝还在跳动，哎呀，这是什么病呢？真是天绝薛礼啊！老王爷掉了几点眼泪，自己抑制住了，听动静，一个会说话的人没有。老王爷到了府门外，街上一看，都是横躺竖卧，前后左右，府内府外，甚至于他在附近的街头小巷都走了一下，没有一个活着的。天哪，这叫什么病？这种瘟疫症怎么这么快呢？你说它能挨上谁就传上谁，那么我怎么没事呢？怪啊，上岁数就不怕了？不对啊，也有上年纪的，我夫人还年轻吗？

老王爷在这个时候从一扇窗户外一过，就听屋里头有人声："给我来碗水喝。"老帅一想这儿还有个活的，他赶紧地拉门而入，到里边一看，是一个兵，这个唐兵在床上躺着形容憔悴，看样子病不是一天两天了。老帅开口问他："你怎么样？"这个唐兵是一个在马厩喂马的，看这样子还真认识薛礼，"啊！老元帅！老王爷啊！"

老王爷叫他躺下，把他安顿那儿不叫他动："你病了，不要紧张，见着本帅不要害怕。本帅我来问你，你病了？"

"我病了很久了，有一个多月了。"

"你是做什么的？"

"我是喂马的，我叫梁成。"

"你觉得迷糊吗？"

"不啊，我就是身上不得劲啊，先生说这是什么伤寒病。"

"刚才你说话是渴了？"

"是啊，我想要碗水，我从昨晚就没吃饭，早上到现在水米没沾唇呢。"

这给老王爷提了一个醒，老王爷一想，我也是水米未沾唇，我挺清醒，他又水米未沾唇，他也没中病，哎呀看来这病与吃喝有关。老王爷让那梁成先不要动，打里头出来，老元帅转到马棚，弄了一桶水，叫马在这咕嘟咕嘟喝了，王爷就在这瞅着动静，喝着瞅着看着，工夫不大，扑通，马也趴下了！再看这个马也是嘴里头往外吐白沫，这回就肯定了。王爷转身回来到在房中，告诉这个老兵说："你别喝了，我说你别难过，难过也没有用，现在我们被困眼看要半年，搬兵的没回来，四门兵没退，昨天夜里到现在是这么这么这么回事，城里头，恐怕现在能说话的还有知觉的，就剩咱们俩了。"

老兵一听，脑袋嗡一下："这是怎么回事？"

"怎么回事，看起来是一种瘟疫，这个毒在哪里？肯定了，在水里，水都是有毒的。那么正因为这样，我们就不要吃也不要喝，挺着吧。多咱这水里的毒解了，我们再吃饭，你看怎么样？"

老兵一听，怎么样？不怎么样，够呛，不用说我病了，就好人他也活不了，还问怎么样？老王爷从打里边出来，到了外边，老元帅也傻了，这得怎么办？城上的人怎么样？城里人这样还行，城上要这样可就完了，敌人就不是攻城了，就是迈步进来了。老王爷一听外边又有脚步，咦？又来活的，一个，两个，哎哟四五个！一看他们往里走，"老元帅，老元帅，给您磕头！"

"你们是哪里的？"

"我是南城头的。"

"北城头的。"

"西城头的。"

"我们俩是东城头的。"

"你们城上怎么样啊？"

"都没吃饭呢怎么样啊！我们大家在城上等着换班，到现在也不去换,我们往城里一看,横躺竖卧的,我们一直走到帅府,也没看见有个活人。老元帅,这都是怎么了?我们城上的人都等着吃饭呢!"

大家跟老帅要吃喝,老人家万般无奈这才说吃过饭的,全都躺在地上了,要想活着就别吃。大家回到城头一讲,有个愣大哥不信,给我弄点水我先喝。我要不死咱都吃饭,我要死了,你们就别吃也别喝了。有人弄来一瓢水,他咕咚咕咚喝完就觉不对劲,扑通躺在了地上。

这下大伙一想,可糟了!别的好忍耐,这不吃饭,人是铁饭是钢,一顿不吃饿得慌,也慢说我们,就包括老元帅你也支撑不住。暂时还行,明天呢?明天也过去,后天呢?后天再挺,那受得了吗?你瞅瞅我,我看看你,面面相觑。大伙在城头上一直就愁到天黑,过夜天明第二天,这一日三餐水米没沾,受不了了。第二天又忍了一天,两天没吃什么,到第三天都不动弹了,都躺在那个地方,就琢磨躺着别动别消耗,还能多活一会儿,再起来一折腾,就势就完了。一个一个的全都忍着,准知道,外边城外不知道,外边要知道,现在往城里头攻,那就是一锅撸,没法挡。大伙在这儿躺着躺着,这阵儿就听着城下有人叫城,一个唐兵说:"哎,我说,听着城外有人喊,谁去看看?"旁边一唐兵说:"你看去吧,我算不去了,他爱谁喊谁喊,他就进来,我也不管,反正有一个死,好不了了。全城里头一城头五百人,算上帅府老王爷活着,城上是我们,就这两千多人,完啦!"

城下声音传来:"开城啊!有人吗?"

"真有人叫,你看看去。"

"你小伙子比我小十来岁,你行,你体格多好,你去看看怎么回事。我听好像女人的声音,要是女的,兴许少夫人来了,那人死了她都能救活,少元帅在青龙关死了好几天都没气了,人家到这儿也不整的什么药,一扒拉就活了!我们这里头还都有气儿,都能活,不但能活,还能有吃有喝,你去一趟,别误事。"

"是女的吗?"

"你听啊!"

城下还在喊:"开门哪,你们城上有人吗,谁在这呢?为首的怎么不说话?"

"还真像女的哎,天哪,要是万一真是上神睁眼,樊梨花少夫人来,那可就该着我们不死,我看看去!"这个主儿晃晃荡荡就来到垛口,他冷不丁往外一探身,他不瞅则可,他往外一探身,一低头,脑袋就觉得忽悠一阵,大头朝下,摔一个正着,长拖拖死尸一条。大伙就愣了,不好,他摔下去了!大家伙这阵儿一激劲都起来了,连老兵也起来了,老兵这才赶紧地带头来到垛口,往下一探头,一看,可不是个女的咋的!老兵往下仔细一瞅,一个女将,旁边有三匹马。再一看穿戴,两个穿坎肩的,可能是丫鬟,另一个是小姐,甭问,这就是少夫人!他在上边往下瞅着,就听下边喊呢:"城上怎么不说话?还摔下一个人,城上有为首的吗?你们赶紧去请,报告老王爷知道,你们怎么还不答话?"

老兵听到这一回头:"谁能下城?赶紧回帅府,报告老帅,少夫人来了,快快快!"

"下城?这时候谁也够呛啊!"

"你们怎么还糊涂,咱们说什么来着,少夫人来了就能吃饭,死的就能活,你怎么还说没希望?"

哎呀对呀!这一听樊梨花来,这个主儿下来还真跑两步,噔噔噔跑两步,觉得吃力就不跑了快走,快走着这还不得劲就慢走,反正他真就来到帅府,进府回禀:"老帅有人报号,说是少夫人。"

王爷一听心说谢天谢地,说:"好,咱们看看去。"老人家四肢无力抬腿如山到城下顺着马道上了城,手扶垛口城外看。哎呀,不对,不是樊梨花,赶紧把头撤回来:"什么人说她是媳妇梨花报号?"

"我们倒没问她,可是她来报号,我们一琢磨就是少奶奶,那还有错吗?"

"胡说,她不是我儿媳到来。"

"您老怎么见得呢?"

"我儿媳樊梨花是个瓜子脸,上宽下窄,你看这人是团团的脸面,她怎么是樊梨花?"

"老元帅,这话也不该我说,反正我斗胆包天哪,您老人家上年纪了,又饿了好几天,眼睛是有点花了,这是一;二来少夫人那个时候有病,人一瘦脸就显得长,现在这半年了,她老好了,她胖了,她这脸就圆了,那没错!"

"胡说,她可报过樊梨花?"

"那倒没有,不过我们一琢磨,她这样带着俩丫鬟报号,没有外人儿,您问问吧,没错。"

城下又喊:"怎么城上不说话呀,来人怎么又回去了?"

"你看老元帅,这不是叫咱们呢吗?要不是少奶奶她也不敢呢。"

薛礼手扶垛口往下又看了一下,这个姑娘是圆圆的脸蛋,面似桃花,长得适称周正,一双俊眼配着弯弯的两道眉,鼻似悬胆,唇似涂朱,粉面上连一个雀斑麻子都没有。头上青丝发高绾,浅蓝色的绢帕罩头,迎面双系蝴蝶扣,额前还梳着刘海,左鬓角还扎着一朵粉绒球,头一动突突乱颤。上身穿淡青色的紧身靠袄,粉红色的大斗篷,上绣干枝梅,喜鹊登枝。肋佩宝剑,红挽手,双垂灯笼穗。这个姑娘冷眼一看,如花似玉,再细一瞅,冷若冰霜,透出一股正气。老元帅心想,怎么看她也不是樊梨花,旁边的两个丫鬟都是短衣襟小打扮,粉绫缎色的手帕罩发,都是粉红的绑身靠袄,腰系汗巾葱心绿,下边还是葱心绿的中衣,都穿着软帮鞋。三匹马,看样子是俩丫鬟一个姑娘。这个时候下边这个丫鬟扬着头看着城上,跟薛礼老元帅一个对面,问:"城上您老是什么人?"

老王爷瞅瞅这个丫鬟,说:"我姓薛名礼,字表仁贵,你们是哪里来的?到黑风关来见本帅,为了何事?"

就听这边这个丫鬟一转身说:"姑娘你怎么还装傻呢,过来吧!"就瞅着那个姑娘面朝南边,好像还有点不好意思,往前走了两步,扑通跪倒:"公父在上,不孝的儿媳与公父叩头。"

王爷傻了,两旁的这些个唐兵乐了:"怎么样,老王爷?您老人家是上年纪了,因为这一饿不是闹着玩的,你的眼睛就有点花了!怎么样,是少奶奶吧?没错,我们都看清清的。"其实大伙要说是看樊梨花看清清的,那是胡说八道,那个时候是封建时代,谁敢呢?他们见着少夫人的时候很少,而且到青龙关,来了一天就走了,回来打老道进城,在后边休息,根本见不着。真碰见了也都得低头,眼珠子叽里咕噜的,你看少奶奶那行吗?所以他们就蒙着来,一口咬定这回准了,管您叫公公了,那还有错吗?

210

老王爷把脸往下一沉，当时就问："城下你是什么人？你管我叫公公，我怎么不认识你？"

女人听到这，跪爬半步，尊道："公爹，我有一个事情请教。"

"你讲。"

"薛丁山是你什么人？"

"那是我儿。"

"是啊，他是你儿，我和他既是夫妻，难道说就不许我叫公爹吗？"

"奇怪，你什么时候和他相见？"

"这还不到十天。"

啊？不但老元帅，这个时候唐兵一听也泄气了，心里都说别逗了，真能整啊！少元帅死了四五个月了，她才十天，这可真能整，还得说老元帅眼力，咱们真不行，假的！

老王爷又问："那么你叫什么名字？你在什么地方跟他见过面，你从头讲讲我听听。"

这个女人听到这儿，跪爬半步，尊道："公爹，是这么这么这么一回事。"老王爷一听，这才引出窦仙童出世，要力杀四门。

211

第三十三回　王禅再传艺

上一回说薛礼在黑风关被困五个来月，突然来一女将报号，说薛丁山没死，这到底是怎么回事？原来就是五个月前，薛丁山统兵在九岖峪中计，火烧九岖峪，薛丁山在烈火之中跑来跑去，烧得是一言难尽，就里头将将的剩下衣服，外边衣服袍子着了，捋下扔了。薛丁山跑到一个山穴下面，烈火砰的一声打头上掠过，他就昏过去了。薛丁山再睁开眼睛的时候，听见有人呼唤，薛丁山慢慢地挑开眼皮，一看在身旁有一个出家人，他还不太清醒，模模糊糊，看这个出家人头戴蓝色五梁道巾，迎门镶一块宝玉，脑后双飘绣带。身穿蓝布道袍，青护领，腰系青丝绦，倒垂灯笼穗。看老道手拿马尾拂尘，脚穿高勒的白袜，一双青布鞋。长得面若银盆，真是慈眉善目，仙风道骨，仪表非俗。胸前飘洒五绺墨髯，两眼炯炯有神，这不是我的师父王禅老祖吗？薛丁山把眼睛又闭上了，我这是死了吗？他老也想我，我也想他老人家，我们师生又见面了。怎么会见面呢？他想起来了：我在火中被烧——哎呀，我这是死了还是活着呢？薛丁山掐了把大腿，真疼，我这是没死啊！这时就听旁边说话："丁山哪，怎么睁眼又把眼合上了？不认识师父？起来，你没死啊。"

薛丁山呼的一声坐起来，一头扎到师父怀里就哭了："师父！"薛丁山哭得真是一言难尽，王禅老祖打了一个咳声："事情已经至此，你就是哭也无用，跟我走吧。"老祖王禅把薛丁山就带回云梦山水帘洞，薛丁山就问师父："我那些全军人马怎么样？我父母在黑风关怎么样？"王禅老祖瞅瞅薛丁山，给他烧伤的地方用上药，告诉薛丁山，现在你什么也别想，你就安心在这儿待一阵子再说吧，把烧伤养好，另外你在高山上再学点本事吧,不够用啊!薛丁山就跟师父在这儿,光阴似箭,一方面烧伤痊愈,一方面师父二次授艺,师父这回专门教他的银龙戟。

一晃儿薛丁山在这儿待了四个月,一百二十天,伤早就痊愈了,戟招儿也学好了。这天薛丁山在桃树丛中练功,练得正有劲,老祖王禅叫薛丁山停手,别练了。老道一点手,"无量天尊,善哉啊善哉!腾云马哪里?快来。"就打北边飞奔来一匹马,薛丁山一看,这匹马比他在九岖峪烧死的那匹马还好。王禅老祖给他准备了十件东西,这十件东西把他周身披挂,上下全了:腾云宝马快非凡,夜行八百日行一千。太岁盔内藏百草,百毒俱解胜仙丹。朱雀战袍避烈火,登云双靴能登山。震天雕弓穿云箭,百步穿杨射金钱。吹毛断发青钢剑,长打短配玄武鞭。刀枪不入天王甲,银龙画戟变多端。十宝传徒保唐王,定胜突厥凯歌还。

薛丁山就问师父:"您打算叫我回黑风关吗?"

"不,我现在不是打算叫你上黑风关。"

"那么您让我到哪儿去?"

"孩子啊,你从九岖峪中计之后,来到山上四个多月,你可知道,你父母在黑风关身遭缧绁,直到今天没有解围。"

薛丁山听到这儿:"师父,既然我父母叫番兵困在那儿,他烧了我,困住我的爹娘,您让我去吧!我不到黑风关,我还上哪儿去?我去搭救爹娘。"

老道说:"不对,一个人尽忠不能尽孝,尽孝不能尽忠,忠孝难以两全,事情在这儿摆着呢,你一个人不能变俩。你知道你爹妈在黑风关被困,你父打奏折还朝搬兵,现在大唐朝的皇上出来了,御驾亲征,皇上眼看着他不久就要到玉霞关。这个关,人家早就挖下深坑等虎豹,撒下香饵钓金鳌,都给大唐朝的君臣准备好了!皇上眼看就要危急,师父叫你马上下山,火速前往,你奔玉霞关报号,赶快救驾去吧。"

"那我的爹娘——"

"只能救了驾,君臣再到黑风关救你父母,要是救不了皇上,就把你父亲救出黑风关,圣上有个好歹,那又如何是好?你救了驾,尽了忠,君臣到了黑风关再救爹娘行了孝,你也可谓忠孝两全。丁山且记,你依照为师的办法不要违拗啊。事不宜迟,动身吧!给你这有一张图,你奔玉霞关恐怕你不识路径,按此图走,你把此图画的这路走尽了,也就到了。"另外给拿出来七张饼,告诉薛丁山:"你每一天吃一张就可以不饿,这还有七丸药,一天用一丸就不渴了。这一张饼能撑一天,一丸药,你是一滴水不进,也不带干渴。孩子,你赶紧去吧!"

薛丁山把这个东西带起来,都收拾好了,最后真的要走了,也觉得心里头酸楚,"师父,那么我要再想您……"

"咳,不要多说,师生还有会面之日,你不用找我,我就找你去了,走吧!"薛丁山不敢违拗,这么大的事情都在这儿摆着,驾也得救,爹娘也被困,我一个人本来办不了两件事,还在这藕断丝连地误时间,那还行吗?想到此薛丁山拜别师父,两眼流泪。王禅老祖送了一程又一程,拿他的马尾拂尘一指,"看,就顺着这道岭,快去吧。"

薛丁山最后给师父磕了一个头,瞅了师父半天,一回身,抬脚纫镫,飞身上马。老道就在他骑的这一匹马的后胯啪啪拍了两掌,"你赶快送少帅报号去吧!"那马就像通人话似的,如飞而去。薛丁山回头看不见师父,按着这个图,今天明天,明天后天,一路走去。

这一天,薛丁山一看可糟了,这也没有道了,四顾一看,还是山靠山,怎么师父这个图就画到这儿没了?这是怎么回事?再想一下,我再往前走,这药也叫我吃光了,饼也没了。他一看图,最后画着一个山,一看那上边有杆大旗在山头上挂着,有三个大字,上头写的是棋盘山。薛丁山就明白了,这有占山的大王,这个大王不是个好大王,可能是杀人放火,无恶不作。师父是出家人,耳不闻恶语,嘴不说恶话,他老不能告诉我,去,抄山灭寨,把那个万恶的贼头儿宰喽!这话他老不能说,他老出家人,扫地不伤蝼蚁命,爱惜飞蛾纱罩灯,只能是点化。这个寨主可能是恶贯满盈,师父暗地里头画张图,叫我到这没处可走了,那这意思就让我上山,上山干什么?宰这个贼头儿除害。与民除害是好事,连预备的吃的东西都到此为止,看来,这是千真万确。薛丁山也真自负,认为自己的判断那就是不会错的,所以薛丁山在马身上把银龙戟摘下,来到这山头,再一瞅周围的环境,像一轴画似的,世外的桃源。他正在陶醉的时候,薛丁山又清醒了,你干什么来了?你师父让你抄山灭寨啊!他马正往前走,一看那山头上有盘山道,再往上头一看,有不少人都拿着刀枪,手帕罩发,一个一个的都穿得是上下一身蓝,这都是喽啰兵。上边真有一杆大旗,一看有三个大字:棋盘山。对,没错。薛丁山双眉一皱,二目圆睁,用银龙戟一点,"呔!山上的群贼听真,报告你们贼头儿,就说山下来了一个抄山灭寨的祖师爷,你们识时务,把高山上收拾收拾,一把火化为飞灰,你们远走他乡,赶紧弃暗投明,学好,这就算便宜你们,口出半个不字,我上得山去一个不剩,给你们来个斩草除根。"他这一吵吵一嚷,山上的喽兵瞅瞅他,"你可真是吃了豹子胆,跑棋盘山撒野来了!你真是拿着肉头撞金钟,这叫以卵击石。对,回去,报我们寨主。"有个喽兵说:"寨主没在家,出去日子不少了。"另一个说:"二寨主在。"

"对呀,有二寨主我们又怕什么?赶紧跟二寨主讲,叫我们常寨主下来把他整住。"喽兵刚往回转,后边就来两人,喽兵说:"哎哟,大头目来了!"

来的是亲哥儿俩,雷家弟兄,大哥叫雷电,二哥叫雷鸣。雷电就在马上问:"你们干什么呢?"

"回大头目,这个山下来这么个小子,看样子岁数不大,像个大姑娘似的,长得还挺漂亮,说话不好听,报他叫什么抄山的祖师爷,叫我们怎么怎么怎么。"

"啊?闪开了!"喽兵把寨门打开,这两个头目各抖掌中枪就下来了。老大雷电往前一催坐马,拿眼一看薛丁山,他想,就看你这个人,真是闺阁秀女一样,你能有什么能耐?"你是什么人,你好大的胆子!"

薛丁山看山上后边来几十人,头前儿一匹马,马上坐着这个人是个黄白净子,大眼睛,重眉毛,看样子也就在三十多岁。掌中提着这条枪,目中无人,瞅着他薛丁山就乐了:"你问我呢?告诉你,我就是抄山的,你们是劫道的吧?"

"我们大王在山上是从不劫道,我们是占山为王。"

"占山为王,落草为寇,还从不劫道,倒在床上就掉馅饼?你真能整!叫你们大王出来,你们高山上的大贼头儿叫什么名字?"

"你不用问,我叫雷电,全山大头目,总头目!休走看枪!"照薛丁山就一枪。薛丁山拿戟一绞,咯噔一下子,一绞把枪给他绞飞了,他刚一拨马,薛丁山这戟,就搁马后胯给他挑了一下。这马咴一声,就把他搁马身上一抬后蹄子就给扔下。他爬起来,跟头把式地三步当

215

两步,两步当一步往回跑。

薛丁山瞅他乐:"不要害怕,慢慢走,我不要你的命,我用你的嘴传话,叫你们山中的贼头儿出来领死。"

雷电三步当两步往回跑,刚回来,雷鸣就急了,雷鸣说:"哥哥,怎么这么厉害的小子?他是什么人,还不报名?还抄山的鼻祖?"雷鸣没服,驱马过来,跟薛丁山也不知怎么说的,他们俩就打起来。盘桓往复,马枪上手,没有三五合,薛丁山拿戟镶就点他一下子,把左肩后边给点破了。他们俩刚败到寨门里头,二寨主就上来了。二寨主姓常叫常青山,大个子,细高挑,骨肉匀停,二目有神,重眉大眼,四方阔口,齿白唇红。他当时马到跟前儿,一看两个人挺狼狈,就问雷鸣雷电两个头目:"怎么回事?"

"回二寨主,是这么这么这么回事,他也不报名,也不报姓,就是抄山灭寨,说得挺难听,要大寨主下山。"

"闪开了!"这阵儿喽兵聚堆就能上百了,他们由打寨门出来,哗地往后边一闪,刀枪密布,明光锃亮,一个个是拧眉瞪眼,怒视薛丁山。常青山当时一催胯下马就过来了,来到对面,勒马横枪,瞅了半天薛丁山,他也没觉得薛丁山哪点可怕,没有什么煞气。常青山在马上横着枪,问道:"朋友,你是不是合字?"薛丁山不太懂,跟师父聊天的时候,那王禅老祖跟薛丁山说过这个,这绿林道里头有行话,一听他说合字,就知道是行话。

薛丁山瞅他乐了乐:"什么合子?你卖馅饼呢?"常青山就明白了,这是个力巴,是个外行。

"你抄山,凭什么?你有多大的本事?我是山上二寨主,我叫常青山,甭说是大寨主来,就是我掌中这条枪,在天下不敢讲,别处更不能提,就在我们棋盘山,我在这山上有二十年了,我还没逢过敌手。"

薛丁山一听乐了:"你真是井底之蛙,萤火之光还要比天边皓月,你见过什么啊!在你们这儿多见草木少见人,这就属你了?好吧,你过来开开眼,我今天也看看你这没逢敌手的枪。"

"好,那你就请了!你要赢了我,大寨主就来,你抄山灭寨,山上所有一切都给你。你要赢不了我呀,恐怕你的想法全落空。"

薛丁山说:"好,我给你一个底儿,我不要你的命,我赢了你,你就安心不要害怕,我不追着杀你,回去叫大贼头儿来,你告诉他,今儿我非宰他不可,他不是好人,他是杀人放火,无所不为啊!罪恶满盈,今天非死不可!"

"哎!你别废话!"常青山嗡地一枪,薛丁山拿戟一架,他们两个各抢上手,三合、五合、十数合,两个人没打二十趟,常青山就明白:我完了!这一伸手,一看薛丁山这个手法,他才清楚了,我不成,我差得十万八千里呀。常青山一想可了不得了,这个人要说夺山,真有夺山的可能。大寨主又没有在家,这便叫我如何是好!常青山在这紧急的关头,马往后一拍,"朋友,刚才说话算不算数?"

薛丁山乐了:"我一言出口,驷马难追。"

"那好,你是英雄,好样的,我服了。我回去给你找大寨主好不好?"

"好哇,那就借你的嘴了,你越快越好,要来慢了我就闯上山去,一个不留。"

"哎呀,你等着吧!"他这马就回来了,一来在山上,两个头目也过来了,雷鸣、雷电和常青山就嘀咕:你看这怎么办?大寨主又没在家,这个人咱又敌不了。常青山说:"我看干脆,咱们去找姑娘去,姑娘能耐不小。"

"姑娘?姑娘能管吗?从来没帮过咱忙。"

"是呀,看什么事,这个事她得管,抄山灭寨。"

"那她也不能动呢,她不打仗,她不下山,她不——"

"她不打,叫她打啊!"

"怎么叫?"

"你瞅着。"说完常青山一催马进了中寨,弃镫离鞍就往后跑,跑到后面的房外他就喊上了:"姑娘,可了不得了!山下来个小子,要抄山灭寨呀!大寨主没在家,我带人出去,都叫他打败了!他嘴可损透了,他说,他一会儿上山一个不留,刀刀斩尽,刃刃诛绝,男的杀光,女的不杀找婆家,他还说,一个姑娘给找俩!"

就听屋里头一听到这儿,那就火了:"来呀,赶紧给我抬刀带马,我看哪来的野人!"这就引出窦仙童出世,要力杀四门。

第三十四回　丁山丢盔甲

上一回书说绣房里头这个姑娘炸了庙了，这个姑娘就是棋盘山大寨主窦一虎的亲姐姐叫窦仙童。窦仙童可不是一般人，不但是能耐高，马上步下名人传授，而且她是当年夏明王窦建德的孙女。她父亲叫窦峰山，父母双亡。就在这个山上剩下姐弟二人，弟弟窦一虎，为此山头把金交椅，总辖大寨主。窦仙童年方十九岁，姑娘大了，就一个弟弟，也不张罗给姐姐找个婆家，窦仙童闷坐闺房，正在愁有千万，突然听到外边有人喊，她一听是二寨主常青山，就问怎么回事，常青山又把这个话呀，添枝加叶一番跟姑娘讲，这个办法好，姑娘真激了："去，赶紧把喽兵排开，把马给我鞴好了，我到山下把他擒上来。"

"是！姑娘你可加点小心，这小子手法挺硬。"

"不要说他的威风，一个无名小辈，惧他何来？"

"是，姑娘去了旗开得胜，马到成功，不过你们后边也注意小心一些，可别叫他把咱们娘儿们——嘿嘿，姑娘准能取胜。"

"好，丫鬟。"

"是！"

"收拾一下。"两个丫鬟一个叫春艳，一个叫秋红。春艳稍微个儿猛一点，瘦一点。秋红稍微矮一点，胖一点。这两个丫鬟的本事都是姑娘亲手教的，姑娘叫春艳学一口刀，秋红学两口柳叶单刀，主仆三人经常打对手，高兴了一宿一宿练。这两个丫鬟一听今天真要用上，姑娘要下山跟生人打架，赶紧把包袱打开，粉绫缎色的手帕罩发，短衣襟小打扮，周身上下没有钩挂之处。给姑娘也都预备好了，姑娘也

218

穿戴成了,就听外面喊:"姑娘,马鞴好了,我们排开了二百喽啰,就等姑娘您吩咐了。"

姑娘说:"准备下山。"

"是!"

窦仙童带着春艳、秋红,从打绣房出来,来到前边又跟大伙说了一番,"你们都要加点小心。"这才纫镫扳鞍,三个人上马,喽兵们议论纷纷,不敢大声,交头接耳:"我们姑娘今天是怎么了?破天荒,她还要下山劫道?"

"不是劫道,你不知道,刚才我听明白了,咱们被劫了。"

"被劫了?抢山?"

"可不嘛,咱们山上从来不抢人家,你看怎么样?慈悲生祸害吧?还有倒搬桩,抢咱们的,说山下来的这小子,不知道怎么穷红眼了,要杀我们的大王,要把男的都杀绝了,山要归他。你瞅着吧,今天还是个热闹呢,要胜了便罢,胜不了咱们还得挪挪窝儿。"

"哎呀,我说来多少人?"

"就一个。"

"哎呀他真——吹牛不浅哪。哎呀我们姑娘这刀,比寨主都高。"

来到西山口,顺着盘山道下来,到下面二百多人呼啦一下往两旁这么一闪,手里都持着刀枪棍棒,斧钺钩叉。窦仙童在马上叫:"春艳、秋红伺候姑娘,两旁摆开,注意小心。要是一旦看姑娘我哪有漏洞,你们两个可别白学喽。"

"姑娘放心,我们一定过去帮忙。"

"是呀,有那个胆子没?"

"有!"

"好!"

春艳打眼一看:"哎呀,姑娘你看。"

"看什么?"

"这还有什么可怕的?你往对面瞅瞅,你看那个人儿能打仗吗?"

秋红也跟着说:"哎哟,好像个大姑娘。"

窦仙童马往前边一奔,掌中合着这口刀,仔细一看,在下边是匹白马,再往马上一看,这个人穿戴打扮,她仔细一看:

太岁盔，生煞气，镶宝石，真华丽。素绒绦，堆万字，银抹额，二龙戏。搂颏带，向下系，包耳护项银钉密。天王甲，身上披，遮身盖体正合适。内衬一件朱雀袍，团花朵朵巧匠制。狮蛮带，腰中系，青钢剑，切金玉，一旦出匣神鬼惧。兜裆裤，鹦哥绿，登云靴，针线密。腾云马，胯下骑，如霜雪，似白玉。一天能跑千多里，长啸一声惊天地。震天弓，称神力，不是英雄用不得。穿云箭，称暗器，好似猛虎添双翼。脸上看，白如玉，五官端正好俊丽。如潘安，似美玉，眉宇之间含杀气。身背玄武鞭，手端银龙戟。戟举寒光颤，戟落威风起。勒马横戟在对面，十个见他九个惧。哎呀，这个人好像还不太好敌！

窦仙童上下一瞅薛丁山，这个人虽然长得不错，眉宇里头带出杀气，不一般。所以窦仙童也不敢轻敌，她在马上横着这口刀，上下正瞅，薛丁山眉头一皱："呔，野女，男的占山，抢男霸女，你女的占山又干什么？还真是新颖，我也没有听说过，闹了半天还是个母大王。"薛丁山一想，怨不得我师父暗中点化，要我来抄你的山，这个母贼头儿绝不是个正经东西。可是薛丁山上下打量窦仙童这身穿戴长相，也不像一个忒败类的人，这倒是怎么回事呢？窦仙童横着刀把气往下压了一压："请问英雄你尊姓大名？"

丁山说："子不言父，我父薛礼，我是少帅薛丁山。"

仙童姑娘说："少帅有点不通人情，奴家问你，你咋不问我？恕个罪儿，祖父窦建德，爹爹窦峰山，弟弟窦一虎，奴家名叫窦仙童。今年十九岁，三月十八生人，属大龙。"

丁山闻听皱皱眉头，我玉霞关前救驾要紧，虽说我师父暗中指点，叫我抄山，这事还没明讲，也不一定对不对。这个姑娘也不忒招人可恨，我干脆别跟她麻烦。薛丁山瞅瞅窦仙童说："我告诉你，你现在放我过去我就走了，否则我可要不客气了。过你这个山，百里没店我不埋怨，什么狼虫虎豹我不担心，就这么一句话，用不着你关怀。你放我过去就行，你要如果再说个不字，你可知道薛少帅我的厉害？"

窦仙童闻听，说："可别怪姑娘我不客气。"

丁山抖戟分心就刺，仙童用刀往外抵挡。俩人大战几十趟，仙童想，不愧他是薛少帅，戟术惊人。这样的人才哪儿找去，奴的终身没人管，过这个村儿，就没这个店儿，拿活的，才好想主意。姑娘往回败，丁山往前赶，追着追着可不好了，哎呀一声，薛丁山连人带马掉进陷坑。

薛丁山觉得糟了，这阵儿天都黑了，呼啦一下灯球火把照如白昼，就听见马上姑娘喊："来人啊，乱箭射死他！"

薛丁山一听吓坏了："哎呀！姑娘超生，请姑娘三思，射死我一人事小，我到玉霞关前救驾，那不知道有多少人都要丧生，哎呀窦小姐开恩啊！"

两边的喽啰、丫鬟、弓箭手都把武器对着坑里，就等着姑娘那边说："射！"一个字，唰——就像雨点似的，薛丁山想我就成了刺猬猬。这个时候就听上边有人给他求情："我说姑娘呀，你看他说得怪可怜的，我看那样吧，这又是大唐的薛少帅，身份也不小，就别弄得那么难看了。乱箭射下去，那像刺猬猬，多什么呀，给他来个囫囵尸首吧。"

"好吧，那我就走了，你们给我把他活埋了吧。"

啊？薛丁山一听那更完了，还不如乱箭分身呢，射死就死了，活埋一点点地死——"哎呀！饶命饶命。"就瞅那个马身上跳下来一个丫鬟，"什么？你这个人太不知足了，这么你也不干，那么也不干，你在山下为什么那么横？现在你这个威风都哪儿去了？好吧，现在姑娘有话，你要想活命，把你头盔摘下来。来人哪，准备筐！"筐下到坑底，丫鬟说："把盔放了，甲、袍、剑、雕翎箭也要，弓、戟。"薛丁山一想这是全要，干吗？把薛丁山整个地给扒了。回头往那边一看，还有一个暗门，把马也要去了，搁暗门放出去了。薛丁山一瞅，师父给他的这十件东西呀，就剩下边的登云靴没脱，穿着呢，余者那九样都收去了。

薛丁山看他们拿筐系上去了，瞅瞅丫鬟："这回请在姑娘面前美言，是不是该放我走了？"

"放你走？你净做美梦，你想什么呢？要准备放你走，为什么还把你东西弄上来？连东西带人一块儿走就得了呗。"

"那么这？"

"告诉你，乱箭不射了，也不活埋了，这不就免去两个死嘛。"

"那我？"

"现在啊就是第三个死了，这个你自己拿主意，怎么死合适啊你就怎么死，你在里头自己琢磨吧。你是碰死呀，你是等着饿死呀，这就与我们无关了。喽啰们！"

"嚓！"

"咱们走吧。"

"哎呀！慢慢慢，丫鬟慢慢！"他嘴里说慢，上面灯也没了，火把也撤了，也没有动静了，这阵儿就显出夜静，就把薛丁山一个人搁陷坑里头了。薛丁山在陷坑里往上瞅，满天星斗。四外听，是万籁无声，整个山上附近左右一点动静没有。哎哟我薛丁山死事是小，这玉霞关还等着我救驾，爹娘黑风关还受着苦呢！薛丁山也不知道外面这阵儿是一更了，还是二更了，冷不丁的就听着上面有脚步声，赶忙问道："哎呀，上面什么人？上边什么人？"

"嗯？哪儿说话？"

"啊，我在陷坑。"就看有个灯光逐渐闪亮着过来了，灯往下一杵，"哦？怎么你还没死呢？你也没走哇？"

薛丁山一看认识，白天姑娘用的那个丫鬟，"哎呀，这位丫鬟姐，请你帮帮忙吧。"

"嗯，你不是大唐营的薛少帅吗？"

"啊，是。"

"你父亲不是平辽王兵马都招讨薛礼薛老元帅吗？"

"对。"

"哎呀你这么大个少帅，还管我叫声丫鬟姐，哎哟你可真折死我了，我敢当吗？"

"不，人在暗处拉一把呀，我遭难了，无论如何请丫鬟姐帮忙，你要救了我的命，我真是感恩不尽，久后我是恩有重报啊！"

"那你报什么呢？救了你就走了，走了你还回来吗？你是大唐营王爷之子，将帅的苗裔，你不能到我们这山野常来，这回不知是怎么这么寸，你来一趟。话又说回来了，我不能离开我们家的姑娘，你跟姑娘又整得那么僵，你还报什么恩呀？我是能找你去呀，你是能来找我呢？"

"哎，不，如果丫鬟姐能救了我的命，我上玉霞关去救驾，实不相瞒，我得两处打仗啊。"

"那个仗还有那么些吗？"

"哎，我的爹娘在黑风关，叫番兵兵临城下，将至壕边，据说他老被团团围住多少个月了，走不了，那么才还朝搬兵。圣上来了，又到玉霞关有难，又来不了，才让我去救驾。我到那儿救了驾，君臣再到黑风关救了父母，这两方的事情都得我薛丁山去做。你要救了我，你功劳不就大了嘛。我启奏圣上也好，报告我父也好，皇上就来找你，那个时候你要啥有啥，想衣得衣，想食得食，山上谁跟你好都跟着沾光。丫鬟姐，难道我说这话是假的吗？"

"唉，我倒没么多想法，我也是看你真有点怪可怜的。"

"哎，可不是。你说我就这么活活饿死，还有用我之处，丫鬟姐你看看——"

"这说实话，姑娘就让你在这儿饿死，我要救了你，姑娘知道还能答应吗？这都得冒着险呀，我这正是把姑娘伺候好了，我这要回房休息。你看我多绕这么两步，我上你这儿来干什么？哎呀，我怎么救你呀？"

"这——你有一条绳子我就能上去。"

"哦，那倒行，那我看看去，可你别吵吵啊，这个事要姑娘知道了也不能让我。我反正也豁出来了，我这个人就是有点心慈面软，我一见到这样人我受不了。"丫头挑着灯去了，不一会儿回来了，真弄出一条绳子扔下去，上面抓着。薛丁山说："你能拽住？你要拽住的话，我就能上去。"

"这个你可别把我拽下去呀。"

"你绕到树上，把绳子在那个树上绕几圈，那这个劲就减小了。"薛丁山在下边真没费事就上来了，到上边薛丁山一抱拳："多谢丫鬟姐，我久后知恩常思报德呀。"

"我说少元帅，咱们别客气好不好？我也去歇着了，你走吧。你搁西山口上来的，你不是要过山嘛，你搁东山口走，你从这儿顺着这个道儿，我指的这儿没错，你走吧。直奔正东，下了山口的话你可要小心呀，百里没店这可不是假的，姑娘说的那全是真的。从我们这个山过去，那三十里、五十里，你甭说找村呀店呀，一个人也碰不着。碰活着的都是狼虫虎豹，你可得加点小心，又是夜里头，我就不多说了，男女有别，我不跟你在这儿多唠，快请吧。"

"嗯这个——"

"怎么了？"

"慢来，既像你说的这样，我连夜下山也恐怕迷路。万一再绕来绕去我绕不出去，一切都误事了。你能不能帮忙帮我找一个空的房间僻静之处，我再歇上一会儿，天不亮我就走了。"

"好吧，我已经救了你了，我这个人吃一百个豆不嫌腥，你跟我来。"丫鬟把薛丁山领进一个书房，"你就在这儿歇着吧，天不亮你可走哇，别坑人。"

"你慢着。"

"怎么？还有事？"

"你看，我一日三餐没用饭，我有点饿了。是不是厨房里有什么残茶剩饭，你给我弄个一碗半碗。"

"你这个人事可真多，也好，我这人就爱管闲事，你稍等一会儿，我看看去。"丫鬟出去不一会儿，拿一个方盘端来四个菜，一嗉子酒，另外一碗面，往这儿一摆。薛丁山愣了，这哪是残茶剩饭呀？这个得是不错的人吃的。一看还有两个过油的，还有两尾鱼，"哎呀，丫鬟姐？"

"别提了，你太走运了，我们姑娘要的，拿去了可能叫你气着了，又不想吃了，给丫鬟。我们都吃饱饱的，也没什么用。有饭送给饥人，有话送给知人，我就给你拿来了，那你就吃吧。快吃，吃完我还得收拾去，这要留下还是个痕迹，明天早起找不到你了，这不是我们都沾包儿，快吃。"

薛丁山把这个酒饭吃完了，丫鬟收拾端着要走，薛丁山又开口了"嗯，你再慢着，我还有句话。"

"哦，你还有事呀？"

"是呀，我打算最后再求你这一次，我再也就不求你了。"

"还求我？你也吃饱了喝足了，你还打算干什么？"

"哎呀，我想我上玉霞关救驾，我头上无盔，身上无甲，掌中无戟，胯下无马，赤手空拳怎么打仗？你已经帮到这儿了，我去救驾我还要用我那盔甲戟马，你看如何？"

丫鬟听完说："姑娘得到你的盔甲，别提多欢喜了。她偷着对我讲，要用盔甲选女婿。谁穿戴合适就嫁谁，要回来是不可能了！"

薛丁山瞅瞅丫鬟，说："如果你不帮这个忙，我一切全完了，这便如何是好？丫鬟姐，还是你最后帮我这一次，我真是感恩不尽。"

丫鬟把眼珠儿转了一转："哎，可真有个办法，就怕你不答应。"薛丁山说："你说呀。"

"要如果这么这么这么办，你看怎么样？"

"啊？"这才引出窦仙童出世，要报号杀四门。

第三十五回　收妻窦仙童

丫鬟春艳跟薛丁山在西书房里说话："我实话告诉你吧，我们姑娘啊，把你的盔甲得着可乐坏了，她说呀，这身盔甲太好了！能顶这个盔，挂这个甲，用这个戟，骑这个马的人，那真得说是世间少有，是奇男子大丈夫。姑娘她这一夸呀，我再一追问，她偷偷地跟我说，久后弟弟要给她找头主的时候，不管这个婆家什么样的人，必须让他首先顶这个盔，挂这个甲，拿这个戟，跨这个马，他能顶上挂上拿起来用上，姑娘说了，不管他长得丑俊，行，这就算定亲。要是不能顶这个盔，不能挂这个甲，骑不了这个马，拿不了你的那条戟，这个人他就长得再漂亮，家再好，再趁，我们姑娘说了，也不嫁。你想，有什么力量能说？行了，你这辈子别找婆家了，给人家吧，发善心吧。我呀，我也没那个能耐，我也没那个胆子，我也没那么大的脸。我不给你扯这个，你呀，该休息休息，最好你还别等亮天走，你别坑人，我，我回去了。"

"哎呀！"薛丁山听到这儿，可着急了，"那么这样说来，你家的姑娘这个盔甲戟马她能不能借给我用一下？我用完之后再送回来，也耽搁不了她找婆家呀。"

"这话可不能这么说，那个找婆家啊，谁定准是哪年哪月，哪时哪刻？这个东西就兴许你走的这个时候，就有这个信儿，或者就有这个人家，那怎么办呀？还去找你去啊？哪儿找去呀？大海捞针啊！那这就说啊，我已经把实话给你了，你就甭再梦想了，我走了。"

"不，丫鬟姐，杀人杀个死，救人救个活，你已经帮我忙帮到现在，由陷坑帮到书房，饿了你又管饭，天明还指路，那么你就最后这一次——"

"我说你这人真麻烦,你这狗皮膏药发黏。哎呀,这——哎,不行不行不行,这么说不合适。"

"你说说,我听听。"

"听听于你倒没啥,成了也没啥,万一要是不,这可不是玩的呀。"

"怎么回事,丫鬟姐。"

"唉,我的意思是说,这是我的主意啊,我的意思是说,姑娘拿你的这个盔甲戟马选婆家,他的顶挂拿用都合适,那么你这身盔甲你顶着合适不?"

"当然合适啊,我的盔我的甲,我的戟我的马,那是太合适了。"

"着啊!要如果有一个人跟姑娘把这个话透过去,拿您来说,就这个外表,您又是少帅,您也不缺鼻子不缺眼睛的,那么姑娘她要是愿意的话,这不就省事了吗?"

"哎呀,太好了太好了!丫鬟姐,请你多帮忙。"

"哎呀,你们男人就有这个劲,你看这便宜,见便宜就上。你愿意了,你愿意顶什么用,话又说回来,主要在姑娘那儿呢,你愿意了,我愿意了,到那儿,姑娘不愿意,不愿意还是小事,给我两个嘴巴,不得白挨呀!骂几句,那是小事。我说薛少帅啊,你明白这个不,这个话可不是随便说的呀。"

"可也是,哎呀不过我在难处,还是你多帮忙拉我一把吧,万一将此事做成,我是绝不会忘掉你的大恩大德。"

"这个可也是,我已经帮你到现在了,哎,我就豁出脑袋,我硬着头皮我撞一家伙。这么说啊,行了呢更好,不行了你可别不高兴了。"

"哎呀,你心费到了,我什么时候也不能忘掉你的好处。"

"那好吧。"那么这个丫鬟春艳怎么有这么大的胆子,她敢说这样的话,她见姑娘敢张嘴吗?敢,为什么敢哪?把薛丁山诓到陷坑之后,把这身盔甲丫鬟拿到闺房交给了姑娘,窦仙童真乐坏啦。

窦仙童拿着盔甲回到绣阁,她左看右看,一个劲地摸。"春艳啊,我兄弟久后给我找婆家,谁穿这个合适我就嫁谁,你看如何?"

丫鬟一乐说:"何必舍近求远,少帅穿着合适。"

仙童说:"恐怕人家不愿意。"

春艳说:"我去办。"要没有这个底呀,她也不敢冒这个泡儿。丫鬟出了书房,扑哧一乐,这个媒好保,两头托呀。她噔噔噔跑到了扎花房,搁外面进来往里走,见了姑娘:"姑娘,姑娘恭喜您!"窦仙童非常聪明,一看丫鬟回来的举动,再加上她的表情跟她的语气,就明白十有八九是成了。可是一听丫鬟道喜,姑娘这张脸从左边红到右边,就像蒙上一块红布,姑娘老半天没说出话来。丫鬟说:"姑娘,成了,恭喜您啊!这个事可太好了,我们姑老爷是才貌双全的人,你们真是郎才女貌,看来也是一对啊。"

"春艳,这事做得太荒唐,弟弟没有在家,我自己就做了主了。"

"哎呀,怎么姑娘您后悔了?"

"不,我倒不是那个意思,这真不好意思,弟弟回来,弟弟那个脾气,他不能答应啊。"

"这个我说姑娘啊,弟弟那儿就再说再议吧,我还得回去给人家报喜去呢。"

"哦,他——"

"是呀,我那么一说,他那么一讲,成不成人家不知道啊,咱们知道有底了,得告诉人家,我去去就来。"春艳跑到书房,搁外面拉门进来,瞅着薛丁山,薛丁山眼睛瞪得挺大:"哎,丫鬟姐,怎么样,怎么样?"

"你瞧瞧把你急得这个样,还怎么样,我办事还有错啊,我要办不到的事,我也不说,说出来呀,就没有办不到的。"

"哦,难道说你姑娘答应了?"

"哎哟,我真是不周到,你看看还让你问到头上,姑老爷恭喜您啊。"

"哎呀,谢天谢地!那我这个盔甲戟马……"

"你先整这个可不行,姑老爷,我们姑娘脾气可不太好,哦!你不是照着姑娘,你照的是盔甲戟马,你要叫姑娘看透你这个呀,我可告诉你,你下山啊,救驾啊,这辈子你甭想,好一好儿还把你整到那个坑里去。"

"这个，要依你……"

"要依我，你跟我走，见到姑娘客气点，把话说得周到点，甜蜜点，叫姑娘高兴点，也别说盔呀，甲呀，戟呀，马呀，我告诉你吧，要什么有什么。那都是小事，你们家缺不着，要说你父母哇，要说什么圣驾呀，都有什么大事呀，要讲打仗你也看出来了，你也不行，你也甭说跟姑娘打，我跟姑娘学的，就我掌中的刀，我看见你那两下子了，姑老爷，你也不能生我的气，我是个孩子，我都不怕你呢，你哪儿找这么个人去呀！我们姑娘到了你家，你们家啊，天大的事情她都给你遮风挡雨了。"

"哎呀，这倒是，也是丫鬟你的功劳啊。"

"哎，这就不用客气了，姑娘请你呢，走吧。"

春艳把他领到姑娘房外，琢磨不对味儿，姑娘啥时候叫我请了？可春艳又想，不请行吗？把人搁在那儿晾着呀？等寨主爷回来炸了，再把人家打了骂了，这不就麻烦了，那不就砸锅了吗？"姑老爷，您在这儿稍等会儿，我跟姑娘说一下，她好接你呢。"

"哎，是是是。"

丫鬟搁外面进来，到了里面见了窦仙童施礼："姑娘，姑老爷很高兴，我请来了在房……"

"啊，你说什么？"

"在房外候着，您出去呀，这个是礼貌啊。"

"哎哟。"窦仙童这会儿手脚都没处放了，心窝里扑通，怀揣二十五个小蛤蟆，真是一百个小手挠心啊。这不是要命吗，姑娘就觉得面红耳赤，两耳直响，眼前都有点花了，"我说丫鬟啊，谁叫你把他请来了，这不是坑人吗！你叫我说什么呢，就算订了婚，还没有完婚，弟弟又没有在家，这个事情等于私为，要没有你在中间，就更不像话了。可是你把你姑爷请来了，我跟人家说什么呀，怎么称呼啊，叫人家也笑咱们，这也太不成体统了。虽然说弟弟占山，我是占山大王的姐姐，你可知道，我的祖父人称夏明王，我也是王爷的孙女，我怎么能够做出这样不体面的事，春艳你真……"

"姑娘怎么您还要哭了，您还认为我做得不对啊！那么要依着您呢？"

"要依着我，亲定了，你让他在书房休息，等到三天五天、十天半月，弟弟归来，再跟弟弟说明，叫弟弟出面做主，那，那才叫名正言顺，光明正大，那多好啊。"

"姑娘，您是说睡话呢，您是说笑话呢？"

"啊，怎么？"

"怎么？哦，您还等十天半月的，姑爷干什么来了，您知道吗？"

"这……"

"不是跟您说清了吗？他在坑里头求我救他，不也跟我表白了，我不也告诉您了吗？姑娘啊，姑老爷是上玉霞关救驾呀，救皇上呀，那是小事吗那个呀？姑娘您把人家挡住，都兴许就一天就耽误多大事，救兵如救火，那差一时一刻都不得了，他能在这儿坐上个十天半月等着跟您成亲，您真是说笑话呢！话又说回来，半月？寨主爷就准回来吗？他老那个脾气，三月也是他，五月也是他，再说个远点，明年回来也不一定，人家在这儿等着，驾不救啦？能吗？咱们也于心不忍啊。现在寨主爷没回来，我就把他请来，那就对了，您没叫我请，我就这么做了，我是这么想的：见见面说说，他就是走了，咱也有点把握呀。人家是少帅，咱不算高攀也是高攀，咱跟人家定亲，人家搁这尘土不沾，就走了，走后我的姑娘啊，久后人家要是把这个事情忘了，您说您算怎么回事？您老这个人，咱们这个家，还能另找另嫁吗？那咱就说这一辈子这么等待吗？找上去万一姑老爷要不承认呢，又怎么办哪？咱们生呀是死呀？我的意思是这样，屋里也没有外人，我的姑娘，把姑老爷请来，马上准备点饭，你们在这里头一谈一唠，今天晚上就是洞房花烛，明天姑老爷走了，他就是走多少年，找到他的头上，我们是理直气壮，姑娘您还装什么傻？"

"那可不能，那绝对不能，他就是不回来，永远不回来，反正有他这句话，我今生不能再嫁，另外他，他，他就一生不回来，我，我也等他到老，或者是找到他头上他不承认，我就认可死，我也不能把他留到这儿，就这么一塌糊涂的，这我做不出啊。"

"姑娘啊，姑娘啊，人无远虑必有近忧，我看姑老爷这个人又是王爷之子，将帅的苗裔，这个人究竟心是怎么长的，那不知道，姑娘不能轻放他走。"

忽然听见外头有人说:"不能。"主仆一愣,门帘一挑,薛丁山进来了。屋里这番话薛丁山听得一清二楚,薛丁山暗戳大拇指,赞佩窦仙童,心想,别看是占山为王的妹妹,此女懂得礼貌啊,这才是一个节烈的女人哪。心里头想啊,不但说是死者,我没承认的那个蓝凤仙,包括樊梨花在内,跟人家没法比。薛丁山从心眼儿里对窦仙童是非常敬佩,就冲这样的人,我跟你就说定了。薛丁山挑帘子闯进来,窦仙童头抬不起来,就傻到这儿了,卖不了的秫秸往那儿一戳。丫鬟春艳说:"姑娘怎么还不说话,姑老爷进来了。"

薛丁山说:"小姐,你不要担心,我薛丁山言无不信,信无不言,我说了就算,我们的亲事现在就是海枯石烂,不能断。我薛丁山如果对窦仙童窦小姐要有三心二意,我薛丁山不得好死。"

丫鬟在旁边一捅咕姑娘,还不说话,您还想怎么哪。窦仙童张了几张嘴没有张开,薛丁山一看姑娘含羞带愧呀,真是一个闺阁秀女,薛丁山就放开胆子说:"今天你我既然定亲,贤妻,你就不要再多想啦,我、我就是走到天涯海角,我也不能将你忘掉就是了。"

春艳忙拽小姐,"姑娘,说话啊,说话。"

窦仙童满面通红,"噢,将军,你请坐。"

"谢过娘子。"

窦仙童赶紧吩咐:"春艳。"

"哦,怎么?"

"准备饭吧。"

"是,姑爷吃了一顿了,垫了底了,再吃点,我好好收拾收拾。"春艳到了厨房,不一会儿准备十八个菜,摆得酒丰菜满,两个人在这儿,窦仙童敬酒,薛丁山看窦仙童主仆是真心实意,说道:"娘子,你请放心,天明动身,我到玉霞关救驾之后,当时我不说能返回棋盘山,我也许差人前来接你到黑风关,见我爹娘。不瞒你,娘子,爹娘在黑风关现在也是身受痛苦,据说四门外兵临城下,将至壕边,番兵番将把黑风关困得风雨不透,爹娘在危险之际,按理,我应该去救父母,可是圣驾危急,我就得先去救驾啦。我救完驾,再救爹娘。那么在这个中间,你在这里头不要担心,安心候等,我薛丁山是人,说话是算数的。"

"将军，不要再讲了，你就是永远音信渺无，我也绝无怨言，我为将军，死也甘心。"

丫鬟在旁边一乐："我说姑娘啊，我还有个拙主意您看怎么样？"

"你有什么主意？"

"什么主意？我说小姐呀，姑老爷一个人干不了两件事，上玉霞关救驾去，黑风关救不了爹娘，那么您老人家这么一身本事，这不是把有用之人，放在无用之处，您这不是成了没有用武之地了吗？您要是跟姑爷真好，对老人真有这种孝义，姑爷尽的是忠，你就不好替姑爷尽点孝？您上黑风关，姑爷上玉霞关，您说他那面救驾，您这面救公婆，一块儿下手，这不是一举两得，两全其美，等你们再见面的时候，那才是八下圆满，双双成对，你们夫妻不就成了忠孝双全了吗？"

窦仙童听得丫鬟出这个主意，真也有这个动意，拿眼睛瞅了一下薛丁山，薛丁山就站起来了，"哎呀娘子，如果你要真的能够帮忙到黑风关救我爹娘，那真叫我今生难忘你的大恩大德。"

"那好，我窦仙童跟你一块儿下山。"

"哎呀，娘子，如此说来，你代我行孝，受拙夫一拜。"薛丁山要拜，窦仙童赶紧扶住："不必如此，哎呀丫鬟，这样的话我弟弟回来他……"

"我看哪，寨主爷回来，您在这儿等着也不好，走了也不好，当然都是不好，寨主的脾气心又细，别看他身为大王，他是讲理的人，这个事咱们已经做成了，我们就应该这么这么办，现在聚义厅上把偏寨主众头目聚齐，您应该这么这么这么办，我看咱们事不宜迟，天一亮就应该走。"

"好，好，如此说来你就准备一下。"窦仙童没办法了，跟薛丁山已经把事情定了，这阵儿把薛丁山所用的一切呀，是盔甲和戟马鞴好，这阵儿窦仙童也准备好了，外面天头刚一见亮，就到前面告诉二寨主，赶紧聚齐山上所有偏寨众头目，姑娘要说话。不一会儿聚义厅鼓响，山前、山后、山左、山右，偏寨主、众头目，能有好几十，都跑到了聚义厅。这百十来人到聚事厅里边，在这里一列，不知道怎么回事，你瞅我，我看你的，准知道跟那个唐将有说道，有联系。也有人模模糊糊地听说呀，把他弄到姑娘屋里去了。大家一合计，也好，姑娘是我们敬佩的人，姑娘要找这个头主，我们也高兴，而且我们跟着也觉着骄傲，或者给我们整到大唐去，我们那就是弃暗投明了，报效薛老帅，少帅是我们的姑老爷，大家还真有这个想法。正这个乱劲，窦仙童来到聚义厅："我与少帅成婚，弟弟回来，你们就说我打猎去了，不能告诉实情。"

大家留不住，送夫妻下了山峰。越过高山峻岭，薛丁山要玉霞救驾奔东北，仙童要赴黑风城奔西北。窦仙童望着丈夫远去，跟丫鬟主仆三人往西北，够奔黑风关这条道下来。她们已经走得接近天黑了，窦仙童忽然一愣："哎呀，错了。"

春艳问："什么事。"秋红也过来问："姑娘，怎么了？"

"糟了。"

"哎呀姑娘，我们俩怪害怕的，倒是怎么啦？"

"哎呀，春艳啊，秋红啊，我也一时疏忽，跟你姑爷虽然在嘴头上订了婚，我、我应该跟他要点东西做证啊！他就没有什么可给，是不是他拿一封信也好啊。到黑风关二老不认识咱们，是不是人家要怀疑呀？尤其二老被困，他一定要多思，万一再不认咱们怎么办哪？"

秋红真有点傻了，春艳扑哧就乐了，"姑娘啊，您老也太多虑了，想这些干啥，我看哪用不着。"

"为什么？"

"唉，您的公婆是被困啊，在黑风关遭难啊，他盼救兵，没有救兵，我们到了把他老救了，他还说你就是救我，没证明我不承认？没那个事。"

窦仙童一想可也对，要这么说我们就应该赶紧动身。这主仆在道上白天晚上赶路，怕耽误事，这天她们走着走着，一看天头要晚，猛一抬头，哎呀到了，窦仙童这才要报号杀四门。

第三十六回　夫妻两分兵

窦仙童主仆三人，这一天傍晚来到一个村庄，拉马进来打算要找个店房，人吃马喂休息一下。一瞧可糟了，哪有人在啊！全村里挨门挨户都叫了，都找了，也看见有店房了，叫不出人来。拉门也进去了，里头也都找遍了，整个村庄一个人没有。主仆就愣了，这是怎么回事？这个地方什么事情？怎么人走得这么干净？就是遇见灾年旱涝，也不至于一个人也没留，整个的村庄都背井离乡？"噢！"窦仙童说，"春艳哪，我明白啦。"

"姑娘，这是怎么回事？"

"怎么回事，可能离番营不远了，这是番营里头啊，他们这些番兵番将太可恨了，一定是黎民百姓受不了了，这都叫他们逼走了。"

"对呀！姑娘，他们兴许到这儿烧杀抢掠，奸淫邪盗的，什么都兴干，他真还不如我们占山的，我们寨主爷从来就没有过那么一次，不但说我们寨主爷不干，就是我们山上的偏寨主、众头目，我们四五百喽兵，谁也不敢到外面欺男霸女，他要有一次，哼！寨主都不能饶他。他们这番兵番将没有好东西，咱们主仆给他点厉害。"

"对。"

这主仆说着话，打这个村出来，又到了一个村，还是如此，到了第三个村也是这般。"哎呀，姑娘您瞧！"远远就看见灯球火把，照如白昼，是一望无边。"怪不得咱们问那个老大爷，他说离黑风关不远啦，已经到了，这可真到了，姑娘您看这不是番营吗？"窦仙童看看北斗，辨辨方向，"咱们这是来到黑风关的东门外了。"

"对，眼前就是番营，看这意思是得打东营门闯进去，搁西营门杀出去，咱们才能进城啊。"

"对，春艳、秋红，这个水还不错呢，咱们在河边坐一会儿，把马拴到一起，叫它捋草吃一点，咱们就搁这儿歇歇吧。"

两个丫鬟一听，姑娘说得对，没找到店房，人没吃，马没喂，叫马在这儿捋点草，喝点河水。她们带着水壶呢，丫鬟拿出来说："咱们也喝一口，天明就进城了，到城里咱们再吃饭也不算晚，这些个番营啊，咱们这一宿还兴拾掇不完呢。"

主仆三人收拾一番，乘马来到番营外。有个巡营的都督叫乌河，他在营门发现战马，这小子本来是个色鬼，问："女将哪来的？我叫乌河。今年五十六，你要愿意跟我，不愁吃喝。"

窦仙童一刀就把乌河给宰了，这小子就直到死也不知道怎么死的。春艳、秋红一看，这营里的番将这都是木头啊！哎哟押着脖子让杀啊，"姑娘这个我也会。"窦仙童说："少说话，杀进去。"

"来了。"

"闯，杀！"

番兵往下一败，主仆三个人就打到东营门，不到里面便罢，三个人一到里面，那个刀也真快，噼呲扑哧，噼呲扑哧，爱吃也吃，不吃也吃，这一下子就把番营打得一锅粥一样。突如其来的都没有准备啊，都不知道这怎么回事。他们主仆正往前闯，猛一听一声炮响，头前儿闪出一道人墙，截住三个人。三个人一看，在头前儿有一匹青鬃马，这马上坐着这个人，细看他也没顶盔挂甲，可能也是来不及了，在头上绾着一个发髻，没挂铠甲，下边一双牛皮大靴，手里合着八卦开山钺。这个人这张脸啊，就跟黄瓜种一样，两只眼睛往里头缩缩着，那眼眶子都躲多远。他在马身上怒气冲冲，瞅着三个人就问："你们是什么人？无缘无故深夜打进我的连营，这还了得！马前通名。"窦仙童合着这口刀来到对面，瞅瞅使八卦开山钺的这个人，"你问我，你是什么人？"

"我是营里头镇营大都督戴金彪，你是哪里来者？"

"我不瞒你，我到这里来是借路的。我也不是打你的大营，我也不是跟你们动手，我没有仇，跟你们没有恨，因为我公公去信儿，叫我赶紧来城里头有事，说我婆婆有病，我这才够奔城里。可是我围着这个城转了三圈，哪儿也进不去，你们也没有这么干的，好狗还不拦路呢！这东接北，北接西，西又接南，南又接东，你们一点空隙不给，难道说这城里头都得困死，不让出来？我们外来的也不让进去？请都督你帮个忙，能不能下令放我们主仆过去，借条道，到里面看完婆婆，明天我就走。"

"啊？你来看亲人的啊，你婆婆是谁？你公公又是谁？你是谁，可以说吗？"

"我叫窦仙童，棋盘山来的，我弟弟是棋盘山的总辖寨主，我是窦寨主的亲姐姐。"

"噢，你是占山的女大王，那么你公公——"

"我公公就是城里头，恕个罪儿，白袍帅平辽王，姓薛名礼。"

"啊？你是老该死的薛礼的儿媳，那么你的汉子不用说，就是薛丁山了。"

"不错，你算猜着了。"

"哎呀，你还来看婆婆，好哇！你公公在城里头我们准备着生擒活捉，困他四五个月了，他是一点办法没有，每一天就是闭门不出，他在城内靠日子等死，多咱粮尽草绝，不战他就自己出来了。那么你要愿意进城的话，应该放你进去，困到一起，可是单有一件，你在营里太恶，杀了不少人，这回就不准备叫你走了，赶快下马，听我话，不用费事，你要不听我话，哼！你也难逃我手。"

窦仙童一听这个话，刀又过去了，他拿钺一架，俩人动起手来。这个戴金彪在营里头不算主要为首，这个主要的还真没在营。西门外是亚雷公主赫连英，北门外亚雷太保赫连龙，南门外是亲弟兄萧天碧、萧天净，东门外就是八卦山九莲洞三仙祠的观主白纳道。白纳道没在营，他这儿困得时间太长了，薛礼也不出战，待着也无聊，在营里还不像在城里头，这住着大帐篷，白纳道一出去三天五天不回来。营里就安排这两个人，大都督哈木雷，另外就是这个戴金彪，叫他们两个代替他做主一切，什么事弄错了有我担着，白纳道就上南边不远的南云山光明寺，常跟那个方丈，他们两个好下棋，下围棋去了。白纳真人没在大营，由大营的中间到东营门，归戴金彪，搁大营的中字营八卦寨起往西来，到西营门就离黑风关东门近了，这面都归哈木雷。戴金彪一看搁东边打进来了，这阵儿他们主仆都打进十来里地

236

了,所以说戴金彪给拦住了。戴金彪八卦开山钺也真不白给,窦仙童跟他走了二十八趟,她回身啪地这一下,连肩带背斜着一下,照着戴金彪就是咔嚓一刀,扑一声就搁戴金彪的右肩膀砍下去,斜着茬儿到左肋,把这半拉啪就给砍下去了。后面的番兵吓得一缩脖,舌头都伸出来晾冰凉才捞回来。哎呀这个丫头别看她是一个女流之辈,可够厉害!大伙一乱,窦仙童打到人群,两个丫鬟也跟上来,再加上窦仙童这口大刀,四口刀就在这个人丛里面这就开削呀!番兵越杀越乱,越乱越跑,越跑越蹿,营里头是东奔西逃。

窦仙童告诉俩丫鬟,一个是跟着我不要离开,另一个注意方向,拿北斗定方向,不能胡跑。春艳、秋红跟着小姐杀来杀去,哪知道这个时候就杀到八卦中营来了。哈木雷听有人来报说:"可了不得了!东营门外来了一主二仆三个女的,打进来勇不可当,挨着就死,碰到就亡,眼看要到我们这个八卦寨。"

大都督哈木雷就想:道长啊,你倒是出家人,什么军规你也不懂,这个汛地哪能私离呢,这要是我们遇见这样的事,我们不在,非砍脑袋不可。就是你,回来的话,这营你也不好交代,公主非动怒不可。哈木雷吩咐外边赶紧给带马,他到了外边纫镫扳鞍,手提双铜,喊了一声:"给我截住。"带着兵将就在这儿等着,不一会儿主仆三人到了,春艳说:"您等会儿,我看您有点太累了。"这阵儿窦仙童到什么程度,鬓边流汗了,香汗直滴,紧皱着两眉,她没有打过这么大的仗,也没有杀过人,有生以来,这算用武之地头一回。窦仙童稍这么一犹豫,春艳就过去了,来到对面把刀一举:"哎,我说面前来的这个你是什么都督?"春艳一看这家伙红乎乎的一张大脸,连鬓红胡子就像两杆笔似的,压耳毫在两腮往上倒立。翘下巴,狮子鼻孔,在马上手合着一对金铜。春艳就没把他放在心上,问道:"我说你是干什么的,为什么挡道?"

哈木雷一看是三个女流,二话不说,一举双铜要打,春艳说:"你呀,你先别打我,我给你一刀。"嗡的一声刀来,当一声刀就飞了,"哎呀,厉害!"春艳一撒手,刀出去了,拨马往回来。哈木雷火了:"哪里走!"他在后面催马追赶春艳,哪知道窦仙童搁春艳旁边过来,"住手。"窦仙童说了一个住手,哈木雷心想:你叫我住手我就住手啊?所以他没听窦仙童的,直追春艳。眼瞅着他来到了她的马后,把铜举起来了，春艳一回头，"哎呀！"就在这个时候，窦仙童一伸手在革囊里取出一块石头，他那边刚一举铜，啪！一石头，正揍在小子左太阳穴上，就像打个霹雳，他就忽悠一下，咣叽！搁马身上下去了。春艳喊："姑娘，您救了我的命。"

"少说话，刀呢。"

"我拿来了。"再一看，秋红把刀给捡来，就飞过去了，春艳一伸手把刀接过来，"姑娘，怎么办？"

"杀！"秋红把刀一摆上去了，春艳双手抡刀也过来了，窦仙童这马往上一纵，主仆往人丛里一扑，是杀了一层又一层，闯过一层又一层，可谓死里逃生。

主仆来到东门下，回头望了一望番营，这算千斤石头落地，看见东门了，城上看见大唐的旗号了。窦仙童从马身上下来，真就有点支撑不住，扑通就坐那儿了，"春艳啊，叫关。"

"好咧，喂，城上有人吗？"

"城上有人吗？"秋红也跳下马来喊，"喂，城上哪个在啊？你们大唐的兵呢？将呢？城上怎么不说话，有人吗？"

为什么不说话？全城中毒，三天没吃什么了，城上兵饿得起不来，不动，所以她们叫着叫着，出来一个兵，往下一探头，忽悠掉下来了，啪！摔死了。窦仙童也站起来了，"这是怎么回事？这可太怪了！这叫什么唐兵，这叫什么唐将，这能不被困吗？这还不赶我们高山的喽啰呢，怎么守着城，来人一叫城，往外一探头就掉下一个，这怎么腿脚不好使？"主仆三人你看看我，我看看你，都有点目瞪口呆。待了半天春艳还叫，所以这最后起来个老兵，一看，拿她当樊梨花，报告元帅府。薛礼到东门，在城上左瞅右看，一看再看，怎么也不像，这哪是樊梨花啊？

窦仙童说："公爹在上，我是您儿媳窦仙童。您儿去救驾，路过我家棋盘山。我弟弟一虎做主，我和您儿成婚。您儿让我来尽孝，他尽忠报号去奔玉霞关。我主仆番营杀一夜，太累了，望求公父快开城。"

老帅说："你和我儿是夫妇，他可给你拿来书简？"

仙童说："分手太急没想到。"

王爷说："他从哪去到你们山？"

仙童说："他从哪来我没问。"

老帅越听越不对,说:"这事我不知道,丁山他回城也没说。冤家在南门把守,你快去找他开关。"

窦仙童听见薛丁山回来了,心想:你可太缺德了,你为了骗你的盔甲戟马,你骗到手了,那么到中途了,咱们在分手的时候,你应该说实话,你不该说玉霞关救驾,你还把我骗到你们家,叫我前来现丑。瞅瞅两个丫鬟:"你看,你们姑爷——"

"姑娘,我看现在呀,咱们也没什么可说的了,只能说到南门,老人家不开城,对,老人家不信也对,咱们是空口无凭。到南门找着姑爷,姑娘,咱们跟他算算账。"

"对,拿马!哎哟!"窦仙童一动,腿都觉得疼,"哎哟。"

"姑娘您还能支撑吗?"

"我能,你们俩呢?"

"姑娘,您放心,我们还觉得一点没累呢。"丫鬟那是胡说呢,说这个话都没什么劲了,她瞅瞅她,她看看她,想要扶姑娘上马,窦仙童一摇头:"上马。"

主仆三人马奔南门,她们搁东门奔南门,得绕东南城角,搁东南城角绕过来又往西跑,哎哟老远了!丫鬟就说呀:"看看,南门也没有兵,这都怎么回事,这城里头是怎么了呢?他们就这么守城吗?"主仆来到南门,窦仙童先跳下马,"春艳,叫你姑爷出来。"

"哎,我说城上哪个在啊?城上有人吗?谁在这守城呢,赶紧报告薛少帅,就说我们棋盘山来人啦,请你报告薛少帅,城上——"丫鬟叫着叫着害怕了,不对呀,这是怎么回事,怎么瞅也没人,怎么叫也不哼。正在这个时候,就听南门外三声炮响,春艳一回头,一看南边像潮水一样,刀枪密布,见头不见尾,都奔这边扑下来了。那明盔亮甲,马上步下,一望无边,都是龇牙咧嘴。一看那样子,丫鬟也有点一颤,"哎哟,姑娘,可了不得,看样比东大营厉害,你瞅瞅这来的该有多凶啊!咱们南面也不能进城,姑老爷被困胆小,他也不敢开关哪。"

窦仙童听到这儿拿眼睛往南边瞧了瞧,心里想:薛丁山,你拿我不当回事,你骗我,你瞧不起我。你行,你在城里被困,我不行,我夜踏东大营。这回我当着你面,再来个马踏南大营,叫你看看窦仙童我的厉害!她纫镫扳鞍,一摆这个刀,马奔正南,要血溅南大营。

第三十七回　报号杀四门

窦仙童到黑风关报号，东门外，公公不认。老元帅说薛丁山在南门守城，叫她从南门进城，去找薛丁山。窦仙童带着春艳、秋红到了南门，叫城没人，南面炮响，番营里头来了无数兵将。主仆一看是不打不行了，窦仙童也是这么想：我打一个样叫薛丁山你看看。所以窦仙童告诉春艳、秋红："加点小心。"

"是。"

窦仙童催马抡刀就直奔南面，南大营里头是两员大将萧天净、萧天碧。萧家弟兄果然是厉害，南大营萧天净没在营，因为他困半年来的了，城里头从来不打，姜须走后把城门洞子拉土都囤上了，打什么呀？所以这就是在这儿困，多咱把城里靠得粮也尽了，草也绝了，公主说了，我们这叫洒水拿鱼，不战自亡，薛礼他就投降了。所以萧天净在营里头天长无聊，他就带着一些人出营行围采猎去，叫他的兄弟萧天碧在大营里头当家。萧天碧突然听到夜里头东大营给打得乱七八糟，说是白纳道长也没在家，把东大营给破了，进了东营门，出了西营门，上黑风关东门报号。萧天碧心想：薛礼呀，你空有其名。黑风被困半年，你始终不敢露面，怎么着？来救命的了，就来三个？据报是一个姑娘，俩丫鬟，就能救你们全军？真是做梦，他没往心里去。这阵儿天早就亮了，有人报说这三个女的不但在东门没进城，奔咱们来了，上南边来了。萧天碧火了，一想，虽然是哥哥没有在营，那么也不至于就叫你如何了。叫外边赶紧排兵点将，他把他哥哥萧天净手下的贴己八大将：乌里金、乌里银、乌里铜、乌里铁、哈密连、哈密城、哈密宝、哈密贵，这八个人跟他哥哥萧天净公事是一方面，私人有交情。萧天碧这一升帐聚将,跟大家这么一讲,七八十个平章、都督哇哇暴叫:"抓活的!抓活的!她要是找不到婆家,咱们这儿有的是!"排兵点将,放炮出营,来到北营门出来,散在两旁压住阵脚。萧天碧想要过去,乌里金就笑了:"都督,既有末将服其劳,杀鸡何用宰牛刀,就来这么一个黄毛丫头,带着两个丫鬟,她还能惊动都督爷您?我来!"

"你要多加小心。"

"料也无妨。"他一催胯下这匹大跑大颠的送行马,掌中合着一对金鞭,高声喝喊:"丫头,你往哪里逃!"乌里金奔两军阵一看,果然后边有两个丫鬟,头前儿有一个姑娘,在马上合着一口刀。乌里金这么大一个都督,也真没把窦仙童一个女人放在心头,他马上问:"什么人?你到黑风关干什么来?"

窦仙童在马上听他们挺蛮横,瞅了瞅他:"干什么来?一样人不能两样对待,昨夜里头把东大营杀他个落花流水,今天也想把你们南大营打得丢盔落甲。"

"口出狂言,就凭你这无名女辈,你也目中无人!你可知道你家大都督乌里金的厉害,休走看鞭!"

窦仙童现在就这么想的:来一个杀一个,来两个杀一双,今天我看你们能有多少,我豁出了我这一腔子热血,我都倒在南门外。准知道薛丁山在城头,别看不露面,叫城你不哼,你还是在,公爹说了,你守南门,你不能离开。薛丁山,你见了我窦仙童净是甜言蜜语,你把我一个痴心的女人给哄得蒙头转向,我还满心赤诚,为你报号,替你孝公婆,闹了半天,你真狠啊!我窦仙童哪点对你不好,你一句真话没有?你等着看我替你打完了敌人,你瞅着我窦仙童的厉害!这番将就倒霉了,拿他们做样儿给汉子看,他们冤不冤。窦仙童这个劲比在东大营里劲还大,乌里金这鞭一来,窦仙童刀架,两个人大战。乌里金也不白给啊,窦仙童跟他对付二十多趟,这才给他一刀,把左臂削下来。他想拨马走,窦仙童说:"你往哪儿走!"刀就来了,这刀搁后脖子斜茬儿,把这脑袋给削起来,真像个西瓜一样,咕噜吧唧,掉下去了。那马往回一跑,窦仙童喊叫:"哪个还来?"

打虎亲兄弟,上阵父子兵,乌里银一看大哥死得这么惨,再者说也死得窝囊，要死到薛礼手儿也有个名头，这哪来这么一个黄毛丫头，"好恼！"他掌中抡起一对银鞭，够奔窦仙童，就像饿虎扑食似的，鞭奔窦仙童。窦仙童一架，又问他什么人，乌里银说："刚才死的是我胞兄，我是他二弟乌里银。"

窦仙童点点头："好，你们这才叫弟兄，你们亲弟兄，他死你活着那是太不对了，我成全你。"

"你胡说八道，休走看鞭！"

"我看着了。"窦仙童又跟他敌了能有二三十趟，他一回头窦仙童刀正来，刀往脖子上抹，他觉着不得劲，他往下一缩脖，没给脖子，这更坏了，给哪儿去了？刀正到嘴丫子，他啊一声，他心想牙硬能叼住，那不扯吗？噗！脑袋下去多半拉。乌里铜后边铜鞭一举，高声喝喊："丫头！你杀了我的大哥二哥，今天我岂肯甘休，气死我了！"他到了跟前儿抡鞭就砸，窦仙童架过铜鞭又问："你是什么人？"

"乌里铜！大哥二哥死在你手，今天我岂肯甘休？"

"你们哥儿们还不少呢，好吧，排着个儿，挨着走，都离这么远，谁都能看见谁，到鄡都城去一起一块儿进去。"

"气死我了！"乌里铜的铜鞭奔窦仙童，打来战去，战来打去，到十八合上，窦仙童刀一晃给他拦腰解带，噗！上半截儿整个下去了，下半截儿单说人家咋练得这个功夫，上半截儿都丢了，噗一声掉地上，下半截儿在鞍鞒上不下来，俩脚在镫上还整得挺紧，马往人群跑，驮半截儿回来了！把那番兵吓得直缩脖，这哥儿四个死了三个，乌里铁一看一抡双铁鞭："丫头，你拿命来！"他马到对面，窦仙童一看，"我怎么看你们都长得差不离，你们脸儿都这么蓝瓦瓦的，你也跟那三个——"

"那是我三位兄长，我是老四乌里铁。"

"你们哥儿几个？"

"就我们哥儿四个。"

"哦，活一个也是难受，我成全人就成全到底，杀人杀个净，你过来吧，你三个哥哥等着你呢。"

"好恼哇！"双鞭一砸窦仙童，窦仙童这阵儿心想：薛丁山，你在城上看着，你瞅瞅你这个老婆次于你吗？不白给，不吃闲饭。窦仙童这劲越打越急,越气越大,跟他战没有十合,咔嚓一下子把一个脑袋给整去三分之一,把后脑海给削去了,其实那块倒不大,就像一个饭碗似的那么大一块,剩得多,那也不行,也不是怎么冒气啊还是咋的,花红脑浆嘭一声崩起多高,搁马身上下去了。

窦仙童刀劈四番将,后边那四个呀,哈密连、哈密城、哈密宝、哈密贵,这四个家伙刚要一齐上阵。"慢着!"萧天碧一想:哥哥回来我交代不了,哥哥手下贴己八大将,叫这丫头一眨眼给削了四个,我萧天碧是干吗的?他双锤一举,高声喝喊:"呔,野女,你拿命来!"马下来了,窦仙童一看又来一个使锤的,马上就问:"刚才那哥儿四个,你是老五?"

"住口!南大营为首大都督是我亲胞兄萧天净,吾乃萧天碧,那是我们手下八大平章。你眨眼刀劈四将,你拿命来!"双锤一举,跟窦仙童一动手,没有三个照面儿,窦仙童可看出来,这个可不好整。力也大,锤也重,他打得也滑。看样子萧天碧不求有功,但求无过,他在马上这个锤小心窦仙童,他注意窦仙童,好像是看窦仙童的刀,到底精到哪里,那意思号完脉他才还手。窦仙童明白,所以窦仙童这口刀真给摆开了,扎、割、削、抹,照着萧天碧一刀比一刀紧,一刀比一刀快,这个刀是前后左右,上下飞翻,眼看把这萧天碧也给忙活得直发愣。这对锤上下飞翻,照着窦仙童左打右砸,窦仙童敌了几下,"哎呀厉害!"她当时往下一败,萧天碧马往前这么一追,"你往哪里走!"刚往前一赶,窦仙童就借着败这个劲,一晃儿就把大刀交到左手,右手在左边皮囊一伸手,她取出点东西,回头嗖就撒出去了。这个家伙没小心就打到鼻梁子上,哎呀!两眼发酸,黑不隆冬,那鼻子血就下来了。窦仙童紧跟着又发两块飞石,一块打塌了鼻子,那块把左眼就给打瞎了。他"啊"这一声,窦仙童马就到了,"好贼!"噗噗噗!连着三刀,一刀左臂下来了,又一刀脑袋下去了,再一刀右臂下去了,萧天碧叫她给大卸八块。

后边的都督那就急了,"好恼哇!"包围窦仙童,窦仙童刀也给摆开了,砰!啪!扑哧!丫鬟春艳说:"妹妹上啊!"她把刀抡开,秋红两口柳叶单刀也上来了,帮着姑娘,这主仆三个人,别看是女流之辈,真得说有胆量,有气魄,也真有本事,也真能打,杀的是血水摊

243

摊，马仰人翻。

杀来杀去都杀得过了晌午了，这阵儿太阳都往西去了，她们打到营里去的，这阵儿又打出来了，你算算得多少人？要不怎么叫血溅南门外。她们又搁北营门打出来，窦仙童的意思是别离南门，叫薛丁山看看，所以窦仙童带着两个丫鬟出了北营门，眼看着黑风关的南门，还奔两军阵地。她带着丫鬟正往北来，就听着营里三声炮，窦仙童明白，来高手了，"春艳、秋红不要动，往后去，来能人了。"春艳、秋红往后边一退，分在左右，窦仙童马又拨回来，背北面南，一看在大营里，果然旗幡招展，枪刀如麦穗，下边是马上步下的，人欢马爹，尘土飞扬。再往当中这么一瞅，这个人掌中一对金锤，直奔窦仙童。谁啊？行围采猎的回来了，南大营为首的总指挥萧天净。萧天净一到大营，有人一报他就火了，怎么着？兄弟没了！一听手下的八大将叫一个来路无名的野女杀了！萧天净马没停蹄，吩咐带兵，把兵调出来，放炮，他搁营门出来。萧天净到了后边压住阵脚，直接够奔疆场。

萧天净怒火万丈，用锤砸仙童，仙童用刀一磕，当一声，刀飞能有两丈高。仙童拨马就跑，萧天净紧追不饶。窦仙童往回这么一败，她这一个照面没容缓，窦仙童也没承想萧天净这么厉害。一个是他力大锤重，二来他也没法交代了——南大营打得这样，干什么去了？我出去玩去了——他脑袋都得危险。所以这一个照面他当一锤，刀飞了，窦仙童知道上当，晚了。磨回马，人家就到了。窦仙童人困马乏，萧天净眨眼的工夫马头就接了马尾，锤就起来，照着窦仙童后脑袋噙就下来，噗！红光一现，翻身落马就死尸一条。那么是不是窦仙童报号一回，跟薛丁山认识，到这为止，她就结束她这短短的一生？不是的，谁死了？萧天净。他怎么死了？窦仙童带这俩丫鬟，真得说是一个赛一个，不亏窦仙童费心血，平时栽培她俩，到今天看出用处来了。窦仙童马往下败，这阵儿是没缓了，手也疼，刀也没了，也累了，也没有那个精力了，就是趴在鞍鞽上等死了。正是萧天净往北追，窦仙童往南门底下跑，萧天净也不是没看着路旁有俩人，一看是丫鬟，穿个大坎肩，他没往心里去。他的马还往北追，这丫鬟春艳合着刀，右脚一踹绷镫绳，马往左边一拐。萧天净到了窦仙童的马后，马头接着马尾，锤起来了，那丫鬟春艳的刀就照着萧天净的右脖筋，两手一晃，这口刀，比他那个锤先下来有半寸。再稍一顿，那窦仙童就完了。她那刀噗一下子，斜着茬儿把萧天净的脑袋给削去了。脑袋掉地上，萧天净还不服气，不服气那个劲到什么程度？那脑袋骨碌滚了三滚了，就在地上嘎吱嘎吱还把那土给啃得多深。他的脖腔子一缩，尸首下去了，身子翻到马下，噗！这一腔子血蹿起多高。春艳说："姑娘，姑娘别害怕，这小子死啦！"

窦仙童回头一看，哎呀谢天谢地。秋红这阵儿把窦仙童这口刀给捡回来，递给窦仙童，再一看刀成月牙刀了，当间给崩一大块。窦仙童拢了拢神，镇静一下，瞅瞅春艳说："春艳哪，要不叫你，我可真就完了，我这是两世为人，春艳，你的恩情我可怎么报？"

"姑娘，怎么能说这话呢？姑娘对我们姐俩平素天高地厚，现在的话，姑娘在，我们在，姑娘要是一旦什么危险我们俩都没打算活，怎么还能说这个呢？不过我们姐俩在后边纳闷奇怪啊！"

"什么？"

"姑娘您累得这样，打了一宿，在东门外看样子站都站不住了，您到南门外怎么这么大的劲？这阵儿打可不要紧，你看太阳平西了。话又说回来，我说话我都觉得四肢无力，咱也不知道杀多少，您老怎么这么大的精力？"

窦仙童瞅瞅她们俩："春艳、秋红，你们听没听着城上击鼓？"

"击鼓？"

"不错，打得欢着呢。"

"是啊，谁打的？"

"现在事情已经真相大白，你姑爷还是个好人。"

窦仙童哪知打鼓的不是薛少帅，而是老帅。窦仙童城下仰面找丁山，看城上没有丈夫，累得她坐到地上。丫鬟忙问："姑爷在哪儿？"

老帅说："不瞒你，我说实话吧，就因为火烧九岖峪，我们认为薛丁山烧死了，可是你说你们见面还不到十天，不知道他从哪儿来，叫我实在不相信，南门外叫你们打一战，我要看看真假，现在我才承认，你是我们薛家人的媳妇，原谅你这无能的公公吧。"

"既然这样，那您老人家就应该开城。"

245

"是啊，来人啊，开城。"

主仆三人寻思开城一会儿就开呗，等一会儿又一会儿，一会儿再一会儿，丫鬟急了："老王爷，这个城怎么还不开？几道锁呀？"

"哎呀别提了！因为我无能被困，恐怕敌人打进城来，城门洞全用土都塞上了，他们得掏土。"

主仆你瞅瞅我，我看看你，怎么吓得这样？这时候就听东边炮响，再一看无边无岸的番兵番将，头前儿有一个大个子，这个人手提独脚铜人槊，奔这儿来像飞了一样。老帅说："不好，媳妇快上马，他是太保，他厉害！"窦仙童刚要上马，太保就到了，哎呀他扑过就打！

第三十八回　公主戏仙童

窦仙童在城下和公公二次见面，可这个时候亚雷太保到了。赫连龙在北大营，中了薛礼的箭之后，赫连英亲身到北大营给胞兄治伤。上上药之后，赫连英跟大哥讲："你运气不好，这几番几次看来你不是无能，你还是不走运，你暂时不要出马，只能守住北门，不叫唐兵唐将搁你这儿跑了就行。他们要来到大营闯营，那你就跟他玩命，不然的话你就别动，天大的事情，你也别出去。"

太保点头。太保也知自己一切不如妹妹，文啊，武啊，妹妹都比我高得多。这几个月亚雷太保在大营里头，真的不讨战，也不出营，有的时候也是带人行围采猎玩玩去。他昨天夜里头听着东大营杀得天翻地覆，天头亮了，搁人一打探，说是东大营来了三个女的，一个姑娘带着俩丫鬟，怎么打进来的，怎么战的，怎么过去的，到东门上城里去是干什么，不知道，东大营的祖师爷白纳真人不在。亚雷太保赫连龙就想：我别去了，忍着吧，看看还怎么着。搁人再打探，回来又报，说这三个女的在东门没进城，奔南门了，"干什么去了？"

"不知道。"

"再探。"再打探又报说在南门又打上了，看这个意思说这三个女人特别厉害，东大营打完了不算完，要把南大营如何。太保就想这也太欺人，就凭女流之辈有多大的本事，你能这样无礼？可太保又一想，我要再出去，妹妹不又埋怨吗，我也不保险。好吧，忍着吧，又命人打探。太阳平西有人跑回来，"报太保，可了不得了！南门外这个女的可够厉害，她这口刀把萧天净、萧天碧、乌里金、乌里银、乌里铜、乌里铁……"

"怎么样?"

"全杀了!"太保他就站起来了,"怎么?萧天净、萧天碧死在野女之手?"

"可不嘛,一刀一个啊!其余的数不过名来,那简直的,杀的是尸横遍野。"亚雷太保又一想:我怎么能这么窝囊?学会文武艺,货卖帝王家,到现在我再忍着,我成什么了?我吃这碗饭,我就应该干这活儿,"来人,排兵点将,南门走走!"

"是!"把兵将排开了,大伙就问太保,搁哪面绕?他搁北门奔南门也可以走,西面也可以走,太保一想:走西门那得跟我妹妹那营过,妹妹兴拦我,还问我,那就说我还不好唠,我还兴去不了,走东门。搁他的北营过来,出南营门,搁北营出南营门,往东来,绕过东北城角,到黑风关的东门又往南来,绕过东南角,又顺着护城壕外往西来。亚雷太保老远就看见影影绰绰,城下有马有人,城上也有人,在说什么?听不见。这阵儿老王爷一见太保,知道他厉害,"媳妇快上马,不好!他是亚雷太保赫连龙,力大槊重,你要多加小心。"

"公公,我实在动不了了,我不想打了。"

"媳妇,一会儿城就开了,公公话也说尽了,土掏不了,城开不开,现在你得容他们慢慢掏,因为他们三天都没吃饭了。"

窦仙童又一急,这城里头净新鲜事,怎么待着没事,好几天不吃饭呢?这个时候太保就到了,丫鬟说:"赶紧上马!"这阵儿姑娘把刀抓过来了,没等上马,太保过去,丫鬟往前一进,干什么?丫鬟要拦一下,你管她怎么地,那太保得应酬,她是人,你不价她也削你,她拿着家伙呢。太保被丫鬟一阻,窦仙童上马,这才问道一声:"你什么人?"

"问我?我来问你了,我是番营北大营为首的,人称亚雷太保,复姓赫连单名龙,我父是赤虎关一字并肩王。西门外四门为首的那是我的妹妹亚雷公主赫连英。我来问你,就凭你这么一个弱小的女人,无名之辈,你也踏东大营?你又大战南大营,单说,你是哪来的?你想在黑风关干什么?"

窦仙童瞅了瞅他,咬了咬牙,说话都觉得气不足:"干什么?大唐老师是我的公爹,他儿薛丁山是我的丈夫,我是你家少夫人。"

"噢!好恼!你公公射我一箭之恨,好嘞,我今天是拿你出气,休走!"

窦仙童一想，公公告诉力大槊重，难搪，又加上拿眼一看，他这个独脚铜人娃娃槊，那抡起来带风。窦仙童一想：恐怕我架不住。所以她拿刀挑他的腕子，一巧破千钧。太保知道她没敢架，太保就跟那窦仙童一边打着一边也注意，加小心，怕窦仙童有特别的，没特别的她不至于这么厉害。打呀战呀，战呀打呀，打的工夫也大了，他这槊挨不着，她老一巧破千钧，你想你槊砸下去，虽然能砸死她，她那刀把你的手也削下来了，谁也不这么干。可是太保也没赢窦仙童，窦仙童也没赢了太保，太保一看你也没什么特别的，槊就紧起来了，这个槊一紧，兜着风，窦仙童是一招不如一招，一趟不如一趟，眼看那就往下败。窦仙童退，退无可退，城门没开往哪儿跑？进，进不得，打，打不了。她在进退两难的时候，就听啪！太保"啊"一声大叫，大口吐血，他一转身，他连话都不能喊了，一摆手打手势，那意思告诉后边，跑啊！太保带人累累如丧家之犬，忙忙赛漏网之鱼，这兵来得迅速走得快，就像风卷残云一样，拼命逃跑，金命水命不如逃命。窦仙童也呆住了，怎么败的？不知道。窦仙童不但愣了，俩丫鬟也傻了，这阵儿就连城头上观阵的老元帅也纳闷，没看见媳妇伸手，媳妇而且也在危机，要是王爷在城外的话早过去了，换媳妇。现在他出不去，不能飞下城，城没开。眼瞅着媳妇堪堪就完了，怎么倒把太保打得大败亏输，吐血而走，奇怪？看两边那护城河，护城河里有水，那两边上不有草吗？草丛多高，在那护城河的水边上草窠里，好像发出一道白光，太保就啊一下子跑了，王爷可也没太往草窠里头看。这个时候窦仙童一看他们败下去了，那刀不是扔的，顺手就掉地上，呛啷，简直就像瘫痪一样，那就像走八万里地一样，窦仙童马又回来，抬腿扳着鞍子下来，扑通就坐到那儿了。

丫鬟这阵儿往上看了看老元帅："老王爷，您开恩吧，您开城吧，看不出我们姑娘累坏了，这是你们家的人哪，难道您还在怀疑吗？"

"不，丫鬟，你叫什么名字？"

"我叫春艳。"

"春艳哪，你可不要多想，仙童媳妇你可千万不要多思啦，公公丝毫没有怀疑，你在南门外已经打出证明了，而且现在又打得太保大败亏输,公公还是这个话,得让他们掏土,土掏开这城才能开。媳妇你休息,你已经把敌人打退,你就在城下安心等待吧。"

"老元帅,您城开不开,是不是想办法弄什么系下点水喝,我们这个嗓子都起火了。"

老元帅微微地摇头摆手:"丫鬟,儿媳,你们主仆都得忍受,也慢说在城外用筐给你们系水,你们就进得城来,也不能喝一口水。"

啊?窦仙童瞅着两个丫鬟,这是怎么个事?春艳憋不住了:"老王爷,那么城里头没有井啊?"

"有。"

"没有水啊?"

"有。"

"怎么不让喝?"

"不是不让喝,就是不能喝。不瞒你们,为什么土掏得这么慢,他们是三天三夜水米没沾唇。三天前突然城里得了瘟疫,这个瘟疫面太大了!整个全城没有黎民百姓。被困之前,都叫我赶走了,城里全是唐兵唐将,可是现在全城中毒。都在就地横躺竖卧,一个个口吐白沫,你说他活着,他一言不语,没有知觉,你说他死了,还有呼吸之气,就连我那夫人也是一样。整个的帅府没有活的,就是我,因为我没吃也没喝,还有一个病汉,没吃没喝,他也没中毒。每城头五百人,四城头一共两千人等着吃饭,换班没换,没吃也没死,因此我们明白,这水里、米里有瘟疫。所以我们三天三宿不吃不喝,就等待着机会。"

这阵儿也慢说窦仙童,春艳瞅秋红,秋红看春艳,她俩也泄气了。一想这可真糟了,我们这个地方算来着了,仅仅姑娘能够看看公公什么样,或者能掏完了土,进去城瞅瞅婆婆死活,别的希望啥也没有,跟姑爷见面不敢想了。两个丫鬟的眼泪就下来了,问:"老元帅,这土还得掏到什么时候?"

老王爷回头问:"你们下边怎么样了?越快越好!"

"是,这没闲着啊。"说没闲着,看他往外掏土,他拿那家伙,比饭碗是能大点,那得掏到多咱?王爷看看外边,太阳眼瞅都下去了,也瞅着她们仨,王爷难过啊!这个罪搁本王身上还可,叫这年轻人又

250

饥又渴又累又急,真是,天哪!这个时候就听西大营炮响,"媳妇,要有准备,不好!西营外炮响,可能是他们四门外的总头子,就是亚雷公主赫连英,她可实在的厉害呀。"

"公公,厉不厉害我也不管了,反正她来了我也不动。"

"哎呀媳妇,那可不行!"

亚雷公主赫连英在西大营里她能闲着吗?把她都气翻白了,众将平时都挺有用,都像了不起,一旦用人,怎么这么些个窝囊废?东大营一听怎么着?一宿的工夫,叫一个姑娘带着两个丫鬟给踏平了!一听怎么白纳真人不在?出家人也有清规戒律,你怎么能这么随便?我重任相托,那么大一个东大营整个交给你,你出去散步给我撂下,让人家马踏?又一想,人家来了是客情,不属我管,我又能把人家如何,今后对他也得酌情。听说是天明,她在东门进去,公主一想:等你进城之后,慢慢我找你们。有人报说上南门又打起来,公主赫连英的意思:怎么的?你想要杀四门哪!有人一报这可了不得,说南大营比东边打得厉害,杀的不能说是尸骨如山,也算是血水成河。公主就明白了,我不用找她,她还准得来,她是要杀四面。这是搁东边到南边,一会儿就到我这来。一会儿又有人报啊,是北门外亚雷太保去了跟她打,结果叫她给打回去了,吐血而归,可把公主气坏了,柳眉倒立,杏眼圆睁,吩咐外边:"排兵点将,带马抬刀,我到南门外看看去。"亚雷公主这一吩咐,外边排兵的排兵,点将的点将,抬刀的,带马的,公主收拾明白,带众出来,她手下带平章都督一百二十多,纫镫扳鞍,三声大炮是直扑南门。

薛礼喊:"媳妇快上马,你还得和他们走上一招。"

仙童说:"儿媳实在打不动了,我上不了马,也拿不动刀。您不开城,我就等死。"

这时就听公主喊:"败类的丫头,过来。"

春艳说:"小姐,能死阵前不死阵后,我们也不能坐等着挨刀。"

窦仙童抖抖精神,上马提刀。老王爷在城头含着眼泪,瞅瞅媳妇马往西来,春艳、秋红两个丫鬟在后边也得支撑着,小姐能动,她们不动像话吗?可是真就觉得不能打了,就是摆个样,拿着刀,反正还能拿着,往起举都觉着费劲,筋疲力尽,眼睛都发花,再加上饥饿,

251

口干舌燥。春艳、秋红在后边合计着：不管怎么着，我们生，生一起，死，死一处，姑娘要是胜便罢，姑娘真有好歹，我们还是同归于尽。两个丫鬟在后边，一看太阳眼瞅下去了，公主在这儿正在等着窦仙童来。一看，马上这个窦仙童也不至于怎么样，怎么这么厉害？公主就在想：据说樊梨花，我那姐姐可比我高，你的父亲，我的父亲，蓝叔叔他们老人磕头，咱们论起来都是姊妹，可是我没看见过你的本事，听说你投唐嫁给薛丁山，难道说这个比你还高？赫连英一想：你就再厉害的樊梨花，我都不怕，难道说我能怕你吗？公主在马上问一声："对面你是什么人？"

窦仙童皱着眉毛，咬咬牙，想吐口唾沫都吐不出来，嗓子简直就起火了，"你问我？城里的老帅是我的公爹，我是少帅薛丁山之妻窦仙童。"

噢！公主一想：薛丁山这小子真缺德，樊梨花那么厉害归你了，你又整这么一个老婆，你就靠着你这俩老婆就想要打全胜，没门儿，我今天就给你削一个！"你认识我吗？告诉你，我家住赤虎关，我父一字并肩王赫连杰，我是兵困黑风数月之久的总都督，我叫赫连英。窦仙童，识时务，我劝你撒手扔刀，下马被俘，我不至于杀你。我把你押至大营，我跟薛礼会战打胜了他再说，打不胜我还把你放回去。如果今天你要不听我的良言相劝，就你这个刀，在马前你要能走过三合，你算高人。"

窦仙童瞅瞅公主："你不要敲山震虎，打草惊蛇，大江大浪，你家姑娘见过，小小的阴沟还让船翻了？你今天是欺人太甚，休走看刀！"公主没敢乐，就你这刀，还月牙刀，你还奔我来得这么大劲。公主上下打量半天，"这样说你还不服？"

窦仙童说："我没有怕过任何人。"

"好，我别屈着了你，请。"

窦仙童这阵儿一想也明白了：四门外都听你的，你是厉害，公公也承认你厉害，话又说回来了，刚才那个怎么败的，我也不知道，我这是靠着天保，我累得刀都拿不动了，我能行？可不行，我怎么办？我能放赖？丫鬟都讲了，能死阵前不死阵后，我叫你把我杀了又该如何，我累死我也不能说叫你吓死。窦仙童一咬牙，最后的激劲拿出来了。那也不知道累了，她把这刀给摆开了，别看是月牙刀，那玩意儿要砍上也一样要命:窦仙童这刀一举,赫连英打着打着扑哧一乐:"我说姑娘,你是哪门哪户的?贵恩师哪位?你学的这什么刀招啊?而且你怎么用这样的刀?这样必有特长吧?"公主看出那刀是打仗崩的,她偏这么说,她拿这个话一讽刺,窦仙童没工夫跟她闹,刀更紧了。窦仙童的本事也慢说累,书中说明,就算不累,俩窦仙童,仨窦仙童也不是公主的对手,公主跟她打那简直就是玩。窦仙童把她的刀术都拿出来,拆多少招,怎么变化,怎么打,怎么使绝艺,怎么来特别的,公主那是心平气和,丝毫没放心上,公主的师父,那比樊梨花的师父还高八倍。所以赫连英就好像玩,她这玩的就是解气,就是解恨,你杀了我那么多人,你有多大能耐?所以我不拿你,我不杀你,我不胜你,我要累死你。公主这招儿也够损的,她看出窦仙童累了,筋疲力尽没力气了,我偏要你累,就拿刀领着她,引着她,这个刀还不叫窦仙童的刀近前,还不叫窦仙童还手,就逼着她快,越来越快,这刀上下翻飞。

老薛礼城头明白,人家在媳妇之上,媳妇不行,看样子媳妇那叫玩命!最后一看窦仙童刀法就有漏空了,缓不开手了,窦仙童一看刀来了,就要砍上了,架不赶趟,窦仙童就给公主一刀,那意思就是玩命,你给我一下,我给你一下,哎哟!公主看出窦仙童这是玩命了!老薛礼正在城头上束手无策,够不着,出不去,她又进不来,老王爷那个揪心,这是自己的儿媳妇,那就跟儿子一样,老王爷疼儿子就要疼媳妇,他怎么能够不急?"你们赶紧掏土开城。"

"报告老元帅,掏完了。"

"开城!"

"您听,开啦!"

老薛礼在城头上瞅着,先冲主仆高声喊叫:"媳妇、春艳、秋红,城开了,快进城,快进城!你们都喊,城上都喊!"

"快进城啊,城门开啦,少夫人城门开啦!"

这阵儿窦仙童一听这话,叫丫头赶紧逃。春艳、秋红、窦仙童马到吊桥,公主说:"怎么的?要进城,你做梦。"两口飞刀,正奔窦仙童的后粉颈就来了。窦仙童猛一回头,刀就到了,一低脑袋,什么也不敢看了,眼睛一闭,就听扑哧!下回分解。

第三十九回　灵丹救三军

上回书说窦仙童报号杀四门，黑风关的南门外大战赫连英，老元帅薛礼在城头上都急坏了，想帮忙出不去城，城门洞子的土掏不完，城开不了，媳妇还进不来，打还抵不住人家，正这种紧要关头城门开了，可把老元帅乐坏了！薛礼高喊："赶快进城来。"

窦仙童刚上吊桥，公主两口飞刀甩出去，奔仙童后粉颈扎了下来。两口刀眼看要到身后，当当两声，刀又奔公主来了。公主伸手要接，两刀变成五个。一眨眼，五口飞刀接住四口，那一口扎进她的马脑袋。战马猛跳，公主掉马逃往正西。

薛礼在城上看得目瞪口呆，跑下城头，见有个出家的尼姑在地上跪着，是樊梨花，再看旁边窦仙童给樊梨花跪倒，樊梨花给老帅跪着，这阵儿又听媳妇仙童嘴里说，谢师父救命，王爷也恍然大悟。闹了半天，是媳妇樊梨花干的。对比之下，老帅心想：公主比窦仙童高那么多，窦仙童还比他们番兵番将高那么多，总搁一起，还不如樊梨花。可是给她们介绍，老王爷挺为难。樊梨花穿这身出家的衣服，不知为了什么，看她身上穿着深灰色圆领大袖，头上是深灰色的观音兜，手里还拿着拂尘，僧鞋僧袜，瞅这意思是出了家了，那么就说明媳妇心情不好，为什么不好？还不是叫冤家逼得吗！那个冤家逼我媳妇樊梨花这等地步，这回突然又收了个窦仙童，当面介绍，恐怕梨花不满，她倘若是再走了，黑风关还解不了围。仙童媳妇虽然报号，有此勇气杀到东门，大战南门，可是有公主赫连英在，她不算胜，我们不能脱险哪。可要不介绍，她俩在这儿摆着呢！老王爷这阵儿啊，他越想越难为情，进退两难。樊梨花说："公公，不孝媳妇恐怕来迟了吧?"

"不不不,媳妇,赶快起来。"

樊梨花谢过公公,一转身,把窦仙童扶起来:"你不要多想,我是理当救你,老元帅是我的公公,你来救他老人家,你冒险,我在旁边怎么能旁观袖手呢,这不算什么,你不要往心里去,也谈不上什么救命之恩。"

仙童说:"是,多谢老仙师。"

这阵儿窦仙童也纳闷,管公爹她也叫公爹,究竟她是什么人?这阵儿老王爷打了一个咳声,硬着头皮说:"也罢,媳妇,你们都在这儿,仙童啊,你不要口称师父,也不用谈救命之恩,公公给你们引荐,她是你同夫姐妹,叫姐姐吧,她是樊梨花。"

窦仙童别看没见过,脑袋里有这个人,跟薛丁山,人家是发妻。想到这儿,窦仙童又二番恭恭敬敬深施一礼:"姐姐,我真是有眼不识泰山,我虽然没见,早就闻名,今天睹面也特别地荣幸,姐姐又救妹妹不死,我这一辈子难忘大德!姐姐,妹妹有礼。"

樊梨花瞅瞅公公,薛礼说:"媳妇,她是棋盘山寨主的胞妹,我们都以为丁山在九岖峪没有了,谁承想死里逃生,他到棋盘山,由寨主做主跟此女成婚。此女叫窦仙童,你们姊妹多亲多近吧。"

樊梨花上前抓住窦仙童的手:"妹妹,你好。"

"姐姐,你好。"窦仙童回身叫春艳、秋红,"快,上前施礼。"

春艳、秋红这才又给樊梨花施礼,樊梨花说:"罢了。"

樊梨花就问:"公公,这是怎么回事?怎么城门洞的旁边掏出这么些土来?这是——"

"媳妇,叫你们笑话,你丈夫薛丁山兵发赤虎关,我给他十二万大军,九岖峪不慎中了人家火攻计,全军尽殁。当时姜须跑了回来,把黑风关城内的黎民百姓全都赶出,我们把唐兵整个地调到城里,也就准知道要不好。不错,他们真来了,四面八方把黑风关困得风雨不透。夜里姜须闯番营带奏折回朝搬兵去,他临走叫我把城门洞子塞上,严守城头,小心敌人攻城,只要能守住黑风,救兵不久就到。姜须走后,我就这么办的,你们来了,这现掏土,媳妇仙童才冒险,要不叫把城门洞子塞上,何至于这么半天才进城。"

窦仙童和春艳、秋红一看是这么回事,也不怪公爹,也没有埋怨,再加上知道薛丁山没有骗自己,心里都平和了。丫鬟就问:"老元帅,这怎么人都在街上躺着,横躺竖卧?"

"别提了,三天了,突然也不知道得着什么病,凡是吃了的,喝了的,都这样,你说死还有气,你说活着,人事不省。每城头五百人,加上我,因为没吃没喝,就没有死。也不知道这是什么天降之灾。"

樊梨花在旁边听到这个话,赶紧到跟前儿,把这个人的眼皮给撩开瞅瞅,樊梨花再摸摸他的心口,瞅瞅这个人,说:"公公,是中毒了。"

老元帅说:"赶紧咱们回帅府。"带着媳妇,旁边兵将跟着,告诉城门紧闭,吊桥高绞,严防城头,敌人讨战,报我知道。他们公媳来到帅府,院子里头看见丫鬟春桃,樊梨花说:"她也——"

"对,你婆婆也这样,你妹妹倒在地上,现在也是如此,那帅堂上都是如此。"

樊梨花一回身:"妹妹,有什么办法吗?"

"姐姐,这个我是无能为力,我一窍不通,我连是什么毒,我都看不出来。"

樊梨花说:"公公,叫那能动的人,赶紧来,叫他们取桶水来。"

老元帅一吩咐,把这桶水不一会儿给拿了来,樊梨花就在她这个皮囊里头一伸手,在一个小葫芦里头,取出三粒丹,把这三粒丹往水桶里一放,就听得水桶里咻咻地响,不大一会儿,水平稳了,樊梨花吩咐人就给春桃灌了一羹匙,水下去工夫不大,春桃揉揉眼睛,坐起来了:"哎呀,我怎么睡到这儿了?"

窦仙童在一边是心服口服:刚才城外搭救我,现在这用药如神,简直是华佗再世,简直起死回生。窦仙童特别敬佩亲近樊梨花,樊梨花观察出来了,好妹妹。

薛礼在旁边瞅瞅春桃:"你睡三天了。"老元帅把事情经过一说,春桃一听,赶紧地上前给樊梨花施礼,又跪倒,谢救命之恩。樊梨花把她拉起来,一回身,"这也是你家少夫人,是你家少元帅又收的,她是我的妹妹叫窦仙童,上前见礼。"丫鬟一想:我们少夫人真是宽宏大量,少帅跟少夫人不和,又收一个少夫人,还这么亲近,一点隔膜没有。再介绍春艳、秋红两个丫鬟,然后樊梨花跟公公讲:"告诉能动的三军,把全城都救了。"

"媳妇,这一桶水……"

"这一桶水不够。您告诉他们,井里头把它每口井泼上一碗,这一碗水倒到这个井里头去,只要过半个时辰,把这个井里的水再弄上来,往城里各井里头都倒一些,只要都运到,各井的毒就全解了。米里没毒,这个毒在水里,都是井里的毛病,您老人家赶快吩咐吧。"

这阵儿三军饿也不饿了,累也不累了,都有了动力,一想这回毒消了,我们都能吃饭,吃饭就能活啊!快快快快,自己的人都在地上躺着呢,认识不认识都是唐军,那可感情近,尤其都在这一块儿被困,都是为国尽忠,赶紧忙着救人。

老元帅说:"媳妇,你到堂口休息一会儿。"

"公公,到后面我去救婆婆。"

"啊,好!"樊梨花由春桃引路,窦仙童她们跟着一块儿奔后边。来到后房,春桃到里头赶紧用水也给小姐灌上了,给老夫人也喝上了。樊梨花在这儿瞅着婆婆心里难过,看婆婆形容憔悴,真是瘦如枯柴,看妹妹薛金莲也瘦了,这城里头困半年了,这苦也都受尽。她们正瞅着,薛金莲一睁眼睛,就看见春桃,春桃乐得说:"小姐,您好了?小姐,您好了!小姐!"

"啊?我怎么了?"这阵儿春桃才跟小姐讲,那是这么这么这么回事。薛金莲看着樊梨花:"嫂子,你来了,不叫你来,我们的命全完了!"上前要跪,樊梨花把小妹抱住,"你干什么,你还谢嫂子救命恩吗?要谢就谢旁边这个嫂子窦仙童。"又介绍窦仙童和你哥哥如何长短,薛金莲一看嫂子梨花跟她挺近,也就恭恭敬敬给窦仙童施礼。窦仙童说:"好妹妹,咱是一家人了,看看婆婆怎么样了?"这时候老夫人有点动弹了,看来这药力如神,不一会儿老夫人眼皮动,慢慢地苏醒过来,薛金莲在旁边把母亲就扶起来了:"娘,你快睁眼睛吧,这回可好了,嫂子来啦!"

老太太一听,说:"你嫂子梨花来了?"薛金莲瞅瞅母亲,"不错,我嫂子梨花来了,还来个窦仙童窦嫂子,她跟我哥哥完婚,到这儿救我们来了。"

樊梨花说:"既然大家都脱险了,我就走了!"

老夫人拉住樊梨花眼泪下来了,你走我就死,这个时候窦仙童也在旁边呢,一边扶着婆婆,"您老别着急,姐姐不能走。"一边对樊梨花说:"姐姐,你怎么能走?你赶紧把这身衣服脱去,从今往后,丈夫要是要就是咱们俩,不要我也跟你出家。"话不论多少,樊梨花心里特别地感激:"妹妹,不必了,我们日积月累不是一天了,他和我已经如此了,不会再破镜重圆,但愿你们能够夫唱妇随,白头到老。"

"姐姐,不会的,我说了就算,我要口是心非,我不得好死。他留姐姐就有我,有我就有你,他留我窦仙童,再跟姐姐翻脸,姐姐,我是你的人,咱们跟他没完!"两名丫鬟春艳、秋红,鼻子一酸,眼泪叫窦仙童说下来了,也就过来围着樊梨花:"对对,你不能走,你不能走。"

老夫人说:"你瞅瞅仙童媳妇急成这样,就冲这一点,媳妇你也不能走。"当时又问:"旁边说话那俩什么人啊?"窦仙童又给介绍春艳、秋红,上前给老夫人磕了头,老夫人都叫起来,叫她们坐下,老夫人说:"金莲,赶紧准备饭叫你嫂子吃。"

"娘啊,刚才听说三天三宿城里都不吃饭了,有毒,现在我嫂子也不知道使的什么药啊,咱们大家活了,嫂子,你说能吃饭了吗?"樊梨花乐了:"能吃饭,毒是在水里,现在已经用我那丹水,把全城的毒都解了,照常吃饭,这回就不会再中毒了。"

老夫人一听,心里话:我媳妇就是神仙,真得说是媳妇不在,一事不了又是一事,不是被困就是遭灾,或者就是丧生,饭都不能吃,可媳妇这一来,万事皆休,一切都迎刃而解。樊梨花跟老夫人说:"婆母,现在天已经大黑了,我到前面跟公公还有几句话说,办完这个事我再来服侍您。"

"媳妇,你可不能走。"

"婆婆,我不会的,我还回来看您。"

"仙童媳妇,你同你姐姐去,你给我看住。"

"是。"

当时窦仙童带着春艳、秋红,就陪着樊梨花往前边来了。樊梨花到了前边，老元帅正乐呀，城里的人已经大半全好了，就不好呢也动弹了，一会儿都起来了，准备做饭吃。老元帅说："太好了。"

"老元帅，少夫人来了。"老帅一抬头，樊梨花由打外边进来，到里面上前跪倒，给公公磕头，老元帅说："媳妇，你怎么又拜？"

"公公，你儿救驾不久归来，媳妇不想在这儿待下去，我已经是出家之人，出家容易还俗难，我不能再回来了。媳妇来了，看看老人就行了，久后仨月五月想二老，媳妇再来，我告辞了。"

老帅眼泪就下来了："媳妇，你可不能走，无论如何这回要是冤家归来，他要再说个不字，我把他万剐凌迟！"

樊梨花说："公公，您老人家这样，我能满意吗？杀了他，您还有谁呀？您老不要为难了，媳妇告辞了。"

"媳妇，你不能走——"樊梨花往回一倒步，后面是窦仙童，你慢说铜啊，你就是金，你也挡不住，樊梨花噌地一下就出去了。窦仙童追到外头，人没了。"哎呀好厉害的姐姐！"

老薛礼撵出来："媳妇，你好狠，你不能走，媳妇，你不能走啊！"老元帅就在这儿一直站有一个时辰之多，那年头儿，一个时辰就是现在的两个小时，王爷就在这仰面朝天，又哭又喊，窦仙童主仆也叫，可是樊梨花一点影子没有。

樊梨花走没走？其实没走，樊梨花有点走不出去了，一看公公这样，再加上窦仙童哭叫，樊梨花心都碎了。可是不走一想怎么办哪？等他来了，这个人当着皇上，当着满朝文武，信嘴开河，我又是如何败类，有夫之妇，下流之女，水性杨花，我活得了吗？还得走。

这阵儿樊梨花在房坡上下去，再往后走，樊梨花发现有个黑影，嗯？樊梨花跟着这个黑影，跟来跟去一看，是一个出家的老道。樊梨花观看这个人，个儿还不高，只见他手里拿着一口宝剑，一转身，他也发现樊梨花了，两人就在这个时候，就都停下脚了。老道当时就问："道友，你是什么人？"

樊梨花也笑了："道友你是谁？"

"我是东大营为首的，在八卦山九莲洞三仙祠出家，我是白纳真人，到城里头来，我是来报私仇。咱们僧见僧，佛法兴，道见道，玄中妙，僧道一家人，我要求你帮帮我的忙，道友怎么样？"

樊梨花说:"我帮你干什么?"

"实不相瞒,大唐有一个贱人叫樊梨花,这个丫头别提了,我的师弟黄子陵在青龙关带兵困薛礼,连打胜仗,没承想樊梨花帮助薛礼杀了我的师弟。我得信儿之后到黑风关来报仇,兵困东门,结果到现在,我没找到樊梨花,我要找着她,早就把她碎尸万段。我曾经在三天前进城里,在城里的各井,我给下上了瘟黄毒,就想着全军尽殁,到七天捡骨头渣儿。没承想他们也不知想的什么办法,还都活了!而且也不知哪来个野女,什么叫窦仙童,杀四门,打败公主,这简直的又一个樊梨花!我今天找这两个野女,我觉着一个人人单,您是出家人,你帮我的忙,你要能帮我的忙,我是感恩不尽。"

樊梨花瞅瞅他:"道友,不对吧,出家人扫地不伤蝼蚁命,爱惜飞蛾纱罩灯,慈悲为本,方便是门,你忘了?你要大开杀戒,对吗?"

"哎呀道友,别说这些,我都懂,你就帮帮我的忙吧。"

"不能帮,你见着樊梨花也未必是她的对手,我实话跟你说,樊梨花不次于你。"

"啊,你知道?"

"我知道。"

"那你告诉我她在哪儿,你不帮忙,你就指我在哪个房间就中。"

"你非见她?你见着她也是以卵击石,我告诉你,你下毒,樊梨花就那天打了个盹,你把毒下了。平常日子,由初更到五更,樊梨花专门守城,像你这样的进来,你还办不到呢!你进不去。"

"哎哟这么一说,你赶紧告诉我樊梨花在哪儿?"

"你非见?"

"不错!"

"你往远看。"

"没有。"

"近瞅。"

"啊?就是你?"

"不错,就是我。"老道呛啷一亮剑,樊梨花一看:"怎么?你要试试?"樊梨花呛啷宝剑出匣,要对付白纳道!

第四十回　唐贞观亲征

樊梨花为什么说她白天不露面,夜里由初更到五更守城?樊梨花一想,全城受害,定是有人做了手脚。现在这个老道也承认是他夜里进城撒的毒,万一走后他还许再来。樊梨花因此这样告诉他,我每天晚上在城里看着你。老道一听她是樊梨花,一亮剑,樊梨花把剑也亮出来,两个人就在这个后墙外就交了手了。老道就承望见着樊梨花能够手到擒来,他就没料到跟樊梨花这一动手,才尝着姜是辣的。哎呀!好厉害。两人大战也就在三五十合,这个剑就递不进去了。老道一看不敌樊梨花这个剑术,噌!拉了个败式,他想要玩邪的,取东西奔他的革囊里刚要探手,就觉得有东西打过来,刚一回头,哪知道啪正打在他的后背上。"哎呀!"老道觉得吃力,胸前发热,老道是撒腿就跑。樊梨花喊道:"老道,我今天便宜你,这是告诉你一个信儿,你今后要是再有第二次私入我关,小心你的头!"

樊梨花给公爹解了一个围,把老道打走,这才由打城上出来,过了护城河,离开了黑风关,她夜入番营,在番营里樊梨花还在马厩整了一匹马,搁北营门出来,打马是直接回庙。

樊梨花白天晚上饥餐渴饮,这一天是二更刚过,樊梨花就来到这个大庙。她到了庙外头,拉着马往前刚走几步,就听院里吵吵,拿耳朵一听,啊?姜须。这怎么回事?樊梨花也纳闷,姜须怎么跑到这儿来了?不听说回朝了吗?公公说他搬兵去了。

那么这到底怎么回事,姜须到这儿来了呢?

话说四五个月前,在被困头一天,姜须身背奏折穿番营,天没亮好不容易打出来的。在道上是饥餐渴饮,晓行夜住,姜须匹马单枪就

261

回了长安。他在街上这么一打听呀,今天是大朝之日,皇上坐朝,文武君臣都在,还哪找这个场面?尤其救兵如救火,哎,上朝啊。

姜须来到午朝门,黄门官听说是黑风关来人了,赶紧到里面启奏。内侍一奏皇上,皇上宣姜须上殿。你看赛霸王姜须在大唐营,在老元帅的手下,在帅帐里有这么一号,说对说错,大事小情,他都能做主,回朝可真显不着,尤其金殿他也没上过,这是破天荒头一回。这回姜须一听宣他上殿,自己也有些紧张。进了午朝门来到金阙,姜须真有点眼花缭乱啊。真见了大世面了,姜须老远跪倒向上磕头:"吾皇万岁万岁万万岁!臣子姜须给吾皇万岁磕头。"上面坐着正是大唐二帝贞观李世民,早就有人启奏,说是御总兵姜兴霸之子,也是白袍帅薛礼的前营先锋官姜须,回朝不知有什么要事,这才赶紧叫姜须平身。

"谢吾皇万岁!"

"旁边站立。"连个座都没给呀。姜须往旁边一闪,皇上就问:"你回来可有奏折?"

"有。"

"呈上来。"姜须赶紧把奏折递上,内侍官呈到龙书案让皇上御览。皇上把奏折不打开还则罢了,打开薛帅奏折从头一看,"啊!"李世民也有点坐不住金銮殿,惊慌失色。那上面说明薛丁山十二万大军火焚九岖峪,全军尽殁。黑风关又如何被困,现在兵寡将危,被敌人包围水泄不通,恳求朝内赶紧发救兵,一时去慢,恐怕君臣未必能见呀。薛礼是字字哀怜,恳求圣上,就在那里头苦等救兵。

皇上当时把奏折给护国军师徐懋功,也就是世袭的英国公看。徐懋功心想:你皇上就知道坐在这儿享福,不知道文武群臣如何忠心报国。薛礼寒暑披铁甲,南北定烟尘。渴饮刀头血,困卧马鞍心。披星戴月,卧雪眠霜,东挡西杀,南征北战,立下汗马功劳。为国的忠心赤诚,那真是拿脑袋换的。可是没承想成亲王李道宗对薛礼移花接木,无罪加污,愣说他逼死翠花公主,带醉闯宫,以臣欺君,非杀不可。保下之后死罪饶过,活罪未免,打在天牢,一辈子不叫出来。突厥造反,这才让他出来戴罪前去,打胜回来将功折罪,官复原职。现在一看要搬兵,让谁去?徐懋功心里想到这儿,不如让你皇上出朝,亲身临阵，当初你就御驾亲征过，现在你有点忘了，让你再熟悉熟悉，你再看看在突厥这个战场上，有多厉害。今后你对文武群臣，也就能够强一些。徐懋功这才启奏皇上说："现在薛礼黑风被困，朝里应该速发救兵。依臣看来，就得我主御驾亲征，以我主的洪福齐天，到那儿能够一福压百祸，早日凯旋。"徐懋功这是往外端他，你有福，你去吧！贞观一想：薛礼被困，国难当头，说朕去能旗开得胜，马到成功，我要不去，也显得对不起文武似的。皇上点头："朕御驾亲征，何人保驾？我离不开军师你呀！"

皇上也拽着他，有事我有靠，你有主意。想当初瓦岗寨没有你，程咬金也不能坐十年，大唐你也没少出力。徐懋功说："微臣去。"

皇上问："文的搁你，朕的左右还得搁个武的呀。"

徐懋功拿眼睛刚往那边一瞅，鲁国公程咬金说话了："臣情愿前往，陪我主御驾亲征。"

皇上说："好。"又问徐懋功："什么人挂二路帅呢？"

徐懋功启奏："得护国公秦怀玉。"就是秦琼的儿子，那么又问谁来先锋呢？徐懋功启奏："先锋官可搁越国公罗通。"罗成的儿子。这样一来把秦怀玉宣上殿来，说明了头路帅被困，你挂二路元帅统兵出京，朕御驾亲征，黑风关救薛礼。秦怀玉遵旨，又叫罗通上殿，为秦元帅的先锋。这个时候，八大总兵就跟皇上讲，我们情愿到黑风关，去助薛大哥一臂之力。当初当火头军，这都是患难相扶的朋友。薛礼和这八个御总兵，那真在一块儿同患过难。这八个御总兵就是王新锡、王新豪、姜兴霸、李庆红、周文、周武、薛先图、冒失鬼老周青。当时皇上准奏，朝廷搁魏徵魏丞相代理朝政。不一日校军场点将，人马已齐。皇上这阵儿左有徐懋功，右有程咬金，御林军保驾，由打朝廷他们是直奔黑风关。

大兵出朝恨不得一步就到黑风关，救兵如救火。后队是皇上的御林军保驾，中间有二路元帅秦怀玉，前队先锋官越国公罗通，手下有八大御总兵带着三十六将。人马这一天正往前奔，远探、近探、流星探，探马报告："启禀先锋。"

"什么事？"

"前面有岔路，不知我们走哪路界牌？分三路界牌。"罗通想了半天，吩咐来人叫姜须。不一会儿姜须来到日近，弃镫离鞍上前给先锋官施礼："不知先锋有什么吩咐？"罗通瞅瞅姜须："我问你，怎么出三路界牌关？怎么走合适？"

"这个北路我们也没走，我们走的是中路。中路界牌关过去到寒江关，寒江关过去是青龙关，青龙关过去是黑风关。还有个南路界牌关，过去是玉霞关，玉霞关过去是黑风关。要是按远近说话，中路界牌关是弓背，南路界牌关是弓弦。近是近不少，不过呢，南路界牌关没打，玉霞关没打。这两关之隔呀，恐怕要麻烦，因为据说这两关有能人。要走中路界牌关呢，道是远，多走几天，但是我们省事，不打仗，还是走中路合适。"

"嗯，闪开了，来人呀！传令，走南路界牌关。"

"啊？"姜须往前一进说，"罗先锋啊，您可要三思啊，南路界牌关有一员老将叫王不超，据说他一生没遇过对手，一条钩镰枪纵横天下，要是走这儿，虽然近，要是在那儿十天八天半月过不去，赢不了他，可不就是弄巧成拙了。"

"姜须，我们带领人马救薛帅，我们不是到那儿乞求敌人开恩呀，我们既然成为救兵，要怕打仗那来干什么？我们交降表来了？小小界牌关弹丸之地，据你说又是这么一个无名的老朽，他还使枪？哼！我罗通看来，天下凡用枪者，都是烧火棍。"

姜须也使枪，姜须一想：你可真够目空一切，这不是白虎帅堂，我说话真起作用，看来在这儿我这官忒小了，显不着萤火之光，比不得你们这些天边皓月。姜须往后一退，啥话也没说。

罗通一下令，人马直接就来南界牌。到了南界牌东门外，安营下寨。他的先锋营安上了，元帅到了，秦怀玉安营，后边皇上到了安御营，给皇上戳起金顶黄罗宝帐，秦怀玉中营安下鹿寨。大家埋锅的埋锅，造饭的造饭，铡草的铡草，喂马的喂马。众人都在忙，这阵儿有一个人正在西营门这儿晃，谁呀？周青。八大总兵中的冒失鬼周青是闲不住的人，正在西营门闲游散逛，突然就听城里炮响。周青心想：这是界牌关里看我们安营，你要出来打仗，杀我们个人困马乏呀。嘿嘿，我趁着大伙这忙乎的工夫，我先忙活忙活你们，我叫先锋官瞅瞅，别看薛大哥黑风被困，我弟兄也不是窝囊废。

这阵儿周青抖抖精神壮壮胆,他就往正西看,一看在东门外番兵压住阵脚,旗幡招展,队伍交杂,真是人欢马叫,在当中上来一匹白马。周青一看在白马上坐着一个老头儿,这个老头儿是细腰乍背,双肩抱拢,要跳下马来能有一丈高的个儿。细一看这个老头儿头上戴着亮银狮子盔,二龙斗宝,当中压着一颗宝珠,光华闪闪,红盔缨头顶乱颤,两旁护耳银箔包耳护项。素罗袍,外挂银甲,十二钩挂九吞八乍,前胸的护心镜冰盘大小,耀人的双眼,后边四杆护背旗被风掠摆,都掐着狼牙边。头顶上还有两条雉鸡翎,胸前的狐狸尾,肋佩宝剑。两扇战征裙,下边鱼褟尾,金钩倒挂。胯下这匹白马连一根杂毛没有,一对亮银镫,下边蹬着一对牛皮大靴。往老头儿的脸上一看,那眉赛山头雪,须是九秋霜,连一根黑眉毛都没有了。这张脸儿面如满月,有红似白的,两只眼睛瞅人光华炯炯,特别地带神。这个老头儿在马上托着一条钩镰枪,他眼望着唐营门是冷笑喊道:"来的唐兵唐将听真,赶紧回报,就说我乃界牌关主王不超,请你先锋来见。"

周青一想:你都老得掉渣了!我周青虽然说也上岁数了,跟你比还是小娃娃,都管我叫冒失鬼周青,薛大哥知道我,我这两下子不白给。周青在这个时候他喊了一声:"营门开开,我出去。"大伙谁敢拦他呀,他上了坐马就出去了。

周青直奔两军阵,关主王不超认为他得勒住马,通名报姓,然后动手。做梦也想不到这个马眼看着由远而近,哪有勒马的打算呀,直接像箭似的就奔王不超来了,老将托着一条枪正愣,周青马就到了,双铜就下来了,"休走!"嗡一声搂头就砸。可把老头儿气坏了,钩镰枪啪一架,把双铜就给磕飞了!周青的虎口也豁开了,两手疼痛,周青一拨马:"哎呀厉害!"气得王不超在马上没追,"慢逃,你是一个无名的小辈,回去告诉你们营里的先锋,叫有名的来。"周青回头回脑看了看,这老家伙没追,你卖狂?等着吧。

罗通正在大帐上坐着,周青弃镫离鞍来到大帐,上前施礼:"先锋官,我大败亏输。"

"啊?"罗通说,"怎么你打仗了?"

"我在营门那儿晃悠,没承想城里炮响,来了一个老家伙。两军阵上我寻思把他打回得了,他把我这双铜磕飞了。"

罗通一听,来个老的这么厉害,"你闪在一旁。"往两边一看,"谁去?"

周青一捅咕,把周文、周武都捅出来了。两个人来到前边:"先锋,我们俩去将老将擒来。"

"好,你们要多加小心。"

"是,带马。"周文、周武吩咐到外边抬枪带马,周青在旁边站着,把左右两人拿手往一块儿这么一拉,把他这位置给挤没了。他搁后面一猫腰就出了大帐,正赶上周文、周武两个人要上马,周青一只手抓一个,左手拉周文,右手拉周武:"兄弟,你们两个出去打仗怎么打?"

"怎么打?打仗那还怎么打?"

"不,你听我的,哥吃亏了,我也长见识了,可别看外貌哇,要是看外貌,他老得糟得简直连一根黑头发、黑眉毛都找不出来,那个胡须像雪霜那么白,老得那个糟,可是好大力气!我怎么打的,怎么没行,你们俩过去,稳稳当当,通名报姓过去,你谁呀,我谁呀,一动手,你们俩又白给。你们俩见面就一齐上去,他架你,架不了他;架他,架不了你。不管怎么的,赢了就行,明白吗,好兄弟?"

"哦,哥哥,这个老家伙那么厉害?"

"厉害!你见了面就下手吧。"

"好!"周文、周武听他话,炮响过后,带着兵将来到西营门打里边出去,闪开二龙出水式,这哥儿俩一块儿蹽绷镫绳,各抖掌中枪。一看对面这老头儿,真有点长糟了,那简直老得拿不成个儿,在马上托着那个枪,比扎的彩人儿强点。这老成这样,究竟你是七十还是八十了?你能打仗吗?周文看看周武,周武看看周文,离老头儿近了马倒快了,一蹽绷镫绳,这马像箭似的。王不超也觉得怪了,他一想败回那个不知道是谁,这来了两个还不勒马,还动手,怎么的不会说话呀?王不超在愣着,两个人就到了,容他刚一愣,"看枪!看枪!"王不超的火大了,咯嘣拿枪一架,把两人的枪,嗖!嗖!没插翅膀全飞了。周文、周武是拨马就跑。

两个人回了大营,来到大帐见了先锋,说明大败。罗通问:"败在何人之手?"

266

"这，没问啊。"

罗通这个气："闪在一旁，哪个还去？"

下边王新锡、王新豪、姜兴霸、李庆红，四大御总兵说："我们去生擒活捉。"

"好，多加小心！"

"是。"外边抬过两口刀，两条枪，带过四匹马。哥四个没等上马，周青又出来了："我可告诉你们啊，周文、周武咋败的？我咋败的？你们出去别说话，干脆动手，你们一报名四平八稳，又回来了。"

"啊，对对对。"四人纫镫扳鞍，炮响出营。到了跟前儿，照着王不超嗡嗡两枪，嗖嗖两刀，四个人一块儿下手。把王不超气得，叮当叮当！叮当叮当，兵刃磕飞，四个人拨马就走。王不超大喊："无名小卒慢慢走，我不追你们，放你们回去。"

四个人来到大帐："报告先锋官，我们大败而归。"

"你们败在何人之手？"

"这——又没问。"

罗通简直鼻子都气歪了，"闪在两旁。"

"是。"

这阵儿就听噔噔噔脚步响，"报！"

"报启何事？"

"那个老将说得却好，要我们会说话的出去。"

嘿，罗通脸都紫了，"带马！"罗通来到外边，纫镫扳鞍，手提掌中枪，这才引出来一老一小枪对枪，大战界牌关。

第四十一回　受阻界牌关

上回书说蓝旗官跪倒报告说："两军阵上那个老将，跟我们要会说话的出去。"罗通的脸就紫了，受得了吗？吩咐再探，抬枪带马。外面给罗通鞴好万里雪花白，抬过银丝软头枪，罗通从打里面出来，到了外面纫镫扳鞍，两旁众将就像众星捧月。三声大炮响过，罗通催马来到西营门，出营来列摆门旗，压住阵脚，罗通一马当先够奔两军阵。后边众将个个不忿，为什么呢？往两军阵上一看，大家的意思就是说呀，八大御总兵不是当年了，看来人老不讲当年勇啊，怎么就败到这么一个老头子手中？这个老头子一走道都得哆嗦，看那样儿都老得朽了，这个老头儿还有什么大的本事呢？都没瞧起。可是罗通不那么想，罗通觉得八大御总兵不能都白给，这个老将是必有绝艺。罗通马到对面，勒马横枪，高声喊道："不知对面马上这位老英雄尊姓大名？界牌关官居何职？"

"啊？"王不超在两军阵候等，这回他就有准备啦，你来了不说话，我也得下手了，别这么来了一晃就走，一个变俩，俩变四个，嗯？他一看又变了一个，这回要变八个，老头儿就先动手了。老人家一看罗通这个五官相貌，真得说是有一股子煞气，威风凛凛，五官端正，相貌不俗。亮银盔，素袍银甲，掌中银枪，胯下的白马，虎头战靴白中衣，这个人在马身上端然正坐。老人家在马上横着这条枪，交到左手往后一背，右手一捻髯口，他那眉毛微微地动了两动，是哈哈大笑。罗通惊讶便问："老将军笑者何来？"

"哎呀，我真是想不到，这大唐营里还有会说话的，我以为我来的是哑巴营啊。"

罗通这个脸啊，面红耳赤，想要动怒，不怨人家，七八个人到跟前儿就打人家，不说话，这还怪老人家动怒吗？罗通含羞带愧，在马上把枪往上一拱："老人家莫怪，刚才到两军阵前来的这些人，全是后营的马夫，因我来迟，他们是斗胆出营，冒犯尊颜，还望这位老将军海涵一二啊。"

"如此说来，是老朽误会了。你问老朽非别也，我乃界牌关为首，老朽姓王，双名不超。"

"噢，"罗通说，"原来是威震界牌关的王老将军，没到贵关是久闻大名，您掌中一条钩镰枪，纵横天下无对手啊。"

"哎呀，过去了，过去了。不仅老朽是年迈无能，就是当年也是滥竽充数，不知马上来者你是何人？"

"我姓罗，我的祖父是当年报效隋主的镇边王罗艺，子不言父，我父乃是越国公罗成。我在秦元帅麾前调遣，此番在二路元帅帐下为前营先锋官，姓罗名通。"

"噢，明白了，原来是罗先锋，少国公，御儿干殿下。老朽今天得会越国公之子，二路元帅的罗先锋，真是三生有幸，来来来，老朽王不超不才自量，奉陪殿下要马走三合。"

"哎呀，老将军，不知您老人家高寿？"

"虚度七十有八。"

"哎呀老将军，按我唐国之礼，七十不打，八十不跪，您老人家年过七旬，那么在两军阵上，我罗通绝不能跟您老动手，请您老回去，换换年轻的来吧。"

王不超点点头："行，罗先锋，你的心情我领，不过这样，老朽是不是这话有点傲慢无知，我是班门弄斧跟你奉陪几合，你不是要过界牌吗？去黑风、走近路吗？救薛帅那救兵如救火啊！你要如果掌中枪胜了老朽，老朽城门打开，我要欢迎欢送你们君臣前往黑风救薛礼，你看如何？"

罗通就明白了，这老人家不服，没瞧得起罗家枪。罗通这阵儿这个劲也有点来了，别看他笑在脸上，心里也是不太满意，"王老将军，既要如此，那么就恭敬不如从命喽。"

"对对对，罗先锋，老朽这话不知道当说不当说啊。"

269

"老将军有话请讲。"

"罗先锋，人有失手马有失蹄，管骑马管跌跤，那么万一罗先锋一旦不慎，要叫老朽捡个一招半招，罗先锋败到阵上，你该如何啊？"

罗通瞅瞅王不超："好吧，您老人家曾说败在我手，把界牌让出，欢迎我们过关；如果我要败到你手，我下令远退走别处，不走贵关，有您在一天，我们唐兵永远不来界牌关，您看如何？"

"罗先锋，好！大丈夫一言出口，如白染皂。"

罗通点头："出乎反复，非为丈夫。"

"好，罗先锋，咱们把事说明确一点，今天明天，三天内打出高低便罢，三天不分高低，咱们是再说再议。"

罗通一听，今天明天后天，三天战，"好，那么老将军就依您，请！"

两人把话说定，就看王不超真卖狂，往回一拨马："众番兵，撤到城墙！"一摆手，番兵蜂拥回去。罗通一看，这个老将军是处处逼我呀，看意思是非常傲慢，罗通在马上一回头："众将官。"

"喳！"

"退到营门。"

二番再一对面，王不超让罗通："请。"

罗通让老将军："请！"

二人马往一块儿一奔，王不超心想，罗家的枪可有一号，不可轻敌，所以王不超端着这个枪没动手，等罗通动手，意思先看看罗家的枪怎么进招，什么特长。罗通也等着，罗通那也是久经大敌，扫北经得多少战场，罗通也早闻有这么一位王不超，钩镰枪出绝，就说过这个话，罗家枪跟王家枪碰上，不定谁高谁低，所以罗通今天端着这条枪，要瞅瞅王不超，也有这个打算，我看明白再还手。两个人的马一个照面，谁也没动手。罗通暗中钦佩，王不超果是高人。王不超暗暗竖指，别看罗通比我年轻，这个娃娃可真不平凡啊。再一动手，他俩完全以点到为止，都不是激战，都明白三合五合，就三五十合也胜不了对方，所以这两个人不打便罢，眼瞅着动手，几合、十合、十几合、二十几合、数十合，大战百合就难分上下啊！这两个人一直打到外边眼瞅着要天黑，太阳渐渐就下去了，没分高低还是平平。王不超勒马:"罗先锋。"

"哦,老将军。"

"我看天光不早,我还行,我坐地未动,罗先锋远路而来,人未休息,马没停蹄,你安营下寨就在军前会战,是否请回休息,你我还有两天限,明天再战,不知罗先锋尊意如何?"

"哎呀,老将军言之有理,那么请请请。"

王不超一拨马,收兵回城。罗通带队回营,可是罗通不回营便罢,这一回营,心里头可总觉得不是个味儿,才明白强中还有强中手,能人背后有能人,虽然罗家的枪没全把绝活拿出来,那么打了半天也说明王不超不是好惹的。

罗通进营刚到帐外,对面来一匹马,再一看是元帅护国公秦怀玉到了。秦怀玉打马身上跳下来,罗通也跳下来上前施礼:"哥哥你到了。"

"罗通,听说你在两军阵打的时间不短。"

"不错,界牌关王不超果是高人,是这么这么回事,未决雌雄,我们是明天继续。"

说着话哥儿俩进帐到里面,二路元帅秦怀玉瞅瞅罗通:"这样吧,你明天不要出去,我去战。"

"啊?为什么?"

"兄弟你想,二虎相争必有一伤,要能分上下也就不大离儿了,大战百趟不分高低,明天再战即是以死相拼,我不放心,我舍不得你再出去,我去。"

"哥哥放心,我的性格哥哥知道,就是死到疆场,咱也不能失信于人,我们两个打赌击掌,两军阵三天决胜负,如果说到三天还是如此,叫我去我也不去,再换哥哥,你看如何?"

"这——"秦怀玉也明白,罗通这个性格说一不二,你就什么力量,讲什么交情,也未必能够阻止得了,不但阻止不了,还得给他添麻烦,添压力,他心再一难受再一着急,一宿不睡,明天还不如今天了,麻烦了。

"好,就依兄弟。"就不再深劝了,可是秦怀玉告诉罗通,"不管怎么样,你好好休息,好好吃饭,事大事小不要着急,明天更要沉着，还要记住哥哥话，能行则进，能退则退，半途中看势不祥，真不能支撑，你回来哥哥去，才是我的好兄弟。"

"哥哥放心，我一定照办。"其实罗通心里话想：不行也得整啊，脑袋掉了也不带回来的啊，宁折不弯。

元帅回帅营，这阵儿后边御营安寨，有徐懋功、程咬金陪王伴驾。罗通果然吃了点晚饭不多，他在后帐里真就有点睡不着了，没法休息，翻来覆去地就在想，出世以来没碰见过，他要使别的还有可原，他也使枪啊！难道说罗家枪由我祖父那辈上就没有对手，我父罗成何人不晓，弄到我这辈上，我扫北的威风哪儿去了？到此为止了？完了？一败涂地啊！哎哟我罗通两军阵前就是身败名裂，我也不能跟王不超善罢甘休。睡点觉不多，天没亮起来，梳洗漱口完毕喝了点茶，又吃了点饭，击鼓聚将，众将一齐，罗通吩咐外边抬枪带马，刚吩咐完就听蓝旗官来报："启禀先锋官，城里炮响，队伍齐出，昨天那个老将在两军阵上说候等先锋。"

罗通一想，老匹夫啊，你太欺我罗通了，可是我罗通也没有惧你一分，"带马来！"罗通来到外面，提枪上马，当啷炮响，"慢着。"回头一看，二路元帅秦怀玉。

"元帅，有何吩咐。"

"我问你，一定要打吗？"

"绝无变化。"

"好，我与你拔刀相助，压住阵脚。"

"不过，元帅我有句话。"

"你说。"

"我到什么时候不许任何人过去帮忙，如果任何人到两军阵前去助我一臂之力，后边儿只要到人，我——"说到这儿他一咬牙一皱眉，"我罗通不等他们杀我，我就自杀疆场。"

"好吧，好吧。"二路元帅秦怀玉连说两句好吧，心刀绞一样难过，那两家是真亲，而且哥儿俩处得也真好，再者他的父亲罗成，他的父亲秦琼，那都什么交情？歃血为盟四十六友啊。秦怀玉带领人马来到西营门外，后边大纛旗被风吹摆，二十四队催阵鼓、战鼓齐鸣，他在当中压着阵脚，罗通这阵儿是马奔对面，"王老将军，罗通一步来迟,多有海涵。"

"不晚不晚,哎呀罗先锋,老朽也是年迈啦,觉轻,我起得早一些,我想既然太阳出来了,那就说待着也无聊,我还要奉陪罗先锋开眼界,罗先锋罗家枪法不愧有名,这回我是口服心服,甘心佩服啊。"

"王老将军,不要夸奖,您的钩镰枪也不愧于英名震于天下,豪气贯在八方,我罗通这一目睹眼见,使我折服啦。"

"哈哈,请啊!"罗通和王不超两个人在两军阵这回这么一动手,有昨天那个底子,就更要互相加以戒备,谨慎注意,不能轻敌。两个人由早晨战到晌午,由晌午战到外面太阳斜西,王不超勒住坐马:"罗先锋,你看天光不早,咱们还有一日,明天再战你看如何?"

"好,就依老将军。"

"请请请。"

罗通今天回来可比昨天不同,比昨天觉得压力更大了。秦怀玉在马上心想:怪不得薛礼黑风被困,来之前我认为薛礼是老了,看来突厥真有高人,就这么一个小小的界牌,这么一个七八十岁的老头儿跟兄弟一打,罗家的枪我能不知道吗?莫说兄弟,就我秦怀玉过去也那味儿,伸手就赢,谈不到。

回到营里来到帐上,退走大家,秦怀玉又第二次劝罗通:"我看明天的仗打不得,头一天我没观敌,我不清楚,这一回我目睹眼见,这一天我看你们两个平平,谁也不在谁上,那就说就等着漏洞,谁有空隙捡着,这不是玩命吗?明天设法我以元帅身份出头,不准你再战。"

"哥哥,不管你怎么讲,让去我也去,不让去我也去,你要明天制止,我连夜出去。"

"这——"

"你也知道我的脾气,我不能变。"

"唉,兄弟你自己酌情吧,好好休息。"秦怀玉劝到初更,走了,罗通这一宿就又没睡什么觉。天亮吃点饭,还不如头一天了。外面他就吩咐鞴马,怕老将找到头上,外面鞴马抬枪,罗通当时不想上帐,就想提枪上马,今天我上外头等着你去,他刚一拉马,"慢着!"回头一看,是鲁国公程咬金。

"哎呀，四伯父您……"

"罗通啊，我听怀玉说了，你头一天怎么打的，二一天怎么战的，今是第三天，依我说啊，我当家，我是你四伯父，莫说你，你父罗成活着他也得听我的，我出去，你看看你四伯父别看老啊，这几斧子还行，今天你不能打。"

"四大爷，你这意思替我……"

"是，我不放心，你孩子要是……我疼得慌，我告诉你说，你四伯父的身份，你就得听我的，不许动。"

"四伯父，我最后再告诉您一句。"

"啊，你说。"

"我罗通活着，莫说您，御驾亲征也不行，您要非出去玩您那三斧子……"

"啊？"

"您就等我的死信儿，罗通死在疆场，四大爷给我报仇，罗通不死，任何人他也不能阻挡，马来！"飞身上马而去。

"哎呀，什么脾气，什么东西，你真是没老没少，哎呀气死我也，你真叫我——哎呀，来人哪！我们出去给他观敌瞭阵。"

罗通来到两军阵前，一看城门开了，王不超也出来了，这回是谁也没等谁，两个人没等互相通报了，罗通在马上一拱枪："老将军，今天我们是最后一天啦，请吧。"王不超看样子也是一宿没睡觉，眼睛有点带红线，王不超没吃过这个，一辈子没叫谁掐过尖儿，老啦老啦，王不超一想：哎呀，我败到罗通娃娃之手，我生不如死！他觉得挂不住。这一动手由打早上干到晌午，由晌午打到天黑，还没分高低。王不超瞅瞅罗通："罗先锋。"

"王老将军。"

"你我今日三天已满，我有一句话，不知道罗先锋意下如何？"

"老将军请讲。"

"你看，你我这样好吗，挑起灯笼连夜战到天明，如果再不分高低，咱们再另想别策。"

"老将军，既然您老觉得有理，我罗通焉有不陪之理。"

"哎呀，好。"王不超一回身，"准备灯笼。"

罗通也告诉："预备火把。"后面秦怀玉跟程咬金往上来，罗通也往下来，跟他们两个一讲，最后罗通眼睛红了："你们再说别的我就死这儿，你们看怎么样？"两个人也都傻了，没有办法啊！两个人在这种情况下，再一多说，给罗通加压力，万一有个好歹那真交代不了，见皇上都不好交代，罗通是御儿干殿下啊！这个时候程咬金难受，急的，"我老了无能啊！我要是年轻我有个办法，我怎么就想不出主意，这脑袋啊！"他直捶脑袋。秦怀玉直捶前胸，"我怎么这里堵得慌，难受，兄弟你要哥哥的命！"罗通这简直——歇会儿都不行？太麻烦了！纫镫扳鞍，走了！

　　够奔两军阵上，再一看那边灯球火把，这边亮子油松，两边是照如白昼，还照样杀呀喊呀，战鼓齐鸣，全没用饭，都饿着肚子，在两军阵上观敌瞭阵。王不超这阵儿眼睛血点一样，再看罗通也煞神入体，王不超也凶神入窍，两人挑灯夜战。都去掉盔甲，头上发绺着，两条枪一抖，不客气了，也不说话了，就看两个人马挑上手，急架相还，由初更打二更，由二更到三更，罗通的眼珠儿一转，也罢！事到如今最后一手，我就要这么办。罗通马往下败，要使绝户枪，才引出盘肠大战界牌关。

第四十二回　罗通盘肠战

罗通和王不超君子大战，一连三天未决胜负。第三天挑灯夜战，罗通打到夜静更深，心里就在踌躇不决：这三天自己的枪招拿出了百分之九十了，没有赢王不超的把握。我不能这么样拖延到天明，再到天明，罗家的声望那就一败涂地了。老人闯荡几辈，不能到我这儿都付于流水，怎么办？压箱底的绝活儿就是绝户枪，最后罗通一咬牙，大叫一声："我去也！"够奔他的正东大唐营。王不超在后边追赶，也有点发愣。他知道：罗家枪法美名传，十人遇上九个完。七十二路一百零八手，三百六十五路才算全。前有八路蛇吐芯，后有八路蟒翻身。左有八路龙探爪，右有八路虎登山。上有八路鹤展翅，下有八路猴上天。这些枪招全躲过，最后三枪想躲难。罗家有名的绝户枪，大战三天没往外端。

此时罗通假往下败，王不超边追边喊："罗通你要用绝户枪吗？"

罗通是进退两难，用，人家已经知道了，不用怎么办，干脆吧！胜败就在这三下，杀不了你，叫你杀咱。

罗通握枪嘭嘭嘭，一连三枪，老将王不超早有准备，毛都没沾。反手一枪扎进罗通小腹，鲜血涟涟。再看肠子耷拉在肚子外，罗通压住枪，两手把肠子盘上塞回肚子里，是满头大汗！一擦汗，把满脸擦个血刺呼啦，满脸通红。

老将想他肠子都出来了，他咋不落马？这时候，罗通提枪冲回到面前。老将一看，他白脸，怎变成红脸了？一定是关公显圣。就这么一犹豫的工夫，罗通枪到了，他没架，这一枪扎进他的前胸。

罗通把这个绝户枪使完了没行，自己就有点泄气了，他觉得忽悠这么一下。他这一个忽悠,就把事情耽误了,耽误什么了呢?罗通他昨天夜里头打了一个盹睡,他在梦里头就梦见了扫北的时候,屠炉公主死得屈,来找他。他在那个时候收屠炉公主,他发过誓:我要有三心二意的,我死到七八十岁的老人手里。当时罗通说完就罢了,这一回他因为连打了两天没分高低,梦打心头想,他就梦见屠炉公主来跟他要命,问罗通你应誓。罗通醒来认为这个是属于没有的事,什么叫鬼呀,神呀,罗通也不信这个。但有一件,这几天他觉没睡好,饭没吃好,歇没歇好,打了一天,又战到夜深,罗通他是四肢无力,到了筋疲力尽的时候,把绝招儿也拿出来了,大失所望。所以他这一恍惚,就琢磨昨下晚的梦,是不是真来要我的命?这不纯属迷信吗?就这么一瞬间,王不超这枪给他扎上了!王不超的枪是钩镰枪,带倒钩,扎进去往回一带,这肠子出来了。罗通一看肠子出来了,自己知道完了,大英雄毅力也强,这阵儿他把枪往马身上这么一担,一伸手把肠子拿手捋过来,这么一盘就给塞回去了。把肠子盘上是盘上了,把破的那头儿给系上了,挽上往回一推,拿罩袍一塞,堵住了,他把里面的裤带上一错就勒住了。疼得这个脸上的汗比豆粒还大,汗淌在脸上他眼睛睁不开。两手往下一摩挲,他那手全是血啊,这阵儿他这脸整个就变了红了。

　　罗通拨马回来,他想我就是死也不能白死,王不超我这回跟你拼了,要同归于尽。他扑过来眼睛发直,王不超一看,白脸这么漂亮的罗通转眼血点红!这是怎么个茬儿呀?这个老头子七十八岁他也迷信,王不超就想,怪不得肠子给他捞出来没落马,我打了一辈子仗没碰到过这样的,啊!这回才明白,闹了半天他是关公显圣呀。哎哟关公附体了,那我还有好吗?就这么一犹豫,罗通就到了,给他一枪扎上了!噗!罗通把他扎上了,这个枪也叫王不超给抓住了。王不超抓住了枪杆,罗通也没撒手,两个人这么一较劲,王不超这阵儿血也淌得不大离儿了,罗通的肠子也出来了,两个人扑通扑通来个双落马呀,太惨。这阵儿番兵番将,骑马平章都督都过来打算要抢。程咬金大斧子一摆,秦怀玉大枪一抖,赛霸王姜须,后边姜兴霸、李庆红、王新锡、王新豪,后面周文、周武、薛先图,还有冒失鬼老周青,众将等等好几百员将官都冲上来了,番兵吓得抱头鼠窜往回就

277

跑，进城都不关门，关啥？守啊，守谁呀？有的出南门，有的出北门，四下走死逃亡，落花流水啊。

唐兵进城追赶番兵四下奔逃，两军阵在这个时候，秦怀玉搁马身上翻下去昏倒了。姜须在旁边过去把他抱住喊叫，工夫不大吐了一口痰，就看他慢慢睁眼："兄弟呀，你把哥哥带去吧，我活够了，兄弟！"看这样子，秦怀玉精神就不正常，眼睛发直，大家都瞅他发愣。

姜总兵离帅营进御营奏明贞观。贞观忙问徐军师，"你看何人能领兵？"

懋功说："咬金领兵。先锋一个姜须，一个徐清。"

这个徐清是谁呢？他就是护国大军师、世袭英国公、徐勣徐懋功的孙子，御大夫徐敬业的儿子。徐清徐文建别看小孩岁数不大，比姜须小一岁，可有一件，见解聪明，文武双全。长得不次于薛丁山，也那么漂亮，可是心比薛丁山细，不像薛丁山那么耿、那么直，有的时候那么不讲理。徐清这个人柔刚都有，也有姜须那个脾气，也有薛丁山那个模样，叫他占全了。

徐清徐文建跟姜哥在头前儿带队，自己掂量自己真不行。这是闹着玩的吗？要好打薛礼能困到黑风关吗？而且要好打罗通能盘肠大战，死得那么惨吗？元帅都能急疯了吗？不好打呀。头路帅被困，二路帅疯了，又搁个代替二路帅程老千岁，徐清小孩心里话，那不是开玩笑吗？跟姜哥这么一讲，姜须就笑了："兄弟，你就时刻别离姜哥，我干啥你干啥，我如何你如何。"

"姜哥，那我就跟你学学见识。"

"好！"哥儿俩对脾气，在八水长安京两人就不错。头前儿带领人马往前走，徐清就问："这个道你说近，走的是弓弦，不走中路界牌关这个弓背，能差多少？"

"兄弟，中路界牌关过去，玉霞关、寒江关、青龙关，那过去才是黑风关。咱们现在搁南界牌关过来了，当中就隔一个玉霞关，从玉霞关过去就到黑风关，还是这儿快多了。"

"姜哥，玉霞关好打不？比界牌关怎么样？"

"哎哟，这个我可听说玉霞关有一个邵雷太，这家伙据说可不大好对付。那么究竟他厉害到什么程度咱也不敢说，你这么说吧，兵来将挡，水来土掩，见景生情，随机应变，能力取就力取，不能力取智取。兄弟，咱们哥儿俩加点小心，玉霞关得注点意，打个漂亮仗。"

"好！"

哥儿俩人马这天往前行走，有探马来报，来到玉霞关。姜须说："好了，我们先扎下营寨，周围挑好战壕，铺上梅花桩，钉上铁蒺藜。随后埋锅造饭，铡草喂马，赶紧休息，明天再战。今天说啥也不打，守住汛地，就是有功。"

徐清又问："你估计咱们在这儿……"

"在这儿是这样，今天晚上是危险点，我们大家要人不离盔，盔不离甲，马不离鞍，鞍不离马，今天晚上就不睡觉也不要紧，明天缓和了就好办了。"

"好吧！"

徐清和姜须这一下令，全营里头有的还真不太满意："倒是小孩，不行。你说一点也没有什么经过，老是害怕，走这么乏、这么累还不让睡觉，还人不离盔，盔不离甲，马不离鞍，鞍不离马，这玩意儿整的，还得瞪一宿眼睛，明天打仗，能打吗？"

"那明天还兴不叫咱们打仗呢。"

"那要叫打怎么整？这糟践人呢，该睡觉睡觉。"

"哎，那可不行啊。闹出事了这是玩的吗？先锋官人家是搁这回去的，还是熟悉这情况，咱得听他的，据说这个姜先锋还有两下子呢。"

"咳，行了，他父亲也不太高。"

"他不是跟他父亲学的，跟薛老元帅在一块儿。近朱者赤你不知道吗？鸟随鸾凤飞腾远，人伴贤良品格高。"

"对！"全营里议论纷纷。徐清和姜须众将真都在这里准备不睡。先锋官一安营，元帅到了。程咬金听有人一报："头前儿在玉霞关东门外，先锋官安营下寨了。"程咬金说："好，咱也接着他的大营，安营扎寨，哎呀都挺累了，我打一辈子军务，我懂这个，年轻的人他不同情别人。你们把营安上就埋锅造饭，那边铡草喂马，吃完饭就睡觉。今天下晚没事，他们不敢来。来了前边还有先锋营，后面还有御

279

营,他不能当中掏我。大家好好睡睡,睡得精精神神,明天好干仗,一天就把玉霞关干过去了,后天就到黑风关了。哎呀,我也累了,给我弄点酒喝。"

有的新兵就站出来了:"还得是我们老元帅,人家这一辈净干这个了。据说我们鲁国公当年还做过皇上呢,听说做十来年。"

有的老兵不满意,老兵就觉得代理元帅这叫胡整,你这一睡觉要不闹事便罢,要闹事怎么办?后边是皇上,是闹着玩的吗?有的老兵有心眼儿,枪搁哪儿,马在哪儿,衣服不脱准备着。劝说新兵呢,新兵还不听。这阵儿营里头两种心情:一个是赶紧睡觉,甚至是要喝点;一个是担惊害怕,不睡觉。

程咬金不管那个,大酒大肉,吃完就睡,不在乎。后营御营,徐懋功登高一望,一看南有南山,北有北岭,地势险恶。不好!这个安营下寨有说道,近不扎,远不扎,高不扎,低不扎。近扎营敌人一攻而入,远扎营等打仗时走得筋疲力尽,高扎营那就说得小心火,低扎营得注意水。绝地还不能扎营,光往前进没有退路还是不行。徐懋功一看南山北岭山势险恶,这个地势不太好。徐懋功下令:"安下御营,挑三道战壕,铺梅花桩,钉铁蒺藜。都搁双岗,今夜严守汛地。告诉大家特别注意,人别离盔,盔别离甲,保护圣驾,明天咱们再好好休息。"

徐懋功安下金顶黄罗宝帐,保着圣驾用膳休息。这阵儿天黑了,二更已过,外面不到三更,程咬金在大帐里头一觉放下心头稳,这个酣睡呀,你就来报告得扒拉他,不然他都不能醒,累得够呛,岁数也大,再多贪几杯,那觉睡得那个香就没法说了。刚接近三更天,突然就听南山炮响,北岭炮响,这个时候营里头可全都惊了。先锋营里姜须和徐清哥儿俩听外边突然炮响,两人刚一愣,外边进来报:"回先锋,满山炮响,队伍齐出,奔南大营,要进营。"

姜须下令:"守住!"这阵儿派出四员大将奔南边,带领兵将守南营。

"报,北面上来了,搁北岭过来的,看那样子是要进北营门。"姜须又派出四员大将坚守,姜须就跟他们明讲:"你们退回来饶不了,那就说是死也得守,要把营叫人给炸开了,那还了得,那就全军尽殁了。"

　　四员大将刚走，说西边也来了，比那两边还凶，姜须又派十六员大将到西营门守，不准出营，就是严守汛地，守住就有功，预备弓箭。这三面守上外面就攻，一攻没进来，两攻没进来，一连三次没攻进里头，也就说明姜须这一手就预备对了。新兵现在也服了："哎呀，还得是我们姜先锋，这玩意儿怨不得人家当先锋，咱们没当先锋，咱们也真不是那块料，你说我认为睡觉多好，这要都像我那么睡呀，就都睡到那边去喽。"

　　姜须跟徐清马鞴好，就在这听信儿，哪面紧张上哪面助威，高低不能叫搁先锋营过去闯到帅营，要闯到帅营再往后去，那不就奔御营了，圣驾有险。他们先锋营守得还真得说是坚如铁桶，稳如磐石，总算是几攻没进来。程咬金那个营就不行喽，程咬金在大帐里睡得那个香啊，外面炮响全不知道，有人进来："报！"没有动静，喊了几声"报！"程咬金没有回音儿，把这个人急得没法儿，到跟前儿啪嚓给了元帅一巴掌！程咬金一激灵："哎哟，干什么？"

　　"回元帅，大事不好！"

　　"何事惊慌，大惊小怪的？"

　　"你听，你听！"

　　"哎哟，怎么了？"

　　"打进来了，打进来了！"

　　"从哪来的？前边有先锋营没挡住吗？真是饭桶。"

　　"不是从西边来的，从南边来的。"

　　"怎么没守营门？"

　　"我们也没挑壕啊，您不告诉埋锅造饭，吃完就睡嘛！"

　　"哎呀呀，真糟糕真糟糕！"

　　"报！"

　　"你报什么？"

　　"外边已经打到帐门了，北边进来的。"

　　"给我带马！"老程跳下来就往外跑，有人把大肚子蝈蝈红牵过来，程咬金抓他那个马，一伸手，一看俩抬斧子的也拿过来了，程咬金一看马没鞴，"鞍子呢？"

"去搬鞍子还没回来呢。"

"哎呀，糟糕糟糕。"

"老千岁您就对付骑吧，你骑不骑鞍子都行，您不是马身上有功夫吗？"

"那倒掉不下来，可是这打仗不得劲。"

"您能得劲吗？您不但没顶盔，没挂甲，你瞅瞅您那身上。"

"啊？"程咬金一看，哎哟，可惨透了。他头上头发绾了个发髻，没顶盔，帽子也没有，连块布也没有。上边穿着一件布背心，下边一个长点的大裤衩，光着两个脚丫。老程一想：我一不顶盔，二不挂甲，光着膀子骣骑马，我这个模样谁要是看见，非拿我当怪物埋了。再一看北边唐兵叫人家杀得人仰马翻，两员大将来势汹涌，南边也是如此。老程一看坏了，"众将官哪！咱们大营没有，不要了，够奔御营保驾要紧！"

老程想得挺乖，打算带着大家够奔东边御营保驾。正往前去有人喊："报告元帅，去不了啦，前边番兵无边无岸，挡住去路。"

又听那边马上喊："报告元帅，圣上被包围啦。"

第四十三回　黄土岗遇险

上回书说薛礼被困黑风关，唐贞观御驾亲征要救薛礼，可是有两关之隔，打下界牌关，就差玉霞关之隔。唐君臣扑奔玉霞关来了。这个玉霞关的大都督叫邵雷太，他是飞天道长珠顶仙的徒弟，这个家伙可要文就文，要武就武，称得起文武双全。邵雷太这阵儿把地图展开上下观看，最后跟几个人合计一下，马上击鼓聚将，把他所有平章都督完全聚齐，邵雷太在当中传令："众都督听真，昏君唐天子要来了，他巧过了界牌关，还想从我们玉霞过去，他那是做梦。今天我们埋伏好，他要来了的话就给他一个迎头痛击，挖下深坑等虎豹，撒下香饵钓金鳌，要活擒昏君。于振江、夏侯方听令。"

"在。"

"你们俩带五千人，出南门往东去，就在南面的双赤岭伏下人马，听我城中三声炮响，你们就冲进唐营。遇见一个杀一个，遇见两个杀一双，主要的要一个人，捉拿昏君。"

"是！"

"慢着，或者是拿着代理的元帅鲁国公、老该死的程咬金也行。"

"是！"

"慢，别看程咬金老，这个老家伙我知道，当初出世的时候就劫过两次皇纲，他抢过兖州，夺过潮州，三斧子定了江山，他还做了十年的皇上，这个家伙可愣，你们要慎重。"

"是。"于振江、夏侯方到外面带五千人马够奔双赤岭埋伏。邵雷太马上又叫："葛龙、葛虎！"

"在！"

"你们带五千人马出北门往单赤岭奔,在单赤岭埋伏人马,也是听我三声炮响,进攻大唐营的北门往南杀,跟于振江、夏侯方在营中会合,把他大营给我一切两半,明白吗?"

"是。"

"主要的捉拿昏君,首功一件。"

"是!"

邵雷太一看两旁:"司马征!"

"是。"

"听令:你到龙头岭带五千人马埋伏好,我从大唐营的西营门打进去,南有于振江、夏侯方,北有葛龙、葛虎,南北营门再打进去,掐断他的唐营,那时候唐军一乱,昏君必跑。他主要经过龙头岭,你要埋伏五千人马,出来把唐天子给我生擒活捉了,要多加小心。"

"记住了!"

"不过我可告诉你,你要真能活捉唐天子,首功一件啊。如果要搁你那儿把他放走喽,我可不能答应你。"

"是!"

"下去。"邵雷太又抓来一支将令:"黄振邦,你带五千人马在虎尾岭埋伏,万一要是龙头岭挡不住他,昏君必到虎尾岭,你顺着那个山和那道河当中这条路走,你在那林内埋伏,冲出来把唐天子给我生擒活捉,不可有误。"

"得令!"

当时邵雷太派出这四路人马,他本身带一路是五路攻营。营里头安排得用八大将,告诉严守四门,一门投俩,不管什么动静,没有我亲身到不准开城。邵雷太完全都安排好了,埋伏得了。偏偏遇到唐营这个糊涂的程咬金。

上一段书说姜须安营,看地势不好,南有南山,北有北岭,树木丛杂。挑了三道壕坑,弓箭埋伏,进来?没门儿!铺的梅花桩,钉铁蒺藜,安排头不离盔,盔不离甲,甲不离鞍,鞍不离马。徐懋功的保护御营也是如此,也这样严防,挑壕准备,唯独程咬金这个大老粗呢,他告诉大家都睡觉。

突然号炮响,人喊马嘶。唐军全傻了,拿起裤子当布衫,拿着帽子往脚上蹬。骑上马鞍当战马,拎着铁索硬说是绳。

情况危急啊!当天夜里头邵雷太亲身带队,攻打姜须先锋官的西营门,放三声炮他往里冲三次,真没进去,铁桶一样。南面的于振江、夏侯方,北面的葛龙、葛虎他们各带五千人,从打双赤岭、单赤岭下来,南营门一哄而入。哪来的营门?都是平地,也没有口令,也没有放哨,也没有人看着,都睡觉呢,那就像到无人之处一样,就进来了,进来就乱了。

葛龙、葛虎那北边也是一样,他们两个南北这么一凑合,这一个杀呀,趁着唐兵乱的这个劲,南北眼看在唐营当中就接了头了。葛龙、葛虎往南一看,两个人在马上横枪高声喝喊:"哎哟于大哥、夏侯大哥怎么样?"

于振江、夏侯方哈哈大笑:"这唐营,小孩摆家家呀,都睡觉呢,营里头全营都算上,包括元帅在内,都是扳不倒看家——白搭!我们脚面水蹚进来了,就是没找着皇上,没看到他那代理的什么老糟的元帅程咬金。"

葛龙、葛虎瞅瞅于振江、夏侯方:"于大哥、夏侯大哥,这么样吧,按照我们都督的吩咐办吧,你们把五千大军在这个营里头给他横起来,叫他们东不能奔西,西不能奔东,咱们把他掐开,先锋官的营不管他,他在西边还有我们都督。这个元帅营已经踏开了,你们在这弄一道人墙挡住西边的兵马,不管是元帅在那儿也好,先锋在那儿也好,他们都不能往东来就行了。我们带着五千人往东推,到他的御营,要真能够见着昏君,活擒他。"

"好。"于振江、夏侯方就跟葛龙、葛虎弟兄讲,"你们放心,要从西边过去一个人,就算他是高人,也慢说人,鸟都不能给他飞过去。我们在这儿把他堵住。"

五千人马南北拉开一道墙,都面朝西边,等着西边来人。葛龙、葛虎带着五千人直接地往东移,就奔后边来了。他们踏开的帅营往后就是御营,哪知道他们来到御营外面,有人一报说御营守得挺严,我们往前一冲,开弓放箭,射死我们不少人。葛龙、葛虎这阵儿就火了:"给我再往前冲!"后面这一喊:杀——呜——就看这营里不慌不忙,消停稳重,嗖嗖嗖的雕翎就像雨点一样,射得番兵讷讷后退,横躺竖卧，叫苦连天。轻伤的往回跑，射重了就趴下动不了，死了就算没动静，不死的活号啊。葛龙看看兄弟，葛虎看看大哥，两个人各提掌中枪，"闪开了！"葛龙催马拧枪来到对面，高声喝喊："御营听真，回去报告昏君叫他前来见我，交出你们的降书顺表，还则罢了，如其不然，马踏御营，活擒昏君，那时你们悔之晚矣。"

唐兵焉能不报？早就报了。徐懋功跟皇上讲："请圣上安心，别看敌人张牙舞爪，怎么凶猛，如何厉害，我们是逢凶化吉，遇难成祥。"

皇上瞅瞅他一声没吭，意思是说还成祥呢！皇上一想：我怎么琢磨怎么不太好，这样还成什么祥？眼瞅着咱们——唉！皇上没说话，有点后悔不该出城。外面有人进来："启奏万岁，营门口有一个在头前儿高声喝喊，请圣上出去，说他有话说。"

"马来。"

徐懋功瞅瞅皇上，意思是说，我主不应该去。

"不，我一定要去。"外面给带过逍遥马，徐懋功等文武群臣前呼后拥，簇拥着贞观皇来到了营门。不到营门便罢，来到营门贞观抬头一看，哎呀！一望无际番将番兵。葛龙大骂："不交降表，杀！"

皇上说："传旨赶快撤。"徐懋功无奈保驾，从御营东边出来了往前走，他必由之路得走这个龙头岭，就听三声炮，旗幡招展，队伍交杂，刀枪耀眼，齐声喊："抓昏君啊！"再一观瞧对面有一个老将，他这张脸大脸盘儿，就像老母鸡花花点点的，也说不上是白呀、蓝呀、黄呀，掌中合着八卦开山钺，在马上瞅着这边是哇哇怪叫，叫了半天他又笑，笑了半天他又叫。

黄振邦哇哇怪叫："昏君，赶快交出降表，交慢了让你钺下毙命。"

大将梁乾催马迎战，大战不到三十趟，敌不了番将又难撤身。又来二将帮忙都被番将斩杀，贞观吓得是提心吊胆。顺山下又往东南跑到虎尾岭。听林内大炮四响，番兵将亚似恶鬼凶神。为首的老将极其狂傲，古宝、古林亲哥儿俩催马抖枪刺番将，番将一锤打死一人。古天雷大叫："我儿死得苦。"催马双枪冲了出去，他与番将大战几十趟，徐懋功看不妙，梁乾敌不了司马征，项忠、胡勇也讷讷后退，君臣已经被东西北三面包围,南面是水,水南鹅头峰上下不来人。这时候猛听啪嚓一声,古天雷脑袋被锤打碎,番将喊:"活擒昏君啊!"

在这种情况下,徐懋功一想,这个山头儿挨着南边那条河,当中这条路这是绝境,出不去。后边那个兵,兵是兵山,将是将海,一望无边,见头不见尾,森林里还有多少兵将都不知道,进去也完。如果说顺着这个岭,再往回去,奔东北角的那个道也不行,怎么说呢?一看不用回去,回不去了。梁乾这口刀只有招架之功,没有还手之力,还不能往下撤,撤了怎么办?后边就是圣驾,自己就得豁出这条命死到阵上,也不能撤下来,活一会儿能挡一会儿。

徐懋功一看这不糟了吗?从玉霞关的东门外往东来,硬往前走到这不通,对面这架山立陡悬崖,不能上去,只能说往两边分,一个奔东南,一个奔东北。奔东南这个,叫虎尾岭,让黄振邦挡住了。往东北这个龙头岭,司马征挡住了。往南是水,波浪滔天,不知道有多深。徐懋功一看河的南面还是山,山还是立陡悬崖,有个大鹅头峰,离那河水还挺高,这个也是个绝境,谁能来?搁这鹅头峰来怎么跳下来?跳下来怎么过水呀?这个没有希望。

徐懋功再一回身,往西边一看,就知道御营叫人家打开了。很明显,要打不开的话,胡勇和项忠也不能败下来。胡勇一对链子锤,强招架葛龙,项忠掌中三股托天叉也敌不过葛虎,那葛龙、葛虎非常凶猛,一个人一条铁枪,就把胡勇、项忠这两个人给逼得边战边退,边退边撑,撑不住再退,这是搁御营让人打进来了,退到这儿来了,就都奔这黄土岗。君臣脚下这个黄土岗比别处高,就占着这个居高临下的地势。徐懋功一看,虽然背靠这道河能安全一点,这三面怎么办?贞观皇当初也是马上皇帝,现在是老了,这个享福享得也是真怕遭罪呀,怕丢天下也惜命,他瞅瞅徐懋功:"哎呀,爱卿助我!你看这便如何是好?你说朕出朝洪福齐天,一福压百祸。这回好,这福在哪里呀?"

徐懋功也觉得哑口无言,瞅着皇上说:"请我主安心,依微臣看来不至于身逢绝地。我们还能够逢凶化吉,遇难成祥。"

"哎呀,怎么化法?"

"主公,车到山前必有路。"

"哎呀这路在哪里？"

"那么我主打算怎么办？"

唐天子瞅瞅徐懋功，打了个咳声："你看看是不是他要降表，要多少疆土，咱们……"这就有心要割地。

徐懋功激灵一下，"我主千万不可呀！我们的国土是寸土不能让！"

皇上又指着北边："你瞅瞅那梁乾他……"一看梁乾把头盔打没了，发髻蓬松，这口刀简直就玩命了。隔三岔五搪不了人家，就来一个玩命的招儿。你司马征再厉害，你大斧子劈下来我不躲，我给你一刀你得架吧？人家真架，人家不换命，这样就缓一下子。就以这个玩命的办法缓一会儿，再打不行了再缓一下。皇上问徐懋功："你看，能行不？眼瞅着完。"再又用手一指："你看西边的胡勇、项忠。"项忠可能是带伤了，一看他左手有血迹，"那两面那样，这面这样，南面水声，你说一点不交地，咱们君臣难道说就坐这儿等死不成？"

徐懋功马上派人过去，说："把使锤的给我挡回去。"过去一个使枪的一个照面死了，过去一个使刀的两个照面打死，工夫不大，转眼就叫人家前后锤震十八将。皇上吓得身不动自晃，体不热汗流，这个时候冷不丁地就听河南面的鹅头峰上喊："呔！反贼休要发狂，我主万岁不要担忧，臣子薛丁山前来报号！"

第四十四回　单骑救圣驾

唐贞观被困黄土岗，眼瞅着黄振邦逼皇上交降表，一发千钧，万分危急的时候，就在南河岸上的鹅头峰上站着一匹白马，在那马上坐着一个人，自称臣子薛丁山前来报号。薛丁山在这鹅头峰上不是来了一会儿半会儿了，他在那看了多时，也在这进退两难。

薛丁山鹅头峰上见北岸将似将海兵似兵山，杀声震耳号炮连天。靠河边空中飘摆杏黄图，必有皇上在。又看见使锤的番将耀武扬威欺人太甚，薛丁山火高万丈下不去，拨马绕道不知得几天。远水不能救近火，我天大的本领使不上啊，急得他连声喊："臣子薛丁山前来救驾！"他喊得双足跺，腾云马以为让它往下蹿呢，它一声长嘶往下跳，薛丁山双手勒马，就觉着两耳生风，睁开眼一看没死，这一来小英雄高声喊："臣子包打玉霞关。"

薛丁山他和窦仙童在岔路分手以后，就直奔玉霞关，逢人问询，路上饥餐渴饮，晓行夜宿。这一天正赶上在这山野树林里头，蹿出一只斑斓猛虎，把这匹马给惊了一下。这马咴———一声长嘶，薛丁山想掠住那是没门儿！这匹马简直地信马由缰就飞了！薛丁山卧在马身上就觉得两耳生风，他一想：你再能跑你也抖落不下我去，我看你把我驮到哪里去？最后这匹马就把他驮到山头鹅头峰，站在这儿不走了。薛丁山心说它怎么不走了？睁眼再一看，啊！往哪儿走？绝境啊！一看这个鹅头峰像一个平着的扇子面一样，马都到那个边上，再往下一下，那就下去了。一看下边波浪滔天，这个河水还不能浅了，摔不死也得淹死，反正是好不了。这一冷静下来，才发现这边打仗。现在薛丁山被这个马带下来，一下来也觉得忽悠这么一震，脑袋嗡一下子。

不害怕那也是假的,他就觉得两耳带风,从上面鸣,啪!落水里了。

小将弃水刚上岸,黄振邦催马抡锤就打,丁山用戟架,觉出锤重力气大,第二趟戟里加鞭,就听咔吧一声,番将的脑袋开了花。

贞观皇一看,有这一个人什么也不怕了。细看薛丁山银盔银甲,面如敷粉,剑眉虎目,齿白唇红,老远就似一团白云。这个人是连人带马,这种威风煞气令人钦佩,爱看,见面就有缘,好像在一块儿待多少年似的。贞观皇马上吩咐文武群臣:"咱们君臣时刻不要离开此人,来者他是顶天白玉柱,架海紫金梁,真是朕的股肱。"

薛丁山一看番兵一乱,他的马就踏进去了,这阵儿临近看着真是杏黄图,甭问,皇上在这儿。薛丁山就想:学会文武艺,货卖帝王家,将相本无种,男儿当自强。皇上在这儿,哪儿找这个机会?千载难逢,万年不遇,我给你看看我们薛家的厉害。他马往前一踏,这银龙戟使开了,也真够厉害,戟挑的,马踏的,马踢的,戟砸的——杀得番兵抱头鼠窜,落花流水。不是都死,连伤带死,薛丁山再给绕了一圈,回来撂倒一百二十六个。那就像虎入羊群,马踏无人之境,挨着就死,碰着就倒。薛丁山这阵儿就像煞神入体,凶神入窍,在头上千层威风,万丈杀气,把皇上乐得合不上嘴,心里想:看来还是徐军师你高明呀,对对对,朕洪福齐天,一福压百祸!看来是国家将兴,必出良将!

这阵儿薛丁山把东边的兵给打得啊,顺着这个山头,贴着这个树林往外跑,都退下去了,东边等于安全了。南边安全,背靠河嘛。东面再安全,就剩北面、西面。皇上一看薛丁山搁那儿打得往回来,他就喊了一声:"赶紧叫那小将前来见朕。"

薛丁山听见头前儿喊,他这才马往前奔,来到切近,抬右腿弃镫离鞍,有人将马带过,将戟挂在鸟翅环。薛丁山他银钩倒挂鱼褐尾,两手紧撩战征裙,往前奔。这个时候徐懋功和文武群臣簇拥着皇上,就在黄土岗这儿也往前凑,眼瞅着就来到了跟前儿,看皇上穿着衮龙袍,面如银盆,重眉大眼,胸前五绺黑髯。薛丁山老远跪在地上,向上叩头,口称:"我主万岁万万岁,臣子一步来迟,罪该万死。"

贞观皇一听报臣子,"你父必在朝内居官,不知你父何人?家住哪里?你是哪一个?"

薛丁山跪爬半步，口称："我主，臣子家住山西绛州龙门县汾西村大王庄，子不言父，老人家姓薛名礼，字表仁贵，我是他儿薛丁山。"

皇上不听还则罢了，皇上一听，懊悔啊！不应该听信皇叔成亲王之本，把薛礼打在天牢。可是事情形成，悔之晚矣。这一次突厥造反，让薛礼来平，可是没想到黑风被困，朕来救你，玉霞遇险，又由你儿出世。皇上就明白了，我李家的江山一千，他们薛家就担着八百呀。当时皇上又一想，据姜须还朝启奏，薛帅身体不好，在黑风关养精蓄锐，让他儿统兵去取赤虎，中途经过九岖峪，中敌人的水火之计，薛丁山全军尽殁了，怎么今天——所以皇上赶紧问道："你既是丁山，从哪里来？你怎么没在老帅麾前啊？"

薛丁山尊道："我主，要问这个……"

"你先平身。"

"谢万岁。"薛丁山起来往旁一站，尊道，"我主，恐怕您也能知道一二，黑风关我父使我取赤虎，中途不慎中敌人水火之计，我们全落到火海之中，眼看我命在旦夕，多亏授业恩师王禅老祖，把我救到山上二次授艺。因为师父知道我主万岁够奔黑风，在玉霞关有事，臣子才奉师命下山，前来报号。"

这时候就听有人喊："主公！万岁！大事不好了！徐军师您看西边……"说一个西边，大伙不回头便罢，回头再这么一看，可了不得了！一看胡勇、项忠这两个人被番将追赶而来，胡勇把兵刃打丢了，项忠这三股托天叉往后抻着点保护胡勇在头前儿跑，后边葛龙、葛虎哇哇暴叫，各拧掌中枪，一个奔一个，葛龙奔胡勇，葛虎就奔项忠，眼瞅着就要马头搭马尾，他们两个就要下毒手。薛丁山抬头一看，那边眼看追上了，这阵儿皇上一惊，薛丁山赶紧架过他的穿云箭、震天弓，薛丁山的箭法可有一绝，那不是这次一百二十天学的，当初跟着师父始终没忘了练这个，那是百发百中。他搭弓照着葛龙、葛虎嗖嗖双箭齐发。两个人做梦也没有想到，枪还没等动，就听噗噗！扑通！翻身落马，撒手扔枪，那匹马就回去了。

皇上这阵儿点点头，瞅瞅徐懋功："哎呀，徐军师你看，有其父便有其子，真是强将手下没弱兵呀。"番兵一看葛龙、葛虎全死了，

291

单说那箭射得那个准啊，都中颈嗓咽喉，一个也没缓。蛇无头不走，兵无主自乱，番兵一看把两员守将都给削了，磨回头就往回跑，马上步下，跟头把式。这个时候就听着有人喊："吾皇万岁，看样子梁乾有点敌不了啦。"梁乾这阵儿干脆就是没有办法了，那已经是身上两处重伤了，反正是宁死也不屈，高低也不退，坚持一会儿是一会儿。梁乾已经都认了，肯定是十有九死没有一生，突然听到黄土岗那边嚓啷嚓啷鸣金，哟！这可真是救星。要不怎么说将帅和能打胜仗，将帅不和打不了胜仗。这员将在前边打，眼看不行了，元帅要是跟他一个心眼儿，鸣金回来，不叫他丢人，不叫他丧命，两军阵两头都知道这个：闻鼓则进，闻金则退。闻鼓不进，退那就杀；闻金不退，进那就斩。将帅要是不和，眼看你要胜对方，鸣金，回来吧，功不给你。眼看你不是对方对手，甚至有生命危险，击鼓，那不叫助阵，那就叫催命了。催命鼓一响，那是催死拉倒。梁乾这阵儿就在等死了，没有半点希望，后面没有能人了，那么他听着突然鸣金，这真是救命啊！梁乾有了台阶一拨马，回去了。司马征火了，司马征两手架着八卦开山钺，干什么？你们还想换换，车轮战啊？这时就听黄土岗御林军所有的兵将齐声喊杀，咚咚咚！催阵鼓大作，哎哟！司马征就感觉来者不善啊！看这样子来的比刚才回去的这个身份高，谁这么大的阵头？他提着马一瞅，在这个大堆儿里头来了一匹白马，上面坐着这员小将，银戟银盔银甲，素罗袍，周身上下没杂色，简直就是一色白。司马征他正在想的工夫，薛丁山马上横着戟，瞅对面这个面似花花老母鸡的脸儿，薛丁山也瞅他乐。司马征问："你乐什么？"

"我不乐别的，就你这么个窝囊废……"

"啊！什么？"

"窝囊废，你是不是活腻了？动手之前我问问你，你愿意葬在水里还是愿意葬在陆地？你看看哪个地方合适？"

司马征一想比我狂的没有，他真比我还骄，"哈哈，小辈，我是威震玉霞关大都督邵雷太左膀右臂，你可知道我司马征？你是什么人？口出狂言。"

"你问我呀？我父就是征西元帅，子不言父，姓薛名礼字表仁贵，他就是平辽王都招讨。再往下问你家少帅，我叫薛丁山。"

司马征说："我听说你薛丁山在九岖峪早做烂面焦头之鬼，你怎么又活了？你能到这儿？你是冒人家是不是？你没名吗？你连真名实姓都不敢露，你非英雄不丈夫。"

薛丁山把脸往下一沉："司马征，你要放明白点，你要跟你家少帅开玩笑，今天可没有你的好报。"

司马征气得大喊："休走！"司马征和薛丁山一动手没走几个照面，司马征就觉得不好，不好他就心慌，心慌那还有好吗？噗！戟耳朵把后脖子给搂上了，往下一拉就削一半，把这脖子给削开了！翻身落马，番兵一退，薛丁山就追去了。皇上就喊："别离开世子！"周围簇拥着圣上驾着逍遥马在后面来，番兵往西败，薛丁山就往西追，到树林里头一看坏了。怎么在番兵里又回来一个？一个穿白的小将，怎么你不服啊？像那个你倒是细问问，薛丁山认为都往西败，我往西追，你往东来，你不就是不服吗？他就没问，这位是谁啊？他就是徐懋功的孙子，前营先锋官徐清徐文建，他俩没见过面。徐清也看出薛丁山是个茬儿，他就奔薛丁山来了。徐清过来一枪，薛丁山一戟，俩人打一个照面都过去了，都知道高。薛丁山往西来，徐清往东去，薛丁山一回身把弓箭摘下来，不能叫他活着，搭弓认弦，照着徐文建的后脖子要开弓放箭！

第四十五回　初掌二路帅

玉霞关关主邵雷太四面埋伏，五路进兵，就把大唐营给掐断了。但是打到姜须和徐清这小哥儿俩的先锋营，人家挑了三道战壕，邵雷太连攻数次打不进去，先锋营稳如磐石。可但有一件，徐清就老在旁边担心："姜哥，我怎么老听东边不太好呢？"

"唉，"姜须微微摇摇脑袋，瞅瞅徐清，"兄弟，咱们弟兄年轻这话也不能说呀，你像鲁国公程老爷爷那么大的年纪，他老人家——哎呀，代元帅这可真有点不太把握。"正说这个话有人飞马来报："回二位先锋官，大事不好！元帅营叫人家打进去了。"

"啊？怎么打进去的？"

"情况不明，南营门也进去了，北营门也进去了，现在在帅营里头杀得是天翻地覆，我们老远一看兵对兵，将对将，那真是血水摊摊，马仰人翻，连天叫苦，看那样子要搁东边奔咱们这儿来。"

"听着东边有什么动静？"

"御营那边动静也不小，打进去打不进去不太知道。"

"哎哟！"姜须心想：不妙！我们哥儿俩即便把先锋营保护住，帅营掏开了，往东边那么一拐，就把御营也打进去了，皇上再叫人抓走了，我们在这儿有什么用呢？那就像两个人下棋，你布置得再好，后边老将让人家兜去了，那不就输了吗？

"兄弟，咱们哥儿俩得去看看。"

"对，我也那么想的。"徐清不但说保驾着急，更关心爷爷徐懋功，爷爷在皇上跟前儿陪王伴驾呢！哥儿俩马上派了几个得用的大将在营门口严守，"不管怎么样，有这几道壕，他们别想进来，你们不用害怕,在这里守住,我们到后面探探去。"姜须和徐清两个人这才抓过马来纫镫扳鞍,直奔正东。

小哥儿俩要奔御营得先闯过帅营,姜须就告诉徐清:"兄弟,你记住哥哥的话,我们为了救驾奔御营要紧,三步当两步,两步当一步,我们可不能在这营里头耽误。如果碰着番兵番将,一个照面,过去不许回来。胜败我们不是打仗,我们是保驾,明白吗?"

"姜哥你放心,你到哪儿,我到哪儿,绝对扔不下。"

"好,我们就是搁这儿穿过去,什么人也不跟他战,你就跟哥哥来吧。"

哥儿俩正往前,"咦,姜哥,你看那是谁?"姜须一看这真是啼笑皆非,怎么整的?一瞅是鲁国公程老千岁,这是代元帅。一瞅他老人家怎么弄的,盔呀,帽子呀也没有,连块头布也没罩,就那头发绾了一个髻。

姜须想,帅营看来没保住。叫文建:"咱们快走。"这时候来个使戟的人。徐清不识薛少帅,恶虎掏心枪刺丁山。姜须大叫:"徐清快下马,都是自己人。"

姜须喊完也愣了,这不是薛哥吗?姜须瞅瞅太阳那么高了,也不能闹邪门儿,薛哥不是死好几个月了?九岖峪中计早做了烂面焦头之鬼,怎么四五个月又跑这儿来了?姜须一想哥哥在生前,我屡次三番在伯父面前告他,可是我动机是好的,为周济你们夫妻团圆,可你是不是怀恨我呀?再加上九岖峪我没拦住哥哥,哥哥进树林才火化飞灰,我要是玩命深拦你,你也许就不进去,悔之也晚了。哥哥是不是闹鬼来跟我算账了?姜须又一想不对呀,哥哥烧死九岖峪谁看见了?不过是猜测,一想全军尽殁,他怎么能活呢?姜须一想备不住哥哥就是活了,那可太好了!伯父伯母失去的东西又回来了,那得高兴到什么程度?得多活多少年?

"薛哥,薛哥!"姜须从马身上跳下来,再看薛丁山过来了,哥儿俩到跟前儿面对面,你瞅我,我看你,搁现在说也有三分钟,他俩谁也没说话,姜须眼睛水漉漉的眼泪下来了。

薛丁山说:"兄弟,想不到弟兄又见着了,哥哥两世为人!兄弟你挺好?"

"哥呀，你想死我喽！"姜须往哥哥怀里一扑，薛丁山把他搂住："兄弟，兄弟，不要如此，不要如此。哥哥活了，咱们又见着了，这不是很好吗？"

"好是好呀，哥哥啊，你这一走，是一言难尽啊！"姜须把这前后的过往跟薛丁山说了一遍，"我到朝里头一搬兵，御驾亲征，现在圣驾来了，二路元帅是护国公秦元帅，先锋官是越国公罗先锋。没承想到界牌关罗先锋跟王不超盘肠大战阵亡了，二路元帅想疯了，这才搁鲁国公程老爷爷代元帅，我和兄弟就代先锋，哎哟兄弟，我还给你介绍，快快快。"

徐清来到跟前儿："姜哥，这是？"

"唉，我没跟你常说嘛，这就是我那薛哥。"

"啊？"徐清也愣了，"哥哥，你不说薛哥他在九岖峪……"

"这不是哥哥在这呢嘛，他一定是遇救了。薛哥，这个人不是别人啊，就是世袭英国公、护国大军师，我恕个罪说姓徐名勣字懋功，徐老爷爷的孙孙，他姓徐名清字文建。兄弟，你给哥哥施礼。"

徐清过来给薛丁山施礼："薛哥，差一点没闹误会，我寻思你是番将呢。"

薛丁山点点头说："是呀，我拿你也当番兵里头不服的啊，又回来跟我打，哥儿俩差一点闹出事来。"

姜须瞅瞅薛哥："哥哥你从哪来呢？"

薛丁山打了个咳声说："兄弟呀，哥哥中计在九岖峪险些没命，我遇救了，被我师父救到山上二次授艺。这回师父命我下山到玉霞关来救驾，我刚才打退了番兵，战死了番将，圣上叫我追，我就在头前儿追，后边皇上随后就到。"

姜须一想我哥哥这回比头一回能耐大了，这个大战场到这脚面水平蹚，还得说龙生龙凤生凤，老鼠的儿子盗窟窿。有其父必有其子，强将手下没弱兵。要有我薛哥，你还真别说，玉霞关干开我们就到黑风，就兴把老伯父救了。我哥哥带着我们，就兴把突厥收拾收拾，我们就早日回朝了。姜须又高兴了："哎哟薛哥，要是这样的话那咱们赶紧见驾去吧！"说到这儿就听着东边是人欢马叫，猛一抬头一瞅，圣驾到了。半空中杏黄旗飘摆，下边一看文武一个个地都奔这儿来了。姜须一看见皇上跪倒说："罪该万死。"

徐清也跪倒说："罪该万死,我们……"

皇上就问："这是怎么回事?怎么把大营叫人家打开了?"

"我主万岁,先锋营没破呀,破的是帅营。先锋营怎么怎么回事,帅营怎么怎么回事,现在元帅营已经踏平了。"

皇上瞅了瞅姜须:"那我问你,这元帅在哪儿?"

"元帅我们看见了,他说他保驾走错道儿了,干出北营门,刚回来他还没到呢。"姜须左右瞅瞅,这阵儿就听有人启奏:"元帅到。"

皇上点点头:"你们闪在两旁,叫鲁国公前来见朕。"

程咬金傻了,他老远下了马,往前走了几步,听头前儿喊圣上有旨,叫他见驾。哎哟我这个元帅当的,瞅瞅周身上下,这模样能见驾吗?不价在这个情况下还得叫人去找裤子去?回来再见驾那赶趟吗?程咬金弄得进退两难呀。

程咬金按按发髻,掸掸背心的土,他见驾磕头请罪,皇上搀起咬金说:"你将帅印交给薛世子。"突然有人喊,番兵又来了!君臣一愣,就看那西边尘土飞扬,姜须在旁边眼珠儿一转:哎呀,不好,恐怕先锋营也完了,看来这一阵儿他们的番兵几路合一了,从西边往这边下来。薛丁山当时吩咐:"马来!"架过银龙戟,薛丁山往前刚要近身,皇上就喊他:"世子,你可要多加小心啊,大唐的江山一切且都在你的身上,你可千万要小心!"

"我主万岁请放心,我丁山知道了。"薛丁山纫镫扳鞍直扑对面。程咬金吩咐:"来呀,后边弓箭预备,保住圣驾,我们给世子压住阵脚,全靠他哪!这回看他怎么样旗开得胜,马到成功,打回他们去。"

程咬金吩咐:"来,把斧子给我架过来,"他拿过斧子拉过马,一看连鞍子都没有,泄气了,"等会儿再上马。"

这阵儿薛丁山马往西边一来,一看那边一道人墙,后边兵将高低丑俊瘦胖,马上步下,摆开队伍,压住阵脚,瞅在对面上来一个人,这个家伙面似生蟹盖,手中一口青铜大刀,在马上哇哇暴叫:"咶,什么人?吃了熊心吞了豹胆,敢来玉霞关报号,你赶快马前受死!"

薛丁山马到对面勒马横戟:"我就是报号的薛丁山。"

"你是薛丁山?"

"不错。"

"你可是薛礼之子?"

"然!"

"听说你死在九岠峪,人死还有复生之理吗?"

"我在九岠峪烧到火堆里,这完全属实。可是烧着烧着我就想,这边圣驾有险,我这才前来救驾。"

番将一想,这是胡说八道拿我开心呢,"呔!好恼哇!别看你胜了千军万马,你要能逃出我这口青铜大刀,算你高人。"

薛丁山瞅瞅他:"你有个名没?"

"我乃玉霞关镇城大都督邵都督麾下听用,左都平章于振江!"

"哦,"薛丁山点点头说,"要这么说你不是玉霞关为首的,你还是一般的鸡毛蒜皮。这么样好不好,你回去给我带个信儿,让你们那个邵雷太什么大都督出来,我跟他马走三合,胜败高低那就算定了。我要能胜了他,我们过玉霞关无疑,你们不让过也拦不住。如果他要胜了我,我们不过,那就说我们绕道也好,我们不走玉霞关。"

"胡说八道,既有末将服其劳,杀鸡何用宰牛刀。像你这样的小辈,用不着我家都督亲临战场,拿命来。"于振江把马往上一纵,照着薛丁山斜肩带背就是一刀。薛丁山用戟一架,两人就干起来了。后面的夏侯方就心里头在琢磨:葛龙、葛虎不白给,据说都死了。司马征怎么样?也完了,黄振邦也利索了。我们这四面埋伏就剩我们俩了,于振江的本事也不次于我,你能成等于我成,你要不成我也够呛。我就拿你试验了,你行了呢,那我也上去,咱们一家伙把他忙乎住,余者脚面水平蹚。如果于振江要是不好,我夏侯方拨马就挠,跑一个就捡一个,我还能回去报告都督,我们另想别策。夏侯方在后面,于振江打的工夫,他就合计准备跑。于振江打着没过二十趟,就瞅见薛丁山也不怎么一绕回来,一个戟里加鞭,啪!就给削到了后背上了。于振江一口血蹿出来,往回一拨马,又看薛丁山往上一追,啪!又一鞭,这回就造到后脑海上了。你看后背这一下吐口血还顶住,没掉马,脑袋不行,也不知道他那是骨头脆呀,是皮儿薄呀,反正这玩意儿是不禁凿,啪嚓一下子,就看他撒手扔刀,于振江翻身落马。

夏侯方大喊一声："给我一起冲。"他下令谁敢不上？番兵平章这往上一闯，奔薛丁山一包围，薛丁山再厉害你也得打呀。薛丁山在马上用戟跟这些人这么一忙乎，夏侯方右脚一蹬绷镫绳，圈回坐马，直奔玉霞关。夏侯方搁人冲挡一下子，他要说一起跑，他怕把他叨回去。夏侯方这马就像飞了一样，跑来跑去，一看也到玉霞关了，东门不远了，那人马都在这聚集。他搁马身上跳了下来，赶紧往前赶奔。见了都督上前施礼："报告都督，大事不好。"

"何事惊慌？"

"回都督知道，大唐来了一个小子叫薛丁山，自报薛礼之子，他这个救驾不要紧，杀得我们真是苦不堪言，叫他打了个落花流水。他追下来了，看那样他想要走马进关。"

"闪开了！来人！前后把队伍摆开，用弓箭阻挡，不许他前进一步，待本都督亲手活捉尔等！"邵雷太在玉霞关的东门，简直把肚子都气爆了。来了一个人就破了我四面埋伏，五路进兵，大唐你们是真有能人。

这个时候眼瞅正东上来了，薛丁山后边是圣驾，所有人连姜须都这么想，看样子有哥哥真是脚面水平蹚，哥哥这个能耐这么厉害了。

薛丁山马奔正西一看，一望无边的番兵。杀气腾腾齐呐喊，战鼓咚咚震耳鸣。旗幡招展遮白日，剑戟寒光鬼神惊。人似离山凶恶虎，马如出水混江龙。当中穿出青鬃马，马上大个儿长得凶。头顶青铜狼牙盔，绿罗袍外挂甲青铜。牛皮大靴赤金镫，板门大刀两手擎。生成的五花蓝靛大饼子脸，蒜头鼻子眼赛铜铃。红胡须连鬓络腮像蒲扇，尖下巴火盆嘴牙似钢钉。

这个人正是邵雷太，他刀奔薛丁山，这一交手，十几个照面他就觉得不行。邵雷太一看薛丁山真高，我别跟你麻烦，他把马往回一拨，薛丁山随后就追。邵雷太把大刀往左手一交，右手拿个东西照薛丁山砰砰砰连响三声。不知吉凶祸福，下回分解。

第四十六回　被困飞火阵

薛丁山在玉霞关的东门外大战邵雷太，邵雷太一看薛丁山不是一般人，所以他拨回马来一伸手，左手压刀，右手掏出阴阳棍，小棍不大，是一种中间空的暗器，只要一按绷簧，就能打出烟来。棍内有两种烟，一种是黄色的，对手一闻就倒，昏迷不醒；另一种是白色烟，往外一打，对手能马上苏醒。如果中了黄烟，没有白烟相解，三个昼夜，就得毒气攻心而死，要不怎叫阴阳棍呢。邵雷太一看薛丁山杀法凶勇，干脆先下手为强，后下手遭殃，他才拨马取出阴阳棍照着薛丁山，噗！就是一股黄烟。他怕不中加一下，又怕不把握，连三次，三股黄烟够奔薛丁山。薛丁山这时明白了，是毒烟。刚一愣神，邵雷太马就下去了。他原以为薛丁山一定落马，哪知薛丁山丝毫没怎么样。这下薛丁山明白了，是师父给他的太岁盔起作用了，内藏解毒百草，不怕这些。一下胆子就大了，追！

邵雷太就惊了，怎么他还不怕暗器？邵雷太一想这个药必是来少了，他又噗噗老半天，几乎把阴阳棍里头这点毒药都整出去了。薛丁山哈哈大笑："你这个小孩玩的东西，还有多少，你都把它放出来，我觉得挺好。哈哈哈。在我的面前也多余费这份事，现这份丑，我就怕你掌中刀，那东西是砍上要命，别的你就甭使了！"

邵雷太这个时候又再抡刀奔薛丁山玩命，薛丁山刚用戟这么一架，就听着南边喊了一声："慢着，雷太啊，你退下去，不要再战！"邵雷太一看来者非别，正是授业恩师，马上拨马来到玉霞关的东门下。

薛丁山跟邵雷太没打出高低，瞅南边来了一个老道，他仔细一看，这个老道不高不矮，中等身材，白刷刷的一张脸，头上戴着鱼尾道巾，身穿着紫道袍，腰系着红丝绦。这个老道两眼带着凶相，两眉中间有杏子那么大一个红包。这个老道自称这叫佛顶珠，也叫宝珠贯顶。老道自己就说自己是仙人投胎，不是凡体。老道把马尾拂尘一摆，左手一打稽首："无量天尊，敢问面前这位，你可是大唐朝王爷之子、将帅的苗裔、少帅薛丁山？"

薛丁山瞅瞅老道点头："不错！道长，你道号高名？"

"贫道人称飞天道长，吾乃珠顶仙。薛少帅，邵雷太在少帅面前现丑，也是贫道授业无方。既然你攻关，他守关，彼此以命相争，这也是各为其主，不得已而为之。听说少帅贵恩师是王禅老祖，我们都是出家人，道见道，玄中妙，我和你师父还有点交情，我给你们从中解围如何？"

"那您打算给解围怎么个解法？"

老道听到这儿说："这样吧，我陪薛少帅在这里头走上几合。薛少帅如果把我赢了，我师徒城门大开，绝不阻拦。薛少帅，你看怎么样？"

薛丁山说："既要这样，恭敬不如从命。"

"好！"老道噌把剑亮出来，他的右手把马尾拂尘插到了他的背后，提着一口两刃双锋宝剑，说，"薛少帅，我也就是做做样子，输了也好说话呀，那么这就请吧。"

薛丁山马上把戟这么一抖，跟老道就动手。刚交手，老道挺一般，可打着打着就不一般了，越到后来手越紧了，薛丁山这戟也就紧了。他们两个马上步下，来来回回，打来打去，薛丁山就问道长："那么咱们这高低怎么分呢？"

老道就乐了："呵呵，我把你拨到马下，你算输；你要把我掳到马上，那我也就算认了。"

"噢！得我把你掳到马上？"

"或者你用戟给我一戟，把我哪个地方扎伤或是把我打倒。"

"好！"薛丁山把这个银龙戟这就紧起来，哪知道眼瞅着这个戟就要刺到老道，这个时候他一下腰往阵南就跑。薛丁山大喊一声说："道长，难道说你就这样走了吗？"

老道说:"我走了,那就是我赢了,你得把我弄住。"

薛丁山提马就追下去了。往南追出不远,发现有这么一道岭,这个岭右侧向西北,左侧向东南,斜着,岭口能有十几丈宽,看着岭不高,老道搁当中就过去了,薛丁山也就进去了。

这个时候姜须、徐清这些人都在后边,他们一看薛丁山怎么往南下去了,命人赶紧后边保护元帅。再看人家番兵番将,邵雷太进东门了,不但不往这边攻,城门关上了,吊桥绞起来了,看住城头,人家不理了。姜须也下令把我们这个营收拾好,把帅营后边挑壕,谨慎起来。这阵儿把皇上保进御营,赶紧的四外八方唐兵唐将,整个回来严守汛地。徐清打南边带人回来了,老远就喊:"姜哥!"

"兄弟,元帅怎么样?"

"姜哥呀,大事不好了!"徐清含着眼泪说,"姜哥,上当了。这个老道不是好东西,把哥哥引到几里路以外往西南方向,你看见没有?就是那边有个土岗,把哥哥引到那个林里头去,哥哥就没回来。我们这些人往里头这么一追呀,头前儿就听到炮响了,再看把咱们人炸得是尸骨翻飞,往里还不能进,我们赶紧后退,姜哥你看……"

"啊?"姜须皱皱眉头,赶紧催马和徐清又上了西南来,徐清一指:"看,姜哥,就是这里,你看岭还不高,里头土岗还不大。不知道哥哥进去怎么就没有出来,里头还没有什么动静。"

这个时候就听见里面弓弦响,嗖!射出一支矛头箭。再看在箭上带着一封信,姜须和徐清赶紧拿过来打开一瞅,"哎呀糟了!"姜须瞅瞅徐清,徐清看着姜须,两个人默默无言,带着人凄凄凉凉回到唐营来到大帐,哥儿俩往这儿一坐,傻眼了。姜须的眼泪也掉下来了,"兄弟,哥哥呀真是这样的命,你说他一事不了又一事,多大能耐也保护不住他,也不知怎么回事。按说他师父二次学艺,能耐那么大,怎么又上这个当?"

话说人家来的这封信上说明,这里头是珠顶仙摆的一个四门兜底飞火阵。薛丁山已经进阵了,已经在阵里头落马被困。飞火阵在土岗上有个飞火台,这个阵利用天然条件,四周埋好地雷,过百天自己会响。飞火台周围一里地内,不准进人,否则,地雷一翻个儿,那就尸骨无存,你就别找薛丁山了,你们就拿镊子来,往回捡骨头渣儿。

薛丁山落马后，就被锁在飞火台的铁笼中，四门兜底飞火阵，你进不去，要救丁山，非得有高人。你们影影绰绰能看见薛丁山，但是救不了。一百天之内还能救人，一百天一到，就尸骨无存。

哥儿俩合计没有办法，乘马来到御营，金顶黄罗宝帐以外，弃镫离鞍，姜须和徐清到在里边见了皇上，姜须眼泪下来了，徐清也哭。贞观皇李世民马上就问："难道又出什么事情了？"

"唉，难说呀！现在这个事，我们哥儿俩是一点办法没有了，这才来见驾，是这么这么回事。"

"啊？"贞观皇一听，也傻了。

贞观问军师怎能救元帅？懋功说："此事只有一人能办。得让两个先锋去找。"

姜须说，这个人恐怕不好找。皇上一听姜须这个话，又详细问问，姜须把樊梨花在寒江关和薛丁山的种种经过一说，"这两年多啊，伯父做不起主，我们是干着急，帮腔上不去台，你说这汗得出病人身上，哥哥对嫂子那个样，你说什么也无效。人家樊梨花是百言不入，现在人还失踪了。过去一用就请，请来把事办完了，仗打胜了，哥哥就把人家整走，再有事再请。这回不行了，黑风关被困，再找人家也不知道哪儿去了，这就没有办法。老爷爷说往北在百里内，这个我相信，嫂子说过这个话，要出家落发为尼。对对对，要在庙里头就兴许有可能把她碰上。我们去一趟！去一趟！"

这时候姜须哥儿俩要走，营里怎么防备？营里得搁能人啊。二路帅护国公秦元帅疯了，先锋官罗通战死了，代元帅程咬金退了，搁薛丁山，这薛丁山又困阵里了。先锋官哥儿俩都走了，这营里不能空啊。程咬金一看说："什么事也别管，我是老了，但是守个营啊，我还来吧！没事没事。"

又派八大御总兵守先锋营。这阵儿王新锡、王新豪、姜兴霸、李庆红、周文、周武、薛先图、冒失鬼老周青，他们守先锋营，元帅营里靠程咬金，徐懋功带着文武护驾。

姜须和徐清哥儿俩把马鞴好，收拾明白，就由打北营门出来，是步步正北，哥儿俩恨不得一下子就找着樊梨花。

哥儿俩一连找三天，饥一顿饱一顿，风吹雨淋。大庙找过十几个,这天晚上,他俩连夜穿过。来场大雨,两人浑身透浇,正一筹莫展,突然看见远处有一座太平庵。姜须这下子可乐坏啦,仔细一看那个大庙不小,左青龙门,右白虎门,当中是山门,七层汉白玉的阶脚石,山门外的两杆大旗杆,下边都是汉白玉的夹杆石,上面是风磨铜的顶子,被风吹得锃亮。他们俩往跟前儿一凑合,这大庙院里头也不知道几层殿啊,滚龙脊,褐瓦沟,钟鼓二楼,惊雀铃叮当直响。在山门这儿扬头一望,在上边门楣上有一块黑匾,三个金字:太平庵。

姜须乐了,是庵就好!找嫂子还能上和尚庙?老道观?姜须说:"兄弟进去,这兴许是上神助我们成功,拿雨迫到这儿。"拉马就进去了,他们拉着两匹马刚进去,南门来了一匹马,谁呀?樊梨花。这才引出叔嫂巧遇太平庵,下回大破飞火阵。

第四十七回　夜宿太平庵

　　姜须、徐文建出来请人，三天没找到樊梨花，夜里被雨迫到太平庵来了，姜须一看庙门没关，一拱嘴，哥儿俩拉马就进院了。
　　"兄弟，这不像老道和尚，这个尼姑啊，人家半夜睡觉了，咱们叫门不太合适。反正出家人她就得行方便，咱们上前殿去，在那把衣服脱下晾晾，晾干了省得煳着，我还觉得有点凉，兄弟你呢？"
　　"哥哥，我觉得心里头打战。"
　　"嗯？"姜须拿手一摸，徐清真有点烫人，"你是不是凉着了？"姜须把两匹马拴到一块儿，把嚼子拿下来，叫它们在庙院里捋草吃。这个院子里头这个小草都不过尺，齐刷刷的就像剪子剪过一样，在地上好像铺了一层毛毡，毛嘟嘟的那个好，这俩马在这儿就吃上了。姜须拉着徐清两个人就上了前殿，一进前殿一瞅在正位上供的是如来佛，两边有降龙、伏虎，哥儿俩也没有细去瞅。姜须说："兄弟，咱们就在这休息一下，把衣服赶紧脱下来晾晾。"两个人把衣服脱下来，身上都像水捞得一样，哥儿俩浇得周身上下就没有那么一点干的地方。姜须把衣服脱下来，往旁边一搭，徐清瞅瞅姜须说："姜哥，你看咱们能找着嫂子不？"
　　"我看希望不大——不不不有希望，爷爷说得准有谱儿……"
　　"呦！这谁的马呀？这不是放马场啊！怎么上庙里来放马了，这还像话吗？啊！谁的？赶紧拉走！"
　　徐清被这突然一声吓了一跳："姜哥，外边炸了。"
　　"你别管。"姜须赶紧把衣服拿过来穿上，觉得湿也没有办法呀，他就打这个大殿里头走出来，出了屏风，站到丹墀这儿往外瞅了瞅，看见说话的是一个小尼姑,看岁数大说也过不了二十岁。姜须赶紧赔着笑脸:"怎么怎么了?哎呀别炸,马是我们的。你看它饿了吃点草还行吧?出家人慈悲为本,方便是门,难道说这个草不叫马吃,你们留着自己吃啊?"

"啊,你怎么骂人?"

"哎,少师父,你怎么能这么说话,我骂人了吗?"

"你不骂人你怎么说草留我们自己吃?"

"唉,你这误解误解。我的意思是说呀,你不叫我们这牲口吃,是不是你们留着自己喂牲口?出家人慈悲为本,方便是门,讨个斋饭还得给点,难道说吃点草还怎么样?是吧?担待吧,我们没办法,走到这儿了,你说怎么办?喂马拿什么喂啊?"

这个小尼姑瞅了一下子,一转身撒腿就跑。徐清说:"姜哥,惹祸了吧?"

"兄弟,你听她鼻子不是鼻子,脸不是脸,把眼睛瞪得溜圆,咱怕什么?不怕不怕,你不用说话,她有来言我有去语,瞅我的。"

工夫不大,就听到刚才那个小尼姑说话:"就在前面,就在前面!师父你看,那不,那个黑小子在这儿站着呢。"她的声音虽不大,姜须听觉非常灵,管我叫黑小子,这也不是出家人的称呼啊!姜须一看过来一个老尼,穿着一件青色的僧袍,深灰色的护领,下边灰中衣,高鞡的白袜,穿的一双青僧鞋。头上没戴僧帽,光着头皮倍儿亮。左手拿着一串念珠,看岁数也就在五十多岁,不到六十。慈眉善目,不像那么恶的。姜须走两步过来了,深施一礼:"哎呀,我说这位老师父,我们来添麻烦来了,我们哥儿俩被雨迫的呀,上不着村,下不着店,来到贵宝刹,我们这边打扰一下,打算把衣服晾晾。晾干了,天也亮了,我们就走,老师父,给你添麻烦啦。"

"施主,你们是哪里来的?"

"我们是大唐营的,跟您说呀,我们俩是前营的先锋官,那个是我兄弟,姓徐名清字文建,我姓姜名须字腊亭。我们两个是奉命出来办公事,这一赶路半夜就碰到雨,这一浇就没出去,赶到贵宝刹来了,要在贵庙麻烦一下老师父。我们也不能白麻烦,如果天明在这儿吃点斋饭,那我们或多或少写点布施。"

"哦，施主，你们是出来办事，还是出来找人啊?"

哎？姜须一听找人，她怎么知道我们找人？"老师父，您看出我们是找人？"姜须眼珠儿转了转，"哎哟，您是不是会算卦？"

"这也不能说是会，看个手相，看个面相啊，批批八字，测个字啥的，庙里也常讨个签什么的，不错，这在庙里倒是经常的事。"

"哎哟老师父，这可真巧了，我给您施礼了！无论如何您给我相相，您看我出来找人，"姜须一想我得考量她一下，"您看我是找老的小的？是找男的女的？"

"哦，你咳嗽一声。"

姜须赶紧清清嗓子："咳！"

"你找的是女人。"

姜须一想你还真别说呀！还真是山沟里出神仙，巧了！姜须这就有点尊敬三分，"老师父，我给您施礼了，您看我找这个女人是岁数大的，是岁数小的？"

"你往后退一步。"

"哎好好。"

"你再往前进一步。"

"好！"

"站住。"

"哎！好。"

"你再咳嗽一声。"

姜须挺听话："咳咳。"

"哦，听你这咳嗽的声音，此女岁数不大，但也不太小，她是个成年人。"

哎呀！姜须一想我服了！"老修行，我最后一次再麻烦您，您给我好好看看，您给我仔细地找一找，您看我还能不能找着她？"

老尼皱了皱眉："这找到找不到嘛——"

"是呀，这个要紧，我们就是求的这一点。"

"那你倒退三步。"

"是！"

"你再前进三步。"

307

"是!"

"站住。"

"好!"

"你连咳嗽三声。"

哎呀真把我折腾零碎了!姜须想,刚才我说两句漂亮话,这是不是老修行报仇啊?"咳咳咳!"

老尼两手拿着念珠,一边数着一边晃着头,最后瞅瞅姜须:"姜先锋,你要能找到这个女人,天不亮就能见到。"

"她在哪边?"

"哪边不说,如果你要找不到的话,恐怕你就找不到了。"

姜须一听这可不咋样,要是找到,天不亮就找着了,这要找不到就找不到了,这是两头堵啊!"老修行,您说准一下,倒是能找到找不到?"

"我看呀,找得紧就找到,找得慢就找不到,也许找到也许找不到,弥陀佛,施主,失陪了,我要回房奉经。"

姜须把眼珠儿一转,自己叫自己:姜须,都说你诡计多端,你真白活了!你这不是当局者迷嘛,她都等于告诉我们,找到,不亮天就找到,找不到就算找不到——对!证明可能就在她这庙里,不亮天要找到就找到了,要从这庙走了就找不到了。对!这话都有点说明了。姜须那脑袋也快:"老修行,我再麻烦麻烦你,我们到屋里暖和暖和怎么样?"

"不行,庙里年轻的徒弟太多,男女不便呀。"

"老修行,你们出家讲究慈悲为本,方便是门,什么叫男女有别,这是俗家人的事,不管怎么样,您老还得慈悲呀。"

"哎呀施主,这样吧,我让徒弟弄点干柴火在这给你们拢着,你们烤一烤衣服,烤干了人也就不冷了,你看怎么样?"

"那个,我们哥儿俩太渴了,到屋里喝点水还不行吗?"

"我让徒弟弄把壶,拿水来,连烧火再烧水都有了,你们就在这儿喝,我再给你们放点好茶。"

"老修行,这个跟您说实话得了吧,我们半夜叫雨迫到这儿,这肚子里还都空着,到屋去啊我们吃点什么,不白吃,给钱。"

"饿了好办，叫徒弟给你们送点斋饭，就在这儿吃。"

姜须一想，别管怎么讲，她就是不叫进屋。就冲你不叫进屋，这里头就有鬼，"我说老师父，这个怎么说呢。"

"你还有别的事？"

"别的事倒没有，我呀不想讲，看来不说是不行了。老师父，我们哥儿俩就是到您这个大庙来的，我们还有别的公干呢。"

姜须说："有人告你庙内有男人，伤风败俗。我俩奉令查庙。"

尼姑皱眉说："你好大胆，敢到我庙来耍疯。"

这时就听身后扑哧，有人笑了一声。谁呀？正是伺候樊梨花的丫鬟夏莲。上文书说樊梨花从黑风关不辞而别，回到大庙，搁外面就听院子里头姜须在说话，因为是夜静，他说话声挺大。樊梨花就觉得奇怪，怎么姜须跑这来了？樊梨花把马就拴到后树上了，越墙瞅瞅，果然是姜须。一看老师父在那里不知道跟他唠什么，樊梨花一转身她就到了静室。静室里这阵儿丫鬟夏莲睡了一觉刚起来，她一睁眼起来听见门响，搁外边樊梨花进来了。夏莲乐坏了，眼泪汪汪地就扑来了，樊梨花瞅瞅夏莲也琢磨不容易，跟我这种奔波苦恼风霜，也没享啥福。樊梨花拉住她："夏莲啊，你到前殿那儿去，我师父跟姜须在说话呢，怎么回事？你把他请来。"

"哦？姜老爷来了？"

"是啊。"

"他从哪儿来？"

"我也不太知道。我刚才进庙发现他，你就说我有请，叫他来一趟，恐怕他们又有什么特别的事。"夏莲就打静室里头出来，转弯抹角她绕到前边一看，果然是姜须，拿耳朵一听跟老师父说话呀，这话有点就不在行。丫鬟在后边轻轻地扒拉了一下子姜须："姜老爷您好啊。"

姜须一回头，都信不着自己的眼睛，是夏莲！他又揉了一下眼睛，可不吗？

姜须一回身："我说老师父，您让我给你磕一个，我就给您磕一个，您让我给您滚一个，我就给您滚一个。我嫂子在贵庙麻烦，我们到这儿来还胡说八道。我刚才为什么胡说八道，师父，我就跟您实说得了,我看您给我一相面相得那么准啊,又是找女的,年轻的,找到找不到,就在今夜,我就有点明白了,嫂子十有八九在这儿。我是非进屋不可,什么谁告状啊,有信啊,查庙啊,没那么回事。师父我给您磕头喽。"

"哎呀,弥陀佛!施主,哎呀你这个施主啊。"

姜须把兄弟徐清也忘了,乐呵呵地跟着丫鬟就到了静室。搁外边进来丫鬟就说:"小姐,姜老爷来了。"樊梨花在那儿坐着,姜须搁外边进来往里一瞅,心里就有点不好受,一看嫂子怎么穿上这个了,真出了家了!再一看不错,还有点希望,头发没铰,要落发就更麻烦。姜须上前施礼:"嫂子,你想死我了,说真的咱们叔嫂……"姜须眼睛水漉漉的。

"兄弟你坐。"

"哎,好好好好。嫂子怎么样?哎呀嫂子还这么瘦……"

"唉!我现在也不多想什么啦,兄弟,我问你,你从哪儿到这来的?"

"嫂子,这话呀真是三天三宿唠不完呢。黑风关嫂子你走以后,哥哥是咎由自取呀!带领人马攻取赤虎关,中途经过九岖峪,哥哥中计,火焚唐军,全军尽殁。那个时候都认为哥哥死了,嫂子你先别害怕,哥哥没死。哥哥叫师父救去了,二次学艺,听说是圣驾出朝玉霞有难,哥哥奉师命到玉霞关救驾。你说哥哥这个人啊,说真的,不咋样,对待嫂子心狠意毒,真可恨,要说能耐还是真不含糊的!黄土岗君臣被困,万里山河危在旦夕。哥哥匹马单戟这一道杀退群贼,全胜救驾。可是但有一件,没承想哥哥碰到一个老道,把他往南边一引,踪影不见。给我们一封信,说他们摆的这叫什么四门兜底烟火绝户阵,哥哥陷在阵里,一里路以内都是地雷火炮,进去就得死,要救哥哥那怎么救,谁也不懂啊!一点办法没有了,最后合计来合计去,想起嫂子你来了。军师下令,圣上有旨,嫂子你出去到那儿把哥哥再救了,这回什么都好办。"

"兄弟,我已经出家就不管俗家的事啦。"

"嫂子,别再说这些伤心话了,过去的事我也完全清楚,千错万错都是哥哥一人之错,那么今次要把他救出来呀,我可敢保证,圣上有旨,元帅有令,这回那就说你们就破镜重圆了。"

"兄弟,我也不希望这些,我跟你哥哥就是没缘。"

"我说嫂子你别这么太伤心,这话又说回来了,你不看别人看姜须,姜须脸小你还得看公婆呢,你要真不去……"

"怎么?"

呛啷,姜须把剑抻出来,"嫂子得去,你要不去,我我……"说着要抹脖子。樊梨花一把拉住:"你干什么,兄弟,我知道你乖,你也知道嫂子不能瞅你死,下一次你再使这个招儿,我可不拉你。好,我这回不看你薛哥,看在兄弟。"

"对对对,嫂子主要看公婆,你见我们就乐,见我哥哥就生气,他招恨那是。"

"好吧。"

"咱们应该马上就走啊,救兵如救火。"

樊梨花点头,往起一站身,瞅瞅夏莲,说:"给我准备——"樊梨花要前往玉霞关,大破飞火阵。

第四十八回　点穴定咬金

　　姜须和徐清太平庵巧遇樊梨花，这个时候姜须忽然想起来了，"嫂子，我还有个兄弟，我把他还忘到那儿了，在前殿呢。"姜须打屋里转身出来，来到前殿："徐清、徐清。"连叫了两声。

　　"姜哥，我……"

　　"啊，你怎么了？"姜须一看兄弟倒在地上，到跟前儿拿手这么一摸，哎哟火炭儿一样这么热。那个年头儿没有体温计，要是真有体温计试试，起码也有四十一度。姜须可吓坏了："哎呀兄弟，这、这可糟了！"

　　樊梨花也到了："姜贤弟。"

　　"哎哟嫂子，你来了，你看看，怎么办，兄弟病了！"樊梨花来到跟前儿，仔细瞅了瞅，看样子可病不轻。这个时候就听身后说话，樊梨花一回身："师父。"就是太平庵的老监院，春风尼她来到跟前儿摸了摸他的脉，再摸摸前胸，把眼皮扒开瞅一下，"梨花，他的病不轻啊，赶紧抬到屋去吧。"大伙就把徐清弄到屋去，这一忙天也就亮了。姜须说："嫂子，现在的事情摆在这儿，怎么办？哥哥在那边吉凶不保，救人如救火，看来兄弟又不能走了，这……"

　　"这样吧，师父，您老人家治伤还是比我强，您看看给想想办法用用药吧。姜贤弟你不要走了，庙里头你走不太方便，有你在这儿，再加上师父，他会好的，我先行一步吧。"

　　"嫂子，只要你去那儿，也就都好办了，大营里头现在盼你盼得红眼啊。嫂子到了，一切事都迎刃而解了。兄弟呢，对对对，我不能离开他，我们晚走一会儿吧。"

　　老修行当时就告诉梨花："你去吧，他的病我有办法，不能耽误

312

很久，我就让他起来，我这就给他准备药。姜先锋，你看怎么样啊？"

"哎呀老师父，这怎么说呢。我到这来冒冒失失，言三语四的，您老人家真是宽宏海量啊！我应该打我自己的嘴，我不会说话。"

"姜先锋你不要再讲了，那阵儿你不抬杠怎么能进屋啊，不进屋怎么能找人呢？我听你报名啊，我就知道你是来找她来啦！樊小姐来到我庵，为什么我不给她落发呢？我也知道难免还得有今天，她不能扫去七情六欲。正好你来了我求之不得，我是愿意她回家的。"

姜须说："您老说得对，您老费心了，救好了兄弟，回到大营启奏皇上，也忘不了您的好处，皇上要写点布施也少写不了，再者说你们的庙呢，如果要是翻修庙宇，重塑金身，圣上也就一句话。"

"不要讲这些，就这样吧。樊小姐，你就准备动身吧。"

樊梨花点点头："师父您就多费心啦，这人也不是外人。"

姜须在旁边就插嘴了："对，老师父，您还不认识他呢，他姓徐，名清，字文建，他祖父就是大唐世袭英国公、护国大军师徐懋功。"

"哦，徐老军师的孙孙。"

"对对对，您多关照！"

老修行答应点头，樊梨花叫夏莲："活得你干，煎汤熬药一切一切，他们弟兄在这儿，你完全代替我。"

"小姐放心，小姐保重，您到玉霞关旗开得胜，马到成功，这是一点。第二点我更希望的，小姐，这一回——您破镜重圆吧。"

樊梨花微微摇摇头，瞅了瞅夏莲："别说了，我马还在后边树上拴着，赶紧拉来。"樊梨花这阵儿收拾紧身利落，周身没有钩挂之处，外边又把出家的衣服穿上，还是观音兜，圆领大袖。樊梨花的意思是说，准说到大唐营能够待下？薛丁山就回心转意？这话也不能说，想也不敢想，还得穿着这身衣服，有回来的打算。樊梨花收拾好了，这阵儿丫鬟夏莲把马也拉来，樊梨花纫镫扳鞍，出了大庙，也就在辰时，马奔玉霞关，一定要在天黑前赶到。樊梨花在马上走着走着，前思思，后想想，自己个儿眼泪骨碌吧嗒一对接一对，可就掉下来了。

这个时候太阳平西了，她来到玉霞关的东门外一看，果然往东一望无边，都是连营大寨，再看旗号都是唐兵唐将。樊梨花马奔唐营，离唐营一近，营边连声喝喊："站住，哪来的出家人？还往前干什么？

313

别往前来,站住。"

樊梨花跳下马,把丝缰搭在马身上,她手里头拿着拂尘,穿着圆领大袖,向前一步,对看营门的讲:"麻烦你们回去给我报一下,里边不知什么人代理元帅?是不是鲁国公程老千岁?就说外边樊梨花到。"

"什么?"几个唐兵你瞅瞅我,我看看你,她报什么樊梨花?樊梨花不听说是我们二路元帅的夫人吗?可不,怎么穿这个?那细情你问谁呀?就报得了!几个人这才噔噔噔往回跑。

鲁国公程咬金正在大帐里头,姜兴霸、李庆红、王新锡、王新豪、周文、周武、薛先图、周青、中军、辕门、旗牌、众将,这里头上百口儿,都跟程咬金在这是七言八语,议论纷纷,拿不出个准主意。蓝旗官进来报:"回老千岁得知,在西门外来了一个出家人,女尼。"

"嗯,她找谁呀?"

"找您老人家。"

"找我干什么?认识我?"

"她说她叫樊梨花。"

"什么?樊梨花?她要见我?"

"对。"

"带马!"老程吩咐外边排兵点将,排开一千二百个兵预备了准备打仗。姜兴霸过来施礼:"老千岁,怎么樊梨花来了,您老人家还要准备打仗,咱不是请人家去了,这不是徐清和姜须请来的吗?"

"蓝旗官,有俩先锋官吗?"

"没有,就是她一个人。"

"嗯,也没有姜须,也没有徐清?"

"没有没有。"

"嗯,排兵点将准备好了,把马给我鞴好,抬斧子!"程咬金这个时候谁也没拦住,你怎么拦他不听。他到了帐外边纫镫扳鞍手举着大斧子,"随我来!"程咬金没有顶盔挂甲,随便的衣服,看这个意思,他也没把一个出家人搁在心上。

心想又来耍花招儿,尼姑愣说是樊梨花,我老程劈成你一个葫芦两扇瓢。

梨花正等,营内出来一人,红胡须,蓝靛脸,上来就冲自己一斧子！梨花一闪，伸手点了他的穴道，程咬金立马一动不动了。

樊梨花可气坏了，薛丁山再不对，我们是夫妻，我没办法，别人跟着干什么？尤其这么大的年龄，看老程这个岁数，你就得说是德高望重的时候，怎么见面你给我一斧子？这是我，别人的话还有命？尤其是樊梨花又一想，我樊梨花这是什么命？我怎么碰着一个老的小的不管谁，他都这样的下毒手？樊梨花的点穴，三十六路可特别灵，手法来得快，把老头子一下子给点到那儿，他大斧子还举着，眼睛还瞪着，眉毛还皱着，嘴还张着，摆不下来，浑身一动不动就跟木偶似的。老程这阵儿心里有那意思：我哀求哀求你，你给我饶了，可是想要哀求张不开嘴，他的嘴不会动弹。

这个时候八大御总兵上来了，八大御总兵看看来人，是不是樊梨花也有点模糊。为什么呢？一看樊梨花戴着观音兜，穿着圆领大袖，拿着拂尘，这可真像个出家人。年岁看样倒不大，形容憔悴，泪眼愁眉，看那样子也不是漂亮人。她长得再如何，这么一愁，而且再加这身一穿，观音兜一戴，也没人才了。八大总兵也有点怀疑，是不是樊梨花也不大敢讲。姜兴霸赶紧地跳下马，走到头前儿："哎呀，不知道面前，你是什么人？"

他们过来这么一堆人，樊梨花就加着小心，这是想一起动手吗？一看过来一个说话的，不像是要动手，樊梨花就问："您老人家是什么人？"

"我是御总兵姜兴霸。"

"哦！姜叔叔。"

"啊？你是……"

"侄媳是樊梨花，兄弟姜须和徐清出营奉旨去找我，您可能知道。"

"太知道了！太知道了！真是你来了！哎呀梨花，你看这个老千岁啊，是大唐朝定唐安邦以来的开国元勋，世袭鲁国公程老千岁程咬金，谁不知道，就是你公公见面都得叫好听的。梨花啊，他老岁数太大了，千万千万你得担待一二啊。老人家刚才多喝了两杯也许是误会，你看看他这是中什么病了？你先把他放下来。"众总兵一旁劝，梨花用手解开穴道，老程这才能动弹。

梨花说："我去救丁山，你们去取玉霞关。"

樊梨花来到珠顶仙，一看从里边出来一老道，一瞅这个老道有特征，他在这个两眉中间有一个佛顶珠肉包。樊梨花一看：嗯？怎么这么眼熟？噢，想起来了，他曾经到我师父的金霞山去过两趟，跟师父下过棋，他是飞天道长，对，他名叫珠顶仙。樊梨花想到这儿，从打马身上跳下来往前赶奔，到在跟前儿飘飘一礼："师叔您好。"老道愣了一下，瞅了半天，也觉得面熟："你是？"

"师叔，您到金霞山梨花洞和我的师父梨山圣母不是下过两次棋吗？"

"啊！樊梨花？"

"不错，是徒侄。"

珠顶大仙挺挠头，珠顶大仙心里话，我知道樊梨花、薛丁山是一对夫妇，可是我阵里头困的就是薛丁山，拿他做钓鱼之饵，这个诱饵把大唐营所有能人，都叫他在我的这个飞火阵一网打尽。可是别人还没等着，她来了！樊梨花来了我怎么办？真要把樊梨花诓到里边要了命，我对起她师父对不起？不这么办，可是又怎么办？珠顶大仙犹豫了一下，"梨花呀，这个话怎么讲呢？玉霞关主邵雷太是我的徒弟，他在这里阻挡唐兵，要生擒活捉唐天子。有个二路元帅薛丁山，他跟徒弟动手，我徒弟没弄住他，我在这里头给设下这个飞火阵。四门兜底飞火绝户阵已经把薛丁山困在里面，那么你来了，你和薛丁山……"

"师叔，您知不知道我和他的关系？"

"哎，影影绰绰说你们俩已经……"

"对！我们是夫妇。师叔，他在里头怎么样？我太担心了。我要知道您在这儿，阵是您摆的，我就早来了，早就求您帮忙。师叔，您看您能忍心就叫他在这里头，死到飞火阵？师叔，您看看……"

"哎呀无量天尊。"老道看样子挠头，进不得退不得。就在这个时候就听旁边树后喊了一声："师父，什么人？"话罢闪出一个人，樊梨花一看这个人长得是五花蓝靛脸，手里一口刀。樊梨花问他："你是什么人？"

"我是镇守玉霞关主邵雷太，师父，您请到后面。你想救薛丁山，看见没？赢了我你马上得见，赢不了，不用说救他，你寸步难行。"

樊梨花听到这儿，好，呛啷一亮宝剑，就跟邵雷太打上了。打来打去，战来战去，樊梨花噌一脚，邵雷太咣一个跟头，摔个头南足北，仰面朝天！樊梨花飞身过来剑就到脖子了，邵雷太一闭眼，樊梨花剑没下去。这个时候樊梨花往后一退，"你赶紧闪开，我去打你的飞火阵。"樊梨花就直奔大阵，要救薛丁山。

316

第四十九回　破阵救夫君

　　樊梨花跟邵雷太打了多时，把邵雷太撂倒了。邵雷太一合眼睛准知道完了，可是樊梨花这口剑没有杀他，樊梨花退回来，叫邵雷太起来，"闪开，我进你的阵。"

　　邵雷太这阵儿觉得羞愧难当，折服樊梨花的能耐，女流之辈胜了我邵雷太，钦佩樊梨花这种容人让人，剑下超生。按说我应该死了，可是我还活着，怎么办？能把这个飞火阵白白地给了吗？玉霞关就让了吗？那不能啊！邵雷太在这种情况下也不顾一切，他飞身过来又是一刀，"樊梨花，我跟你拼了吧！"樊梨花急架相还，刀剑交加，两个人蹿蹦跳跃，闪展腾挪，对付能有六七十合。樊梨花那个剑特别稳、准，真是艺高人胆大。别管邵雷太这个刀拆出什么招来，樊梨花老有办法。珠顶仙在侧面早就看出徒弟不行了，邵雷太也是强在支撑，最后樊梨花的剑噌啷一甩，他的刀就扔了，不扔手就下来，搁手腕那就给撂了。他刀一扔，手撤回来了，樊梨花这口剑已经就到了他的心口窝。他刚啊一声，樊梨花把剑撤回，"少都督，我看行了吧？"

　　"哎呀！"邵雷太真是羞愧难当，他过去一猫腰把刀拾起来，二话没说，往脖子上那么一横，就想要自杀一死。樊梨花往前一进，说的是迟，来的是急，噌一脚，呛啷！他的刀就飞了，"干什么？少都督，我看这样做太不合适了吧？"邵雷太一看两次不杀，最后一次还救命，这三恩——他拿眼睛就看师父，心里话：这该怎么办？

　　老道一飞身过来，"樊梨花，这样吧，我跟你师父相识一回，我们素有来往，说起来今天我不够长者之风，可事已至此了，我也就别说对起对不起谁了。今天你们两个的事情，我在这里给解解围吧。樊梨花，你对他两次放命，一次救命，三恩不小。我在这里头，理当做主，让他让开玉霞关，叫你们过去，放出你的丈夫，使你们团聚。可是还许这个逆徒有别的想法。这样吧，我跟你最后再奉陪三合。你如果要像这样再胜了贫道，我就主张这么办。孩子既有死的心，我也知道雷太这个孩子，精神上也挺苦闷，他父母双亡，妻儿也丧，他剩一个人，雷太呀，你既有死的心，为师才说这话，现在为师要是跟你相同，败在梨花之手，你跟我走，我带你出家，你看怎么样？"

邵雷太一看师父给点出路来了，深施一礼："恩师，小徒从命。"

"好！樊梨花你请。"

樊梨花说："我不敢跟师叔您较量，我怕师父怪罪。"

"不，这都是我的吩咐，恭敬不如从命，你还是动手好。"老道一想我这给你台阶了，我好带他走，我能跟你还打吗？一动手我就叫你赢了，我要走。老道这样一来，逼着樊梨花动手，樊梨花不得不陪，两个人就动了手了。初步一打，樊梨花有点局促，在师叔面前如果造次，今后见师父怎么办？所以樊梨花这个剑老是放不开，这阵儿珠顶仙拿剑一诱，你不动手也不行，越打越急，越快越紧，眼瞅着打来战去，珠顶仙哎呀一声，剑就扔了，"哎呀樊梨花，好孩子，你真不愧是梨山门下，名人的高徒，好！好剑法！梨花呀，已经到这个地步，雷太跟为师上山修行去吧。给你，樊梨花，这是飞火阵图，你照它进去，进去阵就破啦！"

他把图献了，带着邵雷太不再多说是扬长而去。樊梨花对师叔的方向一拜："多谢师叔您老人家的关怀！"虽然说是珠顶仙听不到，可是珠顶仙回头看樊梨花跪的那个地方，他手举老高，摆了摆，意思是拉倒吧，请回吧。又拿手一指，意思你进阵吧。

樊梨花拿着阵图，她破阵不外行，哪能走哪不能走，哪有地雷哪没有地雷，有地图一目了然。樊梨花一直到在里边，一看薛丁山真在一个铁笼里装着呢。她从旁边拿大钥匙开大铁锁，薛丁山在里边一愣，啊！樊梨花？他赶紧跳出铁笼，来到外边马上就问樊梨花："你怎么来了，到这干什么来了？我怎么又看见你呢？"

樊梨花见到薛丁山，心里头难受，鼻子这么一酸，眼泪就下来了，"丈夫，恐怕你不太清楚，我来救你来了。你被困飞火阵，我不听说便罢，我一听说焉能袖手旁观？我赶紧到来，我到在这儿打走了关主，劝走了高道，我才进了飞火阵，救了你的命。丈夫，咱们回营见驾去吧，公爹婆娘在黑风关身遭缧绁，那毒蛇之沟，虎狼之穴，困了半年来的了，够二老担的了。二老身体什么样，恐怕你都不知道，咱们还是尽孝去吧。"

薛丁山眉头一皱，瞅瞅樊梨花，这火可就大了，这世上就有这样的奇事。

薛丁山看见梨花说："你赶快走，天下人比我好的有的是，别不知羞耻，非得赖上我。"

樊梨花听完，眼泪直淌，薛丁山啊薛丁山，我这不是救夫君而是救了白眼狼啊！樊梨花跺脚上马，走了。

薛丁山一想这事情已经形成，悔也不行，怕也没用，也不知怎么回事，我就和她没缘，我见着樊梨花就不烦别人。薛丁山一看老远尘土飞扬，再看旗幡招展，是自己的队伍，唐兵唐将，往后一看是各位御总兵，头前儿为首的是世袭鲁国公程老千岁，程老爷爷来了。

这阵儿玉霞关主邵雷太让珠顶仙带走，蛇无头不走，兵无主就自乱了，抱头鼠窜，城里番兵番将都跑了，城就归了大唐了。程咬金带着众将官扑奔这来，程咬金也边走边恨樊梨花，是不是樊梨花也闹不准，见面把我——我这么大岁数，我给你站了半天规矩！还得有人讲情，没人讲情还让我站八年，你就是樊梨花，也不是个贤良女，没老没少，你要不是樊梨花，咱们走着瞧！

薛丁山一看程咬金过来了，上前施礼："老爷爷，您老好。"程咬金搁马身上跳下来，上前抓住薛丁山左看右看：哎呀这孩子瘦点，颜色也不好看，"我说你觉得怎么着？哎丁山啊，你妻樊梨花呢？"

"什么？樊梨花？"

"嗯，谁破的阵啊？谁救的你？你怎么傻了，樊梨花哪儿去了？"

薛丁山一想：我要承认樊梨花救我，被我又赶走了，这怎么交代？我要真是不承认，这个阵怎么破的？我无缘无故就出来了？也说不下去。要说真是近朱者赤，近墨者黑，薛丁山跟姜须久在一块儿，你爱学不学，他把眼珠儿一转，他也玩心眼儿，"哎呀，老爷爷，您说这话我不太明白，我没看见樊梨花呀。"

319

"那你怎么出的这个阵？这个阵谁破的呀？"

"我在铁笼里，就看有一个出家人，穿着圆领大袖，戴着观音兜，拿着拂尘。"

"对对对，她是谁？"

"她在里头喊了一声已经把大阵破了，叫我的名字薛丁山快出来，快回营。就说大唐皇上有福，真天子百灵相助，大将军八面威风，说该你脱险，该你保驾，快往黑风关前去报号，我乃上方神女。说完我就看她一跺脚，一块祥云凭空起，我再一回头，她奔南天门去了。"

程咬金一听，闹了半天还是这么回事，哎对对对对，神女！她哪能是樊梨花？樊梨花哪能穿这个？樊梨花哪能拿手一指我，我就动不了了？对了，这是神仙，这叫佛法无边，奥妙无穷啊。

"我说薛丁山，她驾云走得快吗？"

"快得厉害，转眼就看不着了。"

"哎呀好好，神女破阵，这我也谢天谢地，那咱们赶紧回营启奏皇上。"

薛丁山骗老程这么骗了，八大御总兵琢磨不是味儿，不对头。心里讲话，老千岁信这也是假的，因为老千岁恨樊梨花，他才顺水推舟，要埋没樊梨花的功劳。八大御总兵心想，我们一报名她就知道我们是谁，她怎么能不是樊梨花呢？哪来的神仙？还驾云？薛丁山这小子是真能信嘴开河。

程咬金领着众人进大营，一块儿就来到了御营金顶黄罗宝帐，往里启奏皇上，程咬金就进去了。到了里边，程咬金上前见驾，皇上便问现在的事情，老程乐了："看，都回来了。"

薛丁山也来见驾，皇上问鲁国公又问薛丁山，"那么究竟这阵谁破的？怎么回事？"

程咬金乐了："吾皇万岁，托您的洪福啊，是这么这么回事。上神说了，您老洪福齐天，真天子百灵相助，大将军八面威风，神女破完阵，救了世子，一跺脚驾云走的，上南天门了。我们回来启奏主公，我们得感谢上神哪。"

皇上一听这个，不管有没有这个事，皇上也愿意听。皇上老愿意让人说他洪福齐天，他自称天子啊，老天爷的儿子，比别人都大，他应该金口玉牙，说一不二，那就说谁也不能跟他抬杠。一听有这个事，皇上吩咐外边设摆香案，皇上亲手拈香，向南磕头，谢过上神加佑！派神女下天，搭救二路元帅，玉霞关大破，朕凯旋一定要在长安京修庙，把神女塑画金身供在长安。程咬金也跪，大家都在这跟着不得不跪，这个事情就落点了。

这阵儿玉霞关到手了，请皇上进城，盘查仓库，布告安民。薛丁山还是代理二路元帅，程咬金撤下来陪王伴驾，先锋官还给姜须、徐清留着。人马不动，城里犒赏三军，每人是瓶酒方肉，唐兵唐将大吃二喝，挺高兴。

薛丁山在帅府里，庆幸这个事蒙蔽过去了，唯独姜须他父亲姜兴霸和李庆红老哥儿俩，在帅府里外来回转转，就觉得不是个事。姜兴霸瞅瞅李庆红："兄弟，你搁心里头想，真能认为是神女？"

"我也不好说，我老琢磨没有这种事，神女还驾云走了，薛丁山说得也挺圆乎，程老千岁启奏的，圣上也信以为真，你说这还焚香祷告，跪拜谢神。"哥儿俩说着打府里出来，刚到府外，就瞧见人搁北面回来了，头前儿这个正是姜须姜腊亭，后边是徐清徐文建。小哥儿俩这两匹马来到帅府，老远姜须弃镫离鞍："爹爹。"

"叔叔。"姜兴霸一看他哥儿俩回来了，左右瞅瞅没有别人，姜兴霸一摆手叫姜须到跟前儿，附耳过来，低低声音问道："姜须，我问你一句话，你见没见着樊梨花？"

"啊？"姜须眼睛就直了，"怎么？见没见到？这边难道说没来吗？"

"怎么，你们见到了？"

"见到了，我们两个怎么出去的，被雨迫到太平庵，是这么这么的，怎么见的嫂子，兄弟病了，不差他病我们就一块儿回来了。兄弟就病得起不来了，多亏那位老监院可真有两下子，也不知道给使的什么药，一发汗兄弟都直蹦，又用两丸子药，兄弟起来就像没那么回事一样。我们这才脚跟脚返回来，那么这边？"

姜兴霸听到这个话，瞅着姜须说："孩子，别提了，一言难尽，程老千岁代理元帅，突然在营门外来了一个出家的女尼。"

"那就是嫂子，那就是樊梨花，拿着拂尘，戴着观音兜。"

"是呀,一报樊梨花,老千岁炸了,老千岁愣说不是,带领我们大家出去,见面就给人家一斧子,照着樊梨花的脑门就劈。"

"啊?劈上了吗?"

"也不知樊梨花怎么整的,也就真是纳闷,一个一般的姑娘能有这个办法?就看她照着老千岁也不怎么的,就那么一捅,老千岁掐着那个大斧子,就像泥塑的一样在那儿一动不动,连话都不能说,不知道怎么回事?"

姜须说:"这个我听嫂子唠过,这叫点穴啊。人身上三十六道穴道,点到哪儿都够呛。嫂子有这个绝活,还快。"

"对,后来我们大伙给说情,我一报名她就知道我是叔公,才把老千岁放了,老千岁一问你是不是樊梨花,人家就说了,我去给你破阵,你甭问,你们进城吧。她到那个地方去了,我们就把城得了。回来我们再一看薛丁山打阵里头出来了,可是一问樊梨花,薛丁山说没看着!"

"啊?他没看着?谁救的他?"

"他是这么这么回事,他说是神女。老千岁启奏,皇上拜谢,烧的香,连皇上都磕了头了。"

哎呀!姜须一想:哼哼,姓薛的,你真能整,你都整出花花来了!你要这么办的话,樊梨花好惹,你把我怎么办?"薛哥在哪儿呢?"

"还在帅堂上呢,现在他跟大伙正合计事呢,我们俩就出来琢磨你们哥儿俩快回来了。"

这个时候徐文建过来跟两位老人谈话,又把姜须的话复述了一遍,的确是这么回事,如何长短。姜兴霸打了个咳声:"算了吧,已经这样了,这个事不好说了,再一证实把皇上都糟践了,给樊梨花铆顿头。"

"爹,咱不管那个,他不管谁磕头,皇上磕头,那是他愿意磕,咱没让他磕!事情得弄明白。"

"哎呀孩子,你不要惹事,恐怕这个事情要一较真的话,不但得罪你薛哥,连程老千岁他都不会满意。"

"也别管那个了,满意不满意是他的事,他得讲理。你这八十岁、一百岁,你活多大岁数,你都活糊涂不讲理,那哪行啊。走!兄弟。"

姜兴霸没拦住,直接就上了帅堂,来到帅堂里边,姜须一看两边众将不少,挺严肃,哥哥正在当中,张嘴不知说什么。姜须进来施礼:"元帅在上,先锋官姜须、徐清,我们交令回来了。"

薛丁山害怕啊,他心里有鬼,尤其姜须也不是好惹的。薛丁山瞅瞅兄弟:"哎呀你们太累了,为了哥哥千辛万苦,风吹雨淋。按私交呢,那么兄弟应该疼哥哥,按公事呢,你们也算是首功一件。兄弟,你们两个下去休息吧,准备休息好了,我们好兵发黑风关。"什么也不提,姜须一想要蒙混过去,嘿嘿没门儿!"我说薛哥啊,你在飞火阵里怎么出来的?"

"唉,兄弟,这也是托老人的福,祖上的德。也是圣上洪福齐天,我被神女搭救了。"

"我说薛哥呀,这神女什么模样啊?"

"看年纪也看不出来,长得挺正派,头上戴着观音兜,圆领大袖,拿着拂尘,穿着僧鞋,她是一个出家的尼姑的打扮。"

"啊,她自报神女?"

"对,她说神女奉上神玉皇之命前来救我,她一跺脚,凭空而起一块祥云,往南去了,我估计可能是去了南天门。"

"啊,那备不住那备不住啊,哎呀这神女长得漂亮不?"

"哥哥也没敢细看。"

姜须说:"这回咱俩没完,你轰你老婆我管不着,我们的功劳跟谁要去?我和徐清费劲巴力请来的人,谁说是神仙?"

姜须左手薅着薛丁山的胸前不撒手,"我告诉你哥哥,你在上边坐着,我不敢动你。你那叫白虎帅堂,帅不离位,龙不离潭,虎不离山。这回你下来,咱们一边大,走!打官司去。"

"哎哟,兄弟有事好说。"

"不好说。"

"有事好办。"

"不好办,兄弟,推他走!"徐清往前一进身,哥儿俩架着元帅要见驾打官司。

323

第五十回　公主会先锋

姜须回到玉霞关一听怎么着？哥哥愣说是神女救命，大破飞火阵，姜须这火就大了。姜须的想法并不是把自己的功劳给抹灭了，他这火气主要还是出于打不平的心理。嫂子一而再，再而三，她怎么就这么冤枉？用人家就找，事办完了就赶，非逼走不可，薛哥，你这叫干什么呀！薛丁山在帅堂上坐着，姜须不敢动，他把薛丁山诓下来，孽着薛丁山非要见驾不可。薛丁山哪敢呀，知道见驾就麻烦了，这样一来姜须百般不撒手，他就不肯动弹。姜须叫徐清："走，咱们哥儿俩架着他！"别人不敢吭声，姜兴霸过来刚一张嘴，姜须一回身："爹，这可不是私事呀，要是私事您一句话，您让儿子站着死，我都不敢坐着亡。可是这个不行，这是国家的大事。"

正这个时候，外面有脚步声，有人说程老千岁到。哎呀！姜须一想那太妙了，找你还找不着呢。程咬金打外边进来，冷哇哇的脸往下一放："干什么？姜须，你好大胆！这是帅堂，你看看你撕衣抒带，你可知罪吗？"

姜须扑哧乐了："呵呵，老爷爷，您还不知道为什么吧？"

"我不用问为什么，你撒手，你抒着元帅这就不像话。"

"老爷爷，你往跟前儿来我告诉您，您就知道了，您怎么还糊涂呢？"

程咬金到了跟前儿，姜须左手抓着薛丁山的前胸，这右手一翻腕子把程咬金前胸就抒住了："走！你唬我？我告诉您老爷爷，有你一份，你们俩是一根绳拴俩蚂蚱，跑不了他，也蹦不了你！你们是通同作弊呀！走吧，咱们见驾吧，你不说是什么神女破阵吗？"

老程一听："怎么着？你撒开，你慢慢说。"

"慢慢说？慢慢说跑了。好容易把你抓着了，还撒开？没门儿。走！金顶黄罗帐，见驾说话。"

姜须抓住程咬金："走，咱们去见驾。谁说是神女破阵？我哥儿俩的功劳跟谁要？"

咬金说："只要别见驾，一切错归我程咬金。"

姜须说："空口无凭立字为证。"

咬金说："我不会写字。"

姜须代笔写，你琢磨琢磨，能写好了？程咬金这阵儿豁出去了，顾着燃眉之急就行，只要不见驾，不打这个官司，这就能蒙过去。不说自己这么大岁数有早无晚的，我还不定活几年，这个事还不定什么时候露，一半会儿也露不了。老程知道当时要见驾，皇上在火头上真不得了。那皇上乒乓铆了一顿头，给樊梨花铆的？这就交代不下去了。

姜须这阵儿叫徐清研墨，将墨研浓，把笔蘸饱，唰唰姜须给写出来了，意思也很简单，写的什么呢？写姜须和徐清搬请樊梨花，请来了，阵破了，把薛丁山救了。姜须损在哪儿呢？写破阵之后，薛丁山觉得对不起樊梨花，两个人已经感情好了，破镜重圆了，没承想程老千岁瞅着樊梨花别扭，就因为樊梨花来，程老千岁给一斧子，樊梨花用点穴点住他，他怀恨在心，官报私仇，就愣逼元帅把樊梨花赶走。回来程咬金又觉得不好，这才启奏皇上，愣说是神女破阵，也就是蒙君作弊。上面写明了姜须要见驾辩理，程咬金拦着不让，说久后一切事由我老程一个人承担，有一个脑袋都够了。

姜须把这写完了给他一念，老程直摇脑袋："哎呀，写得过分了吧？这么写合适吗？"

"您老要同意，咱就这么地了，不的话我看这就扯了，咱们见驾。"

"行行行，差点没啥，那就那么地吧。"

"这不中哇，你不会写我代笔，就这么地，我写的啊？你签个字。"

老程没办法，拿起笔把自己名字写上，姜须还说不行，抓着老程的手指，骨碌点墨给按上了，"这个好，哈哈！"

老程一想，这也没啥，这事不定啥时候犯，"哎我说姜须呀，这玩意儿你还留着？"

"我说老爷爷啊，皇上要不知道蒙君作弊，那这个东西就废了，

325

在我这儿就算完，永远不能搁我这儿拿去。如果皇上久后不管什么年头知道了，哎哟，樊梨花破阵怎么说神女呀？那么姜须请来樊梨花，怎么不启奏皇上呢？这事我担不起呀！那我就得拿出来，这就怨您老，听明白没有？"

"那好，不用再说了，我全都明白，你就留着。姜须呀，你可别丢喽、火烧喽、水淹喽。"

"您老放心吧，这就是走走形式，我还能把您老怎么办，您不是老爷爷嘛，樊梨花走不走与我有什么？"

程咬金说："我来是皇上有旨，二路帅呀，皇上叫你明天拂晓起兵，赶紧够奔黑风关，因为薛礼被困半年了，恨不得一时君臣见面，父子团圆，这回就在这一仗了，明天赶紧进兵。"

"是！"

程咬金这个事真就搁下了，也就算忘了，没事了。姜须把这墨晒干了，叠好了，往身上一带，我丢了？嘿嘿，老程头儿你等着吧！薛丁山知道兄弟心重，也明白这么写，整个把程咬金给粘上了，把薛丁山摘出来了，兄弟知道我担不起，对我笔下还是留情的。

休息一宿。第二天拂晓，姜须、徐文建两先锋官出兵。薛丁山嘱咐可要慎重小心，因为围困黑风关的是亚雷公主赫连英，她这个身份不但不次于樊梨花，或者比樊梨花还高，马上步下本领高超，用兵如神，据说这个丫头不好斗！所以告诉兄弟："慎重，能行就打，否则不能轻举妄动。打仗就得根据孙武子第三篇，知己知彼，才要百战百胜。"

姜须说："哥哥你放心吧，哎呀哥哥你这水平高得厉害呀！兄弟我这真是差十万八千里。"

"兄弟呀，别讽刺哥哥了，进兵吧。"

姜须、徐清在头前儿带领人马够奔黑风关，薛丁山后面帅营起队，接着御营里头徐懋功、程咬金，文武等簇拥着唐天子，分为左翼、右翼，前后五路行军。杏黄图下逍遥马上坐着是贞观皇李世民，李世民觉得内疚，愧对薛礼。这阵儿皇上承认他是大唐朝的顶天白玉柱，架海紫金梁，是皇上得力的膀臂，这回见到薛礼得好言安慰。

先锋官哥儿俩先到了黑风关。远探、近探、流星探，探马飞报一个接一个，报说被困半年多了，也不打仗，城里也不出来，外面也不打。番兵四大营的人马完全合一，都在黑风关的东门外安连营。这个营估计不到百里也有七八十里之遥，困着东门不让老帅出来。姜须下令安营，大唐营接着番营的东营门，安营下寨，忙成一堆，乱成一块儿。那真是对对帐房列摆，层层皮袋扎营，埋锅造饭烟腾腾，连声喊叫不定。几处传铃诱马，几处锄道安营，一望无边是雄兵，是真有数万之众。姜须下令埋锅造饭，铡草喂马，准备休息，明天待元帅到来，我们再如何进攻。知道这个仗大，界牌关也好，玉霞关也好，搁在一块儿也没有这个大。能对付了赫连英就算胜，对付不了赫连英，姜须一想：别看我们来这么些人马，还不定救了伯父救不了。当然要有嫂子樊梨花在，那就能有些把握，可是樊梨花不在，就我哥那能耐比过去是强了，但是也没有把握。

哥儿俩到大帐没等着用饭呢，蓝旗官就跑进来了："启禀姜先锋，番营炮响，队伍齐冲，里面来人讨战，叫咱们出马。"

嗯？好哇，你这叫杀我们一个人困马乏，我们人没得充饥，马没得饱草，人困马乏没得休息，你就来讨战。姜须把眼珠子一转："好！外面排开两千人马，咱们打探瞅瞅，打不打胜败是小，咱们望一望，倒看怎么回事。这个大丫头怎么这么厉害，我还真有点不那么太相信。能力取力取，不能力取还兴智取呢。来！准备好。"

外边把马给鞴了，把这哥儿俩的枪给抬来。哥儿俩上了坐马，炮一响够奔营门口。姜须叫徐清："兄弟你记着，帅在谋来不在勇，兵在精来不在多。从现在起，你看我的。"

姜须来到营门外，往对面一看，这来头是不善啊，后面简直是见头不见尾。姜须马往两军阵上一奔，徐清就说："姜哥，你可加点小心！"

"兄弟你放心吧，哥可不是说大话，就今天这点小事，嘿嘿！"姜须这一催马，对面来个女的，见此女：丹凤朝阳盔一顶，珍珠宝石镶挺多，凤头金钗插鬓角，雉鸡翎脑后插两棵，凤袍外挂连环甲，绣绒大刀两手托，面似桃花比花俊，弯弯细眉眼杏核，樱桃小嘴儿玉米牙，瞪眼横空闪秋波。

姜须想：你不恨我，我还不闹，你既恨，别怪姜须啥都说。忽听女将喊："唐将黑小儿你叫什么？"

姜须说："我姓姜名须字腊亭，前营当先锋，我还没老婆。今年二九单一岁，三月十五丑时生人我属蛇。"

公主闻听银牙咬碎，一看，这小子跨着黑马，掌中手使镔铁皂缨枪，再看他戴着镔铁盔，刀条子脸儿，圆眼珠儿，短眉毛，雷公嘴儿，长一对招风耳朵，黑得是倍儿亮这个脸儿。皂袍铁甲，在马上摇头晃脑，瞅他就不像一个正经人。说话是言三语四耍屁嗑儿，闹玩笑，话里都不带风也有刺儿。公主在马上横着这口刀："你是二路帅的先锋官叫姜须？"

"没错没错没错，我是先锋官，先锋先锋，安营先征，要不先征，叫什么先锋。我认识你，困黑风关头一仗我在这儿打了，南门外什么叫萧天净、萧天碧的，那我都认识。你哥哥北门外叫老伯父射一箭，现在是好了是死了？哎呀他要是嘎巴死了，你们家还就他一个呢。"

公主一听这小子说话忒损，姜须接着还叨叨咕咕："东门外有个老道，拿去我们那大个子，其实那是个傻瓜，没用的货，拿不拿的那没啥。西门外我姐姐薛金莲跟你对付半天，后来听说你直哀求她，她就把你放了。夜里头跟老伯父合计合计我就回朝了，跟皇上一说，皇上就来了。我说大公主呀，你这个精神还挺好啊？你父亲是王位，你身为公主，又在番营里头为首，总指挥，今天咱们打仗怎么打法呢？"

公主一听他所说的话也没有一点正经的，"姓姜的，你有本事催马过来，没本事回去换人。你不要跟我废话，你往下若要再多说一句……"

姜须扑哧乐了："再多说一句怎么的？你还有这么个倔脾气，一瞪眼还嫁给我？"

公主劈头一刀，姜须拿枪一架。姜须这是一时粗心大意，姜须可从来没有过，他细致啊，他老讲水不来先叠坝，事到临头防之无及。他讲究遇事备而不用，多咱也不叫用而不备。今天糟了！他一时大意，光顾着耍屁嗑儿闹玩笑，公主刀进来，他再一架，一打可了不得，公主这口刀斩砍劈剁，砸拉削磨，马上刀玩绝了！姜须这一着急就慌了，一慌手就乱了，乱了就想跑，公主也看出来他要跑，刀贴脖子上来，姜须一低头刀过去，啪一刀背："你给我滚下去！"

"哎呀！"

"来人。"公主刀在这逼着姜须不动，番兵过来拿挠钩搭住，抹肩头拢二臂把姜须就给绑上了。姜须一想可糟了，我还告诉那小兄弟学我呢，学什么呢？学乖的在后头瞅着，你别学这手呀，你要真过来，活坑人，那你可全砸了。姜须在这正在着急，就听见正东面马蹄声。徐清也挺重感情的，徐清一想：我学姜哥就得学到底，姜哥叫人抓去了，我跑了那叫什么玩意儿？徐清就豁上了，眉头一皱，马奔公主。这个时候公主一看正东又来一个，这个可不像刚才那个了。只见他：如意银盔红缨飘洒，二龙斗宝镶明珠放出光华，包耳护项的银抹额，上扎银钉密密麻麻，素罗花袍外挂亮银甲，吞口兽口含银环滴里耷拉，护心镜如秋水在他胸前挂，护背旗绣银龙张牙舞爪，素白九股绦双垂灯笼穗，四指宽狮蛮带在他腰上扎，大红中衣虎头靴一对，亮银盘龙枪英雄两手拿，目如亮星面似粉团，两道剑眉如漆刷，唇似涂朱鼻如玉柱，小脸蛋长得像个银娃娃。

　　公主心想：这人肯定就是薛丁山。怪不得樊梨花为他啥也不顾，这个人如果先见我，恐怕我也就变成樊梨花。公主正看，徐文建大枪一抖照着公主就给一枪："你把姜哥给我放回来，你要不放姜哥今天我就跟你玩命。"公主拿刀架过一枪又一枪，架过一枪又一枪。公主笑了："哎，我说唐将，咱们两下开仗，就是打也得打个明白仗，不能打个糊涂仗，就是赢，知道赢谁了，就是死，知道杀谁了，怎么能就这么一塌糊涂呢？恐怕你也不认识我吧？"

　　徐清眉头一皱："认不认识都行。"

　　"哎，那倒是呀，可是也得要知道知道的好，你还有名没？大丈夫人过留名，雁过留声啊！雁过不留声，不知春夏秋冬四季；人过不留名，也不知李四张三。难道你报不出，无名小辈？"

　　徐清马上横枪说："无名小辈？我爷爷是大唐朝开国元勋、护国大军师世袭英国公，姓徐名勣字懋功，我父亲是御大夫徐敬业。要往下问我是相爷之孙，国公之后，也就是现在二路元帅的前营先锋官姓徐名清字文建。休走，看枪！"

　　公主说："哎哟你好厉害。"公主一看他枪法也不错，人又这样，把眼珠儿一转：嗯，我这么办吧。这才引出一段书，要七月十五诈番营。

中国传统评书
抢救出版工程

主　编　田连元
执行主编　耿　柳

大西唐演义（下）

陈青远　编著

春风文艺出版社
·沈阳·

第五十一回　钟情徐文建

上回书说姜须头一个让公主抓来了,第二阵就碰着徐清。徐文建这阵儿都有点疯了,一看把哥哥拿去,红眼了,过来就跟公主动手,公主逼他说出名姓,徐清一报,祖父谁谁谁,本身谁谁。公主听完后,脸儿微微一红。

公主说:"你爷爷运筹帷幄决胜千里,何不弃暗投明?投降后其他的好处数不清,你说行不行?"

徐清说:"不行。"

亚雷公主赫连英这口刀跟徐清打,也慢说一个徐清,今天就他会分身法变十个,也战她不过。她拿刀逼着,拿招数领着,徐清不得不快。快来快去,快去快来,弄得徐清手忙脚乱,眼花缭乱,公主这时把刀一收:"哎哟,你好厉害。"拨马下来了,徐清往前就追:"我看丫头你往哪里走,想要逃走,放回姜哥,不放姜哥,拿命来!"他刚马头接马尾,公主回头就一刀,他一低头,刀过来公主一反刀,啪!"你给我下去!"扑通一声徐清就掉到地上,后面人来抹肩头拢二臂,把徐文建又像勒姜须似的,把肉都煞进去多深。按倒这一绑,公主气得:"使那么大劲干什么?他还能跑得了吗?绑上就行,带回来。"番兵瞅瞅公主,看看徐清,也不敢说别的话,"怎么绑他、勒他,你嫌疼得慌?这怎么回事了?"

另一个说:"你这么大岁数白活了。"

"我怎么不如你明白?你不白活,怎么回事?"

他扒着耳朵:"怎么回事,咱们公主还没驸马呢。"

"啊!"他们押着徐清往回走,这阵儿公主看这意思,她在这两军阵上有点不爱打仗,有点打得厌烦了,转身想回营,可是不行。唐营炮响,营门一乱,一看当中飞来一匹马,直奔公主。谁呀?薛丁山。二路元帅薛丁山刚到了大营,没下马呢,有人报说可了不得了,把先锋官姜须抓去了!哎哟,薛丁山脑袋嗡一声,他直接就奔营门,到营门里头有人报说徐先锋又被抓去了,薛丁山这个时候简直就疯了,"闪开!"旁边放炮,马奔两军阵。公主在阵前观看,见薛丁山五官端正威风凛凛,相貌堂堂与众不同。公主说:"你可是二路帅?"

薛丁山说:"正是!快快将姜须、徐清放回,不然我饶不了你!"

公主说:"你想得还真不错呢,姓薛的,我可听说你不是什么英雄好汉,寒江关你骗娶一个姑娘樊梨花,她替你卖命出力,你们才过了寒江,取了青龙,进了黑风。打赤虎关是不是全军尽殁了?你父被困,你打算黑风关搭救父母,薛元帅你做梦呢吧?我就是赤虎关赫连王爷之女,番营里我说了算,我是总指挥,我叫赫连英。休走看刀!"

公主抡刀过去,薛丁山用戟招架,他们两个戟刀相还,就在两军阵马走来回,战得难分难解。后边姜须在人群里头被绑着,一看把兄弟也抓来了,姜须是黑脸,应该红他红不了,都紫了!我叫兄弟跟我学乖学吗呀?学这个呀?我姜须真该打嘴,我生来也没这么冒失过,这回我怎么光顾着开玩笑,我也认为伯父被困半年,我们救兵一到就能解围,我这叫乐极生悲了。

姜须在这瞅着徐清,哥儿俩还没等嘀咕呢,就听有人喊:"太保有令,拿住唐将,带回营内。"

太保赫连龙在大帐上一听有人报,说:"两军阵大公主抓住一个唐将。"

"哟!还得是我妹妹。再去打探。"

"报!又抓住一个唐将!"

"好!把这两个小辈给我带进营来,我要问一清楚。"

亚雷太保坐在大帐,不一会儿就看外面推推拥拥进来俩人,姜须往里头一走,心里就在想:我这回使什么办法?说谎绕脖子都没门儿,一个是我跟这番女说实话了,二一个我有点太不留余地,我也就把自己的道堵死了,这丫头回来非把我剁了不可。所以姜须一低脑袋,在徐清后面也就无言可答。徐清在头前儿,进来往那儿一立,发髻蓬松,啪一下往身后一甩,怒目看着太保,一点客气没有。赫连龙瞅瞅这俩唐将,后面一个黑的,看样是胆小畏危,贪生怕死。头前儿这个有点扬巴,赫连龙一拍桌子:"好唐将,两军阵前被获拿到大营,为何立而不跪?好大胆,难道说你们就不怕死吗?"

徐清微微冷笑:"呵呵,大丈夫生而何欢,死而何惧!能叫名在,不叫人在,有人无名,终究是空。怕死就不临阵,临阵就不怕死。别看被获,胜败常事,一时不慎,你随便吧。"

太保吩咐人来:"把他推到外面给我杀!"

"是!"

两旁过来把哥儿俩就往外头推,眼瞅到了外面,姜须看看徐清,徐清瞅瞅姜须,姜须说:"唉!兄弟你害怕了?"

"姜哥,怕有什么用呢?一般的话不是那样嘛:无事不找事,有事不怕事,你就摊上了怕也没用啊!哥哥是我先送你呀,还是你先送我?"

"兄弟,你要胆小我先送你,你要胆大哥哥先走。反正哥儿俩这真算是有福同享,同生共死了。"

"哥哥你伤心不?"

"不,我一点没想,我比你还大呢,哥儿俩这才叫真正的朋友。"

过来一个拿刀的番兵,"哎,嘀咕什么?你们两个谁先死啊?"

姜须瞅瞅他:"你随便吧,我们哥儿俩一个害怕的没有,杀我他送我,杀他我送他,你看不出来吗?就是刀到脖子上,既不哆嗦也不变色。"

"好,我试试,你这脖子硬不硬?硬了我摁倒不砍,我刺。"

姜须说:"去他妈别损,你到时候也是一样,咱人跟人没仇没恨,别整这个,奉命杀我,我不恨你,你放着刀不抡起来,你弄到脖子上摁着刺我,告诉你我可骂你。"

这个小子跟姜须要不多对付两句还坏了,多对付两句就耽搁这么一点时间,就听着东边马蹄声响,兵回来了,将回来了,一看头前儿为首的正是亚雷公主赫连英,公主在马上像飞似的奔这来。

赫连英在两军阵上跟薛丁山没打出高低,赫连英一看,那个黑的跟这个徐清呀,他们两个搁一块儿这两条枪还真不如这条。一看薛丁山这个戟,这招数,虽然他赢不了公主,公主也佩服说不愧是二路元帅,怪不得樊梨花一见薛丁山面,就爱上他了,樊梨花为了他一切一切全不顾。公主心里话:你父亲和我父亲磕头,咱们是姊妹,我也得关心你点,我不能把他如何,我把他杀了不像话。公主把马拨回来,薛丁山一追,她进营了。公主吩咐营门口注意,预备弓箭看着,今天不跟他打,告诉他要打的话明天见。

公主她正往前奔,有人就喊她:"公主,头前儿那两个唐将看样子要死了,你还有什么话说吗?"

公主这一听可有点儿蒙了:"给我留下!"

进大帐公主问哥哥:"好不容易抓住俩,我要用他俩把换江山,谁让你杀的?从今后妹妹的事情你少管。"

亚雷公主赫连英一到后大帐摘盔去甲,洗洗脸,收拾完,泡了茶她喝了一碗,天就黑了,公主有点闷闷不乐。由打一更就到了二鼓,公主在帐里头站不住坐不住,就觉得心里头有事。丫鬟春青也觉着怪啊,公主就叫她:春青。"

"伺候公主。"

"拿我的令到后帐,我白天拿住那两个唐将,把那个姓徐的叫徐清的给我带来,我要夜审。"

"是,还要来兵将站堂吗?"

"不,带他就行了。"

春青丫头拿着公主令够奔后帐来要人,看守的兵将领命就进来了,"哎,谁叫徐清?带你。"

"兄弟,来了!"怎么说兄弟来了呢?姜须和徐清押到这儿正唠着呢,姜须当时在两军阵上一瞅,怎么把我们押进大营,推出要斩,公主回来那脸不是脸,鼻子不是鼻子,那都疯了一样,火高万丈。回头把我们不杀,带回去要押到后帐,看这公主怎么老瞅着我兄弟……哎哟,姜须一想:我老伯父真走运啊!您就因为有那么个好儿子,才有樊梨花帮你二年多的忙。这回我这徐清兄弟真跟公主要不错,那就算成了。有樊梨花再有赫连英,谁也不用,就这两个姑娘,左膀右臂,老伯父您就往那儿一坐,那就旗开得胜,马到成功。姜须小声问徐清:"你跟公主在两军阵见面的时候,你们俩这仗怎么打的?她跟你说话没有？"

"嗯，说了。"

"说什么？"

"我跟她要打几次她不动手，她老说得留名留名的，她问我是谁，我都告诉她了。"

"告诉完了之后呢？"

"告诉完了之后她还不打。"

"干什么呢？"

"她劝我投降，我就没听，跟她打，最后叫她把我抓着了。"

"啊！"姜须瞅着徐清扑哧一乐，"兄弟啊，哥借光了。"

"借光？"

"我在道上没少跟你讲，我们把界牌关、寒江关、青龙关、黑风关都整下来靠谁？就靠一个人，嫂子樊梨花。要靠我老伯父和薛哥我们哪，不一定能打得这么好。这一次被困是没办法了，因为我嫂子不管了，把人家气跑了。要有樊梨花，这些个事都不用费力。可是困我伯父半年多，谁厉害？就是这丫头赫连英，她真厉害！傻兄弟，你要听哥话，一会儿准来人，她准找你，要找你的话，她提出啥你答应啥，你就将计就计，你可别学薛哥。你要是能够听姜哥的话，你不老要学我吗？公主说那鸡蛋是树上结的，你就说：'不错，我看还有把儿。'我说兄弟……"

"姜哥，那算什么？"

"哎，你这么样保证有好处，她就听你的了，她要一听你的，你就告诉她把大营破了吧，把老帅救了，咱不就成了吗！你怎么糊涂，要凭打还不定干过干不过。别看薛哥如何，也未必是人家的对手呀。"

"那她，你的意思是说，公主……"

"我这么说吧，十有八九公主犯了樊梨花和薛丁山的病。"

"哎，不能不能，公主看样儿也没瞧得起咱们，我也不能收她。"

"什么？哥哥告诉你老半天都废话了！你千万千万别糊涂，这机会哪儿找去？我没说凭咱的能耐不一定能用，你要答应收下她，我们马上就算成功。"

"这我不信，未必。"

"你听着一会儿准来人。"

正说到这儿,就听人问:"谁姓徐呀?要你过堂了。"

姜须小声对徐清说:"怎么样兄弟?来人了!"他对外搭话:"我不姓徐呀,你看我这个黑脆黑脆的,我姓姜,他姓徐,你们找他吧。"

"你叫徐清吗?"

"啊,不错。"

"跟我走。"这个都督把徐清带出来,马上就帮着春青丫鬟往后帐送,到了公主的帐外,丫鬟叫他等一下,到了里面报了公主交了令,"带来了。"

"好,叫他进来。"

"是!"丫鬟吩咐一声给押进来,告诉那个都督你去吧,都督撤走,徐清到里边一不哼二不哈,往那儿一立。公主一回身:"丫鬟,你去给我烧壶水来。"

"是,我叫她们烧。"

"不,你亲手烧。"

"为什么呀?"

"唉,也不知道我这肚子怎么这么不舒服。我这有药,不过就缺这开水引子,你去烧。"

春青就问:"这个引子怎么办呢?"

"烧开翻滚你把它拎下来,不要搁地上,搁手拎着。水不滚了再坐上,再滚再拎起来,你来回……"

"几次?"

"七七四十九次。"

"啊?"丫鬟一想天亮了!她又把眼睛一转,"哦,好,我去烧。"丫鬟一转身往外就走,公主看她走,转身对着徐清说出一番话,这才引出七月十五要巧诈番军营。

第五十二回　卧底当驸马

丫鬟春青走了,公主回身瞅瞅徐文建:"徐先锋,你请坐吧。"

"不必了,绑着坐也不舒服,站着说话吧。"

"哦,你讨厌绑着?"

"那当然。"

"好。"公主把徐清的绑绳给解开,还把那椅子往旁挪了一下,"请坐吧。"

"好,多谢公主!"徐清揉揉两个腕子,说明绑得不轻。

公主说:"徐先锋,我在两军阵上一再劝你,让你弃暗投明,如果你要不听我的话,恐怕你也让我太难办。只要你能降,一切功名富贵前途,你想如何都办得到,这些你想了没有?你打算怎么样?投降有亏吃吗?"

"说真的,我也没有这个打算。可是经你这一劝呢,我也认为说得确有道理。"

公主出乎意料,一想他在两军阵,那个性格脾气,那真是神圣不可侵犯。到夜里头就能够变化这样……难道因为被获遭擒,他自己也就认了?公主当时这就忙活起来了,"那好,那什么都好办啊。"

公主笑呵呵说:"我为何百般劝你归降,我看你朴实忠厚,我干妹妹三番五次拜托我,让我帮她物色如意夫君。我看你不错。收降后,我让你和妹妹成夫妇,不知你心意如何?"

徐清说:"婚姻大事办不到,我的性子特,我爷爷没少托媒人,我定亲准得先见姑娘面,我家来的姑娘数不尽,我看着哪个都烦。媒人最多一天来过三十六,一个也没妥。公主你劝我投降我愿意,可能我是个光棍命，这辈子我不想娶老婆。"

徐清把话说完，打了个咳声，"公主，你会不会怪我，我不知道。我这个人心直口快，实不相瞒，你劝我投降，说得条条有理，句句尽情，我心内非常感激，一定要写信给我祖父，让祖父再拿一个好的主意，如何献关与突厥，我这个答应你。不过至于订婚这件事，还请公主原谅。"

"为什么？"

"因为我这个人的个性，刚才我已经向你说了我的经过，令妹我没见过，我不能够答应。多咱见了令妹的面，如何再定，请公主酌情海涵吧。"

公主说："虽然你没见过妹妹，她和我高低瘦胖一个样，我俩就像一个人。"

徐清说："难道就是公主你？我故意被擒，就是为了你呀！"

公主听到这儿，心里高兴："我说既这样，你我要守口如瓶，我还得屈尊你，是不是把你再绑上？送到后面再忍上半宿，天明当众收降，名正言顺，你看怎么样？合适吗？"

"哎呀，那太合适了。"徐清站起身来倒卷二臂，"请公主绑吧。"

公主刚把绳子拿起来，从外边跑进一个人，"公主公主，我来我来。"

赫连英一看是丫鬟春青，"嗯？你没去烧水吗？"

"是，我去烧了，可是什么事情得有主次啊，我看公主现在精神很好，可能也没有病了，水还需要烧吗？"

"这……"

"公主您看，主要一件事我还忘了，我这旁有礼。"

"你施礼干什么？"

"公主，恭喜您了。"

"啊？你？"

"我全听明白了，一句也没落，我该死。不过我认为，这件事情也瞒不过我去，瞒了今天也瞒不了明天。话又说回来了，这件事情我要不知道，也不太方便，我知道之后对公主只能有益，难道说我还能忘掉公主对我的大恩吗？所以我给公主您道喜了。"

"唉，春青，你既知道我也不瞒你。"

"公主，那水还去烧吗？"

公主脸有点红，"不烧了。"

徐清在一旁连听带看，知道这个丫鬟不好整，再看她穿着大坎肩在那儿一站，挺有派头。徐清刚一瞅这丫鬟，公主说话了："春青，我赏你五十两银子。"

"谢过姑娘赏。"回身她就给徐清施礼，"驸马爷您也好，我给您道喜了。"

"这……"徐清点了点头，心里话讲：我没钱啊！哪有上阵打仗，兜里揣银子的。他瞅了瞅公主，看了看春青，"哦，春青，你家公主赏你多少钱？"

"五十两。"

"好，你再加上一百五呢？"

"那就是二百了。"

"好，我给你一百五。"

"哎哟谢驸马爷赏。"

"不过你姑娘给银子的时候，你一块儿把我那儿都领出来。"

"啊？是！"丫鬟以为这是开玩笑呢，公主瞅了徐清一眼，我有钱不会花让你花？公主又一想，不让他花让谁花？不就是二百两银子嘛，"春青，你家驸马既然说了，就这样，明天我给你拿二百两银子。"

"哎哟，谢公主驸马。"这样一来亚雷公主赫连英把绳子递给了丫鬟，春青说："驸马爷我得罪了，我先给您施礼，后绑。"春青上前一绑，徐清乐了："那也太假了，叫人看出破绽，你还是紧着点，我一抖搂都掉了。"

"哎哟真有点不敢。"

"快，别麻烦。"这算好歹把徐清绑上了，公主告诉给送到后边，当时就跟徐清讲，明天到大帐上，我怎么说你就怎么答应，徐清点头，丫鬟春青把徐清送回了后帐。

公主这一夜翻来覆去没睡着，这个赫连英说实在的，是个正经人，今天破天荒头一回，也不知道怎么她就爱上了徐清，看样子没有

339

徐清，真都不能活了。这阵儿公主一看外边天明了，起来梳洗打扮，用饭已毕，吩咐击鼓聚将。外面鼓这么一响，都督平章都到了大帐，都认为今天一定是要跟大唐决一死战。亚雷太保赫连龙上大帐，他在旁侧还有个座。赫连英来到大帐，马上吩咐："来人哪，把昨天拿的唐将给我带上来。"

"是！"

话说昨天徐清回去到后边见了姜须，两人交头接耳嘀咕，把这个情况就说了。姜须想得挺好，一会儿天亮了，我们一收降，我给兄弟出些主意，兄弟能办。这个兄弟不像薛哥，我给划出道儿他就能走，公主听兄弟的，兄弟听我的，番营嘛……嘿嘿嘿。这阵儿就听前面击鼓升帐，"把两个唐将带上来，公主叫他上帐。"

"是！走！"

两个人来到大帐的外面，进到里头，上前施礼。两个人立到帐前不动，公主不理姜须，瞅瞅徐清："姓徐的，你祖父在大唐朝身为开国元勋，护国大军师，世袭英国公，那就说他最高，不是一般人。我看在他的面子上，也要照顾你一番。那么你要是愿意投降，我马上就给你松绑，你去信儿请你祖父来，我们必不亏待。姓徐的，昨天我已经做到仁至义尽，我把话也说尽了劝你，你说你要琢磨琢磨。怎么样？这一宿琢磨好没有？降不降吧？"

徐清听这个话，打了个咳声："公主说得条条有理啊！是啊，我如果不降到大营，迟早也在危险。这样的话能够保住爷爷，保住全家，我就按照公主的意图，我徐清徐文建搁现在开始，我降啦。"

"嗯？当真？"

"当真！"

"没有二意？"

"绝没有二意。"

公主吩咐："那好，来人啊，绑绳去掉。"

众将一想这也太容易了！这是开玩笑呢是咋的？拿住这么大一个唐将先锋官就劝降？他答应琢磨琢磨，这就琢磨好了？这就放了？大伙你瞅瞅我，我瞅瞅你，谁也不敢哼。可亚雷太保赫连龙站起来了："慢着。"一摆手说，"妹妹，这件事先把它放下，把他押下去。咱们明天再说收与不收,你看怎么样?"

"嗯?哥哥,你又犯了毛病了?"

"这……"

"我说什么来着,我说你别出马,出去就打败仗,你坐在营里头保险,坐腻歪了你就回赤虎关看看父母,回来给我个信儿,我也放心,你怎么又……唉!你怎么又多此一举呢?我还跟你细解释什么?哥哥,这么说得了,一句话,营里倒是你说了算,还是我说了算?"

"妹妹,什么时候也你说了算,哥哥是有勇无谋,没法比妹妹,妹妹你不要过意,哥哥我不说还不成吗?"

"这就对了,你再说有什么意思啊?我怎么办你本来就不知道。"

"我是说这意思,哎呀收下一个人……唉,我不说了,好。"

"哥哥,你闪开吧。"公主接着往下吩咐,"给他解绑。"有人把徐清的绑绳解开,徐清揉揉双腕一抱拳:"谢公主厚意,我徐清只要有三寸气在,愿听公主吩咐,在公主的麾前报效。"

"好,闪在一旁。"

"谢公主千岁。"

公主把徐清收了,姜须一看怎么不理我这个茬儿呢?姜须急忙说:"尊公主,我和徐清是磕头的兄弟,患难相扶,荣辱不二,公主你既然收降了徐文建,我也降。"

公主心想你忘了你阵前对我要笑卖狂。吩咐两旁:"推出斩——"

徐清喊:"刀下留人。我哥儿俩交情厚,非要杀他先杀我吧。"

公主无奈说:"来人啊,李起。"

"在!"

"你把他带到西营,交给白纳道。跟白纳道讲,说我有令,这个人不许他难为,一不许他杀,二不许他斩,也不许他打骂,也不许他过堂。"

"应该怎么办?"

"叫道长把他看到西营,也不许放走。对他的生活一切要另眼看待。我多咱要人,他得给我送到。我要人,此人要没有,我可不能答应,听明白没有?"

"听明白了。"

341

"慢着,你到那儿报效白纳道,暂时不要回来。"

"啊?公主,我是您手下的守令官,这个守令官时刻不能离开您,您叫我去一趟这行,我要不回来……"

"少说废话。叫你暂时待到那儿就待到那儿,不要多讲,下去吧。"

"是!"守令官李起一想坏了,饭碗子打了,也不知道哪点把公主得罪了。他瞅了瞅姜须在外边站着,"你跟我走吧,来人给他解绑。"

姜须问:"你把我往哪儿送?"

"哪儿送?你走吧,到地方你就知道了。"

姜须就知道这个大公主滑呀,我滑你比我还滑,你放了我还不叫我跟兄弟搁一块儿,兄弟没我还真不好办。

公主把姜须给押下去了,然后告诉徐清:"从现在开始,你就是本宫手下的守令官。大帐所有人注意,一切由现在开始,听他传令。哪一个违者,斩。"

"是。"守令官这得搁自己人,靠得住的,这哪能搁一个外人?亚雷太保刚想要张嘴,又合上了。一想这个事就不能当着徐清的面讲,找机会我夜里头跟妹妹再说,这可不是闹着玩的,别的我都不管了,这个不行。这令搁他身上,到关键时刻他要给捣乱怎么办?我们子时出兵,他一传令丑时出兵,这不就耽误事了吗?再说我们下令说调五万人,他一给传令到外边说用五十人,都得听他的,公主说话谁也听不见啊。太保一想这绝不能搁他,搁我也不能搁他呀,可是没敢哼。

外边的姜须跟着李起,由打这东大营晃到西大营,天就快黑了。东西这大营是八十里地长,公主离东营门十里,老道离这个西营门十来里地,他们中间也得有六十里地的途程。他们一边走着,李起一边憋气,走到哪儿碰见朋友,说说唠唠,喝杯茶牢骚牢骚。姜须跟着遭罪了,走到哪儿也没他份儿,喝茶?凉水要多了都不给。姜须一想完了,我以为沾兄弟光,没承想没沾着。

外面已经太阳要落了,来到西营到了八卦帐外。到里边报,说是公主吩咐守令官李起送来一个人,是抓来的唐将,要交给您。

"叫李起进来。"

李起搁外边进来到里头,给老道施礼,向老道把这事一说,老道点头:"无量天尊,好好好。"

"另外让我暂时别回去,让我在这儿报效道长,有什么吩咐,尽管说,你不用客气。"

"啊,好好,那我太欢迎了。"老道一听不让动还过什么堂,派两个平章把他送到韩家坟,跟傻子押到一块儿。

有人押着姜须,不一会儿出了南营门,不到三里地,就来到一个坟地。姜须看大小坟头不少,这片树林挺带劲,榆柳桑槐是无风自吼。把他弄到里边,不一会儿把姜须给捆到树上了,人家嘿嘿一笑:"你在这待着吧。"全走了。

姜须一看天快黑了,就把我一个人搁到这儿,我还得吃点啥。姜须一抬头,跟他对面也就在一丈多远,对着这棵树,有另外一棵树上也绑着个人。一看是个大个子,一丈多高,穿着一身红。一瞅他面似红火,重眉大眼,正是韩豹。姜须一想:黑风被困,我让他到东门外打老道,他被获到今天半年多,没死啊?姜须在这正琢磨呢,看见傻子吧嗒吧嗒嘴醒了,"饿了!"姜须一听他饿了,那我借光儿。就听见有人说:"哎,傻子饿了,该谁班了?"

"你的。"这个人拎着个大饭桶,有一个立梯戳到傻子跟前儿,往那儿一立,把这饭桶往上面一挂,他往上头一上,不然没傻子个儿高。饭桶里有个勺,傻子都习惯了,扬脖一张嘴,左一勺右一勺,连吃带嚼,那汤一拉拉都归到饭桶里了。姜须看着一咧嘴,还是把我饿死吧!再看韩豹一晃脑袋,吧嗒吧嗒嘴说:"我渴了。"就听又有人说:"谁的班?"

"我的我的。"就见拎着一个像浇花的大喷壶似的,到跟前儿又戳着那个立梯,上去把壶照他的嘴,他一扬脖,长流水,吨吨吨,连身上、脸也都洗了。姜须一看,这生活——这个走了,姜须瞅着,不一会儿就听傻子吧嗒吧嗒嘴:"喝完了还就不渴了,拉屎。"

"谁的班了?"

"不是我的,该你的。"不一会儿过来一个人拎着粪桶,在傻子身后把他中衣往下一拽,傻子稍微一斜身,这一拉,正是西北风,姜须在东南角,这个味儿这个足,姜须一想我可倒了霉了!拉完了收拾完了,他吧嗒吧嗒嘴说:"我说姜须呀,哎呀你才来呀,我可想你了。"

这回好了,这地方有吃有喝,这回待着吧。"

姜须心里话讲:别逗了。这时就听见坟里说话:"哎我说姜须呀,你要管我叫声爹啊,我就出去救你。你要不叫的话,我就把你拽到坟里,咱俩并骨。"

啊!姜须头发根儿都发麦:"你谁呀?"

姜须那哪儿能叫,就看到坟里噌一下跳出一个人,"你快叫,你不用问我谁。"

第五十三回　被押韩家坟

　　姜须被人押到韩家坟，巧遇傻子韩豹。韩豹怎么在这儿？当初在黑风关外，韩豹被白纳道用暗器迷魂锣晃倒，当时来人抹肩头拢二臂，把傻子就给绑上了。老道见到傻子，产生一个想法。当初他和黄子陵在八卦山九莲洞三仙祠就研究一种长生不老药，也不搁哪儿听人家给出的方子，别的药七十二味，主要有三种引子，就是三个力大无穷的人身上的心和血。力量越大，药效越大。白纳道也没找，哪找去？今天碰见傻子，他灵机一动，等我打完仗给师弟黄子陵报完仇，我要傻子的血和心，他算一个。第二个力大的，我估计就得薛礼了，不大好找别人。白纳道一想，最后第三个我实在凑不了，等我仇报完了之后，樊梨花一宰，薛礼、韩豹心一摘，最后太保你准送我，我要求你多送一段，到树林里头，用我迷魂锣把你一撂，我把你心一拿，我这服药就成了，我就能够延寿永年！

　　这阵儿老道绑了傻子韩豹，回身又在黑风关外骂阵叫薛礼，他连骂带喊好长时间，城里免战高悬没人出来。老道这就打算要驾云梯火炮攻关，就听见人群后边乱了，"哎呀可了不得了！傻子跑了。"

　　啊？老道一想，好容易把他抓住，怎么跑了？赶紧往回来，再一看傻子在人群里头，两只手抓着两个人，一看抓的这个人呢，两个脚脖儿合到一块儿，他那手像簸箕似的，抓着俩脚脖儿，右手也是抓着俩脚脖儿，把两个活人叫他抡的，简直的那还活啥？抢救都不赶趟，早就给抡死了。拿人打人，开始是活人打活人，后来是死人打活人，把两个死人给打得看不出像人。老道就激了，就问怎么跑的。别提了，傻子迷魂锣敲晕被绑上在后边地上搁着，因为老道讨战的工夫忒大，傻子就醒了，咔巴咔巴眼皮，他觉得不得劲就坐起来了，坐起来他觉得后背紧，晃荡晃荡，啊！绑着呢！他就站起来了。他这一站起来就有人看见，"傻子醒了！趴下！坐下！"

"趴下坐下干啥？"

"我们把你抓住了，抓住你，你就得听我们的，不听我们的我们就宰你。"

"抓住了？我还不爱在这儿待，这些人我都不认识，别扭！我还进城里回去找姜须，我们是朋友，这里都生人，我走了。"

"放屁！你走了，你往哪儿走？"后面来个愣头青也不知道高低深浅，他一家伙把傻子后腰抱住，前面两手一扣头，他晃了晃，那真是蚍蜉撼树，这不开玩笑吗？他这一抱住，傻子就激了："哎呀，干什么呀？"他一较劲把这绳子干开了，俩胳膊都伸直，那个人还在后边抱着不撒手，傻子右手往回一回，就把这小子的右肋给掏了，扑哧！往前头儿这一拽，就像拽一个布娃娃似的，脚朝上、头朝下往前一扔，噗一声把脑袋按脖子里去了。大伙一乱，说："傻子动手啦！"头前儿一个照着傻子就一枪，傻子一闪，他左手把枪杆抓住了。那小子还想往回撤，傻子右脚就起来，这一脚呀，要说踢出几丈可瞎话，也得有个七尺八尺。傻子又把这条枪往外一扔，还串了俩，那真比串蛤蟆都厉害。番兵抱头乱窜，哎呀可了不得啦，有的真往上扑，傻子踹倒一个把脚脖儿抓起来就抡，他拿着这两个活人就抡成了死人，打得番兵乱乱糟糟，叫苦连天。

这阵儿老道就来了，老道一想这简直是想不到的损失，他赶紧把锣掏出来，叫大伙一闪，当当一敲，傻子别看他傻，他也懂，"别敲别敲！不好听……"就这样，第二次又把傻子抓住了。有人就用挠钩搭着，这回一上绑，有明白人说了："看见了吗？那绳子一段一段的，他把绳子给绷开了，还拿这个绑挡不住。"老道也恍然大悟，对呀，他怎么跑的？对，把绳子绷开了。老道乐了，心里乐，表面不能乐，打死那些人你乐，你是仇家吗？老道心里话，我这服长生不老药真算是良机已到，哪儿找这样人去，这个人的心跟药配上，再拿他的血这么一点，这药就成了！

老道吩咐拿铁索把他锁了，弄到大营里头，老道看了看地势，琢磨了琢磨，就派两个平章，带着十二个番兵，告诉："把傻子弄到韩家坟，把他拿大锁锁到树上。要如果他再有跑的时候，你们俩就拿脑袋来交令。你们什么也甭干，就在那把他看住，要吃给他吃，要喝给他喝，一句话，你们把他越给我喂肥了越好，你们就有功了。"

这两个平章带着人来到韩家坟，选择了这么一个好地方，临时在这戳了个牛皮大帐，就把傻子往大树上拿锁哗啦这么一锁一捆。这回该着实在，那算没辙了。那大树对搂多粗，晃也晃不动，铁索又粗，绷也绷不断，傻子几次拼力想要动也没门儿，最后也就服了。他傻他不知道愁，绑着捆着，吃饱喝足他还能靠大树睡。这些番兵在这儿搁人换着班儿，谁管饭，谁管水，到时候还弄水果，屎尿一切都搁这十二个人伺候。这回把姜须拿来了，老道一听公主有话，别过堂，还不许杀，还不许打，还不许问，要啥给啥。老道一听这意思，跟我用的这个人一样，干脆就伴吧，吩咐人送去，就把姜须也送到韩家坟了。

姜腊亭一边看傻子，只见他连吃带喝。吃饱喝足，没心没肺，他还胖了一圈。那韩豹抬头也看姜须："喂呀！姜先锋，怎么你也来到这儿，是不是想我了？我也想你，这回你来了，咱俩做个伴儿。"

姜须听后长叹一声，要怎么说傻呢，心眼儿不全。姜须越想越心烦。这个时候猛听得坟头那边坟里头说话了："哎，我说那个黑小子，你叫姜须吗？"

姜须吓一跳："啊，是啊。"

"你愿意在这儿待吗？"

"这儿？"

"你要不愿意待，打算回大唐，你可说话啊，我就是从天上下来的，我管人间的苦难，大慈大悲，遇难必救。可是有一件，也得有缘，没有缘你也碰不着我，你愿意走不？"

"哎呀那太好了！"姜须当时就说，"您要能把我救了，真是感恩不尽，我一辈子也忘不了啊。"

"那是远账，咱别舍近求远，你要真不忘我的好处，救命那是玩似的，我搁坟里头跳出去就救命。要是真不忘好处，有点良心的话，我这个神仙一辈子没娶媳妇，这你也能明白，神仙能娶媳妇吗？没娶媳妇可就耽误了儿子，我缺后啊。你要能愿意认我这个神仙爹，你算我干儿子，管他干的亲的你能得点嘛，我也不能白叫你认，你要愿意就叫好听的，叫干老，要不愿意的话要把我弄烦了，我就把你拽坟里头来，我就跟你并骨。"

"这个……"姜须琢磨了半天，这不能认，连人都没看到，你是干吗的？你报神仙，是不是神仙，我这就叫爹？哪那么些爹。姜须说："慢慢说，慢慢说，您救了我的命，什么都好办。"

"啊？怎么着，你还不服劲呢，我搁坟里头出去了啊。"

姜须刚那么一愣的工夫，真就蹿出来一个人。姜须一看，这个天还没太黑，影影绰绰看得出个儿不大，多说就在三尺高。姜须在这儿愣着，就听见这个神仙说话："我告诉你，我把你先放了，放了以后你把那个人也救着，那个大个子是不是你们那头儿的？"

"不错，他是我们那头儿的，姓韩叫韩豹，他叫老道抓来的，抓来都有半年多了啊。"

"那好，救你一个也救，俩也救。我一个羊也放，十个羊也赶，一块儿都捎上，人多还热闹，你去放他，我放你啊。"

姜须说："我得感谢上神。"

"你还得叫好听的，叫干老，叫上神什么话呢？"

"咱慢慢地，慢慢地。"这个矬个子在他身后，手法怎么那么快，唰唰唰！姜须的绳子全开了，姜须一看这个人真利索，就听他说："不用回头，不许瞅我，快去快去，救那个傻子吧。"

姜须这才赶紧过来，"韩豹。"

"我说姜须啊，谁跟你说话呢？"

"神仙。"

"神仙是干什么的呀？"

姜须一想咱俩也唠不到一块儿，也没法唠，说啥你也不懂，"我说韩豹，你愿意回去不？"

"回哪儿去？"

"回大唐，到城里去啊。"

"那干什么去呀？"

姜须一想，他这个人傻，这地方他待服了，他说了有吃有喝挺好，我要不使个特别招儿，他不爱走，我还整不动他呢。

"我说韩豹,你不想你妹妹了?"
"我妹妹不是叫这老道吃了吗?"
"老道又把你妹妹吐出来了。"
"哎呀那可好哇,我妹妹好了吗?"
"嗯,大伙把她救了,这个能说话了。"
"她在哪儿呢?"
"在城里呢。"
"哎呀,我想她。"
"那你回去看她去,她还想你呢。"
"那我回去!我回去,我走不了啊。"
"来,我给你解开,你不就走了。"
"还是姜须啊,好小子,你给我解开,我想我妹妹啊。"

姜须这一整,把傻子又整心活了,还是想妹妹要紧。姜须过去围着傻子转了三圈。哎呀,那大铁索比姜须的胳膊都粗了。姜须说:"这个……我说这位神仙啊,不行,这我手能解得了吗?这大铁索都锁得严严实实的,办不到啊。"

就听那树林里头笑了一声:"嘿嘿嘿,真孬透了,神仙给你想个法儿。"就听哎!有东西落到姜须脚跟底下,姜须一看,也不知道是哪个女人浆洗被褥的,是个捶衣服的棒槌。姜须一伸手拿起来才知道,可不得了,不是木头,是铁的!一个十五斤六两四,够分量!

"哎哟神仙啊,这个……"
"你拿它还凿不开那铁索吗?"
"啊,是!这太能了。"

姜须来到傻子跟前儿,呛啷呛啷——赛霸王姜须几下子就把铁索给打断了。他一打这铁索,就听远处有人说话:"哎,我说那边有动静。"

"你别一惊一乍的,半年多都没出事,哪来的动静?"
"不是,半年多他没抓别人,这个傻瓜好办。现在抓来个明白人,不知道跟着谁,兴许救他,这可不闹着玩的。"
"去你的吧,叫你这样一说,还玄了,没那个事。"

说这个话的工夫,姜须把锁链打开,哗哗哗都掉下来。傻子韩豹就在树这个地方靠着半年多,别说是人,就是鸡,你把它捆了一天一宿,打开它都站不起来,你叫傻子抬腿就走,没门儿!傻子靠着大树,抬不了腿。姜须就说话:"你倒抬腿啊。"

"那腿怎么抬呀?"

姜须一想可玩完了,"我说你怎么连腿都不会迈步?"姜须到跟前儿一活动他腿,他往下这么一歪,有点要倒,姜须可就有点着急了。明知道不救他,神仙不能救自己,马上回身又问这个神仙:"您看这怎么办?他在这捆着日久了,他不会动弹了。"

"那就没别的啦,我说姜须呀,干儿子呀。"

"这个,神仙,你不能这么说。"

"怎么的,你要不服的话,我还把你捆上?"

"这……回去咱再说。"

"那倒行啊,你背他,不救他,我一个也不救。"

"哎呀,他可够沉啊。"

"背着不要紧,神仙帮你。"叫姜须站着,背朝傻子,上去一推傻子,上半截像个大塔似的,倒在姜须的后背。姜须不愧是赛霸王,没把姜须干倒。这个主儿在后边一抓傻子的脚脖儿,连晃荡再捏鼓,再往起撬,走走走走!姜须一看这个人棒槌没扔,人家先掖起来了,帮着他整傻子往前走,就听对面喊:"哎呀不好!要跑!"

姜须说:"不好,头前儿来人了。"

"哎呀好啦好啦,你就在这儿晃荡他,把他腿晃荡起来,叫他能动。我去叫他们躲开,这怎么整的,捣什么乱呢。"这神仙干脆就过去,到了前边:"哎,你们躲开躲开,他们俩现在回家有事,你们捣什么乱呢?"

"我们是看探,我们叫他们跑了?道爷能让我们吗?你是哪家的孩子?"

"什么?孩子?你们长的是眼睛吗?什么东西!"

"小孩你骂人。"

"骂人,我还他妈打人呢。"

两个番兵过来给他一刀,这人一闪,刀没有给整上,他一蹲身就拿他这个刀手上一转圈一划拉,噗!把这番兵大动脉给放了。另一个一看妈呀,撒腿就跑。姜须一看,这位是神仙不是神仙的是扯呀,准是世外高人。姜须就问:"您尊姓大名?"

"哎,别跟我扯这了,爷儿俩还有问贵姓的?你不老实我可告诉你说啊,我还把你捆上。赶紧背他走,怎么样?傻子你能站起来了不?"

"能。"

"抬腿,你蹦蹦,哎哟挺快呀。"

这个时候就瞅着这个矬人把眼珠儿转了一转:"傻子,我说你有多大力气?"

"我力气最大呀,谁也不行。"

"我说这棵树你能拔下来吗?"

"那咋拔不下来呢?"傻子往树底下一靠,两膀子一晃,像盆那么大的泥坨给拽出来了,可把矬人乐坏了,"走,我带你打番营去。"

第五十四回　傻韩豹逞威

　　上一回书说韩豹、姜须被押韩家坟，来一个奇特的矬人，把他们俩救了。这个矬人别看身子骨不大，胆子可能够个，晒干了还不得像倭瓜呀？他让这个傻子拔树干吗呢？这也就是较量较量他的力量，那碗口粗的树真不好拔，就看这个傻子果然把树抓住往前一用力，轰隆一声，连根都给削去了，可把这个矬人乐坏了！"哎呀好好！我说那个傻子，你把那个树枝都削削，转圈收拾收拾，这个玩意儿——你使什么兵刃呢？"

　　"我使棍。"

　　"正好正好，你看这棍多好。"

　　"哎呀这棍——这棍一头儿沉啊，这叫棍头锤。"他还会起名，那老大树根，大泥坨，他说这叫棍头锤。

　　"哎对对对，你明白就行，这叫棍头锤。我说姜须啊！"

　　姜须赶忙答应："这个神仙……"

　　"我说你怎么还叫神仙？看不出来我这热心救你们俩？我没说我是你爹吗？"

　　"嗯，这个慢慢地，慢慢地。"

　　"好！咱俩有账算，我带你们进营，搁营里打出去，好进城，我把你们送到薛礼那儿去好吧？"

　　姜须一听，"哎呀多谢上神！"

　　"那好，你不也有武艺吗？"

　　"我没有武艺能当先锋吗？"

　　"那好，你也得伸手啊，你使什么兵刃？空手啊？"

姜须俩手一摊,"哎呀我这阵儿寸铁没有。"

"那好,等他们来了咱们借一件啊,反正你有这干老什么也不怕。"

姜须上下一打量,这个人的个头儿也就在三尺多一点,但是他的臂膀有二尺多宽,乍一看是上下一边粗,长得矬不囫囵,肉不囫囵,粗不囫囵,看那样,车轴汉,脖子还不太长,就像在这个菜墩子上放个脑袋一样。一看他周身上下穿着一身土黄色裤褂儿,头上戴着土黄色的英雄帽,前面还压着一颗宝珠,腰里系了一条皮鞓带勒得挺紧,在左边带着一个狗皮褡裢,下边穿着一对抓地虎的靴子。一看这个人这张脸有点黄焦焦的,圆眼睛,短眉毛,蛤蟆嘴,一说话摇头晃脑。姜须一想:你这算什么神?神也好,什么也好,这干爹我不能认。姜须就说:"这个我说这位高人哪,你救我姜须……"

"你先住嘴,怎么又高人呢?怎么搁神又变人了?过一会儿,我看还不如你了吧?"

"不不,上神,您带我们到番营里头,您知道番营里头有高人吗?"

"谁高啊?"

"这里头有一个山上练道的叫白纳道,特别厉害。"

"啊,那个老道厉害,你怕,你问问傻子,他怕吗?"

姜须说:"他不怕能把他抓住吗?押到这半年多了,他也怕。"

"你们俩搁一块儿都怕。"

"对!"

"那你问我也怕吗?叫你进营你就进营,叫你从哪儿走你就从哪儿走,干爹要没有想到这儿,那叫什么神仙啊。你胆小你闪一边,傻子,把那棍头锤抡好了,到时候敢打架吗?"

"那咋不敢打呢,我得到城里头,我想我妹妹呢!"

姜须说:"你别提了。"

"怎么了?"

姜须一想,我要说叫他进城看妹妹,他跟老道这劲就小了,"我说傻子啊,你还不知道呢!我又听信儿了,你妹妹在城里,刚好老道窜进去,把你妹妹又嚼了。"

353

"哎呀——这个杂毛老道,我非把他打地里头不可!"

"老道说不怕你。"

"我也不怕他老道!"

矬人一看,傻子也实惠,这个姜须也奸得过分,瞪着眼睛说瞎话,傻子看样子没有一句不听的,那好,他听你的,你得听我的,那咱们就进番营吧。他们正往前走着,离番营有半里来地,就听营里头鼓响,姜须一回身跟矬人说:"营里来人了!"

"你害怕?"

姜须说:"我倒不害怕,我这还空着手呢。"

"哦,那好,你看。"就看这个番营里头,对面上来一匹黑马,马上坐着一个人,提着一条枪,飞奔他们来了。这个人在马上怒气冲冲,瞪眼拧眉高声喝喊:"呔!大胆的唐将,无能之辈被获遭擒,押在坟地不杀,你反不谢恩还想逃走,本都邬天愣在此,你们插翅难飞!拿命来!"他的马上来了。姜须瞅瞅矬人:"神仙,这得怎么办呢?"

"你看这马你骑能合适不?"

"那太合适了。"

"这个枪你能用得了?"

"能啊。"

"那好,咱们先把枪马借来。"说着话这个矬人就好像逛花园似的,消消停停地就过来了,来到这个人的马头前儿往这一站,姜须一看,他伸手把刚才砸锁链的那个棒槌又架出来了,抬起头问道:"我说马上这个都督啊,你什么岁数了?叫什么名字?做什么官?活够没有?你可跟我说实话,咱们都按着人的心愿,愿意什么我做什么,我是神仙啊。"

"啊?你是什么神?"

"如意神。"

"如意神?从哪儿来?"

"南天门玉皇爷让我下界,因为这两个人,一个黑小儿是我干儿子,那个是我干儿子朋友,是个傻子。他们两个不应该被获遭擒,你们就生把他拿住,这叫拗天行事,上方玉皇动怒,叫我下来,我到这儿坟地把他俩救了，想跟你们借条路打这儿进城，我把他们送进去，我好回南天门交旨。刚才我问你呢，是愿意死啊，你是愿意活？你只要说心里话，准叫你如意。你说了不愿意死，我就能保你命，你要说死了没啥，反正那我就……"

"胡说八道！什么这个神那个鬼，你不敢露名姓！我乃是南营门大都督邬天愣，你赶紧把他俩放下，要敢口说半个不字，叫你们枪下做鬼，马前横尸！"

"哎呀，说得还怪玄乎的，那么你这是愿意死了？"

"胡说，休走，看枪！"

枪来了他一闪，搁左边扎空了，这个矬人左手把枪抓住，要往下捋，马上邬天愣往回这一拽枪，把这个矬人就势给拽到马上来了，跟他就差不点脸对脸了！啊！他刚一惊，矬人右手这个棒槌奔他左太阳穴，他低头稍微慢了点，当啷！震得他脑袋嗡一下，头盔搁右边掉下去了。但见矬人的铁棒槌往回一带，搁他脑袋顶上一颠，就那腕子稍微一晃，就那么一颠，就像打鼓玩似的，啪嚓！马上使枪的这个，整个的脑瓜骨碎多少瓣没法约莫了！这个矬人枪没撒手，右脚上去又踹一下子，把那个家伙搁马身上踹下去。他回来一转身，坐在马上往南来了，"我说姜须啊，干儿子，给你接着。"大枪一扔，姜须一接，枪到手，姜须一看这枪还真称手，不太轻不太沉。那个矬人下来，"上马，看这马还挺精神的，回去你用不着你就卖也卖俩钱，下汤锅都行啊。现在你有枪有马，我说那傻子还有棍头锤，你们俩得好好整整。姜须呀，干老先看你的，收你一回儿子，也不知道我儿子有多大能耐，不知道你吃几碗饭，飞多高，蹦多远，好，往营里整。"

这个时候就看那边又来一匹马，马上这个主儿面色蜡黄，两眼生烟，血贯瞳仁，看样子是要来给那个邬天愣报仇。他在马上怒气冲冲，掌中合着一条方天画戟，"小辈你是什么人？你打死邬天愣，这还了得！"

姜须马在对面，勒马横枪，瞅瞅这个人火这么大，疯了一样，姜须就笑了："我说你是什么人？你跟死者什么关系，你是打算要发送是怎么办啊？"

"住口！黑贼，今天我先不跟你斗，叫那个矬子过来，我金海涛

355

三寸气在,要不把他撕碎了,我就不算高人。"

姜须一听:"哼哼,我可不是小看你,那是刚从南天门玉皇爷打发下来的上神,特来救我们这俩大命之人,你敢跟他斗?你看出刚才那个家伙咋死的没有?你识时务就赶紧走吧,便宜你!你要再说不动,看到没有?不用他,我就收拾你了。"

"好恼,看戟!"戟奔姜须,姜须拿枪一架差点枪没撒手,就觉得不好,他的力量比我还大,我得小心。姜须跟他打也没有二十趟,看样子就还不了手了,只能招架,找空隙躲人家的戟,越打越紧张,时刻很危险。这个矬人一目了然,看出姜须不行了,就转头叫傻子韩豹:"我说小子呀,你这棍头锤不玩玩呀?"

"那玩玩好。"

"那你怎么不过去呢?"

"我过去打,那不是姜须打着呢吗?"

"我看姜须有点不行啊,等他回来,你再去就晚了。你去救他,他是我儿子,你不知道啊?"

"我咋不知道呢,你是他爹,那没错。"

"那你去救他去,我叫他回来。"

"哎行,那小子我一扒拉就死了。"

"那妥,我说干儿子,回来吧回来吧,别给老子丢脸啦。"姜须一听这个话,拨马真就回来了,瞅瞅这个矬人,嘴里可不能骂。这个时候后面的金海涛催马拎戟追姜须,傻子几步就上去了,"站住!姜须是我的好朋友,那个不高的是他爹。你动他们爷儿俩,我把你打地里头去!你着家伙!"这棵大树连着大泥坨,就照这个脑袋下来了。你看这玩意儿,这玩意儿还不好整呢!你往上扬头招架,迷眼睛,那泥往下掉。土啊泥啊,一脖子都是。谁往上架也没有闭着眼睛架的,也没有低着脑袋架的,都得瞅瞅,这玩意儿还真难整。他把戟往上一横,砰就一下子,按说金海涛的力量就不小,跟姜须比,比姜须加一倍,可要照傻子比呀,他没有十分之一。那傻子大树抡开往下一落,要说没有像泰山压顶,也得有两吨。他嚯这么一家伙,金海涛戟往上一横,没架住,两胳膊就堆了。两胳膊这么一堆下来,脑袋就顶到这个戟杆和树根上了,扑哧一声,脑袋就进脖子里了,这一树,连人带马就在那儿给拍成肉饼。

后边番兵抱头鼠窜："了不得啦，两名大都督全死啦！那个矬子给打死一个，叫傻子拿大树又抡了金海涛啊。"平章都督有好几十个就上来了，不能不报仇，不能不管。傻子一看这么热闹，"真好玩，还要打打？那行，伸手吧！"

好一个愣头青韩豹，好似猛虎下山。抡起大树，闯入人群。大树一抡，马仰人翻。他东一树西一树，来个鬼推磨，就听嘭喳啪嚓批喳扑哧爱吃不吃，打倒二十多人。这树抡得噼里啪啦，打得是连天叫苦。后边这个矬人跟着，眼观四路，耳听八方，一起打进南营门。营里头的番兵番将就琢磨呀，我们算倒了霉了，黑小子那么坏，傻子那么横，又来个这么个矬怪，这都是哪儿来的凑到一块儿？往回报告："启禀道爷知道，可了不得了，就你押到韩家坟那傻子又出来了，哎呀送去的黑小子也回来了，其中还有一个三尺来高的小孩，别看小，可厉害了！蹦啊跳啊蹿的，也不知道怎么那么横，可惜两位大都督邬天愣、金海涛，全叫他们打死了。"

白纳道心里焦急，猛听傻子嗷嗷："老道快把妹妹吐出来！"说着抡树搂头就打，老道一闪，知道仗难打，转身取迷魂锣。老道刚举锣，矬子棒槌一抡，咔嚓，小锣碎了。这个白纳道为师弟黄子陵来报仇，他从打露面也没得好。刚一露面大闹韩家院，叫这个傻子追他一个抱头鼠窜。第二次拿傻子又叫傻子凿他一回，现在他第三次再想抓这个傻子，没承想这个迷魂锣，让来的这个高人给凿碎了，这就去了他百分之八十的威风。你看他老道不是吗，他还更迷信。老道就琢磨了，怨不得报说是神，这三更半夜的就不是神，也是闹邪，我得加小心。他说加小心，傻子的树就把他抡上了，老道说声不好，往北就撤下去了。老道这一撤，这个矬人方向找得挺准，"我说姜须呀，快往这么转，往西去，奔东门啊，你们不进东门能进去城吗？"

姜须听到这句话："哎呀我多谢上神。"

"好，你谢吧，早晚你得吃亏，这个老子你可没处找去。"

他们从打番营里打出来，傻子扔下树，"哎呀我朋友在这儿。"俩人一看，傻子搁地上捡起一条大铁棍，他这个棍从打傻子被获那天扔到这儿没人用，这会儿又叫他给捡回来了。姜须到城下一叫城，城

357

上赶紧开城落吊桥,进城之后这个神仙说话了:"你们到了,我要走了,我回南天门了,干儿子,再见吧。"

姜须再一看,矬子没了!姜须还挺纳闷,"真是神仙?要真是神仙,这干爹还真认得。"后悔晚了。

姜须到帅府,有人报过薛帅,老王爷跑出来了,爷儿俩见面,姜须这个哭,王爷掉眼泪。傻子也认识老王爷:"王爷老头儿,你好。"

"好,你也好?"

"我反正没饿着啊。"

"好。"王爷这才盼咐人给傻子准备饭,叫他去休息,带着姜须到里边坐下,这么一唠,爷儿俩唠到二更多天。叫姜须休息,可是老王爷也发愁,他在帅桌这儿拿手托着脑袋,曲肱而枕,刚一合眼睛就听当一声,震着王爷一睁眼,一看没有人。刚一蒙眬闭眼,啪!又一声。连着两次,第三次老王爷眼睛睁着,搁手的空隙看着,在桌子下边出来一个不高的人,拿着棒槌,刚一动弹,老王爷把他脖子抓住了,"别动!我看你往哪儿走?"

第五十五回　窦一虎下山

老元帅刚刚趴到桌子上不久，还没等迷糊着，感觉桌子底下有动静，老元帅一声没吭，一伸手，把下边这个人的小脖儿就给掐住了。老元帅的劲大，冷不丁就把这个人给拎出来了，老元帅当时就是一愣，这个人长得够怪的了：髋下能有二尺五，身高不过三尺挂零。穿着一身土黄裤褂儿，抓地虎的小皮靴就在足下蹬。身后搭着一个狗皮兜子，一对铁棒槌掖在腰中。面如黄蜡一个样儿，短眉毛配着一对黄眼睛。别看他个儿小，分量可挺重，他手也刨来脚也蹬。

王爷问："你是谁？何人派你来到此？"

小英雄一激灵，"哎哟哎哟快放下，老死头儿，我叫窦一虎，我姐叫窦仙童。"

老元帅当初听儿媳窦仙童进城的时候，跟他讲过，说她和兄弟两个人是相依为命，她还有个兄弟叫窦一虎，长得是其貌不扬，有可能就是这个人。那么您要问了，到底是不是窦一虎？还真是窦一虎。

窦一虎他在棋盘山，那是为首的，是棋盘山的大寨主，他手下有五六百人。不过他这个棋盘山从来不抢男霸女，不烧杀掠抢，不干坑人的事。他们是自种自吃，自己种粮食，所以说山上过得挺不错，就像一片小独立王国。窦一虎他爱动，不爱静，不经常在山上，有的时候待着腻歪，自己就出去访朋友，走个十天二十天地想家了，想姐姐了，他还回来。

正赶上薛丁山到棋盘山的时候，窦一虎不是没在家吗？他又出去访朋友去了。薛丁山到山上和窦仙童两个人夫妻成就，把事情都已经定下来了，第二天窦仙童随薛丁山要下山，窦仙童就藏了个心眼儿，她知道弟弟这个人，人好，心眼儿不错，可是唯一的缺点是什么？脾气特别的暴躁，不容人说话，而且他这张嘴特别的刁，特别的厉害。所以想：我要投到大唐，让我弟弟知道了，我手下的这些喽啰大小头目说清楚了还好，要是他们学的一片嘴、两片舌说不清楚，我弟弟再追到大唐营说出点什么不好听的，那多不好啊。所以窦仙童临下山的时候，告诉山上这些所有的大小喽兵，大小头头儿，"我弟弟回来以后，你们就说我带着两个丫鬟下山打猎，一直没有回来，也就这么定了。将来我见到我兄弟，我再亲口跟他解释这件事。"

没承想几天之后窦一虎真就回来了，第一件事要去见姐姐，结果一打听，山上的头目告诉他："大寨主您不知道，您走后不久，小姐带着春艳、秋红两个丫鬟下山打猎就没回来，结果我们找了六七天也没找到，小姐是生不见人，死不见尸。"

窦一虎一听脑袋嗡的一下，姐姐是他唯一的依靠，唯一的亲人，那怎么受得了？窦一虎一听说姐姐没了，这简直就像疯了一样，也不吃，也不喝，也不睡，是整天在附近找，整整找了两天两夜。

窦一虎单说这一天半夜还是没有消息，他顺着山道往山上来，刚到山口，无意中就听到几个守山口的喽啰在说话。

"我说大哥，这几天咱们寨主可苦透了，你说这么折腾找小姐，他要一着急，一股火急出点什么事怎么办？"

"可说呢，可是小姐不让说，谁也不敢说。"

"我说你们俩是不是吃饱撑的？这话要让寨主爷听见，不得把你们俩宰了？"

"那也不能怪咱们，她不让说，咱也不敢说。"

窦一虎一听这里一定有事，窦一虎来到近前："怎么？我姐姐到底怎么回事，你们马上跟我实说。"窦一虎问明了实情，就来到唐营，这老元帅一抓他脖领子，他这个连气再恨呀！

老元帅一想，这孩子没说谎，还真是窦一虎。派人把儿媳妇窦仙童找来，姐俩这一见面呀，窦一虎是嗷嗷大哭。老元帅让人摆上酒席，和窦一虎两个人是连吃带唠，最后老元帅打了一个咳声说："窦英雄，你这次到黑风关来，我是太高兴了。半年多了，外边围城围得紧，我们出不去，和外边是与世隔绝，我太苦闷了。"

"老元帅，这回你就放心，有我窦一虎在什么事没有了。不就是外头杂毛老道，我把他抓进来也就得了。老元帅，我问你一下，我在番营救的姜须和韩豹他们都回来了吗？"

老元帅当时就是一愣，"窦英雄，我怎么听姜须说是神仙把他们救回来的。"

"当时我是那么说的，我没报我是棋盘山的窦一虎，我还跟姜须开了一个玩笑，我收他做了干儿子。"

"窦英雄，实不相瞒，你把辈儿给弄差了。姜须和你姐夫那跟亲哥儿俩一样，你收他干儿子这不是差辈了吗？"

"我说老元帅，反正他们也不是亲哥儿俩，不就是像吗？咱们各论各叫，我说老爷子，来，喝酒。"

窦一虎高兴，结果他就喝多了。老元帅赶紧叫人把窦英雄扶到后边去休息，窦一虎累了，再加上多喝了几杯酒，这一觉睡得挺香。等他醒来的时候已经快中午了，有人打来了净面水，窦一虎洗漱完毕。这个时候又有人在屋里摆上了丰盛的酒菜，还放了两嗉子酒。窦一虎刚坐在那，抬头一看打外边进来了一个人，不是别人，正是姜须。

"哎呀我说干儿子，行，挺孝顺的，来看干老来了。"

姜须已经听老元帅说了，说救你那个不是神仙，是你嫂子窦仙童的兄弟叫窦一虎，姜须听完了把肠子都悔青了，这个后悔。所以小姜须才赶紧早早地来找窦一虎，没承想，一进屋窦一虎就管他叫干儿子，姜须这脸唰一下，都红到脖子根了。姜须这一辈子也没吃过这么大的亏，人都称他是机灵鬼儿透灵碑儿，小金豆子不吃亏儿，七十二个心眼儿，九十六个转轴儿，净耍别人来的，没承想今天却让窦一虎把他给逗了。小姜须把脸往下一沉："我说窦一虎，你别跟我扯这套，知道不？我告诉你，我跟你姐夫，我们俩可是磕头的，你可别胡来。"

"我说咱们这叫各论各叫，怎么着？我说干儿子，睡了一宿觉，你就不认干爹了。"

"去你的吧！"

姜须都有点激了，窦一虎扑哧就乐了："没别的，我说姜须，要这么地，咱们把这事先压下来，来，你得陪我喝两盅酒。"他一伸手把姜须就拉到坐这儿了。小姜须看了看窦一虎，低低的声音说："一虎,咱们是哪儿说哪儿了,逗归逗,正事归正事,过去的事,咱们就不要再提。你看我在大唐营先锋官,你说要把这事提出去,我还怎么抬头见人,你让我怎么办事?"

"我说姜须,我就不明白了,官再大,也不能不认爹。"

"你看你又来了。"

"不是,你别急,我这是开玩笑,来坐。"

窦一虎把姜须又摁到这儿,两个人是一边吃一边唠。你别说,这两个人说得还挺投缘,最后窦一虎看了看姜须说:"昨天我跟老元帅这么一唠,我对老薛头儿有好感,所以我就挺同情他。我听他讲怎么被困半年多,说与外边隔绝,心里苦闷,我一想没别的,就是外边杂毛老道欺负他是不是?一会儿咱们俩吃完饭,你是不是陪我到两军阵走一趟,把杂毛老道给他抓进来,给老元帅也出出气,你看怎么样?"

"窦英雄,主意倒好,这个事也不错,可是能办到吗?"

"我说姜须,你小瞧我呀,昨天在番营我救你俩的时候,我杀了两员番将,难道说你没看到,你说我本事不行?"

"不是,窦英雄,我说你本事差不多。"

"别差不多,肯定能成,我说你快点吃,吃完咱俩好走。"

两个人吃完了饭,姜须让人把酒菜全都撤下去,"来呀,给我们俩上茶。"

"我说姜须呀,茶就不必了。等一会儿我到两军阵,我把老道抓回来之后,你再给我摆上一桌丰盛的酒宴,来两嗉子酒,我窦一虎没别的,有酒就成。"

"窦英雄,我看这个事是不是稳重一点,咱们是不是找老元帅商量商量。"

"我说姜须,你可别跟我一本正经,我不在你们大唐营的花名册上,你们谁也管不了我。因为刚才咱俩唠得挺投缘,所以我愿意告诉你,我要不愿意告诉你,我就不告诉你。我这个人散漫惯了,不愿意让任何人管,这个事,你就别管了,我自己管。"

姜须说:"窦英雄,现在不是在你的棋盘山,你说你自己管,你出去了,要有个好歹让我怎么交代?我看你还是把这个事做稳当点,既然你跟我说了,咱们还是跟老元帅说一声。"

"得，姜须要照这么说，我这话就不跟你再说了，你要愿意给我观敌瞭阵，你就到城头之上给我观敌瞭阵，你要不愿意，对不起，咱们就回头再见。"窦一虎说完入地而走，没了。

姜须心里暗暗佩服窦英雄，真是高人，想起来我们大唐营真缺这样的人。姜须一想：虽然说是这么说，我还得出去看看，万一有危险我怎么交代？

第五十六回　白纳道折将

　　窦一虎来到东门外一看，离番营不远了，番营兵就问："哪来的孩子？你干什么？找谁呀？"窦一虎一听把眉毛皱了皱："谁是孩子？我是孩子他老子！这个辈儿大小还在个儿咋的？我是爷爷辈儿。"

　　营门的兵都乐了："你要干什么？"

　　"干什么？你们营里头有个杂毛老道还在这不？"

　　"你说我们白纳真人？"

　　"就不管白纳黑纳，你们回去告诉他，赶紧拔营弃寨，该干啥干啥去吧。他要非死守这儿，赖皮脸不走，我今天就教训教训他。这么说就得了，我是来打你们的。"

　　好悬没给这些番都说乐了，番兵互相瞅瞅，那就报吧，咱管得了吗？反正孩儿哭叫他娘去。番兵噔噔噔往大帐里头跑。白纳道这阵儿正憋气呢：今天这个小家伙，是个人是个猴儿？什么玩意儿？怎么一转身就没有了？把迷魂锣给我敲碎了，幸亏这玩意儿我还有一个，你说我要是没有了，我还……这个时候有人进来一报："回道爷，城里头来讨战。"

　　"啊？"白纳道一想：新鲜啊！我这天天要阵，薛礼也不出来，怎么他还找我来了？"他来多少人马？"

　　"也没有兵也没有将，也没响鼓也没响号，城里也没听放炮，就是来了那么一个小孩，他在外头骂咱们。这小孩看那样十来岁，也许七八岁、五六岁？反正岁数不大。"

　　白纳道听到这个话，瞅瞅蓝旗官，"什么？五六岁、七八岁？这么小他来找我？"

"他说咱要不出马,把大营今天就给打平了,谁知道他是真的假的?您说小孩淘气,他说得像真的一样。"

老道没等说话,在两旁急坏了亲哥儿俩于江、于海:"道爷,我们哥儿俩去,既有末将服其劳,杀鸡何用宰牛刀,我们把他擒来。"

"好,二位都督可要多加小心。"

"道爷您就放心,真格的了,一个孩子我们要拿不住,我们也真就白吃俸禄了。带马!"外边排兵点将,带过马来,于江、于海纫镫扳鞍,炮响一声,就带领着一千番兵来到西营门。哥儿俩抬头看见黑风关的东门开着,吊桥落着,这个孩子应该是从城里出来的,远远地看见城上好多人在观敌瞭阵。于江瞅瞅兄弟:"我去。"

"哥,我去。"

哥儿俩这么一争,他们手下也有贴己的人,下边过来一员将,"二位都督,两军阵这个孩子,我们虽然看不太清,真也就在十来岁,二位都督要过去,有点掉价,我去擒他过来。"

"王平啊,你可要加点小心啊。"

"请二位都督放心。"他当时在马上一蹽绷镫绳,掌中一抖这条枪,够奔两军阵。他来到近前,仔细这么一看,哪是个孩子,是个怪物。一瞅这个怪物三尺多高,背膀有二尺多宽,穿着一身土黄裤褂儿,黄焦焦的脸儿,圆眼睛,短眉毛,手里头拿着一对妇人捶衣服的棒槌。王平在马上用枪点指:"你是从哪来上哪儿去?到营门外来骂人,你打算要干什么啊?说!"

窦一虎一听龇牙乐:"我呀,实话跟你说,我从家里出来玩来了,玩啊到河里头摸鱼虾没摸着,走到这儿我就问人家一个老头儿,怎么回事这么些人?那老头儿说外边这个安营的,都是野人不讲理,城里头那都是好人,他困的好人,这都是坏人。那老头儿说这里头有个老道,那就这么说吧,你就赶紧回去把老道整出来,我劝劝他。他要能回庙那就回庙,不回庙我就把他归拢了,就势呢,你们带着锹就把他埋到这儿,你看怎么样?我就算这么说吧,打个不平。"

"你打不平?"

"对呀。"

"你帮助的是谁?你知道不?"

365

"我不问是谁,城里是好人。"

"那是大唐薛礼啊。"

"对对对,好人好人。"

"我们祖师爷白纳真人,我是他手下的平章,你可知道王平?"

"我不管呀,你不是东西。"窦一虎说着搁手堵住鼻子,王平就纳闷了:"你怎么了?你堵什么鼻子?"

"我一见你面就闻着了,你不觉得,你是习惯了。我一闻呢,你的死人味儿就挺浓,闹了半天是你活不了一会儿啦。"

王平一听他越说越不是个东西,火就大了,照着窦一虎就一枪。这个枪奔窦一虎的脑袋顶上扎,为什么呢?他没有马高,你要对面平扎,那扎一辈子也白扎。在马上往下扎,扎窦一虎的头,眼看着这枪尖就挨到头顶心了,人没了!都督王平一想这是人呢,是鬼呢?怎么瞪着眼睛,大天白日这个人就不见了?他脑子嗡一下子,觉得他的马后边有点动静,他一扭脑袋,这个主儿在马后胯上站着呢!正举棒槌打他的后脑海。他这个枪扎过去的时候,窦一虎早也不躲,晚也不躲,单瞅着要挨头顶了,那是工夫,可也太危险,你看他长得笨,他纵起来可灵,就搁马的这俩前腿的当中,就进马肚子下边来了。到这他直接就搁马两条后腿出去了,他往上一拔高,就跳到马后胯上了。一转身照着王平后脑海就一棒槌。王平回头一看,棒槌来了,他脑袋往右边那么一歪,就打左肩头上了。他刚觉得疼,棒槌再一横扫,正奔他的腮帮子,左腮帮子、右腮帮子都碎了!那棒槌是生铁的,十五斤六两四,那不是木头的,那也不是捶衣服的。这个都督就这么稀里糊涂搁马身上栽下去了,撒手扔枪,呜呼哀哉。窦一虎跳下马,直蹦高,"呀,你怎么了?还能活不?你起不来了吧?告诉你们个信儿啊,你们那边准备一口棺材,这个算没救了。他一哼不哼,你看我这蹬两脚都不动弹,死了。再来一个,要该死的。"

于江没等过去,于海说:"哥哥你稍等一会儿!"这马就上去了。于海掌中也托着一条大铁枪,来到对面高声喝喊:"你叫什么名字?你是什么人?你替薛礼出来打仗吗?"

窦一虎瞅瞅他:"你跟刚才那个长得差不多呀,那个死人味儿挺浓,我闻你也是,你在家都安排好了吗,家里都没怨言了吗?"

于海照头就是一枪,枪到了,窦一虎照样,又搁马前裆进去了。于海刚才看见了,他不像刚才王平那么迟钝,他知道这个招儿,搁马前裆进来后裆出去,跳到马后胯打脑袋。窦一虎在他这个枪下不见,搁马前裆一进来,于海一扭脑袋一看没有人。嗯?愣了,他怎么没上来?不但没上来,马后边也没有这小子,哪儿去了?窦一虎这回搁马前裆进来,没搁马后裆出去,他搁马的左边一扭,往旁边一斜身出来了。在马肚子底下影着点身子,窦一虎右手的棒槌照着马的后左腿就一棒槌,也别说是马呀,就那虎哇、豹哇、熊哇,也架不住他这一棒槌。十五斤六两四啊,那个劲,啪嚓一声马后腿就折了一条。那马它疼这么一尥蹶子,就把于海搁马身上给捆下去了。于海躺到地上,他要没有盔甲,起来还灵点。在地上什么盔也好,什么甲也好,尤其那个鱼褐尾这一坠,那个人整个就像拿铁包上一样,笨透了。没等着他爬起来,窦一虎就到了,一蹁他的后腰眼儿,说:"你就在这儿吧!"噗!又一个。

　　于江看得清清楚楚,他就准备拼命了,一边转身叫后边压着阵脚,预备弓箭,说:"我要有个好歹,你们拿弓箭挡住,别叫他进来。"一边让人返回营里报告:"这个小子不一般,他是世外高人。"

　　番营里一排排、一趟趟、一层层、一溜溜,把弓箭都给准备好了,于江马到对面,勒马横刀高声喝喊:"你要真正英雄,你露名!你不敢露名你究竟叫什么英雄,你不是好汉!"

　　"哎呀不是不露啊,要不露你还将就着,迷糊着,你在瓮里头,坛子里头,你还能对付挺着。我要一报名,兴许啊能把你苦胆吓破,你吧嗒嘴都吐苦水,你要是磨马就跑,咱俩就玩不了了,没法报。"

　　"胡说,什么名字这么惊人?我从来不怕任何人。"

　　"要那么也可以告诉告诉你,我在这个两国交界棋盘山,我是头把金交椅大寨主。"

　　"你是占山的响马?"

　　"嗯,不错,我祖父是夏明王窦建德,我父窦峰山,我有个姐姐叫窦仙童,我的名字二字去一横,叫窦一虎。嘿嘿!我为什么帮着打仗呢,我姐姐看好大唐薛礼的儿子薛丁山,跟他成婚了,薛礼是我的老长亲,薛丁山那个元帅是我的姐夫。就这么个关系,你说我能向着

367

你们吗？我不得帮着他们吗。老薛头儿跟我一哭，一说你们不讲理，我气坏了。我不是打仨俩就走，今天在这才开头儿，我跟你实说，最低凑一百个，这不是死俩了，还缺九十八。"

"好恼！"于江上前举刀，窦一虎往旁一闪，说："你回去告诉你们老道来好不好？你要再拿刀砍我，你可就没命了。"

"胡说！"刀又劈下来了。窦一虎这回怎么闪的？刀眼看劈上了，都督于江也觉得没含糊，实实惠惠地刀下来了。这个刀眼瞅着要挨着他脑袋，他一甩脸，刀搁窦一虎的左边就劈空了。于江刀没劈上刚一愣，窦一虎左手一翻就把他的刀把给抓住了，他把刀往回一带，窦一虎就着这个劲就上来了，噌的一下就到了他的跟前儿，这右手的棒槌就打于江的左太阳穴。他一低脑袋，这棒槌也不知道怎么练的，那都赶上电那么快。他搁他的左太阳穴往右打，他低脑袋，这个棒槌按说得到他的脑袋右边它再返回来，不，他一低脑袋，棒槌没往他脑袋右边去，就往下来了。就看窦一虎腕往下一颠，真就像打鼓似的，于江他低脑袋，还等着棒槌到右边回来，这个刀好给他拦腰捅一家伙，结果他才觉得在头顶心咔啪啦嚓打了个霹雳似的，扑哧！可倒好啊，一点罪没遭，稀里糊涂，撒手扔刀，翻身落马，动也没动，鲜血一摊，眼瞅着三条人命。番兵一看抱头鼠窜，往回跑。城上姜须也惊讶：这真是高人，怪不得救我和傻子像玩似的。这阵儿口服心服，真够窦英雄，我介绍说是世外高人，我还说高抬你，看来名不虚传！

番兵这个时候呼呼啦啦往回报："报告道长大事不好！两军阵这个孩子可厉害了，把于江、于海、王平三个人都给打死了！"

老道闻报，出了番营外，一虎看见老道乐了："杂毛，见我你咋不跪下？"

老道忙问："你是哪一个？咱俩素不相识，你为什么帮唐营？"

"无缘无故我哪能打你？我告诉你，从今后，你们番营，男的全杀，女的找婆家。和尚老道煮熟刴巴刴巴喂蛤蟆。"

老道一听可气坏了："你气死我也。"窦一虎说："那我就不用伸手了，你死吧，一气就死，快快快。对对对，我听说古来有过三气周瑜，你也学他，好好，你死。你要是真那么气死，我就诸葛亮了。"

"无量天尊！"

"凉啊？没伸手呢，打两棒槌就热了。"

"好恼，你到底是什么人？你说说真名实姓，我就输给你我死个明白。"

"告诉你吓死你。"

"谁？"

窦一虎又把刚才那番话从头一讲，老道白纳一听："哦，薛家的真亲，怪不得你到这来这么无礼。好，既然这样，那你就别怪贫道无礼了。今天我要把你抓进营去，我亲手把你剁了。"

"我说杂毛老道，就冲你说这狠丫丫的，你就不够个出家人。出家人扫地不伤蝼蚁命，爱惜飞蛾纱罩灯，还有像你这么狠的？好了，冲这个你给自己就定罪了，我要是把你抓住，你放心吧，我拿修脚刀刺你，把你刺三天啊。"

"无量天尊！"老道往前一近身，这口剑照着窦一虎的脑袋顶上就刺。他也得那么刺，你不价你比他高一倍还多呢。老道大猫腰奔着矬子脑袋顶上就一剑，窦一虎不躲，眼瞅这剑就挨着脑袋顶了，刺溜没有了，打老道的裆后钻出去了。老道刚想回身，啪就一棒槌，"哎哟无量天尊！"窦一虎乐了："这才开头啊，加小心。"

老道说："不好！"一转身啪一棒槌，啪又一棒槌。整不住他，滑不出溜的前后左右，打得老道直蹦。老道往回一撤身，窦一虎刚一近身，他把迷魂锣就掏出来了。窦一虎以为没这玩意儿了，哪知老道当当当，连响三声，窦一虎哎呀一声栽倒。

第五十七回　难敌迷魂锣

在黑风关东门外，窦一虎帮着老元帅打仗打得挺好，连打死三员番将。可白纳道拿出迷魂锣儿，窦一虎一时不慎，天转地转，两眼发黑，扑通他就倒下了。老道吩咐人来："绑！"赛霸王姜须在东城头上，哎呀一声傻了！我得赶紧去回伯父。姜须马行如飞。眼看要到元帅府，对面来人正是老伯父，姜须一报，劝伯父回帅府。刚下马，身后有人推了姜须一把，回身一看，是窦一虎！姜须忙问："你咋回来的？"

一虎说："我玩玩票，耍耍老道。"

这到底怎么回事呢？英雄窦一虎在两军阵中了迷魂锣，天翻地转，两眼发黑，他倒下了。后边有人过来要绑他，就是绑他的这个人不一般。这个人叫邬亚齐，他在窦一虎打架时就一直提心吊胆，怕窦一虎有危险，一看窦一虎中药倒了，他在绑人这里头是头把手，绑得最干净、最利索，像这样的重要事都显着他了。邬亚齐赶紧抢着去绑窦一虎，可是他这个绑法不同，有真绑有假绑，他对窦一虎可就手下留情。为什么邬亚齐豁出脑袋要救窦一虎？这话是去年的事，那阵儿邬亚齐两口子得信儿说岳母病得很厉害，这两口子东整西整的，就借俩钱拿点东西，就要去看岳母。去得多带俩儿钱，万一什么的话呢，得给岳母有买棺材的钱，也知道岳父家贫穷。邬亚齐两口子奔岳父家必须得过小云河，就打这个小云河上船，到这边一搭跳，一拢船，搁船上一下来这些人就都傻了。一看在对面有人持着明晃晃的钢刀，有的人认识，谁呀？混江龙。这有一个大盗混江龙叫海蟹，杀人不眨眼，这个家伙那讲究日斩一千，夜杀八百，杀人就像玩似的。他拿着这口锯齿狼牙刀就在河岸上喊了一嗓子："谁都不许动！哪个要动一动，咱们就先撂两个你们看看。"

大伙就跪下了："哎呀请好汉饶命。"

混江龙哈哈一笑说："我饶命行，咱也不用废话，你们有金子、银子，哪怕散碎，都往这边扔。扔完之后要在你们身上我再搜出一个铜板，我马上就宰！"吓得大伙那就没犹豫，也知道这个家伙是真杀人啊，那就恐怕忘记哪个兜里还有一个铜板，赶紧划拉，稀里哗啦地都扔来。他又叫两个人把这些钱给捡起来，拿一个大的绳子兜上，包好了往这一放。就在这其中，他一眼就看见邬亚齐的妻子长得不错，当时他就过来问，姓什么，叫什么，哪儿去，干什么。女人跪着跟他哭着说，娘家妈怎么病了，如何。他说："那好，我传你个秘方，回去见着你妈，你妈病就好了，走走走！"他意思拉这个女人上船，叫到船舱里头传秘方，那女人能去吗？大家也帮着苦苦哀求，哪知道他就火了！混江龙海蟹一脚就把这个女人给踢出多远，他又来到跟前儿拿刀一逼："你要能够上船，我就留你这条命，你要说个不字，我现在就宰了你！"

女人就骂："贼呀！你是万恶的贼！你绝不是好人，你早就该雷劈！"他就给女人一刀。这个时候在身后就过来了邬亚齐，邬亚齐会点武功，不多，练过几年。当时过来要抓海蟹，他往回一闪身，三个照面就给邬亚齐踢出有五尺多远。邬亚齐摔在那儿没等起来，他就飞身过来，他刚想要一刀再结果邬亚齐的命，就听到树上说话了："哎，住手。"混江龙海蟹一听，回头一看在树上掉下来一个，大伙都吓一跳。就看他往下掉的时候脑袋朝下，大头沉，眼瞅脑袋要挨地了，他一个鲤鱼打挺，脚落地脑袋又上去了。大伙一愣，一看这人三尺多高，二尺多宽，周身上下一色黄。混江龙海蟹眉头生烟，骂了一声："你是哪儿的？你拦我杀人干什么？"他不认识，这就是棋盘山大寨主，头把金交椅窦一虎窦英雄。

"我干什么的你也管不着，不过你这个事，不光我管得着，谁都管得着。你怎么大天白日在这横路？横路就算原谅你了，我在旁边听了半天，人家把钱都给你就行了，你就为了钱。可是怎么你还想邪的？现在眼瞅着你把人给杀了，怎么你还要杀人家的男人，人家都犯什么罪了？我看今天这样吧，我给你们说和说和吧，我也别动武了，我动武还挺麻烦的，你把刀放下，老老实实地拿你那俩手啊，在就地挖坑，就把这个女人，你在这给葬埋了，你在这儿磕头，真的假的哭两声。回头你就跪在这个男人跟前儿，他说饶你就饶你，他说宰你就宰你，他说送官就送官，你看怎么样？这个办法挺好吧？这些钱该谁的退给谁，你也别动了。"

混江龙海蟹气乐了，说："我还真没听说你这个调解法，一面理，怎么的？我牛犊子拜四方，我到处求饶啊？我要是那么好说话，我能干这行？干这行不得豁出脑袋吗？我海蟹今天要请教一番，你是哪路高人？给甩个万儿吧。"

窦一虎扑哧一乐，"你还不服气，那好，要这么说我就告诉告诉你，我是棋盘山的大寨主。再往下问我叫窦一虎，窦爷爷，跪倒磕头吧。既问了我报了，报了就得把辈儿弄清，跪下。"

混江龙海蟹照着窦一虎一刀，窦一虎一闪，两刀两闪，三刀三闪，也不还手，看这意思就像窦一虎是个外行似的。那个海蟹你也浑蛋，既外行你就应该把他砍了，怎么老没砍上？没砍上不是整个没砍上，就是挨着差不点。这刀差不点，寻思下回行了，还是差不点。这回呢不大离儿，还差一点，来回老差不点。混江龙就没睡醒啊，他还在坛子里睡觉抱侥幸，等着把打不平的给劈了。窦一虎说："你真不要脸啊，就拿你这个修脚刀整我，我要亮出别的玩意儿整你，我算欺负孩子。你们大伙往后闪一闪，一会溅你们身上血，你看他拿刀自杀啦。"

说话的工夫，这个混江龙的刀，照着窦一虎的左脖子又来了，这一刀平来的，窦一虎一藏身，他右手就把混江龙的手腕子抓住了，左手拽他的胳膊肘，右手推他的这个手腕，"哎？你怎么还自杀？"就这么一甩胳膊，这小子真听话，刀搁自己的左脖子这边，扑哧就给削下有三分之一。这血啊就冒出来，窦一虎说："你怎么还舍不得刺呢？"

抓着他的腕子噗噗噗，这回脑袋剩下有五分之四，剩一点连着，扑通倒地。窦一虎说："你看，你还真死了。大伙帮忙把他扔到河里喂鱼吧，那里有的是蛤蟆。"大伙真把他拽到水里去了。

这个时候窦一虎看旁边邬亚齐跪在这儿磕响头，眼泪都变红了：

"窦寨主，救命恩人，你让我怎么报？我邬亚齐说真的家不算穷，可也没有什么，也报不了您的大恩大德！您一是救我命，二是还给我老婆报仇，我磕响头了。"

窦一虎说："起来起来，我告诉你，这个事一天我不知道干多少回，我就专管人间不平。谁这么样我也就这么办，听到没有？你觉得咱俩不错吧，你明天要这么样，我对你也这么样。他得讲理，哪有这大天白日欺人的呀，你们大伙谁的钱不许乱抢，都归你们。好了好了，我走了。"

这里头不但邬亚齐磕头，大伙都给他磕头感谢。窦一虎走了，有人还议论："人家是寨主，你看人家这寨主，人家干这行，人家还这么干。那小子你说他不是占山落草，他还那么干，真是人与人没法比，哪一行里都有好人。"

邬亚齐把自己的老婆，弄到了她娘家葬了。回来家也散了，也没有别人，上无父母，又没有孩子，一口气他就投了军。投军一当兵，他就到了赤虎关，这回他就归到这儿了。窦一虎今天在两军阵打仗，邬亚齐就感觉眼熟，仔细一瞅正是恩人到了。拿住之后邬亚齐一合计我得抢先，我豁出脑袋不要，我也得把恩人放了。所以邬亚齐跟大伙过去，就把窦一虎拽到人群后边，伸手把窦一虎给绑了。在绑的时候就有意识地捅咕他这儿那儿，晃荡他，好像拿绳勒他，其实让他快明白。真的没等绑完呢，眼皮动弹了，药力过去了。窦一虎睁眼看到他一愣，也眼熟。他瞅着窦一虎使眼色，也就让窦一虎明白我是谁，两个人心照不宣，互相对视都有点明白。他把窦一虎绑完了，这个绳子头就交到窦一虎的手了，别人光顾着看老道讨战，他在窦一虎的耳旁轻轻说了俩字："活扣。"窦一虎明白了，先没有动弹。这个老道左骂阵，右骂阵，工夫也挺大了，城上又把免战牌挂出去了。老道在两军阵上，气得大骂薛礼老匹夫，"你搁哪儿淘换这么一个家伙，叫他出来跟贫道动手，拿住之后你又坚守不出。虽然便宜了你，你使来的这个小辈，我一定要把他碎尸万段，给死者报仇。收兵！"

前队改后队，后队变前队，老道在头前儿，进了营奔了大帐，老道还没等到他的八卦大帐呢，后边就听有人喊："回道爷，大事不好了，那个唐将跑了！"

"无量天尊!"白纳老道赶紧回身问道,"怎么跑的?"

"不知道怎么跑的,这个小子也不知道什么能耐,绑得那么结实,他自己也不怎么的,就把绳子给抖搂下来就跑了。"

老道一想这个家伙真得说高人,你这是金蝉脱壳。老道这阵儿吩咐一声要追,他带着人又打大营出来了,往对面一看,他正看见那吊桥落下,也看着这个小子上吊桥,过吊桥又绞起来,城门打开进去又关上,城上猛弓弩箭,就这样窦一虎回来了。窦一虎回城告诉守城唐军,"城门紧闭,你们大伙可记着点啊,别把话传讹了,我可不是叫他抓去了,我可不是打了败仗了,你们看清楚没有?"

大伙一想你没打败仗,可叫人绑去了,不敢抬杠。窦一虎还问:"我打死好几个看见没有?"

"哎看见了。"

"最后他把我拽回去,我那么一抖搂就回来了,你们看见没?"

"那没看见。"

"没看见?我回来了这看见了?"

"这看见了。"

"是呀,你们试试,你们去能回来吗?"

"那哪能回得来啊?"

"我到营里看看他营多大,有多少人,这老道杂毛啊,有没有老婆,怎么回事。我瞅完了我就回来了,明白吗?"

"啊是是是!"

窦一虎说完这句话直接奔帅府,一看元帅和姜须爷儿俩在路上唠呢,姜须说话眼泪汪汪,老王爷唉声叹气,爷儿俩整得挺凄凉。哎呀还行,还有点感情。窦一虎就绕过来了,先到帅府。等他们爷儿俩一进帅府一下马,窦一虎过来捕姜须,姜须一看,"哎呀!你怎么回来了?"

"怎么?不愿意叫我回来啊?愿意叫我在那儿……"

"不不,不是这个意思,窦英雄,我们大伙都蒙了,你怎么拿进番营?"

"你们还拿他当回事,我是到里面看看,我一琢磨,他的番营里头不知道什么光景,我得看看去。看看我还不爱走,有点打累了,我叫他们把我抬着,我这才倒下。抬到营里头把我绑上了,我睁开眼睛也看了，看完了也没什么意思了，我骂老道两句，老道红眼睛仗剑奔我来了，我这才一抖搂绳子，我就回来了。"

"窦英雄，你这个绳子自己一抖搂就开？"

"那有什么惊奇的，你明天要学这跟我学学，要我说你当初认这个老人不吃亏。"

"去你的吧。"

老元帅也觉着高兴，转悲为喜，"窦英雄，你真是高人啊！哎呀快请快请。"到了大厅，老王爷叫姜须赶紧准备点酒菜，窦英雄还没吃着饭，给窦英雄压压惊。

"我说老薛头儿。"

"窦英雄。"

"说话弄明白点，别整得一塌糊涂叫人笑话。我有生以来从学能耐，占山也好，占山之前也好，我不懂得什么叫打败仗，你这话里可有打败仗的味道。压惊？叫人抓去受惊了回来给我压压惊，这什么词儿？刚才我已经表白了，咱们不是打了败仗，咱是打了胜仗。好几个打死了你没看着吗？最后到营里头玩玩，叫他们抬着看看。看够了回来了，这怎么还压惊？这叫贺功啊。"

"对对对，首功一件。"

"对，不大离儿往你那簿子上写点啊，写到一定的程度奏明皇上，赏点这个那的，嘿嘿。对，吃饭，吃完饭我还帮你打。这么说吧，不把你救出去，不把番营捅开，我不回山了。那行我都不干了，我就干这行。"

姜须、王爷都陪着吃饭，窦仙童也来了，丫鬟春桃、春艳、秋红，来了一堆。到了大厅，窦仙童走过来："兄弟，怎么你出马打仗被擒？回来了？哎呀你吓死我了。"

"姐姐你看你大惊小怪，你跟人家一样还行啊？他们不知道我飞多高，蹦多远，你还不知道？也慢说他这儿，他就是阎王爷那儿，我到那地方，我还兴给他俩嘴巴，我把他生死簿都给他扯了。话又说回来了，天宫我也敢去，王母娘见我得笑呵呵的。"

窦仙童一看兄弟一说起来就没个把门的，赶紧挡着他，"公公，要这样的话，您多照看弟弟，我就后边去了。"

王爷说:"好,去吧去吧。"

窦仙童离开了大厅,老王爷跟姜须还和窦一虎继续喝酒谈话。酒饭一毕,依着窦一虎说还要打老道,老帅说:"不必啦!这样吧,你既来帮忙,我就依赖到底了,你再帮我个大忙吧。"

窦一虎问:"什么大忙?"

"不瞒你窦英雄,我被困以后姜须搬兵,现在御驾亲征,元帅是你姐夫。他们来到番营东边过不来了,我又出不去,君臣父子都不能见面,就差这一营之隔。别人办不到这个事,你白天能搁番营回来,夜里就更能过去了。你见着你姐夫问问,爷儿俩定定怎么打?哪天打?如何见面?这是你首功一件。"

窦一虎说:"这点小事你还拿它当个事,我这就去。"

"不,夜里行动比较方便。"

窦一虎一想也对,他又睡了一觉。起来天黑吃完晚饭,爷儿俩把他送到了东门,城门悄悄一开他出去了。爷儿俩在城上以为还像姜须进营一样,营里一阵乱,等到三更都过了,在城头也没听到动静。其实那窦一虎早就进营了,番兵不知道,他像到家一样,到营里还抓住一个人,一问老道在哪儿,这个人说是八卦图下的那个帐,老道就在那儿。窦一虎把这个小子四马倒攒蹄儿捆上,嘴给堵上,怕他去报信儿,他才悄悄来到八卦帐。在八卦帐外边,他掏出小匕首,把帐篷捅了个小窟窿,一看老道在里喝酒呢,一个人。看老道喝得不大离儿了,他这是要睡了。看他把装暗器的那个皮兜挂在旁边,剑也挂上了,老道把道袍一散,往床上一躺,也喝热了,要睡。听了不一会儿有动静了,打鼾,还真就睡着了。窦一虎一想:我叫你厉害啊,你弄这个玩意儿,当啷当啷你就抓人。我要不怕你的当啷,你多大能耐能把我掳了?这回我把这东西架出去,我把你当啷给你都毁了!我看你这杂毛老道,你要没睡醒,我就势一棒槌把你也毁了。

窦一虎主意拿定,高抬腿轻落步,悄悄地进来了。搁前边往里头一走,不一会儿就到了这个皮兜子的下边,一看挂得挺高,窦一虎往上一蹿身,嗖的一声伸手,刚要摘这个皮兜,就听喊了一声:"我看你往哪里走?"

第五十八回　一虎会丁山

　　上回书说窦一虎在番营里头想偷白纳老道的暗器囊，他往起一蹿身，那老道起来了。窦一虎一看坏了！老道往这一纵身，窦一虎都起到空中来了，脚没挨地儿，老道过来，窦一虎看不好，拿脚一扒拉桌子上的水壶水碗，照着老道噼里啪啦——老道哎呀一声，窦一虎的脚一挨桌子，噌！他就搁帐里冲出去了。窦一虎往外跑，他撒腿哪儿黑走哪儿，哪儿暗走哪儿，转弯抹角，抹角转弯，也不知道造出多远，反正方向是直奔正东。一听营里头乱了，窦一虎一想你们热闹吧，我呢，把火点起来了，你们怎么烧我就不管了。杂毛老道真够滑了，没偷了你，好！咱们有工夫再见！我没工夫跟你扯这个。窦一虎出了这个营里头，往东边一瞅，哎呀还有营。窦一虎不看便罢，往东边一看，这个营瞧那个兵啊，将啊，穿啊，戴呀，旗啊，明白了，这可能就是救兵，姐夫在这儿。窦一虎一晃由打这个唐营进来，谁也不知道。那可真得说人又瘦小又灵便，那营门看不住他。窦一虎晃到唐营里头往前晃来晃去，走来走去，哎呀，这姐夫小子在哪儿呢？真不好找。问个信儿还得问炸庙，撞？这一望无边的大营，我说哪儿是了？他听到东边马蹄响，再一看有好几十匹马，正当中有一匹白马，有一匹红马。他往这个白马上一看，坐着一个好像出家人，花白胡须，面如银盆，这两只老眼睛很有精神，两道寿毫多长。头上戴着五梁道巾，穿着蓝道袍，可是没绣八卦，前胸还有阴阳鱼。再往旁边一看，红马上坐了一个大主儿，这个主儿蓝靛脸，红眉毛，压耳红毫往上倒立，就像两杆笔一样。两只大眼睛骨碌碌直转，红胡须是连鬓络腮，就像个大蒲扇似的。头戴八宝珍珠点翠冠，身穿绿蟒袍，上绣海水江崖,红中衣,虎头战靴,左边挎着一口宝剑。一边走啊,这个红胡子老头儿往左边直回头:"我说三哥,咱们俩进大帐,见二路元帅薛丁山,干脆咱们先跟他说吃饭,你给预备饭好了。"

嗯?窦一虎一听怎么着?他说见薛丁山如何,他俩去见薛丁山?窦一虎一想我也甭问信儿了,这俩老头儿就把我领去了,这真是来早了都不如来巧了。那好了,就借光,你们俩在明处,我在暗处跟着,看看姐夫小子什么模样。怎么先要求吃饭?这么大官没吃过饭,饿了?就听那个老道打了个咳声:"四弟,言之有理,看来薛丁山这个人呢,还算大义通天啊。为朋友则生,为朋友则死,这样的人不多呀。为了朋友叫人家拿去了,没救回来,瞪着眼睛饿三天,一口饭不吃。讲得明白,朋友能回来就吃饭,朋友不回来,没能耐救朋友,陪着朋友同归于尽,饿死拉倒!不过这种义也算愚义呀,你是二路元帅,得救你爹头路帅,目前御营里还得保驾,你就不吃饭,不想活了,忠不忠、孝不孝?难道说都为了义吗?唉!我徐勣徐懋功看来啊,见过多少为朋友两肋插刀,可是少见这样人,太愚啊。"

"不管愚不愚,我说三哥,到在帐里头,他一客气端茶,我就跟他要饭,咱们吃他就得吃,你不陪着行吗?吃饱了咱们再劝他,想办法,那么能救不回来吗?"

"嗯,对对对。"

窦一虎一听真不错啊,我这姐夫还是个好人。这个窦一虎在暗里跟着跟着,转弯抹角,就看这两位老先生一抬头,到了。窦一虎一看有一个大帐,这个大帐比别的帐也高,也大,在外边有坐纛图,被风一吹,斗大一个"帅"字。再往下边一看,兵将也多,那真是左条水道,右条火道,防敌人水火皆具,这是八卦连环中军元帅帐。

老千岁下了马,就听有人过来客气,这个红胡子老头儿一抬头:"赶紧报告元帅,就说鲁国公、英国公来看他来了。"

有人到里面报,不一会儿就听帐里头有脚步声,往外走得挺紧,一边走着一边喊:"哎呀二位老千岁驾到,未曾远迎,晚生该死。"搁里边出来一个人,上前给这两位老千岁打躬施礼。

"别客气,别客气,丁山啊,我们来看看你。"

窦一虎躲在树的旁边,仔细上下打量一番,窦一虎越看越高兴。

但他进帐没处躲啊,只能先钻桌子底下。

丁山忙让前辈,老程坐下说:"丁山啊,有啥吃的?"

不一会儿,酒菜端来,三个人举杯。

窦一虎生平就好酒,打桌子下面伸手拿过咬金的酒,一饮而干。喝完将空杯放回去。程咬金端杯一喝,嗯?没有酒?老程气得大喊一声:"谁偷酒?"

徐懋功瞅瞅四弟程咬金:"年轻什么样儿,你现在还什么样儿?你叫我怎么说呢!"

"啊,三哥,酒被偷了,还不兴说话了?"

"别说了,别说了。帐里就咱们三个人,要有别人真叫人家见笑啊!四弟呀,咱们都什么岁数了,你怎么这么毛愣?你说是二路元帅偷你酒啦?我偷你酒啦?你喝完了怎么还说……"

"不不不三哥,这可不能那么说,我真没喝酒啊,这个杯到唇边一滴酒也没有!这个你看,这桌子上还没洒,这酒呢?"

薛丁山给满的酒,薛丁山也想:对呀,老千岁要真的没喝,那桌子上酒未滴,那么这杯是空的,酒呢?薛丁山一想,也许老千岁有点颠三倒四,他喝了,他海量,喝了一杯也没什么感觉。薛丁山乐了:"来来来老千岁,我给你满上,我给你满上!哎,这杯酒没人偷了。"

老道徐勣也乐了:"对对对,这回没人偷了啊。"

把这三杯酒满上,徐懋功打了个咳声说:"元帅呀,现在的事情你得这么想,你身上的担子挺重,你父被困半年之久,就盼望你来救他。救兵如救火嘛,你父母身遭缧绁,就在这黑风关,一言难尽。你统兵来了,应该设法早救爹娘出来。营里头还有圣驾在此,你的担子就这么重,你得赶紧想办法,如何破开番营。朋友被擒当然是难过,其中一个是我孙子,难道说我能不痛心吗?怎么办呢?没有办法。胜败军中常事,光想这两个兄弟没救回来,你在那遭罪,我在这挨饿,咱们同归于尽?这个办法多愚。你就饿死他也不一定能活,那圣驾怎么办?爹娘还救不救?忠不忠,孝不孝,仁不仁,也就谈不到义了。元帅你三思吧,圣上现在急得晚饭不吃,叫我们俩前来看看,跟你讲讲。你要能听则可,如果不听圣驾还得来!你可要三思。"

说到这儿,徐懋功也挺难过。是啊,抓去的还有徐清,是他孙子。程咬金在旁边:"我说丁山啊,事情是这样,你别看我老了,你好好吃饭,带兵,想办法。至于怎么打这个番营,有我一份,我可不是说呀,人老斧子还没老,倍儿快!我帮你打一家伙,不至于叫他们把咱们欺负的就一点办法没有了。"

徐懋功说:"罢了!来来来,请酒,请酒。"

这个时候老程把杯端起来一饮而尽:"嗯,这酒还不错,你看怎么样?我就说刚才谁偷去一杯,这杯我喝了,这真有酒嘛。"

徐懋功端杯,啊?徐懋功那是护国大军师,世袭的英国公,运筹帷幄之中,决胜千里之外,腹量也宽,知道得也多,反应得也快。哎呀,徐懋功把杯端到嘴边一看,是酒无一滴,喝得还干净。这可不是偷酒怎么的!刚才老四喊,我还喊吗?徐懋功拿眼睛微微地往桌子上一看,也是一滴酒没有酒。他也好像喝酒一样,一扬脖,把杯往桌子上一放。徐懋功又接上话头儿,劝元帅怎么开仗,千万不能饿死,不理这个茬儿。桌子底下这个主儿就明白了,这个白胡子老头儿可能不会喝酒,他找这么个代替的还找不着呢!那个红胡子老头儿有点贪酒,见酒如命,少喝一口他不满意。干脆吧,我窦一虎这回找着主儿了,白胡子老头儿的酒,我包了。你就叫他们满酒,你就跟他们闲唠吧,喝酒是我的事。窦一虎搁桌子底下把手伸出来,把白胡子老头儿这杯又给捞到桌子底下一饮而干,把杯又送回来。

程咬金说:"请酒,元帅,来,干!"把杯子端起来,他俩喝进去了。徐懋功一端还是个空杯,徐懋功一想,帐里头三个人吃饭,就这一瞬间丢了三杯酒,哪儿去了?屋里没有隐身之处,哦,就这个桌子底下或者——

这个时候薛丁山又把酒都给满上了,薛丁山说:"实不相瞒,我真这么想,两个兄弟姜须、徐清救不回来,我就活活饿死。可是我一想也对,我饿死了,圣驾无人保,我父母没人救,我倒落个千载骂名。这回我听两位老千岁劝,这天眼瞅着就亮了,我要两军阵上跟他们决一死战。"

"是啊,都是这么想的啊。来来来,元帅请酒,三哥请。"

这回没等请酒,徐懋功虽然是眼睛瞅着薛丁山,可薛丁山说什么,徐懋功没注意听,他的眼睛就注意这个杯,还叫你看不出来。

噢！徐懋功看着了，在桌子底下伸出一只手。一看这个手把杯子拿到桌子底下去了，不一会儿送上来了，啊！干了，这小偷就在桌子底下呢。徐懋功一看把这个杯子给送回来了，瞅薛丁山还讲呢，程咬金站起来说是请酒。这阵儿徐懋功就站起来了："哈哈哈哈，不知道哪位世外高人，来和我们取笑，好汉请出来吧，咱们也算是有缘啊。"

"哎？三哥你跟谁说话？"

"老四，你不知道，咱们三个人在这儿喝酒，还有一个人，等于四个人，有高人在此取笑。"

薛丁山也站起来了，程咬金一听："怎么着？我说三哥，闹邪门儿？"

"哪来的邪门儿，这是世外的英雄，请出来吧。"

窦一虎一想我眯不住了，还等着人家把桌子抬起来？干脆——程咬金一看在桌子底下蹦出一个三尺多高，矬不隆咚，这是个什么玩意儿？他一伸手，呛啷一声程咬金就亮剑。徐懋功一推程咬金说："你干什么？"

徐懋功一看这个人其貌不扬，他怎么来的？我们不知道。徐懋功心里话儿，这个人要取我们三个人的命早拿走了，这是高人，人不可以貌相，韩信其貌不扬，三齐王位。这个人一看他长得奇特啊，他必有不凡。徐懋功当时一抱拳："请问这位大英雄尊姓大名？不知道你从何处而来，到此必有贵干，请坐。"

"我说这个白胡子老头儿，你是挺客气啊，这位有点不太客气。我不是冲你们来的，我是冲着姓薛的来的。我说姓薛的，你不是玩意儿，你啊，你这简直的——人家不在家，你怎么把我姐姐给拐跑了？"

哎哟，徐懋功一听这个话，不但是家务事，而且是大有隐情。薛丁山作为王爷之子，将帅的苗裔，身为二路元帅，哪能够在这个场合，叫这个人这么说，徐懋功就有点着急。薛丁山有点恍然大悟："啊！这——不知道你是——"

"我说姐夫小子，我有个名，二虎去一横，我叫一虎。"

"哎呀！窦一虎。"

"怎么着，你认识啦？"

"哎呀兄弟来了。"薛丁山脸像一块红布，一回身，"来，我给你

381

介绍,这位是大唐开国元勋,世袭英国公,护国大军师,姓徐名勣,徐老千岁,上前见礼。"

"哎呀我喝你两杯,行啊,你够长者之风,我这里头有礼了,老千岁啊?跟万岁差点。"窦一虎恭恭敬敬深搭一躬。

薛丁山又给介绍:"这位是世袭鲁国公,大唐开国元勋啊,程老千岁,上前见礼。"

窦一虎一想:喝你一盅酒,你嗷一家伙,是亏不吃。给徐懋功施礼,八十度都多,那深深一躬啊,客客气气。一听这位,窦一虎拿斜眼瞅他,那脑袋稍微点点头:"你好啊,这老头儿长得可挺胖。"程咬金想,这一样的,你对我这样?他刚要炸,徐懋功一看这个场合,恐怕他跟薛丁山还有些个别的话,他俩在这待着显得麻烦,看样子这个是高人,怎么进营都不知道,来无影去无踪。要如果薛丁山把他留下,他再是至亲,可能这就有点力量。徐懋功一抱拳:"元帅,我们告辞了。我们去启奏圣上,总算元帅用饭了。"

"谢二位老千岁,代我谢圣上关怀。"

"好好。"

"三哥,这么快就走了吗?"

"快快快——"徐懋功拉着程咬金打帐里头出来,薛丁山送他们。这两位老千岁,真是为这来的,还真是跟皇上合计了,先叫他俩劝劝元帅,不行皇上再来。姜须和徐清被擒的那天晚上,薛丁山回来就没吃晚饭。第二天就是姜须被守令官李起,由东营往西营送,去交给白纳道,这薛丁山就饿了一天。白纳道把他送到韩家坟,遇见窦一虎,连夜给救进城里。那么又到了城里见王爷,替老帅打老道,薛丁山这又饿了一天。两个整天,六顿饭,加头一天那天晚饭,七顿饭不吃。这谁敢瞒啊?报告了皇上,皇上就蒙了,跟徐军师一商量,徐懋功和程咬金奉旨到这儿,劝元帅吃饭。这阵儿天头已经就拂晓了,正是吃早饭的时候。两位老千岁被薛丁山送出去走了,薛丁山再回来瞅瞅窦一虎:"你多咱来的?兄弟,我真想你呀。"薛丁山满斟一杯,双手递过窦一虎,一直送到嘴边去,喝了一杯还要,又一杯还要,连三杯过去,窦一虎坐下扑哧乐了:"我说姐夫小子,没见面我挺生气,这事办得忒不像话!怎么临走连信还不留,我把鞋跑坏了好几双啊。偷着听声才知道,姐姐跟你跑了。是呀,这回我找到你,咱们算是云彩全散。刚才俩老头儿还说你是好人,既是好人我也帮帮你,我帮你爹,能不帮你吗?那么番营我去打,朋友我去救,我这就去。"

"哎哟兄弟这不行,那个营里实在难打。"

"哈哈,待着吧,我难打,你能打呀?看热闹吧。"

第五十九回　矬虎戏太保

窦一虎来到唐营见着姐夫，薛丁山说："兄弟呀，你来了正好，久后把山收拾收拾也就别干那行了，你在这待着。这里一来用人，二来学会文武艺，货卖帝王家，你在疆场立功，久后得个一官半职的，占山干什么呀？"

"姐夫小子，你这心倒是好的。我姐替你报号，据说力杀四门，可是黑风关还是照样被困。那么你来了，你父亲千盼万盼的，你到这安营怎么不打进去？你们爷儿俩可倒稳当！"

"兄弟，别提了。大前天到这刚安营，就把我两个先锋官叫她拿去一对啊！我这三天净讨战了，她不出来，你说我有什么办法？打吧还进不去。"

"你说的是那个姜须和那个姓徐的吧？"

"不错！你怎么知道？"

"呵呵，我给你弄回一个去了。"

"啊？你救回一个去了？"

"对，就那个姜须，现在跟你爹在一块儿，已经回城了。"

"哎呀！你把兄弟救回去了？"

"这还惊讶什么？算个什么事。我一到这儿，正赶上他就被一个老道送到一个坟地，跟一个大傻子一块儿，连傻子我都给整回去了。"

"傻子？"

"嗯，韩豹。"

"啊！他还在？"

"在，他还吃挺胖。我一看救他不救他也不合适，都救了吧。搁大营里走的,跟老道打得热热闹闹。我把他们俩保护出营进城见你爹,你爹叫我见见你,问问爷儿俩多咱见面,怎么打番营,我这不才来了嘛。我还帮你爹打了一回仗,现在我就正琢磨,帮你爹不帮你也不像话呀,爷儿俩不能两样对待。我吃完饭帮你拾掇拾掇,你不就说什么叫大公主?"

"啊?不行不行,兄弟,这个公主杀伐骁勇,惯战能征,用兵如神,可不能轻动哇。"

"哎呀,你把她摆到什么位置上,你把兄弟看成什么模样?公猪?她母猪我也不怕呀!好了好了,你看热闹吧。"

"不不,无论如何你不能去。说真的你要是叫她刮着碰着,就是碰破了皮儿,我对不起你姐姐啊。"

"你这个心好那我领了,不过我不属于你管,你管不着我,我也没听过别人的话,我是棋盘山头把金交椅大寨主,谁敢不听我的?我能听谁呢?到这儿我也不能听你的,真亲是真亲,我这个人说怎么办就怎么办。好了好了,我出去一趟。"

"不,你不能去。"

"我不打仗,我到外边方便方便,你咋还不懂这个呢?"他搁帐里就出来了。天早就亮了,窦一虎来到外边转弯抹角,他就绕到了西营门。来到西营门这儿唐兵不认识他,大伙都一愣。他往前一凑合,自来熟:"我说,你们加点小心啊,二路元帅薛丁山是我姐夫,他说了,什么大公主挺厉害,叫我把这大丫头抓到营里头,过过她的堂,问问她是怎么回事?"

"啊?您……"

"回来跟你们说话,在这注意啊,我出去抓她去,你们躲开。"窦一虎打营里噌一下出去了,大伙也不认识,也不知道怎么茬儿。他一猫腰来到番营不远:"呔,番兵听真,回去报告什么大丫头大公主,你就说两军阵前她汉子来了,找她。"

番兵惊讶,这是什么货?哪来的?不认识,"你,你干什么?"

"我要跟你们开仗啊。"

"开仗?你能打仗啊?"

"要不打仗能来吗?"

"你替谁打仗？"

"我替那头儿，打你们这头儿，明白了吧？你们哪头儿跟哪头儿，怎么回事，其实我也不知道，我看谁不顺眼打谁，赶紧报告。"

番兵说："咱们别跟他白话了，他也说不出个正经的。"这就噔噔噔往回报告，正是亚雷太保赫连龙在帐里，公主不在。"报！启禀太保千岁，两军阵上来了个孩子，要请公主出马，他要打仗。"

"他是哪来的？"

"这个说不好，就搁东边来的。你说他是唐营里出来讨战的，也没有兵，也没有将，就他一个人。你说不是吧，他又说他帮那头儿打咱们这头儿，他也说不出个明白话。"

"他有多大岁数？"

"看这意思多说十一二岁？十来岁？也说不好。"

"啊？他要打仗？"

"对，他非叫公主出去不可。"

"排兵点将，我去看看。"太保一想：我从来就没打过胜仗，妹妹告诉我了，是事不让我管，叫我守营我就守营，不许我出马。可是我谁也斗不了，傻子韩豹我怕，我怕傻子；薛礼我挨他一箭，我怕薛礼；那么我又怕火烧，怕炮炸，怕箭射，怕滚木打，这都是我吃亏的地方。又来个窦仙童我也怕，也打得我吐血。话又说回来了，我赫连龙连孩子也怕？我看看哪来这么个野人！他收拾好了打帐里出来，提着铜人槊，炮响后带兵来到营外，往正东一看，哎哟嗬——没人。他找了半天，正往前走呢，离他脚跟底头前儿不远："嘿嘿……来啦？"

太保一看，冷不丁就像在地面上长个脑袋，那个地方有点洼，他个儿小，还偏往那里站。太保愣了一下子，左手一叉腰，右手把独脚铜人娃娃槊——他抓的是槊的脚脖儿，这是整个的小铜孩，他把这个铜孩脑袋拄在地上，右手拄着这个槊，左手叉着腰，仔细一看，坑里头这个娃娃果然是岁数不大，短衣襟小打扮，看这个样子，头戴英雄帽，他这张脸，跟他这个穿戴一个色，黄的。

窦一虎在那坑头儿，听着炮响出兵，仔细一看来一个大个儿，他才归到这个坑里。他偏这么整，跟太保来个对称。他一瞅来人能有一丈二尺多高，胖大魁伟壮，这么一个家伙。长得特别凶，金乎乎一张大脸盘,大眼红眉,招风耳。头上戴着虎头扎巾,身穿着虎皮色短衣短靠,蹬一双薄底皮靴,手里提着独脚铜人,站在那简直就像个铜塔。窦一虎乐了:"真是个玩意儿,我说你是什么人啊?我可没要你呀,我要你们那里头有个什么叫公猪,闹了半天没来公猪,来了个母猪。"

"啊!胡说!你可知道我是营里头亚雷公主赫连英的亲胞兄,人称亚雷太保,复姓赫连单名龙,我父威震赤壁一字并肩王赫连杰。却不知来的娃娃,你是哪来的?你既不是唐营来的,也不够前来讨战,你岁数有多大?你十几了?你骂番营为什么?你跟太保讲来,难道说你没吃饭?饿蒙了?"

窦一虎一乐:"闹了半天你是宝儿啊。"

"胡说,太保。"

"哦?太饱?太饱是吃多了。我跟你也就是来打仗的,一句话,我想把你们拾掇拾掇,把你们这些鸡毛蒜皮,河里冒泡蛤蟆皮都打跑了之后,周济他们大唐朝的君臣见面,父子相逢。哎我说宝儿啊,你看怎么样?你是等我打呢,你是跑呢?"

太保听完狂笑一声:"我打你如同鹰抓燕雀。"

一虎说:"我说小宝啊,咱们君子战,你不是愿意吗?你打我三槊,我打你三棒槌。你再打三槊,我再打你三棒槌。谁赖了谁算输,咱们起码打三天,你看怎么样?"

太保气得,这个话说什么也不解渴了,就觉得千句话万句话也解不了心头之恨,也屏不住这个锉子这么吹:"你先住口!你打我三棒槌、四棒槌,打我十棒槌、二十棒槌,我挺完了我就给你一槊就行!我不把你打到地里头,我就不叫亚雷太保。"

"那也好,可是但有一件,你既然争者不足,让则有余,你这么让我,我还绝不那么答应,还是一替三下,你先打,不过咱们不能像你伸手就那么打法,咱们君子战就君子道理。"锉子说着话,一转圈拿他棒槌画了一个圈:"你也画一个,咱俩别出圈,君子战嘛。"

太保拿他的槊也就画了一个圈,画完了,窦一虎把自己画的圈又拿脚给抹了,往后退了退,看那样,他有一定的尺寸。他又重新猫着腰拿棒槌一划拉,又画了个圆圈:"好啦好啦太保,你就站在那圈里,我就站这圈里,咱俩不许出圈。咱俩这个脚算君子脚,人是君子战,手是君子手。君子手,打三下不打四下;君子战,人是君子说了得算数,不能打完了不挨人家打;脚得是君子脚,脚不许沾圈外的土,沾圈外的土就输了。咱俩起码说先打三天,你看怎么样?"

太保说:"你先伸手。"

"我说的招儿,就得让你先伸手。来来来你开打,别客气。"

太保一想:我个儿大,胳膊长,我使的这件兵刃也长,我也够不着你,我打谁呀?还不许出圈,站这圈里头,我这胳膊能伸出多长?可是我个儿大,胳膊长,槊长,够不着,你个儿小,胳膊短,棒槌也短,你够着我了?这能君子战吗?开玩笑。太保乐了:"你要真想君子战,一替三下,咱们得说真话,你——"太保刚想说够不着,太保一想我说那干啥:"这么办吧,我不先打你。别看是你出的办法,因为你这个儿,你这岁数,我得让你一头,我亚雷太保是王爷之子、公主胞兄,来,你先打我。"窦一虎说:"那就得说恭敬不如从命,要这样我可先伸手了,我打你可不埋怨?"

"没有埋怨。"

"你可不后悔?"

"后什么悔,你打完我好打你,还是这个话,你放心,不打你第二槊,一槊就妥。"

"对对对,这打还得挺着,这不挺着光躲,那还不叫能耐,君子战,来来来,太保你先站好了,我打。"

太保左手叉着腰,右手挂着槊,在他画的这个圈里头挺着胸。看这意思腆胸叠肚,把他挨打的架子就摆出来了。窦一虎他是面朝西,背朝东,太保是面朝东,背朝西,两个人对着面。窦一虎说:"太保你准备好,我要开打了!"他就躺下了,头东足西,脚对着太保,脑袋离太保又远了。太保一想:你蠢到什么程度?站着够不着,你躺着,躺着你就够着了?躺着你倒那么躺着,你往那头儿躺着不更远了?太保好悬没乐了:"快打!"像那样你倒加点小心呀,窦一虎这招儿叫巧打人,还得叫对方站着挺着挨揍,这是个真打人的办法。窦一虎就把两棒槌往肩膀头一放,他把这个腿再折回来,一叠三折,他把腿一蜷。太保一想,成一个球了,又胖,这个大圆球、大肉蛋,你还更够不着了。他正大意呢，窦一虎冷不丁得这么一个鲤鱼打挺，噌！棒槌的力量在肩膀头？后面的这个地，后脑海也点地，这一下子起来了，他腿蜷着，冷不丁地脚一挨地往上一蹿身，就像有弹簧似的，噌！搁圈里出来就到太保跟前儿了。太保身高胖大肚也大，窦一虎过来早就合计好了，俩脚就站到太保的肚子上。脚一沾他的肚子，棒槌迎着头就打下去了。太保往右一闪身，这一棒子就削到左肩上去了。太保身大力不亏，骨头架也抗打，那也打得疼呀，说声："哎呀！"窦一虎两脚照着太保的胸前一蹬，借着这个劲，又像弹簧一样，嗖！正好又落到自己的这个圈里头。一挺身，窦一虎站到圈里头："嘿嘿嘿嘿，我说宝儿啊，这才打了一下啊！你听好了，站好了，咱们这就接着开始。"

"啊？"太保眼睛都红了，我挨一棒槌，怎么你还打得理直气壮？"小辈，你这个打法这叫君子战？"

"可不君子战吗？不是一替三下嘛，这打一下还有两下。"

"住口！你不说不出圈吗？"

"哎你没听明白，不是不出圈，我不是一再强调，这个脚不许沾圈外的土吗？君子脚嘛，在圈里头，就即便出去，脚没沾圈外的土，回来还落到圈，这就等于不出圈。你也这么办啊！"

哎呀，太保一想：我上当了！我不会这个。这个蹿、蹦、跳，我没那么灵，我也不能纵得那么准，过去，完了还回来，还落圈里头，我脚非沾圈外土不可。太保一想：我要没有能耐打人家，光在这挺着叫你揍我，那我就干了？太保知道上当了，咧了咧嘴，左肩头打得挺疼："好恼哇！"往上一纵身，嗡！就是一槊。

"哎呀你这么大的太保，算了不说，说了不算，怎么的？你觉着不合适？我说太保，这两棒槌不挨了？"

"胡说，我不会跳。"

"那你练练。"

"呸！"

"那你愿意这么打，那好，你加小心。"窦一虎一看太保抡起铜人槊照着他，也不讲圈里圈外什么叫君子，就烂打，一劲抡。太保果然是力大槊重，这槊上下带风嗡嗡嗡！窦一虎一想：真要是叫槊把我抡

389

上，真像他说的，得打地里头去。这家伙这个沉呀！"哎呀蠢货蠢货，你拿这么沉的东西有什么用？你就拿个一斤半斤的还不杀人了？这东西不叫你挨上，你拿五百斤也没用，你真是个蠢货。好，你瞧烨爷爷的！"窦一虎蹿蹦跳跃，闪展腾挪，上下前后左右，他一晃身，窦一虎的腾身步影可厉害，一晃身一个就变俩，你就说不上哪儿个是真的假的。你要不躲啊，他要遇上真的没命了。要躲啊，还是个假的呢？就看他前后左右，嗖嗖嗖！

太保一瞅，这个小子可真难斗，眼睛都花了是怎么的？怎么这小子这么快呀？啪！"哎哟！"腿挨一下。一转身，啪！"哎哟！"后边又挨一棒槌。一转身，滴溜溜，啪！一转身，滴溜溜，啪！太保一想：我可遭罪了！太保一边打着一边想：我这学的什么能耐？我怎么就这么倒霉呢？我碰到的净这个货。哎呀我这回好不容易出来斗孩子，这哪是孩子？这往小了说得是孩子他爹，这是孩子他爷爷！这学的什么功夫？这棒槌叫什么招数？咱也不认识，不懂。这阵儿太保就感觉，挨打的地方都不轻，都疼。这还得说太保有气功，没气功啊，打扁啦。最后挨两棒子太保受不了了，打到迎面骨上了："哎呀！小辈你损透了，哎呀！"走吧？丢人。打吧？顶不住。战胜？那希望没了。太保正在进退两难，踌躇不决，就听后边的队伍呛啷啷啷……鸣金收兵，意思叫他回去。太保心里讲话：这谁呀？够朋友！你算把我救了。我就着这台阶，不然我走不了。嘴里还发着狠："好！小辈，气死我了！"一下腰，嗖嗖——太保这个腿，日行一千，夜走八百，他跑回去一看，是妹妹赫连英。

赫连英听说哥哥又出马了，焉能不关心？也知道哥哥能耐是够个，全营里比他能的也真没有，可就是不露脸，老挨锤。公主赶紧吩咐鞴马抬刀，带着所有众将人等，来到两军阵，给压住阵脚。再一看可了不得，公主也纳闷：这高人你惹不起，像薛礼那样的啦，什么窦仙童啦等等，怎么来这么一个娃娃，哥哥也挨打？我哥哥真有能耐假有能耐？你师父是有名的高人，学了半天，你净学什么了？看今天连小孩你都惹不起，你这能耐是假的。公主赶紧吩咐："鸣金！"

太保这个时候回来了："妹妹，我……"

"闪开，不叫你动偏动，不叫你出马偏出马。这个仗打得……"

当着大伙没好意思说，你不怕丢人，我都替你不好看。这话没说出口，因为那是哥哥呀，他不是兄弟。

"哥哥，你回营休息去吧。"

"是，妹妹。你也要加小心。"

"不要管我，回营——"赫连英刚要说你上点药，一想那还用我说吗？看样打得他都瘸了，腿都有点走不了路了。公主吩咐一声压住阵脚，一踹绷镫绳，马到对面。上下仔细打量打量这个矬子，公主也没把他放到心上。三尺多高，二尺多宽，长得这么蠢，这么笨，看这个意思像个地缸。窦一虎一看，准是那个公主，就乐了："我说公主，你可来了！你托那么多人给我送信儿，我不能不到。我来找你才出来，你是打算要招驸马吗？"

公主一听火可大了："好小子，休走，看刀！"

窦一虎说："你看棒槌！"他俩这么一动手，公主看出来人好厉害！

第六十回　窦一虎送信

公主到了两军阵地，窦一虎刚开个玩笑说你托人找我，要招驸马，公主大怒就要动手。窦一虎说："慢着慢着，哎呀，也不过是玩笑而已嘛，我请问你真是番营里头为首的，人称亚雷公主赫连英吗？"

"然，正是本宫。你是什么人？"

窦一虎说："公主不要当局者迷，你应该拔营起寨，赶快走，不然，抓住你，我要给你找女婿。"

公主闻听大刀搂头往下就劈。窦一虎腾身步影一个变俩，棒槌如雨点真假虚实就下来了。公主一看窦一虎一招比一招损，大刀就向窦一虎头上就劈下来了，眼瞅着劈到脑袋顶上，人没有了！搁公主的马前裆钻到马肚子底下，公主刚一惊讶，他就搁马的后裆出来了。窦一虎往上一拔高，脑袋一晃就站在公主马后胯上了。公主觉着马后胯有人，刚一回头，窦一虎就呸一口，正吐到公主的嘴里："哎呀！你可损透了！"公主嗡嗡两刀，窦一虎嗖一声又搁马身上下去，跑到她的马左边，公主拿刀照着他的脑袋一划拉，窦一虎搁马肚子底下又跑到右边去了。跑到右边还不算，拿着铁棒槌，还不使太大劲，照着公主的桃花镫，当，就敲一下子。小脚不大，在桃花镫里震的，"哎哟！好小子，你损透了！"

"我没告诉你吗？跟我打没便宜，没有三把神沙也不能倒反西岐，没有那弯弯肚儿也不吃那镰刀头儿，你这么大的名望，你琢磨琢磨，一找我，我就来了，我要没点把握，能来吗？"

"哦，那么你是谁找来的？你不是唐营里头的将？"

"不是不是，大唐营里有亲戚，亲戚找来的，不得不来。"

392

"什么人是你亲戚?"

"薛老元帅是老长亲,他有个儿子薛丁山,你知道吧?我姐姐嫁给他了,我姐姐叫窦仙童,杀过四门。"公主一听恍然大悟:"啊!你就说那个丫头,手里拿着个崩刀,她无能之辈,恬不知耻,她在黑风关现过丑……"

"别扯这个,现过丑你们也没把她怎么地,把你们杀了个够呛,她是没出来,出来就你这个货,还不定谁输谁赢。姐姐也跟我说了,叫我狠点整,主要的城里城外就恨你。你现在拔营起寨收拾收拾,赶快走,说个不字,你可知道我刚才动手,我和你还算是玩笑,你就琢磨琢磨,我跳到马上吐你一口,我把你脑袋给你打不碎吗?敲你的镫,能震你的脚,我不能把脚给你打扁了?话又说回来,你还别装傻,你得便宜别卖乖,别觉着你有理,你就仗着你什么公猪母猪的,我对你还照顾一点,你要再惹烦了矬爷爷,我告诉你,我还真不是善茬儿!"

"哦,你叫什么名字?"

"二字去一横,二虎,我变成一虎了。姓窦,叫窦一虎,外号我叫郎君。"

公主气得脸通红:"休走!看刀!"

窦一虎说:"我不给你厉害的你还真不知道!"窦一虎这棒槌走开了,公主马往西败。窦一虎说:"我看你哪儿走,咱俩并骨。"

公主把刀挂在鸟翅环,一伸手,把九连环掏出来了,照着窦一虎哗棱棱棱……那九连环可厉害,套上就能抢倒给摔死。哗棱棱棱响着就围着窦一虎的脖子。窦一虎一看这丫头真有特别的,公主这马往回一圈,拿九连环就把窦一虎圈上。窦一虎一看,明的斗不了咱暗中来,他一撒身:"哎我说大丫头,明天见吧!"窦一虎撒腿就往回跑,公主气得鼻子都歪了,再一看,大唐营后面有兵将给他观敌瞭阵的,这阵儿也都回去了。公主近来这些天也不爱打仗,一回身:"收兵!"鸣金锣响,公主憋气回去了。

薛丁山在后面目睹眼见,小个儿打大个儿,把太保打得那个模样,惨状。虽然说是没把公主胜了,总算是跟公主也忙活一阵子。薛丁山赶紧跳下马来:"给兄弟道惊。"又说,"兄弟辛苦。"

窦一虎一撇嘴："我说姐夫，话都弄明白，道惊就道惊，辛苦就辛苦，辛苦就说我累了，累了我愿意，应该。道惊是说我败了吗？我怕她吗？走吧，大帐去唠，我告诉你，这里头有事。"

郎舅带人回来，上了大帐，没有别人，就是他们两个，吩咐献过茶来，薛丁山问："兄弟怎么回事？"

"别提了，一见面这丫头就商量要招驸马，你说我能干吗？我也不知道她是好坏，怎么个人，家里有多少驸马，我还不得琢磨琢磨？我也没准儿说不行，我说我琢磨琢磨，合计合计，问问我姐姐，最近这跟前儿还有我姐夫。她就不容劲啊，气得她还动手，最后弄环套，我能让她套吗？姐夫，你说这咱们做得对不？"

薛丁山心里话：别逗了，公主看好你要招驸马？也不好意思说没那么八宗事："兄弟，不能招驸马，咱不要她。"

"哎，你看怎么样，做对了吧？我要给你带回来，不合适。姐夫不愿意，不要！今后绝对不要！"

薛丁山也不能乐，两个人唠来唠去，薛丁山说："兄弟，我打算还要求求你……"

"姐夫，你就说吧，怎么个事吧？"

"城里的信儿我都全得了，姜须、韩豹都回去了，可是父亲始终不知道我们这边怎么样，兄弟你能不能够帮帮忙？今天晚上你再辛苦一趟回去，回到城里，见了我的父亲，我给他老人家写封信，来回这个事就得看你的，别人也没这个本事过番营，兄弟，你是不是受个累？"

"咳，这不叫啥，什么叫受累？跑两腿，学点舌，还算个事？好吧好吧，我可有点累了。"

薛丁山赶紧让窦一虎到后帐休息，这一觉睡到天黑日坠。窦一虎起来，薛丁山赶紧给他准备饭，窦一虎是饱餐一顿。一更多天，薛丁山瞅瞅窦一虎："兄弟，你感觉有没有把握？"

"什么把握？过番营，那就家常饭，拿她还当回事了！你信写好了？"

"写好了。"薛丁山把信交给窦一虎，窦一虎拿着这封信说："姐夫，你等着，小弟走喽！"窦一虎拿着姐夫的信，开营他就晃出来了，那真是来无踪去无影，又身小矬矮，行动灵便，走大营就像走平道一样。窦一虎的意思穿营搁当中走，进东营门，出西营门，就到黑风关的东门，这个道儿近。他走着走着，心里又在琢磨：这大丫头白天就那么跟我打，拿的这串环子挺厉害，专套脑袋，差点让它划拉住。大丫头，你在夜里还弄这个吗？能玩这对环吗？我探探你去。他要来找亚雷公主。

亚雷公主赫连英为什么看窦一虎败下去，她也不再讨战？她现在可没有打的心了。赫连英由打赤虎关出来的时候，跟父亲讲，取大唐，胜薛礼，都不费吹灰之力，百天内就把大唐完全拾掇了。由打赤虎关出去到九岖峪中途上，就来了一把火，给大唐来个全军尽殁。到黑风关兵临城下，把薛礼团团围住，节节胜利，赫连英在这个时候为什么不想打了呢？赫连英抓住徐清以后她就变了。

再说赫连英从阵前回来，回到后帐，夜里头一更一过，就告诉丫鬟摆上了美酒佳肴，真是酒丰菜满，告诉春青去请驸马。春青到了前帐守令官的帐前一问："守令官在吗？"

徐清说："在。"

春青到了里边深施一礼："公主准备酒饭，请您吃饭去。"

"好。"徐清跟着春青，这就来到了后帐。徐清的住处挨着公主的后帐，谁见公主得过他守令官的帐，这就是中军官。公主帐安到哪儿，他这个帐就得安到哪儿，就是方便。徐清跟着丫鬟来到后边，搁外边进了大帐，徐清觉得有点挺紧张，公主也面红耳赤，公主有生到今天，她没有过这样的事，没跟男人接触过，徐清呢也是如此。公主含羞带愧，让徐清坐，徐清说："谢公主厚意，公主这样对待我，我还是被获遭擒之人，叫我真是无恩可报啊！"

公主也老琢磨，徐清不愧是名门后代，长得好，能耐好，他这嘴也好，真会说。公主一想他就是说假话，我也爱听。公主陪着坐着，丫鬟给满酒，公主当时就问徐清："我白天在大帐上把姓姜的解到西营，你看这个办法怎么样？"

徐清打了个咳声："你没跟我合计，如果要跟我商量的话，我不愿意这么做。这个姓姜的跟我父一辈子一辈的交情，我们是患难相扶，荣辱与共。你把他弄走了，我在这儿的事情他又知道，他不会满意呀。"

公主心里话：他不满意，我满意，等他满意，我怕不满意。他把你捅咕走了，我能满意吗？公主扑哧就乐了："你看你，你也真糊涂！我都收下搁到这儿，叫大伙不是多思吗？把你收下把他送走，大伙不是还解点嫌疑吗？再者说，你没听我讲，交给老道，那老道得听我的，不许他过堂，不许他打骂，不许他问，还得另眼看待，多咱要多咱给我送来，他到那儿不也是享福吗？就是不自由，回不去，那么什么时候你想走，我们一句话，不就来了吗？"

"哦，是这样，这还得感谢公主宽恩厚德，不过，我们兄弟交情还比这大得多，对姜哥我有点不够义气。"

"好吧，慢慢的话，我再给你把他弄回来。"

"多谢公主。"

吃完饭，丫鬟春青这阵儿准备床铺，把这残席收拾下去，哪知道徐清跟公主正想要再说别的，就听外边有悄悄的声音："妹妹，睡了吗？"

啊？公主惊讶了，一听是哥哥赫连龙。公主紧张了，瞅着徐清，徐清也紧张。公主被逼得没办法，打了个手势，往床底下一引。徐清一想，行，他就钻到床底下去了。公主又听外边声音："妹妹，你睡了吗？"

"嗯？什么人？"

"哥哥声音你也听不出来了？"

"哦，大哥来了，你有事？"

"对对，我有要紧的事。"

"好吧。"公主又拖了一下，假装把衣服整整，"好，哥哥请。"

亚雷太保从外边进帐来到里边，公主说："哥哥，你有什么事？你请坐。"

赫连龙坐到这儿打了个咳声："妹妹啊，我这么看，众将也这么看，现在外面是议论纷纷。哥哥我悄悄地从守令官的帐过来，没叫他知道，他那个帐熄了灯，可能这个姓徐的睡着了。妹妹，白天你这个事做得不对，我想白天来，怕姓徐的知道又不合适。大帐上解走了那个姓姜的，不应该收这个姓徐的。就收下这个姓徐的，有什么打算，也不应该给他这个差事,你让他当守令官时刻不离你,这可不是玩的!人心隔肚皮,虎心隔毛衣,画虎画皮难画骨,知人知面不知心。妹妹,你可知道,他是大唐来的!他怎么能够可靠?尤其这个人我看他诡计多端,我们都得加以戒备。你给他这个差事,到关键时刻他给错传一支令,就把咱们都送了,咱们死都不知道怎么死的。比如说攻打唐营,你要是下令三更去,他说五更去,耽误事不?你说去调五百人,他到外面说调五万人,这不是误事吗?妹妹,谁能听见你说话?都得听他的,这能行吗?赶紧天亮把他的守令官撤了,还把李起弄回来,李起是可靠的。"

"哥哥,妹妹的意图你知道吗?要把他放到别处,闹出意外,他把大营卖个里应外合,把唐兵引进来,咱们正睡着觉,大营没有了,这么办好吗?我给他这个守令官,也就是让他不离我的眼皮底下,我来注意他,观察出一点破绽,我拿他就斩。另一方面,我让他传令就听他的了?他传下去了,我必须要听听,我看他怎么传的,我难道说这点心眼儿都没有?我的傻哥哥,你们错了!我就为了方便监视他,我才把他搁到我的眼皮底下,怎么这就说妹妹不对?"

"啊,这个……"

"哥哥,你要估量不行,明天撤妹妹的权,你当家,你在营里指挥。"

"不不,妹妹,我现在已经服了,我要但凡能行,何必净打败仗?妹妹,你可千万不要过意,我绝对不行。妹妹,还是你说了算。这个妹妹说得有理,我明白了,完全对,是是是!"

"哥哥,如果这样的话,你不愿意接权,今后凡是这里的事情你不要听他们的,你也不要再来问妹妹,你就相信我一番。你要相信不着,那你就往家走信,让爹爹想办法把我们调回去,我就不打了。"

"不不不!哥哥到此为止,我再也不来干预妹妹一切军务大事。"

"那好,哥哥,还有一件事,我跟你讲。我近来觉着身体特别不好,精神也有点恍惚,就喜欢静。不管什么事,今后你都白天找我,一到定更一直到五更,你让妹妹好好休息,安静,我养养神。不然的话我带不了兵,打不了仗。哥哥,你不要动不动就来质问,动不动就来找我?你看好吗?"

"妹妹,那怎么能不好?你放心,天一黑,初更一定,哥哥绝不来,有什么事咱白天说。"

"好,哥哥,那就算疼妹妹,天不早你请吧。"

"好,我走了,妹妹说得有理。"

"他们大伙再有说法,你可以给他们解释。"

"对对对,我明白了。"太保就这样走了。

公主让徐清出来,跟他讲:"今后就是初更你就来,五更你就走,这不是我把哥哥制止了,任何人他不敢来,这件事就定下来了,不用我天天去请你,定更你就到。"

"好吧。"

"你就在我帐里用饭。"

徐清点点头,"完全照办。"

搁这开始,真是一更徐清就来,五更他就走,要不怎么这几天赫连英不出马,哪有心思打仗啊!整个的精力都放在徐清身上。薛丁山讨战,她也不出去,她也不敢打,也不敢碰,把薛丁山碰了,又对不起徐清,不敢碰人家,怎么能跟人去打仗?今天是哥哥出去叫一个孩子打了,不得不出去,所以窦一虎一败,她才赶紧回来。公主回来就没有别的想法,什么打薛丁山,挡唐兵啊,一切都不往心里去。徐清徐文建在后边给公主观敌瞭阵,也纳闷,也不知道这个是不是个孩子,怎么这么厉害?打太保还不说,公主这个仗打得都不算是漂亮。徐清也纳闷,大营里没这么个人,这么高的人,我哪能不知道?徐清回到后帐,去掉盔甲,洗洗脸,梳梳头,整备一番,泡上茶喝。外面到夜里头一定更,徐清把水也喝好了,知道公主后帐饭也预备了,徐清就站起来了。先熄灯,往外一走,这一迈步,就觉着有人掐他的左大腿,徐清吓一跳:"谁?"

"嘿嘿,哎呀,你姓徐,你叫徐清?"

"啊,是啊!"

"我干儿子说,你们俩不错。"

徐清一听这是老辈儿的:"你干儿子是谁?"

"姜须。"

"啊?"

"你别一惊一乍的,老啊什么?咱俩说话你声音压低点。两军阵白天我打仗,打太保,战公主,你看见没有?"

"啊,你就是那个矬英雄……"

"反正个儿是不高,你听说话也听出来了,虽然说是个儿不大,要说学的这个功夫,下的这个年头儿,比你们岁数都大。姜须送到西大营交给老道,老道把他送到坟地,还有个傻子韩豹押到一块儿,我一块儿把他们救回城里去了。"

"啊!我姜哥已经回去了?"

"你看看,他是我干儿子,我是老子,那么我不疼他谁疼他?"

"要这么说您老人家是前辈了,老人家,失敬了,您多原谅!"

"你这也不算是规矩,我干儿子姜须见面就得先磕头,你……"

"哦,我也得磕头,老人家,我给您磕头。"徐清还真跪下就磕,窦一虎憋着笑:"起来起来起来,这还行,懂礼,要不姜须说你们俩不错呢!姜须也告诉我说这大公主跟你还不错,有这么个事没有?那边我刚才绕过来,摆上酒菜,我听她俩唠嗑儿,等着你吃饭,天天去,是这么回事吗?"

"这个……"

"你看这黑我也看不着,可能你红脸了,什么这、那的,有一说一,有二说二,再说我是老前辈,我还笑话你们这个?大公主对你究竟怎么样啊?"

"老人家,嗯,实不相瞒,把姜哥送走之后,我在这每天初更会公主,五更回来。公主近来不打仗,不出马,不敢动大唐营的人,就因为这个。"

窦一虎说:"好了,那你就在这待着吧,不用我保护你,我走了。"

窦一虎就这样,出了番营进了黑风关。到了帅府,老王爷正在大厅坐着看武子十三篇,就觉着有人拽胡子。老王爷一回头,啊?一看是窦一虎:"老头儿,你这胡子又长挺长!"

王爷挺高兴:"窦英雄你回来了?"

"回来了。"这阵儿听外边脚步声音,一看姜须进来了,窦一虎嘻嘻笑:"哎,我说干儿子。"

姜须一晃脑袋:"别扯这个,别扯这个。"

"你那个朋友我也见着了,是这么这么这么回事。他在那儿很好,那儿每天吃的,喝的,戴的,那没法说,享老福了。城外营里我姐夫是这么这么这么回事,我还帮他打了一回太保,斗了一回公主,挺热闹,姐夫最后拿封信,你看看。"把信交给老帅,老帅打开一看,果然跟他说得不差,瞅瞅姜须:"那么这怎么办呢?你哥哥让我想主意,咱们怎么来破番营?"

姜须说:"老伯父,你就出主意吧。"

老王爷用手捋着胡须,说:"咱们得想对策啊!现在这个亚雷太保有傻子能对付他,老道有你嫂子仙童和窦英雄也能行,唯独这个大公主厉害,有什么办法能看住她?怎么能胜她?不然的话打进去也得吃亏。"

姜须一乐:"老伯父,这有现成的办法您老咋不用?"

"什么办法?"

姜须从头一说,咱们这么这么办。老帅一听对呀!

第六十一回　姜腊亭定计

薛老元帅一听窦一虎报告说薛丁山到了，恨不得一时君臣父子弟兄大团圆。可是跟姜须具体这么一研究，番营里谁谁谁，某某某，如何抵挡？都得揣自己，料别人，知己知彼，那才能百战百胜。合计来合计去，别人都有办法，就是赫连英无人能挡。窦一虎也不是对手，薛丁山肯定也不行，姜须最后才出一个办法，把这个事交给徐清。

姜须说："我看大公主赫连英见着我兄弟之后，她就不顾一切了，她准能听我兄弟的话，我兄弟说鸡蛋是树上结的，她都得说有把儿。我瞅那来头，兄弟叫她站着死，她都不能坐着亡。你就告诉兄弟看住她，只要不动手，大营一破他首功一件。那就是说把他临阵收妻的罪，一切都免了。"

老帅一听，对，当时写了两封信，给薛丁山这封信上就讲：为父被困半年之久，这一回圣驾到此，我恨不得一时君臣见面，父子团聚，弟兄相逢。定在七月十五夜三更，攻打番营，许胜不许败。

另一封信给徐清，按姜须的意图：你不用干别的，你就是搁现在下手，二十多天的工夫，你想方设法稳住公主，你不管怎么办吧，到七月十五这天，让她坐山观虎斗，扒桥望水流。只要唐兵进营破营她没伸手，你就有功，将功折罪，收妻的事就是名正言顺，奉命完婚。

老王爷最后又拜托窦英雄，这两封信还得你来呀！窦一虎接信在手，也不废话，马上就走。

徐清徐文建在番营里头，每天夜里初更会公主，在公主那儿吃完饭，早晨五更不到，徐清就回到自己的帐内。丫鬟春青就伺候这夫妻俩，任何人也不知道，太保不敢来，公主已经告诉了，妹妹身体有病,夜里养神,由定更起,任何人,天大的事,不许见我,哥哥你在外头代替我办理一切。

徐清徐文建这天照常,刚搁帐里要动身奔公主的大帐,外边定更过了,他搁帐里刚往外要走,有人捅一下子,一回身,徐清手里得着一封信。回头一看,影影绰绰又是那位老长辈,就看那人什么话也没说,往外走得挺急,回头还对他摆了摆手,指了指他手中这封信,这个人不见了。谁呢?当然是窦一虎了。徐清赶紧撤身回来,在灯下把这封信打开一看,哎呀,徐清可有点紧张了。

徐清琢磨,临阵收妻这事就不该当老帅说。七月十五破营,想个啥招儿,能看住公主?徐文建绞尽脑汁,就这么办!这天开始,徐清没病装病,头不梳脸不洗,饭不吃觉不睡水不喝。一连熬了三个昼夜。忽听得脚步声,徐清听这脚步声音是丫鬟春青,便一边呻吟一边说话,这声音那说准叫帐门这个人听见,还不叫远处的别人听见。听春青走到帐门这真不动了,她在这儿往帐里窥听。

英雄假装呻吟说:"我不该为了公主自愿被擒,不顾死活。我没病,公主对我不错;我病倒,公主不管我了。常言说一日夫妻百日恩,想不到我病了三天,你一次也没来看我。你早来一步能见面,一步迟再想看我,可就不一定能见着了。"

大公主是真不知道徐清有病,赫连英每天都在初更把酒饭准备好了,甫去找,徐清就自己来。怎么今天一更等到二更没来,到三更没来,公主就有点不满意了,怎么了?公主告诉丫鬟:"撤下去,我也不吃了。"她就睡了。到第二天,公主这阵儿她也不升帐,不聚将,军务大事一切都抛在脑后了,整个精力都搁到徐清身上,就拿徐清当生命,没有徐清,她就没有一切。所以又待了一天,第二天晚上初更又把酒菜摆上了,等到二更没来,三更没来,公主更不满意了。公主一想,徐清你怎么——公主一赌气,叫丫鬟收拾下去,睡了。到了第三天,又摆上了,公主一等又到了二更了,还没有动静,公主在这个时候可就不像头两天了,她就琢磨这里有事。徐清是哪点不满了?哪句话伤着他了?"春青,去,看看去。"

"您看,我头两天就说去瞅瞅驸马怎么回事,可您不叫动,我也不敢,我去看看。"春青搁帐里头出来,来到徐清守令官的帐,她觉着走得还挺轻,其实呢,练武的人眼观六路,耳听八方,徐清听到外面来人,才在里头这么讲。哎哟,丫鬟一听可了不得了,驸马爷病了,正牢骚呢!想公主,怨公主,她一转身撒腿就往回跑。徐清听到脚步声一跑,走人了,知道差不多了。

这个时候公主正在帐里头等着,春青回来:"公主可不好了,可不好了!"

"怎么?有事吗?"

"公主,您还在埋怨呢,前天为什么不来?昨天为什么不来?今天也来不了了,驸马病了!"

"啊?他什么病?"

"我不知道,他在帐里自言自语地说话,我在帐门窥听,他是这么这么这么说的。"

公主这时候赶紧下床,走出半天丫鬟才看出来:"哎呀,公主,你还没穿鞋呢!"公主这才回去,现把鞋穿上,扶着春青就来到了徐清的帐外。到了帐外她又这么一听,里面还叨咕呢,公主也不说啥了,直接地就闯进了大帐,来到了床前,再看徐清这个模样——徐清是没病,可是一个人即便没病,要熬三天三宿不睡觉,什么模样?一口东西不吃,又什么模样?连口水都不喝,头也不梳,脸也不洗,这一糟践,那小模样简直的,十五个人够看半个月的了!形容憔悴,两腮萎缩,双眼塌陷,二目无神。公主瞅着一句话说不出来,眼泪就噼里啪啦往下掉:"你、你这是怎么了?你真能糟践人,你病了怎么不说话呀?"

徐清他抓住公主说:"我得的是绝症,唐营都是我的亲友,要被你杀了,回去我咋说?"

公主说:"难道你要和丁山里应外合?"

徐文建说:"你把兵权交给大哥,他们爱怎么打怎么打,只要不是你动的手,我这病就好差不多。"

公主说:"没有理由,咋退兵权?"

英雄说:"你装病吧?"。

"难道你也是装的病?"

英雄突然捂住胸口大叫:"疼死我了!"

公主急得赶紧扶住徐清："你只要不疼，我就退兵权！"

徐清这几个翻番儿把公主就给罩住了，这意思就说你不听我的话，我就心疼。还不是别的，心疼能要命啊，我就活不了了。公主咬了咬牙："只要你好了，你不疼，怎么都好办，都依你。"

"哎呀，公主，这么说你真救了我这条命，我徐清要不死，这个病能好，我今生也忘不了你对我的天高地厚。"

"可是你叫我把兵权退了，我就在这儿坐着陪着你，让哥哥掌权，反正外边我不出马打仗就行了呗。"

"不，你想错了，你我在营里头坐着，我是不会放心的，只要不放心，我睡着睡着觉一想到这儿上来，我就觉着心疼。你我把兵权一退，不在营里待着，离开大营，不要太远，到外面另安一个营帐，咱们俩到那里头一待，我既能够安静，也能够放心，我的病啊，逐渐就能恢复。"

"我要到了营外，大营里头一旦有事，我回来还赶趟吗？"

徐清紧皱双眉："你看怎么样？不出我料吧？所以我早就想到这儿，我这病才重。日积月累，你始终没把大营抛开，你整个的精神没在我徐清身上。你还是今天琢磨怎么打呀，明天怎么战哪，困老帅呀，对付薛丁山呢。你打的都是我的人，让我太难受，我的意思咱俩出营，咱俩就在那儿一待，也就别再想这些了。你看能行则行，实在为难，我不勉强，就是我死之后我也经常来给你惊梦，咱俩就是梦中相见吧！"

"你别说了，你别说了！我就照办还不行吗？"

"那我感恩不尽！"

公主瞅瞅徐清："这装病，我从来没有装过，这怎么个装法？"

"这话我也难说，我也没有装过病，可是你看我现在的病态，你起码也得这样。"公主就站起来了："听你说我可真对你多想了，我老看你这病不真。我看你说的这个话，你摆的这个阵势，你这就好像是假装疯魔。"徐清一捂胸口："哎呀！哎呀！"

公主慌了："你别疼了！我、我就装病去！"亚雷公主赫连英把徐清扶到自己的后帐，让他吃了一点东西，又把徐清送回他的大帐，让他好好休息，告诉丫鬟春青照顾着。回来公主天亮了就开始装病，不洗脸,不梳头,也不吃饭。这一天没吃东西,她再这么一闹,外边天黑,又过一宿。第二天又一天,公主连着两天装病,这模样也够呛啊。公主叫春青:"去,找我哥哥来。"

春青丫鬟明明白白的,这大营危险了,姓徐的说啥,公主听啥,旁观者清,当局者迷,看出毛病也不敢说,公主也不能听,要叫徐清知道,自己也活不了,春青就忍着,装傻。到前帐去找太保赫连龙,太保就问春青:"什么事?"

"太保千岁您去一趟吧!公主千岁看这意思实在挺不住了,好几天了,公主不吃东西。"

"谁说的?"

"我不离左右,您说谁说的?"

太保一听这话可傻了:"春青,你怎么早不来呀?"

"别提了,我想要跟您讲啊,公主不肯,公主说怕你着急。您在营里当家掌权,白天替公主照料一切,再让您知道她身体不好,怕您心悬两地,误了事。"

太保赫连龙慌慌张张来到后帐,不来后边便罢,来到后边一看,妹妹都病脱形了!

"哥哥,你来了?"

"妹妹,你怎么不吃饭?"

"我什么也不想吃,唉,哥哥,我想求你……"

"求我?妹妹,你有话就快说吧,你别叫哥哥着急。怎么有病不早告诉哥哥,丫鬟说好几天没吃什么东西,妹妹什么病?"

公主瞅了瞅哥哥,眼睛含着泪,这个泪倒不是病,泪就是心里琢磨徐清,他算把我糟践苦了。"胞兄,妹妹近来病了,白天夜里睡不着觉,发作心就疼得厉害。我想要出营再安一静帐,休养一阵儿。兵权暂交给哥哥,千万守住大营。"

太保说:"静帐咋安?"

公主帐内叫来徐清:"你带兵出营按我说的办。"

第三天,徐清回营交令,"帐安好,请公主去静营休养。"

公主收拾好,太保派出五百兵相送,公主同徐清带兵出南营过道岭,出来能有十五里,公主一看离大伙远了,两个人并马往前走,公主将马勒住:"姓徐的……"

"公主,怎么?有什么吩咐?"

"我问你,离大营能有多远?"

"能有个三五里地。"

"三五里地?我不识数?"

"也许五六里,七八里,十来里地。"

"不对,二十里也得多。"

"没有,也就十几里地。"

"是啊,还隔一道大岭,这营里头一旦要有事,咱们能够听得见吗?"徐清也把脸儿沉下来了:"你倒是怎么回事?你要老是把大营放在第一位,何必你跟我出来?出来不是讲好了吗?就是为了静,养病嘛!"

公主苦笑:"我,我养什么病?"

"你养不养病,话又说回来,我还得养病,你假养病,我真养病。你不就是为了我吗?咱们听什么大营?大营有什么事?有你哥哥在呢,有你素往的威望,谁敢动?只要你不动兵,没人动兵,你困黑风半年多了,难道你还没有个底吗?话又说回来,你要老是那样想,你就不必跟我出来了,咱俩只要到静营养病休息,就一切什么也不想,能这样就这样,如果不这样的话可以回去,那你先请,我去收拾,把静营撤了!"

"哎呀,我到那儿看看再说。"

"好,你看看也好。"徐清跟公主并马而行,带着五百亲兵,不一会儿他就来到静营。公主一看这个静营三面都高,他在正当中挖出来,而且哪面都挑有两丈五尺宽、一丈二尺深的沟。把这个土扔上来,变了城墙,也就是静营的周围,这个东西一丈多高,风雨不透,又隔音。就在正西留一个门,三面根本不能出入,比一个大院还结实。

"哎呀,这又隔音,这……"

"是不是又觉得听不着大营有事?"

"对呀。"

"别听了。"

公主带着人搁这西门进来,到里边就像一个大院,宽敞,一望无边,头前儿一进来就是这五百兵住的帐篷,他们在这儿得放哨守门。再往东走第二个帐是守令官的帐,守令官的帐再往东走,最后就是公主的静帐。两个人弃镫离鞍,有人给带过马,春青又让人把公主的衣箱一个一个都给抬进帐,安排好了。徐清瞅瞅公主:"你下令吧。"

"我还下什么令,家都交给你了,你一切都代替我了,你就当家做主,你看怎么合适怎么办吧。"

"好,那我也就用不着客气了……"

"你站住,你,你不要弄得太……"

"怎么?信不着啊?"

"唉,你去吧。"

徐清来到前边,我说众将,现在公主有令——什么公主有令,他随便传的,他有时候把话说完了,公主还不知道呢。徐清说:"公主说了,因为她有病才出来养,公主需要静,不管白天晚上,你们大伙注意,不许高声喧哗,不许人喊马嘶,不许有车马行动,也不许你们高声说话,记住没有?"

"喳!记住了。"

"要是错了,违令者斩。可是另有好处,你们守营门要注意,白天晚上,打更下夜,小心都要安静。除此而外,你们随便吃呀,喝呀,爱吃什么吃什么,有酒量的,你们喝醉了也没什么。你们就在这里待着,数着,待一个月,给两个月的饷。公主说了,你们要干好了,回去还有赏,每人提一级。"

大家高兴啊:"谢守令官!您美言,公主的提拔。"大伙都乐够呛,这个美差,光玩了。徐清把前边安排好了,光阴似箭,七月十五到了,四外炮响,要巧破番军营。

第六十二回　巧破番军营

徐清把公主诳到静帐，他有充分的准备，七月十五月夜三更诈番营。窦一虎把那封信也交给姐夫，回到黑风关城里，光阴似箭，日月如梭，转眼的工夫就到了。头三天老元帅在城里头充分准备，安排两员大将何甫、汪才，让他们守城。

老王爷在傍晚饭毕，安排完善之后，到了后房有意识地看看夫人，但是这话没跟夫人讲，妇人家，怕她难过。王爷也知道决战了，被困半年之多，儿子来了，君臣父子不能见面。番营里头不白给啊，白纳道也好，太保也好，公主也好，人才济济。老王爷出去，今天晚上就知道是以死相拼，不说是凶多吉少，也在两可。看看自己的夫人，老夫老妻一回，表面没露声色，安慰夫人，今天晚上别睡，夜里头我们是如何两路夹攻番军营，胜败在此一举。夫人点头，又嘱咐王爷一番，岁数老了，被困也久了，精神不振，身体不佳，可要小心。王爷微笑点头，也告诉女儿薛金莲："时刻不要离开你母亲，我在四城头已经安排好了，今天夜里头只要是把兵带出去，城门不会再开，你要在后方保护你母亲。"

薛金莲点头，也是人不离盔，盔不离甲，马不离鞍，鞍不离马。王爷也告诉儿媳窦仙童："准备好了今夜出征，营里头必要的时候白纳道出现，还得看你的。"

窦仙童点头："媳妇遵命。"

这个时候天黑以后了，兵就往外布置，他不能搁东门一门出兵，南门、北门、西门都得往外出兵。王爷瞅着何甫和汪才两员大将，又嘱咐一番，二人点头说是。赛霸王姜须千里豹也鞴好了，自己亲手鞴的鞍子。姜须把傻子韩豹找来了："今下晚打大仗，你胆小不？"

"谁说害怕了？"

"不害怕跟着打去，立功的时候，你可把能耐拿出来，今天晚上这仗要打好了，能对付个大官！"

"好啊，那我就听你的啊！就数咱俩好，我看这些人他们跟我都不那么近便，我也爱看你，你看我也不错，咱俩就算好朋友。"

"对对对。"窦一虎一看就明白了，姜须这是又要用傻子。窦一虎把棒槌也准备好了，等到二更多天儿，老元帅把人马就带出来了。城门紧闭，吊桥高绞，老王爷在东门这个地方在马上观看一下，看看四面八方的兵将布置。这阵儿已经有人来报，完全齐备，就是待命进攻。

薛老帅马上吩咐："众将听令！今夜攻营许胜不许败，何甫、汪才，不论谁败回来叫城，就是本帅叫关也不准开。违令者斩！"老王爷传完命令之后，三更已到，啪！把袍袖一掸，这阵儿就听后边连声炮响，可了不得了！那真是一声令下如山倒，人随王法草随风。王爷命令一下，四面八方兵马齐动。天翻地覆，四面八方开锅一样，听不出个数，就是一个杀啊。老元帅带领人往前一冲来到营门，这营门有一个大都督，名叫花雕，掌中也是一条戟，催马带人就冲出来。老元帅问："你是什么人？"对方都督说："你问我呀？我是守营大都督花雕，不用问，你就是老匹夫薛礼。薛礼，你老朽了，你不是当年了！你来到我们突厥你打好了吗？你到寒江关被困半年多，你是仗着你儿子长得漂亮啊，收了樊梨花取了寒关。青龙关数月，你怕黄子陵，又让樊梨花取胜。黑风关被困又半年多，你的救兵来也无济于事，也没有救你出围。今天你夜里头玩命啊，你是飞蛾投火，不知好歹。我花雕劝你，你赶紧带兵转回，要口出半个不字……"他还往下唠呢，薛老元帅噌一戟就奔他的前胸了，花雕拿戟往外一架，看着就好像三十多岁一个壮汉拿着个枪去扎一个三岁的孩子，这个孩子拿个小秫秸棍往外扒拉。哪管他把这个戟给扒拉歪点呢，也算他架了一回，这个戟该怎么去得怎么去，挨着前胸该怎么扎得怎么扎，连丝毫都没有错位啊。就听一声："啊！"戟尖就打花雕的后边出去了。

老王爷今天晚上也真是有点激了，戟一晃，就搁马上把他挑起有两丈多高。番兵番将一看，我妈的妈，我的姥姥哟！玉皇爷的老伴儿，我的天妈呀！往回一磨脑袋，什么叫金命水命不如逃命。老帅喝令追，这就冲进来了。又有两员大将一块儿扑老帅，老帅拿戟啪啪一挑，这个刚往回一败，老帅马就上去了，挨着他的马一伸手，掏住他的右肋就把这个抓过来。抓过这个呢，老帅瞅瞅那个，马就追上了，照着那个呼一声就把这个扔过去了！那个一回头，"啊！"啪！摔死一个，砸死一个。老王爷昐咐：杀！兵对兵，将对将，头三脚这个仗打得漂亮！把三军众将的军威就振作起来了，番兵往回一败，唐兵往里一追，胜者王侯败者囚，一个就能对付他十个。

老元帅就好像马踏无人之地，挨着就死，碰着就亡，跟老帅走俩照面的，进营来没碰一个，都是一趟，不是一戟挑了，就是拨下去摔死了砸死了。老元帅这阵儿煞神入体，凶神入窍，在头上显出有千层威风，万丈杀气。窦仙童不离左右，窦一虎蹦蹦跶跶，姜须直高兴："还得说老伯父，你看着没？人老筋骨壮，胜似少年郎。虎瘦雄心在，人老秉性刚。我老伯父老是老，你看掌中这条戟不减当年，瞧他老的力气我看比当初还厉害了。哎呀我说众将官，杀呀！"

这阵儿就听对面炮响，再看八卦图被风吹在空中直摆，番兵众将就列在两旁，摆开阵势，在当中出现一个老道，正是白纳，掌中一口古铜宝剑。就瞅见白纳道往前一近身，那意思就想要过来对阵，没承想他刚往前一凑，在旁边闪过一个都督："祖师爷，我报效您一回，也难得的机会，我去杀个三个五个的，您在这儿助我一臂之力，我就替您把他们收拾了。"

"无量天尊，你可要多加防范。"

"道爷您放心吧。"这个小子刚勒马横着双枪，老元帅没等说话，就听旁边喊："公父，您休息一下，我去宰他。"窦仙童马往前一奔，掌中一举这口刀，窦一虎后边一对铁棒槌就准备好了："姐姐，胜了你就打，你就可劲来！你要觉得稍差一点，兄弟就帮帮忙。对，我们姐弟包了，什么老道和尚，连姑子也不怕。"

窦仙童马到对面，勒马横刀，高声喝喊："来将什么人？你还敢阻拦我们前进，你听……"说个你听，东边也是人喊马嘶，薛家爷儿俩定的是夜三更一块儿进兵，东营是攻打公主的东营门，西营老帅进来,还有薛丁山能消停吗?老道在后边他也是有点发蒙。窦仙童说完这个,就叫对面的番将:"识时务赶快远奔他乡,你要口出半个不字,就叫你刀下丧生,马前横尸,你可知道我的厉害!"

"你是什么人?"

"我是大唐老元帅的儿媳,再往下问就是二路元帅薛丁山之妻,我叫窦仙童。"

"啊!你报号杀过四门!"

"不错,怎么,你知道?"

"啊!好恼啊!我没承想还能跟你碰着,你把我的兄弟杀死,今天给我兄弟报仇!"说着他这马就上来,这个枪跟窦仙童的刀就战到一起。两个人战来战去,真就玩命干有十几趟。窦仙童一看他挺厉害,马往回一圈,他往下刚一跟,窦仙童大刀就到左手,右手取出了三粒暗器,就是铁球啊,照他唿就一下,他也看不清,两粒干上了!把俩眼睛都给掏了,那大铁球到眼眶了,愣往里挤,那还受得了?他啥也看不着了,马也找不着北了,他就栽下马去,就地打滚,唐兵过去就把他拾掇了。

老道这个时候就喊一声:"无量天尊,好丫头,你拿命来!"白纳老道手掌古铜宝剑,过来够奔窦仙童。窦仙童也不含糊:"看刀!"刀就下来了,老道用剑招架,他两个一个不让一个。

姜须后面看着,回身叫:"韩豹,老道把你妹妹吃了,还不快去!"

傻子抡棍就冲上去打老道,老道这下可就抵挡不住了!就听啪嚓一声,左腿被凿上了。白纳道一看单丝独线,寡不敌众,撒腿往东就跑。正对面,败下亚雷太保,姜须又喊:"傻子!你的朋友来了!"

傻子见太保乐得大叫:"小宝儿你别跑,你可把我想坏了。有你我不跟别人打,你让我打你几棍过过瘾,见你我手就刺挠。"

亚雷太保是他手下的败将,惊弓之鸟,漏网之鱼,见着他就准知道干不过。他往南跑出南营门奔进帐找妹妹,那傻子在后面一步不让:"别跑啊,我没打够,你怎么一下也不挨打,跑不了了,追来了。"

话说薛丁山得到父亲的命令,他没闲着,也不出马,也不打仗,

411

就准备着力量，营里头绝密，谁也不知道七月十五三更破营。等到了日子一点兵啊，薛丁山派三老——周文、周武、冒失鬼老周青，三老将守汛地，不要动。那战壕里头预备弓箭，程咬金、徐懋功二老与文武百官二百多保护圣驾金顶黄罗帐。余者是第三队，头里是王新溪、王新豪、姜兴霸、李庆红、薛先图，五个御总兵，那都是薛礼结拜的好友。薛丁山的中队后面派的削刀手，败回来杀。今天晚上就是明讲，只能胜不能败，只能进，不能退，回来就斩。直到三更三声大炮，这个兵一冲没进去，两冲，第三次才冲进番营。薛丁山的银龙戟，加上五位御总兵，后边有名的将一百八十多个就在后面平推。番营里头番兵连天叫苦，报告太保。太保一听怎么着？哎呀糟了！太保往外动身的时候，派出两员大将，等太保到外面兵排好了，将派得了，他刚掐起独脚铜人槊，就听蓝旗官跑过来："报告太保千岁，二将阵亡！"

"啊！"太保一想：妹妹不在，交给我真够呛，你们这是欺我太甚，我跟你玩命呀！亚雷太保带着兵这才迎上去。

薛丁山一看五老过去，一个照面一个，一个照面一个，全败回来，有的把兵刃都飞出一丈多高，看太保的凶勇，这还了得。薛丁山老远就给搭弓认弦，嗖嗖嗖！放了三箭。太保转身就跑，最后这箭把他头上帽子都给削下去了。亚雷太保再要跑慢的话，脑袋就没了。他转身跑，薛丁山喝令追，太保往西边跑着跑着，就听着西边也乱了，他猛一抬头，这两头人家接头了。太保也看见傻子，傻子见到他就说要打几下。太保一想：你别逗了！我还能跟你打？一转弯就往南营门下去。他知道出南营门十几里地，还得越过一道岭，他平素来看妹妹两三次，往妹妹营里这条道他挺熟。太保跑出营了，傻子就追下去了。

老元帅在这个时候看见薛丁山，见薛丁山在马上要弃镫离鞍，王爷一摆手："慢，打完仗再说，追，别叫太保跑了！"

"儿知道了。"父子东西人马这一接头，番营都给冲平了。老元帅往南去，薛丁山一眼看见姜须："兄弟！"

姜须说："薛哥，先别唠啦，回来再说话，看傻子在头前儿呢。"

窦仙童也看见丈夫，薛丁山也点点头，窦仙童挺满意。窦一虎噌就过来了:"姐夫小子,有能耐这回摆摆啊!我还真没看过姐夫有多大本领,来,走啊!"都往南下来了。

当时亚雷太保出了大营,一看可了不得了,对面他发现徐清也上来了:啊?他来了!哎呀我妹妹危险!这个小子我不保险,我早就对他有想法啊。

徐清怎么来的?他和亚雷公主这些天按照老元帅的意图,那是命令,他不敢不办,徐清别的完全不顾,精力集中看住公主。从七月十三就不叫公主睡,熬到七月十五,公主只熬得头昏脑涨,徐清又摆上酒菜,愣说他过生日。喝得公主都找不着嘴了,公主躺下只睡得赛如小死。

徐清白天就准备好了,告诉人把他的马给喂喂、饮饮、遛遛、鞴上,一旦有事我得用。很可能公主遭我今天夜里到营里办点事,那么大伙把他那马都给鞴好,枪也预备好。

徐清徐文建一起来把他的衣服都整好了,带上佩剑,出帐要走,心里一想:不对,我走了她要醒了怎么办?一会儿准乱。徐清把剑亮出来就回帐,到了床头照着公主的脖子,这个剑要下三回下不去。徐清总觉着:公主对我这么好,人得讲良心,这剑下去愧得慌。可是我也不能为了这个我杀不了你,不杀你,叫你起来,你这个能耐,营眼看要破了,再叫你把我们打出去,我怎么交代?我我我——徐清把眼珠儿一转,有了,把宝剑赶紧入匣,把公主的衣服一团上,都给弄床底下去了。你这么大的公主没衣服,你起来你也出不去。徐文建又瞅了公主一眼,这回就算不永别,也怕不宜再见了。搁帐里出来,他拿过枪拉过马来,瞅瞅大家:"公主今天晚上身体不太好,没动静便罢,有什么动静不需要惊动她,我到营里头马上就回来。"

他由打帐里出来,马奔大营,刚离大营要近,他已经跨过这道岭了,一眼看见太保,哎哟!徐清一想不好,这都打乱成一锅粥了,我碰上他,坏了!徐清拨马就跑,太保说:"你往哪儿走!"

后边傻子就喊:"宝儿,别追他,我跟你打!"太保也跑,他越过岭来,闯进帐门就喊:"怎么还不起啊?我妹妹呢?你们大家赶紧叫公主起来,大营没有啦!"

番兵一乱,这阵儿后边的唐兵四面包围。太保大喊三声,公主睁开双眼:"不好。"当时再找徐清没有了,公主才知道上当了!

第六十三回　攻打赤虎关

外面人喊马嘶，亚雷公主手下这五百人在院子里喊："公主！可了不得了，唐兵唐将静帐包围啦！太保千岁在外面敌不了啦！"

亚雷公主再问春青，春青说："唐兵唐将把太保千岁追到我们这个院外来了，眼瞅着太保在那儿抵挡，恐怕单丝不线，孤树不林，公主，您快起来吧！"

"啊，我，我这衣服呢？"

春青帮着公主在床上都翻腾遍了，也没找着一件。公主这回全明白了："你看见驸马了吗？"

"没有，就这么乱一点影子没有，我起来就没看见他。"

公主恍然大悟咬了咬牙："徐清啊！你可把我坑苦啦！"

丫鬟春青打开衣箱取衣服，公主穿戴掌剑出帐上马，营门外听哥哥叫："妹妹，哥哥无能，营丢了！"

公主手拿一物啪啪两声，一阵黑烟，兄妹马快，借着黑烟跑得无影无踪。

老王爷也到了，这个时候在院子里把春青带出来，春青一眼就看着人群里头徐清，直接地奔他来了："驸马，驸马！"咕咚跪倒："您救命吧，驸马！"

徐清为难了。徐清一想：现在我没有这么大权救你。可是不救又有愧，这一个来月她们主仆对我好，我不能不管。徐清正在为难，老元帅说："这边来。"

丫鬟转过来往前走的时候，有人就告诉她，那就是薛老元帅，还不上前求饶。丫鬟上前连忙跪倒："老元帅在上，背难的丫鬟给老元帅磕头了。"

老王爷问:"你家公主呢?"

"公主跑了,太保千岁都跑了,老元帅请您饶命,我给您磕响头啦!"

"起来,起来。你认识他?"

"他是我家驸马。"

"好,你公主所弃的东西你都收拾了。别看她走了,久后公主会回来的。你既承认我先锋官徐清是你家的驸马,他们是夫妇,她就会回来的,你明白吧?"

"我明白,公主也有这个意思,公主这个人可好……"

"别再讲啦,把她的东西准备好,都收拾带进我营,你就在这儿候等,必让你主仆团聚。"老王爷下命令叫两边动手收拾残局,四外的番兵,蛇无头不走,兵无主自乱,这阵儿都走死逃亡,散了。静营也好,整个的番营也好,下命令搁人收拾。

薛礼与御总兵这些老朋友久别重逢,他们九个人都是当年的火头军,是患难的兄弟,今天在一起真是悲喜交加。薛丁山过来给父帅见礼,父子团聚,放声痛哭。窦仙童跟薛丁山夫妻重圆,各叙离别。薛礼又亲自到御营见皇上,请圣驾进关。犒赏三军,瓶酒方肉,在黑风关庆贺。

窦一虎跟老王爷讲:"您的忙也帮完了,我该走了。"老元帅不让走,意思说你就别回去了,就凭你这个本事,为什么去占山呢?你在这儿待着,久后凯旋也能有一份前程,比占山不是胜强百套。窦一虎说:"可也是,可是人也得有个良心。山上五六百人呢,跟我多年啦,我就置之不理在这儿待下了?我一步登高了,就不问人家啦?您要有这心思,放心,我回去跟大伙说。大伙要是愿意都来,您都要吗?"

"要哇!"

"那好,我就都给您带来。那好了,我就走啦。"

王爷命给拿钱,窦一虎两手一摆:"哎呀,这多余,我山上不缺这个啊!"窦一虎跟姐姐辞别,窦仙童也嘱咐再三:"别在山上久待了,就是来这儿最好,一来呢,没有近人了,就是姐弟了,不离开。二来你姐夫虽然脾气暴点,人还是好的。"

415

"姐姐,不但你说,我也看不错,我也挺喜欢。他呀真为朋友宁可饿死,这样人都不多。好好,姐姐,我去去就来。"窦一虎回棋盘山去了。

第二天,皇上在行宫召见薛礼说:"我看薛丁山已长成人,够个帅才。他玉霞关救驾,本领高超,黑风关两路夹攻,大获全胜。他年轻有为,你可以让他代掌帅印,叫他带兵将去打赤虎关。你我君臣在黑风关等候捷报。你如今年岁大,身体欠佳,就在这里养锐吧。"老元帅遵旨,回来跟夫人一商量,老夫人跟王爷讲,儿媳窦仙童精神身体特别不好,叫她也在黑风关养一阵,强了的时候再让她到前边去,王爷也答应了。这个时候帅府、军师府、鲁国公府,文武群臣行宫,都在黑风关安排下了。老元帅就把兵权给了薛丁山,八大御总兵让他带着,还是姜须、徐清哥儿俩的先锋官,三百八十多员有名的大将都在薛丁山麾前调遣。他们择吉日,二次兵发攻打赤虎关,皇上都送出来了,文武群臣都跟薛丁山叙完话,最后要走。老元帅来到跟前儿,父子两个你看看我,我看看你,老元帅说道:"儿啊,这次兵权给你,全军生命都在你身上。遇事多和姜须商量。"

丁山说:"爹爹放心,儿保证马到成功,旗开得胜,不久就来接驾请爹娘。"

三声炮响,唐兵前进。走几天马前得报,先锋赛霸王姜须说:"离赤虎关不到三十里,来个大和尚。他说找哥哥有事,不和别人说。不知他什么勾当。"

薛丁山与姜须和后边四十八将,齐催战马,乱抖丝缰,尘土飞扬,来到先锋官的前队。薛丁山一看这个道儿是往西走,到这硬转弯得往西南转,还是南大西小。就在转弯的地方有一座山,这座山高矗矗上冲霄汉,一看山上隐隐约约的庙宇还不少,榆柳桑槐,苍松翠柏。再看这个高山,悬崖立陡,山势凶险。望西看连接不断,山靠山,山挨山,山山不断;岭套岭,岭接岭,岭岭相连。薛丁山正在瞅,徐清马到了,薛丁山问他:"说有和尚在哪儿呢?"

"他上树林里去了,他临走告诉我们,要是你来了啊,让我们在这里头,响鼓吹号,他就来。"

"好,响鼓。"咚咚咚鼓响,从树林中出来一大堆和尚,当中有个胖大和尚,比别人高出一头。这个大和尚身高丈二,五大三粗,胸宽背厚,膀大腰圆。紫微微一张大脸,大耳垂轮,大奔儿喽,大下巴。光头顶,脑瓜皮铿光倍儿亮。这和尚身穿着一件紫僧袍,白护领,腰系罗汉带,一巴掌多宽,勒得绷紧。黄中衣,紫僧鞋,高勒白袜,腰佩一口开天宝剑,手拿着铁拂尘。旁边又来一帮老道,当中簇拥一个细高挑的老道长。那老道头戴九梁道巾,身穿白道袍,上绣八卦,前胸有阴阳鱼。白中衣,高勒白袜,足蹬麻履。小眼睛,小嘴,满脸黑疙瘩,恰似一张癞蛤蟆皮。花白胡一尺多长,在胸前飘洒,身背一口宝剑,手拿银白色马尾拂尘。这个大和尚一步一步走上前来,大袖飘洒,行动傲慢,铁拂尘一摆:"弥陀佛,哪位是二路元帅薛丁山啊?"

薛丁山在马上瞅了瞅和尚:"我就是薛丁山,敢问高僧您是哪座宝刹落发,您上下法号怎么称?"

"我乃金鳌山极乐洞,徒不言师,金华教主的大弟子飞空长老法光是也。"

"不知道高僧拦住我军的去路有什么见教,请讲当面。"

"薛元帅太谦了!谈不到什么见教,不过有点小小的事情我们商量看。为我师妹,亚雷公主赫连英。"

"哦?你是赫连英的师哥?"

"不错,我恩师金华教主一生收下僧道俗一百零八个徒弟,我是开门弟子,她是师父的关门徒弟。她在黑风关被你们打得一言难尽,我到这来非为别故,就因为叫你们逼得她回到赤虎,病卧在床,现在她动转不能,这口窝囊气不出,你们再兵发赤虎,非把她气死不可。我才在这八卦山九莲洞,借此三仙祠阻挡唐兵,不准你们过去。多咱她病好,你们再过去跟她打仗。兵临城下,将至壕边,你们怎么打都行。她病不好,绝不准你们过八卦山。如果非要过去不可,嘿嘿,我就要得罪了!"

薛丁山听明白了,他是帮横的,"高僧,出家人谨戒杀盗淫妄酒,你能够开杀戒吗?你能够干预俗家的事吗?再者说我们大唐平叛与你出家人无关啊,你在这里头逆天行事,你能挡住我们的千军万马吗?"

"你千军万马,有我三寸气在,不能叫你过去。你请来动手,我让你三招,你给我三戟,我不还手,你看怎么样?你要把我杀死,你不就过去了？赤虎关就归你们了。你要杀不死我，薛丁山、二路帅，恐怕你会明白你的下场。"

薛丁山也急了，照着和尚连刺三戟，和尚纹丝没动。书里暗表这和尚僧衣里头穿个唐猊铠，是刀枪难入。这阵儿薛丁山就有点慌了，这个和尚真厉害呀！

这个飞空长老法光他怎么来的呢？是白纳道弄的。白纳道几次吃败仗，这口气不出，师弟黄子陵的仇也没报，他回到八卦山九莲洞三仙祠，见着大师哥颠倒乾坤八卦仙，说明了经过，老道说："你想怎么办？"

白纳道说："我自有办法。"他才来到金鳌山极乐洞，他打算要找教主。来到这儿，十几个师兄弟围上他，白纳道就开始挑拨，说可了不得，有个樊梨花和薛丁山，这两口子专门跟出家人作对，不管和尚老道，见着他们那真是百不逃一！大伙就起了群怒，这个时候正赶上飞空长老过来，白纳过来跟大师哥一诉苦，说我师弟黄子陵是怎么死的，你师妹怎么败的，番营是怎么破的——一句话，樊梨花和薛丁山欺人太甚。飞空当时告诉众师弟："都不要动，咱们师父的脾气你们知道，要知道你们偷偷下山，恐怕僧规戒律难躲。我去，几天就妥，就把樊梨花、薛丁山给他来个全军尽殁。神不知鬼不觉，悄悄我就回来啦，把师妹还帮了，给师弟白纳也出气了，给黄子陵报仇了，你们要替我严密一些。"大家点头。

这个和尚带着白纳道就这样来到赤虎关，见过王爷，要去看看师妹。飞空长老、白纳道和王爷一块儿来到后房一看，妹妹病的果然挺重。摸了摸妹妹的脉，和尚取出三丸药："把这三丸药每天早上空心吃一丸，三天妹妹就好啦！你现在火太大了，着什么急？这还叫个事？不就是樊梨花、薛丁山吗？你放心好好养病，把他们交给我，我要不把他们铲除，我就不叫金刚化身。"

王爷乐了，公主害怕呀！公主一想：我师哥要帮忙，他们那边都好不了。别人好不了那还在其次，别看跟徐清分手恨徐清还咬牙，藕断丝连她还是不忘啊，她怕徐清跟着吃瓜落儿，要有个好歹怎么办？劝师哥还不好劝——你别帮我，这怎么说呀？我愿意败，这怎么说呀？公主才含糊其词："师哥，你出家人要破杀戒不好吧，师父知道能让吗？师哥你不要管我们俗家的事，你回去吧。"

"哎，妹妹，你还像跟外人呢，客气什么？师哥既来，用不着妹妹多想，你就放心吧。我去了保证只能胜不能败。他们还想把我如何？做梦啊！哈哈哈哈。"又到前边，和王爷说："我把他们挡到八卦山三十来里地，别叫他们到城下，你看怎么样？"王爷当然高兴了，和尚又说："那好，既这样还有一件事，这么这么办，你看怎么样？"王爷也点头，和尚老道才在八卦山等他们。

就见薛丁山三戟没刺中，拨马就走。你别看和尚长得蠢，身子就像燕儿似的就过去了，把薛丁山就给抓起来了，吩咐："绑！"

姜须一看不好了："傻子，吃你妹妹那个老道有这个和尚帮忙，你赶紧过去！"傻子一举大铁棍："好和尚啊！"要铁棍斗凶僧。

第六十四回　老周青阵亡

飞空和尚抓薛丁山，真如鹰拿燕雀，不费吹灰之力。他把薛丁山扔到那后边和尚堆儿里，抹肩头拢二臂就给绑上了。这个和尚当时刚这么一转身，姜须这边告诉韩豹过去打和尚，他一琢磨，眼前没有比韩豹再高的，可是在这个时候周青到了。周青不忍看侄子薛丁山被获，来到阵前。和尚还以为他能勒马唠唠，没承想直接扑到跟前儿，照着飞空和尚双锏一举，砸他的头顶。和尚拿秃头往外一碰，和尚练过油锤贯顶，铁尺拍肋，那真是内练一口气，外练筋骨皮，打死血换活血，周流气血。他用气功把这双锏就给碰飞了。周青挓挲两手，啊了一声，木雕泥塑一般，和尚的铁拂尘就到了。周青刚这么一拿手架，啪！被拂尘扫得脑浆迸裂，翻身落马。

韩豹这时候大棍也打下来，和尚一闪，一拧腰，韩豹随后又连着好几棍。飞空长老明白了，是有这么个傻瓜，看他周身上下一色红，胖大魁梧壮。飞空就有点胖大魁梧壮，像大泥坨子似的，对比之下，傻大个儿还高他一头。飞空和尚就想：白纳跟我讲过，要想延寿永年，得用三个力大之人的血。他就说过要见着这个小子把他拿住，准备把他的血带回去炼丹，可是后来叫人救出去了。老道跟我讲过，他力大，薛礼力大，再找一个就成了。还有一个得找你师妹赫连英的哥哥太保凑上，白纳道这个昧心话没跟和尚讲。

和尚一看这个傻大个儿好，得留着炼丹。和尚一转身，咣一脚，棍就出手了。傻子说："你还挺厉害！"下边和尚又一脚，傻子就一个跟头。和尚拿脚踏住，告诉小和尚："绑！"和尚挺滑，一看这个大个子，这个力量，告诉连腿带胳膊都绑好，不行就加绳子，这个家伙力气大。

他俩被擒，后边过来一员将，照着和尚就一刀，也没说话。和尚一闪，刀砍空了，啪！一掌就给撂下了，紧跟着又一掌。转眼的工夫，不但傻子、薛丁山被擒，和尚在这儿给打死十二将。姜须一看坏了，不能打了，再打得吃老亏了。告诉兄弟把弓箭手预备好，千万在这儿别叫他进人群。当时又告诉在这儿准备安营，我们不能往前进了，进不了啦！后边弓箭一层、一排、一溜、一行的都给准备下了，同时姜须马就过来了。

和尚一看又来一个，可能还是如此，见面就开打，和尚刚要动手，姜须在马上一横枪："高僧，高僧，高僧！哎，不知道高僧您法号怎么称啊？您是在哪所宝刹出家呀？高僧，您帮着谁打架？您怎么打唐兵唐将？咱们有什么仇哇？"

"你是什么人？"

"我是二路元帅前营先锋官，姓姜名须，我请问高僧，您跟我们这为什么打啊？"

和尚笑了："我不瞒你，我是金鳌山出家，我师父金华教主。我有个师妹赫连英，她被你们给打得太惨了，败回来卧床不起。现在她不能动，你们再伐赤虎关非把她气死不可。我在这八卦山阻住唐兵，不叫你们过去，不叫妹妹生气，不叫妹妹有危险。二路元帅薛丁山落到我手，你们放心，我不杀他。不但不杀他，我还另眼看待，把他留到八卦山。现在你看，这个事不是八卦山九莲洞的意思，也不是我和尚一个人的意思，你看这四外的兵将已经把八卦山包围了，赤虎关的兵将力量都在这儿呢！你们要是百天内能把薛丁山救出去，我给留一百天，屈不着他，饿不着他，一百天内你把我胜了，赤虎关就不用打了，一字并肩王赫连王爷也说得挺好，把赤虎关双手奉上，他搬家，他走。你们到了百天不能够胜，我飞空先把丑话说到头里，百天一到，我就把薛丁山杀掉。你们就献版图交降表，八水长安京就给突厥，大唐就算灭。如果不照办的话，我就不客气，要你们全军尽殁。这不是空口，你来看。"和尚掏出来一字并肩王赫连杰的信，这就递过来了。他不是跟赫连王爷商量说还有一件事，赫连王爷说同意，赫连王爷那真是盖了印。把这个东西递给姜须，姜须把眼珠儿一转说：

"这样吧，我们不敢答应什么。二路元帅落到八卦山，您多照看。可千万别叫他……"

"放心，放心，绝对不能屈着，也不过堂，就是等你们百天。"

"那好，我回去见皇上，还得见老元帅，他们做主，我只能按照您的意思回去说，要如果皇上愿意了，就把版图就势儿就给您送来了，就不用等百天了。"

"哈哈，那更好啦，那么我就在八卦山候等。"和尚老道高高兴兴，他们这头儿架着薛丁山和傻子韩豹进八卦山三仙祠，他们在这儿候等。姜须一挥手，人马倒退十里地，安营下寨。埋锅造饭，周围挑壕，严加预防。姜须和徐清亲身看了一圈，才来到大帐，一进门姜须就说："兄弟，你说这个事怎么办？"

"姜哥，我看咱们这是没有希望了。这个和尚来者不善，善者不来，他要是没有三把神沙，也不能倒反西岐。咱们这里头无人抵挡，姜哥呀，就咱们这大营都危险。"

"别怕，营里面有几道壕，有弓箭阻挡。再大的本事那弓箭是不会客气的，我们是能守得住的。再说他已经说了留百天，也不能轻举妄动。"

这个时候大伙把周青在外边抢回来，七大总兵都围着哭，姜须和徐清到外边也给老人家磕几个头，姜须说："这样吧，大家无论如何也把汛地守住，别闹出意外。我现在够奔黑风关。"

大伙也没有别的办法，只能依着姜须这个道道儿。姜须嘱咐完毕，徐清为首，七大总兵一边发丧，一边守汛地。姜兴霸追出多远："孩子，见到你的伯父，要火急火急！"

"爹爹放心，慢不了。"

"跟圣上说明，实在不行，如果黑风关没有高人，我们应该回朝再去找人。"

"爹爹您老也糊涂了，想想朝廷里对付这个和尚的人——爹您放心吧，我是急去速归呀！"姜须把马肚带刹了刹，飞身上马。一路上什么叫吃饭？什么叫睡觉？都顾不上了。离开唐营，姜须恨不得给马插上翅膀，飞进黑风关。姜须抬头看：黑风关城门楼子高三丈，四角八宝挂风铃。南北风一刮叮当响，东西风要刮响叮咚。远看垛口似锯齿，近望垛口像群星。十个垛口一尊炮，一杆旗下一队兵。滚木礌石城上放，弯弓弩箭数不清。巡城将官来回转，每个身后都带兵。

小姜须催马进了元帅府，见了王爷："伯父啊，可了不得了！"老王爷一看姜须突然回来了，瞅这来头就知道糟了。一看姜须放声痛哭扑了过来，老王爷马上抓住姜须就问："孩子怎么了？不要难过，告诉我怎么回事。"

姜须把事情一说，老帅无奈，见驾吧。进行宫，从头讲一遍。文武大臣面面相觑，谁也不搭言。皇上瞅瞅文官武将，问了三四遍没人说话。皇上瞅瞅徐勋，问道："军师，你看应该如何呀？"徐懋功把这雕翎扇微微地动了一动："主公，我主洪福齐天，一福压百祸……"

"哎呀，"皇上说，"还福……"

"福是不小哇，车到山前必有路。要据微臣看来，得请世外高人，和尚枪刀不入这么厉害，拿薛丁山易如反掌，拿韩豹那样的猛将不费吹灰，又打死周青，连伤十二将，这和尚非得特别之人才能治他。要没有这特别的人，恐怕……"

皇上赶紧问道："军师，这样人是在长安有哇？是在我们黑风有？是在前边的大营里头有？哪有这样的高人能够对付和尚？"

徐懋功瞅瞅文武，看看这个，望望那个，最后眼睛就射到姜须身上了，用手一指："主公你得问他，恐怕他多谋足智，比别人高一筹啊！他能想出这样的高人。"

皇上马上就问："姜须，事到其间，你怎么还不为国荐将呢？你怎么还在装傻？军师既说你知道能够有降和尚的高人，你怎么还不启奏？"

姜须心里话：徐爷爷，你怎么跟我干上了？这事叫我说，姜须把眼珠子一转："哎呀，徐爷爷，你说我能知道这样的高人？"

"你怎么能不知道呢？玉霞关要没有你，你哥哥不能脱灾啊！玉霞关就不能打胜，我们也不能到黑风关。现在看来，这件事情比玉霞关要厉害了，你还是得想一想，哪里头还隐藏这样的高人？"

姜须一琢磨：徐爷爷领着我说话，是不是又想起我嫂子樊梨花来了？想到这儿，姜须就瞟了一眼程老千岁。程咬金就有点紧张，为什么呢？他有短儿啊！姜须就嘎巴嘴，皇上就紧追："姜须呀，怎么还不讲啊？军师说你知道有这样的高人，为什么不把他献出来啊？姜须还不启奏，等待何时？"

姜须说："我主万岁，这个事我为难哪！想当初哥哥玉霞身遭难，徐爷爷让我们请贤人。请来梨花嫂子孤身闯入飞火阵救了薛哥。程老千岁和薛哥合谋蒙君作弊，硬说是神女相帮。我姜须想要见驾说明，程千岁以大压小，不许我见。"

咬金说："姜须你胡说八道。"

皇上问："姜须你可有证据？"

姜须一伸手就把程咬金签字的这个纸就拿出来，程咬金一想这小子真坏呀！"你可损透了，这东西还留着呢？"

"哎，我也差一点没扔，也没承想它还有用。我主万岁您看看，就这个玩意儿，我咋说呢？我——唉！"

皇上接过来一看，简直肚子都气爆了。瞅着程咬金，你哪能这么干？哪方面也不对！不够长者之风。再者说，皇上想，你这么干，薛礼能满意吗？现在薛礼也在场，樊梨花恨你，慢慢儿薛丁山人家夫妻感情好，也得不满意你。姜须这个人——哎呀，还得给你传名。皇上瞅着程咬金，程咬金跪倒："吾皇万岁，这件事是有点荒唐。我跟樊梨花素不相识，又没仇没恨的，不过樊梨花一到大营，有人一报我，我认为奇怪，樊梨花就是樊梨花，怎么是出家女尼呢？我就到营外一看，她穿着圆领大袖，出家人打扮。我就琢磨这不是樊梨花，我才给她一斧子。也不知道她怎么捅咕的，我就动不了了。哎，大伙最后商量才把我饶了，要不说不定让我在这儿站几年，我不满意她。她去救了薛丁山，这事倒不是我出的主意。薛丁山跟我讲是神女救命，我也就不再追问啦。我也就有点不满，我才启奏您，说神女救人。可是现在事情已经暴露了，我程咬金就是死，唉！我也不冤。事到其间，谁叫我老糊涂了呢？我该死。"

皇上点头："如此说来，你把国家的良将埋没了，用人之际，哪里去找人来？推出斩！"把程咬金拖出去了。徐懋功瞅瞅两边，文武就上来十来个，喊刀下留人，上前见皇上讲人情。皇上都叫文武退下，谁讲情也不行，定斩不饶。徐懋功一瞅这个来头，有点明白，姜须在旁边低着脑袋不哼声。这样一来老元帅薛礼赶紧喊："刀下留人。"回过身来上前跪倒："吾皇万岁万万岁，臣，薛礼有本。鲁国公是大唐朝开国元勋，有功之臣，为我国江山也是寒暑披铁甲，南北定烟尘。渴饮刀头血，困卧马鞍心。披星戴月，卧雪眠霜。东挡西杀，南征北战，立下汗马功劳。这位老元勋，如果要因为我家务小事斩首，是不是给程家、薛家晚人结仇？这种微末区区小事望我主谅解，老千岁年高啦！一时想不开，就把他饶恕了吧。"

皇上瞅瞅薛礼："那么你说不杀？"

"哎呀杀不得，老千岁素往忠心，为人非常耿直，这就是一时的糊涂，我主万岁无论如何念他当年的功劳。"

皇上点头："好，既然薛王不恼……"盼咐一声："把他放回来！"看来皇上也不是真斩，也就给薛礼看呢！这事情让姜须这么一摆，不给做主也忒不像话。

程咬金跪倒："谢主不斩之恩。"

皇上说："我不是不杀，看薛礼面上，死罪饶过，活罪难免，赶快去请樊梨花，请来樊梨花首功一件，请不来杀你二罪归一。"

"哎呀，让我去请她？"

"对，快去。"

程咬金挠头了："哎呀，够呛啊！"

425

第六十五回　戴罪下寒江

皇上让程咬金去请樊梨花，程咬金急得够呛没有办法，圣旨下了，焉敢不遵？"唉，吾皇万岁，让为臣去请樊梨花，樊梨花现在何处？"

皇上一听对呀，瞅瞅姜须："你知道樊梨花在哪儿吗？"

姜须在旁边连忙施礼，尊道："我主万岁，樊梨花还在寒江关，肯定没错。"

为什么姜须敢这么说？玉霞关薛丁山把樊梨花赶走之后，姜须跟程咬金大闹，程咬金签字，姜须才暂缓燃眉，把他饶了。可是姜须一方面把程咬金签的字带到身上，另一方面暗写书信一封送到太平庵，叫嫂子回寒关候等。说明了程咬金的经过，这阵儿樊梨花可把程咬金恨坏了。姜须的意思是告诉嫂子，太平庵道儿远，也不合适，你还是回寒江。姜须信里保证，一旦有了机会，见了空隙，我就在驾前上本，替嫂子出这口气。你就坐在寒江等着吧，肯定来人请你。

樊梨花见到姜须的信，还真就照办了，真回寒江等着。你像玉霞关薛丁山上一次叫珠顶仙困进飞火阵，徐懋功怎么就能知道樊梨花在太平庵呢？那是樊梨花手下的丫鬟夏莲，聪明伶俐，诡计多端，背着姑娘给徐懋功私写书信。夏莲看出小姐樊梨花，虽然是身在大庙，还是心在俗家。跟姑老爷始终藕断丝连，绝不了心，说梦话还是想丈夫。夏莲知道樊梨花一个是不好意思，一个是没有办法，所以她才暗中花若干钱把这信送到唐营，交给军师。知道大唐护国军师徐老千岁是个明白人，让他在那里想办法周济他们夫妻团聚。丫鬟夏莲把话说明：您要是能把小姐跟二路元帅召集到一起，他们能够破镜重圆，夫唱妇随,你也慢说黑风关、赤虎关,不管什么关吧,我们小姐要是到了,马到成功,旗开得胜,攻无不取,战无不克。所以徐懋功最后才逼着姜须去请樊梨花,太平庵巧遇。什么巧遇?徐懋功早就掌握这个情况。今天姜须也是给樊梨花私自去信,知道嫂子在寒江候等,这才跟皇上这么讲。皇上刷了一道圣旨,怕程咬金去了口说无凭,樊梨花不信。另一方面还更怕樊梨花知道程咬金的内情,还兴恼了,还兴闹出事来。有这道圣旨呢,证明他是奉旨钦差。

程咬金手捧着圣旨,心里头也是没底儿啊!程咬金心想:樊梨花要是不知道我奏明神女救丁山还好办,真要知道,哎呀!我程咬金冤啊!程咬金一生就是大老粗,敢闯敢干,人不坏。老程一想:这简直的,咱们全是误会。你到唐营去了,穿着出家衣服,我误会你是敌方来诈营,给你一斧子,你把我捅咕动不了了,我就有点生气,这是真的。可是你们夫妻和好,我还是愿意的,我哪能给你——唉!我也不能助长你丈夫休妻,这我冤透了!

老程领旨带领御林军出黑风,来到寒关城西。一看寒江关城上有兵有将,来回不断。城门大开没有关闭,老百姓随便出入。寒江城里是买卖兴隆,街上人烟稠密,出城进城的人络绎不绝。程咬金往前一催马,看看城上,瞅瞅兵将,老程一合计:哎!我是钦差,不说话也不行。"兵将们,赶快告诉樊梨花,我是奉旨钦差,让她迎出吊桥接我程咬金。"

兵将说:"我们去回报。"不一会儿兵将回信说:"小姐有病,迎接不了您,叫您回黑风关去等着。何时病好您再来!"

老程一听:不接,我自己也得去,他来到府门外,院内有人说:"小姐有请钦差上堂。"

老程一听气坏了:让我上堂?好好好,看你能把我怎么着?程钦差手捧圣旨上堂,见樊梨花怒目拧眉在上边坐着。老程一想:黄毛的丫头你还摆阵势,我老程还没见过这个?他晃晃荡荡手捧圣旨,自己喊:"钦差驾到!"

没人理他,这是怎么回事呢?樊梨花得了姜须的信就清楚一切了,虽然姜须没写得太狠,但也说明了,赶走樊梨花有程咬金的事。这样一来樊梨花这个火是忽上忽下,自己解释,不敢动怒,怕把开国元勋给惹大扯了，于公婆不利，给薛家招灾，那就对不起公婆对自己的关切。要不差这个，樊梨花匹马单刀能找程咬金头上，樊梨花还在乎这个？这就没办法，就是忍耐了。樊梨花在寒江关跟丫鬟夏莲一讲这些情况，咱们就在这儿等着。夏莲丫鬟很明白，赤虎关亚雷公主赫连英，那是金鳌山金华教主一百单八个徒弟的关门老徒弟，小姐素往常讲赫连英的厉害，更甭说她师父、她众师哥了。取赤虎关办不到，准知道他得来。今天她们主仆在楼上，樊梨花正画画呢，听到有人来报，沈三多一说是大唐朝来人了，在城外叫迎出去，是奉旨钦差。丫鬟一回身："他叫什么名字？"

"叫什么程咬金。"

"哎呀，小姐，他来了！"

樊梨花一想：老前辈，你这不是自找没趣儿吗？我恨你还恨不过来呢，你干什么？来找我来了？要求我啊？什么人我都能帮，我怎么能听你的？樊梨花一低头，沉了一下："夏莲，你看怎么办？他是奉旨钦差，又是开国元勋，他是大唐朝三十六家国公之一，世袭的鲁国公，身份可太高了，年龄也太高了，这样的人，咱们对他……"

"他不管怎么着，他不讲理的话，咱们对他也就得野蛮一回。据我看这个事应该这么这么这么办……"

"哎呀，合适吗？"

"这个我不过这么说，还得您做主，合适不合适，我琢磨不过来。不过我呀，小姐，您问到头上我就云云，我就看这么办合适！"

"好。"樊梨花一想一不做二不休，扳不倒葫芦，洒不了油。谁叫我们夫妻闹到今天这步，玉霞关那话说得也太绝了。这样沈三多才去回话说接不了钦差，这边升堂，列摆上百人，都是明盔亮甲，樊梨花往当中一坐，两旁一边八个，十六个丫鬟，一个人两口单刀，短衣襟小打扮，手帕罩发，在两旁侍立，给小姐助威。严肃劲，大堂口连个喘气的声音都没有，宁静得可怕。樊梨花怒目看着程咬金，手捧着圣旨，还往里进，还自己喊了一声"钦差驾到"，没人理他。

程咬金一想：樊梨花，你这派头还真不小啊！没把我搁到眼里，我程咬金这个身份别说你，就是你公公见我也得客气点。油锅我敢洗个澡，刀山上边滚三滚。别说这岁数，我就没怕过死。老程叨叨咕

428

咕手捧着圣旨,往当中一看樊梨花:"樊梨花!圣上旨意到,接旨!"

樊梨花一看他手里头真捧着圣旨,也不敢过分了,过分久后怎么收场啊?樊梨花赶紧站起来,程咬金一看,这还行。程咬金转过来,樊梨花带着人等呼啦啦跪倒。圣旨到就如同圣驾亲临,樊梨花跪下,丫鬟能不跪吗?众将敢站着吗?这整个的大堂呼啦全跪下了。老程心里觉得平复一点:倒还得怕钦差呀,别管是给圣旨跪也好,给我跪也好,总算我站着,你们跪着。老程把圣旨就展开了,老程不识字,他瞅了半天,哎呀,黄绫子画黑道,老程就仅把头两句整出来,他还不是看字,因为他知道,"奉天承运皇帝诏曰——"樊梨花带人在下边跪着,他一次两次,就这句他重复了八遍。樊梨花仰头瞅瞅他:"钦差大人,请您宣读圣旨。"

"嗯,唉,我说樊梨花,这个事他是这么说,我老程当初卖耙子出身,家穷啊!没有这笔闲钱念书,到现在老了,也笨哪,也没学。要说马上身手,玩斧子,我倒不外行,这个念书这个事,门外汉。话又说回来,这上头我连一个也不认识,这么办吧,咱们都说明白话,办事要痛快,你自己把旨意请下去看看,一看你就明白了啊!用不着我念,我不识字啊!"

他这么一说,樊梨花就把圣旨接过来,瞅瞅夏莲:"把它供到二堂上。"当时丫鬟把旨意捧到后边,供到二堂上,回来告诉小姐:"供好了。"樊梨花一转身又到上头往当中一坐,看那意思樊梨花跟老程连客气都没客气。程咬金自己要个座:"给我搬个座来,奉旨钦差也得坐下,这是大唐朝的开国元勋,到哪儿都得有座!"真就有丫鬟给他搬来个座位,放到那儿,老程自己就坐下了:"我说樊梨花,咱们长话短唠,怎么样啊?你看了没有?我也没看你看呢?把旨意接过去递给丫鬟,你就明白了?你不看明白,你知道我来干什么呀?圣上的旨意非同小可,君叫臣死臣得死,臣不死谓之不忠。也别说你,就是我,皇上叫站着死,我不敢坐着亡。樊梨花,你看看准备收拾收拾,救兵如救火。"

樊梨花说:"您老是钦差大人,不宣读圣旨,我就知那黄绫子上面画的黑道,我这无名的女流哪懂诗文。"

老程说:"别看我不识字,干脆我就口述,你丈夫被擒,无人能救，特来请你，跟我赶快走，差一步，就许看不着你男人。一步去迟就有抗旨不遵之罪！"

梨花说："什么圣旨不圣旨？丫鬟，扯了它，轰出去。"

好丫头，你真大胆！你也不知道天多高地多厚，啊，你反了？好啊，这就别怪我了。你既反了，我回去启奏皇上，这就难免抄家灭门。你悔也晚了，我程咬金有啥说啥，这事不怪我呀！程咬金上马回了黑风关行宫见驾："我奉旨去请梨花，樊梨花对我置之不理，接过圣旨去扯个粉碎，把我轰出关。大唐的旗没挂，她的兵也没穿大唐的号坎儿。我看樊梨花就是造反了。"

皇上心想：樊氏真反了，我也不能承认，薛礼怎么担？万一把公媳都逼反了，那可麻烦啦！想到这儿，贞观拍案："樊氏贤人绝不能反，你是官报私仇。推出斩！"皇上不傻呀，皇上一想：就是真有此事，我也不往上说，我要一说樊梨花真反了，薛礼什么罪啊？都得杀。薛礼净含冤了，老了老了，这么整他就兴豁出去，这公媳要反了，甭说我们君臣，就是八水长安京阙朝文武，谁能来敌啊？想到这儿皇上一口咬定不往这上讲，真杀程咬金也没那个心，不过是拿程咬金圆场，不然的话这个台怎么下？怎么缓？皇上动怒，故意拍案："大胆逆臣，移花接木，栽赃贴画，竟敢陷害贤人，樊梨花现在是大唐国朝顶天白玉柱，架海紫金梁，你这样无礼，一而再再而三，气死朕等，推出斩首！"二杀程咬金，又捞出来了。

程咬金说："这回我可冤，我可真冤啊！"程咬金谁也没看，他就看薛礼，意思就说保我除了你，谁也不行。姜须也能行，但他不能保。老程看薛礼一眼，瞅姜须一眼。姜须一歪脑袋，没跟他对眼光。

当时老王爷紧跟出来了："刀下留人慢动手！"老元帅这才回来，上前刚要讲情，姜须过来："老伯父，您干啥呀？您老人家真是吃一百个豆不嫌腥！这个人生我是这么看的，还有点远近厚薄没有？您老也不是不识是非，您说他一而再这是要干什么？我嫂子短他的命吗？什么时候得罪他了？他老人家这事做得真太辣了！您还又要讲情是怎么着？"

"你少说话，你不要管。"

"哎呀，反正要是搁我，我不这么干，您说他这死了还冤是咋的？

这简直是太欺人了！"

老王爷来到近前，连忙跪倒："吾皇万岁万万岁！臣薛礼还是这么看，程家是大唐国朝开国元勋，胜我薛家百倍啊！萤火之光不能比天边皓月，真到把老千岁就因为我的儿媳，把他老人家如何了，哎呀，恐怕两下结仇，还请我主三思，宽恩饶他老这一次吧。他老人家年迈，这话我还两说，樊梨花不懂得国法王章，这个事情做没做还真不敢讲。"

姜须在旁边说："我敢保，绝对不能！"

"唉，不要说话。"老帅制止姜须说话，还是苦苦哀求，请圣上宽恩，赦免老千岁。这个时候皇上又问，应该怎么办？问薛礼怎么办？谁去再请樊梨花？不然不能胜和尚，怎么救薛丁山？姜须把眼珠儿一转，过来又说出一番话。程咬金不服姜须，才引出三杀程咬金。

第六十六回　三杀程咬金

姜须在旁边就过来了,"我主万岁,这么办。这件事情到现在谁也弄不清楚,可不过我敢说,说我嫂子什么都行,我不犟,要说我嫂子造反,我敢拿我人头说话。我嫂子在大唐立下汗马功劳,是功高日月,功劳簿上都表达不了她的功劳。她为人贤惠善良,而且对她的公爹婆母孝顺,是忠孝双全之人,她怎么会做出造反之事呢?我主万岁,我和我的老伯父同往寒江关去一趟,到在寒江看看,如果我嫂子没造反,请她到军前破阵去救三人,如果她真的要是造反,回来再启奏万岁,不知我主万岁意下如何?"

皇上点点头,"好,把程咬金放回来!"

程咬金回来之后,谢过皇上。皇上叫他闪开,这个时候的姜须一转身来到程咬金的身旁:"老爷爷,这话是咱俩说,不能跟外人讲,您老人家不够长者之风。"

"小子,你怎么能这么说话?"

"老爷爷您老人家跟她有私仇,也不能说她造反呀?是不是有点过重了?"

"这怎么能讲到私仇上?不瞒你说,她是真的造反了,当着我的面把圣旨烧了,你说她这不叫造反吗?"

"老爷爷,我不信,您说的什么我都不信。"

"你小子怎么不信?"

"爷爷,这么办。一会儿我就跟我老伯父够奔寒江,就去看看这个事是真是假。我问老爷爷,如果我嫂子没烧圣旨,我要把旨意拿回来的话,您老人家……"

"姜须呀，咱这话得说在头前儿，你真把旨意拿回来，我马上把我脑袋就给你，你看怎么样？"

"好，老爷爷一言为定，我们现在可就去了。"

"那不成，姜须呀，你把圣旨拿回来，我把脑袋交给你，你要拿不回圣旨的话，我想问问你该如何？"

"爷爷，我如果要拿不回圣旨的话，我把人头给你。"

"嘿嘿，好小子你输定了，我也得学你，咱也得找点证据，字据这玩意儿是好使，咱俩立字为证，你敢吗？"

"我敢。"

"好，咱俩还得找保啊。"两个人立下了字据，谁给作保？徐懋功给作了，保条放到徐懋功这。程咬金瞅瞅姜须这孩子，"你鬼了这么多年，这一回小命够呛了。"

"爷爷我们这就要走了，爷爷我跟您说，我们走这些天，您老人家想啥吃，就吃点啥，等我回来，您可吃啥也不香了。"

"嘿嘿小子，不定谁脑袋掉地了，我等着你。"程咬金很有把握，因为他没说谎话，说的都是真的。

姜须姜腊亭跟老元帅两人跟万岁辞别，到在外头命人给点齐了五十兵，爷两个全都上了马，出了黑风是直奔寒江关。爷儿俩来到寒关城外，姜须乐，对老帅说："您看城上插的什么？"

薛礼看大唐旗帜在城头矗立，三军穿大唐号坎儿来回溜达。这时候炮声响，樊梨花出来迎接，下马施礼。老帅问："儿媳能否发兵？"

梨花说："您来个字条儿我就到，怎敢违背您老人家？"

姜须说："嫂子这我就放心了，啥也甭说了，这回老千岁他是栽了。"

"兄弟，他怎么了？"樊梨花还装傻。

"呵呵嫂子甭问，回去那是我们的账，我说嫂子，我老伯父这么远来的，咱就进城了。"

"公爹快请。"

老元帅一边走心里在想：老千岁，您老可不对，您怎么能说梨花造反呢？我主万岁是明君，这要是昏君，我们老薛家都得挨杀，一个也活不了，老千岁，您老真是老糊涂了。薛王心里有点埋怨，跟着樊梨花进了城，到在了大厅之内，樊梨花马上命人打过水，净面，看过茶，叫两个人坐下。梨花女命人备饭，这一顿饭樊梨花早就下了功夫了，有人把酒菜就给摆上了，真是八个冷盘，八个熘炒，八个大件，什么煎炒烹炸扒，什么山中走兽云中燕，陆地牛羊海底鲜，猴头燕窝鲨鱼翅，鱼骨鱼肚样样全。天上飞的、地下跑的、草窠蹦的、水里凫的，是应有尽有。樊梨花把酒菜摆上，叫二人上座，梨花女亲手给老元帅，又给姜须满酒。

姜须姜腊亭心想：嫂子，我真佩服你。说："嫂子，我出去方便方便。"

樊梨花给老公爹满上酒，老元帅在这瞅着樊梨花，"媳妇。"

"公爹，我真不明白，看您老人家愁容满面，想必是有什么为难之事，公爹是不是前敌出了什么事？"

"媳妇，这话我只能跟你说，我们得了黑风关之后，破了连营，赫连英打了败仗，退回赤虎。我们进黑风之后，因为我身体不佳，我主万岁劝我在黑风养精蓄锐，我带着众人保护当今万岁就留在黑风，叫我儿薛丁山带人马去打赤虎关。"

"公爹，怎么样？"

"梨花，到那儿头一仗不错，打了胜仗。公主赫连英把他大师兄飞空和尚请到军前帮忙，头一仗他败在了我儿的手下，事隔两天之后，飞空和尚就在赤虎关外摆下了一个开天阵，把我儿丁山困在大阵。这回我来请你到军前去帮忙，不知媳妇你能否……"

"公爹，您什么也不要说了，媳妇我收拾收拾，我马上破阵。不过公爹这么办，您老跟兄弟返回黑风关去交差交旨。我在这边点齐人马，这有条草路通赤虎关，我就由这走了。"

"也好，我们马上回去奏明圣上之后，我随后带兵也到赤虎关。"

"那么咱们军前见。公爹，您不在这儿休息一夜了？"

"事情紧急，我们要赶着回去。"

樊梨花把老元帅和姜须给送出寒江，姜须再三嘱托嫂子可要快点。

"兄弟，你放心。"

这爷儿俩催马，直接返回黑风关。一边走老元帅就告诉姜须：

434

"孩子，你听伯父一句话怎么样？"

"伯父，我什么时候不听您的话，您有话只管说。"

"孩子，你和程老千岁，这件事我看，回去你就不要提，他老那么大的年纪。"

"伯父您不嘱托我，我回去也不能提。这事就算拉倒，永远不再提了。"

"这才是我的好孩子。"老元帅挺高兴，爷儿俩边说边谈，回到了黑风关，进了城到在府内，弃镫离鞍跳下战马，爷儿俩就来到了皇上的房间外，命人一报，万岁让他们进去。爷儿俩到在里边，上前深施一礼："吾皇万岁万万岁，臣薛礼交旨。"

唐天子李世民看到两个人非常高兴，"薛爱卿、姜爱卿，赶紧平身，来，搭座伺候。"跟皇上坐到这儿，也是少见了，就因为老薛家有功啊，旁边有人把座搭下，老元帅薛礼谢了，坐下。皇上马上就问："樊梨花那边……"他下边没好意思是说反没反？

"我主万岁，请您放心。我们到在寒江关之后见到了我的儿媳，和樊梨花说明两军阵前的事，她要在那边准备人马，马上启程，由草路而去够奔赤虎关，就不到黑风来了，请我主放心。"谢天谢地啊！皇上挺乐。程咬金一瞧怎么着？她没反？旗是咋回事？旨意烧了咋回事？程咬金当时溜溜达达来到姜须身旁，他一捅咕姜须，"小子。"

"爷爷您好。"

"小子，现在事忘了？我问你拿来没拿来？"

"什么事？"

"你别和我打马虎眼，咱俩不是立了字据了吗？你赶紧把旨意拿出来，我看看究竟她是反没反！"

姜须带笑说："程爷爷，咱公孙打赌算黄了，行不？"

老程一听，你姜须已经明明输了，还嘴硬，说："打赌不能赖。"

姜须跪倒："万岁，这有圣旨请御览。"

贞观看完这道旨，狠狠瞪了老程一眼。程咬金一看这回我算完了，唐天子李世民一拍桌案："程咬金，你无理取闹，来啊，推出去，杀！"

来一个三杀程咬金。程咬金刚被人要推出去，姜须赶紧过来，

"我主万岁万万岁,臣有话要说。"

"姜须你有什么话说?"

"我主万岁,我在离开寒江的时候,我嫂子叫我给万岁捎来几句话,我嫂子说了,程老千岁对也是对错也是对,他是开国的元勋,大唐的老将,是忠心耿耿的忠良,为大唐立下汗马功劳。我嫂子还说了,都是一家人求的什么真呢?她求万岁饶恕老千岁。如果我主万岁把程老千岁推出去要杀,叫我嫂子知道了,她在大唐还怎么待,还怎么做人,请我主万岁三思。"

皇上一听,樊梨花真是个贤良的姑娘,深明大义,"好,看在樊梨花的面上,饶他不死。"

"谢主隆恩!"老程一琢磨,我连个姑娘都不如,当时这脸像巴掌打得那么红,怪自己还真是个大老粗。

当时老元帅薛礼就跟皇上讲,我们马上就要奔前敌,我们爷儿俩马上就走,皇上叫老元帅要多加谨慎。元帅外边点齐五千虎头军,在黑风关留下了徐懋功、程咬金、当今万岁、夫人柳迎春、女儿薛金莲,还有儿媳妇窦仙童。老帅在临走的时候嘱托窦仙童说,城里的一切你都代劳,千万小心护住万岁,守住高关,以防敌人偷袭。

"公爹,您老放心,有我三寸气在,就有黑风关。"

老元帅就这样带着姜须五千虎头军离开了黑风,皇上是亲自送了出来。老元帅恨不得一步迈到赤虎关了,爷儿俩正往前走着,老元帅突然发现前边有一片树林,在树林前边能有一百多人,每个人都是顶盔挂甲,都骑着马。姜须姜腊亭一瞧,这怎么着把路给拦住了!

第六十七回　活擒铁独龙

薛礼率领五千虎头军出黑风关，带着姜须，火速赶往八卦山的大唐营。可是眼看快到了，突然从南树林出来有一百多匹马，其中有一员老将打人群里头直奔对面。这名老将除了颏下胡须银条一样，周身上下包括坐马，没有杂色，一团黑，老远好像一团黑雾。老帅瞅瞅姜须，意思是：他要干什么呀？姜须说："老伯父，您稍候片刻，我瞅瞅去。"

姜须回头告诉五千虎头军，有所准备，多加小心。虎头军哗一下子把老元帅像众星捧月一样，簇拥在当中。姜须马到对面，勒马横枪，上下仔细打量这员老将，嗬！这个脸儿啊，真是和自己相似，咱俩要搁一块儿找不出来，真得说是对儿黑。这个老将在马上一派正气，铁盔铁甲，身穿皂袍，手提铁戟。姜须一乐："哎，我说这位老将，你在头前儿阻住去路，你是从哪儿来的？干什么？你有事怎么着？"

"老朽在突厥王驾下称臣，我官拜十三关巡阅都督，姓铁名宝字独龙。我带领人马巡阅到赤虎关，听说是唐军二路帅被获八卦山九莲洞，押到三仙祠，是一位高僧所做。这位高僧也为助赤虎关一臂之力，才阻挡唐军。听说唐营里紧急想方设法，要救出元帅，那么老朽带领人马到这儿要看看。我还没有进八卦山，听说救兵到了，来者非别，是平辽王薛老元帅，那么我想先会会薛帅，回头再进八卦山。不知对面的小将何人，代我铁宝请薛老元帅过来，我是久闻大名，如雷贯耳，遇此良机不能错过，我要会会高人。"

"哎呀，我说老铁头儿，你不认识我，我是二路元帅的前营先锋官,姓姜名须字腊亭,别号人称赛霸王。不错,薛老元帅在此,不过我家老元帅救子心切,今天哪有工夫见你?你等我们救出薛丁山,明天再见他吧!"

"不,机不可失,时不再来,还是今天见着好。"

"我说老铁头儿,你不管别人死活呀!好吧,你一定要见他,来来来,你催马过来,我奉陪三合,你胜过我这条枪,我马上去请他过来;你胜不了我,不用说明天,嘿嘿,明年再说吧!"

"姜先锋,你想跟我动手?"

"不错。"

"呵呵,你叫赛霸王?"

"然。"

"既然你想动手,我就不能不陪,不过我可不能和你伸手啊。"

"啊?您的意思……"

"你给我三枪,我不还手,到第四枪我再还手怎么样?"

"哎,你本领有这么高?"

"不能说高,因为我年龄比你大得多,应该如此。姜先锋,你要不忿的话,请过来吧。"

"那好啊,我可多有得罪啊!这个叫恭敬不如从命,您有这意思,我就得按您的意思来。"嗡嗡嗡!姜须连扎三枪,人家老头儿拿戟啪啪一拨,看那意思真就像玩一样,也没把姜须放在心上。老将铁宝一看三枪扎完了,"姜先锋,注意,我要还手了。"

"慢慢慢!"

"嗯?还有话讲?"

"你不是要见薛老伯父吗?我跟你在这儿战,不是耽误工夫吗。您老候等,马上老伯父就来,我去请他。"

铁宝瞅着姜须笑了笑,也没追赶。姜须马到头前儿:"伯父,大事不好,这位姓铁名宝字独龙,听口音是长安的人,他是十三关的巡阅使,这么这么这么回事,您看?"

"好,闪在一旁,我去看看。"姜须带着人等在后边压住阵脚,姜须紧嘀咕告诉大家:"预备弓箭,多加小心!这个老家伙可不一般,后边还有多少能人说不好,只要一骑上来,就给我开弓放箭!"大家做好准备,老元帅马到铁宝的对面,勒住马把戟一举:"请问对面可是铁老都督?"

铁宝铁独龙上下打量薛礼,看薛王头上帅盔,十三曲簪缨压顶,外貌不俗。铁宝说:"不错,正是铁宝,敢问马上来的,可是大唐薛老元帅?"

薛礼点点头:"正是我薛礼薛仁贵,听您老的这个口音,好像长安人?"

"不错,当年在大隋,我有个兄弟,姓铁名玉字子健,他是贾家楼四十六友之一,占过瓦岗寨,投到大唐朝,被成亲王李道宗陷害,死在天牢。我铁宝铁独龙一口气离开长安,我才报效突厥王。久闻薛老元帅英名震于天下,豪气贯在八方,今天得此良机,我不能错过,要会会高人。"

薛礼说:"你老人家今年高寿?"

"虚度七十有三。"

"哎呀,老人家,您这样高龄,不论在突厥、在长安,那都是德高望重,人人尊敬。老人家,我看还是回长安吧!您说怎么样?那成亲王李道宗,他不能代替朝廷,我薛礼同病相怜才这么讲。他也曾经把我薛礼三斩三入天牢,没料想这次我能奉旨征突厥。今天您老人家要能够答应的话,我马上把你老人家请回唐营,咱们一块儿回朝,不知道老人家尊意如何呀?"

"薛老元帅,您对我的心意,我领了。我呢,老来老来也不知好歹,我还是要会一会你这条方天画戟,开开眼界,长长见识。"

薛礼说:"您老既是长安人,难道不知道我们大唐七十不打、八十不骂,您是年过古稀的高龄,我怎么能跟您老人家动手?哎呀,老人家您还是别打了吧?"

铁宝听到这儿点了点头,注意看看薛礼,最后叹了一声。回顾当年,那成亲王李道宗将家兄铁玉害死,我离开长安报效突厥王,今日得会薛帅,我有心回故土,对突厥不能忘恩负义;有心不听良言,好像我不通人情。铁宝瞅瞅薛礼:"你太客气了,薛帅真要战胜我,你的所劝,无一不应。老朽班门弄斧,来,请。"

老帅说:"好,既然如此,我就奉陪了,请。"

"慢，薛元帅，我是这么想的，人有失手，马有漏蹄，老元帅要真是一旦败到这里，你该怎么样？我输我就依着你，我跟你去，我就听你的。可你要万一……"

"老人家，我没有别的大权，我也不能说让长安，我也不能说退兵不战，我只能说，如果要败在老人家之手，我自缚受绑到你的面前，任凭老将军发落，你看怎么样？"

"薛帅既要这样的话，那好，我就答应了，请。"

薛礼就琢磨铁宝这条戟，既敢这么讲，就不是一般，所以薛礼催马拧戟，真没敢先动手，要看看老人家究竟是哪路的戟术。铁宝铁独龙也知道，薛礼远征多年，名不虚传，今天也要慎重一番。这俩老头儿连好几趟，他点点卯，他应酬一下，都在那儿掂量，想要有了把握再还手。这俩老头儿各揣心腹事，尽在不言中，可真是高遇高了。他二老将遇良才棋逢对手，铁宝戟刺好似蛟龙出水，往上刺不离头部，往下刺不离胸膛。薛礼方天画戟带双耳好似猛虎下山，头几招儿劈头盖脸，后几招儿野马分鬃。连环戟狮子张嘴，分身戟一伏一扬。护身戟无穷奥妙，梨花戟神鬼难搪。开山戟翻江倒海，阴阳戟日月反常。鸳鸯戟能挡八面，绝命戟英雄难防。

他俩大战百趟，难分胜负。薛礼现在对铁宝更加一番的敬意，心里话：这戟除了我，别人真未必能抵到现在呀。老元帅也把自己的招数不说使尽了，也都拿出来了。最后老元帅一看不行，怎么办呢？使什么绝艺呢？薛礼看出戟的招数，就是打上三天，不一定能决胜负。可是铁宝倒是年迈，力量有点弱，老元帅一想：我还得使个绝招儿，主意一定，老元帅这个照面戟刚到第二招儿，他的马头对着他的马尾，头尾相齐，镫鞯相磨，就贴近了，老元帅戟就早到左手了，右手倒出来，那手伸出来，真像小簸箕似的，手指头跟五把钢钩一样，把这位老将军铁宝的左肋一掏，就把他给挟到自己的马上。飞马回来，来到人前把老将军往下这么一放，没等说话，人上去拿挠钩把老人家在这儿就要绑了，薛礼吩咐："不可，住手！"不让绑。

老铁宝一看没让人绑，他怎么真要收我投降啊？铁宝呛啷亮出肋下的宝剑，剑搭肩上他就要自杀，老帅慢一点，大动脉就开了！老帅到跟前儿把手腕子抓住，一晃劲把剑给夺下来。老帅当时拱臂打躬：

"老人家息怒，老人家千万不要寻短见，刚才我可不是赢了您，这是您老让给我啊。"

铁宝说："不！我实在是输了，我不如，不不不……"铁宝一回头，自己的兵全跑了。老王爷当时吩咐人来，赶紧请老人家入营。铁宝心想：我真回到这儿，对不起突厥王，我要走人家不让，我死也不行，在这个时候，老人家眼珠儿一转："慢，我先不进营，我已经输定了，要杀，我项上有头，我可以死。"

"哎呀，老人家那又何必你我动手呢？老人家一言出口，如白染皂啊！"

"是，我也不能失信于人，可是薛帅，你要让我进营也可，我有三条件……"铁宝心想，我要求完你不答应就算了。

王爷说："请讲。"

"第一，我不上帐听你命令，我不去给你站堂。"

薛礼说："哎呀，老人家您都七十多的高龄，能站堂吗？本来也没打算让您听我调遣。"

"好，第二，还要跟您要五十人，伺候我，我让他们如何他们如何，这五十人不能听你的。"

薛礼说："兵将有的是，您就是要一百也有，可以五十人归你，我不管了。"

"薛元帅，我还有第三条。"

"请讲。"

"我带这五十人，想吃什么，想用什么，想做什么，用钱你供我。我在营里待着无聊就到营外行围采猎，你营里胜败，我连一句话都不能帮。"

"哎呀，老人家，我薛礼没打算请您老来助我出征打仗啊！您老这个年龄就应该享受晚年，就是这样？"三条答应了，姜须赶紧到营里头派五十人，伺候铁老将军回营。

姜须心想：您老真有这口累，弄这么个老棺材瓢子，怎么我们还把他当宝？真是，姜须生气，老元帅拿眼睛看了他一眼，姜须会意，赶紧答应："是！明白，伯父！"

薛礼给铁宝拉的马，让他上马，薛礼相陪，够奔唐营。离大营挺远呢,里头徐清带人就出来了,姜兴霸、李庆红、王新溪、王新豪、周文、周武、薛先图,七位御总兵老远喊:"大哥大哥!周青死了!"薛礼也含着眼泪,徐清过来给伯父施礼。薛礼看看徐清:"这里有事吗?"

"没有,他们倒没进攻大营。"

"好,进营。"薛礼带领大家进营,亲身把铁宝送到一个后帐,单独给他五十人,薛礼嘱咐听他的,他教你们如何你们就如何,叫你们生就生,叫你们死就死,你们要不听他的,是违令者斩。另外告诉单给准备厨师,单给预备人,用钱就拿。当然,老薛礼暗地里头也要派人监视,你在营里想里应外合,那也是办不到的。除此以外,不能干预老人家的任何言语行动,违令者斩。

老元帅这阵儿到了前边,天头不早了,他们饭毕,姜须跟老帅就问徐清营里这边的情况。徐清就讲,常有人来讨战,讨战里头有一个老道,老是带着俩和尚,这老道说话挺讨厌,也挺可恶。老薛礼就告诉徐清,我们不要担心,你嫂子樊梨花随后就到。第二天早饭毕,大伙刚聚到一块儿,就听蓝旗来报,那个老道带着俩和尚又在营外吵吵,他说今天一定要打,知道是老帅来了。薛礼说:"告诉他,今天不战,明天战。"蓝旗刚走,不一会儿又回来了:"老道不回去,说今日与往常不同,不出营就要打进来。"

"免战高悬。"

"是。"出去挂免战,但是对面一直就没消停,又排兵又点将,预备弓箭手、藤牌手要平推。姜须在营里头也有所准备,这阵儿太阳眼看西下了,外边就要进攻。老帅来到营门要出去:"闪开。"

姜须忙拦住:"老伯父,您老先忍耐,难道说我嫂子明天还不来吗?不能出去冒险,这个老道是没安好意呀。把我薛哥弄到八卦山九莲洞一个庙里头,他跟您老再……"

"不要多讲,我要看看老道。"

薛礼这样一来,姜须也拦挡不住,当时就要排兵点将,虎头军放大炮,炮响三声,由打营里旗幡招展出来。姜须一想,要打早打,这天头都要黑了!头前儿闪开二龙出水式,压住阵脚,老元帅马奔疆场。来到对面拿眼一看这个老道,细高挑,身穿黑道袍,上绣阴阳鱼，往脸上看，一脸的疙里疙瘩，花白胡须一尺多长，瞅着古古怪怪妖妖异异的。老帅便问："不知这位道长，道号高名？"

"贫道八卦山九莲洞三仙祠观主、颠倒乾坤八卦仙邬金玉，我师弟黄子陵死在樊梨花之手，我师弟白纳道败在你们手下，我在此山才约请高僧，拿住薛丁山。对面来的，可是薛礼？你既来了为什么不打？你不想救你儿子？那么对不起，我就把你也请到三仙祠，让你父子见见面，落到一起比较好！"老道说到这儿，往上一飞身就势一剑，薛礼拿戟一挂，两个人就交手了。那薛礼能白给他吗？薛礼马上这条戟，看样子扎开了，老道一瞅不好，当时往后一撤身，薛礼马往前一进，老道也不知道从袖子里甩了点什么，唰！一股黄烟，老薛礼觉着鼻子一见味儿，扑通一声，搁马身上掉下去了！老道往前一飞身，刚想要抓薛礼，啪！也不道谁打的，老道手背当时就肿了。啪！呛啷！第二下老道的剑就扔了。啪！第三下正打在后背上！老道撒腿就跑。谁打的？樊梨花。这才引出樊梨花军前救公父，舍命斗飞空。

第六十八回　杀贼阻迎亲

在寒关薛礼带姜须走后，樊梨花没闲着，她安排了一番，带着丫鬟夏莲，吩咐击鼓聚将。把所有的能人都聚集在聚义厅，列在两旁，樊梨花当中归座，马上叫来沈三多："老人家，我又要走了，您老还得能者多劳，代我守住寒江，何时我在大唐站下脚，把这个城整个交了，您老就不用分神了。现在还得代我掌管一切，如果有特别的事情给我去信儿，没有特别的事，您就代我做主，有事我担着。"

"好，小姐放心，不知小姐何时动身？"

"我打算就走，你家姑爷在八卦山被一个凶僧拿去，吉凶不保，我要马上前去救他。救兵如救火，公公走时我答应马上就到，我就不到黑风关，直接到八卦山跟公爹相聚。"说着一回身，吩咐身后二将："龙威、陈然！你二人马上出去，把精明强干的人点起一千二百人，赶紧收拾带上粮草，我们急奔八卦山。"

"是！"

外边把人马点齐，粮草备好，樊梨花纫镫扳鞍，带着丫鬟夏莲、陈然、龙威，人马一千多人催马急行。樊梨花长途跋涉，往前行走，越走就觉着身子不得劲。她因为忒着急，忒上火，又让程咬金气的，心上人薛丁山在八卦山又不知吉凶，樊梨花恨不得一步迈到八卦山，过于着急了。樊梨花一看天头不早，已经夕阳西下，接近要黑，身体觉着特别不好，就带住马叫丫鬟："夏莲，往前看看，找一个庄村，咱们不能走了。"

樊梨花的意思逞强往前走，走到地方仗怎么打？丫鬟远远一看，黑压压、雾沉沉，"小姐，您看不是庄村便是庙宇。"

"赶上前去。"

"是。"这才催着两员大将带兵,不一会儿来到村外一看,是一个不大不小的村庄。樊梨花说:"陈然、龙威,你们带领人马就在这村东面,离村几里,不要靠近,安下行营,埋锅造饭,在此过夜,不走了,明天清晨起程。我带夏莲进庄,到里头借宿。"

"小姐,我们得派人去。"

"不,用不着。"

两员大将一想,就凭小姐这个本事,还派人去保护她?就放心带着人马奔村边下去了。

樊梨花主仆扬鞭催马,几里地进村。一看村子不大不小,树不少,从东村子口进来往西走,东西一趟街。老远丫鬟就看,"小姐,您看那个院儿不小。"樊梨花一看,是个高墙大院,黑门楼,红大门,紫门匣,门前两块下马石,三棵龙爪槐。门是开着一扇,掩着一扇。樊梨花也没下马,丫鬟搁马身上下来,把丝缰往马身上一搭,就奔这个大门来了。眼瞅着要到大门,她想要在这门外喊一声,问院里有人没。就见从院子里出来一个老人,年龄也能过半百以上,头上没戴帽子,他是绾着一个发髻。上身蓝褂,下身穿着古铜色的中衣,白布袜子,青鞋。这个老头儿是泪眼愁眉,两个眼泡都哭肿了。老人家慌慌张张往外走,丫鬟上前施礼:"老人家您万福。"

老头儿吃了一惊,抬头看院门有马,在马上坐着一个女子,在马旁边还有一匹马,可能是问话这人骑的,一瞅她的打扮,大坎肩,是个丫鬟。再一看这个丫鬟手帕罩发,在她的肋下还佩着一口剑,软帮鞋,看这意思这丫鬟可能还是个武的。

老人家愣了一下:"啊!你、你找谁?"

"老人家,你是这个院子的院主吗?"

"不错,我姓黄,我叫黄福,这是我的家。"

"老人家,麻烦您了,后边那是我们家小姐,我们主仆走到这儿啊,这村子里头看样子没有店房,我们又不能再往前赶路,已经天晚了,打算要在您这儿借宿一宵,您看怎么样?"

"这样吧,你们到别处再问一问好吗?"

"哦老人家,您怕我们白吃吗?请放心,人不能背着房子地走,走到外边就得靠朋友帮忙,赶到这儿了,要如果没有店房,能让我们主仆蹲露天吗?老人家麻烦一下吧,明天走了我们吃啥给啥钱,喝啥给啥钱,我们不能白吃白喝。"

"不不,不是这个意思,给不给钱,吃点我倒不一定往心里去,不过,我实不相瞒,我不能留啊!你们还是饶了我吧。"

"啊,怎么能说出这样话?"丫鬟跟他说着话,一看门楣上面有块匾,上面写着四个大字:乐善好施。"老人家,您挂这个有什么用?您老人家这是里外不合,言行不一啊!您乐善好施怎么在这投宿都办不到啊!您怕麻烦?"

"哎呀,这话怎么讲,我家不敢说行人走到这儿,是早尖晚店,无论穷富,我没收过费呀。你别看你说不白吃,给我钱,我也不能在乎上,我可也不是富,不过我总算也不缺啥。也就是说我家在黄家庄,敢说这句话,无论谁求到我的头上,张开嘴,我叫他合得上。他们给我送个外号,挂一块'狐仙堂'的匾。"

丫鬟问:"怎么讲呢?"

黄福说:"叫有求必应。"

"是啊,您既这样,那我们借宿您都办不到吗?"

"哎呀,我看你这样,你像个丫鬟?"

"不错,那是我家小姐,我们是主仆二人。"

"唉,丫鬟哪!我家不是不借宿,我家小女玉香门外买线,被贼头儿看着硬下聘礼,今夜三更不上轿,就要连杀带烧。如果我们要跑,就要全庄杀尽。你主仆不但不能住我家,上马赶快逃吧。"

丫鬟说:"你咋不找人把那贼人打回去?"

黄福说:"寨主枪法厉害,无人能敌!我听说樊官姑的武艺高强,想求她,恐怕连人也找不着。"

丫鬟说:"我告诉你,到你家来投宿的那位马上小姐,就是寒江关镇关都督之女,小姐樊梨花樊官姑。也是大唐营二路元帅薛丁山的夫人!"

老黄福跑到跟前儿就跪下了:"樊小姐樊官姑,救命吧!"樊梨花影影绰绰,也听个八九分。樊梨花起初认为:丫鬟不应该替我多事,我一个人顶几个人用,我心似火烧一样,恨不得一步就到八卦山。又一想也对呀，人还有见死不救的吗？又一看这个老爷子跪到地上，樊梨花心软了，赶紧下马过来扶老人："您快请起，丫鬟，搀。"

夏莲赶紧过来，主仆两人把黄福老爷子搀起来，看老爷子的眼泪，噼里啪啦，一对一双地往下掉："樊小姐，樊官姑，我们是闭门家中坐，祸从天上来。小女从来不大出院，就这回她着急做活儿，她就买了点针线，没承想就被个山大王给看见了！前面这个山叫斑鸠山，山上的大王白天来硬下聘礼，应也得应，不应也得应，今天夜里说来抬亲，如果我们跑了，全村杀光。我们于心何忍？我们就认可等着，他要万一不来呢？我们就活了，捡着了。要听着外面一叫大门，我们三口人在屋子里头，刀子、剪子都准备好了，一块儿死。可是樊小姐，您来了，我们就恳求您，大发慈心救命吧，樊小姐啊⋯⋯"

"好，您老不要难过，丫鬟。"

"小姐，咱就住到这儿吧？"

"好。"

丫鬟夏莲高兴了："这不就答应了吗？你就看热闹吧，他寨主啊？寨主他爹，他爹的爹出来也不行！你信不信？"

"我怎么不信呢？樊官姑就在这咳嗽一声，他都不敢进院。"

樊梨花也憋不住乐，这老爷子把寨主形容那么厉害，回头我咳嗽一声，寨主都不敢进院？老头儿子进院就喊："老伴儿啊，女儿啊！救命恩人到了，女菩萨来了！"母女正在屋里哭得死去活来，听说有救星，都出来了。娘儿俩一看来两个女的，一个好像是丫鬟，穿着大坎肩，再看樊梨花，身披着斗篷，头上也罩着发，在肋下佩着剑。丫鬟拉着两匹马，樊梨花进来，老伴就过来了："老头子，这是哪位女菩萨？"

"哪位？做梦咱都想不到啊！这真得说是上神睁眼呢，没有绝人之路啊！这就是寒江关素往咱们说的那位樊小姐。"

"啊？你怎么把这么大一位樊小姐请来了？"

"可说呢！她就来了嘛，磕头。"

老伴磕头，姑娘也磕头。樊梨花一瞅，这位老妈妈慈眉善目，穿着一身蓝布裤褂，白袜青鞋，眼睛也哭肿了。旁边一位姑娘，樊梨花注意一瞅，怪不得高山上野人无礼。看这个姑娘：一阵阵香风扑面，

447

一声声燕语莺啼。娇滴滴柳眉杏眼，嫩生生粉面桃腮，真好像月里嫦娥下瑶台。樊梨花见面是特别喜欢，看这个姑娘也就在十六七岁。樊梨花当时叫她们娘儿俩起来，一问姑娘叫黄玉香，黄福老两口子这就往里让樊梨花，把马给拴到西边马棚。到里边让坐下，看这个意思，老两口子手也不知道忙啥好，脚也不知道搁哪儿好，嘴也不知道唠啥好，这一家三口人赶紧安排酒菜，樊梨花吃喝完毕。黄福说："斑鸠山离这不到二十里，出南村不到五里，群贼准从鸳鸯河桥上过。"

二更多，梨花主仆乘马出了南村口，踏过桥，就听南边鼓乐喧天，鞭炮齐响，灯笼火把，蹿出一匹马，他瞪眼咬牙，双手托斧，紫扎巾紫箭袖，面似花里棒，"美人，找哪个？嫁给我孙刚得了！"

樊梨花一刀，小子一躲，樊梨花一翻腕子，他一缩脖，扑哧一声砍掉半拉，这小子窝囊，憋里巴屈让樊梨花一刀给抹了。后边这个三寨主一看可了不得了："好恼啊！气死我也。"樊梨花在马上看这小子头戴壮帽，面似锅底，短衣襟小打扮，腰系皮鞓，胯下花斑豹，在马上托着一口三尖两刃刀，他大嘴一张，活号："杀了二寨主这还得了，不给厉害哪里知道，哪来的野女？"

樊梨花在马上瞅着他："你是什么人？"

"我是斑鸠山三把交椅，我姓马，名强，刚才死者是二寨主孙刚，你杀了二哥，这还了得！野女何人？"

"你不用问我，我先问你，你带这些人深更半夜干什么？呼号乱叫的，你瞅瞅你整得多惊人？人家黎民百姓白天干一天活儿，晚上不睡觉吗？"

"啊，哈哈！睡觉？我让他们死他们都不敢活着，还谈起睡觉？我这三百喽啰兵看见没有？我们今天晚上来就两个打算，要顺顺当当，百无一说；要是不顺当，我们嘭嚓扑哧，不说把全村杀光，也得宰他大半！你看后边抬着花红小轿，你没瞅着后边的人都干什么呢吗？那吹吹打打，鼓乐喧天，我们是办喜事！刚才还放了一挂鞭，你没听见吗？我们是娶亲的，还管白天晚上，就这个时辰好！"

"娶什么人？"

"黄家庄黄福之女，黄玉香。"

"给谁娶？"

"给我们大寨主薛应龙，斑鸠山头把金交椅。"

"你们定亲了吗？"

"白天定亲，晚上来娶。"

"人家答应了吗？"

"不答应能留聘礼吗？"

"聘礼不要，你们不拿走，为什么？人家说不允，你们说了就要杀人家全家。三更天就上轿，不答应就开杀。白天要跑了，杀全村，这话谁说的？"

"我说的，怎么你还干涉得着？"

"你还懂王法不？人讲礼仪当先，树讲枝叶为源。定亲得双方愿意，没有一头儿沉的，人家不满，你们就硬娶，这不叫欺男霸女吗？干什么？你们要这样做，我为什么管不着？我是过路的，我跟黄家一不沾亲，二不带故，这整个黄家庄里头没有我一个认识的，走到这儿听见这件事情，我今天是非管不可。你们识时务，现在就算罢了，你们留的东西，让他们给你们拿走，赶紧把小轿抬回去。如果要不听我的良言相劝，看着没？死一个，恐怕你也回不去了。"

"哎呀，野女！二寨主刚才不慎，没承想你敢动手。现在你想赢我？我这口刀从来也没逢过什么叫对手！你劝我，我也不能不劝你，给你个面儿，这么办吧，你要识时务，你就赶紧远去；如果不远去，你就叫她上轿，你要不让她上轿，你上轿也行。我抬回去大寨主不要，我给你说，我给你劝，你在山上享福也行。你就替姑娘，她不愿意，你愿意更好……"

樊梨花这气呀："你住嘴行不行！你再往下多说一句，我就宰你！"

"哎呀，还你宰我……"嗡——"看刀！"马强刀一来，樊梨花当——搁刀一架，大刀斜肩带背，就奔他下来了。他一低头，这刀搁上边下去，樊梨花刀往回这么一翻腕子，搁他的右边下巴上，噗！把一个脑袋就给削去多半拉！那一股鲜血唪起的一下子，蹿起多高啊！喽兵一看，妈呀！什么叫花红小轿啊，鼓乐喧天啊，什么刀枪啊，全扔没有了！金命水命不顾命，抱头鼠窜。樊梨花在桥头大喊一声："你们慢跑，我不追你们，让你们的大贼头儿赶紧前来受死。他如果要不罢亲的话，我杀上你们高山，一个不留，斩草除根。"

丫鬟说："对，你们这帮鸡毛蒜皮，用不着小姐，我就把你们都收拾了。"

喽兵们跟头把式上山来找大寨主，来到分赃聚义厅，"报！报！"

头把金交椅大寨主十字大披红，帽插双花，外面大蜡都点着了，天地桌上面各样具备，红毡也准备了，洞房也收拾好，整忙活一天。今天晚上都拉着架子，喽兵也好，偏寨主也好，都等着推杯换盏，高谈阔论，喝他个一醉方休。大寨主正在这儿候等，进来这一报，听语气瞅模样儿，简直的吓得一个个都脱了相了！大寨主问："怎么回事？"

"启禀寨主爷，我们娶亲到鸳鸯桥，有一个女的拦住不叫去，结果两位寨主跟她对手交战，叫她一刀一个都给杀了！"

"啊，她是什么人？"

"不知道啊，就是不叫娶亲。"

"好恼！马来！"外边有人带马抬枪，寨主出来绗镫扳鞍，乘跨分征裙，一声炮响，带领着三百多喽兵，就由打班鸠山的盘山道，尘土飞扬，就像一条土龙，飞了一样就下山了。直接的十几里地就来到鸳鸯桥，老远地就看见有个丫鬟在马上耀武扬威，另外有一女的在马上提着刀，一瞅这个架势，大寨主薛应龙就火了：就凭你们，杀了两个寨主，还阻挡我娶亲？我又不是无理。他马往前奔高声喝喊："野女休走！"过来就一枪。

第六十九回　收子薛应龙

斑鸠山头把金交椅、大寨主薛应龙，带领喽啰兵像猛虎下山一样扑到桥头。他心想：别看我岁数不大，我有生以来不挨打不受骂，不看脸子不听话，软的不欺硬的不怕，那真讲究脑袋掉了碗大个疤。你多软多无能我不欺你，你多硬多厉害我不怕你，为什么欺到我的头上？二寨主孙刚，三寨主马强，他们两个因我娶亲而死，这还了得，我一定要给二位兄长报仇。所以他到鸳鸯桥头老远一看，这个女的在马上提刀耀武扬威，薛应龙简直是火高万丈，怒气冲天，钢牙直咬啊。心暗想：男大当婚女大嫁，因为什么你不叫娶，还把人杀。应龙想罢高声喊："野女，为啥阻拦娶亲？"

梨花说："娶亲应该两下愿意，深夜抢亲却是为何？"

应龙说："咱俩去问姑娘，你听她说嫁不嫁人？"

梨花说："人家是闺阁女，凭啥见你？"

英雄说："凭我手中枪。"

梨花说："恐怕你胜不了我手中刀！"

应龙赌气说："我败你手认你干妈。"

梨花说："好孩子！你先动手吧！"

应龙拧枪分心扎过来，他要是和别人打，那确实厉害，和梨花打，真就不是对手。走三趟就让梨花打落了马，梨花挖苦说："孩子，起来，娘不杀你。"

应龙说："大丈夫不死无名刀下，请问您是哪一位？"

"你有眼无珠。你祖父老帅薛礼，你父薛丁山，我是你妈樊梨花。"

应龙想磕完头就是薛少帅,干脆跪爬半步:"干娘在上,儿应龙跪拜!"

樊梨花闹得抓瞎了!弄假成真了,叫出干娘这个字样,樊梨花脑袋轰的一下子。我俩能差几岁,自己是一朵花没开的大姑娘,急忙说:"不许你再叫干娘,只要亲亲娶,留你一条小命。"

"大丈夫可杀不可辱,叫完娘,又不认儿,我就不活了。您收儿,我准孝干娘,如不孝不得善终。"

梨花想:这次救丈夫,能不能和美难定盘星。真要再把我逼走,有这个儿子,再抱个孙子,我也算行。想到这儿,忙问:"你因为什么要占山?"

应龙说:"我独身无家,以武会友。那日到此山,寨主劫道,被我战败,他俩请我上山当了大寨主,他俩说,有个姑娘非要嫁我,我不要不行。干娘如果不信,李成!"

应龙回头叫李成,头目李成赶紧跑过来,看寨主在那儿跪着他也跪下了:"寨主爷,您有什么吩咐?"

"李成,我问你,你能不能说实话?"

"寨主问吧,我能说实话。"

"我到高山多长时间了?"

"寨主爷你到这儿一年过去啦!"

"我怎么占的山?这山是我开的我占的吗?"

"不不不是,是死的二寨主、三寨主坐地占山,您到山下路过,劫您没劫了,叫您打败了,才请您上山,把大寨主让给您了。"

"我再问你,今夜娶亲是怎么回事?你要说实话,有一句有差可要命啊!"

"唉,大寨主,这个事我还真知道,怎么回事呢?这就是死的二寨主和三寨主,他们两个想的办法。说真的呀,他俩要活一个,我也不敢说这话。就是打您老人家上山以来呀,这个山规就换了,这一换他俩就蒙了。您上山还记得吗?这一年挂零了,您一回也不劫道,就在这儿坐吃山空。山上这点底儿多少年积累的,都是拿命换的,这么劫、那么抢的,您就在这儿坐着花。俩寨主背地就合计,倒提拎着钱串往下撸的话,花没了怎么办?迟早不还得抢吗?不吃抢的饭,我们在这儿哪来钱呢？可是怎么劝您您不干，俩寨主就琢磨了，老这样怎么办呢？最后这是二寨主想的主意，说您老是一个人没有家口才不想这个，不像他俩有家，要给您老娶个家口，有了孩子，您就张罗抢了！这才到处寻找美女，正赶上行围采猎我们走到黄家庄，就赶上了黄玉香这个姑娘到门口买针线，叫我们这俩寨主看上了。一看这姑娘天仙下界，世上无双。结果俩人这么一合计，给您把这个亲定了。定完了就娶，娶完了您就该开抢啦。可是准知道人家不愿意给呀，到那个地方我就拿着聘礼愣下，就告诉今天晚上三更来抬亲，给也得给，不给也得给。不给杀全家，你们要是跑了杀全庄，我们就回来了。可是俩寨主又合计了，跟您怎么说呢？要说抢的，您愣哈的也不能干呢。就说了，这个姑娘啊，你那天行围采猎在村里看见过您，看见之后就想您，意思非嫁您不可。托人来说媒，是姑娘父母托的，花钱雇的，要是寨主不要，姑娘就得悬梁自杀，这样一说您不就要了吗？您这一要这不就准备吗？今晚就抬亲，没承想就碰到这位——也不知道是哪的，她刀也真快，我眼瞅着嘭嚓扑哧就给二寨主和三寨主给归堆了。大寨主，我说的完全是实话，要有一句是假的，您就把我杀了。"

薛应龙叫他起来："你回去吧。"

"啊，是是是。"

薛应龙还在这儿跪着，仰面望着樊梨花："干娘。"

薛应龙跟樊梨花说话就从现在开始，没有一次嬉皮笑脸的，都是正言厉色。为什么啊？薛应龙也是避免瓜李之嫌，这个年岁真差不多，仅仅差三四岁，就这样成为娘儿俩，真不大好讲。所以薛应龙瞅着母亲正言厉色，说："您听见了吗？"

樊梨花听到这儿也相信，知道现说谎也不赶趟儿。樊梨花现在就这么想的：薛丁山要我，更好；真的再把我赶出来，我这辈子也就不见他了。我有了这个儿子，我马上就想法给娶媳妇，哎呀，再抱个孙子，我这老太太一当，我这辈子也就认啦！樊梨花一合计，看这孩子这个决心呢，我们刚才也说了，我要不认的话他不能起来，孩子非自杀不可。于是樊梨花也正言厉色，看看薛应龙："应龙。"

"娘。"

"好孩子，娘收下你了，你起来吧。"

"谢过干娘！"

他们这个母子，樊梨花是一句说出去了，洒水难收，不能不算，逼到这个步上了，别在这儿把孩子逼死。那么薛应龙呢，真是有点贪图。贪图什么？他想的是：我在这儿占山不是长远之计，那么上至贼父贼母，下至贼妻贼子，久后难免抄山灭寨。自己年轻，来日方长，有这个机会投到大唐营，借这个光暄暄乎乎就兴起来，薛应龙是贪图这个。这阵儿薛应龙站起来，往旁边一闪："伺候母亲。"

樊梨花瞅瞅他："应龙，叫你的喽啰兵暂时回山，你跟为娘进村。按照你们的说法，我明白了，这里头是个误会，完全都是由死者造成的。你到村里见到黄老人家，你跟人家道个歉，赔个礼，明白吗？"

"儿遵命。"薛应龙叫李成，"带着大家赶紧回山，我跟干娘到黄家庄，你恐怕还不知道，我干娘是谁谁谁，我干爹是谁谁谁，我干爷爷是谁谁谁。"

哎呀！李成也乐了，我们寨主爷是真有这个命啊！吃现成的，冷手抓热馒头。孙刚、马强多少年的基础，到这儿就让了，头把金交椅大寨主。从来不下山打架，这回刚下一回山，还没打架就弄个干少帅，"哎哟您恭喜！您恭喜！"

"好了，你们放心吧，我会把你们都带去的。你把孙刚、马强弄回去，不管怎么样，他俩为我一回，用棺材把他俩成殓，葬了。"

"是。"李成带着喽啰兵抬着死倒儿往回去不说。樊梨花带着薛应龙三个人上马，过了鸳鸯桥几里地，进黄家庄。边走夏莲边看，越看越烦，心里越难过，暗暗埋怨姑娘，这叫弄得什么事啊？这也摆不出去，说不出去，难免人家说三道四。丫鬟也知道她家小姐和姑老爷虽然有夫妻之名，没有夫妻之实。你大姑娘收这么大个儿子，你还带在身后，见到姑老爷这关不好闯啊，恐怕你们夫妻感情比过去还要加倍恶劣。就目前这个黄家庄人家怎么论，这都不好说。丫鬟儿番几次要张嘴劝劝，又没敢。一看事已至此，知道也没法再变嘴了，只能说丫鬟心里头不好受，着急。觉得姑娘不幸，时运不佳。

这时候三个人马离村还很远呢，一看这全村的黎民百姓，男女老少，上千啊！都在村头儿这看。你别看是在夜里头，这阵儿已经全村都知道了。一个传十，十传百，都说老黄家来救星了，谁呀？一听是樊官姑，哎哟，也不怕山贼了，也有胆子了，也敢出头了，都来迎接。老远一看，主仆回来了，这是打胜了？有眼睛好的一看，"坏了！把寨主领回来了？"这阵儿黄福老两口儿也愣住了，难道说樊官姑跟这个山贼还有什么亲戚？哎呀，那要是山贼的亲戚是樊官姑——他瞅瞅大家，不光是我家呀，你们家也都够呛啊，大伙也都傻了。老远大伙就都跪下了："樊官姑！樊官姑您辛苦啦！您救命啊，樊官姑您帮忙啊！"

黄福老爷子来到跟前儿，给樊梨花要跪，樊梨花忙给扶住："不必如此，老人家您多担待吧，这个事情啊，全是被我刀劈的孙刚、马强这两个小子所为，这个大寨主叫薛应龙，他现在已经把这个事情都给说明白了，他完全不知道是他们到这儿硬抢亲。现在他已经拜在我的面前，这是我的义子干儿，应龙——"

"娘。"

"给老人家赔礼。"

应龙过去施礼，就跟大伙说："大家曾记得我到这儿的日子不算少了，一年多了。从我来，这路事有没有？不用说咱们庄有没有，就是旁的村子有没有？听到过我抢的没有？听到过我劫的没有？欺男霸女的事情有人敢干吗？恐怕没有吧？"

"哦是是是，这倒是。从您老到这个山上，真得说我们地方倒安宁太平了。突然就出这个事，起初我们都不信。我们也就琢磨，这人哪会变啊！您打上山以后，山上的喽啰到了外头都公买公卖，说话也不瞪眼，可是我们就认为您和那两个小子待长了，可能就变了，所以就有今儿下晚抢亲这个事。谁知道还是这么一回事，哎呀寨主爷我们可知您，您没做过恶事。"

所有人见过薛应龙，暗地里全都竖指赞美，都说是没做过坏事。黄玉香在暗地里不看还则罢了，她一看，薛应龙长得漂亮，有人情，是个正经人，又加上薛应龙拜樊梨花为干娘，这个人真是前途不可限量啊！黄玉香这个时候羞答答把她母亲拉到后边："娘啊，我跟您说几句话。明天他们走后，女儿只有一死。都知女儿今天被抢，久后怎么再嫁人？"

黄氏找黄福来，黄福进前屋跪倒梨花面前，把女儿想法讲一遍，梨花说:"这怎么办好?"

黄福说:"只能一俊遮百丑,小女高攀嫁令郎。"

梨花说:"现在就拜天地,儿媳妇过门儿,我要看看。"

这下子不但把老两口儿乐坏了,姑娘暗中乐坏了,全村的人都乐坏了。为什么?全村人一个是看一对小夫妻年貌相当,另一方面讲,现在薛应龙的身份是大唐营的薛少帅,如果说黄家庄里头老黄家的门婿是薛少帅,全村人还受什么气呀?谁敢欺负?有个大事小情的,那也就借个光说两句,或者老黄福出来拿鼻子哼一声就完了。哎呀,大伙这个高兴啊!后边光女的来了六十多号,帮着姑娘梳洗打扮,前边设摆花烛,大蜡点着了,也不知道谁家还放了鞭炮,噼里啪啦,还干上了,这个村还有吹喇叭的,真就帮着呜嗷也吹上了。杀猪宰羊,全村这一忙乱,两口子一拜天地,二拜父母,夫妻对拜,引进新房。

樊梨花点了点头,心中暗想:薛丁山,别看你欺我,我受气,你不要我,我现在儿子媳妇都有了,过两年我再抱了孙子,哼,我樊梨花人生也行啦!事情都完善了,樊梨花又来了乏劲儿了。她本来因为身体不舒服才要到村里头借宿,由于借宿惹出这些事来,现在这些事都尽善尽美,四平八稳了,樊梨花也有点犯乏啦!"哎呀,亲翁亲家母,我少陪你们啦,你们要原谅,我……"

丫鬟就说了:"我们家小姐就因身体不好,到你们这儿前来借宿的。嗯,你摸摸我们家小姐的手。"老太太一摸,这个热呀,赶紧说:"我给你去弄碗汤喝。"给樊梨花又整了点热汤,叫樊梨花在这儿后屋静静休息。

前边杀猪宰羊忙乎着,老两口儿简直站不住脚了,心里头也琢磨:这真是我们家不幸之幸,坏事变成好事!这个时候突然有人来说:"黄大哥,门外来个老道,一惊一乍的,不知道怎么回事。"

黄福还真信这个和尚老道,神啊佛的,妖了魔了。他就赶紧搁里边来到大门,仔细一瞅,老道中等个儿,不胖不瘦,白脸上长着豆粒大小的黑点,斑斑点点的。穿着黑道袍,头上戴着青色的道巾,手里拿着个拂尘。老道拿着拂尘在这大门上直打,啪啪啪!"哎呀,无量天尊!哎呀,无量天尊!"

黄福过来上前施礼,忙问这位道长:"您在门外惊讶,有事吗?"

"你是此院之主?"

"啊,不错啊,我叫黄福,这是我家。"

"那么请问在这儿什么人成婚?"

"嗯,是我女儿玉香。"

"她嫁给什么人了?"

"大唐营薛老元帅之孙、二路元帅薛丁山之子叫薛应龙。"

"啊!无量天尊,善哉啊,善哉!这一对死得好苦哇!"

黄福这眼睛就直了:"什么死得好苦?怎么死得好苦?"

老道说:"你有所非知,今天成婚?谁给择的日子?犯冲煞呀!"

"没辙呀!我们就急着拜天地,没合计哪日拜堂好啊!"

"就今天不好,今天晚上啊,最低就得死两口。明天就得加一倍。"

老黄福扑通跪倒了:"道爷,您救命吧!这可怎么办呢?"

"你快引我进洞房去看看。"

黄福跟头把式领着老道进了洞房:"就是这儿。"到里边赶紧让人告诉新娘新郎,叫两口子别怕,外边来个老道,给消灾难来啦。这两口子站在两旁,老道喊一声:"无量天尊,孽障!你竟敢在这屋里欺人家新婚夫妇,哪里走?着五雷!"

拿起拂尘,啪啪啪!就在屋里乱甩。三甩两甩,啪啪啪啪!哪知道这阵儿薛应龙就觉得脑袋忽悠一下,扑通栽倒,新娘黄玉香也倒了。老黄福说:"我怎么脑袋晕呢?"扑通!也倒在地上。

老道念声:"无量天尊!"哈哈大笑,从打道袍里亮出一把匕首,一个飞身跳到薛应龙的跟前儿,举刀要杀!

第七十回　庵内遇恩师

上一回书，说黄福老爷子信邪，来这么个老道，硬说日子不好，犯冲伤，领到洞房给除除灾。没承想这个老道没安好心，他在洞房里拿着那个拂尘甩呀，那里头是药，薛应龙和黄玉香扑通都倒了。黄福老爷子也觉景儿，不好！这是怎么回事？他刚一愣，这个老道在道袍里头捞出来匕首，明晃晃锃亮，老爷子黄福一看不好，他一转身往外跑，扑通他也倒了。老道没理他，直接亮出这口刀是先奔薛应龙，来到跟前儿刀往上起，刚想要落，啪！老道的手背挨这么一飞蝗石，刀就扔了！他一转身奔北窗户，刚一抬腿，啪！打到后脑海一块飞蝗石，打得重了些，"啊！"他抬腿眼看就上窗户台，打算要走，咣！摔下来了。老道昏沉沉地摔到地上没动，这个时候，打石头的人就进来了，谁呀？樊梨花！

樊梨花听到人讲，在门外来了个老道，到洞房里头给除邪，说今天日子不好，不应该完婚，犯冲伤，今天死俩，明天就得死四个。樊梨花就觉得不好，所以她赶紧把革囊佩好，带上佩剑她就奔洞房来了，来得是真及时。

这个时候院子里的人来不少，小伙子们呼啦把这院子里的棍子、棒子、铁锹、二镐、二钩子、顶门闩都干来了，他们往屋子里闯，把老道拽出去捆上了。

樊梨花拿出解药来，自己闻了一点，给小两口搁解药在鼻子上一抹，噗噗，吹了两口，这两个人阿嚏阿嚏全起来了。黄福老爷子也给用解药，阿嚏！他也起来了。啊？这都是怎么回事？这三口子，你看看我，我看看你，这时候就听外面跑进一个人："黄大爷。"

"什么事啊？"

"大伙把老道捆在树上，要杀，这个日子，杀人好不好？"

黄福也蒙了，没有主意，"嗯这个，樊官姑，您看怎么办？"

老伴儿也跑进来，"哎呀，最好别杀，一来他是出家人，二来咱们大喜的日子杀人也不吉利，再说这可是人命，杀完了行吗？"

樊梨花搁里边出来，来到天井院一看，院当中大槐树底下捆着这个老道。这阵儿老道叫大伙给浇了两桶水，把他整醒了。大伙把道袍给扯开，露出胸膛，有人拿宰猪的刀说要把胸给他豁开。大伙正乱着呢，老道说话了："哎呀，咱们为什么结仇啊？我跟大家一无仇二无怨，大家为什么这样对待我？这么办合适吗？我不短你们的命。"

"不短命，你来干什么来了？人家新婚，你到这闹什么？你跑洞房整什么迷魂药？把人都撂倒了，你还亮刀要杀人，这口刀就是你的，就拿着你这口刀捅你，你不是个好老道，你是个妖老道！"说话小伙子往前一近身，刀真起来了，听着后边说话："住手！"

小伙子一回头看是樊梨花，"樊小姐。"樊梨花上下打量打量这个老道，这个时候就有人说话了："嘿！老道，你把眼睛睁开，有眼无珠的东西，你还在这个地方刮旋风，你还敢闹事，你看看这是谁？这就是二路元帅的夫人，寒江关的樊小姐，樊官姑，你听没听说樊梨花？吓死你，你跑这儿闹来了！"

就看那个老道打了一个咳声，眼泪就下来了："薛夫人，你酌情吧！杀我呢，我死了也不冤，咎由自取，谁叫我胡闹？你要能饶了我呢，咱们结个缘，从此呢，光棍回头饿死狗，我就苦海无边，回头是岸，我现在已经都明白了，不过有点晚了。"

"你是哪儿的出家人？"

"唉，别提了，我师叔死到你手。"

"你师叔是什么人？"

"他是青龙关的黄子陵。我师父就是白纳道。"

"哦，你是八卦山九莲洞三仙祠的。"

"对，我师父为我师叔报仇，也没报了，打得灰突突。现在听说在八卦山九莲洞三仙祠那，两下正在开战，我师父也在那儿，我是奔那儿去的。没承想我走到这儿，打算到庄里讨点斋饭，听到这里头夜里完婚挺热闹，我一打听才知道，你的儿子在这儿完婚，我就糊涂了，想要到洞房把你儿子杀了，好给我师叔报仇出气，也不枉我师父收我一回。"

"你道号叫什么？"

"我叫黑纳道。"

"那么你认为我杀黄子陵是错的吗？黄子陵是我找到八卦山九莲洞杀的吗？他把大唐营困住，在两军阵杀人若干，他跟我们做死对，没办法我才把他铲除的，你认为我们这是私仇吗？不是。你师父打了败仗，也是他兵困黑风关，助纣为虐，他坐在八卦山九莲洞三仙祠，我能找他吗？我认为你师叔死得不冤，你师父败得应当。再者说，你师父和你师叔既然不行，你去干什么？有什么用？话又说回来，现在你落到这儿了，大伙在这儿要把你万剐凌迟，你也知道后悔了，如果我现在放了你，你能学好吗？"

"啊，还能放我？"

"能，就问你能不能学好？"

"如果放了我，我现在远走高飞，绝不奔八卦山。"

樊梨花跟黄福一商量，大伙都听樊官姑的，谁敢多事，把老道解下来，把他的道袍带都系上，都弄整齐，老道跪倒千恩万谢，樊梨花说："你不用客气，你走吧。"

"哎呀，我多谢放命之恩。"老道就这样走去。

天亮了，樊梨花应该紧急起兵，起不了了！这一忙活一宿没睡，本来身体就不好，这一下病不轻啊！高烧，早饭没有吃，樊梨花就躺下了，大伙忙了一天，到晚上樊梨花才喝了点汤，出了点汗，樊梨花又在这过了一夜。

天又亮了，樊梨花起得还不算忒早，身体还是懒洋洋的，樊梨花一琢磨：不好，我要再带兵慢慢往前走，兴许误事，救兵如救火，差一时一刻都不是玩的。公公要到了，我还没到，再把公公闹出事，我怎么收拾啊？本来丁山就不满我，恨我，再把公公闹出事，他更占到理上了。樊梨花虽然身体不太好，一想：我今天赶路，凭我这匹千里胭脂雪，无论如何得赶到。吩咐把两个都督叫来。陈然、龙威到了庄里见樊小姐，问："小姐，有什么吩咐？"

"你们二人带兵不要动,就住在黄家庄,你们不要随便进村,村里头有我的亲翁黄福在,我收了一个义子应龙,和亲翁的女儿玉香,已经完婚。他们新婚,我不想带走,让他们夫妻先住到这儿。另外,你们带着这一千二百人,严防注意以外,不要让大家随便出去,在这儿候等我信儿,我到那儿打了胜仗,一定来信儿,你们再去。"

陈然、龙威说声得令,他们二人走后,薛应龙不太满意,跟母亲说:"我跟您一块儿去。"

樊梨花一想:我净受这个气了,夫妻新婚,我把儿子带走,叫媳妇怎么想?一定让他们小两口在这团聚。再者说也用不着薛应龙帮忙,樊梨花瞅瞅小夫妻:"应龙啊!不但你我不带,连丫鬟都留下,让她在这伺候你们,我一个人走,因为事情危急,我要一步迟也迟,对你义父不利,你义父已经被获遭擒,不知长短如何,我从草路来的,咱们娘儿俩是巧遇。"

"娘啊,如果前边用人,还是让我去吧!"

"不,说不让去就不让去,你要照看亲翁。"

黄福说:"薛夫人,你不用再讲了,咱们是自己人,话又说回来了,我们也太满意了,太高兴了。"

樊梨花又嘱咐:"应龙啊。"

"娘。"

"斑鸠山几百人,他们愿意回家的,可以让他们走,山上有钱,可以给他们带,不愿意走的,不要让他们胡闹,更不能下山抢劫。他们在山上,暂时饿不着就行,等我在那边安排完毕来找你,你去把他们都带着,让他们改邪归正,弃暗投明。"

"谢过干娘的关怀。"

樊梨花一切都安排好了,大伙一块儿在这给樊梨花饯行,送出来,樊梨花把马肚带紧好,自己把刀挂上,散披斗篷,带上佩剑,腰里头挎上革囊,丫鬟往前进了一步:"小姐,那么我要和你一块儿……"

"不,你留到这儿。"

"是,小姐,您可要保重。"

"你放心好了,你们就等信儿吧。"樊梨花飞身上马,顺着这条道

461

直奔八卦山。一撒马抖开丝缰，也慢说她身体不好，就是身体好，在马上并不像坐火车那么舒服，那马颠簸起来高低不平，山路是曲曲弯弯，那个时候哪有油漆马路啊？好家伙，那马踏开这一条道路，什么有道没道啊，什么绵延小道草道啊，就像一条土龙一样，这个马就一直干过了晌午。这阵儿未时眼看就要到了，樊梨花就觉得口渴，她把马一缓，前走闪出一片树林，影影绰绰有个大院，来到跟前儿弃镫离鞍再一看：滚龙脊，褐瓦沟，朝天犼，冲天兽，一瞅这个房顶就明白了，是个庙。来到山门一看，上面门楣一块黑匾，写着三个大金字：莲花庵。樊梨花心里高兴：我口渴，找点水喝，和尚老道庙可也行，总不如庵院方便，樊梨花还懂得出家人的规矩，清规戒律蛮熟。

樊梨花来到山门这个地方，刚想把马放到一边，到跟前儿去扬手打山门，就觉着左边这个青龙门开了，吱扭一声，从里边走出一个尼姑，看岁数冷眼一瞅也就四十多岁，尼姑光着头顶，穿着灰僧袍，青护领。这个尼姑从门里出来瞅了半天，"施主从哪儿来？你打算要……"

"师父，我是过路的，我走得太口渴，打算麻烦师父，讨碗水喝。"

"请进来吧。"尼姑把这个门大打开，到里边把马给拴到树上，把樊梨花让到净室落座说，"我去给你拿水来。"

尼姑出去工夫不算太大，从外边拿进来一把泥壶，到里边就给樊梨花倒了一碗。樊梨花嗓子干得都吐不出唾沫了，都冒烟了，瞅着这个水，比饭都香，樊梨花把碗刚端起来，就听得有人说话："慢！"

"啊？"樊梨花愣了，就连这个尼姑都愣了，门唰地开了，进来个老太太，眉毛头发都是白的，上下身衣服也是白的，身上披着个斗篷，还是白的。这个老太太手里拿着一条龙头拐棍，腰里还别着一个如意莲花。这个老太太一进来，樊梨花啊了一声："师父！"

她刚说个师父，就看这个尼姑一转身要走，老太太一扒拉她："站住，你给过路人准备的水，下的什么茶？"

"这，茶不太好，就得将就着喝……"

"我就问这个茶喝下去应该怎么样？"

"喝下去清心明目，能够避暑解渴啊！"

"那好，既然这么好的茶，你把这一碗喝了。"

"这……"

"快！"

老太太沉下脸，冷言冷语，就看这尼姑脸唰地也就变色了："怎么？你是哪来这么个老乞婆？你想干什么？你在我这莲花庵还想出出风头？别怪我不客气了。"

"客气也好，不客气也好，你得把这碗茶喝了，你不喝这碗茶，我就把你凿死。"

"啊，你敢跟我无礼。"就看这个尼姑脸一变色，往前一进，樊梨花看她一伸手就明白了，练家子，不含糊。老太婆微微一笑，一闪身，没叫她打着，她一打空了，两打空了，老太婆拿这龙头拐棍，啪这么一晃，下边一缠她的腿，一个跟头就给她撂倒了，"不许起来，起来我要你的命。梨花，把这碗水给她灌了。"

樊梨花端过水，尼姑说："不不，我不喝我不喝！您老是哪路高人？我该死！"

樊梨花也愣了，"你这茶里……"

"我这茶里有药，你喝了你就要糊涂，你糊涂你就没命了。"

樊梨花说："这可怪了，咱俩素不相识，不用说仇和恨了，你为什么要害我呢？难道说你图财？"

"我不是图财，我从来没干过这样的事，破天荒，我也就碰上了。"

"到底怎么回事？你细说。"

"我有个道友到这儿了，暗地里看见你在这儿找水喝，他拿出这个药让我给下，我不敢惹他，他是八卦山九莲洞三仙祠白纳道的徒弟。"

樊梨花瞅瞅她，"难道是黑纳道？"

"是。"

"他在哪儿？"

"他在后院。"

"好，你领我去看。"

樊梨花到后边找黑纳道，什么道也没有了，樊梨花当时瞅瞅这个尼姑，"你下次还这样干吗？"

"我们从来慈悲为本，方便是门，今天就是我万不得已，我错了，

463

就是把我杀了,我也不冤。"

老圣母旁边打了个咳声:"好吧,这样的话,你下一次如果再有此事叫我知道,绝对九死无一生。"

"是!我谢谢您老人家宽恩。"

老圣母一摆手,"去吧。"这个尼姑转身走了,千恩万谢。老圣母一转身,"梨花……"樊梨花眼泪唰唰就下来了,跪在地上,往前一扑——

圣母把徒弟劝了一番,告诉梨花,飞空和尚枪刀不入,应该如此这般……又说明今后注意这些琐碎事,随便就吃人家东西,多危险!师父不赶到还有命吗?樊梨花点头,服了。这才又把这个尼姑找来,圣母监视她烧水,樊梨花喝好了吃饱了,圣母带着徒弟出了庙,告诉梨花:"赶紧去吧!师父有事我不跟你一块儿走了。"

樊梨花给师父磕了头,乘跨战马,就这样,要黑天来到大唐营。她一到八卦山的唐营一叫营门,都认识,就把她放进来了,进营到帐外才有人说老元帅在外头打仗,樊梨花没下马就穿营而过,出西营门,一看两军阵打得正厉害。一看这是个出家人,樊梨花知道不好,马就上来了,老帅一落马,樊梨花这飞石子,啪!就过去了!

这飞石子啊,头一下把他手背打了,二一下把剑打掉了,三一下,打到老道后背,老道就知道不好,撒腿往山上跑,樊梨花随后就追,追到这个山坡上,就在石头上站着一个和尚,就听这个和尚大喊一声:"弥陀佛!哈哈哈,真乃欺人太甚,道友这边来,我飞空在此。"

樊梨花一听你就是飞空,哎哟,柳眉倒立,杏眼圆睁,往前一飞身,仗剑要单身斗凶僧。

第七十一回　梨花掌帅印

上回书樊梨花听那和尚讲："道友，这边来！我飞空在此。"樊梨花听得真而切真，哦！这就是那个凶僧啊！樊梨花一看，果然这个和尚长得凶恶：身高丈二，五大三粗，胸宽背厚，肚大腰圆，紫微微的大脸，大耳垂轮，大奔儿喽，大下巴，两眼入眶。樊梨花心里在想：丈夫就是他抓去的，这个凶僧不一般，师父嘱咐再三要我谨慎，难道我梨山圣母的门下，就在一个和尚面前我认输了？不管怎么样，我要先跟他分个高低，实在办不到，再按师父的办法行事。

樊梨花在想着的工夫，和尚从石头上跳下来了，一步一步就来到樊梨花的面前。和尚左肋佩带一口剑没有亮出来，右手拿着铁拂尘，左手一打问讯："弥陀佛，面前来的女将，你可是大唐营的樊梨花？"

"高僧真有眼力，不错，是我樊梨花。"

"薛丁山是你汉子？"

"不错，我们是夫妇。"

"薛礼白袍是你公公？"

"不错，那是老人家。"

和尚闻听哈哈大笑："樊梨花，久闻大名，难得一见，今天幸会！久知你是个高人，好！我要开开眼界，领教领教高人的剑术。"

樊梨花瞅着和尚说："您就是什么……飞空长老吗？"

"不错，我就是人称金刚化身的飞空，我在金鳌山极乐洞，我师父人称金华教主，所收一百零八个徒弟，我是他老人家的开门大弟子。樊梨花，你丈夫被我拿进了九莲洞，他在三仙祠没有遭罪，有吃有喝，我们是另眼对待。一百天你们要是救不出去，那可就休怪我无礼了,有言在先嘛!我先把他除掉,然后闯进唐营,最后打到长安,要取大唐朝整个儿的版图,让大唐的昏君让位。樊梨花,今天你是来救他呢,还是有别的事呢?如果要救他,我就陪你动手,要不想救他,那你想干什么请讲当面。"

"高僧,像您老这个身家得说是德高望重啊!金华老教主一百零八个门下,您是开门大弟子,您的名望、身份、本领,是如雷贯耳啊。我樊梨花认为呀,俗家的事您不应当参与,既入佛门,跳出三界外,不在五行中。出家人入佛门,您老受戒的时候应该谨记的五个字:杀盗淫妄酒,而今大破杀戒,这不是佛门弟子所为呀!入佛门讲究慈悲为本,方便是门,扫地不伤蝼蚁命,爱惜飞蛾纱罩灯,怎么还能杀人呢?再者说,出家人也没有什么七情六欲之感,什么叫远近厚薄之分,您这不是胡闹吗?我想贵宝刹僧有僧规,戒有戒律,一百二十八条僧规戒律如果您要犯着,您即便是老教主开门大徒,我认为老教主也不能袒护吧?您在这儿大开杀戒,有人禀明教主,教主动怒,恐怕要与您老不利,望飞空长老三思。我樊梨花也不是相劝高僧,您比我明白得多,我认为苦海无边,回头是岸啊!"

"樊梨花,你个黄毛丫头,怎么?今天还在这训起我来了?好,就算你说得对,就算我逆天行事,我糊涂了,我也不能就这么一会儿就明白了。来吧!既然把话说到这儿了,闻名不如见面,这机不可失,时不再来呀!我要领教。樊梨花,今天我先不亮剑,我来个赤手对白刃,多咱你樊梨花说这个剑已经使到顶点了,说我这个剑术拆不出来别的招儿了,就这么多了,我再还手,你看怎么样?你既然承认我是高僧,我就得让你一让了,樊梨花,请吧!"

樊梨花存心也要跟他较量,听到这儿就坡就下了:"既然高僧愿意这么办,恭敬不如从命,我樊梨花就从命吧。"

"哦,那请你亮剑。"

"好!"呛啷!樊梨花亮剑,心里也在想啊:我这口剑不但说我师父教我剑术,我师叔、师伯,我经了多少高人,真格的你这个高僧就这么厉害?我樊梨花叫你尝试尝试。樊梨花把剑往手中一握,和尚把铁拂尘往身后一插,他赤手空拳,凶僧心里的话:我僧袍里头内衬狻猊宝铠是枪刀不入,我前后心都保得住,我两只手护不住我的脸?嘿嘿，岂有此理！这个和尚真有点眼空四海，目空一切。樊梨花可不白给啊。梨花使的先天八卦剑，八卦剑三才五行八路分。三才剑术上中下，三路绝剑天地人。五行剑术分五路，五绝剑术，土火水木金。三才五行变八卦，剑光瑞雪片片云。苏秦背剑前后反，上下剑鲤鱼跳龙门。剑招一路分两路，两路又把四路分。四变八，八八六十四路如雨点，只见剑光不见人。下路剑法风不透，上路剑法雨不淋。前进剑术龙吸水，就地打滚蟒翻身。手指东西刺南北，虚晃咽喉下撩阴。飞空稍慢漏一空，嘭的一剑刺前心。

飞空也没有想到樊梨花这口剑这么厉害，真得说人家练到炉火纯青，登峰造极了！剑跟人就分不出个儿来了。那是人带剑起，剑随人飞，上下飞翻，寒光闪闪，里头带着樊梨花的人影，这个剑上下这一变化，和尚真就漏了空隙挨一剑，要不穿唐猊铠他就报销了。就仗着他穿着唐猊铠，嘭一下子剑没刺进去，樊梨花在这一刹那惊讶，才知道和尚枪刀不入，果然是实。和尚这阵儿恼羞成怒了，干脆他呛啷亮出肋下开天剑，照着樊梨花的剑，他也不管什么招儿，就愣削。呛啷吧嗒！呛啷吧嗒！把樊梨花的剑就给剁去了两半儿，手中剩下一口剑的三分之一。樊梨花知道糟了，不但凶僧枪刀不入，而且他手使的这口剑是削铁如泥。樊梨花明白了，没有赢他的可能，一转身撒腿就跑。和尚说："怎么着，你要跑啊？樊梨花，这可不行！咱俩有言在先，你使完了也得看看我的。你的剑术已经用尽，我才亮了我的开天剑，你只抵两趟就走，岂有此理！"他一下腰就追去了，虽然高僧快，樊梨花也不白给，八步赶蟾，噌！就上马了。那马跟主人的心情是一个，人家也是那么练的，千里胭脂雪不愧是宝马良驹，主人打仗不用它，它也在旁边看着，一瞅樊梨花奔它来，就知道不行啦。果然，樊梨花刚纵到身上，那马一下腰，风驰电掣一样就直奔唐营。那马腰往下一塌，前腿弓，后腿绷，翻蹄板儿亮掌钉，远看就是一条土龙。和尚？老道也追不上！把樊梨花给驮回来了。

这一阵儿樊梨花也看见了公公，早被人给抢回来了——那后边能都是木偶、死人吗？老元帅在那儿没人管？这一阵儿把老元帅早就抬进大营了。樊梨花回来告诉营门紧闭，守住汛地，弓箭雨点一样阻挡凶僧。赛霸王姜须赶紧跑过来："嫂子！真得说来早不如来巧啊，嫂

467

子,你要再晚来一步全完了!嫂子哎!我们在这儿盼星星盼月亮,总算把你盼来了。老伯父也是万不得已的情况下出马,怎么商量也不行,免战挂也不中。哎呀,这和尚老道是太讨厌了!嫂子呀,给他们点厉害也好。"

樊梨花瞅瞅姜须:"兄弟呀,咱们可没打赢啊。"

"不管咋地,总算还是不错嘛。嫂子,你来得太好了。"

姜须营门口布置一番,大伙这才围住老帅,樊梨花拿出解药给他,工夫不大,老王爷哼了一声,吐了一口黑水。白袍老帅慢慢睁开虎目,姜须在旁边扶着:"老伯父醒醒,醒醒!你抬头看看谁来了?老伯父好悬哪!"

"啊,难道……"

姜须如此这般把经过告诉老帅,老帅乐了:"哎呀,媳妇在哪儿?"

"公公,我在这儿,给您施礼。"

老王爷坐在这儿仔细看看媳妇:"起来起来,好媳妇,你来的还是时候,行啊!"大家搀起老帅扶上战马,一起回到帅帐。帐前的七大御总兵啊,徐清徐文建啊,一共能有几十员将围住老帅,又问了一番。老帅说:"我很好,你们大家都放心。既有媳妇到来,我们也就不愁了。媳妇,你跟这个凶僧见面打得如何?"

"公公,仗打得不太好,我跟他动手,刺到前胸,他枪刀不入。"

"果然是这样?"薛礼打了个咳声,"哎呀,咱们从到突厥,得说是南界牌关、玉霞关、中界牌关、寒江关、青龙关、黑风关等等,放到一块儿也没有八卦山凶僧这么厉害。就凭这个和尚这么高的功夫,要跟咱们作对,真是难敌啊!"

"公公,我是这么想的,草怕严霜霜怕日,恶人就有正人降,邪不侵正,我们想办法还会胜他的。"

"媳妇,公公我真就无计可施了,看来媳妇你得多出力呀!"

"公公,不过我也为难,现在四面八方兵似兵山、将似将海,九莲洞三仙祠外整个儿的山都是番兵番将,我们准得打退了番兵,战退了番将才能闯上八卦山。到了八卦山,不知道洞门如何把守。我们还得闯进九莲洞,那么三仙祠也不知道怎么一个严防,里头有多少高人。您儿在里头被困,又不知道他们使的什么办法。太难了!本领是一方面,营里头必须得能调动所有三军,可惜媳妇无权,这您老为首吧,媳妇愿听调遣。"

老王爷听到这儿沉了一下,这是樊梨花,要是别人王爷就有点多思犯想了,这不是要夺权吗?可是老王爷一想:我媳妇樊梨花要是掌了印,我该有多放心?这个媳妇这一二年看出来了,受薛丁山那么大的难为,百般地贬啊、逼啊、杀啊、打啊、骂啊,媳妇吃一百个豆不嫌腥,在公婆面前始终还是孝心,对薛丁山太海量了,这样的人就把大权给她料也无妨。再说自己身体不好也难以支撑,就即便支撑我又该如何?老元帅点点头,"媳妇,我把兵权交给你,暂时代替公公,你看如何?公公体力不强,我也支撑不住,媳妇你就受点累吧。"

"公公,我不行吧,如果要小材大用恐怕误事……"

"嫂子,我姜须也多嘴,我跟兄弟徐文建才嘀咕两句,我看干脆也用不着客气,现在要是叫嫂子代领兵权,你往下边问一句,下边要犹豫,那就我算白说,就得异口同声啊!嫂子,你有这个威望,也有这个本事,我们也相信你。只要是把大权到手,我看那和尚活不过几天!"

徐清也劝,其他御总兵,所有人等都愿意叫少夫人今天接权。老王爷最后说一番:"我也不走,我就在营里坐着看着,我在营里头养精神,一旦有用我之处,你和公公商量,媳妇,多方面还是你来做主。"

樊梨花点点头:"好,既然公父有话,媳妇不揣自量,我就暂时代理几天。"

"好!"就这样把众将聚齐,老元帅当场跟大家说明,樊梨花暂时代理兵权,攻打八卦山。樊梨花要如何对付飞空,大家要听调遣,违令者斩。

当时樊梨花拜帅,把帅印拜完,接了,樊梨花把帅前八宝一到手,一兵书、二令箭、三金印、四麾盖、五敕符、六虎符、七斧钺、八黄旌,摆在这儿。樊梨花往当中一归,王爷在侧边有座,大家在两旁侍立。一个个的也高兴,都知道过去打这几关哪,樊梨花在,什么事都迎刃而解;樊梨花被少帅一逼走,大难当头,不是被困就是死人，简直是一言难尽！这回樊梨花不走了，正式接权了，大伙心里话，那就是胜仗，攻无不克，战无不取。这阵儿樊梨花下令："公父，您就后帐休息，我既然接了印了，我们一定要打个水落石出。姜须——"

"元帅。"

"你一方面给我严守汛地，要无事防有事，水不来先叠坝，我们要久防无患。"

"是！"

"另一方面犒赏三军，歇他三天。"

大伙一想这元帅真沉住气了，好啊！犒赏三军，瓶酒方肉，该喝的喝，该吃的吃，不该喝的不该吃的，营门口昼夜严防。樊梨花一下令歇三天，王爷不太满意，但是心里又想了：就是我不歇，一时也不歇，我能打胜仗吗？人家歇三天必有歇三天的道理。也不能过问——媳妇啊，为什么歇兵啊？你怎么还不出去救你丈夫——这就不能过问了，所以王爷真就退到后帐养锐去了。

这些人等高高兴兴，准知道元帅一升帐就能行啊。到了第四天了，外边什么时候啊？太阳要落还没落，没落还要落，就在这个时候，咕咚咚咚……击鼓升帐。鼓声一响，再看外边，中军辕门，旗牌众将，内旗牌、外旗牌、辕门官，两旁的仁将、义将、礼将、智将、勇将、虎将、偏将、牙将、大将、小将、半大将……众将两旁列摆，樊梨花当中归座，大家见了元帅，吩咐列在两旁，这么庄严一个元帅升帐，樊梨花最后扑哧乐了！把大伙整得还不敢逗趣儿，你要跟着乐，乐什么？要不乐，不乐还真招人乐。众将一想，倒是个女的，樊梨花你这什么元帅？大伙有的憋不住，在旁边扑哧出声。樊梨花乐完了，有人扑哧一下子樊梨花也没理会，开口说："徐清啊！"

徐清来到大帐上前施礼，刚一张嘴，"嫂子——不，元帅在上，末将徐清在！不知元帅有何差遣？愿听令下。"

"打座，贤弟你坐下。"

"啊，这……"徐清一听人家叫贤弟，再叫元帅显着什么点，"元帅嫂子，不知你有什么吩咐？帅帐焉有徐清之座？"

"你是先锋官，与元帅差别不大，贤弟你坐下。不过我斗飞空救你薛哥之前，我得要知道一些事情，不能盲目出兵。贤弟我问你点事。"

"哦，元帅嫂子请讲。"

樊梨花说："徐清，我问个人，你可认得？她名叫赫连英，人称亚雷公主。"

徐清点头："我是见过，兵困黑风，破番营我曾被她捉过，她劝我投降，我将计就计，她私许终身，我没推脱。"

梨花说："公主你还要不要？"

徐清说："破完营了，我还要她干什么？"

"怪不得你和丁山磕头，你俩是一丘之貉！两旁，给我绑了！推出去杀！"

两旁人等往前一来，把徐清就给捞出去。眼看徐清到外边就要开刀了，姜须一想：人别得地，得地就闹屁！哎呀，嫂子你真能整。赶忙喊："刀下留人，慢动手！"往回一转身见樊梨花，说出一番话，樊梨花把脸往下一沉："大胆姜须你敢胡讲！"

471

第七十二回　设计遣徐清

姜须一看代理元帅樊梨花，把徐清推出去，定斩不饶，姜须真是有点不太高兴了，意思就是说：家务事咱们也多余管，清官难断，你知道怨谁，谁理谁非？话又说回来了，你代理元帅，要紧的是怎么宰了飞铃，打进八卦山九莲洞救回薛哥，这不是扯闲篇儿吗？没办法，不管怎么样，人在矮檐下，人家现在代理元帅呀，姜须先溜须后说话："嫂子哎……徐清是相爷之孙、国公之后，怕日后他爷爷要问……嫂子您认为公主像您，徐清像薛哥。无论如何看在姜须面上，徐清实在杀不得呀！"

梨花拍案："姜须少啰唆！再多说连你也一并斩了！"

姜须吓得一缩脖儿，左思右想：不对呀，辘轳把儿响找不着井，我找伯父去。姜须搁帐里出来了，到了徐清跟前儿，一看徐清在这儿绑着，有人看着，姜须跟别人讲："千万不要开刀，你们不用我说比我还明白，徐清是谁？我是谁？代理元帅是谁？你们要是糊涂了，你们可得沾包儿。"

"啊，是是是，我们也不愿意，姜先锋你赶紧想办法吧。"

"对，她下令来也不能杀，我到后边求救，你们往后退。"大伙往后退，姜须来到徐清跟前儿，低低的声音："兄弟呀，哥问你句话，你得罪嫂子了吧？"

"没有。"

"言语上、行动上有不周之处吗？"

"没有啊！"

"你没冒犯她？"

"没有，我能吗？照薛哥我也不能啊！再说姜哥，兄弟也不是那种言三语四，诙诙谐谐的人，见嫂子我非常尊敬。"

"嗯，这可就怪了，是不是你不知不觉惹了她，你没有感觉？"

"不，嫂子升帐前看见我还乐呢，还不是这样的，谁知道怎么这一旦她就变了？"

"不管她怎么回事，兄弟，真要掉脑袋，咱们哥三个学刘关张，不能同年同月同日生，但愿同年同月同日死，你掉脑袋，哥哥陪你，不用着急，我想办法。话又说回来了，这些个事也不能在大面上唠啊！家务的小事摆帅帐上这像话吗？叫人笑坏了，这叫什么事？唉，嫂子平素显得又海量又仁义，又贤又孝那全了，这回看她一掌权怎么样？什么也不是。你等着，我到后帐我去搬兵去，讲不下人情，哥哥也坐在这陪你一块儿死。"

"哥哥不必了，嫂子既要杀必是我该死。"

"不该死，没罪！这叫什么事啊，简直是太不像话了，你等着。"赛霸王姜须跑到后边啊，老元帅薛礼正在后帐里想呢：还是老运不错，有这么个好媳妇，要不照樊梨花来，谁能替我呀？老王爷正在这无聊喝着茶，也想儿子不知吉凶祸福，媳妇歇兵三天不知什么打算，这是一种运筹帷幄，不告人的战略啊！噔噔！姜须来了，"伯父伯父啊，大事不好了！哎呀，可了不得了！"

"啊？"老元帅吓得站起来了，"什么事？"

"老伯父别提了，你说人别得地，得地就闹屁。我嫂子多好个人，屈己待人，容人让人，吃一百个豆不嫌腥，你说她这一旦代理元帅……哎呀，老伯父快快快快，一会儿就耽误了。"拉着老帅往前走，老王爷还不想动，姜须着急："不行！您不动不行，一会儿耽误时间，后悔就晚了，快！"

"到底怎么回事？"

"歇兵三天，刚才升帐，在帐上是这么这么说的，就因为这个事能杀徐清吗？"

"哎呀，这……"

"这简直的——干脆帅印收回来吧，嗯，实在您老要累的话，我来！我代理几天也不能这样啊！"

"你代理保证能杀了飞空吗?"

"这个,那两说,反正不能扯这个,这扯闲白儿呢。"

老王爷也认为这里头是个事,这么做不合适,把徐清杀了?那是相爷之孙国公之后,跟老千岁怎么交代呀?这徐家、薛家的仇就结了?冤家宜解不宜结呀,老元帅也是三步当两步慌慌张张,来到帐上。看众将两旁非常严肃,不敢多哼,因为有姜须这么一碰钉子,别人就揣揣分量,不行啊,谁的力量能大过姜须呀,这一两年,樊梨花和薛丁山他们婉转周折,平素姜须千方百计让他俩团聚啊,和美呀,成全这个小家庭,别看没成全了,姜须是舍生忘死豁出命来帮忙啊,今天都碰钉子了,大伙一想我们那不是更白说吗?一看老王爷来了,都明白了,老王爷来到大帐,樊梨花也就站起来了:"公爹,您请坐。"

"好。"旁边搭座老帅坐在这儿,姜须往旁边一站,起先姜须叉着腰,一想这叫帅帐,我过火了。姜须把手一落,顺下来点。姜须低着脑袋,不瞅樊梨花。樊梨花瞅瞅公爹心里也明白:"老人家不在后帐休息,来到前帐有什么吩咐?"

"哎呀,媳妇,刚才我听说推出要杀徐清,不知他身犯何罪?"

"公爹,他跟公主的经过我一听气坏了,公主对他真得说是实心实意,豁出一切了,徐清忘恩负义,恩将仇报,跟我说,破营就完了,与人家就算永别了,这像话吗?我,我一定要非斩不可。"

"哎呀,媳妇,我看你还是要三思啊,慎重才好啊!徐老千岁那是大唐开国元勋,就这么一个眼珠子,千不看万不看,要看着他祖父为国忠心,另一方面不用说和丁山磕头,就是这孩子对我,我也有点舍不得,媳妇,是不是谅解他这一次?下次再犯,再杀他个二罪归一,我看应该还是把他饶了才是啊!"

当时老元帅说到这儿,瞅瞅樊梨花的气色,老元帅就明白差不多,樊梨花没敢像对姜须那样声色俱厉,拍案断喝。樊梨花满面带笑:"公爹,我要饶了他,如果说再有其他之罪,我要是再如何,您还管不管?您要是一步一管,公爹,这帅印我就不代理了吧?"

"呃,这这……只能说饶他这次,他要再犯,我是绝不多言。"

"好,公爹您请回后帐休息,我这就放他回来。"

老王爷挺满意，由打大帐出去，姜须也送出来了："老伯父，哎您老……"

"姜须，你不要怪你嫂子，当权就得军法无亲，那就说不讲情面，你别认为你嫂子不对，听到你嫂子说了吗，真要是事事我都干预，还叫人家代理什么元帅，那就我干吧，咱又不行，你说是不？"

"伯父不过别的事咱也不什么，就这个事……"

"你回去吧，你没听说这就完了吗？"老元帅就从后帐走了，姜须刚进大帐，看见徐清在帐外进来施礼，"谢元帅不斩之恩。"

姜须一看，樊梨花这气色，这火还没消啊！"徐清，非是本帅不斩，按你犯之罪，死有余辜，老元帅百般求情，我也是万般无奈，把你放回来，可是死罪饶过活罪难免，徐清听令。"

"在。"

"本夜三更，不许前，不许后，你由打西营门出去，不带任何一个人，直扑八卦山。"

"啊？元帅，我去做什么？"

"匹马单枪去杀飞空！"

啊！徐清明白了，名义是放，不敢卷老元帅面子，实质这哪是放啊，这干脆送死无疑呀！徐清瞅瞅樊梨花："元帅，不是末将抗令，因为末将无能，不是飞空对手，我去也是白给，元帅，你另派他人吧！别误军中大事。"

啪！樊梨花一拍桌子："大胆！命你出征，不敢前去，你贪生怕死，畏刀避箭，你可知：夫为将者，受命之日，即忘其家；临军约束，则忘其亲；秉枹鼓，犯矢石，则忘其身。你竟敢不前，两旁人来，推出——杀！"

呼啦又给徐清推出去了，姜须一看樊梨花：嫂子啊，这个面没给我，那行，我不挑，这面给伯父留着呢，你弄得挺圆滑，真是个歪玩意儿啊！结果还是杀人，姜须瞪着眼睛："刀下留人，慢动手！"就没喊出看你们谁敢动手，有意想那么喊，又咽回来了。姜须也知道这是帅帐，不是后帐，要是后帐姜须能骂樊梨花两句，姜须忍气吞声上前施礼："元帅嫂子啊！还是这个话，我认为杀不得，元帅嫂子三思啊！徐清说得对，要都能杀飞空，还何必找你？"

475

"姜须你打算怎么办?你有办法杀飞空吗?"

"我没有啊,我哪儿有啊?"

"你也没有,我也没有。徐清有你还不叫去,这是什么道理?"

"他怎么能杀飞空呢?他要真能耐,他不去我也能叫他去。"

"你附耳过来。"

姜须往前一探头,樊梨花的嘴唇子对着姜须的耳门子,姜须的耳门子对着樊梨花的嘴唇子,樊梨花低低的声音是这么这么这么回事,你还在里头给横什么,除了他谁能办得到?

啊!姜须如梦初醒,恍然大悟,嫂子你真是神仙啊!这招儿都想绝了,"哎呀,哎呀!元帅不就叫他去吗?"

"是啊!你有办法吗?"

"这办法,哎呀,你等着你稍等。"姜须由打大帐里溜溜达达出来了,一看徐清在那边绑着,发髻蓬松,两旁真有刀斧手。姜须来到了跟前儿,"兄弟呀,兄弟呀。"

"姜哥,姜哥!"

"哎呀,哥哥咋说呢?你当局者迷,哥哥是旁观者清,我看得一清二楚,兄弟呀,你现在是有点吓糊涂了,气蒙头了,怎么有点是非不明呢?"

"姜哥,你又给我讲情了?"

"讲了,讲了也不行,元帅这事算定下来了,元帅那个意思是令下如山倒,就错了也得办。我认为也是对的,人家说你贪生怕死,哥哥不能那么说,可虽然哥哥不能那么说,但是我也认为你是畏刀避箭!"

"啊?姜哥,你这是说些什么?你说我窝囊怕死?"

"弟弟,派你打仗你就去呗,就是死了能咋地!"

徐清想怎么转眼变了俩姜须。难道看出我要死?说:"我就走,来生再见,你对爷爷说明兄弟咋死的。"

姜须说:"爷爷也得夸奖你死到阵前有出息。"

徐清越听越没法唠了,把枪马备齐。姜须送到了营门口:"兄弟啊,别忘嫂嫂咋说的,闯营先报三声名字,一定照办啊。"

徐清一想反正怎么也是死:"好,姜哥你放心吧!那么我就照着嫂子元帅说的这么办。"

"对,你再重复一遍我听听。"

"三更天往山上冲,见着对方有兵有将,我就大喊三声,报名字,徐清来杀飞空。"

"对对对,报完名你就能去杀他,杀完之后你就首功一件。嫂子这叫向着你,便宜都给你,这叫立头功啊!"

徐清听这话堵得慌,他没那个能耐去送死,你们怎么还老这么讲,你还是我姜哥,"姜哥不要多说了,多说也没有用。别忘了兄弟的拜托,跟爷爷讲我怎么走的,没有时间去给他老磕头,你就说我跟爷爷永绝啦!"

"唉,别说得那么难受,那么使人伤心,我看兄弟你是旗开得胜,马到成功,哎呀,闹了半天飞空还死到你手了,没承想这个大功归你了。兄弟,祝你成功!"

"姜哥,好!我这就去杀飞空!"

"慢,没到时辰,兄弟这个道儿没那么远的途程,你这会儿去恐怕早呢。"

"还非三更不可呀?姜哥,什么时候反正就是死嘛。"

"不不不,那你叫什么事呢?你送死在这儿自杀得了呗,何必上那儿死呢?哎呀,再说嫂子她也不一定是坑你,你想嫂子这个人从来没坑过人,她也不会害自己人,她必是有什么安排,你就照办吧,万一这里边出什么逢凶化吉、遇难成祥的事,你不就更服气嫂子了吗?"

"姜哥,你看我还有好的希望……"

"我就对嫂子这么迷信,嫂子说那鸡蛋是树上结的,我不用犹豫我就说有把儿。"

"姜哥我也听你的,你吩咐吧。"

姜须掌握时间呢,二更前姜须这又给兄弟重新把马鞍子前后肚带松松紧紧,勒了三扣,把鞍子一扳,扳鞍不来推鞍不去,"兄弟,这回就看你的了。"

"姜哥,等着吧,和尚的脑袋我就给你拿来。"

"好嘞!"

徐清上马就打大营里走了,马蹄响由近至远,越听就听不见了。

夜静更深,真到三更了,徐清一看这个八卦山,也分不出个数了,周围前后四面八方,灯球火把照如白昼,看那样子那里头不一定都睡觉了。巡营瞭哨的,一看把一个八卦山围得风雨不透。不仅围着八卦山,八卦山里包着九莲洞,后头还得护着三仙祠,据说薛哥就在庙里被押。哎呀,这个仗没承想我徐清死得好惨哪!徐清把掌中枪握紧了,两眼一瞪,双眉倒皱,也是这么想的:我是一员武将,元帅令下,我还有什么犹豫的?也许是还有什么机会,即便是没有机会,我死也不能白死,宰一个够本儿,宰两个我还赚一个,万一我要马踏番营碰见和尚,和尚就不许喝多呀,有个天灾病业啥的呀!如果让我一下子闯进去,碰着他,他要真喝得卧床不起,我扑哧一枪,他嘎嘣儿一死,你还真别说。徐清这时候又抱好的心了。他眼瞅着到山下,就在那树林里头,就好像几十人扑奔他来了,徐清一想:得照着嫂子的说法,我已经来了,就叫嫂子满意吧!徐清才大喊一声:"呔,番兵番将听真,告诉你们凶僧飞空,就说我徐清徐文建前来宰他!拿命来!我乃徐清徐文建!宰飞空的我乃徐清徐文建!"喊三遍心里话这就对起你了,马就往上冲了,知道不能回去,这个命令就是杀和尚,你连动手都没动手,回去不还是死吗?反正是豁上了。就往人群里冲。哪知道喊完之后,人群里就出了一匹马迎上来了,徐清在这儿啊,两眼发直啊!看那意思不管谁来,反正我也宰你,我不宰你,你也宰我,我就死在这儿,也不能回营再死了。掌中一抖枪奔着对面真就刺来了。这个人一看枪来了,拿刀一挡:"住手!"

徐清一听女的,哎呀!徐清惊讶不止,一看正是亚雷公主赫连英。徐清在马上看见公主,马上这个心就亮了,恍然大悟!他可不像薛丁山,徐清是又有柔又有刚,那是文武兼全。他心里折服嫂子真是高人,她的关键是让我利用赫连英,这个时候徐清没等说话呢,公主就问:"你到底想干什么?"

"干什么?我就找你来了。"

哎呀,公主一想:可要了命了!我只要见着你,你就是这个话,跟我这么好,那么好。可是你怎么好,你还那么办,不辞而别。又一想他就说假话,我也听着真。公主愣了一下,把眼珠儿一转:事已至此,他既说来找我,也罢!公主要二次上当。

第七十三回　夜闯八卦山

樊梨花代理元帅印，深夜立逼徐清夜闯八卦山。徐清见到敌人，按照樊梨花的意图真报了名了，在人丛之中来了这匹马，正是亚雷公主赫连英。公主就由打黑风关败回赤虎关之后，是挫去了一半的锐气。公主这个憋气呀，吃亏上当还说不出，打掉牙得往肚子里咽，上了谁的当了？上了徐清的当。为什么上徐清的当？咎由自取，说不出来。所以说跟父母、哥哥，跟任何人都不能说，就是心里头憋屈，把公主给憋屈得精神不振，身体不佳。大师哥过来帮她的忙，是白纳道请来的，按说白纳道请高人来帮助她，那么为给她找场也好，出气也好，公主应该感激。但是公主对白纳道请大师哥不太满意，因为大师哥的本领太高，她恐怕把徐清刮了碰了的。你别看徐清坑了她，分手之后就没有一天把徐清忘掉，一合眼就在眼前，藕断丝连，永远难忘。公主一听大师哥真来了，要糟！师哥的本领往那儿一摆，徐清是先锋官——先锋先锋，安营先征，要不先征，叫什么先锋？别看你一塌糊涂地走了，也不知道你是抛弃我了，也不知道什么原因，你走得这么糊涂神秘，可是我呢，我还要帮你的忙。

公主挣扎着起来见父母，一字并肩王赫连杰问女儿："你打算干什么？"公主瞅瞅爹娘："我要到八卦山去，父亲明白，大师哥出家人不管俗家人的事，应该说他少七情灭六欲，他还要帮我的忙。我又不是起不来的病，我在这儿置之不理，多不合适，我要到八卦山去助师哥一臂之力。"

老王爷一想也对，他把自己素往一行一动用的三十六个人，叫公主带着。老王爷嘱咐她："你到八卦山去要多慎重，能行便战，不行便止,胜败军中常事,就这么说吧,仗打得再糟,有你哥哥和你,我就谢天谢地啦!你们要把身体保好。"

"爹爹,您老放心,有大师哥还有什么可怕呀?"公主这才带着丫鬟紫琴,还有这些亲兵就离开赤虎关来到八卦山,乾坎艮震巽离坤兑,这个山是个圆的,四面八方被番兵包围着风雨不透,公主来了,到大营先见了胞兄。赫连龙说:"妹妹呀,你一来我就放心了,又有依靠了。现在这整个儿的番营都保护这座山,山保护着那个洞,洞保护着那个庙,庙里头就是薛丁山。"

赫连英跟哥哥讲:"我还是身体不太好,你照样操心,一旦有了大事我可以出手,一般还是别跟我商量。"

"好好,对,妹妹,你这个病就得养着,越静越好。你都多余来,这回有大师哥呢!可是妹妹来了呢,我也高兴,我能够放心些,你去见见师哥吧。"

亚雷公主赫连英这才乘马上山,来到九莲洞,进洞她到了三仙祠。在大庙的山门这儿,公主没等往里来,就听里边乐了:"弥陀佛!妹妹你来了?好!妹妹你的身体怎么样?顶得住吗?"

"师哥,我觉得强些,师哥这一来我也高兴,我也有了主心骨,有了依靠了,这回我能出这口气,我真好多了。"

"那好,那好。"这个时候飞空长老的八个弟子过来了,金头罗汉、银头罗汉、铜头罗汉、铁头罗汉、青松罗汉、翠柏罗汉、五行罗汉、五火罗汉,都过来给师叔见礼。"妹妹,你看见没有?八卦山九莲洞三仙祠现在我们布置得是铜墙铁壁,稳如泰山啊!按照乾坎艮震巽离坤兑八卦连环,在山下周围,前后左右,四面八方,我们布置的这个营寨,他们不易突破。樊梨花他们要是有章程,能把八卦连环寨打开,她就得上八卦山。可是单有一件,八卦山她上来,她到在九莲洞的洞门,你不知道吧?颠倒乾坤八卦仙邬金玉师弟、白纳道等他们师生好几十都守在九莲洞的洞门,能守不住吗,真要守不住,我也跟他们讲了,你们就不要舍命抵她啦!把她放进九莲洞,叫她进三仙祠,我就在山门这儿一坐,来一个宰一个,来两个毁一双。庙里头让她看见薛丁山在那里头坐着,在那儿绑着呢,在那看着呢,他就是插翅难飞。这叫挖下深坑等虎豹,洒下香饵钓金鳌,薛礼也好,樊梨花也好，他们多少能人，就准备着往八卦山九莲洞三仙祠来吧！来多少葬多少，无底深坑！这就是使他们唐营全军尽殁的绝地。"

"师哥，你对妹妹太关心啦！妹妹怎么感激呢？"

"哎呀，亲师兄弟还说这个，今后不许再说第二次。交深不言浅，不要轻言自己，套言不叙。好了，你也不用到庙里头去了，你还是回大营帮助你哥哥守住连环大寨，我看安排得还不错。妹妹，你去吧。"

"谢师哥，师哥要保重。"

"妹妹，你放心吧，我里头还衬着唐猊铠呢。这两种东西护我，开天剑削铁如泥，唐猊铠枪刀不入，再加你哥哥的本领，这话也不是狂，慢说樊梨花，就是教樊梨花的那个人，我有何惧哉！"

赫连英跟大师哥把话说完了，又跟别人唠了唠，走走形式，应酬局面，公主精神全没在这儿，整个儿的精气神不想别的，就想徐清你怎么样啊，你知不知道八卦山九莲洞的厉害呀？

公主离开九莲洞下了八卦山，这才来到大营，那么又跟哥哥谈谈，又围着大营走了一圈，乾坎艮震巽离坤兑，休伤生杜景死惊开。公主一看好厉害呀！这可不像黑风关。大唐营啊，你们准备人吧！公主带着丫鬟紫琴弃镫离鞍回了大帐，公主是食无味，睡不安啊，每天夜里头初更一过没到二更，她就带着这些亲兵和丫鬟出来围着大营外边转。她不在大营里等着，在外边转的意思，她是出于想象：万一徐清他要来了呢？打营也好，有什么事情也好，你要来找我那不就更好？省得你到大营里头你不就危险了吗？没承想今天夜里她转着转着就听东边马响，有人也听见了，说："有人！"公主当时告诉："小心，不要乱，沉住气，千万不要喊不要嚷。他就来个三个五个的，也插翅难飞。"

"是。伺候公主。"

哪知道越来越近了，就听见马蹄响了，又听马上大喊一声："我是徐清徐文建——"他这一报名，公主告诉大家："不要动，你们等着千万不要喊，夜静更深呢，有点动静听得多远，他来几个人咱们拿几个。"

公主这个马就上来了，他也报上名了，公主注意一看，哎呀可真是他来了！公主首先谢天谢地，我们俩还能够再一次见面。可公主也不知道他来干什么,这是怎么回事。莫名其妙。俩人一搭话,公主一问:"你干什么来了?"徐清徐文建见势而转,随风而做。机灵鬼儿透灵碑儿,小金豆子不吃亏儿,那真是来得快,脑袋特别灵敏,反应迅速啊!徐清愣了一下,他脑袋里有几个为什么——为什么嫂子非叫我这个时候来?为什么见着敌人先叫我报三声名?为什么这么巧我就跟公主见着?徐文建心里话:嫂子,难道说你是神仙?你真能够前知五百年,后晓五百载,有先见之明吗?怎么能够未卜先知呢?徐清心想:我要碰到和尚,九死一生,碰着别人生死难测,我碰到她,不说是安然无恙……嗯,徐清这阵儿心里头就安稳多了,瞅着公主:"行了,我死也足啦!我真碰到了你啦!"

"啊?你是特为来找我的?"

"我不找你我找谁呀?我找和尚?"

"别说了,那你就不想回去了吗?"

"唉,我找到你,我就听你的了!你让回去——我走,你能留我——我待。"

公主听了他这几句话,心里头就想:我不敢说精明,我也敢说是揣事如见,料事如神。怎么我一见着他,我就蒙?他说什么我听什么,我信什么,我都听着合理。可是最终黑风关失败以后,我想想他说的话都不合理。今天我见面应该有戒备,可是他说这几句话我认为又是有道理——"唉,好吧!那你下马。"

公主搁马身上下来,叫徐清也下来,"你把盔甲都弄下来。"摘下头盔,摘下身甲,把袍往这儿一铺一包,连徐清的佩剑,公主把枪给他挂在得胜钩,把他的盔甲这一包都挂在马上。他的马刚才是头西尾东,这回让它头东尾西,公主啪啪在后边打了几下,这匹马奔唐营回去了。徐文建瞅瞅公主:"你把我的盔铠甲胄以及我的枪马完全弄走了,那么我……"

"别说话了,你一句话也不要哼,跟我来。这回你来了可不能再走了……"

"我怎么了?头一回走了吗?"

"那么你哪儿去了?"

"唉,咱们慢慢儿唠吧。"公主一听他还有理由,怎么,你走得还对了？好，慢慢儿唠就慢慢儿唠。公主带着他往回来，直接就到了大帐，有的人还壮着胆子问问："公主千岁，身后那是谁？"

"少说话，该知道的知道，不该知道的不许问。不能知道的事，我告诉你们还误事。"谁也不敢多问了，连丫鬟也糊涂了，这样就给带进大营。叫大家退下，公主直接领着徐清进帐。来到帐里让徐清坐下，丫鬟紫琴在旁边看着，公主打了个咳声："紫琴啊。"

"公主，他……"

"我跟你说的那个事忘了吗？"

"哦，难道——"

"对，他就是我跟你说的那个姓徐的，徐清徐文建，大唐相爷之孙、国公之后，薛元帅帐前的前营先锋官。"

"啊！我明白。"紫琴上前连忙施礼，"驸马，您好！"

"啊，不错，你好。"问公主这个丫鬟叫什么名字？

"她叫紫琴，我问你，春青？"

"春青在老元帅那里，老帅是那么说的，有我在唐营，老帅说你不久会去的，让春青在那儿耐心等待你。"徐清这话说完了，公主就琢磨，也不知道是谢老元帅呀，也不知道怎么讲这个话比较合适。说谢吗？我还真就没这个心思，我哪能投唐呢？你说不谢吧，人家真关怀备至。公主点点头："好吧，看机会吧，看事态的发展吧。"亚雷公主赫连英瞅了瞅紫琴，自己一想，瞒她是根本不行的，今天人都摆在这儿了，"紫琴啊，你驸马刚到这儿，赏你二百两银子——哎，我替你说啦，你赏她二百两银子怎么样啊？"

"哎呀，那少点吧？来三百。"

公主瞅了徐清一眼：反正你是一个铜大钱儿都没有。财神爷是我，得搁这儿往外拿银子。公主点头：好，紫琴啊，你家驸马赏你三百，还不谢吗？"

"哎呀，公主，好，谢驸马赏。公主，驸马，不要在我身上再费神花这个钱啦，我紫琴有三寸气在我敢说这句话，吃着谁向着谁，我一定粉身碎骨，我也要报公主的大恩。对这件事情我鞠躬尽瘁，我守口如瓶，我拿脑袋担保……"

"紫琴，你不要再说啦，我信你。好，给你驸马弄点茶喝吧。"这

483

个时候徐清就跟公主不客气了,不像乍见了,"茶慢着,先弄点吃的吧,我还没吃饭呢。"这阵儿紫琴出去,公主看看徐清,打了个咳声:"唉,有件事我到现在始终糊涂,我也不能不问你。"

"什么事情,你讲吧。"

公主说:"破营那天,为什么我睡了,你逃了?"

"那天夜里,我连叫几遍,你不醒,我打算先到外面看个明白。没想到遇上大哥打我,我跑出不远,又遇上薛哥。我正求薛哥搭救你,你和大哥就没影了。从咱俩分手,我没睡过一宿好觉,看不着你,我算没法活。"

"我问你,你今夜又为什么闯营?"

"我刚才睡觉做了个梦,梦见你在番营,我才来的。"

公主说:"我要不在这儿,你多危险啊!"

徐清说:"我为你不管死活。你要怀疑,我现在就死。"说着亮剑就要抹脖子。

公主拦住:"拉倒吧,今后别跟我整这个。你既来了也不能让你走,你千万别再发坏,跟我老老实实在营里待着。"

徐清打了个咳声:"什么话也不说了,我说也没用。反正我见着你了,我就是死也能瞑目。"

公主点头说:"好吧。"这个时候公主就在琢磨,不行啊!你说我在这里头待着,这人多势众眼杂,那怎么能够瞒得过去呢?万一叫人家看破了,这不是个麻烦吗?公主一想我不能够傻等啊!第二天公主吃完早饭又反复地酝酿,最后自己决定我就得这么办啦!这才出去找胞兄赫连龙,公主把自己的身体说了一下:"我就觉得整宿睡不好,我要在这儿待着,看样子我要起不来,我还要回家静养。"

太保点头说:"好,既然这样的话,你见见大师哥,跟大师哥说说,你身体好再回来。"

公主上了八卦山见了师兄飞空这么一讲,和尚点点头:"好,妹妹,你说得对,暂时也不需要你在这儿。妹妹你回去吧,这还有两丸药,你带着吃下去安神。"

"好,师兄,你就在这儿能者多劳了。"

"哎,妹妹你走吧。"

赫连英回到大营把事情全都安排好了，进了大帐，徐清一看，"你这么忙活，好像是咱们得回城？"

"到赤虎关再说吧，在这儿待着是太危险啦！"

"那我去合适吗？"

"为什么不合适呢？你想怎么办？还是跟我走吧。丫鬟，去，赶快把木龙给我叫来。"

紫琴听了这个话，出去不一会儿，把三十六路为首的兵头儿木龙叫进来了。"伺候公主，有什么盼咐？"

"木龙啊，我这有二十两银子，你拿去，到外边给我买一套衣服，问你手下带的兵哪个有富余的，他们预备替换的，新点的更好，买全套，连帽子都要。买一套军衣赶紧拿来。"

"这……用这么多钱？"

"急等着用，就都给他们吧。"

"是是！"木龙一想，一套军衣也慢说二十两，二两也用不了，给谁呀？木龙一想：我还有一套，比我穿得这个还新，我没舍得穿，这个我就卖了，这便宜能叫别人捡吗？到外边木龙把二十两银子留下，把自己这一套全身的号坎儿，连帽子都包上，到里边见公主。"买了一套，您看？"公主打开一看，"很好，那你就外边准备一下，我带你们回关。"

"这，回去？"

"对，回到城里再说吧，我的身体又觉得特别不好，也不便多说了，你去外边收拾一下。"亚雷公主赫连英把他打发走了之后，就把这套衣服交给徐清，"你换上看看合适不？"徐清把这套衣服打开一看就乐了，"怎么？你让我报效你呀？我也当兵？"

"你报效不报效的，你也屈尊点吧，你不穿这个衣服能出得去吗？你瞅你穿的是什么？"徐文建这才把这套号坎儿穿上了，你说也真怪，就像按他身体裁的似的，真得说是肥瘦长短穿上挺合适，帽子一戴就看不出是谁，真就是突厥的小番。小番的打扮穿戴完了，又叫紫琴去看看木龙准备得怎么样了。紫琴出去不一会儿回来报公主："我问他，他说现在一切都准备好了，就等公主盼咐。"

"叫他外边鞴马。"这阵儿外边把马给鞴好了，准备齐了，公主就告诉徐清："我到哪儿你到哪儿，不管什么人问你，你不用说话，你也不用理他，你就跟我回关了，到了城里头一切都好办了。"

徐清点头："这我明白，你摆这个阵势我也看出来了，反正遮风挡雨在你，我一言不发就得了。"亚雷公主搁在帐里出来，紫琴伺候，徐清跟着，到了外边公主一上马，大伙前后一围，把徐清往当中这么一混，亚雷公主赫连英带回徐清，这才引出二次困龙斗飞空。

第七十四回　飞空擒梨花

上一回书说，樊梨花夜派徐清独闯番营，没承想在番营里头跟亚雷公主赫连英夫妻俩破镜重圆。可公主见到徐清，不敢叫他待到番营，恐怕有人看破，她才迅速带着三十多人回赤虎关。徐清混在公主的马后，随着丫鬟紫琴、兵头木龙、三十六个小番，一块儿下了八卦山。大伙跟公主往回走，公主心里也有压力：哎呀这么多人，三十多呀，七八十只眼睛都看见这个事，回到赤虎关，他们要议论纷纷，把话要传到我父亲的耳内，可就麻烦了。这个瓶嘴扎得住人嘴扎不住，这——公主琢磨来琢磨去，对！还是这么办好。

公主领兵进王府后花园，把兵头叫来："木龙，你带他们替我办点事，我得个心疼的病，师兄给我一服药，药引子得一斤二两重的山参一对，此参在南岭山。你带大家连夜奔南山寻宝，寻来有重赏，他们每人一百两，给你一千两。"

公主等于就把木龙这三十多人发配了，让他们带着粮食吃的上南山去。这些人一走呢，公主这个事情也就等于保密了。亚雷公主赫连英看丫鬟已经把徐清带上后楼，知道紫琴会照顾他，所以公主这才急忙够奔父母的房屋。来到了父亲的书房，王爷问道："女儿，你怎么这么快回来了？"

"父王，女儿理当在八卦山助师哥一臂之力，师哥热心关心我，可是我心到力不足，我的旧病又犯了。父王，我昼夜不能合眼，我要在那儿待下去，我很危险。"

"哦，对，你回来你哥哥知道？"

"知道，他知道。"

487

"你师兄也知道？"

"知道。我师兄还给我拿的药，让我回来好好养着。养好了去，养不好不用我去。师哥说了，他一只手就能包打唐营。"

"好哇孩子，你心要宽敞一些，胜败是军中常事，这也没有什么上火的。有你师哥帮忙，我想那薛礼也老朽了，薛丁山也是窝囊废，樊梨花也不在你哥哥心上，我们就在这单听一报吧。"

赫连英又到母亲的房里讲了一遍，老太太也是这个话，叫女儿休息养神。赫连英秉知父母之后，这才回到后屋。一看徐清坐那儿喝茶呢，丫鬟给摆的水果。公主赫连英把衣服换了，净净面，梳洗收拾一番，徐清这阵儿把这个军用号坎儿也都脱去了，在楼上心里头也琢磨：这回是怎么回事呢？我认为嫂子心狠，结果一看这是误会，嫂子有用意的，怪不得叫我见着番兵先报三声名字，是不是嫂子知道赫连英在番营？难道说我就在这儿坐山观虎斗，扒桥望水流，脱开大唐营吗？不能，那是不是嫂子没明讲，使我到番营来骗公主，一起对付和尚？哎呀，不管是不是，我也应该这么办。徐清徐文建跟公主和声细语地一说一唠，公主就蒙头转向了。外边已经到了天黑了，徐清打了几个咳声，就不再说什么，公主就愣了，问他："你心里有事？"

"嗯，也不能说一点没有。"

"你有什么心事，可以讲一讲吗？你不要闷着吧，有什么事咱俩合计，还不比一个人强？"

徐清一看丫鬟也不在，就剩他们俩，心里话：你不问我还要讲呢。徐清打了一个咳声："公主啊！你和我在番营，早有风波。咱好比雪中埋人，纸里包火，到时爹娘知道，定是棒打鸳鸯。"

公主说："你有什么好办法？"

"除非你跟我去唐营。"

"我不去大唐营，多咱露馅儿再说。"

"不如我先死，没有我，你就能保全。"

"我看你是黄鼠狼给鸡拜年——没安好心。说什么也不能再上你的当，你把死人说活，也不听你的。"

徐清打算把公主说服，现在看样子不太容易。两个人到夜里头了，眼瞅着二更多天，公主说睡觉吧，有话咱们明天再说。公主反正看出徐清这里有事,究竟你为什么来的我也不好说,反正我得慎重。徐清跟公主刚躺下,没说几句话的工夫,就听外边有人喊:"报公主!"

"嗯?什么事?"

"太保千岁派我们来的,把樊梨花给你送来了。"

"啊?"不但公主,就连徐清也傻了,"樊梨花抓来了?"

这怎么回事?徐清徐文建夜里头见到公主,他把盔甲战袍一切脱下来,都给挂到马身上,枪也挂在得胜钩,把这匹马头东尾西,拍了几掌,把马就给轰回去了。这个马别说是往回轰,不轰那马也能找家。半夜到了营门,唐军放进马来,报告元帅。樊梨花一看就明白了,徐清可能见到公主了。

樊梨花这是有意地把徐清派出来,授业恩师梨山圣母告诉樊梨花,飞空和尚枪刀不入,万将难敌,勇不可当。老圣母说,也别说你,就是为师跟他伸手,也不是他的对手,怎么办?必须搁他们内中突破,这才说明赫连英在番营,让徐清过去。他俩见面呢,根据在黑风关破番营的经过,公主心眼儿没有徐清多,肯定会上当,徐清也能调动她。要是公主不出力,那就不太容易能胜飞空,樊梨花所以才把徐清给激出去。现在盔甲马匹回来,樊梨花明白,他俩是见了面了。这是有意识安排的,也等于回报元帅我没事,樊梨花心里就稍放心。

到了第二天,午前没有什么动静,午后太阳西斜了,有人报,营门外来了一个和尚,要请元帅出去说话。樊梨花一看天都要黑了,告诉明天再说。有人又来报:"不行,和尚说了今天有要紧的话,要跟元帅讲。"樊梨花又一想:我代理元帅,仗打不好,那么我连出去都不敢出去?樊梨花所以点点头:"好,外边排兵。"樊梨花排兵点将,三声大炮来到西营门,列摆门旗压住阵脚,樊梨花往对面一看,就一个和尚,又没兵又没将。樊梨花在马上也就跳下来,她没有顶盔也没有挂甲,肋佩着这口剑,直接就够奔两军阵。到了跟前儿仔细一看,这个和尚能有七尺来高,瘦如枯柴,面如干姜,披散着一脑袋头发,红头发,绿眼睛。身穿紫僧袍,敞着怀,胸前露出半尺多长的护心毛。下身穿着黄中衣,赤足,光腿。他手里拿着拂尘,在两军阵瞅着樊梨花是微微一笑:"弥陀佛!敢问面前来的可是大唐营樊梨花?"

樊梨花点点头:"不错。正是我,请问高僧你是哪位?"

"我是猩猩魔,在金鳌山跟我师父金华教主学艺。我师父一百零八个徒弟,开门大徒弟是我大师哥飞空长老,据大师哥讲,你樊梨花够厉害!青龙关杀了黄子陵,黑风关战败白纳道,说你把师妹赫连英打得蒙头转向,大败亏输,你樊梨花是项生三头呢,是肩长六臂呢?我今天到这来也要开开眼界,长长见识,看看樊梨花你的本领多大?"

樊梨花开始还良言相劝,把过往的因由讲了一遍。和尚不听,摆手说:"你别唠这个!"就看这个和尚掌中拿着他的这个拂尘,往回一掉个儿,拿这个拂尘把儿,照着樊梨花飞身就打。樊梨花一闪,呛啷亮剑,心想:我的剑术也不白给你。和尚没有带别的兵刃,就拿着他这个拂尘杆,跟樊梨花这口剑前后左右,上下飞翻,就对付有四五十合。和尚觉得樊梨花的手法挺硬啊,就有点慌。他方寸一乱,他就被动,樊梨花变成主动,这剑就把和尚给逼住了。打来打去,战来战去,和尚大叫一声:"厉害!"拉一个败势他撒腿就跑,樊梨花随后就跟。哪知道追到几棵树下,樊梨花正往前赶,就听树上大喝一声:"休要无礼!"嗖嗖嗖!搁树上飞下三口刀。那也就是樊梨花,要换第二个人,一口也空不了。樊梨花一回身,歘歘歘!三口刀就到手了。樊梨花又一扬手,照着树上这个老道,歘歘歘!三口刀就回去了。树上这个老道也就得说服了,樊梨花真高,接着一口,歘!回来。接着一口,歘!回来,往回打。他俩来回这么一飞刀,这就给了猩猩魔机会了,猩猩魔得了这个空隙,焉能错过?把他的拂尘照着樊梨花啪啪一掸,嘎巴一声,樊梨花还在接刀呢,就觉得脑子嗡一下子,扑通栽倒。

猩猩魔哈哈大笑,叫声:"师弟,你这个忙帮得可太对啦。要不这样的话,看样子我赢她还要费事。不但费事,那都到了危险地步。师弟,对,这个高!"

这人也是飞空的师弟,没说金华教主一百零八个徒弟吗?有和尚,有老道,有俗家。这个黄蜂真人是个老道,八尺来高的个,也挺瘦,头戴鱼尾道巾,身穿黄道袍,黄焦焦的一张脸。他佩着一口宝剑没拿出来,就跟樊梨花飞刀玩。就这样啊,他们把樊梨花给抓住了。到了大营里头,亚雷太保赫连龙命人把樊梨花抹肩头拢二臂绑好了,同时连和尚带老道跟太保,这是僧、道、俗,三个人押着樊梨花,上了八卦山,来到九莲洞。

一到九莲洞见着白纳道,还有八卦仙邬金玉。师兄弟带着徒弟好几十守着这个九莲洞门,准备大唐能人来了,他们玩命。一听把樊梨花拿来了,老道白纳一咬牙,咯嘣呛啷把古铜剑就亮出来了。樊梨花这阵儿明白了,就是绑着动不了,披散着头发,看白纳道亮剑,瞅着他微笑,白纳道就愣了:"你瞅我笑什么?嗯?还不服吗?"

樊梨花乐了:"白纳道长,你从打黑风关露面一直到现在,我可没听说你露什么脸啊。哦,今天要露脸?有人把我拿住,我现在是绳捆二臂动转不能,你觉着能杀我了?白纳道长,你真不愧是高人啊。"

"哎,好恼!"白纳道一想:你既羞我,我也就不顾一切了,我就宰你吧。他往前一进,太保说:"慢着,道长,这可不行。大唐三不杀,道长恐怕你出家人不知道。可是我们各关各处都知道,不按突厥王的旨意办事可不行啊!"

白纳道愣了,怎么叫三不杀?赫连龙说:"这三不杀:第一拿住薛礼不许杀;第二拿住薛丁山不许杀;第三拿着樊梨花不许杀。遇着别人都可以!这三个人要在军前死了就死了,拿住活的要是背着突厥王给杀了,那就说不但无功反来有过啊,不但杀头还要抄家,这个罪还是大罪。道长你且三思。"

"这——"白纳道听到这说,"这是你们各关的事,我是出家人与我无关,什么突厥王的旨意,我也不知道,今天是我杀她。"

"不行,"太保说,"我不在这儿行,我在这儿你杀他,我知道我就有罪,这个不能杀,见大师哥吧。"这才把樊梨花带进九莲洞,来到三仙祠,往里头回飞空。金刚化身飞空长老一听怎么的,把樊梨花给拿来了?和尚也觉得愧得慌!就是说我飞空白活,我师父身为教主,一百零八个徒弟,我是开门大徒弟,要在金鳌山极乐洞打听飞空何人不晓?可是我到这没露脸,我没把樊梨花抓住,我们白打了一场,结果还让师弟——"好,带进来。"人带进来了,飞空瞅瞅樊梨花,樊梨花还是立而不跪,不理他。飞空这才问明白怎么抓的,太保又说三不杀,不能动。飞空说:"要这样的话那好,你就随便安排吧,我就不管了,我们来帮忙打他们,那么拿住怎么杀怎么斩,又能杀又不能杀，几不杀，这个我们也不多问。太保兄弟，你去办吧。"

"我打算把她押到城里交给妹妹，别人看，我害怕看不住，妹妹能把握一点。"

和尚说好，一伸手，把樊梨花的皮囊给拽下来了。往里头一看，各种暗器有不少。

太保赶紧回营派了两个大都督，带着四十八个人，把樊梨花弄到车上，太保嘱咐又嘱咐："千万在道上小心谨慎，这可不是玩的！交给我妹妹，这个人要跑了，你们全家就没命了。"

"是！"两个大都督遵太保的吩咐，带着番兵，就把樊梨花押到城里。两大都督押着樊梨花到后边，这一喊说外边抓住樊梨花，徐清也蒙了，公主也愣了。公主把衣服穿好，带着丫鬟来到外边，一看这些人，在当中押着正是樊梨花。公主进退两难，应该怎么办？

第七十五回　一虎救元帅

　　上回书说赫连英见到了樊梨花，看她站在那儿是昂头不语。赫连英心里就在想，老人都结拜有交情啊，怎么办？老哥儿仨磕头，赫连英他父亲一字并肩王赫连杰老大，樊梨花的父亲樊洪老二，黑风关都督蓝天雕老三。这姊妹虽然说是没有见过面，在一块儿没待过，可是彼此都知道。赫连英这个时候瞅瞅樊梨花："好吧，你们都退下去吧，交给我了——梨花姐姐，按理说咱们老人是生死弟兄，你到妹妹这儿来，我应该周到一些，或者是把姐姐放回为对。不过姐姐你想，两下的仗打得太厉害了，妹妹真是无能为力。姐姐你待到我这儿，在食宿方面我一定要另眼照看，你遭不着罪。我听父兄他们常唠，打算要把你送到白虎关，还要交给杨凡。唉，谁知道这个事是对不对呢？"

　　樊梨花瞅了瞅公主："妹妹，你做到做不到，这几句话，姐姐心里挺敞亮，不愧咱们也算是姊妹一回。妹妹，你不要难心，食宿方面不照顾也不要紧，我也不要求你放我。不过至于杨凡，妹妹，别说我现在已经名正言顺嫁给薛丁山，我是明的，假使说有的姑娘暗中嫁给谁，难道说明天她还另嫁吗？"

　　公主脸一红，心想：难道我的事情她知道？"姐姐说得对，一个人不能够嫁了这个想着那个，姐姐你既然嫁了大唐二路元帅薛丁山，是呀，这是我父兄胡想，姐姐你先屈尊在此吧。紫琴！"

　　"伺候公主。"

　　"把西屋门打开，姐姐，你就请到里边委屈吧。"

　　樊梨花就进了屋，咯噔把门就给锁了。公主告诉丫鬟："要精神点，注意点，有什么动静你嚷。"

"是!"

公主回来一看徐清把衣服穿上了,问他:"干什么?你听到把你嫂子抓来,你想要……"

"不,我也做不到,我也不那么想。不过,我要去看看。"

"不行,你不能去。"公主在这屋看着不让徐清动,怕跟樊梨花见面把樊梨花放跑了。樊梨花要跑了,说真的,公主心里头倒不是忒要紧,公主怕把徐清拐跑了。

他们两个在这屋嘀咕,单说樊梨花,押到西屋里,心里头琢磨,赫连英跟徐清是不是见着了?怎么就一点动静没有?樊梨花在这屋子里头琢磨来琢磨去,就听这个门的锁呀,嘎嘣一下子!那为武将的,眼观四路,耳听八方,樊梨花别说在屋子里头,就是在窗外头有动静,都能听见,在屋子里睡觉,外边起风了,房草刮下几棵都能知道。樊梨花听着这个锁响,紧跟着吱——门响,顺着门缝挤进一个人。再看这个人有三尺多高,二尺多宽,矬不囵敦,土黄脸,土黄裤褂儿,头戴英雄帽,下边穿着一双抓地虎的靴子,腰系皮鞓带,左边挎着个兜子鼓鼓囊囊,不知道里边是什么。这个人来到跟前儿,往樊梨花跟前儿一贴,樊梨花还往后退,这个人就笑了:"姐,别怕,我是你没见过面的兄弟,窦一虎。"

"啊?"樊梨花听公公说过,是窦仙童的兄弟。窦仙童报号杀四门,樊梨花帮过忙啊,"这……"

那么窦一虎怎么到这儿来了?窦一虎在黑风关七月十五诈番营,君臣父子弟兄大团圆,打了个大胜仗之后不就走了嘛。回到棋盘山,他把大唐营里头的这些事,怎么热闹,怎么好,不但姐夫好,姐姐在那不错,就是薛老王爷待人也厚道如何讲了一遍。大伙一听都挺高兴,窦一虎问你们是不是愿意去?这些人都愿意来,窦一虎就把高山上收拾了,所有能带的装车都带着,不能拿的,一把火烧了,防有歹人在这占山,祸害百姓。

到黑风关,窦仙童一看兄弟来了,挺高兴,就跟兄弟讲了,我在这儿得保驾,还有婆婆。八卦山怎么紧张,你姐夫怎么被擒,现在又有你樊梨花姐姐来帮忙,你去吧,到那个地方,把本事亮到两军阵上,学会文武艺,货卖帝王家,帮助你姐姐救你姐夫。窦一虎说放心吧,就把他的喽兵都留到黑风关了,他来到八卦山。

窦一虎一到八卦山,他是夜里头来的,一进大营他也不知道哪儿是哪儿呀。这个营也拦不住他,来无踪去无影,进大营闹着玩一样。他在营里三走两绕的,一看有一个大帐比别的帐大,元帅帐它两样。另外他一看在这个帐后边有一个老道,鬼鬼祟祟,在那猫着腰,把帐房给抠一个小小的玲珑孔往里头窥探,侧耳朵又窥听。借着灯光,看老道中等个,不胖不瘦,白脸上带着豆粒大的黑点,斑斑点点的。穿着黑道袍,戴着一字道巾。窦一虎高抬腿轻落步,来到老道的身后,悄悄把棒槌一举,照着老道的后脑袋,嗡——下来了!老道听了有风声,往旁边一侧歪,啪!打到左肩头上。

"啊!无量天尊!"老道往旁一闪,窦一虎就乐了:"嘿嘿怎么样啊?打一下也不怎么样嘛,你这么大的个儿,我说你要是痒的话,你趴在那,我拿棒子给你捶捶,没带糨糊,不能浆洗你,我能捶打你。我说杂毛老道,你是哪儿的?这是大唐营,你干什么来了?"

窦一虎跟他唠上了,这阵儿薛礼,辕门众将好几百,前后左右就围上了。窦一虎乐了:"我说老道啊,你看看怎么死好呢?是打死好呢,拿脚踹死好?你趴那儿我把你掐死好?"

"无量天尊!"这个老道仗剑够奔窦一虎,"你是什么人?你一个小小的娃娃……"

"什么?小小的娃娃?我是娃娃他爹!还小小的娃娃,大唐二路元帅薛丁山是我姐夫,我姐姐窦仙童、樊梨花。白袍老帅那是我的长亲,我是棋盘山头把金交椅、总辖大寨主,你爷爷姓窦,二字去一横,我叫一虎。我说老道你有名吗?你敢报报你叫什么名吗?"

"无量天尊,我乃黑纳道。"

"啊,你黑纳道啊,你为什么到唐营来?"

"我到这来抓薛礼。突厥王要抓的三个人,现在有两个了。"

"两个?三个人都是谁?"

"头一个在八卦山九莲洞三仙祠里押着薛丁山,第二个樊梨花,被我们拿住,送进赤虎关了,我到这儿来拿薛礼,把他们三个凑一块儿,你们就输了,大唐的江山就没了,你懂吗?你要识时务,你赶紧滚开,你口出半个不字,这回我就连你都要命。"

495

窦一虎一听乐了:"我说老道,这么说你还有两下子,来来来杂毛,我试试你,看看我这个小山头的寨主……"说着啪就一棒子削老道腿上去了。

"啊,无量天尊!"

"怎么?凉?打几下就热乎了,来吧。"啪!

"哎呀!"

"怎么你还叫唤啊?"窦一虎跟这个老道,转来转去,一共老道挨了七棒槌!老道不干了:"哎呀好小子你厉害!"老道一转身往回就跑,窦一虎猫腰就追。老道一伸手在他的左革囊里头取出一个小钢叉,哗棱——欻——甩出去,够奔窦一虎的迎面。窦一虎一看小钢叉来了,他的左手棒槌往上这么一横,把头一个钢叉打出去,二一个又到了。窦一虎单说这个功夫,棒槌使得快如闪电,左手的棒槌打出一个钢叉再打,右手的棒槌奔老道去了。老道这第二个钢叉去了,一看矬子的棒槌奔他来了,刚一闪身把头一个棒槌躲开,窦一虎那二一个棒槌就到了,嗡!俩管俩!一下子揍到了老道的左太阳穴上。老道啊一声一侧楞,往回跑了两三步就倒那儿了。窦一虎到跟前儿一伸手把俩棒槌就抄起来,把老道拿脚一踏,照着后背啪嚓!噗!黑纳道叫窦一虎这一棒槌就给揍死了。

老元帅刚想要喊说别打死他,意思要问问这个那个,一看给揍死了,也没办法,揍死就揍死吧。命人把死尸拉出去,老元帅过来说:"窦英雄啊,我可太想你了!今天你要不到,我们大家可危险了。"

"我说老头儿,我跟我姐姐见面了,姐姐叫我来帮你打仗,这边到底怎么样?"

"唉!一言难尽,这里头有一个最厉害的和尚叫飞空长老,怎么把你姐夫拿进八卦山九莲洞三仙祠,我们怎么战败了,你姐姐樊梨花现在被获,刚才这不说又送进赤虎关。他不也说了吗?要拿我们三个人,现在也就差我了。"

窦一虎听到这说:"老爷子,我既来了也别闲着,正好我现在也不累,你在这儿给我预备点酒菜。"

"哎那好,赶紧请,进大帐。"

"不不不,他不是说给我姐姐弄到赤虎关嘛,我姐姐窦仙童告诉我了,让我对待梨花姐姐呀,得到什么程度呢,比对待我亲姐姐窦仙童得好一倍。我从来都听我姐姐话,梨花姐姐叫他们在那押着我是心里难受。我去救去,酒菜等我救回来咱们一块儿吃。"

"窦英雄,能那么容易吗?"

"哈哈,这也不叫个什么事了,我走了。"一猫腰,他也不用开营门就出来了。他到了外边,过了护城河,到赤虎关的城下,他弄个爬城索上来下去,到里边三打听两打听,找到王爷府。窦一虎就晃到后院,三晃两晃,他来到公主后院。窦一虎暗中一听公主和徐清两个人说话,他认识徐清,"啊,你们俩还在一块儿呢,哎呀不错呀!徐清,嘿!等有工夫我再跟你开玩笑,现在先不惹你。"他来到西屋,一摸大锁咯棱给拧下来了,窦一虎给樊梨花把绳子整开,樊梨花抖抖二臂,绾绾发髻:"兄弟,你要不来,姐姐危险了!姐姐真得说是感谢兄弟。"

"哎呀姐姐,可别这么唠,比我亲姐姐还近一倍呢,哪能说感谢呢,我应该的呀,姐姐。"

梨花说:"咱们在这也不能待,咱们回去唠吧。那屋你看见公主,另外还有个男人……"

"我知道,你是不是问那姓徐的?"

"啊!你看见他了?"

"在那屋呢,他俩唠得可近便了。姓徐的要来看你,公主不让。姓徐的看那样还有良心,姐姐你说你想怎么办?你想救他吗?"

"不,先不救他,你要这么这么这么说,你会说吗?"

"我会。"

"那好,我到后边去等你,你一出来咱们一块儿走。"

"好。"樊梨花和窦一虎两个人从西屋里出来,樊梨花往外走,下楼够奔后边等着窦一虎。窦一虎在这个外屋就冲里屋喊:"哒嘿!我说呀,徐清徐文建你听着啊,我是玉皇赐旨,打发我搁南天门下来,樊梨花是代理元帅不该死,我前来救她。吾神救她为什么不救你?那就说上神没旨,吾神不敢轻举妄动。我说姓徐的,可是吾神告诉你点事,樊梨花救回去了,她被擒的时候有个革囊,里头有一些个暗器啊、药类啊,都在飞空和尚手,元帅说了叫你赶快回营,把这东西给带去。如果带去就将功折罪，临阵收妻该死，元帅都看见啦。你要不把这东西给弄回去，我可告诉你，你就活不了了，回去也没好啊。吾神说完，去也！"

赫连英听樊梨花跑了，有点抓瞎。她说："徐清，梨花临走让你盗宝？"

英雄说："你又不帮忙，问这干啥？杀剐存亡凭我自己，我要求今夜再喝顿团圆酒，明天死活还不一定了。"

公主安排美酒佳肴，瞅徐清的意思摆这个阵势，只求喝一顿酒，把酒摆上给公主满酒夹菜这个近便，公主就知道他礼下于人必有所求，又要麻烦我了。直到吃完饭喝完酒到睡觉，什么也没有再说。公主躺床上也不说话，英雄故意问："公主睡没睡？"

公主不语。徐文建轻轻起来衣服穿好，给公主还盖盖被，手拿丝绦到后院儿棵歪脖儿槐树。徐文建觉出公主在身后跟着，小英雄站在树下拴好丝绦，叹道："公主啊，我死了，你才能好好活着！"说完就把脖子往套里一伸，公主连忙抱住。

徐清故意挺惊讶："啊？你多咱来的。你不是睡了吗？"

"你呀，可把人坑透了，你这叫干什么呀？"公主上前把丝绦解下来，把徐清推推拥拥弄回楼上，"你跟我讲，你想要干什么？你既这样你又来干什么？你来了你又这么办，你这是纯粹坑人啊。"

"公主啊，我跟你实说吧，你想看住我，那是办不到的。你就这个时候救了我，明天还救了？我天天想这个办法，您老虎还有打盹儿的时候，我怎么就想死还死不了吗？"

"你为什么要死？"

"唉，细说你又多想，我就是为你。你想，在父兄的眼皮底下，还有那么精明的一个大师哥，你我这个纸里包火的事，绝不是望长久远，这就是燃眉之急。现在啊，神不知鬼不觉挺好，等到已经满城风雨，遍地起火，人所共知，那个时候我就是死，你也没法活了。现在整个的可我这一头儿折，不就是我死了，你就好了吗？咱俩好了一回，我就为了你幸福就中了。咱们两个在这城里头，那绝不能望长久远。"

"那你就没有望长久远的办法？"

"我不能讲，我要讲出来，你又多思了，我又来坑你又如何，怎么没有？能没有吗？还是这个话，你跟我到大唐营里去，那有我爷爷，有老元帅，又有代理元帅我嫂子樊梨花，哪个不照顾咱们？"

"这……要那么的我得去？"

"这个我可不能劝，你自己的主意，这不是个小事，去也就回不来了，那就得说你跟我在那儿，一生也不能动了。"

"可是我要不去，你还得死。"

"迟早是这条路。"

"要那么样，我就去。咱们什么时候走呢？"

"这事不宜迟，现在就得走。"

"哎呀，现在走，那好，我就跟你走。"

"慢着，就这么走不行。"

"怎么？"

"你还得这么这么……"

"啊，还是这么回事啊。"

第七十六回　赫连英归唐

上一回书，徐清这么一假装上吊，把赫连英给吓住了。赫连英恐怕一时照顾不过来，万一他要有个好歹怎么办？两个人都这么长时间了，赫连英也没有别的打算了，活着是徐家的人，死了也是徐家的鬼，所以交降表了，你说怎么就怎么还不行吗？徐清的意思，没有别的出路，唯一的一条路就是到唐营，有保障，在这儿的话，迟早也好不了。而且徐清还强调，你在这儿留恋不舍，抱着侥幸，一旦被人家发觉了，就是我死你活。公主没有办法说："好吧，我和你进唐营。"

徐清一听，她已经认头了，徐清说："就这么去不行啊。"

"啊？怎么去？"

"元帅嫂子被擒，她的百宝囊落到大师哥手，临走告诉把这东西给带回去，如果不拿回这个去，你可知大唐营十七斩五十四条，临阵收妻是第九条，杀头罪呀。这个功劳将功折罪，不然回去我还是死啊。"

"那你说怎么办呢？"

"这个你给我出主意，是我去呢是你去？得从大师哥那把樊元帅的百宝囊给诓回来。"

"哎呀！"公主皱了皱眉，沉了半天又瞅了徐清一眼：你这明明摆阵势给我。我出主意，你去，什么主意你能盗得来？你去还能回得来？公主最后一狠心：我一切都为他了，我就为之到底吧！"唉，我去。"

"你得要多加小心啊！"

"我为你都是命里该然，旁的话什么也不说了，就是死，我也没有怨言,你等着吧。"

天一亮早饭都没吃,亚雷公主赫连英把马准备好了,嘱咐丫鬟照顾驸马,"倘有人到我的后楼,你要谨慎小心。"

紫琴点头:"请公主放心,我明白。"

"好!"赫连英一个人乘跨战马离开赤虎关,够奔八卦山。公主在马上一边走一边想,心里头翻来覆去不是味儿呀。赫连英来到番营,营门能挡她吗?赶紧把她放进来,直接到帐外。有人报告太保,太保跑出来:"妹妹,怎么,你好了?"

"哥哥,我来找大师哥。"

"哦?有事?"

"我真纳闷,樊梨花这么厉害,大师哥怎么抓住的呀?"

"唉,还不是大师哥呢,猩猩魔、黄蜂真人两位师兄抓住的。"

赫连龙又问了一下父母很好,家里没事,赫连龙就不陪着妹妹了。亚雷公主赫连英这才乘马上了八卦山,来到九莲洞见着白纳道等人,大家说大师哥在三仙祠,赫连英这才进入三仙祠。飞空长老一看赫连英:"妹妹,你好啦?"

赫连英上前给师兄见礼:"师兄,要说好,没太利索,我可是见强,不过我有件事,我来问问师哥。"

"什么事?"

"师哥,樊梨花送到我那儿,我把她牢牢看住了。她有个革囊,有很多的暗器,我在她身上没搜到,这个东西师哥你没带着吗?"

飞空和尚一伸手摘下来,"这不嘛,就是它啊。这里是有些东西,你看有一对球,挺好啊!"把这对球拿出来,和尚一晃,这个球扔出去,拿这个球,啪一接,它就回来,还不带绳。"这个球不是一般东西,余者里边倒有些个零碎,怎么,妹妹你喜欢?"

"师哥,我喜欢也是白喜欢,不是师哥你得的吗?"

"哈哈哈,又说小孩话!师哥的东西,你要喜欢能不给你吗?你在山上跟师父学能耐,也就是十分之三二,余者是师父有话,都跟我学的嘛,师哥什么不教给你呀?喜欢你都拿去。"

"师哥,我太喜欢了!说真的,樊梨花要没有这些东西,难道说她就在我以上吗?她功夫就那么到家?这回我要有了这些,今后我也就是第二个樊梨花,用不着师哥你再来助战啦。"

"好好好,妹妹,回去好好养病,病养好之后赶快回来,你看我怎么最后帮你把薛礼拿住。"

"师兄,你到疆场的时候多加小心,他们真有高人。樊梨花虽然被擒,教她的那个据说是梨山圣母,功夫到家,师哥你可别吃了亏,这是说句心里话,师哥为了我要闹出一点波折来,叫妹妹于心何忍?"

"放心,哥哥旗开得胜,马到成功!回去吧。"

"好,师哥,我就走了,我不久就来。"

"好。"赫连英拜别师兄,出了三仙祠,离了九莲洞,下了八卦山。公主把樊梨花的百宝囊在身上带着,摸摸瞅瞅看看,心想:也不知道我这是哪头的。

公主得宝下山,进府上后楼,徐清说:"公主情义如山。事不宜迟,咱俩快走。"

"白天不行,得等到黑天。"公主临别去拜别父母,把心一横,夫妻夜出赤虎关。

这个时候唐兵一看徐清回来了,"哎哟,先锋官您辛苦啦。"

"没有什么,赶紧开营。"

"好!"这阵儿唐兵你瞅瞅我,我看看你,就说开营,还能够拦挡后边另一个女将吗?你还真别说,这里头有个唐兵还真认识:"那不是兵困黑风关的那个亚雷公主赫连英吗?她在两军阵上打仗,我看得一清二楚,就是她。"

"哎呀,她怎么来了?"

"你问谁呀?"

"咱们问问徐先锋——怕他不乐意啊,跟他一块儿来的可能认识。"

"怎么个认识?"

"那哪儿知道啊!"大家伙都莫名其妙,瞅着他俩发愣。

徐清也看出来了:"愣什么?你们闪开,营门小心,多加防备。公主,走吧。"

"好!"赫连英这样就跟徐清到帅帐了。两个人在外边叫人到里边回元帅,就说是徐清和亚雷公主赫连英回营,求见元帅。他们俩在外边候等,公主这阵儿心怦怦乱跳,真是怀揣二十五个小蛤蟆,一百个小手挠心!又害怕又担惊:见元帅真不好意思,要知道能有今天,她被获到我那儿,我客气点多好。供一顿饭弄点酒说点安慰话,我今天多理直气壮,看来我是鼠目寸光啊。公主在外边着急害怕,徐清也是提心吊胆。不一会儿听着里面咚咚咚鼓响升帐,徐清就觉得不好:我奉令去杀和尚,我没杀了飞空回来就有罪,我还带回一个——徐清一咬牙,无事不找,有事别怕,事到临头,怕也无用。

不一会儿,帅帐上中军辕门旗牌众将,明盔亮甲,列摆两旁,整个的元帅帐,真像阎罗殿一样。就听中军官喊了声:"元帅到。"

樊梨花走出大帐没理徐清,直接奔了赫连英。公主施礼:"元帅姐姐好。"

梨花笑着握住公主手:"咱们老人是磕头的兄弟,咱们不必客气。快跟姐姐上大帐。你先坐,姐姐还要办点公事。"

公主心里纳闷:她也不问我为啥来,也不问我怎么认识徐清。正琢磨,就见樊梨花转过身去,颜色大变,拍案叫:"徐清!你可曾杀了飞空?"

徐清说:"末将无能。"

"推出斩!"

赫连英吓得是丈二的和尚——摸不着头脑,掐头的苍蝇——无头的蠓。如呆如傻。这阵儿就听有人上前喊:"刀下留人。"谁呀?姜须。

"哎呀,慢慢慢!"姜须上前施礼,"哎呀元帅元帅,无论如何呀,千不看万不看,还看在英国公徐老爷爷的面上。话又说回来了,再看兄弟徐清年轻,跟薛哥磕头,我们哥儿仨不能同生,情愿同死。兄弟从打番营回来,还没得休息喘口气,水米未沾唇,嫂子就把他推出斩首,无论如何过去的事,嫂子还得要三思。"

"姜须。"

"元帅。"

"再敢多说一句,一律问斩。随便抗令,这还了得?你可知道令出山摇动,你敢在这里头横住不叫行刑?外边给我开刀问斩。"

姜须把眼珠儿一转,一看这阵势:"是是是,我不敢多说,马上就杀。"说要杀,可有一件,樊梨花的那个令没扔下去。有一支令是斩令,这支令不扔下去,外边不能开刀。见了这个令,外边儿开刀没有责任。你就杀错了,可我照着令。没有这个令她光吵吵,怎么瞪眼,外边不动刀。旁边众将也琢磨呀,愿意保徐清的人不少,都不敢哼。姜须碰回来了,我们那也是白费。

这个时候亚雷公主赫连英一看不好了,帐上没人搭言,樊梨花还是拍案摧斩。公主站起身来:"慢着!"飘飘一拜:"元帅姐姐——"叫元帅是公事,叫姐姐是近便,综合着好说话。

"妹妹,你坐你坐。"

"不,元帅姐姐,不知道徐清身犯何罪?"

"哦,妹妹,我命他去杀飞空,他没有做到,这样人留也无用。"

"姐姐,无论如何我跟他一块儿来了,他要有个好歹,我怎么办?"

"啊?"樊梨花装傻,"妹妹,你认识他?"

"我和他一起来的。"

"嗯?你们怎么个认识?我以为你是伯父盼咐来的,找我合计咱们两下和兵不打。看在我故去父亲的面上,我大伯父一定是开恩,那么说了半天,你是和徐清一道来的?"

"不错,元帅姐姐,兵困黑风关的时候,我就把他抓住,唉,我们就成了夫妇。"

"哎呀,妹妹你怎么早不说呀?要这么说,你是我两层妹妹,还是我的弟妹。他和薛丁山磕头,你看——哎哟妹妹,这可说呢!妹妹,你快坐,你快坐。"

"元帅,无论如何,他也杀不了飞空,您还是饶他一次吧。"

"好!妹妹,你请放心,我要是照着他,定斩不饶,任何人讲情,一律问罪。那么妹妹既然有话,来人!把徐清放回来。"

徐清在外边回来,上前跪倒:"元帅在上,谢元帅不斩之恩。"

"住口,不是本帅不斩,本帅命令你去杀了飞空,回来功劳簿上首功一件,杀不了飞空,再杀你二罪归一,果然你空回当斩!可是现有赫连英求情,才把你死罪饶过,活罪难免。听着!"

"是!元帅,我听着。"

"飞空和尚,内衬唐猊铠,枪刀不入;肋佩开天剑,斩铁如泥。他身上的功夫炉火纯青,万将难敌,我们实在难胜他。胜飞空,杀飞空,还得搁在你身上。"

赫连英一想:樊梨花可真够厉害,我师兄这点本事都叫她知道了。

"徐清。"

"元帅。"

"要想杀飞空,就需一口剑。这口剑叫困龙剑,困龙剑既能削开天剑,也能刺唐猊铠。困龙剑到,飞空命丧。没有困龙剑,什么人也杀不了他。现在我把你死罪饶过,活罪难免,我跟你要困龙剑,你把困龙剑拿来,我出去杀飞空,你首功一件,拿不来困龙剑,杀你二罪归一。"

"这……哎呀元帅,我徐清是井底之蛙,困龙剑在什么地方?我哪儿去找哇?"

"我告诉你,出唐营往北去,够奔金鳌山极乐洞。洞里头有个金华教主,教主手里头有口剑叫困龙剑,这口剑能削开天剑,能刺唐猊铠,能杀飞空僧!你现在就去给我盗剑,盗来剑首功一件,盗不来剑杀你二罪归一,下去。"啪!把令就摔下来了。

"元帅,恐怕据你讲这位老教主,我也未必能见得着,见着这个剑也未必能盗来,恐怕我徐清就是死到那儿,白搭一条性命是小,误了国家大事是大,元帅你还是把我推出斩首,另派高人去吧。"

"什么?你敢抗命不听?你……"她一拍桌子,意思又想要推出去。

公主又急了:"慢着!"

"妹妹,你想……"

"元帅姐姐,不是我多嘴,元帅姐姐已经看在我的面上,把他饶了。可是死罪饶过,活罪难免,这个活罪,元帅姐姐,我插言不当,还是跟死罪一样啊!元帅姐姐,那金鳌山极乐洞,一般人进不去。不瞒姐姐,老教主一百单八个徒弟,有俗家、有老道、有和尚,那一个赛着一个,都能够敌千军万马。飞空长老是他老人家开门大徒弟,不瞒姐姐,我是他老的关门老徒弟。"

"啊?"樊梨花故意惊讶,"妹妹,怎么你是老教主的门下?"

"不错。因为这个,我才知道金鳌山极乐洞,分多少洞,里头什么意思。徐先锋他也别说盗困龙剑,他连看也看不见,进也进不去。就我那一百零七个师哥——这里头虽然飞空师哥来了,那还有上百,唉!寸步他也进不去。元帅,无论如何……"

"妹妹,这个人情你可不能讲,我派他,他不去,我派谁呀?再派别人,别人也说不去,那么这个仗还打不?妹妹,军中的事还是最好你不要管吧。"

"不!我不敢抗元帅的令,我是为了他着想,怕他冒险,我请求元帅给个脸,我替他去吧。"

"啊?妹妹,你去盗师父的剑?"

"没有办法,事到如今,我又能怎么办?"

"哎呀,妹妹,这可显得姐姐太不对了。"

"姐姐,事情已经走到这个地步,除了我出去有点希望,别人是枉费心机。就是我去,也许是徒劳,都不一定能见着师父。看吧,元帅要能够容许我替他,我去一趟。"

"妹妹,你既然有这个心思帮忙,姐姐太感激了。徐清听令!"

"在。"

"公主替你盗剑,还不送她出营?"

第七十七回　一盗困龙剑

赫连英说替徐清去盗困龙剑，樊梨花才放心，要的就是这句话。很明显，飞空和尚内衬唐猊铠枪刀不入，没有困龙剑治不了他。困龙剑在飞空师父金华教主的手里，别人怎么能弄得出来？非得公主出手不可。樊梨花叫徐清："马上送你妻出营，你妻替你到金鳌山盗剑，你还不感谢公主？"

徐清这阵儿也说不出是苦是甜，真有点酸甜苦辣尝遍了："多谢公主！"赫连英也不清楚樊梨花这是干什么，简直就拿我们两口子搓球儿。公主瞅瞅身上挂着的樊梨花的宝囊，赶紧拿下来，双手托着："樊元帅，这是徐先锋让我到八卦山九莲洞三仙祠，见着我大师哥飞空，把元帅的百宝囊让我给诓出来了，元帅！请元帅收下吧。"

樊梨花双手接过百宝囊："妹妹，你为姐姐没少费心冒险啊，姐姐太感谢了。"

"没什么，这是我们夫妻应该做的。"

"妹妹，此番你替徐清去盗剑，可千万要多加小心，无论如何能行则行，能止则止，可千万不要闹出意外。"

"元帅姐姐，请你放心，我记下了。"

"好！徐清送你出营。"

徐清连忙说："是！"到外边准备两匹马，回来同公主告别元帅。到帐外夫妻乘马，一直出了北营门有好几里地，来到几棵树下，两个人一句话也没说。从马身上下来，那马都是战马，也甭绑，把丝缰往马身上一搭，公主回头瞅着徐清，徐清二目发直看着公主，两口子愣呵呵如呆如傻，如痴如茶，真像是木雕泥塑。赫连英把马缰绳抓了过来，瞅瞅徐清："你回去吧，你放心，我一定会回来的。"

"公主，你为我，我也不再说了，我怎么说些个甜言蜜语也没用。人凭良心，你为我一次一次冒险，舍生忘死。咱们夫妻一回，我徐清也就算足矣了。这一回，但愿你到了高山上，太太平平地能回来，我就谢天谢地了！"

"你放心，我走了。"抬左脚纫镫，右腿一飞跨上战马走了。赫连英走到天黑，初更都过了，她来到金鳌山。这个地方是轻车熟路，从小在这儿长大，七岁到的这儿，在这待十几年了。她老远看着金鳌山，自己就在想，死活就在此一举了。自己明白凶多吉少：不但师父不是好骗的，我那一百多个师哥，僧道俗都是世外高人，都能见其面知其心。所以公主这阵儿提心吊胆，忐忑不安，自己叫自己：我不是为了他吗？我现在什么也不想，就是死到这儿，也没有含怨。自己冷静一下，她把这个心就踏下去了，平心静气拉着马进了一个门。

凡是外来乘马的，到这都得从这个门进。把这个门推开进来，就不用管这匹马了。把嚼子拿下来，这里头有很好的青草，马能有吃的，还有泉水，在这搁几天，马也饿不死。里头是一个山弯，搁哪儿也出不去，就这一个门。公主把这个门一关，这马就在这仨月也走不了，因为这个山马不能上，除非山羊能行。

这个金鳌山是个圆形，就好像是一个馒头，切一刀分两半，那半边有坡度，由矮到高，另一面是立陡悬崖，可是这个洞呢，还是在悬崖这面。怎么个上法呢？就在这两侧有小道，这个小道可太难走了！最宽处有五尺多，最窄的有一尺九寸那么一丁点。人靠着山石往里走，不能往下看，你要往下一看，那就是二十多丈高，脑袋轰一下子就兴许掉下来。这个洞老远看着就像一个狮子趴在这儿，仰着头张着口，这个狮子嘴就是这个洞口，大得像城门洞一样，这个狮子两个前腿往左右分开，就好像是那两条路。搁这两条路进去，一进这个狮子口，里边就像井底一样，周围都不能出去。往上看，那真是坐井观天。里头这山弯就像一个圈，周围是一百零八个洞，大小不同。要不怎么老教主收一百零八个徒弟，有俗家，有和尚，有老道，就根据这一百零八个洞才收了一百零八个徒弟。

从打这个前洞往正面往北走，再进一个洞，这个洞叫中洞。这个中洞里就是金华老教主的开门大弟子、飞空长老住的这个洞，一切的事他都代替老教主，一般想要见老教主，你是见不到的，老教主不接待任何人，有事情就到飞空这全都解决了，应该怎么办就怎么办，他说了就算，谁也不敢不依。飞空本领不但高超，老教主有四种东西，送给他两种。老教主是一困二开三狻猊：一困就指困龙剑，二开是两口开天剑，另外有个唐猊铠，这是四绝。据说老教主有五绝，不知那一绝是什么，任何人也不知道，老教主也没有讲过。

飞空那么高的本领，再穿唐猊铠枪刀不入，肋佩开天剑斩铁如泥，那还有挡？搁中洞再过去叫后洞，右边是开天宫，左边是困龙宫。开天宫就是放开天剑的，左边困龙宫就是放那口困龙剑的。金鳌山上拿这两口剑当作神，用时都得拜，焚香祷告。老教主常讲困龙剑有的时候来无踪去无影，你要不尊敬它就走了，自己能走也自己能来，遇见什么邪它还能斩，素往就这么讲，究竟是不是这样的，那就不知道了。

过了这个后洞，就到了最后的极乐洞，也叫长寿洞，就是金华教主待的地方，所以见老教主很不容易，老教主整年也不接待任何人，就连他的这些个徒弟到了中洞，飞空也给挡回去，什么事情他告诉你怎么办，甭跟师父说。赫连英对这里非常清楚，一百零八个洞，哪个洞里是哪个师哥，她都熟。赫连英当晚没敢出这个山弯，跟她这匹马就在这里头过了夜。赫连英忍着饿，也没睡觉，没有连夜惊动。到了第二天天明了，公主一看马在这吃着青草喝着泉水，公主到跟前儿也洗了洗脸。洗完脸、手，她又喝了几口漱漱嘴，虽然肚子饿，公主还能撑得住。公主把衣服都收拾一下，掸掸尘土，整理完毕，公主平心静气，不敢慌张，顺着这一条小路贴着山往前走。几年不走了，也觉得生疏了，但是没有太害怕的意思，就到最窄的地方，公主走得还是很自如。

来到狮子口，从狮子嘴一进来，周围一百多个洞，和尚老道都有，公主刚往里一迈步，就被好几个师哥发现："弥陀佛！"那边就听："无量天尊！""哎呀！师弟来了，师弟来了……"大伙过来能有好几十，围住赫连英："妹妹，妹妹！你怎么来了？"

内中有一个和尚就问："师弟，大师哥帮你打得怎么样？师父现在还是一点不知道，大师哥告诉我们千万要守口如瓶，这件事赶巧了，要不赶这个巧，恐怕瞒不住。"

"哦？师哥，赶什么巧？"

"三年一次我们金鳌山什么会你知道不？"

"噢，金刚会。"

"对，现在正在金刚会。师哥走的第二天金刚会就开了！这个金刚会，妹妹你是知道的，这一百天师父什么也不闻也不问，也不许任何人见他。那就说天大的事，都是大师哥做主就完了，不许混他的会场，师父正讲经呢，这机会可太好了。大师哥帮你打到什么程度？什么叫樊梨花的死没死？"

"唉，别提了，一言难尽！大师哥的能耐倒有，本领倒大，可是樊梨花这个丫头也不是好斗的。我从黑风关败去之后到赤虎关，大师哥去了，我这病才见好，在八卦山九莲洞阻住唐兵，直打到现在也没分出怎么样。单说樊梨花这个丫头，唉！气死我了。师哥出马她就不去，我出去她就来，她单跟我战。我跟她打了几仗，我一点光也没有沾。我到这来找师父，我问一问师父，有什么办法帮我一下。"

"妹妹，你要把大师哥抖搂出去，大师哥可受不了。僧规戒律，师父不会答应他的，甚至能把大师哥的命给送了。"

"你们大家放心，我不是小孩子，我怎么那么傻，大师哥为了我，那么热心豁出一切，我还说大师哥出去了？不会的。"

"嗯，这倒是！师父会场你不能去闹，师父动怒你命没了。在这个时候天大的事，就着了火了，也不许去跟师父讲。"

"我不说话，我在会场里等着师父，多咱看见我，问到头上我再讲，他就不能动怒了。"

"嗯，这可也倒是。那又何必呢？你不就是着急樊梨花没死吗？要她的命那还不容易？师哥去了，她知道厉害，她不敢露面，她不斗师哥，我们去了她还知道？去个十个二十个，不用见师父了，走！我们马上到那，白天不行，晚上我们进唐营，也把樊梨花掏出来。行了行了妹妹，就这点小事，走。"

公主一想：你们去了谁管饭？我往哪儿安排？把你送到哪儿？我是哪一头儿的，你们知道吗？公主心里话：你们都糊涂着吧，等你们明白，什么都晚了。"师哥们，你们就是都去，我不是信不着，我也不肯。我倒问问师父，人家樊梨花是梨山圣母教的，梨山圣母不比师父高,她怎么教徒弟这么厉害,这么能耐?师父教我还说疼我,宝贝蛋,你们大伙还都生气偏袒我了,那么师父教我的能耐,怎么就不是樊梨花的对手?我非跟师父诉诉苦不可,我一定找他。师哥们,你们不用管,我这就去!"

"哎呀妹妹,可别把师父惹烦了。"

"你们不要管我。"亚雷公主赫连英往前走了几步,其中有个老道就说:"是呀,既这样,妹妹愿意见师父,叫她跟师父牢骚牢骚,出出气也行。师父还兴给想出什么办法。"

"对对对,咱们就别管了。"公主走几步一转身说:"师哥们,你们谁有吃的?我还没吃东西呢!"这才有人拿来东西,公主吃了,又给弄点水喝了。吃完了喝完了,还有好几个关心她的师哥嘱咐:"你可千万不许说话啊,你到会场要一哼啊,师父可就烦了。你就跪在那等机会吧!"

"是,要不我就要吃的,我这就能挺一天。"赫连英说这个话,她离开了众师哥,到了中洞,看看师哥飞空的洞,心里在想:飞空师哥!你为妹妹一回,你做梦也想不到,我盗剑来了——公主想到这儿,心里是刀绞一样。

公主过了中洞,往后再走就到了极乐洞。她到了洞门往里一看,那里头一排排,一溜溜,也说不上能有几百。一个人一个蒲团,都坐在蒲团上闭目合睛,和尚也有,老道也有,圣母也有,里边的高人可太多了,也分不出来,看不出来。就在正居中莲花台上,正是授业恩师金华老教主,左手拿着念珠一百零八颗外加佛头,他讲的是金刚经,这个是三年一次一百天叫金刚会。老教主坐到那儿,眼睛不睁头不抬,一张大脸金乎乎的,两道寿毫多长,这两道眉毛都打了卡子,掖到耳后。头上倍儿亮,一根头发没有。他在那儿正在讲得有劲,赫连英不敢往里走了,也不敢喘大气,公主规规矩矩,老老实实,就在洞门这儿跪下了。跪到这儿等着师父看见,可太不容易了。老教主那也不抬头不睁眼,也不这儿瞅那儿看,就是一个劲地往下讲。可是但有一件,公主眼睛她不能不看,三看两看,就看师父左边坐着一个老道,这个老道往公主这连看两次。公主觉得奇怪,周围听经的没有像他那样的,别人听经都是闭目合睛,眼观鼻、鼻观口、口观心,一个动的没有,哪有眼睛叽里咕噜来回看热闹的。这个老道不,他看热

511

闹。这个老道长得面似银盆，慈眉善目，仙风道骨，仪表非俗。胸前飘洒五绺墨髯，两眼是炯炯有神。头戴蓝缎色的五梁道巾，迎门还镶着一块宝石。脑后双飘绣带，身穿蓝缎道袍，青护领，腰系青丝绦，倒垂灯笼穗儿。手拿着马尾拂尘，脚下是高勒白袜，一双青布鞋。

这个老道第二次看了一眼赫连英，老道就跟教主说话了，这个老道敢说话，这个老道是谁呀？他就是薛丁山授业的恩师，王禅老祖。王禅老祖可不是听经来了，从来没赴过这个金刚会，今年怎么来了？王禅老祖的徒弟落到八卦山九莲洞三仙祠，叫飞空给抓住了。王禅知道没有办法去对付飞空，怎么办？那么他和梨山圣母见着了，王禅老祖跟梨山圣母三合计两合计，梨山圣母在暗地里给樊梨花出主意，叫樊梨花用徐清诓公主，让公主来盗困龙剑。可是恐怕公主盗剑不力，王禅老祖今天有意识地来混金刚会，就是没安好心，在这儿等机会呢。果然看见公主到来，王禅老祖心想机会已到，他才马上拦教主："哎呀老教主，无量天尊！你看洞门又来一个俗家女，可能前来听经。哎呀是否教主让她进来坐下？你看跪在那儿能听好吗？"

"哦？"老教主一听，抬头一看，"啊？你怎么来啦？"

赫连英一想太怪了，刚跪在这儿，跪一天都不一定师父看得着。赫连英一听师父问到头上，眼泪汪汪，跪爬半步："师父啊！小徒我黑风关前，打得我大败亏输。樊梨花欺人太甚，我们又大战八卦山三天两夜，最后我一剑穿她身上，谁想刺不进去，没办法来找恩师！"

老教主摘肋下开天剑："徒儿啊，为师两口开天剑，你师兄带一口震洞守山，这口给你拿去，杀了梨花早日送回。"

公主拜别恩师返回正从困龙宫过，看见困龙剑，公主按消息儿进宫，从楠木小匣里拿出困龙宝剑藏身上，由打后洞来到前洞，这些众师哥呼啦一下，大家都过来问："妹妹，怎么样怎么样？师父怎么说的？"

公主说："你们放心，我不用说怎么说的，你们听笑话吧。我这就回去，我把樊梨花的脑袋一定要拿到金鳌山。"

大伙一听哈哈大笑："既要如此，但愿妹妹你马到成功。"

"好，众师哥，我给你们磕头了。"公主跪倒磕头，站起身来往外就走。

第七十八回　二战飞空僧

赫连英在困龙宫里头巧得困龙剑，师父还给了她开天剑。她打这个前洞出来，走过险路来到盆底山，推开门到里边，把自己的马重新鞍子又给投了投，肚带紧了紧，鞍鞒扳不来推不去，公主拉出这匹马，心里在想：我这就等于满载而归呀！望望师父的极乐洞，师父，我对不起您，来生再报吧！亚雷公主飞身上马来到唐营，到了北营门外，老远就看见徐清在那正在张望。公主马到跟前儿，从马身上跳下来，徐清紧抢几步，上前抓住公主："怎么样？成功吗？"

公主瞅瞅徐清："你猜呢？"

那徐清是干什么的？一看公主的表情语气，跟她用的这个词，就知道成功了，"我不用三猜两猜，我一猜就能猜到，你把东西盗来了。"

"哦，你真精啊！"

"不光我精，得说元帅嫂子还是高人，她对待咱们得说是关怀备至。她也担心你，恐怕你万一，这回她也该乐了。"

徐清这个话，公主一听这个语气味道，一点不恨樊梨花。真不恨吗？徐清现在可不是真不恨嘛。什么原因？亚雷公主赫连英去金鳌山盗剑走后，徐清回营上帐交令。一看嫂子樊梨花正跟姜须在帐里，没有别人。徐文建上大帐，规规矩矩，正言正色，深施一礼："元帅在上，末将徐清交令，我已经把公主送走了，不知道元帅还有什么吩咐。末将听令。"说的都是公事话，一句也没有叔嫂的关系，咱们是两家如何，看样子徐清心里头是各怀心腹事，尽在不言中。姜须没有哼，瞅瞅樊梨花，樊梨花再看看姜须，扑哧乐了。徐清一想，精神病啊？一会儿瞪眼，一会儿又乐了？

513

樊梨花满面带笑:"徐清,还生嫂子气?"

"不敢!"

姜须在一旁说:"兄弟,嫂子为人大仁大义,为什么对你那么绝情?为什么让你遇上番兵先报号?皆因为公主每夜都把唐营望,嫂子判断她没忘和你的夫妻情分。她师兄枪刀不入,就怕困龙剑,公主不帮忙,谁能盗困龙?"

徐清听完愁云尽散,在营门望,几次营里报告元帅说:"公主没回来。"樊梨花也担着心。这个时候徐清一听公主要猜,就知道准是成功了。公主说:"不错,不但成功得了困龙剑,我还偏得一口剑。"

"什么?"

"开天剑。"

"这是怎么回事?"

公主把进洞见师父的经过说了一遍,徐清这阵儿把眼珠儿一转,怕公主到时候再帮对方的忙,和尚不好宰,徐清这阵儿对公主不说,是有点戒备,多咱把这师哥宰完了,赤虎关取了,才能整个放心。徐清瞅瞅公主:"你我夫妻一回啊,你能听我的话吗?"

"我什么时候不听你的了?"

"对呀,正因为这样我才说,不然的话我也不能讲。你在元帅面前给了她的百宝囊,元帅火就小了不少。如果说不但交困龙剑,你还交她一口开天剑,这口剑既然是削铁如泥,吹毛利刃,练武的人焉能不爱?你给拙夫等于全减了罪,今后咱们在营里是不是待得还好一些?你舍得吗?"

"我一道上倒没这么想,我想留下,你既然说到这儿,我献出。"

"好。"两人商量完了乘跨坐马,并马进营。这回两个人就不像出营送的那个时候了,一语全无。这阵儿人得喜事精神爽,这个那个两个人就唠个不止,一直来到帐外,弃镫离鞍。徐清夫妻到在帐里,上前一施礼说:"公主回来了。"樊梨花赶紧站起来,上前抓住公主:"妹妹,你辛苦了,妹妹你受惊没有?"

"托元帅的福,我倒没有受惊,我由大营出去,到金鳌山见师父,是这般如此。这是我完全的经过,请元帅收下困龙剑。"

樊梨花双手接过困龙剑来,仔细一看,这口困龙宝剑不长,像鱼肠剑似的，仅有一尺二寸五，小宝剑不大。樊梨花拿在手中，心里就想：听师父讲过这个剑挺神秘，逢着什么妖魔鬼怪，它能自动出匣。有的时候爱待就待，不待就走，来者无踪，去者无影，那就说此剑还要找有福人，没有福还留它不住。樊梨花双手托着困龙剑，嘴上没说心里就在祷告：困龙神，请您助我们一臂之力吧！我们有不到之处，望困龙神多多地担待。"人来！抬香案！"把桌子准备好了，满炉焚香，把困龙剑往当中一放，樊梨花、姜须、徐清、赫连英四个人以樊梨花为首，跪在地上："困龙神，只要是您老能够帮助我们战胜八卦山，能把赤虎关到手，久后鞭敲金镫，齐唱凯歌，奏明当今，就在八水长安京给你塑造金身，修盖庙宇，不忘上神加佑。"樊梨花说完磕头，磕头起来再把困龙剑拿到手中，樊梨花就把它佩到身边。徐清就紧拿眼睛看公主。公主明白，一伸手就把开天剑摘下来了，双手托着瞅着樊梨花："元帅姐姐。"

"哦，妹妹，怎么这……"

"这就是我向你说，师父亲手给我的开天剑。师父他老人家这几种宝贝：一困二开三狻猊。大师哥内里衬着唐猊铠，枪刀不入，肋下佩着开天剑斩铁如泥，困龙剑是镇山镇宫的，不能动。这口开天剑是师父带着的，师父听我说你枪刀不入，才把这口剑摘下给了我。元帅姐姐，老人跟老人结拜有交情也好，咱们是亲姊妹也好，不是亲姊妹也好，见面都有个见面礼，妹妹也没有准备，这就等于千里送鹅毛吧，姐姐，这是妹妹的一点心意，姐姐请笑纳，做个纪念吧。"

那练武的人得着这个东西，真是苍蝇见血，那就得说如命啊！这口剑价值连城，无价之宝，无处可买，万两黄金也白看。樊梨花迟疑一下，没有伸手来接。公主双手又递："姐姐，难道说你不能够赏脸？"

樊梨花双手接过开天剑："妹妹，礼物太重了，真叫姐姐不好意思。这真是无功受禄，妹妹，我收下了，我太感谢了。"

"姐姐，这不算什么，小小的礼物。不过我们夫妻在大营里头，我还在其次，对将军方面，姐姐，你还要关照。"

樊梨花明白，这是给丈夫铺路呢，恐怕丈夫吃亏。樊梨花心想：妹妹啊，你太傻了，我不是冲着你照顾他，他跟我们那口子磕头啊。樊梨花当时点点头："请妹妹放心，一切的事我全明白了，今后咱们就看吧。徐清啊！"

"元帅。"

"妹妹恐怕累了，也未必吃饭，你赶紧领到你帐，给妹妹准备饭菜，你要陪妹妹休息，你暂时不要来，明天再上帐。"

"是！"

"元帅姐姐，我不累。"

"不，你去吧，你休息一下！"樊梨花把徐清打发出去陪着公主，也别说是陪着，也别说是看着。终究有徐清在跟前儿，公主也不会出意外。他们夫妻走后，樊梨花瞅瞅姜须，姜须乐了："我说嫂子！这可真是想不到，意外地收获！嫂子你又多了一口宝剑，等见了飞空，他有开天你也有开天，他有唐猊铠，你有困龙剑，都是相生相克，治他的，恐怕飞空他活不太久了吧！"

"兄弟，这是当然。好，咱们到后边去一趟。"樊梨花带着姜须来到后帐，有人一报老元帅，他赶紧叫姜须陪嫂子进来。到里边给公公施礼，让媳妇坐下。老元帅瞅瞅樊梨花，"是不是有什么要紧的事情？"

"公父，赫连英到金鳌山，盗来困龙剑。"

"太好了！哎呀，真是一帆风顺，这也是托天子的洪福了。"

"公父，不但得来困龙剑，她还偏得开天剑，都送给儿媳了。"

王爷点点头："太好了，媳妇，你想怎么办？"

"公父，我想明天出兵，三面包围八卦山，留下西面放他们逃走，我们不希望杀他全军尽殁，明天这一仗让他们走死逃亡。主要的救回你儿，除掉飞空，能取赤虎，您看怎么样？"

"好，媳妇，我同意这么做。"

"那好，您老人家精神如何？身体能不能支撑助媳妇一臂之力？"

"好孩子，你说了算，明天我上帐听令。"

"公父，那您就太帮忙了。另一方面我打算把徐清和赫连英留到大营，赫连英到两军阵，看见杀她师哥，恐怕她看不了，再闹出意外不好，徐清在营里能看着她。您老在后边督着队，我在前边斗凶僧。姜须在我身后带队，四面八方都听您老人家的。"

老元帅点头："好，就这样吧。"

第二天早饭一毕，马上上帐击鼓。到了帅帐之上，樊梨花给公公旁侧让座，老元帅也就坐这了。众将一看今天连老元帅都到了，大伙就明白了，知道今天这个仗要大。赫连英不一会儿跟徐清都来了，樊梨花瞅瞅公主："妹妹，你不累吗？"

"我不累。"

"你累了后帐休息可以。"

"不，我一定上帐听令。"

"好，旁边搭座。"

"元帅，你要再拿我当客人，倒使我多想。元帅，你跟大家一样看待，我就知足了。"

"那也好，妹妹闪在一旁。不过妹妹，今天我打算要求你，我们出去要开这个大仗，你能不能给办点事？"

赫连英很难为情，瞅瞅樊梨花说："元帅，我一宿没睡，翻来覆去地想，就想到这一点。我在高山十几年跟师父学艺，百分之八十都跟师哥学的，大师哥飞空对待我，可说是天高地厚。我这一次打了败仗，没用我找他，师哥自己来拔刀相助，两军阵上他做梦也想不到，我投了唐了。话又说回来，我要到两军阵见他的面，我可太难为情了。"

"妹妹，正因为这样，我给你安排的事情不叫你出营。我们到外边去开仗，你在营里头帮助我们守守营怎么样？"

"哎呀元帅，我太感谢了，那太好了。"

"那好，徐清！"

"在！"

"你们夫妻——"旁边又看薛先图，"薛老叔父。"

薛先图御总兵过来说："在。"

"您老人家带他们夫妻在营里守住汛地，无论如何，战壕里多备弓箭，天大的动静不要出去。事情再紧张，不要害怕，你们只要把汛地守住，就是首功一件。"告诉徐清、赫连英："你夫妻，要一切听薛老总兵的。"

徐清点头说："好。"

樊梨花把他们给安排好了之后，又跟公公讲："公父。"

老元帅说："我也听令。"

"公父，您老在后边总都督，准备九尊大炮，看三面人马包围八

517

卦山，主要您老看姜须。姜须！"

"在。"

"我在前边开战，如果顺利，我杀和尚，我要大喊一声杀，你就明白了，这就是要三面进攻，你用号跟公父传信儿，公父听见你的号响，放九声炮。九声炮响完，南北东三面人马是一起攻进八卦山。"

王爷点头："我知道了。"

姜须也说："我记下了。"

"可是如果我要是不顺利，遇见意外，杀不了飞空，不能全胜。我马往回这么一拨，那就是说，你看我一往回来，也用号传信儿，号一响，公父您只放一声炮，不要放第二声，那就是三面人马迅速撤回。"

王爷点头："我记住了。"

这个时候樊梨花叫姜兴霸、李庆红。二位老总兵说："在！"

"你们二位老人家带领一万两千人，从南营门出去，够奔八卦山的南山口，在树林外面包围。你们听着炮，如果要听到连着九声炮响，你们就杀上南山口，注意要听到单独一声炮，迅速撤回不可有误。"

"得令。"

樊梨花往下瞅，又叫："王新溪、王新豪。"

"在！"

"你们二位老人家，带一万两千人，从北营门出去，够奔八卦山的北面，也是如此，听到九声炮响，攻他的北山口。如果要听到一声炮响，迅速撤回，不得有误。"

"得令。"

樊梨花再看看周文、周武两位御总兵，说："二位老人家，公父他老人家上了年纪了，您二位不要离开公父，一切一切要谨慎处事！"二位老总兵点头。

樊梨花马上吩咐："带马！"

姜须在正面带领人马，两侧人马也出去，赫连英一看叫她守营，她挺高兴，徐清明白自己是看着她。到了外边乘跨战马，三声大炮，大队出营。

王新溪、王新豪、姜兴霸、李庆红四位御总兵，他们南北两万多兵，已经去包围八卦山，都在林内伏兵。老元帅胯下赛风驹，掌中这条方天画戟，说是身体不太好，那是没遇上事，遇事的话虎星发动，老王爷的两臂有千斤膂力，那真是有万夫不当之勇，百战不输之能。踏出大营，在后边摆开队伍，层层趟趟，缕缕行行，刀枪如麦穗，戈戟似麻林，旗幡招展，老远一看，就像高粱茬子一样。九尊大炮准备好，左有周文，右有周武，前边赛霸王姜须带领人等，跟随樊梨花是马奔八卦山下。

　　来到营门外，樊梨花是高声喝喊，叫他们赶紧去禀报："让飞空出来，就说我樊梨花到，我要跟他决一死战。"

　　番兵一看大唐今天出营，来势汹汹，一看这个风头挺硬，有人就赶紧乘马往里报。先报太保，太保一听，赶紧让往里报。上八卦山，来到九莲洞进了三仙祠，到里边跪报高僧："哎呀老方丈，大事不好。"

　　飞空长老正在闷坐吃茶，他心里头也一直在担心。担心什么？就怕师父一旦知道，要真动怒把我弄回去，我是开门大弟子，按照僧规戒律一百二十八条，我其罪非小。我要不管，半当腰走了，我还对不起我这妹妹。我这小妹妹太孬，我不帮忙谁帮忙呢？和尚正犹豫这个，有人进来一报："回老方丈，山下樊梨花来了，请您老出去。"

　　飞空闻报火就大了，吩咐："赶紧给我准备。"外边给高僧带过马来，他带着他的八大弟子，就打这个三仙祠的大庙，出了九莲洞，下了八卦山，这阵儿的兵将都排开备好，亚雷太保给观敌瞭阵压阵脚。和尚说："你们不要担忧，休要惊慌，樊梨花她是惊弓之鸟了，有什么惧的？我过去。"

　　他跳下马来，两军阵前得意扬扬，丝毫没把樊梨花搁在心上。樊梨花这阵儿也跳下马，在这等着呢。一看他到了，樊梨花说："高僧，我见着你了，我仅几句话，你要能听话，你赶紧离开八卦山走。如果不然的话，恐怕你再走来之不及。"

　　和尚一乐："你可真能敲山震虎，打草惊蛇，我就问你一句话，樊梨花你凭什么？"

　　樊梨花说："你瞧！"

　　和尚一看困龙剑，是目瞪口呆！

第七十九回　二盗困龙剑

　　上回说飞空一看困龙剑，脑袋嗡一下子，真像万丈高楼失脚，是惊魂三千里，魄散九云霄，如临深渊，如履薄冰。此时，樊梨花给他一剑，飞空用剑往外迎。

　　剑碰剑，开天剑削了困龙剑！

　　樊梨花明白坏了，困龙剑剑是假的！飞身上马就跑，飞空伸手刚要抓，猛听咔嚓一声，飞空嗷了一声。原来树上有个孩子撒出一棒槌，正打凶僧手上。凶僧跳起半空中抓住窦一虎，用力一抡，扔出有五丈多，哪知道矬子来个鲤鱼打挺，撒腿跑了。

　　樊梨花各处布置，窦一虎不高兴，意思就说：倒是个儿小啊，被人瞧不起。姐姐对我不错，可就这个排兵布阵没把我放在眼里啊！没有位置，哪路也没有我。好吧，窦一虎一想，你要叫人家瞧得起，必得做出叫人瞧得起的事。姐姐，关键时刻看谁行！窦一虎时刻不离樊梨花，暗中保护姐姐，一来按照姐姐窦仙童的话，对待樊姐姐得比对亲姐姐强。二来，窦一虎也琢磨樊梨花姐姐必是好，要不然我姐姐窦仙童能那么说吗？所以窦一虎时刻注意保护樊梨花。他在树上瞅着，一看剑叫和尚给削一段去，樊梨花飞身上马，虽然樊梨花快，那马没等动弹，和尚就到了。这和尚过来，眼瞅着一把真就把樊梨花抓住，窦一虎在树上这一棒槌给干到手背上，和尚到空中抓住窦一虎，再想摔死，窦一虎逃了。

　　这个时候樊梨花真就有点惊魂破胆啊！她马到人群，姜须早就传信儿给后边。就听响了一声炮，姜兴霸、李庆红、王新溪、王新豪，所有三路人马，呼啦一下前队改后队，后队变前队，马上都收兵回营,唐兵这等于三路大败而归。

一进大营,老元帅看看樊梨花:"媳妇,难道说那剑……"

"公父,糟了,假的!"

"啊?"这个时候有人报,营门口来个老太婆求见。樊梨花赶紧来到营门往外一看,"哎呀,赶快开营!"

营门开放,把老太婆放进来,樊梨花一看,梨山圣母!师父冷哇哇的面孔,怒目瞅着樊梨花,一言不吭。樊梨花跪到地上给梨山圣母磕头:"师父,您从哪来?"

"你起来。"

"是,谢师父。"

"我问你,困龙剑在哪儿?"

"这……"樊梨花拿过削去一段的困龙剑给师父看,老圣母叹了口气:"梨花,开天剑能斩铜削铁,吹毛利刃,那么好的宝剑,它怕困龙剑。困龙剑专削开天剑,能刺唐猊铠,得说无价呀!那得多锋利一口宝刃,你看这口剑有光吗?锋利吗?像宝剑吗?这剑怎么得的?是按师父说的办法吗?"

"是,按着您指示,我才叫赫连英去的,到金鳌山她盗来宝剑,据她说在困龙宫里怎么进去,怎么拿的,怎么得的宝剑。"

老圣母摇了摇头:"梨花呀,你太糊涂了。困龙宝剑这么好一件东西,金华教主能把它放到困龙宫?白天晚上没人管,就搁在那撞大运?有人要想拿去就拿去,能吗?那是怕有人暗中盗取困龙剑,老教主才用困龙宫晃人的眼目。"

"哦,师父,那么说他这真的剑……"

"真的要据为师判断,他不离身,准在金华教主身上。"

"哎呀师父,那可怎么办?也没有得来的可能。"

"嗯,梨花呀,我还有事要走,你要想胜飞空,还得困龙剑。困龙剑就得上金鳌山去取,可是这二次盗剑嘛,你还得这么这么……"

"师父,我明白了。"

"好,我也走了。"

大家听樊梨花叫师父谁也没敢靠近,等着樊梨花给介绍,连老元帅都等着,一看说完了,那个老太婆拿着拐棍一猫腰就到营外了,再一瞅老太婆就没有了。哎哟这个快！真是来无踪去无影。姜须在旁边直咂嘴："我真是命薄福浅，我要是想当初能碰见这位老圣母，我姜须也不至于今天这个模样。嫂子，怎么让老人家走了？没给大伙见见，我们应该给老人家施礼。"

"她老有要紧的事走了。"樊梨花这个时候才让公爹后帐休息，让姜须把所有人马安排，不要乱，我到帐里要静一下。樊梨花不见任何人，到大帐里坐在这儿，自己冷静了半天，按照师父的说法，前后斟酌一下：有理，太对了。师父的见解还是比我高明，尤其师父出的办法，二盗困龙剑也只得如此。樊梨花刚想到这儿，有人报："回元帅，徐先锋、赫连英夫妻在帐外请罪。"

"嗯，请他们进来。"

"是，元帅有请。"

"啊！"公主瞅徐清，徐清看公主，他俩吓坏了！为什么？给盗剑不给盗剑，盗来盗不来那好说，盗来了，是假的，叫元帅出去，见着飞空差一点把命丧了，这个怎么说都行啊！说不慎啊，不识货呀，没小心啊，疏忽大意，盗来假剑也行；说有意识的要送了元帅一条命，也有理呀。夫妻在外头吓坏了，这个时候一听带个请字，稍微安静一下。两口子进了大帐，公主见了樊梨花马上跪倒："元帅在上，这事与徐先锋无关，都是我赫连英一人之错。我真是有眼无珠，我做梦也想不到困龙宫里的宝剑是假的。元帅你受惊了，太危险了！我罪该万死，我死有余辜！"

樊梨花赶紧把她搀起来："妹妹，姐姐就那么糊涂？妹妹九牛二虎之力，三毛七孔之心，为了姐姐舍死忘生，赴汤蹈火，盗来东西弄错了，大罪归你？难道说我没长眼睛？没让我看？可我看了，我也没识透它的真假，那么妹妹怎么就能明白呢？妹妹，你坐下。"

"哎呀，我多谢元帅姐姐，没承想元帅能这样的宽宏大量，真够屈己待人，容人让人。今后元帅有用我之处，请元帅说话，士为知己死，鞠躬尽瘁，肝脑涂地，死而后已。"

"妹妹，什么叫久后啊？我现在就要麻烦你。"

"元帅请讲。"

"妹妹啊，你还得二次上山，麻烦你二盗困龙剑。"

哎呀！赫连英不说害怕，那也真不是闹着玩的。二盗困龙剑？赫连英脑袋轰一下子，刚想：我去了就完了，我能不能不去？她又一琢磨：不对，我刚才说啥？鞠躬尽瘁，士为知己死，赴汤蹈火，在所不辞……我刚说完就不算了？赫莲英马上答复："元帅姐姐，请你吩咐，您说怎么办？就是油锅我也跳了，刀山我也上，我就是死都没有怨言。"

"妹妹，胜败军中常事，此物真是现在我才明白，你看，一点光彩没有，这口剑咱们是真上当了！要不叫兄弟树上下手，我回不来了。妹妹，你二次上山你得这样，真的一定在老教主的身上。"

"那我可怎么盗啊？"

"我想你就应该这么这么说……"

"哦，我明白，我明白了。"赫连英一想这个元帅真厉害，真是揣事如见，料事如神。对，真剑不能在困龙宫，一定是不离师父身上。这个招儿对啊，是这么办。"元帅，我马上动身。"

"好，妹妹，可是你要注意，还是能行则行，能止则止，我们尽力把它盗出来，要是不能，妹妹你就回来，咱们再另想别策。"

"元帅！我这口气在，我就要拿回困龙剑，拿不回困龙剑，姐姐，我就和你永绝了！"

"不——徐清！"

"元帅嫂子。"

"送你妻出营，听你妻最后这句话，你要想尽了办法，不许闹出意外！——有剑无剑，我都希望你回来，送你妻出去。"

"是！"徐文建到外边，夫妻俩并马出营。到了北营门外，又到这个树林的下面，两个人弃镫离鞍。徐清在这个时候又嘱咐一番，徐清也这么讲："你可千万不要寻其短见，看不出来吗？元帅不会把咱们如何的。咱们只要真心去做，难道说你看在拙夫的面上，你能应付局面走形式？你一定想尽办法盗困龙，实在不行，你也要回来，别叫拙夫我在这儿空等啊！我要看不见你回来，我也不进唐营了。我这话不用再说，你也就明白了。"

赫连英眼泪下来了："你不要再说了，我就是死，也回来见你一面。你放心，我不会那么心窄的，你告诉元帅吧，我一定盗剑回来，我走了!"飞身上马,赫连英头都没回呀,徐清一直看不见才回营了。

公主二奔金鳌山,天没黑来到金鳌山下,把马又送进盆底山。公主登山进前洞,众师兄围上妹妹左问右问。公主说这回败得更惨。我先去见师父诉冤。她到后洞泪眼愁眉又跪在师父面前。教主问:"徒儿你这是……"

公主说:"这次眼看我要胜了,樊梨花师父老梨山拦住我,我用开天连刺两剑刺不进去,剑还让她夺去了!人家师父帮徒弟,您老为啥不帮我?"

金华教主别看那么高的身份,抑制不住火,徒弟从头这么一讲,他腾腾火往上撞,真是怒气冲天:"啊?梨山圣母要帮她门下无礼?欺人太甚,好!我带你看看。"

他要站起走,旁边王禅念了一声:"无量天尊,哎呀教主教主!这金刚会三年一次啊,好容易盼到这个机会,您要传道就传到底,怎么能因此小事,把金刚会搅了?那梨山也好,樊梨花也好,拿她们师生来说,她就是枪刀不入,老教主就没有办法?非得亲身前去?我看老教主想个什么妙法,让令徒前去取梨山师生的头,还是比老教主亲身前往强啊,请教主酌情!"

王禅要是不拦的话,教主真去了,那可就大扯了,更麻烦了。别看飞空偷着走的,教主要是真火了,倒不能说他错。还兴助他徒弟一臂之力,助纣为虐。这回王禅说出这个话,在众目之下叫大家看看,教主也有那么一点意思,显示显示我这个身价,"啊,好!徒儿呀,你过来。"

赫连英这阵儿赶紧一步一步来到里边,跪到跟前儿,问师父有什么吩咐。老教主一伸手就在他身披袈裟的里边,拿出一口一尺挂零的小宝剑,绿鲨鱼皮的剑匣,三道赤金箍,金饰件金吞口,在手中一托:"拿去,你用此宝削她的剑!什么梨山圣母,什么枪刀不入,只要是挨上的话,就要她的命。"

"小徒遵命。"双手把宝剑接过来,给师父跪着没等起来,老教主瞅瞅赫连英:"孩子啊,此物乃是为师心爱之物,时刻不离我身!此次叫你拿去,你可要护好。"

"师父请放心。"

"对，早早送回，困龙剑是为师最爱之物。"

"师父，您放心，我全记住了。"

"去吧，快去快归。"

"是，小徒遵命。"赫连英慢慢站起来，往后倒退了三步，这才转身出了后洞。王禅老祖在旁边，喜怒不形于色，但是内里乐坏了！王禅不叫金华教主琢磨，在旁边紧问老教主，这金刚经怎么长怎么短，左一言又一语，旁边又有王禅的朋友，也跟着插言，跟教主打混，就把一个金刚会的会场弄得热火朝天，把困龙剑吉凶祸福抛在脑后。

赫连英打后边极乐洞出来，过了中洞困龙宫，又瞅瞅开天宫。公主一想：我要知道这样，头一回何必费事？到了前面，这些个师兄弟一百多把她都围上了："妹妹，妹妹，刚才听你说话，怎么这一次弄得更糟？见师父还诉冤，怎么回事？他们谁这么厉害？"

"师哥们，我这人丢的，樊梨花，我们俩这次动手，该怎么是怎么，师父给我拿着开天剑，我真不怕她。我这开天剑施展开了，樊梨花也有点蒙了，她的剑叫我给削了两段下来，我眼瞅着就有宰她的可能了，就从那树上唰下来一个人，她的师父，梨山圣母……"

"啊？她师父出面了？她师父和妹妹动手？"

"别提了，她在当中一横，把樊梨花换回去。樊梨花回去我就恼了，我才跟她动手，我也不管这个那个，我拿开天剑就舞弄她，没承想她一时不慎，被我连刺了两剑。"

"啊？你把梨山也杀了？"

"杀不进去，她不知道里头穿的是什么？枪刀不入，我的开天剑点不破她，我觉得不好，再打我要吃亏。我刚这么一疏忽，开天剑也叫她抢去了。我才赶紧撤回来，也多亏后边兵多将广，开弓放箭，不然的话我还叫她生擒活捉了。这个梨山太不讲理了！"

大伙说："这还了得！欺负妹妹。师父给你出什么主意？"

"师父给我想个办法，他老人家给我拿了困龙剑。"

"啊？动了困龙剑？都没有开过眼呢！这困龙剑师父给你？"

"师父说了，叫我把梨山和樊梨花杀了，杀完之后赶紧送回来。她再枪刀不入的东西也搪不了它，我到那是手到成功的，我不久就回来了，你们等着我报喜吧。"

525

就听内中有个老道说:"这可不行,别的事我不懂得,这个事可不是闹着玩的。妹妹你一个人去有险,干脆咱们大伙都跟着去吧,到那儿一起下手。"

"对呀!"

公主说:"不行!不管怎么样,我能胜她。你们不能管,你们再管我就生气了。"公主说着就打洞里出来,她下了金鳌山,在盆底山里把马弄出来。公主直接地就够奔大唐营,这才要困龙二次斗飞空。

第八十回　怒杀白纳道

亚雷公主赫连英按着樊梨花的办法，真把她师父金华教主给骗了，把困龙剑明着就给了赫连英。众师兄怕她保不住剑，又疼她，要帮她下山，公主不干。公主常跟这些师哥们耍娇，因为她是老徒弟，岁数又小，大伙对她是什么办法也没有。她说对也是对，错也是对，怎么整都是对。今天公主跟大家就这么讲："不管怎么样，你们谁也不能去，这个脸得让我一个人露，你们都去争着露脸，那是干什么呢？"就生给大家唬住了，谁也没跟妹妹多嘴。

她就打这个山上下来，乘着马直接恨不得一步回到大唐营，这个马简直电闪星飞一般。可是她走着走着，听到在林那边有马蹄响，这个马就接近了，越听越近，公主一看，哎呀可糟了！她一瞅对面来的这匹白马，在马上坐的不是别人，正是白纳道。

白纳道这个时候是从打南树林进来往北斜，公主在这直接就往东穿进来了。公主听见，人家也听见了；公主看见，人家也看见了。白纳道一瞅：公主？她干什么来了？不是在赤虎关养病吗？"公主，公主慢走，我白纳道在这儿呢！"

公主一看他马来了，他追我再跑，这不更可疑吗？公主赶紧勒马回头故意装傻："哎呀，是白纳道长。"

公主从马身上跳下来，白纳道也跳下来，就问公主："你怎么到这儿来了？"赫连英瞅瞅白纳道："别提了，我不是病了吗？什么药也不行，百药不愈，我没有办法了，我这才上山见师父，问问他老人家怎么办？可是偏偏师父正在金刚会，真倒霉，那么些个客人我也没敢张嘴，可是我在那儿跪着候等，得等多少天啊？没有办法，我还得暂时回去,道长,你不是跟我师哥在九莲洞,怎么跑这儿来了?"

"你还不知道,你师哥让我回来的,现在我们八卦山出大事了。"

"啊?出什么事了?"

"别提了……"白纳道就把樊梨花二次斗飞空,被飞空削断假困龙的事一说,他瞅瞅公主,"现在大师哥在山上,对这个事有点糊涂。第一,抓住樊梨花交给你,妹妹怎么看的,让她跑了?怎么跑的?第二让我上金鳌山,看看困龙宫的这口剑丢没丢。这口剑丢了也好,不丢也好,都要见教主。丢了,得问问教主怎么办;没丢,也得跟师父讲,樊梨花怎么懂得困龙剑呢?她以什么办法弄出来一口假的?一个模样,一点不差?正因为这样,我才回金鳌山,走到这巧遇公主。公主,你知不知道樊梨花跑了?"

"唉,别提了。事到如今呢,我就跟你实说了吧。我病是一方面,请师父给出个方。另一方面就因为把她看丢了,我实在对不起大师哥。我觉得没脸见大师哥,怕师哥问到头上,我怎么说呀?别的能耐没有,看个人我还看不住啊?我现在来见师父啊,跟师父讲一讲,偏赶上金刚会,什么也没讲。我这正要回去见大师哥,跟大师哥领罪。我一时疏忽,究竟什么人救她,我到现在也不知道啊!"

"唉,不用着急,有大师哥你还怕什么?好了你先回去吧,我到山里头先见了师父再说。"

赫连英一想白纳道要见师父一讲,什么事都完了。赫连英想到这儿:"唉,白纳道长,我看这样吧。你也回去吧,师父在金刚会不跟任何人说话,你去不是找麻烦吗?师父兴许动怒……"

"不不不,我是外来的,不是你们山上的。金鳌山上的人谁他也不敢,我是八卦山的,到这终究还算是有点客情吧,我来跟老教主唠唠。这阵儿大师哥也有点豁上了,也不用瞒了,就说帮你怎么打仗,现在出现假的困龙剑,让师父琢磨琢磨,应该怎么办?"

"慢着!"公主一合计:我干脆把他——头一回我盗了个假剑,元帅险些丧命,这一次虽然是师父亲手给的,真的假的,也不好说啊。我拿白纳道试一下怎么样?公主一想:对,白纳道你真上山我一切全完了,你回去我还劝不动。公主又一想:这么做有点亏心啊!白纳道虽然没有交情,打大唐困黑风好几个月,我怎么下手呢?又一想:不对，我不下手，现在他做的这个事，整个地坑我呀。公主犹豫半天说不出个话，眼泪有点要下来了。白纳道就奇怪了："公主，你怎么要哭？"

"白纳道长，我有几句忠言相告。"

公主说："我们在一起好几个月，道长你所作所为完全错了，你师弟虽死樊帅手，他出家人就不该贪名利，自找遭殃。你为他报仇，就是错上加错，更不该请飞空，嫁祸于大师哥。樊梨花不比大师哥弱，迟早师兄命难保。"

白纳闻听问公主："飞空枪刀不入，怕什么樊梨花？"

公主说："困龙剑马上就到梨花的手，我和徐清早已结成夫妇。"

老道把鼻子都气歪了："啊！闹了半天，我们都有眼无珠，帮你这么个败类。你已经胳膊肘往外撇，投唐了。甭说，樊梨花是你放的？"

公主说："当然。"

"好，你放樊梨花，樊梨花杀我师弟，今天你就别想脱身，我就让你在这先替樊梨花死到头前儿，给我师弟报仇！"

呛啷！白纳道一亮剑。公主说："你干什么？我可告诉你啊，我今天话已经说尽了。我已经为你着想了，你要如果再执迷不悟，恐怕你就悔之晚矣。"

"赫连英你少废话，有本事你杀我，没本事我宰你，今天咱俩尘世不能并肩而立，拿命来！"

老道仗剑进招，公主进退两难：杀？我俩无仇；放？他回山禀报师父，我和我那口子都得没命。正想着，老道上来一剑，公主躲过，老道又一剑下了死手，公主只好招架，困龙剑眨眼削了老道的剑。公主把白纳道一宰，就证明这口困龙剑是真的。她拉过马来没等飞身，"站住！"在前面的树侧，站着一个老道。这个老道细高个儿，头戴八卦道巾，身穿青道袍。再一看老道这个脸，这个颜色是七色俱全，赤橙黄绿青蓝紫。老道往前一进，风掠着胡须，晃着脑袋："妹妹，过去真没有看出你能这样，你好狠啊！白纳道什么罪？都是出家人，我虽然跟他不是亲师兄弟，僧跟僧，佛法兴，道见道，玄中妙，我们都是出了家的人，你这样下毒手合适吗？"

公主一看是师哥五彩真人:"师哥,合适也罢,不合适也罢,我已经把事做了,师兄,你也用不着过问,我还有要事在身,我要走。"

"慢着!走行,我可以让你走,好歹你是我的亲师弟,你把他杀了,虽然无礼,我也不能说叫你抵偿,你把困龙剑给我。"

"什么?困龙剑给你?"

"对。你把这口剑给我,你就走,不给我这口剑,你走可不行。"

"为什么应该给你?"

"嗯,这话怎么说呢?为什么?你素往在山上,我就没看惯。师父偏袒你,大师哥也疼你,什么好东西也给你,招数让你学,不让别人学,我早就生气多年!现在你把困龙剑拿去,我明白你不是按照师父的意图,去帮助大师哥对付樊梨花,你是倒打八卦山,你还有什么可讲?把剑给我赶快拿过来。"

公主微微一乐:"师哥,你琢磨琢磨,我能不能听你的?"

"你不听我的能不能行?"

呛啷!五彩真人亮出一口古铜宝剑。公主手里握着困龙剑说:"师哥,我可不是劝你,你比妹妹明白的多,为什么找死呢?好死还不如赖活着呢,我今天没有心要你这条命,你赶紧走开,你要口出半个不字,妹妹我还正找试剑的呢。"

"哎呀!好丫头。"他纵过来就是一剑,公主一闪,又一剑过来,公主又一闪:"两剑了,我告诉你,再一再二可没有再三再四,你要再拿剑一比画,我就宰了你。"

"赫连英,你今天要不献困龙剑,我把你碎尸万段!"

"师哥真要杀我?"

"肯定不能叫你活着,现在你给剑都晚了,我也非杀不成。"

"好吧!冲这样,师哥呀,你还是陪着白纳道做个伴儿,他走得挺孤单。"

"放屁!"过来他又一剑。公主说:"好了,你小心吧。"公主往前一飞身,剑身合一,这口困龙剑别看不长,一尺挂点零,就照着五彩真人上下飞奔,前后左右。五彩真人一时不慎,二剑相触。呛啷啷三下,五彩真人的古铜剑剩得就像个饺刀了。他一转身要跑,赫连英一撒手,这个困龙剑出手就削到后脖子上了。噗!前面咽喉出来有好几寸，老道往这儿一栽，赫连英到跟前儿把困龙剑提起来，那剑不沾血呀，收入匣内。这阵儿赫连英心里有底了：试验成功，这是宝剑了。樊元帅，你也不用冒险了，我为了我们那口子他，我也就算为到底了。赫连英飞身上马，不敢停留，一路马奔唐营。公主身在马上飞奔，心里头可是好难过呀！

赫连英催坐马风驰电掣到唐营西，营门口看见丈夫徐清。公主下马，夫妻见面，进营上帐，公主拿出困龙宝剑，樊帅接过来，呛啷一声抽剑出鞘，一道冷飕飕寒光。樊元帅一看这可没错了，绿鲨鱼皮的剑匣，三道赤金箍，金饰件儿金吞口，赤金的剑肚，真是冷飕飕寒光耀眼。樊梨花剑入匣之后双手托着，吩咐设香案。香案一摆往上一供，樊梨花亲手满炉焚香，香烟袅袅，带大家跪在地上，樊梨花祷告困龙神："请上神加佑，帮我们大唐成功，凯旋那天，我们一定奏明圣上，发出帑银给上神塑造金身，修盖庙宇，绝不失信，我樊梨花给上神……"刚说"磕头"，帐里头就听啪这么一声，大伙往对面就看不着谁了。伸手不见掌，合掌不见拳，这是怎么回事？大家惊讶，再一看烟消雾散，这困龙剑啊，哎呀糟了！

怎么回事？原来跟五彩真人从金鳌山出来的时候，还有一个长虹真人，他们两个在暗地里头想要跟着赫连英，怕赫连英把困龙剑丢了。可没承想一看杀了白纳道，五彩过去被公主也杀了。长虹在暗地一看：我过去又一个。赶紧来到金鳌山，闯到了后面的极乐洞，跪到洞门，不等师父看见，斗胆就喊："师父，大事不好啦！"

整个地把金刚会给震动了，好几百僧道俗听经，教主传道三年一次，从没有过这事。金华教主抬头一看是长虹："长虹，怎么了？什么事情这么慌张？"

"师父，公主二次来见您老人家，您给她真剑，在半道上把白纳道就这么这么杀的，把我师哥五彩真人这么杀的，我吓得跑回来，师父！哎呀，妹妹反啦！"

"啊？"老教主一听火高万丈：逆徒赫连英反面无常，你不应该丧尽天良杀二道，气死我也。"各位道友，我对不起大家，今年到此为止，我要整理门户。"说着往前一站身，他一摆手："跟为师下山。"教主要追回困龙剑。

第八十一回　教主清门户

五彩真人、白纳道死在赫连英之手，长虹真人没敢露面，到金鳌山跟老教主从头一讲，老教主这种伤心就没法形容。因为素往一百零八个徒弟，他最爱的心尖儿宝贝蛋儿、眼珠子，就是赫连英。这一百零七个徒弟不用说对赫连英不好，你就说赫连英一个不字，老教主都不答应。谁关心赫连英，谁对赫连英好，老教主就偏爱谁，就把赫连英当作掌上明珠。今天想不到明珠坏了，金华老教主这阵儿怒火冲天火高万丈，腾！他往起一站身，跟所有的僧道俗赴会的这些高人讲："今天我这个会到此为止。"意思就是说我也讲不下去，来年补，这回不用等三年，来年就补，"我要下山，我要整理门户，门中出这样的败类，如不铲除……"老教主没等再往下说，旁边的王禅心里头是特别紧张，今天这事情捅大了，要把金华教主再捅下山去，那就更糟了。王禅老祖念了一声："无量天尊，老教主、老教主！这些僧道俗前来赴会听经，老教主你可想啊，不容易聚齐呀！我想道场不能散，还是得传道要紧。那么就门户里头出了这么点微末小事，您不用动，就没有办法把赫连英抓回来吗？"

老教主看下边这些僧道俗，虽然没有说话，可能也同意王禅这么说。那么真要不这么做，也显示我金华无能，枉为教主，"嗯，好！快叫混天、独龙来。"

混天道、独龙道，这是护会场的两个老道，他们赶紧来到洞门，上前跪倒给教主磕头："师父不知有什么吩咐？"

"你俩马上下山，今天门户必须要清，把困龙剑给我追回来。"

"是！"

532

"慢,就是她把剑给你也不许放她走,也要把她给我带回来,抓进金鳌山。我要面对面地问她,你们必须给我做到,给我快去下山。"

"是,小徒知道。"混天道、独龙道拜别师父,离开极乐洞,出了前洞,下了金鳌山,两个人直接就扑奔八卦山大唐营来了。两个人边走边说:"你说这真是出乎意料啊!人不保心,木不保春,人心隔腹皮,做事两不知。我说师弟呀,不是我独龙说我眼睛高,我早就观察赫连英不是东西,人面兽心。这回她可露了馅了,现了原形了。"

他们两个一路上说着唠着,一直追到大唐营。这两个高人混进唐营找着帅帐,他们来的这个时候,正是樊梨花得了困龙剑,摆上香案,焚香磕头呢。独龙把眼珠儿一转:"师弟,你赶紧下手,这么这么……"

"明白,我明白。师哥那么你?"

"不要管我。"

混天道按照师哥的办法,就往大帐里头打了一个黑烟毒火球,这个东西啪一声就是一股黑烟,真能伸手不见掌,对面不见人。独龙道叫师弟这么干,他在这个时候进去,把困龙剑拿到手,转身就走。混天道就跟着独龙出了大唐营,直接往前走出很远,过了两道树林还往前走,混天道就愣了:"师哥,你也有点紧张了?"

"怎么能这么说呢?"

"你看你还往哪儿走?道错了。"

"错了?怎么错了?这不对吗?"

"对什么?你瞅瞅北极星。师哥呀,人慌无智,你是当局者迷,我是旁观者清。你手里拿着困龙剑,你就蒙了,这是往南走了。"

"往南走怎么见得不对呀?"

"哎哟你上哪儿去呀?"

"回我独龙岛。"

"独龙岛?你要回你的庙头?"

"不错。"

"这是为什么?"

"嘿嘿混天道,咱们哥儿俩在俗家就不错,出家呢又不错。我在我的独龙岛,要说我的功夫,不用说你不行,就连金华教主,咱们那位师父,他也不一定比我高多少。"

"哎呀师哥,你怎么这么说话呢?你不是让我千方百计想方设法跟师父讲,说你想拜到金鳌山?你讲话了咱们哥儿俩有交情,一生就求我这一件事,我也费很大劲,一次两次都没行,最后那次我又托出那么多的师哥跟师父讲,就连飞空大师哥都给美言,师父最后才把你收下。你怎么今天说出这样的话?难道说你要跳门?"

"哼哼,你真聪明。混天道,傻兄弟!哥跟你今天可以说实话,我上金鳌山干什么?主要就为这口剑,明白吗?困龙剑要搁我身上,我的功夫跟它一合一,我现在就高两倍。我得了这口剑,我就不愁再取大师哥的唐猊铠,我要内里衬着唐猊铠,手里架着困龙剑,就我独龙道这身功夫,包括师父在内,说好则好,说不好的话,脚面水平蹚,他也不一定比我强多少。"

"哎呀师哥,这么说你要丧良心,你为了这口困龙剑,你就跟师父反面无情,师父可对你不错。"

"别整这个,什么叫不错?不错困龙剑不给我?不但困龙剑不给我,开天剑两口,给他大徒弟一口,他身上带一口,他身上架着两口宝剑,困龙、开天。另外的话唐猊铠我说过两次,他连看都没叫我看,给他大徒弟穿上,什么好?行了,这些废话不用说了,你往北去吧,赶紧回去到金鳌山,你告诉他,你说由打现在起,我就不是金鳌山的人了,我独龙告辞了。"

"慢着师哥,这么做不合适,你是一时糊涂想不开,这样的话师父会找你,你也安静不了。再者说师哥,我怎么回去交代啊?当初我做的保,现在我……师哥,你叫我太难受了。"

"我可告诉你混天,识时务赶紧走,二话甭说。你再口出半个不字,我今天就跟你划地绝交。划地绝交是小,你可知道困龙剑可不认人,什么和尚老道,它谁都杀。"

"啊?师哥,你能说出这样的话?你问心自揣,良心何在?"

"不用整这个,你我到此为止,咱俩是划地绝交。混天,滚!"

"哎呀狼崽子,你、你、你是狼!"

"好恼!你再说一句我宰了你。"

"不用你宰我!"呛啷!混天亮出宝剑奔独龙,独龙这阵儿拿着困龙剑呛啷——就削一下子,"你的剑怎么样?不够长了吧?"呛啷呛啷呛啷!连削三下,混天说:"你气死我了。"当时就看他赤手也要玩命。

独龙说:"我倒没想这么办,事到其间逼得我。好了,我叫你混天,这回别混天了,你混阴曹地府去吧!"一转身,欻欻欻!剑就划拉开了。独龙这个家伙可真够厉害,俩混天也不行啊。混天眼看只有招架之功,没有还手之力,扑哧一声,脑袋被削去三分之二,一腔血喷洒在地。

"显见我是残忍点,不过事到其间也是万般无奈。小兄弟,死就死了吧。人生迟早也得走这条路。好了好了!我也没有时间在这葬你,那就说咱们来生见吧,我走了。"

他往回一转身,"道友慢着。"

独龙回头一看,树后闪出一人,哎?奇怪,我在哪儿见过他?这不是在会场上听师父讲金刚经的,在师父跟前儿左垂手上坐的那个老道王禅吗?"哎哟王禅,你怎么到这儿,你不在会场怎么回事?"

王禅老祖打了个咳声:"刚才你们师兄弟动手之前所说我都听清楚了,正因为这样我才敢跟你说实话。独龙道友,我今天恳求你帮我一次忙。我赴金刚会也不是为了真的听经,我为了混会场,帮助赫连英盗剑取胜杀飞空。"

"那么你为什么呢?"

"你没听说飞空抓住一个薛丁山,二路元帅?"

"就是樊梨花那个丈夫啊?"

"对,那是我徒弟。"

"哦,原来如此,我明白了,你是为了救你徒弟不死。"

"对对对,道友言之有理,正因为这样,我今天实话实说,就恳求道友你帮我一臂之力吧!你把这个剑借给我暂时用,我王禅说了就算。杀掉飞空之后,我一定到独龙岛,我双手献上,而且我早晚必报大恩大德,就连我徒弟二路元帅薛丁山也感恩不尽,樊梨花、薛礼等等,那就不用说了吧。那么不知道道友尊意如何。如果你帮我这次忙,久后你要真愿意到大唐,在长安给你修庙,皇上都能答应,我王禅都能做到。"

535

"少说废话，我也没有那个心，我也不想去。你也用不着跟我多讲，我就干脆跟你说，办不到。借？这个剑到我手，那就说并骨了，今生时刻都不能离我。哪一个要贪它，往我跟前儿凑，就是刚才那个，看见混天没？这是跟我最好的道友，更何况咱们陌生，好，我走了。"

"道友，还是恳求慈悲。"

"废话，再往前进，我要你的命。"

"这个……"王禅刚才也看见了，独龙这身功夫真有点不好办。而且困龙剑在手，你亮出什么来，都成烧火棍，都架不住他削，什么兵刃得躲着他，他再有这么高的功夫，那怎么能赢？王禅在这里头是进退两难，不敢往前进步，就瞧他往西走，往南转。王禅在这眼巴巴地望着，就在这个时候，就听大吼一声："你站住！"

王禅吓得一藏身就没敢露面，在草丛之中王禅一下腰，蹲在那儿了。一看在对面出现的这个人，头戴莲花道冠，身披着火红袈裟，手拿着铁念珠，金乎乎大脸二目有神，眉长用卡子卡上，夹在耳后，正是金鳌山极乐洞的金华老教主。王禅一想全完了，都出来了。

老教主这么一声吼，就把一个独龙给吓得往后倒退好几步，独龙也觉得糟了。独龙想：我跟别人不管怎么吵吵，别看刚才我跟死的混天讲，你师父也不怎么高明，我心里知道，金华教主这个功夫，那都练到化境了。可又一想呢，我比你功夫就是差，我不有剑嘛。你现在空手了，开天剑给你徒弟飞空了，剩那口给你老徒弟了。把你都分了家了，就剩一口困龙剑，有德者居，无德者失，你还没这福气，弄到我手来了。独龙当时瞅瞅老教主，就跟金华教主把脸往下一沉："老教主，最后一次见见面也好，我在山上待了多年，那么师生一回，管他真的假的呢，到今天就是拉倒了，我也是回顾过去这一段，这些年还算师生，到今天才算为止。老教主你还有什么话说吗？困龙剑已经到了我手，你既拦住，你也就明白了，我是不会再给任何人。"

"怎么你要带走？"

"不但带走，那就说永远不能离身。"

"独龙，我问你，你到我山上，我对你有不好？"

"没有什么。"

"那么为什么你能够一旦这样翻脸无情，行此禽兽之事？"

"老教主，你嘴干净点利索点，这不是过去，过去咱们是师生。天地君亲师为大，怎么说都对，你嘴大，我嘴小。今天我不是表白了吗？到此为止啊，你也不是我师父，我也不是你徒弟。你要再信嘴开河了，那我也就不客气了啊。"

"啊？你想把我……"

"那没准，看看火到什么程度上，要到那个地步上也就难免了。"

"嗯，你不想回山？"

"不想，今生不登金鳌山。"

"你不想留下困龙剑？"

"那你就不用想了，在我手的东西就并了骨了。"

"刚才在那边，我那徒弟混天是你亲手杀掉的？"

"这没有办法，他是咎由自取，我是想原谅他，可他找死，我也不能不成全。"

"你可知道杀人得偿命？"

"我可就没偿惯。"

"我现在就告诉你，站在那儿不许动，自己刺脖子，我瞅着你死，你要是口出半个不字，我马上就把你毁掉。"

独龙一想没好了，杀他徒弟，这他火了，到今天我也没什么词儿唠了，干脆先下手为强，后下手遭殃。他把眼珠儿一转脸色一变，那老教主是干什么的，全明白。他往前一飞身就到了，剑奔着老教主。教主没奔他，到跟前儿就借着他来的这个劲，这叫以逸待劳，教主一晃身，独龙一看就在他跟前儿，教主一晃，欻！就是三个金华教主：左、右、前！哪个是真的？他就看不出来了，那还不是邪门儿，不是奥妙无穷，也不是神通广大，人家那个功夫到了化境，真练到炉火纯青，一个分身，腾身步影。他眼睛刚这么一花，他奔哪个呢？困龙剑是好使，可是他奔哪个呀？他拿着困龙剑刚一犹豫，啪嚓！老教主的巴掌就到了，独龙的脑袋可能也脆一点，啪嚓！哎呀碎了，他往那一躺，剑没落地上，那剑直接就到了金华教主的手中。

他手里握着这口剑瞅瞅独龙，同时就看他隔着树林，声音稍放大一点："那面可是王禅？我也不想见你，你也不能来见我。我们就等于仇家吧，刚才你的说话我也听清了。现在你去想办法吧，我去找飞空，我还不回金鳌山，我也到八卦山九莲洞三仙祠，候等你们，包括梨山，樊梨花，你们有什么高人能人，我们师生就在八卦山候等，开天剑徒弟带着，困龙剑我拿着，咱们有机会就在八卦山会吧。"

老教主往前一翻身，够奔八卦山。他这一动身，他身后光徒弟带来三十多呀，围上恩师大伙都说："师父，我们都暗中跟来了，我们琢磨您老要这么干，我们都去。"

"好。"老教主带他们这才来到八卦山九莲洞。有人往里一回，飞空又怕，怕又不行，躲也办不到，事到其间就豁上了。带着金头罗汉、银头罗汉、铜头罗汉、铁头罗汉、青松罗汉、翠柏罗汉、五行罗汉、五火罗汉，另外还有两个最得用的师弟猩猩魔、黄蜂真人，他们就都出来。黄蜂真人和猩猩魔在两边跪倒，八罗汉给师爷磕头。老教主在这站着是一言不哼，后边三十多个僧道徒弟都瞅着飞空。飞空来到头前儿，单独给恩师规规矩矩往这一跪，飞空眼泪就下来了："恩师，小徒悔不该背着您老下山，我以为盘中取果手到必成，哪知道樊梨花真不白给。"

教主叹口气："徒儿啊，赫连英投唐了！你给我快去抓她来，今天一定要整理门户。"

飞空一听是火高万丈，他跳出九莲洞跑下八卦山，来到大唐营外，大骂赫连英赶紧出来受死。他骂了多时，抬头再看，这才引出来，再盗困龙剑，三次斗飞空。

第八十二回　盘龙岛救驾

飞空和尚一听师父说，赫连英反了，那简直不可思议呀。飞空一想：世上就有这样人，我豁出命这么为你，你回头这么对待我？他来到大唐营大骂不止，就要赫连英出来，我跟你有话说。他看营里来了樊梨花，就冲她喊："樊梨花，我今天和你商量点事，你怎么样？"

樊梨花瞅瞅飞空："你请讲吧，做得到的事情好商量，做不到的事情，请你免开尊口。"

飞空说："樊梨花！赫连英对我恩将仇报，把她交给我，我师生就把薛丁山放了。"

樊梨花说："高僧你回去吧，有我樊梨花三寸气在，不但说我不献赫连英，任何人碰她办不到。慢说你是她的师哥，她师父来了也不可能，话说尽了，请吧。"

"樊梨花！你出来跟我走上三合，不然的话我绝不甘休。"

"飞空，你想怎么？你还记不记得我樊梨花的剑术？我刺过你两剑，不过你内穿宝铠枪刀不入，不就差这上吗？你依赖就在你的宝铠，你把宝铠脱下来咱俩动手。"

"嗯，那不能。"

"是呀，你还有什么占优势？话又说回来了，我这回跟你动手，你那是开天，我这也是开天呀！"

樊梨花咯嘣呛啷把开天剑也亮出来了，"你看见没有？这都是你们家的，开天对开天，你还能削我的剑吗？我剑术你是知道的，你尝试过，不就所差一件唐猊铠嘛。可唐猊铠护了你的身，护不了你的头！飞空你可要三思。"

"弥陀佛,气死我了!你要敢出来跟我走三趟,你就是高人。"

樊梨花说:"你往后退,众将官!开营门!"

"哎呀嫂子!"姜须在旁边刚一插嘴,"闪开。"樊梨花这个时候短衣襟小打扮,由打营门,噌就出来了。来到对面说:"飞空,你想怎么打?"飞空剑就上来了,樊梨花用剑相抵,二人打在一起,打得难分难解。飞空一看自己的剑术,真赢不了樊梨花。可是靠唐猊铠,它能护身,它护不了的地方也有的是。飞空这个时候进退两难,回去不好看,打还不能战胜,他犹豫不决,心一慌,手就不那么准了。樊梨花这个剑就跟上了,紧上了,急上了。飞空就被动了刚念一句:"弥陀佛!"就听旁边喊了一声:"姐姐,我帮帮忙。我跟你浆洗浆洗,我看糨糊也不少了,该上棒槌了,我说和尚,你可挺住。"

"啊!"和尚知道不好,这个矬子在树上飞棒槌打过他,救过樊梨花。一想要搁他们俩,这可不是玩的。和尚正紧张,又听有人喊了一声:"慢着!"

和尚一看,从树上跳下一个老太婆。但看这个老太婆穿着白衣服,眉发皆白,两眼特别有神,看谁一眼谁都一哆嗦,手里拿着一个龙头拐棍。就瞧着老太婆往前一近身:"梨花。"

"师父。"

"暂时回营,那位窦英雄也不要帮忙了,我劝高僧一下。我是樊梨花的师父,我是梨山。"

"啊,我听过。"

"你回去吧,你就跟他们俩动手,也未必占先。我这是良言相劝,回去告诉你师父,最好回山。如果要谬天行事,助纣为虐,那恐怕迟早结果难想啊!我这都是良药苦口,你可要三思再想,高僧回去吧!"

和尚一想:我再不走,加上矬子,再加上樊梨花的师父,我——飞空点头说:"好,我把你的意思跟我师父讲,走不走在于他,我去了。"一转身,飞空这阵儿够奔八卦山,是撒腿就跑。

樊梨花上前给师父要施礼,老圣母一摆手告诉樊梨花:"他们僧道俗不少都在八卦山九莲洞三仙祠,你丈夫现在还没有危险,不过不要轻举妄动,就说你带着目前的全营人马,出去攻打八卦山也挡不了。不但飞空难治,他师父要万一出手,就连为师在内也白给呀。我是不进营了,我去想想办法。我还告诉你,困龙剑第三次可有点难办了,现在剑已经落在他师父手里,这个不假。现在金华教主不走了,他要在这帮助他逆徒逆天行事。"说到这儿,老圣母叹一口气,"孩子你就是守住汛地,等机会,我去了。"

"师父您一定要帮忙。"

"唉,不三盗困龙剑,没有战胜他师生的可能!"圣母说话扬长而去,樊梨花带人回来,营门紧闭。

这阵儿姜须、徐清、姜兴霸、李庆红、王新溪、王新豪、周文、周武、薛先图,中军辕门旗牌众将,大伙跟白袍老元帅都围着樊梨花问长问短。天头眼瞅着快亮了,樊梨花回到大帐,说:"不好哇。"师父怎么讲的,剑怎么落金华教主手的,现在恐怕三盗困龙剑太难了。师父就告诉我们守住汛地,待机行事。她老没袖手,看师父怎么办吧。

薛礼一想三盗困龙剑——哎呀,头盗是巧盗,二盗骗来,三盗——这阵儿教主他既明白了,他怎么能还把剑拿出来叫我们偷?这简直比登天还难。就在这时,外边跑过来个人报告老帅,说:"可了不得了,黑风关来人了,史国公史刚上来了。"

"啊,史国公?快请!"

来人进来,一看史国公,满脸血迹,周身的尘垢多厚啊,左边左半身好像是中了伤。就看史国公史刚往前一进,扑奔老元帅,想要抓住老元帅,眼泪下来了。老元帅也往前扑来扶他,就看史刚到了老元帅跟前儿大喊一声:"啊!"扑通跌倒。帐上的人你瞅我,我看你,一个个是目瞪口呆。

史刚泪盈盈有气无力说:"薛帅,大事不好,你家和行宫在黑风关被抄了。老夫人、薛金莲和窦仙童都押在了囚车,当今天子也被抓走,又拿去了程咬金和徐懋功。我们伤兵折将,不知哪儿来的番兵将,北门出去就钻进了山林。"

老帅急得大叫:"苍天!君臣六人不知去向,薛丁山庙内不知吉凶。我就是豁命救驾哪儿去找?"

姜须忙把说:"老伯父啊,您还记得咱们爷儿俩从黑风关到这来,没等进营,半道碰到一个老将,是突厥的巡阅都督?您跟他君子战拿住收降,现在这个人还在我们的后营享福呢!还要搁人侍候他,每天三排筵宴,啥活不干。我看您老人家还是有眼光,要依着我,把他剁了磨了酱了!我为什么养着你?哪那么些粮食。可您老这个事,我看干得妙呀,他是各关的巡阅都督,哪儿到哪儿,哪儿到哪儿多远,如何长短,他全清楚。刚才冲史国公他老人家讲的这个事,我看咱们再详细问一下,到那把事情跟他老唠一下,他老准能叫出这是哪的人马。"

老龙正在沙滩卧,一句话惊醒梦中人。老元帅恍然大悟:"对,有理!"又把史国公叫起来,把细节从头至尾问了一遍,命人把他搀扶后边休息,让国手官医治。老元帅带着姜须由打前帐出去,工夫不大,乘马就来到后营,弃镫离鞍来到铁宝帐外。有人到里边回报铁宝,巡阅都督一听,老元帅和姜先锋突然而来,必有要事。铁宝说:"有请。"老帅就进来了,没让他请。姜须往旁边一闪,老元帅往前一进,两眼发直瞅着铁宝。巡阅都督说:"老帅驾到,来得突然,我未曾远迎,哎呀,铁宝有罪,该死。老帅多加海涵。"

薛礼跪倒:"前辈!"

铁宝跪扶:"折死我铁宝,不知恩帅……"

老元帅把君臣被获讲一遍,"您老是各处巡阅史,哪来的兵从哪走,此路您老必通。据报说四员将,两条戟,两对锤。求您老指点。"

铁宝一听懂了:我要说出这条道,薛礼能救驾。但突厥王对我天高地厚,我叫忘恩负义;我要不说这条道,对不起薛帅对我的恩情。踌躇不定,沉默良久。老铁宝手扶薛帅说:"我知道,拿纸来,我把地形给画出来。"

老薛礼感恩不尽,被铁宝扶了起来。老元帅和姜须,这阵儿都不跪了,起来在铁宝左右观察。不一会儿,唰唰……看那样子非常痛快,那真是特别熟悉。铁宝这一画,老元帅一看,噢,原来如此。铁宝指着图上说:"你看这是锁阳,从锁阳往东北走,这是一道江。搁江上乘船到盘龙岛,这是六百八十里。从盘龙岛上岸奔东南,看见没有?到黑风关这是五百八十里,可是这五百八十里比一千还难走,除了山就是岭,没有正经道。山路崎岖,高低不平,非是行军之道。他们既打黑风关北门进来,搁北门走的,他没有别的地方,只能奔盘龙岛。这个大事,绝不是盘龙岛焦天摩这个都督能够做得到的,恐怕是突厥最高的都督帅苏宝童派的人,为什么呢?你们说有四员大将,有两条戟,还有两对锤。这我就清楚一半了。镇守锁阳城的都督,他是一条戟,苏江。他们从打锁阳奔盘龙岛,中途得过沙江关,沙天关的大都督韩天龙,他是一条戟。苏江的左膀右臂是铁钢、铁强,这两对锤万夫不当,百战不输。从八卦山你们要想救驾,就得奔盘龙岛截出去。我没说吗,盘龙岛到黑风关,别看五百八十里,比一千还难走。山道没有正经道,他行军特困难,还有囚车木笼,走得非常慢,这个五天六天他到不了盘龙岛。你们现在得信儿,现在就出兵,从这奔盘龙岛,离这二百五十里,到了盘龙岛你们一占,就把他们等着了,他们的木笼就送到你们手去了,这就是我的猜测。"

这阵儿薛礼跪倒给铁宝磕头说:"谢过老人家指点迷途,这回我能够搭救君臣与我全家老少了。"

薛礼又被铁宝搀起来,跟姜须说:"我们不等天亮,这就出去。这二百五十里,我是不分昼夜到盘龙岛等着。"

"对,你们要去迟了,他们过去,那就没办法了。"薛礼点头,薛礼带着姜须告辞,刚到帐门那儿就听着后面呛啷——回头一看铁宝亮剑,这怎么个意思?薛礼刚一愣,就听着铁宝大喊一声:"突厥王,我对不起你,我拿命尽忠。"一横剑,噗!撒剑栽倒在地。薛礼跑回来,再想扶住老人,一看整个的血都放了,大动脉开了。姜须在旁边也直点头,这位老人家性子真是忠勇刚烈。薛礼哭了一阵,叫人用棺椁成殓,又叫姜须赶紧派几十人把这口灵护送回京,等我回京的时候要把他葬到薛家坟头。

老元帅安排完,带着姜须到了前帐跟大伙一讲,公媳坐到这个地方合计怎么办?两边全重要,这边救薛丁山,那边出这个情况,公媳合计来合计去,樊梨花一听公公连夜就要出兵,"好吧,您老人家把人都带去吧。"

"那你这儿?"

"我这儿留下赫连英。"樊梨花的意思,您老带她不行,她闹出意外您看不住。而且赫连英的厉害您也抵不了,我把她留在这儿,我看着。另外说再留一个来回能够跑道通信儿、办事的人,把窦一虎留下。这两个人给我留下就行了，连徐清都带走，给他们俩分开。姜须和徐清、七大御总兵，所有人都准备好了，王爷单带五千人，头前儿下去，不分昼夜，那就叫急行军。后边又点两万人往前进兵，樊梨花嘱咐公公一切小心，有事来信儿。老王爷也告诉媳妇，昼夜慎重。赫连英眼巴巴地送徐清，人家这个军事安排，也不能说我离不了，我跟去，或是留下，也不能说那样的话。徐清被姜须偷着告诉一番话，也嘱咐赫连英："你在元帅跟前儿，可要跟嫂子多亲多近，咱们一切还得靠人家帮忙。"

公主说："你放心，我也回不去了。有家难归，有国难投，你没听说吗，我的师哥师父都要整理门户，把我碎尸万段，我就依靠樊梨花这棵大树，我没有别的想法，你放心，你要保重。"

"是，你也保重。"

薛礼带着人马往前赶奔，他们连夜出兵不一会儿亮天，走了一个整天，又走一宿，饿了就吃，休息一下，又走到第二天。外边眼瞅着太阳西，正往前奔，姜须在头前儿带人这瞅瞅，那望望，预备找人打听盘龙岛还有多远，就在这个时候就听见山里头，咔咔有响声，姜须问："怎么回事？"

"回姜老爷，那有个砍柴的樵夫，在那树上砍十枝呢。"

姜须一催马带着人到这儿，呼啦把这棵树围上了，这些兵将一围上来，有人这一喊："下来！"把砍柴的小伙子吓一跳，正在姜须跟前儿掉下来，"哎哟哎哟！"

姜须跳下马："怎么样？你觉得怎么样了？"

"我、我还行。"

姜须看他穿的这身破烂呀，一定是这个日子不太好过，就问他："你姓什么，你叫什么名字？"

"我叫贾陆。"

"你多大岁数了？"

"我三十二了。"

"你在哪儿住啊？"

"我离马家湾不远，就在前边那个坟地，那坟地旁边有两间草房，我就在那儿住。"

"你家有什么人啊？"

"我有老娘。"

"你还有老婆孩子？"

"哪娶得起呀，没有。我就跟老娘娘儿俩过日子，哎呀，你们这都哪儿的兵，你们要干什么？"

"你不要害怕，领我们到你家看看。"

"唉，好好。"姜须来到贾陆家一看这个小破院，夹个篱笆栅。院里头还有鸡鸭。两间草房破烂不堪，进屋一瞅真是上边儿露着天，炕上露着砖，屋里屋外，简直找不出一件整齐的东西。老太太吓得直害怕："哎哟，我儿子惹什么祸啦？"

姜须乐了："你不要害怕，没有惹祸，我们就是到家看看。贾陆啊，我们打听一个事，你知不知道有个盘龙岛？"

"我怎么能不知道呢，知道。"

"盘龙岛上有个都督？"

"焦都督焦天摩，前些日子还找我当兵。"

"怎么，找你当兵？"

"不是他找我当兵，他的买办马德山就在北边那马家湾住嘛，我给他看坟。马德山说呀，山上兵不是上几天出去干什么去了，缺兵，让我去当兵。我去当兵我娘怎么活着？谁替我孝心啊？可那马买办又说了，你给招兵，去个四十五十的还给我好处。我也没给办，因为我也不愿意找，没工夫。"

姜须听到这个话，把眼珠儿一转："那么你这日子也够呛。"

"反正就是将供嘴。"

"好，给他留二百两银子。"

"是！"二百两银子扔到炕上，老太太蒙了，这怎么还啊？贾陆跪倒："我不要。"

"为什么？"

"我还不起。"

"给的还带还的吗？回去给他准备送车粮来。"

"啊？"贾陆一听傻了：这是怎么回事？怎么对我这么好呢？

姜须说："就看你穷，没有别的意思。"

"要有用我的地方你说话,就是跳油锅我都跳哇。"

"要那样的话真求求你,有件事情你能办得到吗?"

"你只要求我的事,我能办得到,我就豁出来死我都能去。"

"好,既要这样的话,真就求求你,这件事情你如果要给办好了,我们还有重赏。"

"啊,您?"

"我是大唐营的先锋官姓姜,我叫姜须。"

"姜先锋。"

"是,我们到这来是这么这么这么回事,打算要求你这个事是这么回事,你有胆子能办得到吗?"

"那我怎么办不到呢?我太能办到了。"

"好,咱们就这么办。"这才引出要智取盘龙岛,救驾砸木笼。

第八十三回　马德山反水

姜须看这个樵夫贾陆的家特别穷，给了二百两银子，还准备给送一车粮，娘儿俩有生以来也没见过这么多钱，这么多粮，那简直把娘儿俩就乐坏了，合不上嘴。樵夫贾陆说得对，让我干啥我干啥。姜须让赶紧给他准备钱，让他干吗呢？花二两银子买一套男人穿的衣服，就搁他们当地买。这个衣服姜须有条件，不管怎么破、怎么补，只要不露肉，能穿上就行。不要求新的好的，就是你们随便干活穿的衣服，高的矮的大小都要，二两银子一套。

这衣服也慢说是旧了，破了，再补上，就是新的也用不了二两银子一套。贾陆带着钱就忙乎开了，他闭眼睛琢磨跟谁好呢？哎呀叫他发个小财，破衣服收拾出来二两银子一套，这个谁不乐呀？他这一忙乎，挨家这么一跑，把衣服都给买来了。回来到这儿跟姜须讲："姜先锋，五十套齐了。"姜须说："好，你有功。"老太太打屋里又把她的破衣服收拾出两套来："孩子，这还有两套。"

"娘啊，不要了，这都够了。"

"哎呀，够啦？"意思是说咱们咋不把自己的放上，二两银子这又得四两，那不是捡的吗？虽然给了二百两，钱还怕多吗？姜须也明白这个意思，点点头说："好，你们还有两套衣服，留着备用吧。来人啊，这个一套给五两，给他们拿十两。"还多给六两！老太太乐得呀："姜先锋，你真是我们的大恩人哪，我儿子长这么大，把那挣的钱搁一块儿也没有这么多钱，二百多两，我就是死啊，我也算着看钱了。"

"这个，您请放心。您儿子贾陆帮我们的忙，那就说值得还多，等帮我们的忙帮完了，老元帅满意了，可不仅是这二百多两啊，你们

547

娘儿俩这辈子生活就用不着愁了。他这岁数三十二了，也该娶妻生子，您老太太就等着抱孙子吧。"

"哎哟，那可太好了！姜先锋，我这就给你磕一个。"

"哎呀起来起来，您老这么大的岁数，千万不要。您老在家放心吧，保证您儿子高枕无忧，什么大事也弄不到他头上。"

"那太好了，姜先锋，我谢谢你了。"

"贾陆啊，咱们收拾走，我交给你那词儿不都记住了吗？"

"记住了，我会说。"

"行，这离马家湾多远？"

"不远啊，八里多路，大点说，反正也超不过十里地。"

"好，那么这个马家湾离盘龙岛多远？"

"那个准，那是十八里地。"

"那你就领着我们走一下吧。"

"好，好。娘啊，我去了，我去报恩去了。"

"对对对，给人家好好干，你记住了，叫你怎么说，可千万别说错了啊。"

樵夫贾陆引着唐兵就来到了马家湾，姜须和老帅安排一下，把一个马家湾四面八方团团围住，包了一个风雨不透。也慢说人，就连一猫一狗也出不来。这个老马家住的这个屯靠西头近，当中一条街分东西南北，这个十字街口往西走，在路北，老远就看着他这个院。院墙高大，都是青石垫底，上边鹰不落的墙头，围着这一圈都是大槐树，门外有四棵倒栽垂杨柳，还有上马石、下马石。两扇黑油的大门上面都钉着斗口大小的蘑菇钉，每一扇门上还有一个大虎脑袋，在虎嘴里还都叨着个大铜环子，这个门关得挺紧。

姜须一拱嘴，贾陆就过来，到了大门就敲："开门啊，我贾陆来了，开门啊！马买办开门啊。"

赶寸了，晚饭后，买办马德山在院子里头散步，来回走着想事。马买办在这想什么呢？盘龙岛现在兵走了不少，很空。焦天摩老都督让我买兵，别的都是小，招人是大，用兵要紧，怎么我就招不来？哎呀，我倒求些个人，他们怎么一点信息没有？要是真把兵招来了，我送去一个就给我五两，送去十个就五十两，一百个就五百两，这个财我就发不上？咚咚咚——

"谁？"买办马德山来到跟前儿一问，外边贾陆听清了："哎哟马买办，是贾陆，您老不是让我给你招兵吗？"

"啊？怎么，有吗？"

"我就跟我们那些个打柴火的呀，放牛的呀，扛活的呀，我跟他们唠啊，有的愿意来，有的不想来，我找的那些要都来，都得一百多，可有的人家都不干。"

"那么你给我找了多少呢？"

"我带来这有三十多个，不到四十。"

"来这么多？他们都愿意？"

"家里都没什么人，来了家里也都放心。有老婆孩子的不愿意来，有爹妈的不愿来，有点病的不愿意来，倒在炕上下不来地瘫巴不来……"

"你就放屁吧！瘫巴来干什么？我看看这都是干什么的？"上前咯棱吱扭把大门就开开一扇，马德山从打院里就出来了，他往外边这么一瞅，在贾陆后边呢，哎哟不是成排成趟，乱七八糟，高的矮的，丑的俊的，瘦的胖的，什么样的人都有。一看身上的衣服都穿着破烂，都是穷小子。"嗯，你们都愿意当兵？"

"是是是。"大伙都瞅他乐。

姜须一看这个马买办，岁数也就在四十挂零，长得尖嘴巴猴，颧骨挺高，两个招风耳朵，小耳朵还往上立立着。看他这脸有点黑黢黢的，两道斗鸡眉。他站在这儿瞅着大伙又问贾陆："他们这里头谁能说话呢？"

"哎，这位能说话。"

姜须往前一凑合："嗯，怎么，你就是马德山？"

他不乐意了，心里话：我这么大一个盘龙岛焦老都督手下的买办，我还不仅焦老都督，搁这道江往上去，到上沙江关，镇关大都督韩天龙也让我买东西。再往上去到锁阳，那真得说是整个突厥全权大都督苏宝童，他见着我也跟我客气。怎么你一见我，就叫得那么脆快？马德山他不乐意，把脸往下一沉："是啊，你叫什么名字啊？家几口人？愿意当兵吗？吃苦行吗？"

549

姜须乐了:"听说当初买办,你们家不是你,你后来子袭父缺,你父亲马泰就是当初锁阳城的大买办?"

"不错,怎么你还来查查我的家?贾陆,这小子是干什么的?"

贾陆就不哼了,心里话讲:干啥的?你惹不起。贾陆就愣到这儿发呆,马德山也不冲他来了,就冲姜须直接就来了:"你是干什么的?你多大岁数?家几口人?赶快说。"

"你过堂是咋的?"

"什么?你也不像当地人。"

"是,我也没说我是当地人。"

"你不是要当兵吗?"

"不,我当哪头的兵呀,我从来就没想干过那个。我说两边来人!把这小子先给我捆起来。"

马德山一听味道不对,他一转身刚想要走,上去个大个子噌就是一脚,踹他腿上,那个过来就按住了,把胳膊往后一背,抹肩头拢二臂,留种的茄子——拴上了。把马德山给揪起来,他往这一站,瞅着贾陆眼睛就红了:"这些人都干什么的?"

"我也不知道他们干什么的,我一个也不认识,他们叫我送,我不送连我娘都完了,谁知道他们是干什么的?"

"哎呀好小子……"姜须过来,啪就给他一个嘴巴,"吵吵什么?不服怎么的?来人啊,把他院里头的都抓起来。"

呼啦!不管他的母亲父亲,他一个爹三个妈,他本身五个老婆,再加用人,上下前后,他这院拿出三十七口。一看还有跳出墙要走的,跳出去又给绑回来,外边风雨不透,干脆连个耗子都跑不了。三十七口人都摆在这儿,姜须仔细这么一问:谁是他爹?谁是他娘?谁是他老婆?这阵儿贾陆都能点出个来:"这个也是——唉,这也是。"

"他老婆跟他最好的是哪一位?"

"就这个。"

"好,来人啊,把他们都弄到上屋去。"

这个大院四个瓦房,前后好几层,左右跨院。把他弄到正房,连他爹带他娘。马买办就愣了:"你们是哪儿的?这是怎么回事?"

"不用问,哪这么些废话,挪过去。"

马德山这阵儿瞅着也奇怪,瞧穿这破烂,也许哪个山头的?占山为王的?弄钱,你绑我全家这是干吗呢?他就在这瞅着,四五个人看着他,都拎着刀,咬牙拧眉。他看把他全家老少弄到屋去还不算,"把门锁上。"倒扣在外头,把门都锁上。窗门锁完之后,吩咐把那个草垛架下来,把这草前后拉着,都给扔房上去。到他们后院找找,把油都整个浇上。马德山这回可有点醒过味儿来了,"这,这干什么?哎呀一会儿的话点着了,我的全家老少都要做烂面焦头之鬼。"

马德山扑通就跪下来了,"您老人家尊姓大名?咱们远日无仇,近日无恨,素不相识,不知道为了什么,我马德山错了我能改,你告诉我哪点不对,咱们都好商量,什么事都好办。"马德山叩头,他简直跟傻了一样的,那个脸本来就黑黢黢,还灰淘淘的,这回更不是模样了。

姜须说:"焦天摩和我有仇,他不下山,我拿不住,你能把他诓到山下,全家老少就死不了;你上山要没把他诓下山,你家这一堆全烧死。"

"我把他要诓下山来,你们想怎么办?"

"没告诉你吗,他短我的命,就是把他杀掉!"

"啊?你贵姓高名?"

"怎么,你还要过我堂吗?能告诉你吗?"

"是,我也不问,我也不问。可是我真心,这是没有二意,我一定上山诓他,叫他来送死,好保我全家,这说真话。人不为己天诛地灭,这是真的。可但有一件,什么事都有个万一。"

"我不问万一万二,他不下山,我这边就点火!把火都准备好了。"

"别别别,小心小心,挨着草,它不是有油吗,一挨着草就着了!我尽量去。"

"不是尽量,死活是你自己给你全家定的罪。他下山你万事皆休了,不但全家有命,还有功,我们还要重谢。他不下山,不管你怎么讲,全家就是火化飞灰。"

"我说这位,那么已经如此了,咱就像讲买卖似的,你能不能再给我出个高见,我怎么说比较能把握?"

551

姜须一想这还都是真话,"你还是买办,买办就得有两下子,你必要的时候讲得天花乱坠,死人说活,那么今天,好,我给你出个主意。没有别的,你要如果到山上,你见了焦天摩,你是这么这么说,难道办不到吗?"

"啊,有门儿有门儿。"

"是呀,他让你给招兵买马?"

"对对对,要五百。"

"那么他这兵干什么去了?"

"他这个兵……虽然我是买办,他心里账也不告诉我。这回行动特别诡秘,这个兵啊,我影影绰绰觉得是从锁阳来的。也奇怪,还有上沙江关的都督韩天龙,怎么个事不知道,来不少兵,把盘龙岛的兵还带走不少,顺着山道下去了,干什么去不知道。"

姜须明白了,这就说明铁宝铁独龙不愧是巡阅都督,连地形再加上人头儿,判断是完全不错。"那么他山上用人就叫你招兵,你回去要这么一说,他还有个不下山吗?"

"对对对,那好,我这就去。能给我一匹马骑吗?"

"那怎么能不给,离你还有二十来里地,你骑马不就痛快,我们这就准备。我告诉你,你这个院不但出不去,你整个的马家湾,连个小猫子都蹿不出去,我们已经把这个村子包围了。"

"不光包围我家?"

"什么话呢,把你这个村子现在包围前后五万人。"

马德山一听这可奇怪了,这个山头可不小啊。什么山头?其实姜须带吹的,前边带五千人,后边还有两万五,一共来三万人,他说包围这就五万。马德山眼珠儿一转,这事还挺复杂,又一想:我动那脑筋干吗?我操那心干吗?不管咋的,保住我的全家,旁的我啥也不琢磨。马德山抓了一匹马,就听他爹喊:"德山哪,你到那个地方去啊,装得像一点啊。你也不用装,全家老少不都在这摆着吗?说活就活,说死就死啊。"

姜须跟着起哄:"对呀,你爹说得对呀,孩子啊!"

马德山老婆也号:"我说呀,你到那儿去啊,磕响头啊!可得把他磕下来啊!你呀把他弄下来,叫他死了,就替了我们全家,他活着我们全完了！你看见没有，你要不要你老婆孩儿？"

"哎呀，别说了！"马德山给姜须磕了个头，恳求姜须，"我要有三心二意不诓他，我不得好死，打雷轰顶。可是无论如何就说是万一呀，他一回没动，我也想办法，你可别给我全家烧了。"

"好吧，你去吧，再说。"

马德山给姜须磕完头，乘跨战马。姜须有令，搁人送出马家湾，不然的话他出不来，他这是直奔盘龙岛。马德山来到盘龙岛的南山口下，从打马身上跳下来："谁在这呢？赶紧让我进去。"

守山的一看，还有不认识他的？那就包括所有的番兵、都督、平章，谁都好，别说这儿，上沙江关、下沙江关、锁阳关，你到哪儿，赤虎关也有这么一号，父一辈子一辈的买办。大伙一看他泪眼愁眉，"哎哟马买办，你怎么了这是？"

"我也不便跟大家讲了，一会儿就明白了，我去见老都督。闭门家中坐，祸从天上来。哎呀塌天大祸呀！天哪！"

他上了马，来到督府外边，弃镫离鞍，三步当两步，摔了跟头爬起还走，慌慌张张，他就直接往里闯，大叫："都督！祸从天降，快快救救我。"

焦天摩忙问："什么事这么惊慌？"

"我为您老招兵买马，昨夜里有五六十人说当兵，门一开绑上我，他们每人要五百两，我说没有，他们连杀带烧。望乞都督给我报仇！"

刚说着，报事官从外边跑进来："启禀都督，南山口来股响马。"

都督吩咐："抬画戟！"老都督一下山口，眼睛就红，意思就是说：看这帮破烂儿，糟饸饹不起碗儿，使人瞧不起，他们还敢这么干？把马买办家抄了这还有可原，你明目张胆闯到我的山头儿来，我不是占山为王的，我是镇守盘龙岛的大都督，兵多将广，你们竟敢这样的无礼！他当时吩咐："给我压住阵脚。"

焦天摩催马刚一往前边奔，旁边闪过一个人："都督！就这个小小贼头儿，还用您老人家去？既有末将服其劳，杀鸡何用宰牛刀！我穆杰去把他们抓来，我过去立点功，您看如何？"

"穆杰，你可要多加小心。"

"是，您放心吧。"

"可是单有一件,许胜不许败,懂吗?你要败到他们手,那可真贻笑大方,显见我焦天摩手下都是饭桶。"

"好,都督,我敢说这个话,我要真战不胜他,我不回来!"

穆杰马到对面,勒马横枪上去一瞅。姜须穿着一身蓝布裤褂,也不太合体,还补了两块。又一瞅刀条子脸,圆眼珠儿,短眉毛,雷公嘴,长了一对招风耳,薄嘴片。姜须在马上托着这条枪,马可是好马,那叫千里豹,日行一千,夜走八百。姜须瞅着他:"哎呀,我说你是什么人?你能是高山的焦天摩?"

"不,我是焦都督手下左都督,你可知道我穆杰的厉害?我是山内的平章。"

"哎呀,小玩意儿,你说不跟你打吧,你过来了。跟你打吧,真有点占时间。话又说回来,也不够一打,我劝你回去行不行?你叫老焦头来,我跟焦天摩对付对付,我听说他挺厉害。"

"胡说,你们是什么山头儿?你叫什么名字?贼头儿你敢不敢报?"

"那咋不敢报?敢报怕你不敢叫。"

"啊?你报我就叫。"

"那好,我是爷爷。"

"看枪!"当时枪一来,姜须用枪往外一架,马打盘桓,穆杰才觉出这个贼头儿力量不小。姜须的枪别开生面,有的招数他是独出一派,你真按照套路你还套不上,你按什么规律你还找不着。他没过三个照面,叫姜须一家伙给穿到左大腿上了。二一枪就是前胸,紧接着噗噗噗,把焦天摩手下的平章穆杰就变成笋底了。姜须把他从马身上?下去就乐了:"嘿嘿,哎呀,我说你们那边还有高人没?就弄这个货,跟我总辖大寨主动手,现丑是小,这死得多冤啊?你看转眼的工夫,吃啥都不香了。我说你们跟老焦头儿说,要胆小的话把印让出来我做两天,要有胆子够一个盘龙岛什么大都督,叫他出来。怎么不敢露面,什么玩意儿?"

"气死我了!压住阵脚。"后边一击鼓,儿郎一吵吵,摇旗呐喊,焦天摩一蹁绷镫绳,二磕膝一碰飞虎鞯,小腹一贴铁过梁,马往南来,来到姜须对面是勒马横戟。姜须一看吓一跳!这个眼皮咔巴咔巴，咔了半天，哎哟他震惊了！姜须一想：这得说是我明白，要不明白走到半道儿，碰到还真糊涂了，再加上衣服不一样——这跟我老伯父也没有什么两样，要说跟我老伯父是亲哥儿俩，孪生兄弟都差不离儿。这老头儿也是面如银盆，花白髯口，在马上这个派头儿，身高过丈，膀阔三庭，一派正气。亮银盔，素罗袍挂着银甲，胯下白马，掌中一条方天戟。姜须一想这真都新鲜，就算人跟人长得像，怎么也得差点，我怎么就没分出来？我紧张了？姜须冷静好几下子，再看，还是如此啊！姜须就觉得这个事，你还真别说着玩，我还真得动动脑筋。姜须就问："对面老将什么人？"

"我乃威镇盘龙岛大都督焦天摩。"

"啊！是你呀！要别人我就不废话了，要是你，好，咱们商量商量好吧！咱俩别打，今天先借我五万两，吃点小亏别在乎，好死不如赖活着不是吗……"

焦天摩肺都要气炸了，大骂："贼头儿，这大话说的！你有啥本事？"

"拿你当回事，就不唠这个了！"

都督大叫："气死我也！"

"好啊，气死了，我还省了劲了！"

都督气得说不出话来，姜须就为气蒙他，都督提戟来刺姜须，姜须大叫："好厉害！"拨马便跑，都督紧紧追赶，转眼追进树林内，一声号响，四面包围焦天摩。焦天摩惊呼："啊！上当啦？"

第八十四回　真假焦天摩

　　姜须跟焦天摩打，真打不过人家，姜须才往下败，焦天摩一步不舍。焦天摩心里就琢磨：反正你是一个贼头儿，你就带着几十人，就这样猖狂无礼，那还了得？我连一个贼头儿都抓不住，叫人家耻笑，我还够一个威震盘龙岛的大都督吗？所以在后边紧紧跟随，他也奇怪，贼头儿这个马可够快。

　　姜须马到树林怕他不进来，一边走一边拿话逗他："我可告诉你老家伙，你要敢进我的树林儿，我这里有埋伏。"

　　焦天摩一想：你有埋伏，你就不说了，贼人胆虚，这叫敲山震虎，打草惊蛇。我这回进这个树林儿，我连眼都不用睁，肯定说里头是脚面水平蹚。他大喊一声："追！"带着五百番兵，加上平章几十个就进树林了。

　　姜须在头前儿回头回脑："我说老家伙，你真好大胆子，不让你追偏追，你不怕上当？"

　　"我不怕上当。"

　　"我这里有埋伏。"他紧说紧往南跑，焦都督紧往南追。他把这五百人都带到树林当中来了，姜须冷不丁在马上把枪往上一举呀，他没说话，就往上一举，这么一晃他这条枪，就听旁边呜呜呜——号响。哎哟，焦天摩在马上一惊：真有埋伏？难道说我真上当？可就有埋伏，你不都是山贼吗，你们还有多大力量？焦天摩冷静一下一回身："不要害怕，沉住气，压住阵脚。"

　　"是！"后边骚动一阵。虽然告诉不要害怕，人声鼎沸这么一乱，再看这里头的兵不是占山的什么贼头儿喽兵，一看整齐号坎儿，唐兵唐将！焦天摩的脑袋嗡一下子：我怎么碰见唐兵唐将？我真上当了？哎呀，苏都督、韩都督去掏黑风关，捉拿大唐的昏君和薛礼的举家老少，是不是叫人家明白了？人家是不是也来掏我们盘龙岛了？哎哟不好！他有心打算要拨马走，一看四外就像人墙一样，恐怕冲不出去。再往对面一看，咚咚咚催阵鼓一响，上边有杆大坐纛图被风吹，行舒就卷迎风荡漾，三军司令是斗大一个帅字。谁呀？再往下边一看，上来一匹白龙赛风驹，银鞍鞯，仔细一瞅马上这员老将，焦天摩也看这薛礼有点像自己，面皮苍老，花白胡须，条条有风，根根透肉，被风摆，单丝不乱。头戴帅盔十三曲簪缨三股钢叉压顶，后边八杆护背旗，素罗袍外挂银甲，十二钩挂九吞八乍，吞口兽，兽咬嚼环鱼褟尾，胯下马掌中戟，在对面瞅着焦天摩，微微乐了："敢问面前可是威震盘龙焦天摩焦都督？"

"不错，然，是我。那么你可是大唐朝的薛礼薛老帅？"

"正是本帅，我素闻焦都督这条戟天下有名，如雷贯耳，皓月当空，今天得会，机不可失，时不再来。我要在面前领教领教，不知焦都督意下如何？"

焦天摩横着一条戟说："薛礼，你可不对呀！"

"啊？我怎见得不对？"

"明人不做暗事，大人做事不小，小人做事不大，一般的英雄豪杰，君子丈夫，讲究言行一样，你薛礼身为平辽王，都招讨兵马大元帅，你怎么弄出事来鬼鬼祟祟？你整一班人扮成响马，抄了马家湾，闯我的盘龙岛，把老朽引下山来诓到林内，四外包围，这非是君子之所为。"

"焦都督，是啊，我薛礼这样做是有点不太对，我应该到在贵岛安营下寨，下战书两下开兵乃君子之为也。但是你可知道有那么一句话，来而不往非礼也呀。请问你锁阳城、上沙江和盘龙岛三下合兵，走草道进黑风，拿我国君臣，你们闯行宫逼帅府，这是君子之所为吗？为什么你们不到八卦山？你怎么暗暗地行兵？又走水路又绕山路，那么你们已经这样做了，我薛礼如果是不这样还席，请问是理吗？我就是按照你们的办法来的，我恐怕在山下要安营下寨，你也不肯下山，你在山上坚守，等他们归来，我能救得了驾吗？还兴许木笼再奔它处。焦都督，咱就别说谁对谁错，谁理谁非。我看这样吧，你要把我白袍薛礼战败拿获，或是杀死，不就大事成功了吗？如果你要胜不了我，我要把焦老都督请到我的营下，盘龙岛归了我，木笼来了不就送给我了吗？我不就救了驾了吗？还是你我今天就在这儿最后一举吧，请！"

"好！我焦天摩也久闻大唐朝你这条戟，远征多年没逢敌手，今天焦天摩也愿意奉陪领教，来！"他二人话不投机，这一个，突厥有名戟法妙，那一个，远征多年对手没遇着。这一个，目中无人只知有己，那一个，眼空四海比他还骄。这个亚似穿山虎，那个如同闹海蛟。二老将四个胳膊空中绕，八个马蹄就地跑。几十合不分上与下，气力方面谁也不孬。焦天摩佩服老薛礼，老元帅暗中赞扬天摩焦。

他二人打得难分难解，互不相让，战有八十趟，两人对面，薛礼虚使一招。二马错镫戟交左手，探右手掏都督左肋，抓住往外推，都督往里靠，借他劲掠过都督，两人双双落马。焦天摩仰面朝天，薛礼把他按住。姜须这阵儿早就准备，过来拿挠钩一搭，抹肩头拢二臂，就把焦天摩给捆上了。后边刚这么一乱，姜须这边就喊上了："不许动，你们知道不知道，我也得跟你们讲，这位是白袍老帅，我恕个罪儿姓薛名礼字仁贵。你们可能知道，我就是他老前营先锋官，素往你们也闻过名的，我就是那个姜须。现在啊我姜先锋带领着二十五万大军……"这回又扩大多少倍，这真是虚张声势，一共来了两三万人，他说二十五万，"包围马家湾，包围盘龙岛，包围这个树林。你们现在要识时务的，要懂得理的，我已经把话说到极点了，死活在你们自己，你们有愿意死的请举手。"

什么？愿意死的举手？他连问了三遍也没有，"怎么，我这眼睛也看不清，怎么没有是怎么的？愿意死的这边站！过来过来！唉这个……还没有？有愿意活的没有？愿意活的举手。"

五百多人一听四外好几十万唐兵，有薛礼，焦天摩都被获遭擒了，都举手。

"愿意活的还不少呢，好了，愿意活的你们过这边来。搁这开始啊，这边就是死的，过这边就是活的，你们愿意活的往这边来，到这个地方我划线，赶紧把你的帽子衣服都自己脱下来，把它叠上放那儿，完了你往这边一站，这就是活的，这就等于自己救自己，开始！"

哎呀这五百多人哗啦过去，好几百人军衣都脱了，工夫不大，真有几个不愿意的，也跟大伙呼啦就全都扒了，还真挺痛快。

"好了好了，你们愿意活，我们就叫你们活着。人说话得算数，不算数，我不得好死。来人，把他们先捆起来。"

大伙刚一急，"不用急，我是姜先锋，姜须说了就算，不会失信于你们的，赶紧下手！"

四个人抬一个，抹肩头拢二臂，这一个绑上了，五百多都绑上了。姜须说："妥了，绑完了把他们一串一串的，你们都押着。"姜须又派了两员大将，押进马家湾，送到马家院，你们把四外团团围住，一个也不准漏。

马德山在旁边瞅着姜须上前施礼："姜先锋，那么我家……"

"你家？你家现在绳子都解开了，草也都搬开了，扔出挺远，怕它引起火来，把你院烧了，烧厨房我也不够朋友啊！你的爹妈挺乐，老婆孩儿挺高兴，还送信儿嘱咐叫你在这儿好好给我们干，等把盘龙岛一切事全完了，你害怕，我们送你搬家。你实在在这儿待着害怕，可以跟我们回长安，你明白吗？"

"哎呀我怎么感谢姜先锋。"

"不用拿嘴说，就是看实的，叫你干什么你干什么，明白吗？"

"明白，我全明白，这些人拿住都杀了？"

"你怎么糊涂？两国相争还不斩来使，再者说人跟人没仇，我们打仗讲胜败，这回拿住这些人，不过是看着，死还不至于，那不是说随便就杀人的。"

"是是是是。"

"好了，事情已经到现在，把这些衣服也都脱下来了。"

"姜先锋，这还都有用？"

"怎么能说没用呢？"姜须一回头，"老伯父。"

王爷瞅着也傻了："姜须，你这是干什么？"

"该到您的头上了，我就不能问你是愿意死，愿意活呀，举手，这都不来了，干脆你也脱吧。"

"啊？"老元帅瞅着姜须就愣了，"这……你想干什么？"

559

姜须声音挺低:"老伯父,能智取不力取。兵不在多兵在精,将不在勇将在谋。您老人家看这个局面,还没看出我小子的打算?焦天摩和您老长得一样,您老穿上他的衣服,咱们这叫将计就计。"

薛礼点头,把焦天摩的盔甲穿好,唐兵都穿番兵号坎儿。马德山瞅瞅姜须心里就在想:这位可太厉害了,这是什么办法,这都想绝了!"好好,叫我如何我如何呀!"全借着马德山这两片嘴,同时把那些个番兵都督送到马家湾看着,真是插翅难飞,一点消息不透。姜须根据焦天摩和薛礼长得一个模样,才定的这个疑军计,旗号、号坎儿,头前儿这五百唐兵以及众将都穿着他们的服装,打着焦天摩的大旗,轰轰烈烈,浩浩荡荡就奔盘龙岛来了。

盘龙岛这个南山口虽然是三道山口守着这个岛,也得说是挺坚固,可这个办法他们出乎意料,更厉害的是马德山这个人幌子,他的威信又高,谁都认识他,他说话也灵,别人用不着琢磨。

老帅在马上骑的是赛风驹,可是他披挂的一切都是焦天摩的,载在马身上得胜钩上挂着,老元帅在马上是端然正坐,左手提着丝缰,姜须、马德山不离左右,众将都跟上。旗幡招展,浩浩荡荡,工夫不大就来到盘龙岛的头道山口,姜须教完曲儿,马德山就出去唱。

"哎,我说都督,赶紧下山迎接焦都督!老都督大得全胜啊,把他们响马这些头头儿都抓住了,一个也没跑啊,那些无能的都宰了,真给我马德山全家报仇啦,你们还不接都督?"

他不吵吵也得出来呀,头道山口的人,有一个平章为首,带着人都出来了,都到马前施礼,"哎呀老都督辛苦。"

这阵儿天早就大亮了,薛礼在马上没有说话,就看马德山一回身:"啊是,我知道了。"

马德山对山上的人说:"我说这怎么回事?老都督现在生气了,说这些响马怪不得他们敢来盘龙岛无礼,这么猖狂造次,闹了半天,盘龙岛里头有内应,你们这堆儿里头有两个奸细,你们知道吗?"

为首的这主儿就愣了:"这一点也不知道啊!"上前跪倒,"哎哟老都督这……"

"老都督说了,把你们都捆起来,等把奸细抓出来完了再说。"

"谁是奸细?"

"暂时还能跟你说吗？绑！"

唐兵就上去了，俩人一个，俩人一个，这呼啦就都绑上了。为首的这个平章心想：反正不能绑我——啊？过来也绑，"你也在数，现在究竟谁是奸细闹不清，等闹清了之后那再说，现在不能放。"

"啊是是是。"头一道山口就这样，抓住的人就交给了后边唐兵号坎儿的人，就往马家湾送，整个的那是成一个大囚牢。二道山口，马德山又喊，叫大伙接老都督打胜仗归来，呼啦下来，还照样这个词儿，你们这里有奸细，绑！三道山口还是——绑！

进三道山口兵不血刃，把他们完全拿住，一个没走。老帅薛礼是太太平平进了盘龙岛。唐兵把盘龙岛给包上了，包围多少层啊，真连一个耗子都跑不了。

马德山知道哪是都督府，哪是屋，哪是大堂，哪有兵哪有将，工夫不大，四面八方全都给上了绑了。姜须都是一个办法，送到马家湾。都把衣服脱下来，他们的号坎儿，他们的服装，唐兵全用。告诉山口也好，东西哪面也好，都不能换旗，大唐的旗号不能露，大唐的号坎儿不能露，大唐的兵将能穿他们的，穿他们的。不能穿他们的，没有那么些军衣，就在山里头不要动，不要露面，哪一个暴露，杀头。

这个岛西面斜到北面都是水，从锁阳下来比较近，东面有一少半是陆地，南面是整个的陆地，北面西面江里头，姜须带人一查看啊，那里头船太多了，龙头舟、虎头舟、豹头舟、铁甲运粮舟、麻阳大战船，那船的桅杆在江里头，就像高粱茬子一样是一望无边。姜须叫马德山带人，直接都到船上，以各种办法上船，让水手都到舱里头去，说有重要话说，一进舱，把舱口一堵，就一串一串地把所有船家水手全绑了，大唐的兵将把船完全都给掌握了。

姜须跟老帅又盘查仓库，一看这盘龙岛，焦天摩这个家挺肥呀！粮草成堆，金银堆积，老薛礼瞅着姜须乐了："孩子，一枪一刀没打，就取这么大一个胜仗！"薛礼又一想：唉，八卦山打那么厉害，直到现在一点希望没有，你哥哥死生不保。这一回你嫂子、赫连英、窦英雄，也不知他们吉凶高低呀。"

561

第八十五回　阻路砸囚车

　　薛礼和樊梨花公媳分兵，樊梨花准备三盗困龙剑要三斗飞空，白袍帅薛礼带着姜须等智取盘龙岛，准备救驾。
　　那么这个圣驾怎么被获的呢？老元帅出黑风关，临走告诉老管家薛忠，给房东送房钱，帅府和行宫都住老焦家的房子，我们不能白住。老元帅薛礼走后，薛忠照办，就拿着这个银子到了焦天胜家。
　　焦天胜他是盘龙岛大都督焦天摩的亲弟弟，也是黑风关第一富户，不但房子多，买卖也大，有财有势，他占全了。今天偏赶他的生日，锦上添花多，雪里送炭少，寿宴上是人山人海。
　　薛忠傍晚时候来的，怕他不在家，怕人家忙有事，可不知道是他寿辰。到这一见，焦天胜单独把薛忠请到客厅："这可没别的，你赶上了，无论如何得赏光。"
　　薛忠说："不敢当啊不敢当，我是仆人奴才。"焦天胜乐了："看你是谁家的奴才，帅府的老管家，我焦天胜交你，我高攀呀。"薛忠说："我可太不敢当了。"
　　"你敢也好，不敢也好，你不是来到我这了吗？赶上了，来来来，饱酒饱菜，不成恭敬。"又摆一桌，这个老管家薛忠还有这个癖，他好酒，见酒真就迈不开步。平时在帅府里头，老王爷也好，老夫人也好，没人限制他，他顿顿都不离酒。老管家一看这个盛情，又是实心实意，焦天胜陪着老管家就喝上了。喝来喝去，酒喝到半酣呀，老管家薛忠说："你看看啊，你这种盛情我也难却啊。我也真是……你瞧我也实惠，我真就坐这喝上了，哎呀我今天喝得挺高兴啊，老元帅临走让我来给你送房钱来啦。"焦天胜就愣了一下："什么，老元帅不在家呀？"

"可不是吗，上阵前去了。现在八卦山那儿打得挺紧，这话都不应该说呀，二路元帅——就是我们少帅被获，军中无主，老元帅不去不行了，临走告诉我给你送房钱。"

焦天胜听到这儿，"哎呀，那城里圣驾不在这儿呢吗，谁保驾啊？"

"唉，别提了，兵倒有，将也有，可是高人不多，就靠鲁国公定唐老将程老千岁，他也老了，行宫就靠他保驾呢。我们帅府吧，有小姐，有少夫人，反正这后边也没什么事，后边要有事就麻烦了。"

薛忠这话是无意中说出来了，没料想焦天胜是有意识地听，不懂的事拿话诱，三诱两诱就把这个黑风关整个情况了如指掌了。薛忠留钱，焦天胜拒绝。可是薛忠说："这个办不到，老元帅说一不二，他说这么做就得这么做，包括老夫人，也得按照老王爷的意图做。你请收下，哪怕老元帅回来你再送去，你在这儿就横住，我是无法交差啊。"

焦天胜说："好吧，要那么暂就留在这儿，希望你常到我这儿来呀。"送出老远。薛忠回去，以为过去了就拉倒了，这个惹祸的苗子就种下了。焦天胜派贴己的人亲笔写信，迅速由山路、草路到盘龙岛，报告他的亲哥哥，威震盘龙大都督焦天摩。焦天摩一听薛礼到阵前八卦山开战，黑风关是空的，机不可失，时不再来呀。焦天摩想：我要真能把这个机会抓住，大唐就完了。两个人下棋，别管你河边布置怎么厉害，军马炮都过河，后边象士没保住老将，下人家兜去了，那你就得输啊。焦天胜派人不分昼夜是快马飞报到锁阳城，报告突厥全权大都督，姓苏名海字宝童。苏宝童一听，这个机会千载难逢，万年不遇。所以苏宝童这才派镇守锁阳大都督苏江，副都督乌国龙、乌国虎，苏江还有部下左膀右臂铁钢、铁强，两对锤万夫不当，百胜不输。苏宝童告诉苏江，你要是乘船奔盘龙岛，必须经过沙江关，到沙江叫镇城都督韩天龙也跟着去。苏江愿意，为什么呢？他和韩天龙都是五老弟兄。五老老大呢，就是游方老道阴阳鞭王杰，第二老就是盘龙岛的焦天摩，第三老是下沙江关的都督韩天龙，第四老是从盘龙岛再往东北到九龙岛，九龙岛的副都督叫欧阳虎，老五就是这个镇守锁阳大都督苏江。苏江一听叫去找三哥，高兴。

苏江、乌国龙、乌国虎、铁钢、铁强，带一千二百人乘船就到了沙江关。一到沙江关，韩天龙就迎出来了，苏江跟韩天龙简短截说，苏都督有令，让你赶紧奔黑风关，是这么这么这么去掏大唐的皇上。韩天龙告诉自己的两个儿子韩福、韩禄，守住沙江，小心别给我惹事，两少都督按照父亲的意图看家。韩天龙、苏江等乘船到了盘龙岛，见了二哥焦天摩，焦天摩瞅瞅老五苏江，看看老三韩天龙："嗯好，既这样的话，那么我也去。"

苏江说："那可不行，我们上黑风关这条路，不太好走啊，山路草路，往返得个十天半月，日子不能少了。这个盘龙岛不能闹事，盘龙岛是基础。我们那边成功了，把皇上掏了，回来盘龙岛没了，回不去锁阳，这是咽喉要地啊。这个地方必须得有高人，一般人守不住，尤其我们搁这儿进兵，什么事要想人不知，除非己莫为，万一要叫薛礼等知道，他是先打盘龙岛，在这儿后救驾。"

焦天摩说："好，如果这样的话，你们放心，我这个还敢说，就说我的盘龙岛，薛礼来，我也不能给。"

苏江乐了："那二哥还用你说吗？我太明白了。"又从他这带走八百人，一共是两千人马，离开盘龙岛，他们由打山路、草路够奔黑风关。盘龙岛到黑风关是五百八十里，比一千都难走。他们到了黑风关，来的诡秘，那里头有内应焦天胜，他们白天化装就混进来了。苏江带着副都督乌国龙、乌国虎包围行宫抓皇上，韩天龙大都督带着铁钢、铁强困帅府拿老夫人。

夜静三更天，城里三声炮一响，各街各巷都有兵，都有人都有动静，安排布置得非常严密。放火烧城，那满城的火借风威，风借火势，火起烟发，高有百丈。城里头黎民百姓叫苦连天，就成一锅粥了，就要这个乱劲。

帅府突然有人报老夫人，"不好了，有事！"窦仙童、薛金莲姑嫂俩这阵儿就披挂，丫鬟也准备。外边有人报说："帅府被包围。"

窦仙童说："不用害怕，鞴马！"

老夫人告诉说："儿媳，多加小心啊。"

"婆娘，请您放心！黑风关被困的时候媳妇来报号，我也不是没有打过他们,难道说今夜我就白给了吗?"窦仙童提刀上马,刚出府门,两头就啪啪啪七道绊马索,咣——呛啷喔!窦仙童的刀扔多远,摔到马下,挠钩一搭,抹肩头拢二臂,窦仙童就这样被获。

有人报老夫人:"可了不得了,少夫人一出大门,就叫人抓住了,现在番兵番将都闯进来了。"

老夫人说:"不要慌神。"柳氏迎春是那么想的,一生什么没经历过?酸甜苦辣尝尽,什么担险呀,害怕呀,已经这个岁数了,又有什么可怕?死也不算夭亡,老夫人是非常沉着,不愧是老帅平辽王薛礼的老夫人,也真有派。丫鬟扶着老夫人从房里头出来,薛金莲这阵儿在旁边跟出来,就看外边有大都督韩天龙在院子里头高声喝喊:"窦仙童被获,难道说薛礼的夫人,你还想要比试比试吗?实话告诉你,我们布置数日了,今夜晚一起下手,你看,把你们皇上抓来啦!"

再一看苏江带着乌国龙、乌国虎,压着皇上和徐懋功,好歹皇上李世民还没被绑。徐懋功这个老道,一辈子没上过马打过仗,人家也没有绑,唯独程咬金是五花大绑。程咬金一边骂,他们给推着往前走。在行宫突然闹事的时候,程咬金搁屋子里出去,抄斧子还舞扯一下子,也没舞得过人家,叫人家给抓住了。抓住之后要绑皇上,徐懋功说:"用不着,一个是我们不能跑,二一个显你们太胆小,我是不会武的人,圣上这么大的年龄,我们君臣是能打呀,还是能跑啊?你们为的是江山,咱们也没有私仇,我们跟你们走一趟。"就这么地给押到帅府来了。到了院子里头,老夫人一看,那边绑着程咬金、窦仙童,这边押着贞观皇李世民和护国大军师徐勣徐懋功。

那边轰隆隆木笼囚车是一辆挨一辆,六辆囚车就给六个人预备的,多一个人也没打算抓。薛金莲呛啷一亮剑说:"好贼,你们胆大包天,敢在我们这里头无礼,来来来,我跟你们拼了。"

老夫人一看心里就明白了,女儿不是樊梨花,就是樊梨花,周身是铁能碾几根钉,单丝不线,孤树不林。事已至此,叫道:"金莲,把剑放下。"

"娘,我跟他们拼了。"

"不,事情到在这个地步,听娘的,不要勉强,把剑匣摘下来全扔了,我们束手被获。"

老太太不能加解释，还打什么？打你轻则带伤，重则没命，更疼死我了。话又说回来，解不了围。薛金莲还是孝心，听母亲话，不敢勉强，撒手扔剑，摘下剑匣。

苏江、韩天龙、铁钢、铁强、乌国龙、乌国虎往上一包围，把母女打进囚车。

这阵儿全城的状况真是一言难尽，街上横躺竖卧，死的死了，伤的伤了，唐兵落得走死逃亡，目不忍睹。苏江哈哈大笑，瞅瞅韩天龙："三哥，我们应该迅速……"

"对！"互相对视，心照不宣，现在我们还不走，等到人家的援兵到来麻烦了！这才轰得六辆囚车，由打黑风关的北门进山道，走草路，穿密林，他们是迅速够奔盘龙岛。

史国公史刚搁这里带伤，看见他们出了北门，进了山林，也没知道他们的去向，也没法弄明白，才上前边去报告。

这些囚车在山野里头行走，这种颠簸高低啊，穿林过树啊，道不好走，不分昼夜连走七天。体格好的勉强，窦仙童、薛金莲都能支撑，皇上就够呛了，徐懋功也觉得坐这个车是一言难尽。风吹啊，日晒啊，蚊子咬啊，那大蚊子隔着衣服，嘴伸进去都给你咬块肉去。老夫人本来身子骨就弱，有点支撑不住。打了个咳声，要说什么，就听前边鼓声号角响成一片。

"娘，是不是有人截住了？可能来救我们。"

"对对！"

番兵围着还紧吵吵："别说话。"

人马往前进行，头前儿呢，就是镇守锁阳大都督苏江，还有沙江关都督韩天龙，老哥儿俩在这带着队往前走。木笼后边呢，带兵的是乌国龙、乌国虎，也就是锁阳两个副都督，木笼在中间，交给铁钢、铁强，他们带着五百人马，什么也不干，就是前后左右包围木笼。木笼在，两个人首功一件，木笼不在，两人是拿头交令。

他们已经来到盘龙岛了，苏江笑了："三哥，怎么样？不出所料吧？你还老怕万一啊，这么啊，那么啊，薛礼他不会知道，他就即便知道了，黑风关叫咱们给掏开了，昏君和他全家都叫人家拿走了，他知道谁拿的？哪儿去了？这条道也慢说他，就是咱们这个地方的人也不知道。话又说回来，他真就来了，能把你我弟兄如何？这回咱们到盘龙岛，加个更字儿，就更不怕了。要见着二哥，那他也得乐坏了。还真别说，我说三哥，你先在这带队慢慢走着，我去跟二哥报喜去！"

苏江的马就奔盘龙岛的山口来了，盘龙岛山上的兵啊，将啊，守山的都是唐兵唐将，但是你慢说在远处，到跟前儿也看不出来，也是番兵号坎儿，番兵的旗号，整个是一点没变。苏江来到山口，这里边的兵就出来了，再往当中一看，没有顶盔没有挂甲，正是二哥焦天摩。

哪儿来的焦天摩？焦天摩绑着呢，在马家湾押着呢。今天来的这个焦天摩，正是老元帅薛礼。

这阵儿买办马德山跑上来了："哎哟，苏都督，您好啊！这一仗打得怎么样？我们焦老都督老不睡觉，可着急啦。"

"别提了，一句话就得了，大得全胜。"

"哎呀！那太好啦！"

苏江说着话不往他跟前儿凑合，跟马德山都熟，也用不着理他，老远看着二哥，就奔焦天摩来了。"哎呀二哥二哥，跟你说一个好事，我们到黑风关，一宿的工夫大得全胜，包围帅府，拿住薛礼的夫人，薛礼的儿媳，薛礼的女儿，拿住他国的皇上，还有那个老道军师徐懋功，还有那个什么鲁国公程咬金。六辆囚车都押来了，黑风关杀的唐兵唐将不计其数，这一回我们大得全胜啊！二哥，你这回高兴吧，小弟苏江有礼。"

来到跟前儿照着薛礼，他拱臂打躬啊，看那样子有八十度到九十度。老帅就是不出声，别看长得像焦天摩，跟焦天摩说话不是一个味儿，一张嘴就得砸锅，还得装这个相，给人看表面呢，这个嘴就是要张，满脸堆欢，眉飞色舞啊，就像要说什么话似的，可就是这个话音不出来，他往前一扑，给人感觉他的两手是来搀苏江，苏江一看老哥哥要搀，就没动，等着。薛礼一家伙给苏江的腰就给搂住了，苏江刚一愣，就把他往回这么一较劲，噗！就跪到这儿了。苏江这阵儿还没醒呢，苏江意思是什么呢？老哥哥一听打了胜仗高兴啊，这老哥哥别看上岁数了，还有这股劲，还要跟兄弟较量较量。苏江心里话：要说打呀，我跟你陪一会儿还勉强，较量这个我本来就不行。老哥哥的力量,我们哥几个搁一块儿也扳不倒。苏江一想:你要再使劲,我这腰就折了,这还真捡着,跪在这儿了,苏江当时抱住薛礼的大腿,"哎呀二哥,你你你饶了我吧。"

不用说话呀,两旁就上来,啪啪挠钩就搭住了。拿挠钩一搭,苏江急了,"这干什么?"他刚一愣,抹肩头拢二臂,就让人给捆上了。

老帅吩咐:"把他带下山去。"

"是!"

"啊?"苏江一听味儿不对。薛礼一点手:"马来!"有人带马,这才一摆手,吩咐下山要开始砸木笼。

第八十六回　逼上卧龙山

薛礼巧拿苏江，上马提戟一声令下："杀！"唐兵唐将往上一冲，战鼓齐鸣，杀声震耳，都露了馅儿了，这回听这味儿也不是番兵番将了。老薛礼在头前儿催马拧戟直奔番兵，恨不得一下子把木笼打开。可是老远沙江关都督韩天龙一看，啊？二哥焦天摩怎么了？反了？老远看见苏江被他给抓住，同时带人还杀上来，一看他带的兵将还是唐兵唐将，韩天龙马上一回头："来人！"

"有。"

"赶紧到后队，告诉铁钢、铁强、乌国龙、乌国虎，他们押着木笼多加谨慎，盘龙岛有变，很可能焦天摩反了。"

有人上后边去报告，韩天龙这阵儿催马拧戟，直接也就够奔薛礼。到了对面他上下打量就这么瞅，因为薛礼穿着焦天摩的衣服，他也没看清，"啊？二哥，小弟不知二哥你刚才怎么拿去老五？你想干什么？"

老元帅薛礼上下一瞅，来的这员老将青铜盔，青铜甲，内衬索罗袍，青虚虚的一张脸，连鬓络腮的红胡子，掌中一条戟，知道他们哥儿五个是四条戟，薛礼就断定他是韩天龙。薛礼在马上微微一乐："对面来者可是沙江关的都督韩天龙？"

"啊？你是什么人？"这才听出不是焦天摩。

薛礼微微一笑说："我姓薛名礼字仁贵。"

"啊？你来了？"

"不错，我来了，我早就来了，我等你们七天。"

"哎呀！"韩天龙这回一听是薛礼，就跟刚才的想法不同了，就是焦天摩反了他都没担那么大的心，一听是薛礼，他凉半截儿，完了！韩天龙一想薛礼真是神出鬼没，我们这个地方，他就能够弄得这么清楚！"薛礼，我请问，你怎么知道你黑风关失策？"

"韩都督，要想人不知，除非己莫为。我也就跟你们说实话，你们的盘龙岛归我了。"

"那焦天摩……"

"他没死，我取盘龙岛兵不血刃，我是一枪一刀没用。"

"那他怎么给你？"

"我都跟你实说了，我是智进盘龙岛。现在苏江被获，你能不能行？你揣揣我料料你，你们现在已经被包围，识时务献上木笼，咱们没仇，你放心，你走人，我容你弃岸登舟。如果韩都督要是不肯答应，恐怕你悔之晚矣。人无远虑，必有近忧，请韩都督三思。"

韩天龙一想：我们哥儿五个叫他抓去俩了。焦天摩、苏江被获，如果说我在这里真依他，我走了，我就回沙江坐着活去了，苏宝童能答应我呀？韩天龙大叫一声："薛礼！识时务你就赶紧下马被获，踏破铁鞋无处觅，得来全没费工夫，你送上门来了，你也知道我韩天龙掌中这条戟！"

薛礼·乐："我闻名你们弟兄五个，除老道而外，你们四条戟。你们哥儿五个在突厥称为五虎老将，你们这四条戟是大有名气。我亲手会过焦天摩，刚才我又拿住苏江——"

韩天龙又泄气了：我比二哥焦天摩，那是天壤之别，差得忒远。二哥的那条戟可比我厉害的，他没干过薛礼，我更够呛。打仗先把怕字搁头前儿还有好吗？我还打不打？已经说到这儿不打也不行啊，完了再说吧，破罐破摔喽！他照着薛礼嗡一声戟就到了，薛礼催马拧戟跟韩天龙还手，两个人这才各显其能。两条戟来往复回，这个马踏尘土飞空，二人是各不相让。虽然韩天龙不如焦天摩，也不是三合五合就白给薛礼的，要那样的话也称不起四条戟，五虎将。韩天龙这条戟跟薛礼是玩命了，他知道没好才这么打的。薛礼跟他战来打去也有三四十合，韩天龙的确抵挡不住，一下子叫戟耳把韩天龙的头盔给打落了，"哎呀！"他往回一拨马，薛礼大戟一带，把韩天龙的马后胯给豁了，马一蹿高把韩天龙啪叽就扔下来，薛礼拿戟一点："不许动。"

唐兵过来，抹肩头拢二臂，把韩天龙上了绑。这阵儿后面的队伍正乱，上来两匹马，谁？乌国龙、乌国虎。这哥儿俩听到前边有人前来传讯，说韩都督讲焦天摩可能反了，苏都督被获。现在头前儿打起来了，还是唐兵唐将，不知道怎么回事？这俩副都督就跟铁钢、铁强讲："你们不用瞅了，带着木笼往下撤，奔山里头撤。打好了我们去追你，回来也赶趟，打不好，你们这时候能缓一气，要不然咱走不了。看来头前儿事出意外，既有唐兵唐将，这里头就复杂了，而且焦天摩反不反，这不清楚，我们备而不用，你们往下撤。你们不管到什么时候得交回木笼，木笼少一个，你们是拿头交令。只要木笼在就行，你们俩赶紧，走！"

铁钢、铁强带五百人押着木笼，往东北方向就钻山林撤下去了。乌国龙、乌国虎两个人带兵上来，乌国虎说："哥哥你稍等一下。"他一催这匹马，乌国虎不上来便罢，这一上来掌中一抖这条铁枪，拿眼一瞅，真是焦天摩反了！他马到对面，"焦都督，你良心何在？苏都督见着你，他得先下马给你施礼，他得恭敬你这位老兄。你在突厥，那真是一人之下，万人之上，人所共知。别看你镇守盘龙岛不大，你这个地方四通八达的咽喉要塞，你怎么反了？你投唐了？你帮着打木笼，这真是千古奇闻！"

薛礼在马上听了这个话，哈哈一笑："你是什么人？"

"啊？你是谁？"乌国虎一听，怪了！他不是焦天摩啊。薛礼瞅瞅他微微一笑："我不是焦天摩，盘龙岛已经归我了，我是薛礼薛仁贵，你是什么人？"

乌国虎一想：坏了！盘龙岛失守了，人家在这等着砸囚车。乌国虎一想：薛礼你真是神仙，叫人难猜莫测，你怎么知道我们走这个路，你在这儿截着？"薛礼老匹夫，你往哪里跑！"

薛礼说："慢着，你是什么人？"

"我是威震锁阳的副都督乌国虎，后边有我大哥乌国龙。我们弟兄随着苏都督、韩都督到你黑风关，抓你君臣。今天在这儿有我乌国虎三寸气在，也慢说砸囚车，你薛礼想要回去势比登天。"

薛礼冷笑："乌国虎，人不能聪明一世，糊涂一时，揣敌人，料自己，飞多高，蹦多远，你会知道。你在锁阳城身为副都督，苏江不比你次,刚才被获了。不说是鹰拿燕雀,我没费吹灰之力。又战韩天龙,你在后边也目睹眼见,我拿他费不费事?你比他们高低?再者说你又比焦天摩如何?乌国虎,你想过没有?"

"这个……"

乌国虎一想这话可太厉害了,比打人还厉害。自己怎么能比得了焦天摩呀?韩都督、苏都督……可是又一想,到现在也不能说了不算呢,"薛礼,你说个天花乱坠,你就把死人说活,我也不能放你逃走,休走,看枪。"

乌国虎的枪一来,薛礼拿戟一架,两人是枪戟交加,马抢上手,大战一块儿,打来战去,战来打去,没过十合乌国虎就觉得吃力,败下来怎么办?囚车走不远。不败?怎么能敌得了薛礼,简直是猛虎一样。他在马上刚这么一惊慌,后边就听着喊了一声:"兄弟不要害怕,愚兄到了。"

乌国龙掌中一拧这条铁枪,大叫:"老匹夫,拿命来!"

乌国龙马往上一奔,帮助兄弟乌国虎要战薛礼,就听那西边马蹄响,"哎别别别,怎么俩打一个?你们岁数又不太老,那么大岁数能对付你们俩吗?来来来来。哎呀,看来生有处死有地,谁死谁手这都定的事,来来来来,你过来,你不是找死吗?我成全你。"

这阵儿乌国龙再想帮兄弟也办不到了,他就奔对面这个来了,一看这人,刀条子脸,圆眼珠儿,短眉毛,雷公嘴儿,招风耳一对。乌国龙高声喝喊:"你是个什么人?"

"我是那个老头儿前营先锋官,我姓姜名须字腊亭,人称赛霸王,小子,你看枪。"唰——

乌国龙一想:我问他,他连我都没问,没瞧得起我呀,你什么本事?"好恼!"拿铁枪一架,乌国龙可比乌国虎强,这也是有名的将,没名的话也不能在锁阳军当副都督。这枪真把姜须盖了,三合五合十几合,二十合不到三十合,姜须有招架之功,没有还手之力,姜须仰仗马快手疾,隔三岔五找点便宜,不走正道,这枪扎着扎着这个照面应该不扎,唰唰来两下;这个照面应该扎,他不扎,托枪过去扑哧一乐:"怎么样小子?明白这什么招儿吗?"

乌国龙说:"我不明白——"把乌国龙整得晕头转向,可是乌国龙比他能耐大，枪也厉害，枪也重，手也快。姜须光玩邪的，工夫大了，人家掌握了，不听这套了。姜须眼瞅着回不去，姜须就喊上了："老伯父，这个小子命里照定就不应该我杀，你说我就不能杀啊！我要能杀早宰他啦！老伯父，我看这归你吧！"他这意思是叫老伯父帮忙。老王爷一看姜须眼瞅着到跟前儿了，乌国龙追得挺猛，老元帅激了，当！一戟就把乌国虎的枪给干飞了！乌国虎啊一声，往回一拨马，老元帅的马就到了，马头一接马尾，老王爷往前一探身，把乌国虎就抓来了，抓过乌国虎他就左手压着方天画戟，右手举着乌国虎，是直奔乌国龙。姜须正喊，一看老伯父手举着一个过来，举个活人就像举个布娃娃，就像拿个扳不倒儿似的。乌国龙一抬头，薛礼就到了，照着他，呜！就把乌国虎撇下来了，啪！这亲哥俩也不知道是有仇啊，近便呀，愿意一块儿走呀是咋的，脑袋碰脑袋，哥儿俩花红脑浆一块儿流出！这哥儿俩不愧是亲弟兄，一个爹一个娘，一块儿去了。

姜须在马上一蹦高："哎呀老伯父呀，摔死一个还砸死一个，你看后边乱了。我说众三军呀，随着老伯父杀上前去，砸木笼啊！"

老王爷一回身叫姜兴霸、李庆红："你们要守住盘龙岛，多加小心。有什么天大事情不要下山，你们要在山上严守。"

"是！"姜兴霸、李庆红马拨回去，带兵将在盘龙岛守等。这阵儿徐清徐文建、姜须姜腊亭、王新溪、王新豪、周文、周武、薛先图五位老总兵，就跟着薛礼往东边去了。

铁钢、铁强得着信儿，就带着五百个人押着囚车木笼，就往东边跑下去了。到了深林密处啊，仰面不见天，俯首不见地，真是接天连叶一望无边。往深林里转，木笼不走，强走搁人推。又有人报："后边追上来了。"

铁钢说："兄弟，你还是押着木笼往前进，我挡一阵。"

这哥儿俩是步下的，一个人一对大铁锤。就看铁钢合着掌中这对镔铁擂鼓槌往回跑，他带领部分人往回来，铁强还是押着木笼紧往前跑。

姜须抬头一看对面来个人，黑脸，大脸盘子，拿着镔铁锤，在对面一站，高声喝喊："呔！什么人？"

573

"你问我呢？我还想问你呢，你是干什么的？我们唐兵唐将往前追赶囚车木笼，你敢在这横路？"

铁钢哈哈哈大笑，"我乃威震锁阳苏都督苏江手下的左膀右臂，左都平章，铁钢是也。"

"哎呀你真招笑，你还说得挺有劲，还咬牙切齿地，就像这名还挺吓人似的，你这一报就没劲了。"

"怎么？"

"你是苏江手下的一个小辈，苏江叫我们像拿小娃娃似的，现在五花大绑在山上绑着，我们还能把你搁在心上？你这简直是……"

"啊？我们都督被获？"

"唉，要不拿他能追你们吗？这话又说回来了，你听我劝，无穷富贵啊，你这辈子要钱花不了，要官随便做。你跟到八水长安京放福不享，你哪儿找这机会去？功劳大，大不过救驾；军中难，难不过绝粮，你懂这个吗？官司难打是人命，你现在这多好的条件，木笼在你手，你几辆囚车？"

"六辆。"

"是啊，你想想这木笼里头都有什么人？你都清楚？你不清楚吧？"

"我怎么不清楚？有你们的皇上……"

"对，你想想，你要放了这六辆囚车，老元帅对你得怎么感激，得怎么谢？你说你放着这个机会，还叫它过去呀？你把皇上救了驾，你要什么官没有？徐军师感激你，能不说好话吗？鲁国公交朋友你哪儿交去？你攀高结贵也找不着！现在就把话说直了吧，你就干脆把木笼献了，你首功一件，什么你都能够办得到，你要不献木笼，你就是铁，你就是钢，你也好不了！"

"你是什么人？"

"姓姜名须字腊亭，你听说过吧？"

"我知道！你拿命来！"双锤一来姜须没敢架，怕他厉害，拿枪一点，他非打不可，姜须拿枪一碰，当啷啷！姜须觉得锤也重，力也大，真够敌的。姜须跟他战了一合五合，十合二十合三十合，枪锤交加，叮叮当当，姜须就喊上了："老伯父，您要休息不大离儿了过来吧！这小子看那样子，不愿死在我手，还得换您。"

老帅明白，知道他坚持不住了。老元帅马往上一上，徐清喊一声："老伯父，我过去。"

"你要多加小心。"

"是。"徐清这阵儿马往前来喊一声，"姜哥闪开。"

姜须把马往下一拨，徐清跟铁钢打来战去，战来打去，没到二十合，薛礼看出徐清不敌，喊一声："鸣金！"这阵儿薛礼的马就上来了，薛礼掌中合着这条戟来到对面，两个动手，没到二十合，铁钢觉得发沉，戟也有点拨不动，这可看出来了，人老筋骨壮，不减当年，好厉害的薛礼！铁钢勉强支撑，不支撑不行，木笼怕走不出去，就得跟他抵着。薛礼跟他抵挡，铁强在这个时候在后边早就跑了，按照哥哥的意图，不管怎么样，跟头把式他押着囚车，那是一步不停啊。正往前跑，有人报前边来个山大王。

铁强命令把木笼包上，他跑到头前儿对山大王说："我是锁阳平章都督铁强，木笼里押着唐天子，你有本事，帮把木笼送进锁阳城。灭大唐你有高官做，我铁强和你有福同享。"

寨主问："后边何人追赶？"

"大唐平辽王薛礼。"

这阵儿看样子这个大王要找这个便宜："好，你上山。"

铁强说："大王你贵姓？"

"我叫左世伦，二寨主，大寨主是我哥哥左世佳，他没有在山，山上就是我说了算。喽啰们！"

"是。"

"你们把大家保护上山。"这些兵将个个围着囚车，后面的喽啰上来帮着护送往山上走。

铁强回身说："寨主你可要多加小心。"

"你还把他们放到心上，别说胜薛礼，他就是八个薛礼，又能奈我何？我们这座卧龙山，从来没打过败仗，你看看热闹吧。"

这个时候就听对面跑来一个人，后边追他。左世伦就问什么人。

"那是我哥哥铁钢，大哥，这儿来！左寨主跟咱们合到一块儿，我们上卧龙山，这回不怕啦！大哥这边来——"

575

铁钢来到跟前儿，铁强就给介绍一下："这是左寨主左世伦，这是我大哥铁钢。"

"好，你们要是不嫌弃的话，在后边看看热闹，你瞅瞅我左世伦给你生擒活捉拿薛礼。"说着话马往前来，他当中一横，姜须在对面又上来了，"怎么？你是什么人？"

"我就是卧龙山二把交椅，我乃左世伦。"

"哎哟你是寨主？"

"不错，你是什么人？"

"我是大唐先锋官姜须。我问你，你怎么回事？你还有点眼光，有点心眼儿没有？你们要是把木笼给保护送出来，你们这个山寨简直要啥有啥，你要是无礼的话，留下囚车，你是不是找死？事到其间你可要三思，后边是我伯父薛老元帅。"

左世伦怪叫："我不是打你，就是战他。"说着就看他往前一进，好家伙大刀就来了。姜须一架，三个照面，一家伙把姜须的头盔就扫上了。姜须一看厉害，拨马就跑，老薛礼就到了。左世伦想跟薛礼还整那个，一个照面螳螂刀叫薛礼就给挑飞了。哎呀厉害！他往回一拨马，铁钢、铁强也跟着跑，看后边追上来了，左世伦吩咐放滚木。滚木礌石往下一砸，可了不得了，姜须再看目瞪口呆。

第八十七回　兵陷盆底川

上回说白袍老帅薛礼追赶囚车，番兵番将和铁钢、铁强押着木笼跑来跑去就来到卧龙山。没承想这个寨主左世伦胆大，把木笼给留下了。左世伦阻住唐兵大战薛礼，他哪是薛礼的对手，他看势不祥，拨马登山，老帅下令追。

唐兵上来了，可不好了！山口就听一吹牛角，那滚木礌石稀里哗啦就下来了！唐兵唐将连天叫苦，打得马仰人翻，血水摊摊，真睁不开眼，打得死尸遍地。姜须拿眼睛往上一看，这个山口守法特严，不是一道，一看上去两道、三道，都是高吊滚木。姜须下令："鸣金，撤！"又对薛帅说："伯父不行啊，不能硬攻啊。咱们要是拿着肉头撞金钟，他们可乐了。您老看到没有，上边那几道山口滚木礌石密密麻麻。这个贼头儿，看样子素往他就防得挺严，今天就这么硬拼是不行的，我们可得人了。"

老元帅觉得天转地转，两眼发黑，问姜须："怎么办？"

"先缓一步，下寨。"

"好。"王爷下令安营下寨，这一安营下寨，埋锅造饭，铡草喂马，忙成一堆，乱成一块。老元帅一下马侧了两侧，有人过来扶元帅，姜须愣了："老伯父，你觉得怎么着？"

姜须一摸伯父，哎呀这身上都烫人，"糟了，快找国手官。"

把老元帅扶到帐里让老元帅躺下，国手官来了好几位，一诊脉，哎呀，老元帅这就是八下进攻啊，又着急又上火，又累又渴又饿，又难过又担惊又害怕，也不知道君臣如何，举家怎么样。一步逼着一步紧。从打八卦山的唐营出来，以为到盘龙岛就能救驾，虽然拿住了苏

577

江、韩天龙,但是把木笼打跑了,没截住,而且追到这么一个小山头,还是个占山的寨主,他就敢留?我就攻不下来他的山寨?老薛礼越想越急,越急越气,越气他周身哪儿能好?国手官赶紧告诉休息用药。姜须在身旁瞅瞅薛礼:"伯父,您老好好休息,相信小侄的话,我替您老先当当家,我琢磨琢磨。我们不用一兵一将,我们不死一个人,叫一个人也不破皮儿,把他几道滚木礌石,我们都给整下来,我们进去救驾,您看怎么样?"

"哎呀,那可太好了!你说得对,孩子,不能硬拼啊,硬拼我们是肉头撞金钟,那怎么能行呢!姜须,你暂时代理兵权,全营里头一切大权全交给你。"

小姜须上了大帐传令,他叫来御总兵周文、周武、薛先图三位老人家,"你们三位老人家各带二百人,多带钱,每人一路,一个人带二百兵,每一路要买回来五百匹马、牛、驴、骡都行。只要是能挺住个儿,都不怕它有什么病,三天限必须买回来,多少钱都可以。"

三位老总兵想要深问姜须干什么用,薛先图瞅瞅周文,周文看看周武,三位老总兵互相示意,知道姜须这个人有一套,我们也用不着担心,别看我们上岁数,有志不在年高,无志空活百岁。三位老人家领命出去了,到了外边排开人马,他们各走一路去买。

姜须又在大帐里头,派王新溪、王新豪两位御总兵,"你们在营里头带着工程军要做出一千五百个木头人儿,这个人也不要鼻子,也不要眼睛,不用细致。这个做法呢,就是把那木人做成,给他穿上衣服,戴上帽子,夜里头老远看跟兵一样,在远处根本也看不着眼睛眉毛,那都用不着,戴上帽子一捂就行了。身上一穿衣服,用枪的给他做个木头枪,使刀的给他做成木头刀,就在这木人双臂上做好,就像这个真人一样拿着刀啊枪呀,各种姿势要不同,而且在下面同步的要做出马鞍子,这个鞍子也是简单,扣到马上,下面一煞带,能勒到马上就行了,就好像是真人骑马一般。"

这两位老总兵听到这儿瞅瞅姜须,"我们这是要用智取他的卧龙山口?"

姜须点点头:"对,我们要硬攻,我们是吃亏的。我们得多少人垫?不能让他们在这居高临下,以滚木礌石战胜我们,那我们太冤了。"

两个老总兵点头说好，也限期三天，必须做出来。这活不细致，人少了多派人，也好办。这几位老总兵准备这个，姜须到后营看看伯父。眨眼三天到，天黑必须交令，违者那是斩。外边过了晌午，一瞅怎么样？三个人全回来了。周文、周武、薛先图三位老总兵见姜须，也是报告交令，一个人买了五百，完全买到，牛、驴、骡、马，不过是质量不怎么样，姜须说不要它什么好坏，那它就有病咱也不管它，它能跑两步就行。姜须到外面亲身看看，一瞅说还可以，告诉人该喂的喂，三位总兵算是有功。姜须回身就到后面看营内的工程军，姜须一来，王新溪、王新豪两位总兵瞅瞅姜须："孩子，你是不是来看看，不太放心？"

"二位老人家，是啊，外边已经把牛、驴、骡、马买到，不知道你们两位老人家，这木人做得怎么样了？"

"孩子，你看不着吗？转眼就成了。"

"好。"姜须告诉准备一千五百套军衣给他们穿。姜须来到跟前儿一瞅这木头人，上边把帽子一戴，试试合适。这个是拿枪的，那个是举刀的，姿势还真就不同，下边儿坐着有简单的雕鞍，就往马身上一靠，下边一扎，还真能行。姜须乐了："好极了。"

赛霸王姜须又告诉要加紧，同时这才到了后边。老帅在后帐起来了，坐着喝茶呢，姜须进来了："伯父。"

"孩子，你坐下。"

"伯父呀，我来跟您老人家说一下，我今天夜里二更天要开始进攻卧龙山，就是咱们那天看他的三道山口，别看他高吊滚木礌石防备森严，我今天二更天开始，三更一过，可能用不到四更，我就要把他的三道山口一兵一将不费，完全到手。"

"孩子，你使的办法……"

"以木为兵。"

"以木为兵？"

"对，假人真马，伯父，买回一千五百匹，一次用四百，攻他三次，三次一千二百，把他三道滚木礌石就诓得不大离儿了，最后那就看事做事了，剩个三百匹轰上去，我们就这个机会，也就上去了，伯父您看行不行?"

"孩子,伯父由打到突厥从寒江开始啊,就是全靠你了,孩子,你真是伯父的一条大梁啊。你哥哥要像你一半,我们早就回朝了,我无德得了这么一个逆子。他屡次三番被获遭擒,身遭不幸,都是死里复生啊,现在我也不敢想。"

"您老多余想,咱们就看眼前,别管那个。飞空斗没斗,薛哥救没救,大营里有嫂子樊梨花,还有了不起的赫连英,加上英雄窦一虎,不比我们这边次啊。那边上将三四百,嫂子布置开啊,恐怕还兴许走到咱们头前儿,把飞空先宰喽,把哥哥先救了,还兴来帮咱。今天晚上进卧龙山,这是没有含糊的,至于到山上怎么打,伯父啊,您就听信儿吧。"

"不,我好了。"

"怎么您好了?"姜须一摸老元帅,果然这个热没有了,看眼神看精神胜似前天,"伯父,你觉着没啥?"

"你一个人去,我是真不放心,这又不用我去玩命,只要是冲上山去,再碰见什么叫左世伦这等贼头儿,伯父还比你强啊。"

"伯父,这是当然。不过您老人家可要慎重,能行则行,可不要勉强啊,您老要勉强的话,叫小侄担心,这可不是玩的。您就在这儿躺着不动,他们也害怕,您出去闹意外,那就叫军中无主,我们可就没依靠了。"

"好孩子,我酌情就是,你不要担心,我今晚一定要动。"

"伯父,您要真动了,我这就准备拔营了,营门口弄个假营门不拔不动,叫他们看还在这安的营,后面完全撤,装车准备好了,粮草弄好了,头前儿一攻,呼啦我们就上去。行就行,到山上我们就君臣相认。不行的话,他再跑,那我们就节节进兵,跑到哪儿算哪儿,他就到天涯海角,咱也不能空回去。"

"对对,水不落石不出,救不了驾,我的全家也完了,我薛礼就宁可死在中途。"

"您老放心吧,没那个事。您就管往好处想,就这么样吧,您老再好好休息休息,晚上我来请命。"

爷儿俩说定了,老元帅真就休息一下,起来觉得精力挺充沛。吃晚饭，姜须饭后来看一看老伯父，一看真行，好！外边这阵儿就都给准备好了，已经把一千五百匹牛、驴、骡、马牵出来，把那木人都给绑上了，衣服也给穿好了，这老远一看，好家伙，这唐兵唐将又多了一千五。同时姜须告诉谁看着多少，谁看着多少，都预备人，"我们今天夜里攻打卧龙山，不用兵将。你们大家看到没有？就搁它，他们要拿滚木礌石打我们，我们就用假的，我用假人真马诓他的滚木。可是这个人是假的，他没有动静，往上冲，敌人不害怕，叫他看破更糟糕，我们用真人助威。后边的好几千人准备，光是一个劲呐喊，也听不出是后边喊的，还是骑马上喊的，就是炮响之后战鼓齐鸣，杀声震地，后边一个劲地喊！马往回来再往上轰，全靠这一眨眼的工夫，一瞬间敌人不知道上当，等他知道上当，那就黄花菜都凉了，大家要记住。用四次，一次用四百，三次一千二，剩三百留着第四次用。"

兵将都给预备好了，战饭已毕，车也装了，这阵儿准备拔营起寨。外边初更一过，不到二更，老元帅已经乘马到在后营，一看姜须这个布置完全齐备，"姜须呀。"

"伯父，您觉得怎么样？"

"很好。"

"那妥了。"

今天晚上老帅的精神也好了，大家你看我，我看你，真有点服了姜须。这些御总兵想：我们跟大哥薛礼远征多年，大哥就够了不起了，攻无不取，战无不克，今天一看这个小姜须，诡计多端，多谋足智，真是眼珠儿一转就是道道儿啊。这山上我们就豁出两千人，也不一定把滚木礌石给整光了，姜须的这个办法，大伙就觉着一定成功，深更半夜他哪能看出是木头人？接近二更，他们就悄悄到在山下，把头前儿四百匹牛、驴、骡、马就给备好了，战鼓摆开，炮也预备上了，人也准备了，锣鼓号炮各种完全齐备，姜须说："伯父啊！您在马上可要观看啊，行则行，听您老的命令。"

老帅说："今天晚上我不管，全看你的。"

姜须说："好了，您老要信得着，妥。"

"报告先锋。"

"怎么？"

"二更天到了。"

"好,头前儿准备怎么样?"

"报,准备齐备,就等命令。"

"好,放炮!"

火攻司手拿火绳迎风一晃,噗一口吹去蒙头灰,照着炮芯一杵,火尽烟出,噼里啪啦火炮乱打,四百头牛、驴、骡、马,顺着那个道儿就往上冲,翻江倒海一样。滚木礌石砸下来,牲口想退,后边搁人轰。一连三次,牲口打死一千二,第四次,三百匹牛马又冲上山。

姜须一看滚木没了,薛礼、姜须爷儿俩头前儿领兵往上闯,转眼间,大唐兵将拥上高山。左世伦出来大战薛礼,赛霸王姜须一看伯父打左世伦打得挺顺利,左世伦这口刀哪能敌得了薛礼?几合便败,随后就赶。唐兵那早有准备,往前追的可是非常迅速,可糟了!他们追进了盆底川。这个山就是这么一个山包,像一口井似的,这个山弯啊,就有一条道,这条进来的道再没有了,就是一口水井,往上能看天,那真得说是见天不大,往四外一点坡都没有,跟井一样,你也甭想上,那也不是三丈五丈,三丈五丈又怎么上?那么高的山,一个大山弯,这个叫盆底川。没到过这不熟,人家是轻车熟路,左世伦先进的盆底川,薛礼进来,姜须进来,唐兵唐将整个的完全都进来了。岂不知唐兵一进来,人家就把这个山口给卡死了。姜须急得喊:"老伯父!再紧一点,头前儿这个小子马真不慢,咱们就把他追上了!"老帅一揣绷镫绳,这个赛风驹撒开紧追,再一看坏了!不瞅便罢,一瞅对面这个左世伦连人带马,他怎么起空了?人家这里头暗有机关,这就是素往有准备,也是为了保护这个山寨的,一旦要遇见特别人物,或是惹出大事官兵抄山,来了还搪不了,跑不了就得玩命,怎么玩呢?人家这是安排的这个绝地,你来多少死多少。左世伦连人带马站在事先安排的平台上,上面有人拿绳子凭空就给捞上去了!连人带马这一拔高,一看人家上去了,姜须马上就明白了:"哎呀伯父不好,上当了,撤!"

老帅也反应过来了,上当了,走。前队变后队,后队变前队,呼啦刚刚到山口,就看刚才进的那个山口狭窄,一声炮响,这里的滚木礌石,比那三道山口预防得还严。而且人家居高临下,那冷弓弩箭,灰瓶火炮，滚木礌石……你就是千军万马，你就是项生三头肩长六臂，站起顶破天，坐下压塌地，胳膊上能跑马，脊背上跑大车，也出不去山口。

姜须说："伯父，可糟了！咱们是身逢绝地。"薛礼一想，这能怪姜须吗？姜须假人真马，以木为兵，攻打三道山口，那真得说妙。可是攻上山来，没承想人家山里套山，有这么一个绝地，把我们诱到这来，这非人战之罪，真是天绝大唐。老元帅心如刀绞，再一看他这个盆底川里头，人家早有准备，摆的火道，全是干柴。一看这火道就明白了，这不是光困啊，这要是引起火来，那是都得做烂面焦头之鬼，一个也不能走，都不能插翅也不能飞。正在这个时候，就听这上边狂笑，抬头一看是左世伦。"薛礼！你看明白没有？不仅把你引进我们的盆底川啊，我们在这里的前后左右给你摆下的火道，你看明白没有？众三军跟你同归于尽吧！"

老薛礼和姜须正仰面瞅着，就瞧这个贼头儿左世伦右手一摆，就听后面号角一响，山上贼兵十步远一个，十步远一个，就搁这一圈的山上都露面了，手里架着火把，都点上了。

"薛礼，看明白没有？识时务给你个机会，你赶紧写降书顺表，你们就认了。你们写完了，拿你们这个找你们皇上叫他写，什么徐懋功、程咬金都得写，大唐的长安认可给了我们，那时候我们再把你们放回去。如果你要不依我的良言相劝，你看见没有——"说个看见没有，左世伦回头下令："准备好！我要在这里大喊一二三，你们就把火把给我扔下去。薛礼，你再想后悔就晚了。"

薛礼瞅瞅姜须，姜须在这个时候说："你们呢，别在这里做梦，到什么时候我们也不能交降书，也不能递顺表。"

"好！既要这样的话，你就难怪我左世伦。众喽兵！"

"喳！"

"两旁准备给我预备放火！一、二、三——"左世伦要火烧盆底川。

583

第八十八回　薛礼救圣驾

上回说姜须赛霸王他利用假人真马，以木为兵，攻进卧龙山。可没料到人家二寨主又把唐军诱进盆底川，眼瞅着二寨主左世伦要喊一二三，这个时候猛听后边喊："住手！"

左世伦回头一看："啊？大哥。"

大寨主左世佳外出访友刚回来，他一上卧龙山，就碰到山中的总头戴志。戴志一看大寨主回来了："哎呀！寨主爷……"

"啊，山上没事吧？"

"寨主爷您这儿来。"

这个时候左世佳往前一进，看戴志说话挺难为情，"你怎么了，有什么难事吗？"

"这个事也不知是吉是凶，我跟您老讲，您是总辖寨主，二寨主做得是对是错，我也说不好，反正现在这个事，我知道是挺大。"

"什么事？"

"这个兵可能有锁阳的，有盘龙岛的，他们也不知怎么把大唐的皇上抓来了。"

"啊？皇上？"

"事是这么个事，突然就来了这么一股子突厥的兵马，里头有两员大将，一个叫铁钢，一个叫铁强，他把大唐的皇上掏来啦，把薛礼的家小也掏来了，这六辆囚车被薛礼追得上天无路，入地无门。这俩都督就跟我们寨主讲条件，要想做官发财，比占山强百倍万倍，你把我们收留，后边薛礼追得挺紧。如果用你的这个山，要把薛礼给拿住，就让我们升官发财富贵无穷。二寨主就把他们请到后山休息，他们带了好几百人。现在他们那个大都督铁钢病倒了,正治着呢,二都督也在后边照顾他哥哥。至于这个薛帅的夫人,还有他的儿媳啊,什么女儿啊,都在我们后花园押着呢。"

大寨主左世佳这阵儿脑袋嗡一下子,眼前就有点冒金花:这可真是个惊天动地的大事!哎呀,胞弟啊!你糊涂啊!想我的拜弟窦一虎,救过我的命,他姐姐窦仙童嫁给薛少帅,薛礼一家是我们的真亲,我要装傻,枉称好汉,我算什么人啊。左世佳忙进后房,问薛老夫人:"你们可认识窦一虎?"

夫人说:"儿媳窦仙童是他胞姐。窦一虎是儿媳窦仙童的亲弟弟。"

寨主问明被擒上山的一切事情经过,连忙去找弟弟世伦。跑到川上一看,晚来一步,就要火烧唐军。世佳大喊:"不许动!"

左世伦一看是哥哥,他喊不叫烧,马上问大哥:"这是怎么回事?你怕什么呀?现在就差这一步,火扔下去,薛礼全军尽殁。我们回山,帮着铁钢、铁强把昏君劫到锁阳,你我弟兄高官得做,骏马得骑,大哥,怎么你不让烧?"

"唉,世伦啊!你知道我和窦一虎什么关系?"

"窦一虎不是跟大哥你磕头了吗?而且对哥哥有救命之恩。"

"那一次,我病在山坡要没有窦一虎,我几个世佳你也看不着了,兄弟你怎么这么荒唐?窦一虎的姐姐窦仙童嫁给了薛丁山,薛丁山是薛礼的儿子,你怎么就……"

"哎呀!"左世伦脑袋嗡一下,就像挨了一闷棍,一想:这要是哥哥晚回来一步,我真得遗臭万年。左世伦连忙跪倒说,"哥哥,这可不能怪小弟呀,我也不知道仙童嫁给薛家。话又说回来了,我这就是财迷眼啊,我贪字太重啊,哥哥,幸亏还没有烧,怎么办?"

"那铁钢、铁强带多少人马?"

"不到五百。"

"他们在我们后山?"

"是。"

薛礼和姜须他们还在底下仰着脸看,为什么上面不下令不扔火?就看左世伦那大喊一声:"薛老元帅,请您老人家原谅,我浑蛋,我错了，我差一点惹出塌天大祸！这是我的哥哥，头把交椅大寨主左世佳，他要进去跟您老说话，我也到您老面前领罪，老元帅您等着。"

左世伦跟着哥哥世佳，两个人由打山外进来，老远弃镫离鞍，够奔薛礼。弟兄俩跪到面前，左世佳尊道："薛老元帅，咱们是大水冲了龙王庙，一家不认一家人。我一时没在家，我兄弟世伦差一点惹出这不仁不义的大事。老帅请您高抬贵手，我们弟兄该死，您就多加担待。"

老帅让他们赶紧平身，"你叫……"

"我就是卧龙山大寨主左世佳，这是我兄弟世伦。报告老元帅，我有一个拜弟，也是我的救命恩人窦一虎。"

"哦？你认识窦一虎？"

"不错，那是我的恩人，我影影绰绰听说他的姐姐窦仙童嫁到薛家，我上山听到这件事，我就跑到后花园，果然见着老夫人，还看见仙童妹妹。我让大家保护她们，紧奔这来。我要一步来迟，这个罪孽就造成，那我们弟兄今生也不能挽回了。"

老元帅听到这话，上下注着意，给老元帅一个什么感觉呢，一看左世佳这五花蓝靛脸，红眉毛，真是像那个苏江。要把他搁苏江跟前儿，他俩分不出什么来。老元帅瞅瞅寨主："好，既这样话，咱们是自己人，交深不言浅，交浅也不言深，我们既然有交情，世佳呀，事到现在你看怎么办呢？"

"老长亲，我想这么办，刚才听我兄弟说呀，铁钢、铁强带着四五百人，听说这两小子还挺厉害。现在病一个，那个没病，我打算把他们诱进这个盆底川，这是绝地。我引你们呢，往西去那有个暗门，我们从暗道就走，留下一小部分人，在暗道这个地方，诱他们进来，我们进暗门，暗门一闭，那就是瓮中捉鳖。"

老元帅点头："好，就按你这么办吧。"

左世佳叫兄弟："赶紧快去，说话谨慎注意，把他们都整来，叫他们进盆底川。"

左世伦带人就直接来到卧龙山的后山，铁钢的病挺重，看这意思连累带急，有点伤寒病的现象。铁强刚才掉了几个眼泪："大哥你看这个地方人地两生，举目无亲，抬头无故，这个寨主左世伦呢，你要说不可靠吧，咱们就得靠在这儿了，你要说可靠，素不相识，也不知怎么样。"

他在这里正为难，有人进来报："现有寨主来见。"

"好，有请。"

左世伦来到里边见了铁强，铁强打着咳声："左寨主你看，我哥哥这病挺重，你给安排来的先生看呢，听话音十天半月起不来。"

"人吃五谷杂粮还能没病吗？只要用上药，我想他迟早会好的。不知道铁都督现在你打算怎么办？我已经把薛礼他们诱进盆底川。"

铁强一听诓到川里是个绝地，就问寨主："你想怎么办？"

"我想拿住了大唐君臣，文有徐懋功，武有程咬金，薛礼全家虽然拿住他的夫人、儿媳、女儿，这些搁一块儿，也不如薛礼啊。"

"嗯，那是当然。"

"我的意思把他诓到里头，还没有把他拿住，战死不如拿住。那么我们的本领稍差，就请铁都督你带着人马进去，到里边我们在两边夹攻，他顾头顾不了尾，就能把薛礼抓出来，不知道铁都督的尊意如何？"

铁强听到这："好，就这样。我大哥叫他休息，留人照看。"

寨主说："你就不用在这再吩咐谁了，我这边派人照顾。"

铁强这才吩咐平章，外边把人都点齐，他带着五百番兵，工夫不大就来到盆底川。当时左世伦瞅瞅他："铁都督，你带人进去，我把山口卡死，我在那头儿观敌，必要的时候，我从那边进去。能成更好，不成的话，我们在这就撤出来，回来再给他们别的厉害。"

左世伦引着铁强带的五百个番军，就进了山口。他们进山口，这山口就卡上了，滚木礌石，冷弓弩箭，火炮灰瓶，在这守得非常结实。左世伦把他们绕来绕去，眼瞅着看见了唐兵唐将，铁强喊："他们在那边。"

"是，你们稍停一下，我观察观察他们干什么。"

"好！"铁强在这说个好，当时再看左世伦马往前奔，像飞的一样。铁强脑子来得也不慢，怎么他这里头安排就像一个什么舞台的形状，连人带马站在上边，上边一绞，这连人带马就起来了！起来十几丈高，两旁悬崖陡壁，那你没法上，也没法追，想出去一个也办不到。铁强觉得不妙,吩咐一声往回撤,这就不往前追了,他刚往回这么一撤呀,哪知道后边就听炮响,那石头哗啦啦下来打死不少。铁强一瞪眼往前追,眼瞅着唐兵一个也不见了,人家顺着暗道出去了。他们刚到暗道附近,砰!这里头有地雷,地雷一响,头前儿好几十小番飞到半悬空,血肉横飞,尸骨遍地。铁强刚说:"不好!"就听上面有人哈哈大笑:"铁强啊,你现在上当了。"

"左寨主,你这是干什么?"

"干什么?起初啊我一时莽撞,没有动脑筋,认为你们是正经人,把大唐君臣、薛帅的全家都给留到山上,最后才明白,你们在黑风关不君子,把人家君臣暗地抓来的。薛帅追你们,就应该给人家,不给你就打,打不起你就跑,你上我这来干什么?我把你收留,现在我大哥回来了,我一听弄错了,这才把你请进绝地,你记住了,临死你记住你死在盆底川!"

"怎么我死?"

"活不了。你看看前后左右这都是什么?"

"啊?火道?"

"对,给你把干柴都架好了。"

他一摆手,十步远一个,十步远一个,都是喽兵,喽兵手里都架的火把,那火把早就点着了,"看见没有?我一吩咐扔下去,你下边就一个也活不了了,你现在已经明白了,把你放出来我好不了,你明白怎么死的就行了。"

就看他拿手一摆,牛角这么一响,喽兵把火把都扔下去了,火烧盆底川啊!你往哪儿跑?你往哪儿撞也是山地,那悬崖陡壁不能爬,也爬不上去,两头堵得又死,往外撞也死,烧也死,哎呀工夫不大,连马都烧了,全军尽殁,以铁强为首,都做了烂面焦头之鬼。

这阵儿左世佳大寨主已经把薛老元帅、唐兵唐将都给从暗道里请出来了,老帅薛礼跟姜须等等还看看盆底川,一看这番兵番将,那都烧得是焦头烂额,身高过丈的人都烧得没有一米高了。姜须好后怕,哎哟!我们也差一点就这个道。

左世佳、左世伦哥儿俩马上请元帅登山,喽兵前后左右陪伴来到卧龙后山。这个时候山上的先生正在屋子里头照顾铁钢,铁钢病得实在不轻,真的坐不起来了。左世伦来到床头,呛啷把剑就亮出来了,"铁钢。"

"啊?左寨主。"

"告诉你一个好消息。"

"啊这……"

"来人啊,把他弄起来。"

喽兵过来没容分说,抹肩头拢二臂,把铁钢一绑,从里边来到外边,把他捆到树上,铁钢就傻了,问左寨主这是干什么。左世伦就笑了:"干什么?你差一点把我坑了!现在我告诉你什么好事,你知道吗?我们有一个绝地盆底川,你兄弟铁强带着你们所有的兵将进去,全烧死了。你这阵儿往那边看看,影影绰绰还有烟呢,你谁也见不着喽。"

"啊?好贼头儿,但等锁阳苏帅知道,必要抄山灭寨,必要……"

"还往下唠呢?"左世伦到跟前儿剑到脖子,他还说呢,噗!把脑袋给削下来了。吩咐把他捞到后院,扔到山坳。

左世佳、左世伦哥儿俩陪着薛礼,直接来到监牢,到里边一看,皇上、徐懋功、程咬金正在候等,当时薛礼是上前跪倒磕头,"我主万岁!罪臣薛礼是罪该万死。薛礼无能,一旦失策,没承想我主身遭缧绁,真是薛礼之罪呀。"

皇上赶紧把薛礼搀起来,问薛礼怎么个经过。薛礼就把两位寨主怎么帮忙,怎么放我们出盆底川,怎么现在把铁钢、铁强全军尽殁,都给火化飞灰。皇上点头,这两人功劳不小,薛礼回身叫左家弟兄上前见驾。左家弟兄跪倒。左世伦说我错了,我该死;左世佳说我没在家,我该死。

皇上说:"不对,你们不但不该死,你们还有功。薛礼是你们救的,朕也是你们救的,你们是功高日月。你们别占山了,跟朕走。"

"哎呀主公,既愿收留我们,我们情愿弃暗投明,改邪归正。"

"好,我封你们弟兄为左右护驾侯。"

哥儿俩一听可乐了:"谢主隆恩。"

左世佳、左世伦当时身居侯位。世伦心想:要不叫我哥哥回来,能这么圆乎吗?我们这回身居侯位,能够跟着回朝,长安京里头有我们的位置，我们比占山强百套。

"好，我们赶紧请圣驾到前厅。"到前边，又把薛礼全家放了。君臣、全家老少团聚。在桌面上，老帅又问二位侯爷怎么办。两个人说是愿听调遣。薛礼说好，这才让他们收拾完毕，放火烧山，保护圣驾，直奔盘龙岛。哪知道离盘龙岛刚近，突然有人来报，把话一讲，薛礼吓得目瞪口呆，哎呀可糟了！这才引出来倒打盘龙岛，三次斗飞空。

第八十九回　大战齐古敦

薛礼在卧龙山救了圣驾，君臣往回走离盘龙岛眼看不远，突然大将黄仁迎面而来。那马简直就像飞了一样，来到老元帅跟前儿弃镫离鞍，上前施礼："报告老元帅，大事不好了！"

老帅一看黄仁，满脸的汗垢，上气不接下气，嘘嘘直喘，忙问黄仁："怎么了？"

"老元帅，昨天夜里突然也不知从哪儿来的人马，我们发觉不好，他们就上山了。这一开打，姜兴霸、李庆红二位老总兵过去，遇见两个使镋的，这两个使镋的可太厉害啦！把两位老总兵全给打死了。"

"啊？"老帅脑袋嗡一下子，真是魂飞三千里，魄散九云霄，两眼发黑，这阵儿就听"啊——"姜须是翻身落马啊，昏迷不醒。

老薛礼抱住姜须不住地摇唤，不多时，姜须睁开了眼，大叫："爹爹死得苦啊！"说完站起拉马提枪，"爹，我一定给您报仇！"

老帅一看传令火速进兵，三面包围盘龙山。姜须骂阵，番兵番将闪门旗，出来端镋一人，凶恶好像大母熊，扁嘴粗眉脸瓦蓝。姜须问："你是哪一个？"

他哈哈狂笑："欧阳帅夜袭盘龙岛，有名唐将都让我杀干净了，哈哈哈哈。"这个人狂傲，没瞧起姜须，姜须这阵儿就像煞神入体，凶神入窍一样，方寸也乱了。姜须最孝，一听父亲就这么不明不白死了，那还了得，姜须简直地就跟这个人玩命了。这个人那牛头镋看样子有千钧重，姜须是真有点招架不住，当当当连三镋，姜须就觉着两臂酸麻，浑身疼痛，无能支撑，堪堪就完。这个时候就听后边呛啷呛啷啷——鸣金，那老元帅在后边是干什么的？久经大敌，久打军务，老元帅一看，也慢说一个姜须，俩也不行，这小子可够厉害。老元帅疼姜须，怕他有险，吩咐鸣金。姜须就这个台阶一踹绷镫绳，一拨马够奔正东。姜须往下一败，这个小子在后面紧追。你别看他在步下，他两条腿不比那四条腿慢呀！眼瞅着就追到姜须的马后，他把锐就举起来了，但是他这个锐举起来去打姜须，这阵儿还够不上，还得往前再迈一步，在这种千钧一发情况下，姜须也是被逼得一回手，反正我也好不了，给你吧！姜须的大铁枪就够奔这小子来了，这小子做梦也不知道还有这么一招儿。都督傲慢眼空四海，再想躲闪哪儿赶趟，扑哧，就来个透心凉。

打仗亲兄弟。齐古都见哥哥死了，催马抡锐冲了上来，姜须抵挡，不好，当啷一声枪出了手，齐古都他伸手要抓姜须，扑哧来一箭，正射齐古都的胸膛。

这两个小子，头一个死的那个叫齐古敦，第二个叫齐古都，他们是亲哥儿俩，全是九龙岛来的，也就是九龙岛镇边都督帅的左膀右臂。齐古都把姜须的枪给磕飞了，他眼瞅着到跟前儿就要抓姜须了，哪儿来的箭？白袍老帅薛礼到，老元帅一看这个赛风驹快也不赶趟了，这才搭弓认箭，噗一声把一个齐古都报销了。

这俩家伙一死，姜须过去了，老元帅掌中合着这条方天画戟往正西一看，又上来两匹马。老元帅一看全认识，都是惊弓之鸟，手下的败将。头一个青脸红胡，掌中一条戟的韩天龙，二一个是五花蓝靛脸，红胡使戟的苏江。两个人来到对面，跟老元帅一见面，苏江出口就问薛礼："你非君子，不丈夫，你为什么这么抓我们？我们就死也委屈，我们得跟你见见高低。"

老元帅听到这儿乐了："我不君子，你们君子？八卦山两国交兵，你们为什么走水路绕山道，掏我的黑风关，拿我国君臣？来而不往非礼也，我才智取盘龙岛，疑军计诈开此山。苏江、韩天龙，你们要识时务，应该责己过啊。你们要真的觉得委屈，催马过来！老朽今天奉陪到底。"

"好，我们俩过来的意思也就是这样，听说老元帅你是高人，我们弟兄奉陪一番，休走，看戟。"苏江戟到，韩天龙戟也到了，他们这两个打一个呢，就证明他有个怕门儿跟着。就这样也没走过二十趟，老元帅一回身，戟就给撩上了，苏江啊一声，噗！把左肋就给掏了。韩天龙一哆嗦，老元帅一家伙戟就刺进来了，扑哧一声，一个恶虎掏心扎到胸膛，老帅往旁边这么一挑，就像插蛤蟆似的，给扔出有一丈六尺多远。

薛礼戟挑这两个人，一个是沙江关的大都督，一个是威震锁阳的大都督，后面跟着的盘龙岛老都督焦天摩就紧张，一来磕头有交情，二来说这两个人死了怎么交代。他这么一紧张一着急，他往下一哈腰，那马以为他要出来，马就过来了！焦天摩这阵儿说了也不算，马往外跑，他害怕也回不去。再者说焦天摩想：虽然头一回把我抓住，他是巧抓，今天我也不一定就败在薛礼之手。但是焦天摩今天打仗不像那天，那天是理直气壮，不在乎，有生以来没逢敌手。今天不，不说是惊弓之鸟，也得说是人家手下的败将，不承认也否不了，所以对薛礼惧怕三分。可是摆到这儿了，没办法，骑虎难下，到了跟前儿一托这条戟瞅着薛礼，他双眉紧皱："薛礼，没承想你我真有缘，又二次相逢。"

薛礼说："好，我们也用不着多废话了，来，请！"

这俩老将这两条戟就打起来，打着打着战着战着，大战有二三十合未决雌雄。可是听到后队乱了，唐兵上去了，兵对兵将对将，就白刃拼刺。哎呀这一打，简直是马仰人翻啊，血水摊摊，连天叫苦，整个这一乱，焦天摩沉不住气，马往回一拨，他打算要从人群之中，就这个乱劲想要脱身。可是薛礼把戟往下一压，握上弯弓搭弓认弦，照着焦天摩，咯嘣！嗖！

"啊！"扑通！把焦天摩就给射下马来，大伙上前把他按住，抹肩头拢二臂，二擒焦天摩。老元帅这一点手，"杀！"整个的人马冲上盘龙岛，往里冲杀。头前儿有人报告老元帅，镇边九龙岛的少元帅欧阳方、欧阳元，带领人等慌慌张张已经弃岛登舟奔九龙岛，是大败亏输，跑了。老帅一听九龙岛人马溃败，"好，把盘龙岛暂时守住。"

姜须当时带人到江边，唐兵呼啦把船给占了，整个的盘龙岛归了大唐，把番旗削掉，唐旗立起。到了帅府，老元帅往里头一奔，心里就在想，究竟盘龙岛怎么丢的？到里边坐下把焦天摩带进来，焦天摩还是立而不跪，老元帅瞅瞅他说："焦天摩，你明白不明白？事到现在你也未必再能如何了吧。可是我还是不杀你,我有爱将之癖,我真钦佩你这条戟。焦都督,我们离开盘龙岛之后,这是哪里的人马?你肯讲吗?"

焦天摩听到这儿,瞅瞅薛礼,一听薛礼还不杀,焦天摩打了个咳声说:"我告诉你,他们是九龙岛来的。镇边都督帅欧阳虎派了他长子欧阳方、次子欧阳元,又派来齐古敦、齐古都,到这来一鼓作气取了盘龙岛,把我们放了。没承想你们来得这么迅速,现在我听外边乱了,九龙岛的兵撤了,盘龙岛又归你们了,杀斩存留就任凭薛帅,我焦天摩领死。"

老元帅刚哼了一声,就听到外边乱,"哎呀!打起来了。"嗯?命人看着焦天摩,老元帅带人出来,一看是窦一虎打一个陌生人,窦一虎喧啷一棒槌,那人刀就飞了,那个人一转身,窦一虎喧一脚,他噔噔噔跑出五六步,一个趴虎儿就趴地上了,哎哟前嘴就抢破了,鼻子看那样都给抢肿了。窦一虎把他踹出去,有人抹肩头拢二臂把这个人给绑好,当时老元帅就愣了,啊?焦天胜?老元帅见过他两面,黑风关我住他的房啊。

这个时候有人把焦天摩带出来,搁旁边一过,被拿的这个人一回头:"大哥!"

嗯?老元帅一想,啊!焦天胜、焦天摩——吩咐把焦天摩押下去。当时就问窦一虎:"你从哪儿来?"

"老元帅,我在八卦山,那个老圣母想办法呀,要盗困龙剑对付飞空,让我们就是等着,不能随便打仗,打仗要吃亏的。可是我姐姐樊梨花老不放心,怕这边您老有事,看来我姐姐对您老真有孝心。话又说回来了,您老那儿子,他是我姐夫,我怎么说他呢,他都缺八辈儿德,你说他——哎呀!对我姐姐梨花太不好了。我姐姐叫我到那儿看看,要有事让我帮个忙,打打,要没事叫我赶快回去。我一来到这儿,我就在山下碰到这个小子,鬼鬼祟祟,我看他就不正经。他到山里头,绕着净走黑处暗处,我就跟着也就溜达到这儿,我看他在房外又听声又弄景儿,我到跟前儿给他个嘴巴子,问他干啥?他还炸了,亮刀,还跟我亮刀,我窦一虎也慢说对付你呀,你爷爷来也不行啊。"

老元帅听到这儿,是贤媳差窦一虎前来看一看。回头又问焦天胜:"你不是黑风关的吗?"

"老元帅,不错,不错。"

旁边儿姜须就说了话了:"我说老伯父,我也想起来了,这个小子在黑风关,咱们住的房间行宫都是他的,他到这儿来既没怀好意,我们把他拿住,也没这份闲心跟他们扯这个,干脆都宰了得了,来人,给他捞后头去。"

焦天胜跪在地上:"老元帅,姜先锋,你们要能够手下超生,饶了我不死,我真是感恩不尽。"

姜须瞅瞅他:"真是笑话,你还感什么恩感恩?你看你连真话都不说,问你怎么回事,你说实话好商量,你不就要活着吗?"

"姜先锋,我说实话,焦天摩是我亲哥,你们在黑风关住我们的房啊,实不相瞒,这个酱搁哪儿咸,醋打哪儿酸,这个事还真打我身上说起。你们走了之后,薛忠老管家给送房钱,我才知道黑风关空了,没有能人。我到盘龙岛跟哥哥讲,哥哥打发我到锁阳去报告,我是飞毛腿,我到锁阳一讲,镇守锁阳都督苏江就搁锁阳出兵,又有沙江关的都督韩天龙一块儿到这儿来,去黑风关抓皇上。我病了就没回来,我这病才好,搁锁阳出来了,出来我到这儿一看盘龙岛打乱了,我又抓个人问问,说把哥哥抓来了。我寻思我混到山上,能把哥哥救出去,没承想今夜我在这儿就走不了了,哎呀请姜先锋你饶我吧。"

姜须瞅瞅他:"我饶你,谁饶我啊?你哥哥这么样干,你还这么样坏,还叫我们饶,我们得有点所为吧?"

"你要能饶我,我立一大功。"

"立什么功?你这个功要能超过你这条命,可以放你。"

"哎呀,姜先锋,我立的这个功,得说是你们万金难买啊,我就恳求把我们哥儿俩饶命就行。"

老元帅点头:"好,我薛礼说话是算数的,你说说这个功,我看有多大?"

"老元帅,你要把我们哥儿俩放了,你们现在就坐船进锁阳,白捡,锁阳关没人。"

"啊?怎么见得?"

595

"苏宝童去见突厥王,他可能是搬兵也不怎么的,结果到那儿病了,现在也起不来,他回不来。锁阳城里头的副都督乌国龙、乌国虎都上这儿来了,再者说苏江也到这来了,就留一个副都督乌江在那儿守着,现在全城就是他。他未必是您老对手,到那个地方,您老人家就像玩似的,就能把乌江斗了,他不比苏江高,您老人家不白捡嘛。那么大的锁阳关,您老进去不费吹灰,等到苏元帅苏宝童再搬兵回来,那您可就不好办了。"

"啊?你说的话当真?"

"那没假。"

姜须过来说:"我可告诉你,你要给我们诓去骗去,到那我们可把你剁成肉泥呀。"

"是是,我们哥儿俩拿脑袋作保。"这个时候打旁边过来一个人,左世佳。左世佳现在皇上封的侯位,他往前一近身,来到跟前儿:"焦天胜,你还认识我吗?"

"啊?哎呀,左寨主,救命恩人。"

焦天胜有一回,三十多个驮子走到卧龙山被劫,他苦苦哀求,愿跟左世佳做朋友,结果左世佳真就开面儿把他放了,交他这么个人。一来他在黑风关那等于说是头一富户,二来他哥哥焦天摩,盘龙岛的大都督,左世佳也有些个怕意,跟兄弟左世伦合计,才把他放的。今天在这种情况下,过来一问焦天胜,焦天胜磕响头:"哎呀是恩人哪!"

"你既承认我是恩人,这回再说实话还不晚,你刚才说的事,锁阳那么空,没有什么能人,又没有兵将,是真吗?"

"我要骗你我拿脑袋作保,我对不起我的良心,绝对是真。"

"嗯,既要这样的话……"左世佳回身跟老元帅讲,"肯定是差不多了。"

老王爷说:"好,如果这样,我们进锁阳,我把你也带着。你说的实马上就放,如果要有错……"

姜须说:"对,就剁成肉泥。"

"好!好!"老帅吩咐把他押下去。

这个时候在旁边,左世佳看见窦一虎过来:"兄弟。"

"哎哟，大哥。"哥儿俩当时见了面，还互相掉了两个眼泪儿，"我早就应该看大哥。"

"哎呀，兄弟。"

姜须过来说明，要不是借窦一虎你的光啊，我们可都完了，都摸着阎王爷的鼻子了，是怎么怎么回事，卧龙山这哥儿俩是照着你投唐。窦一虎说："太好了！"姜须说："不但好呢，圣上见喜，加封左右护驾侯，这是两位侯爷。"窦一虎说："哎呀比我强啊！"

闹了一阵子，当时到在屋里，姜须跟老伯父说："事到如今，您看想怎么办？"

"这个便宜咱们不能不捡，我要巧进他的锁阳。"

姜须说："有理——嗯，那么窦英雄——"

老帅说："我让他回去。窦一虎，你回去见着你姐姐就讲，你们那边不管怎么样，我是去不了，主要斗飞空就靠你们了。我这边叫你姐姐放心，我们巧进锁阳等着她，叫她把飞空斗完，我们锁阳是不见不散。"

窦一虎说："那好，那好。"

这个时候姜须说："窦一虎，你用饭休息，明天走。"

窦一虎说："那你就甭管我了，吃饭我是得吃点，吃完我眯一小会儿起来就走，我不管你们。你们放心吧，这个信都能捎到。"

"好。"老元帅亲手写了一封信，封好交给窦一虎，"你拿着这封信回去，不要给你姐姐。多咱你姐姐樊梨花把薛丁山救出来，你把我这封信交给薛丁山，让他看。"

"好好好，您老放心。这边还用我不？"

"不用了，锁阳既然空，没有能人，我们能巧入，在那儿候着你们，希望你们姐弟快到。"老帅把窦一虎安排完就问姜须怎么办。姜须说："老伯父，咱们就热打铁，这么这么办。"

"哦，好。"

天没亮就准备好了，大船排开，船头上插着焦天摩的大旗，船上是薛礼假扮焦天摩。船头上插着苏江的大旗，在船上坐的是左世佳。船上是韩天龙的大旗，也有人假扮韩天龙。整个船上能露面的都没有大唐一点痕迹，船压水浪，水打船帮，压浪碰舟，扳桨摇橹，船借风

597

势，直奔锁阳关。

锁阳的乌江派一个平章穆金齐，他在这个江岸上带着五十人，不分昼夜迎接苏江。这天一看真来了，他带领这五十人，齐排排在这站好了。

薛礼一上岸，穆金齐上前施礼："哎呀焦老都督您辛苦。"

马德山在旁边就像取盘龙岛那个招儿，"都绑起来，你们这里头有奸细！"

这就愣了，连穆金齐都绑完了，都捆到舱里去了。从东头上岸来兵圈东边的黎民百姓，西面一个船靠岸，也上来兵圈西边的黎民百姓，江沿儿玩的、散步的、做买卖的、洗衣服的、游泳的，往一块儿一圈，黎民百姓想报信儿，没门儿，一个也跑不了，不能透露消息。

薛礼乘马带众，他们就进了北门了。一进城到大街上，离都督府不远了，看见头前儿乌江到了。乌江老远下马一看是焦天摩，上前施礼："哎呀，老兄。"

他上前一施礼，老薛礼也就带乐不说话，跳下马过来一搂他腰，扑哧就按跪在这儿了，下令："杀！"

他这一说话，乌江一听不对味儿了，他照薛礼一抖手就一毒镖，薛礼啊一声翻身栽倒，再看人事不省。

第九十回　薛礼中毒镖

白袍老帅疑军计诈进锁阳，事出意外。已经都到了帅府了，这个乌江拿薛礼当焦天摩，他一施礼，薛礼这一抱他，按到地上，以为他腰折了。不错，他腰已经拧了，可是这个小子手黑，他祖传一种剧毒的毒镖，一镖打在薛礼的左腿膝盖上。薛礼哎哟一声扑通栽倒，这阵儿姜须眼睛都红了，一个箭步蹿上去，照着他噗噗就两枪。姜须一动手，全动了手，工夫不大，再一看，就把一个乌江剁成肉渣。

姜须命令把老元帅抬进府去，让几位老总兵在这照看。姜须和徐清这哥儿两个说一声："杀！"全城里头的番兵一看可糟了，一看焦天摩不是焦天摩，苏江也不是苏江，韩天龙也不是韩天龙，这一开打全变样了，就把他们的旗号都放下了，哗一下子就把大唐的旗都戳起来了。三军也把外面衣服扔了，里头套的都是唐兵号坎儿。那番兵番将，蛇无头不走，军无主自乱，旗倒兵散，没法提了，就像风卷残云一样。那些番兵慌慌张张往城外逃跑，姜须忙下令把四门紧闭，吊桥高绞，城上把大唐国的旗号就插上了，被风吹得是迎风荡漾。

姜须让人把全城安排一下，盘查仓库，各街各巷搜查番兵，他自己带着徐清就来到帅府看老元帅。到里头一看姜须就傻了！老伯父在那儿长拖拖地躺着，一动不动，闭目合睛，唇似靛叶，面如金纸。姜须这眼泪哗一下子就下来了，旁边有人过来跟姜须讲，老元帅的伤太重，中镖之后始终是一语全无。国手官来好几十，束手无策，不认识这种毒，不敢胡用药。这个毒厉害到什么程度？那个镖啊，没起的时候，周围的这个伤口是红的，镖一拿下来就变青，没有一个时辰就变黑。

国手官不敢下手，皇上在这掉着眼泪问徐勣怎么办，程咬金也急得搓手，这阵儿徐懋功才万般无奈，亲身动手给薛老元帅来个刮骨疗毒。虽然把黑肉给旋下去了，把骨头上黑的都给刮下来了，老帅他因为休克了，也没有知觉，他也不动。但有一件，包扎完了之后，老元帅还是照样一语全无，人事不省。

姜须来到，大伙这么一讲，小姜须到跟前儿抓住伯父的两个肩头，脸对脸面对面："伯父啊，哎呀要命喽！"姜须想不到能吃这个亏。想今天要有梨花嫂子在，兴许老帅还有救。忽听有人喊元帅到，姜须想真要是嫂子梨花她来了，那可太好了！姜须擦擦眼泪跑出房，仔细来看的谁啊？薛丁山！

他怎么来的？

樊梨花在八卦山大唐营里帅帐上，每一天她是度日如年。丈夫救不了，公公救驾不知好歹，而且窦一虎打探一去不归。正在帐上愁肠不止，胡思乱想，突然窦一虎进来了："姐。"

"啊？兄弟你回来了？"

"回来了！回来了！"

"你见着他们了？"

"都见着了。姐姐，我先说一句，你都放心，都挺好啊。"

"那就是啊，驾救了吗？"

"救了！先到盘龙岛，这么这么使了个疑军计进去了。追到卧龙山，有我一个磕头大哥在那帮个忙，就把他们成全了，把圣驾救了。一回来盘龙岛又叫九龙岛夺了，倒打盘龙岛一阵成功，杀进山去啊，夜里头我还帮着抓住个奸细。要不是我抓这个奸细啊，他们就到这儿来了，合兵来了。这个小子叫焦天胜，他是从锁阳来，抓住他要杀他啊，他拿这个做赎罪的本钱，他说锁阳城是空的，里头没人，就有一个乌江。那么老元帅听到这儿，我那老长亲也有点贪功，叫我回来跟你讲，不用你管，那边很好，也用不着你担心，就让姐姐你一心斗飞空救姐夫。老元帅疑军计照样去诈锁阳，这面要把飞空斗了，让你带队进兵锁阳会合。"

"哎呀，真使我担心啊。"

"没什么没什么，看那样挺好。再说姐，你还不知道？那鬼了光叽的姜须不会吃亏的,这回我也服他了,真有一套。哎呀,我一听他们救驾的这个经过,姜须那真是小诸葛啊。"

"是呀,兄弟是有些个办法,不过啊,也真让我放心不下。"

"报!"樊梨花一回头:"什么事?"

"回元帅知道,老圣母来了。"

"哦?"樊梨花赶紧出来,一看师父梨山圣母身后不少人,仔细一看是武当圣母、金刀圣母、万寿圣母、彩霞圣母、桃花圣母、红莲圣母、白莲圣母,七位师叔都来了。樊梨花上前给师父磕头,老圣母说:"梨花,起来,看看你众师叔。"樊梨花连忙给众师叔磕头,把八大圣母请进帐内。樊梨花告诉外边备饭,先献过茶来。梨山圣母说:"你赶紧找一个静帐,我们到后面休息。你跟我们来,告诉你点事。"

樊梨花命人安排大帐,亲身引着八大圣母就来到了后帐。到里边让圣母落座,献茶,同时吩咐外边备饭。梨山圣母说:"好,我们不走了,你到前面去,赶紧预备人马,时间是明天正午必须出兵。在出兵之前,把八卦山要团团包围,不可放走一个。因为里头薛丁山在八卦山九莲洞三仙祠,别叫他们给掳走了,我们明天就要斗飞空。"

"师父,那困龙剑?"

"你不要管,你就预备人马吧。你预备人马怎么包山,你怎么出去,你要这么这么这么办。余者别的事情你全别过问,你要放宽心,有为师在此,还有你众师叔,料也无妨。"

樊梨花点头:"多谢众位师叔。"

八大圣母都安在后帐休息,樊梨花到前边找亚雷公主赫连英和窦一虎,三个人坐这儿一合计,梨花瞅瞅公主:"妹妹,这样吧,明天大营交给你好吗?你是愿意到军前?"

"姐姐,我不去。两军阵师哥不能见,师父还在这儿,我更不能见。我见他们我也觉得讨愧,我就守营吧。"

"好,营里也要有能人,不然的话也让我放心不下。你既然守营,那就行了,营里头一切我都交给你。窦一虎——"

"姐姐,你让干什么干什么。"

"没别的,明天一开战,你就想法进番营,上八卦山进九莲洞到三仙祠,你把你姐夫保护住,我们里应外合一攻而下。"

"姐姐你放心，里头姐夫要有一差二错，就跟我要人。"

樊梨花当时吩咐把一员大将叫阚辰叫进来，阚辰上前给元帅施礼。"阚辰，我打算明天正午出马打仗，你带领着全军大队人马，把高山团团包围。在救二路元帅薛丁山之前，山上就连一猫一狗也不准放走。多咱你听把薛丁山救了，可以放开一条道儿，让他们走。怎么知道救了，你听到后边连响四声大炮，那就说明薛丁山已经救出来了，你就撤下一路人马，把西边放开让他们走，我们不要他全军尽殁，不要做得太绝了。"

阚辰点头说："是。"

樊梨花又叫几员将，把北面、南面、东面、西面各方面都给准备好了人马，这一宿的工夫全都备齐了。天明吃完战饭让大家全都休息，天到巳时，樊梨花准备出发，嘱咐赫连英："营里小心。"

赫连英说："你放心，大营里头一切有我。"

"报！还是那僧道俗，天天骂人的那个又来了。"

"好，告诉他们马上就去。"

"哎！好！哎呀这回可出气了，别光挨你们骂，这三个，没人心，天天欺人啊，今天要宰你！"

樊梨花外边把马鞴好，带领众将纫镫扳鞍，三声大炮，来到两军阵地，列摆门旗，压住阵脚。樊梨花往西边一看，果然在山下又是那个和尚，七尺来高，骨瘦如柴，面如干姜，绿眼珠儿，红头发披散肩头。黄中衣，紫僧袍，他敞着怀儿，露出半尺多长的护心毛，下边是赤足光腿，手里拿着一个小拂尘。后边那个老道，身高八尺来高，也挺瘦的，头戴鱼尾道巾，身穿黄道袍，黄焦焦的一张脸儿，他腰佩着宝剑。再加上另外还有一个女的，这个女的呀，细高个儿，长得也挺瘦，面似出水芙蓉，身穿羽衣，手里头拿着一对双如意，这僧道俗是天天来骂阵。

樊梨花认识那个和尚是猩猩魔，那个老道是黄蜂真人，跟樊梨花斗过，那个女的自称是仙姑，跟樊梨花还没有见过。樊梨花从打马身上跳下来，叫大家压住阵脚，多加准备，四外都安排得很好，樊梨花来到两军阵地，见了猩猩魔，樊梨花亮出开天剑："你想干什么？朝朝讨敌，你日日骂阵，我樊梨花不是惧你，我营里有事。你今天可能是遭劫者在数，在数难逃，我樊梨花就来取你的命。"

和尚乐了："樊梨花呀，你是漏网之鱼，逃回去的。你今天说得再响，吹得再大也没人害怕。我和尚开开眼界，看看你这个俗家女子，还代理元帅，你有多大本领？你休走。"

和尚往前一飞身够奔樊梨花，把他的小拂尘往回这么一带，照着樊梨花是搂头就打。樊梨花拿开天剑一架，他认识这口宝剑，他不往上碰，他来回蹿蹦跳跃，跟樊梨花遮遮挡挡，就听那边喊了一声："无量天尊。"

黄蜂真人往前一近身，仗剑够奔樊梨花，樊梨花点头："好，你们一个和尚一个老道，今天有多大的本事你都拿出来，我樊梨花倒瞅瞅你们高到多少。今天要不把真的本领拿出来，恐怕你再找机会可就没有了。"

老道说："樊梨花，你用不着发狂，今天跟你说实在的，我们要没有三把神沙不能倒反西岐，没金刚钻也不揽瓷器活儿，你不用吹，休走看剑！"

一个和尚一个老道，跟樊梨花斗有五六十合，看样子不一定赢得了樊梨花，樊梨花也未必赢了他俩，就听后边喊了一声："住手。"

樊梨花往后一退，一看是师父梨山圣母。老圣母一摆手，樊梨花就直接奔正东回队了，梨山圣母往前一进，猩猩魔一看黄蜂真人，黄蜂真人看看猩猩魔，哦！她来了。黄蜂真人马上就问梨山圣母："你想干什么？助你徒弟要跟我们作对？"

梨山圣母打了个咳声："我不是愿意作对呀，我就这么一个徒弟，她要是跟别人打，我还从不过问，像咱们都出家人，你们这是干什么？一个不行过来两个打，这么做合适吗？我一步赶上，要不赶上的话，我徒弟就即便死，你们也不太光彩！我看这样吧，咱们都是出家人，咱们都闪开，让人家打吧。"

"放屁！"老道大骂："梨山圣母你别整这个，你想两面都觉着你乖呀？你徒弟无礼欺人，你还在这里头前来了事，今天包括你，踏破铁鞋无处觅，看起得来没费工！"嗖！就是一剑，圣母一闪，那个又是一拂尘，两个人一围她，后边这个女的过来了，女的手掌双如意，白玉仙姑大叫一声："两位师哥，别叫她跑了！"

僧道俗把一个梨山圣母就围到当中，老圣母跟他们怎么说，嘴磨破了，话说尽了，也不行，非玩命不可，绝不甘休。老圣母在这种情况下说了一声："好！"可糟了！说了这一声好，再看老圣母当时往前一进身，招数一变化，你可别看她空着手，老圣母那个掌，那要把谁抓住了，就把你撕了。

梨山圣母一转身，啪啪嘭！她掌打凶僧，脚踢老道，这俩往回连骨碌带跑。老圣母一把叨住白玉仙姑，她当时一点手，后面来人，马上绑好，就把仙姑往大树上一吊，圣母在这个时候大喊一声："你们谁来救她？"

猩猩魔、黄蜂真人一瞅，把妹妹吊得那个难看，两个人往回来，撒腿就跑。跑上八卦山进了九莲洞来到三仙祠，进屋一看金华老教主和大徒弟飞空正在喝茶聊天。和尚老道上前跪倒："师父！哎呀可糟了！"

"啊？怎么回事？"

和尚老道从头一讲，梨山圣母来了，把妹妹白玉仙姑吊在树上，如何羞辱。金华老教主没等说话，飞空腾就起来了："师父，我去，我要会会梨山。"

"慢着，你不要动了，你只要守住八卦山九莲洞三仙祠就行了，你别叫薛丁山跑了。准备你的开天剑护祠看他，我到山下开开眼界。"

金华老教主带着和尚老道，余者徒弟直接就来到山下，老远就够奔梨山。梨山等着等着一看，山上簇拥着一个大和尚来了，头戴莲花道冠，身披火红袈裟，手拿着铁念珠，高勒白袜、黄僧鞋，秃脑袋倍儿亮，一根头发没有，金乎乎的一张大脸，二目有神，眉长卡着卡子，都掖在耳后，一看认识，正是金华。

梨山圣母上前施礼："老教主一向可好？不知教主怎么光临到这儿？"

"哼哼，梨山啊，你装傻合适吗？我怎么来到这儿？这话又说回来了，你怎么来到这儿？树上吊着何人？什么人干的？那是我的徒弟，冒犯圣母了？不知你们因为什么？"

梨山圣母听到这打个咳声，说："贵徒如何在这儿欺我徒儿梨花？梨花他们俗家人的事情，我们出家人就不应该管。我把她吊在这里，也是百般劝说，我没有把她致死之心。"

"如此说来，那好！我奉陪圣母再走上三合。"

"不，不。"老圣母倒退了一步，叫了声，"老教主。既入佛门修身养性，就应该放弃七情六欲。扫地不伤蝼蚁命，爱惜飞蛾纱罩灯。争名夺利是俗家事，出家人无私无虑万法皆空。从来硬弓弦先断，自古钢刀刃先崩。惹祸竟从口舌起，招灾都为热心情。一旦失足千古恨，再想回头万不能。老教主如能带飞空回去，我把白玉放了跟你回去。"

金华说："说那些没用，今天我先抓住你再说。"教主说着就要动手，梨山圣母转身便走，老教主在后面紧赶，赶过来一道树林，搁树林里嗖嗖嗖纵出来三个。金华教主都认识，一看是武当圣母、金刀圣母、万寿圣母。三家圣母上前给教主施礼："教主，不知梨山师兄如何冒犯？"教主说："好，你们来得都巧，有一个算一个，来，你们四圣母，今天我要开开眼界，不用问了，我们的理由就是这么这么回事，动手吧。"

四大圣母各个解劝，老教主是百般不入。四圣母不还手紧躲闪，教主一个人对四圣母。四圣母看事不详，难以招架，是撒身就走。哪知道又到一道树林。嗖嗖嗖——再一看啊，教主还认识，彩霞圣母、桃花圣母、红莲圣母、白莲圣母。哦，你们八圣母是早有准备，胸有成竹。好，我奉陪了！老教主在他的袈裟里头，呛啷！把困龙剑就亮出来了，八大圣母一看困龙剑可就都蒙了，在这种情况下，八大圣母也不能后退，只能向前。八大圣母往前一围，就看教主呛啷吧嗒！呛啷吧嗒！转眼的工夫剑都给削了。八圣母撒腿就走，梨山圣母在后边掩护众师弟进了一个坟地。来到坟地中间，教主一步就赶上了，大叫一声："你们要能逃出一个，就算高人。"照着梨山圣母就是一剑，圣母一回头，从坟里头纵出来一个人。教主一看这个人头发能有三尺多长，唰一甩，差点把眼睛给他扫迷了，教主刚一愣，这个人说："你欺人太甚！"俩手一晃，嘎巴一声，老教主"哎呀"！这才有困龙三次斗飞空。

第九十一回　困龙削开天

　　八大圣母把金华教主诱到坟地，宝剑全被金华教主给削了。在这个时候就听旁边坟里嘎巴一声响，纵出一个人来，谁啊？摩天神尼。

　　摩天神尼是八大圣母的授业恩师，她从打一个坟里头嗖地就出来了，把脑袋一晃，二三尺长的白发，一根杂色没有。唰！她这么一抡，要一时不慎，一般的人就这头发这么一抡，就把对方的眼睛都给你打瞎。这位老神尼左右两手都能打暗器，神了。她打的这种东西叫子母阴阳针，这个东西可够厉害，用药煨的。这个针比那扎花最小的针还小还细，食指跟拇指俩手指这么一捻，唰！一块儿就出去三支，两手左右开弓全能发。这个针用药煨成，只要中上一针，立竿见影，马上就得昏倒就地，人事不省。子时打得午时明白，午时打得子时明白，那就说现在的钟表来讲，打上这个东西就得十二个小时才能明白。摩天神尼从棺材里出来，叫金华教主一惊，不然的话，打不着他。八大圣母在这儿一乱，金华教主就这一瞬间，啊——一声就挨上了两支。比他高八倍中上这个也不行啊，老教主扑通摔在就地，摔个头南足北，仰面朝天，撒手把困龙剑也扔了。这个时候八大圣母全过来了，梨山圣母拾起困龙剑，再一抬头，樊梨花来了，弃镫离鞍跳下战马，问师父怎么样。老圣母一伸手把剑给了樊梨花："给你，这是困龙剑，去把他的匣拿下来。"金华教主这么大的身份，困龙剑就这样叫人家给得去了。留下四大圣母看着教主，也等于保护教主，余者四大圣母去放白玉仙姑。

　　樊梨花上了马就像飞了一样，赶紧回来。樊梨花高声喝喊："点炮！攻山！"

"是！"

后边一晃火绳，吹去蒙头灰，连响三声大炮，唐军四面八方就像潮水一样，直奔八卦山。樊梨花在头前儿率领三军往前赶奔，正往前奔，猛听到对面响号炮，吹牛角，樊梨花猛一抬头，认识，正是飞空和尚。飞空大叫："有我在，梨花你想登山比登天还难。"

梨花说："高僧请你开开眼，我这口困龙剑专削你的开天剑。"

飞空狂傲地说："哈哈，你要削我开天剑，我愿领死。"

梨花手擎困龙剑转眼削了开天剑。飞空一慌，困龙剑到了胸前。他一看，躲不了了，双眼一闭：我命休矣！就听樊帅说："高僧，咱俩无仇无怨，你走吧！"

飞空此时心想：樊梨花是一个俗家的女人，仅仅二十岁左右，就能这样宽宏大量，屈己待人，可我飞空按年龄比她大，按身份比她高得多，我怎么这么糊涂？真是明人一点就透，愚人棒打不回，樊梨花不是庸俗之辈，能第二次还拿假剑跟我动手吗？飞空一想也不对：这个真剑怎么就到她手，不在师父手？哎呀对了，师父下山也没回去——啊？飞空脑袋嗡一下子：难道我师父还有三长两短吗？不会，他老的身份能栽跟头吗？飞空在这个时候，他是赤手空拳，开天剑被削了，飞空两手一打问讯："阿弥陀佛，樊元帅，我对你真是感恩不尽，刚才这就等于手下超生，留我一条命呀，现在我真是两世为人。樊元帅，我知恩常思报德，我早晚必有一报。但是我在面前领教，不知我恩师哪里去了？"

"高僧，贵恩师身为教主，也是当局者迷，聪明一世，糊涂一时啊。刚才他老人家下山跟我授业恩师动手，八大圣母把他老人家围到坟地，现在他老人家已经重伤昏倒，人事不省了，困龙剑才落到我手。"

"啊？难道我的恩师没命了？"

"请你放心，贵恩师不但有命，还没有什么不好的后果。他中了暗器，这种暗器虽然用药制成，但是对人体无害。只能说是中了这种暗器他就糊涂，糊涂到时候还能明白，身体半点无伤。"

"哎呀樊元帅，你刚才手下超生，放我不死，我飞空感恩不尽。我最后一次恳求樊元帅，能否在八大圣母面前替恩师美言，是不是放师父回来，我师生今生难忘你们的大恩大德。"

"飞空高僧何出此言？要有伤人之意，我想贵恩师现在早就命归西天了。不但他老人家，就说您……"

"哦，这我明白，那么樊元帅你还想怎么办？"

"我是这么想的，高僧，冤家宜解不宜结，实不相瞒，我出营的时候，你妹妹赫连英哭得死去活来，跪到我的面前恳求我，无论如何手下留情，不但说贵恩师，就连你，不许我碰一手指。我跟赫连英下了保证，我才出来的。刚才您一而再再而三地动手，不然的话我不能奉陪你过招，我也是被逼无奈，我才困龙削开天。高僧，你妹妹赫连英是个好人。"

"不用说了，以往之事叫它过去吧，我错啦！我把妹妹恨苦了，没承想妹妹不忘旧情，还能给我飞空美言——哦，樊元帅手下留德原来如此，好，今后他还是我的好妹妹。我还是这个话，恳求元帅放我恩师。"

"好，您老人家跟老教主去说说，不然的话，恐怕他老人家还有点觉得磨不过弯来呀。"

这个时候再看四大圣母，把白玉仙姑给放回来了。白玉仙姑到跟前儿见大师哥跪倒哭泣，说我们人都丢尽了。飞空说："妹妹不要难过了，樊元帅为人这样，妹妹赫连英这样，你看，师父现在已经这样，我又这样，咱们能说人家不对吗？"

"这……难道说就完了？"

"对。"这阵儿后边二三十师弟要一起去包围樊梨花，飞空一摆手，"住手，看你们谁敢动。樊梨花对我如何？对师父如何？再加上妹妹赫连英如何？看起来真是大水冲了龙王庙，一家不认一家人了！我全错了，你们不要动手，赶紧看师父去，大家尽量劝师父，走！"

大伙都听师哥的话，樊梨花引路够奔那边，一看老主教在这儿昏迷不醒，飞空连问怎么办。老圣母拿出点药，往鼻子一抹，噗地一吹，啊的一声老教主苏醒过来了。他坐在这儿就地冷静一下，再一看前后左右都是他的徒弟，飞空为首，一看白玉也没有死，老教主便问："这是怎么回事？"

飞空跪爬半步："师父呀，樊梨花对待您如何？八大圣母对待您如何？对待我如何？我现在是两世为人，真得说是感激樊元帅手下超生，人家没有半点伤咱们之心。师父，其罪都归我，您把我带回山去,如何处置,我丝毫无怨。千万您老人家息怒,不要动火,我们应该走啦。"

教主一听,这是真话,人家没伤我们师徒性命,这就是手下超生。老教主一咬牙:"樊帅之恩早晚必报,八大圣母我是丝毫不恨。打仗没好手,人家这样留德,我绝不糊涂。我现在唯一的就是恨你妹妹赫连英……"

"师父,这更错了。樊元帅超生是我妹妹怎么怎么说的,妹妹还是好妹妹,这都是我的错。"

"哎呀!"老教主点了点头,"不但你错,我更错,师生俩糊涂一对。哎呀要这样说,咱们还没有白疼赫连英啊。好好好,还算咱们门户里的人吧。"

回头一看,八大圣母在这儿恭恭敬敬地都给老教主跪下了,"我们冒犯您老人家,我们罪该万死。"

"不不不!"老教主站起身来,"你们请起请起。"让八大圣母请起,樊梨花在旁边儿跪着,把赫连英给她的开天剑和老教主的困龙剑两口剑,顶在头顶拿手扶着,口称:"老教主请您收回吧!"

"这……"老教主看着两口宝剑是完璧归赵,又一想说对樊梨花报恩,人家不错,又放我徒弟的命。可是……"嗯,好。"

老教主把两口宝剑拿过来。"樊元帅,困龙剑是我镇洞之宝,我收回了,不过这口开天剑,你留作纪念吧。这是我略表寸心,我们师生这点意思,请你收下。"

"这,我绝不能收。"

"不,你要收,叫我们师生还过得去,这件东西你都不留,我们师生可太难为情啦!"

"这……"

八大圣母也说:"樊梨花收下吧,还不多谢教主。"

樊梨花给老教主磕头,把开天剑佩在身上,飞空心里话讲:我呀,浑到家,不然我的开天剑也不能完到困龙剑下,愣说人家的剑是假的。瞅瞅樊梨花带着开天剑,虽然羡慕,没有争夺之心。老教主说:"好,从今往后,他们突厥的事,我们师生不加干预,我带着众门下惭愧道歉,我们再会吧!走。"

609

这样一来,梨山圣母叫樊梨花:"你还等着什么?赶紧去。"樊梨花乘马回来吩咐往山上攻,这山上就乱成一锅粥了。别人乱不说,单有一个大都督叫乌豹,他不干别的,他就是专门看着薛丁山。一连七个报告跟乌豹讲,可了不得了,山下已经完了,大势去矣,我们应该赶紧逃走。乌豹下令在石洞里打开了三道铁门,钥匙在他手,把铁锁打开,三道铁门一开,吩咐把薛丁山带出来,"走!"

有人拉过马来,要薛丁山上马走,薛丁山不肯,薛丁山瞅他们微笑。别看绳捆二臂,薛丁山说:"你们完了,就应该认了,你们还要临死挣扎,又有什么好处?单等我军上山,你们恐怕各个难保。咱们两便吧,我回去,你们走吧。"

乌豹说:"怎么?你做梦,我告诉你,有你在,有我的脑袋,你不在我也活不了,没法交代,我乌豹今天就把你架起来,我也得把你给弄到锁阳关。"

薛丁山一乐,不管怎么讲,我不走。过来两个人一伸手,薛丁山踹趴下一对。乌豹呛啷一亮剑,奔薛丁山就过来了。

"站住!"

树上说话,嗖!下来一个人。谁呀?窦一虎。窦一虎专门就干这个的,他跳下来说:"我听了半天,你叫什么?乌豹啊?你这个小豹子可没有我厉害呀,我是坐山王,大老虎,我告诉你说我姓窦,二字去一横,我叫一虎。薛丁山是我姐夫,实话跟你说,谁也不许动,要敢动一动,全打死。"

乌豹说:"你哪里来的无名小辈?"过来一剑,窦一虎一闪,又一剑,又一闪。到第三剑,窦一虎噌一脚,乌豹一哆嗦挨了一脚,觉得窦一虎的脚上有功夫,回身要走,窦一虎在他的这个狗皮兜里把他的铁棒槌就架出来了,十五斤六两,那棒槌照着乌豹前后左右,叮当!啪!扑通!乌豹这一死,番兵乱了,抱头鼠窜。

窦一虎掏出匕首把薛丁山的绳子解开:"姐夫,你知道家里的事吗?你觉得你在这儿被擒,哎呀,那家里的事更难啦。你被擒之后,请姐姐樊梨花,没她不行。你父亲我那老长亲啊,到营里头身体不好,一看打不了,才让姐姐樊梨花代理兵权。这没有人家,你能出得来吗?后路都叫人家掏了,把圣上都抓去了,抓去皇上、英国公、鲁国公,抓去你母亲,抓去你妹妹,还有我姐姐窦仙童,都坐了囚车木笼啊。公媳分兵,我姐姐樊梨花专门在这儿救你。你父亲我那老长亲盘龙岛救驾,最后我到那儿看看,现在他们是兵发锁阳,叫我回来跟姐姐想法对付飞空救你。我姐姐九牛二虎力,三毛七孔心,婉转周折,舍生忘死,可太不容易了!现在把飞空斗了,山叫我们包围了,你听听,这不四外都上来了?我从盘龙岛回来,你父亲我的老长亲嘱咐一件事,"一伸手掏出来,"给你拿封信,写不几个字,你一看就懂,我说姐夫啊,可就在你了。"

"啊?"薛丁山把信打开,一看真是父亲的亲笔,信的意思就说过去就是过去,不管谁对错,不再提它。说樊梨花的用处,在大唐营里头,对大唐国朝是功高日月,功劳大不过救驾,玉霞关没有樊梨花救驾,圣驾没了。另一方面又说明薛丁山青龙关在黄子陵的五毒幡下已经死了,樊梨花到才起死回生,一救薛丁山。在玉霞关珠顶仙的手下,没有樊梨花能救回你吗?二救薛丁山。这次要是飞空败再救出你来,是三救薛丁山。寒江关樊梨花不投唐不献关能得吗?青龙关樊梨花不打死黄子陵我们能过得来吗?玉霞关樊梨花不救驾我们能打胜仗吗?八卦山这次要是樊梨花不来,那信上写道:"冤家,你还有命吗?"樊梨花的功劳就没法讲了,你要能够前勾后抹把樊梨花收下,夫唱妇随能够和美,你是我的儿子。如果这次你再把樊梨花给我逼走了,咱爷儿俩见面有你无我,我就不承认你是薛家之后。

信说得很绝,薛丁山也在想,不怨爹爹这么讲,樊梨花也的确有功啊!这时候听喊——"元帅到。"

樊梨花来到跟前儿,看见薛丁山说:"将军,为妻无能救你迟些,你受罪了。"

"不,你要不到我命休矣。感恩不尽,贤妻。"

樊梨花从来没听过这个话,心里觉得很满意。就这样夫妻两个真是夫唱妇随,就进了唐营了。夫妻在大帐上,樊梨花准备排宴,想要给薛丁山压惊,这阵儿樊梨花也高兴,一看夫妻真是破镜重圆,我这几年今天也足矣,正这个时候外边报:"少帅到。"

"啊?"樊梨花一听薛应龙来了,有点发呆。薛丁山一听,怎么来个干儿子?

611

第九十二回　梨花献丹药

樊梨花从来没像今天，从打寒江关见面到现在，薛丁山真说了几句重感情的话，倒叫樊梨花心里头热乎乎的，特别满意。这真是出乎意料，昙花一现，刚刚的这两口子要好了，突然一报说来了少帅，薛丁山就愣了！嗯？少帅，哪来的少帅？樊梨花心里也咯噔一下，不承认也不行，摆在这儿了。樊梨花心里不太满意，恨薛应龙：你怎么来了？曾经离开黄家庄的时候，我告诉过你，没信不许你找我，你来干什么呀？哎呀！樊梨花这压力就大了，瞅了瞅薛丁山："将军，你要问这个少帅呀，他是个占山的寨主。"

"怎么个认识？"

樊梨花就把以往的经过一讲，"孩子倒很正经，我把他留到黄家庄，谁知道他找上来了。来人啊，叫少帅上帐。"

薛丁山听这个理由没有说话，心里不是那么太痛快。不一会儿果然来了这么一个人，到里边这个人愣了半天，看了一会儿，上前给樊梨花跪倒磕头："干娘在上。"

薛应龙是正言凛色跪在这儿叫："干娘，孩儿不孝，没有您老的吩咐我来了，因为我们在黄家庄等急了，不知干娘如何，孩儿斗胆才前来见您。"

"应龙，你起来。"

"谢过干娘。"

"认识吗？这是你的义父二路元帅薛丁山，上前见礼。"

"是。爹爹在上，受儿应龙一拜。"他往前近身，给薛丁山磕头。

薛丁山一瞅，怎么着？这是儿子啊？只见薛应龙长得与众不同：

面似粉团,两耳端正,鼻直口阔,目如亮星。头戴扎巾,身穿箭袖,威风英俊,人品十成。

薛丁山想为什么他们要认为母子?大姑娘收儿子,又没差几岁,越想越气,吩咐:"绑了,推出斩。"

梨花咬牙瞪眼,也知道没法辩白了,连忙闯出帐外,刚一出门,就听喊:"少帅被人抢跑了。"

这是怎么回事?外边不愿杀少帅,因为樊梨花这个威望太大了,德高望重,人人敬服。有她不但不遭罪,不为难,走到哪儿都是大得全胜,没有她不是被困就是遭罪。根据樊梨花的为人,大家相信这个少帅是冤,不爱杀还不敢放。

薛应龙带了有二十多人,都在那儿瞅着发愣不敢动。这个时候要杀人的唐兵啊,就故意念叨,叫薛应龙这帮人听。

"哎,我说这令下说斩就斩啊,一会儿催令一下脑袋就掉,脑袋要掉再安不上。"

"我说也真奇怪,他带着这帮人怎么跟他不一心?一个伸手的也没有。"

"他们必是胆小不敢伸手,他怕咱不让救?"

"哎呀他们真没心,这少帅有啥罪?刚一进营就杀?他们要真伸手,咱们连瞅都不能瞅,咱去回报去,都得他们跑远了,跑不出大营,咱都不能回报,你说是不?"

"那可不吗!可是这帮人也不知道咋的像木头似的,你看一点反应没有。"

哎呀这帮人一听这么回事啊!哎哟这呼啦就上来了,"抢!"齐伸手,这些唐兵往后一退,"哎呀厉害。"也没打,厉害什么呢?七手八脚地就把薛应龙的绳子弄开,抓马,纫镫扳鞍,跑了!真的跑远了唐兵才上帐,"报!"

薛丁山正在着急,薛丁山一想:樊梨花这一走,我又是大祸临头,没法交代。樊梨花的威望,我薛丁山今生也不行。他正在挠头,又听报说:"少帅叫他带来的人抢跑了,我们怎么追怎么打也没打了。"

"啊?给我追回来。"

613

"都出营了。"

"哎呀。"薛丁山脑袋轰隆一震,一摆手叫他们出去。

这阵儿外边收拾八卦山,把粮草等项收拾完毕,死的埋呀,受伤的也得治,拿的拿,放的放,这一忙啊,就忙了三天。薛丁山越想越不是味儿:樊梨花不在,我交代不了,没办法。第四天,他跟亚雷公主赫连英一合计,人马到赤虎关,让公主出面跟父亲讲,公主的父亲一字并肩王赫连杰威震赤虎关,真得公主说话,不然的话怎么打?不好打呀。这边窦一虎也有点不那么高兴,看把樊梨花姐姐逼走了,敢怒不敢言。等到锁阳见姐姐仙童啊,跟姐姐说:你们这个忙我不想帮了,还占我的山,我看这个地方太憋气。窦一虎对薛丁山呢,也有特别看法。这个时候亚雷公主赫连英点头,说:"薛哥呀,那么在你被获那天拿去的这个韩豹怎么就不见了?"

薛丁山说:"我也在石洞听他们唠,夜里头也不知怎么,他们说来一阵风,韩豹就吹跑了,也不怎么回事,到后来韩豹就失踪了。"

"薛哥,这样的话赤虎关不用打,我一定劝父母合兵。"

没承想他们的兵一到赤虎关,头前儿探马回报:"启禀二路元帅得知,赤虎关城门大开,吊桥坠落,番兵番将弃城远遁。"

"哦,跑了?"

公主一听:哎呀,父母哪里去了?对不起师父,师父走了。对不起师哥,师哥走了,真叫我……公主一想:单等到了锁阳,见了我们那口子徐清,我再跟他诉冤啊。

薛丁山、赫连英带着全军人马就这样打赤虎关过来,留下人马镇守赤虎。这一天到锁阳,他们往城里一进,薛丁山就听到说父亲受伤了。薛丁山来到元帅府弃镫离鞍往里奔,姜须出来了:"哎哟,薛哥。"

"兄弟,你想死哥哥了。"

"哥哥。"姜须往后紧看。薛丁山一想:糟了,你看啥?没来。不但没来,走了。不但走了,还怕不好见啊。姜须当时抓住薛丁山:"哥呀,可糟啦,你们那边打得怎么样?"

"我们那边就算大得全胜,八卦山给平了,赤虎关给得了,我们才兵到锁阳。"

"哎呀薛哥,这面可糟了。来得挺容易,进得也没难。没承想都督乌江这个小子损透了,打了老伯父一毒镖。现在刮骨疗毒,国手官都束手无策,大家都哭傻了,老伯父看样子恐怕要……"

"啊?"薛丁山听到这话往里就跑,来到里边仔细一看,老爹爹长拖拖地在那儿躺着,往前一扑,"爹爹!"薛丁山就哭了个死去活来。

姜须进来,瞅了瞅薛哥,后边亚雷公主也进来了,连加上窦一虎这些个能人,全到里边来哭老元帅。姜须往旁一闪身:"弟妹,你先别哭。"

赫连英哭着啊,也拿眼睛看着,哭还是真哭,难受。加上联系自己爹娘也没见着,另一方面她两眼贼溜溜地找徐清,也没看见徐清在这儿,公主又担心,抓了一把汗,难道说他……她怕他有危险。姜须过来一叫弟妹:"哥哥跟你说件事,弟妹啊,恐怕这个事你得把一碗水端平,说公道话。弟妹能吗?"

公主一听:"哦,姜哥你是说……"

"我是说呀,嫂子梨花呢?"

"又走了。"

"怎么走的?这回又怨谁?老伯父给拿信,薛哥看见没有?"

"这个信我倒不知道。不过薛哥跟嫂子不像往次,这次两个人很好。"

"那么她怎么又走了呢?"

"她这儿出了个岔头,是这么这么这么回事。"

"啊?"姜须把眼珠儿一转,人做事说话都得公正,这件事姜须也有点画问号,哥哥不满,也不能肯定说哥哥就不对。心说:嫂子,你这个事做得也有点过分啊,哪能够差个三两岁就论为母子?你跟哥哥又不和,再加上……哎呀,哪有大姑娘收儿子的?因为你素往人格我敬佩,不过这个事……姜须挺挠头,说不出谁理谁非。

这个时候就看皇上把薛丁山拦住,不叫哭,马上问道:"嗯,二路元帅,你哭到明天也是无用,朕来问你,你有药吗?"

丁山当时参驾,尊道:"我主,我没有药啊。"

皇上问薛丁山:"樊梨花呢?代理元帅据说有灵丹妙药啊。"

薛丁山微微摇了摇头,皱了皱眉,打个咳声:"我主,樊梨花可能回寒关了。"

615

"啊？她怎么又走了？"

"这件事情不是三句两句能说完的，樊梨花有点憋气不满意，她走了，我们就另想别策吧。"

皇上听到这儿瞅瞅文武，大家一个个完全都是垂颈不语，愁锁双眉。跟前儿的徐懋功也好，程咬金也好，唉声叹气。皇上一摆手："外边排香案，我要求上神加佑。"

排好香案，君臣走出白虎堂。院当中香案上五供蜡扦，皇上过来亲手拈香。贞观皇跪在地上叩头："望祈上神保薛王命，回朝定重塑金身翻盖庙堂。"君臣跪在地上哭，忽听房上也有人哭，大家往房山一望，原来是代理元帅来了。

樊梨花怎么到这儿了？樊梨花在八卦山的大唐营里，和薛丁山辩不出理非，她才到了帐外，乘马出营。樊梨花心里就想：我这件事情弄不清楚，我还不能脱离唐营。她乘马一口气出来十几里地，到了一个小山坡，从那马身上跳下来，就坐到一块石头上。我怎么命这么不好呢？几年的光景跟强人相处，好容易换出他几句温暖的话来。可早不来晚不来，单说义子应龙，怎么来得这么巧呢？樊梨花越想越难过，真是剑刺冰心，刀割铁胆。樊梨花头迷眼黑，正在没办法的时候，忽然间就听着人马沸腾。抬头一看远处尘土飞扬，几十匹马来到对面，从马身上为首的跳下来，跑到跟前儿上前跪倒："给干娘叩头。"樊梨花一看是薛应龙。

"娘，孩儿罪该万死，悔不该不听义母之言，我私离黄家庄，闯到唐营，我来得太莽撞啊，娘，我害了您，我没有别的办法来报答娘对我的关怀，孩儿一死方休。"薛应龙将剑抻出来，他刚要自杀。"住手，应龙。"

"娘。"

"你干什么？要死？"

"是啊，我死之后，您和义父就能够缓和了。"

"胡说。冤家，真是真，假是假，你要活着，准有真相大白那一天。如果你要这么一塌糊涂死了，你那是成全为娘吗？是不是遗臭万年？"

"这……"

"你把剑带起来，听娘的话，你回黄家庄，你千万不要再动。"

"是!"

"你放心,大唐营娘有去的那天,准让你到,你不到,娘不在唐营站脚。你去了,娘才能够和你义父团聚。黄家庄他们大家怎么样?你的岳父岳母可好?"

"好。托您的福。"

"你妻也好?"

"她也不错。"

"那就好,你回去吧。你就在黄家庄等着。你听到为娘在大唐营落下脚了,准来先找你。"

"娘,如果要是儿去不合适,您就不要再理我了。"

"不,你听话。回黄家庄去吧。"

"是,娘。您老……"

"我回寒江。我找机会必到唐营去。"

"是。"

"慢着,你要注意一件事,你回到黄家庄,千千万万可不要再莽撞了。无论如何怎么样,你有孝心,你也不准到寒关去,明白吗?"

"儿遵命,添胆不敢我再冒犯。"

"好,孩子,走吧。"

薛应龙给母亲恭恭敬敬磕了头站起来,大伙也重新见樊梨花,都给施礼。樊梨花摆手让他们去,他们大伙拜别,各乘战马,乱抖丝缰,就离开山坡。樊梨花在这石头上看不见他们了,心里在想:他活着还好,有你在就能清白,我上对天下对地,我樊梨花不亏心,我收这个义子纯属洒水难收。强人,难道说相处几年,你也不知道我樊梨花的为人性格?樊梨花又哭了一阵子,猛听身后说话:"梨花。"

樊梨花一回身,"哎呀师父。"赶紧给师父磕头,老圣母叫樊梨花起来。梨山圣母按着樊梨花的肩头,又坐到石头上,师生坐了个对面:"梨花,不要难过,事情我都清楚了。那么事情已经出来了,后悔也无及了。这样吧,你不要回寒江,你到锁阳去一趟,看看有什么事情没有。锁阳要有什么大事,你还要尽量处理,帮忙,只要把大的事情给解决了,看看皇上和你公婆还有什么话说,他们还怎么个打算。最终实在没有出路,你到山上去找我。这件事情不像过去,过去几年薛丁山他真是无事生非，不讲理啊！可是今天这件事，孩子，慢慢他会明白，你要谅解他这一次。"

"师父，我现在全懂，可事情悔也晚了。"

"好孩子，你到锁阳去吧。"

"好，我谨遵师命，师父您？"

"我要回山。"

"我有事还去找您。"

"好孩子，我在山上等你，去吧。"

梨山圣母跟她这么一讲，樊梨花一想：师父也这么看，连我自己也这么想，这个事不是百分百都怪强人。这件事我做得是粗啊！事情已经做了，悔也无及。樊梨花给师父磕了头，拜别师父，拉过马来乘跨坐马，樊梨花是直奔锁阳。

她到了锁阳城外黑天了，樊梨花来到城下叫城还极其容易，都知道是代理元帅，樊梨花一进来，有人过来就跟樊梨花讲可不好了，老元帅是这么这么身带重伤，吉凶不保。君臣都在帅府，看样子是束手无策呀。

"啊？"樊梨花马奔元帅府，有人引路，到了帅府就听见院里乱，没让回报，她才逢房越房，来到正房往下一看，正是君臣在这祈求祷告。樊梨花这才跳下房来，先见了驾。皇上一瞅："哎呀，你来得太好了，别的话咱们回头再说，赶紧到白虎帅堂，看看你公父如何。"

他们君臣往里走，皇上简短截说，就把薛礼怎么进城中镖，怎么刮骨疗毒，一切的经过一说，樊梨花到里边赶紧观看公父的病。樊梨花瞅瞅公公的伤，又号了号脉，把眼皮撩开瞅了一下，樊梨花赶紧点手："拿水来。"她才取出两种药，一种药外敷，敷上了，内服一种，工夫不大，就听咕噜噜，王爷肚子里头一响，一张嘴吐了一口绿水。王爷揉揉眼睛，听着两旁呼唤，他就坐起来了。老帅坐起来，还没等他反应过来这是什么情况，屋子里君臣男女老少完全都在。皇上一看薛礼好了，心想薛丁山他们夫妻不和。皇上往前一近身，拍了拍薛礼的肩头："你好了，现在朕有旨，赶快给我这么这么办，如果要办不好，我杀你的全家。"

老帅一愣，听了个目瞪口呆。

第九十三回　丁山写休书

　　樊梨花用两粒丹药把老元帅救好了，薛礼苏醒过来，他刚想要下床，皇上按住薛礼老元帅，一指薛丁山和樊梨花："爱卿呀，看见没有？别看夫妻对对儿来了，把你救了，他夫妻不等于和美。我不问他们过去谁理谁非，过去的事就过去了。可是今天不行，朕把他俩交给你，爱卿在此驻兵一个月不要动，你要藏锋养锐。在这一个月内，你想方设法周全他夫妻团聚，破镜重圆。他夫妻要好，你首功一件，朕一定要高高加封官职。如果到一个月，他夫妻仍不和美，或者说樊梨花再扬长而去，那就难怪朕当无情，包括你们老夫妻在内，薛家是大罪临头，朕绝不轻饶。回宫！"

　　薛礼看看皇上的背影，皱皱眉头打个咳声："金莲。"

　　"女儿在。"

　　"仙童。"

　　"媳妇在。"

　　"你们姑嫂先把梨花陪到后边，命人准备房间。一定要按照圣上的意图，今夜要周济他们夫妻和美。"

　　"是。"窦仙童、薛金莲姑嫂两个这才拉着扯着啊，陪着樊梨花出去了。老王爷看着她们走了，马上就叫："丁山儿，你过来。"

　　薛丁山来到跟前儿给参爹施礼："不知您老有什么吩咐？"

　　"什么吩咐？你也瞅着了，也看见了。皇上真的动怒了。圣上动怒，君叫臣死臣得死，臣不死谓之不忠啊，君口无戏言，现在你要能和樊梨花和美，爹娘能在，如要像从前无理，恐怕这一回要抄家灭门，你懂吗？"

薛丁山扑通一声就跪下："爹爹，我全懂。"

"好孩子。"老元帅摸着薛丁山的头顶，"事实也是这样，樊梨花这样的人，凤毛麟角，不可多得啊。三次救你不死，为父这个命现在又是你媳妇给的，三军众将对她没有一个不感激的，有人家，咱们就高枕无忧，太平无事，没人家，不是遇难就是被困，你不承认吗？"

"儿我全知道。"

"好，你今夜要能跟樊梨花夫妻和美，你就是我的儿子，如果要再闹意外，为父不愿意说别的了，父子是有你无我，有我无你！姜须、徐清——"

"在。"

"你们弟兄把你薛哥陪出去，一直到晚上，周济他们夫妻团聚，再来禀我。"

"是。"

单说这小哥儿仨，漱口净面梳洗完毕，早饭吃完了，姜须让薛丁山好好休息，知道他太累了。回头来姜须跟徐清到外边安排，怎么合兵，城里头怎么贴布告安民，盘查仓库，一切等项收拾了半下午啊。樊梨花左右不离窦仙童、薛金莲姑嫂两个人，姜须跟徐清两人又陪着薛丁山吃晚饭，晚饭后又陪着唠，一看薛哥从来没像这次，真的是回心转意了，这样一来姜须跟徐清就高兴，外面到了二更天。

"薛哥，后边我都安排好了。姐姐金莲和嫂子仙童都在后边陪伴着大贤人。今天晚上你可不能光是搁嘴说呀，你得实做啊，嫂子这个人见不得好，她对待任何人都讲得容人让人，屈己待人，何况对你呢？她是吃一百个豆都不嫌腥的人，你只要是今天下晚能够赔情道歉，负荆请罪，我嫂子一天云彩全散，你明白吗？"

"不必说了。事情就是我愿意不愿意，这种压力在这儿摆着，我说句心里话，就不照着她，我还照着我爹妈。现在圣上动怒，我的全家难保了。"

"对，薛哥你这算说对了，坟茔地都得挖了，那不是闹着玩的。主宅子都得刨去多少尺啊！薛哥走走走，兄弟徐清来来来，陪着哥哥，今天晚上是小登科。"

薛丁山跟随徐姜进房，仔细看屋里收拾得挺干净：大红方砖铺着地，灰白粉墙亮又明。雪白天棚下面拉花朵，四角高悬粉红绣球灯。当中宫灯八支蜡，照得满屋赛天宫。铁梨木条几一旁放，上边放着古瓷瓶。瓶内斜插孔雀尾，五颜六色三尺零。寿桃四盘两边儿衬，木瓜佛手放当中。花梨木的八仙起金棱，两把靠椅列西东。桌上看南泥茶壶银垫底，江西瓷碗小巧玲珑。中间悬挂一幅画，画的是五老观看太极星。房内幽雅如仙境，使人陶醉酒后同。

　　姜须跟薛丁山、徐清他们三个人一块儿进房，看屋子里头预备得真干净。梨花垂颈斜坐，仙童、金莲一旁解劝，姜须带笑说："哎呀，我说嫂子，看见没有？哥哥来啦，哥哥现在呀，败子回头金不换，过去就是过去了嘛，你看你看，薛哥，薛哥给嫂子满酒呢。"

　　姜须说这个话，拿话一引呢，也是跟薛丁山没来的时候就有招呼，姜须就给摆道道儿："哥哥你听我话，我给你找出个空隙，你就插嘴插手，事情就算都迎刃而解了。"薛丁山按照姜须的说法，看樊梨花不抬头不睁眼，一动不动，置之不理。薛丁山也是从来没有过的，看着摆了一桌子酒菜，真的到跟前儿倒了一杯酒，也顾不得兄弟啊，妹妹啊，连加上仙童啊，还有什么仆女丫鬟，她们什么耻笑等等，没有这些想法。薛丁山倒了一杯，往前近身叫道一声："梨花娘子，过去这几年，千错万错，都是我丁山一人之错。今天我这杯酒，就是向你赔情领罪。"

　　薛丁山说完，樊梨花一抬头瞅瞅姜须，姜须这么一龇牙。再看徐清等等，樊梨花一低头一语全无。姜须一瞅这来头不好，刚有这么好的希望，我们要在这给弄僵了可就糟了。姜须一使眼色，照着姐姐薛金莲，也瞅了瞅窦仙童，连加上丫鬟，一捅徐清一拱嘴，那意思，走人！姜须头一个溜达出来，徐清就跟出来。丫鬟仆女、窦仙童、薛金莲悄悄地都出来，把一个整个的后房，让给夫妻俩。

　　樊梨花瞅瞅这些人都出去了，要张嘴没有张开，好像是也觉得抱歉。那个古代的封建礼教，讲究三纲五常。樊梨花也念过《列女传》，什么三从四德呀，那就说对错，他是丈夫，做妻子的还把他治到什么程度？樊梨花就挺紧张，挺内疚。屋里有人没好意思启唇开口，这回想要说话又有点僵板，这也是几年来没有这个场面。薛丁山打了个咳声，看人都走了，凑到跟前儿："这……娘子……"

　　樊梨花一看第二次人家又这样，樊梨花赶紧站起身来也倒了一

621

杯："将军，刚才你说你错了，对薛应龙这件事我也觉得懊悔莽撞，也就是一时洒水难收，可是现在悔也来不及了，他把好听的也叫了，咱们儿子长儿子短也认了，再说个不字，大丈夫可杀不可辱，人家能活得了吗？把孩子逼个好歹，咱们也是内疚有愧。事到如今将军就这样吧，来日方长，我认为你久而自明。"

薛丁山点了点头："不要说了，不要说了。房中就你和我，我有几句心里话。二老面前你最孝顺，几次救过我不死。娘子虽然对我们全家恩重如山，可是恩是恩来缘是缘啊。我听别人讲，杨凡说非你他不娶，你们是爹许娘配的姻缘。我落个霸占人家有夫之妇，你落个一女二夫。这是何苦？"

"啊？如此说来，你还不是回心转意，跟我夫妻和美，你是万不得已被迫而来，你就是怜悯我迁就我，跟我团聚？"

"嗯，娘子，不要伤心，事到其间咱们商量，如果你真聪明，我认为杨凡既有这样的心，你嫁他这一生是幸福的，该多好。我跟你真没有这种缘分，你的好，你对爹娘的孝，你对圣上的忠，你对我这种感情，我完全承认。不过我说真话，强扭的瓜不甜，请你三思吧。"

"那么你的打算？"

"我的打算就是刚才我说的，你还是到白虎关找杨凡吧，这是明媒正娶，光明正大呀。"

"哼，嫁不嫁他，用不着你管。你是不是还打算让我走？"

"这个娘子自便吧。走，我不留，你不走我也不敢哼，圣上的压力，爹娘的家规，让我也实无办法。"

"好，姓薛的，我再问你，如果说我这一次再走，久后要是军前落难的话，你再被获遭擒等等，还找我不？"

"你请放心，我就是粉身碎骨，我也不会去找你，你只要走，我今生不想再见。"

"好！姓薛的，你，你放心，你们大唐如果要是再有什么灾难，就是皇上请我，我也未必前来，包括公婆在内。除非要你去，也许我还能帮次忙。"

"啊？呵呵呵！"薛丁山微微地冷笑，那意思是：樊梨花，你做梦，你想啥呢？别人请你还有可能，我去？哼！薛丁山倒没说出个不字。

"好吧！那我走了。"

"慢，我给你件东西。"这是一个书房，旁边有笔墨砚。薛丁山不一会儿将墨研浓，将笔蘸饱，旁边有纸，不一会儿，唰唰，再一看薛丁山写出一个东西来。满手是墨，往上一按，递给樊梨花，"拿去吧。"

"啊？"樊梨花接过一看，上写：休妻。

休了？这回还不是空口了，立字了，上边先说七出之条。那个古代社会，丈夫要遗弃妻子，有七种借口，这个叫七出，也叫七弃，也叫七去。七出之条只要犯一条，男人就有休弃妻子的权力，受国家的保护。女子可没有一条能弃男人的权力，女的死了，男的可以随便娶，男的死了，女的就不允许嫁。这七出之条，樊梨花一看，写着：一无子、二淫逸、三不事舅姑、四口舌、五盗窃、六妒忌、七恶疾。樊梨花一想：你从头看，我犯的哪一条？我够哪一条？哎呀第一条倒是不错，无子。可是我跟你几年，有夫妻之名，没有夫妻之分。樊梨花在这个时候咬了咬牙，把这个休书往怀里这么一揣，瞅瞅薛丁山，一步闯出房去。

樊梨花这一走，薛丁山还跟出来望望，连点踪影也没看见。薛山一想，头发根唰就立起来了，身上起鸡皮疙瘩。哎呀，做得对吗？是不是我多贪几杯，酒后无德？这次把樊梨花弄走，可真不像往常。往常也就是一瞬间对错我就做了，这次奉皇王的口谕，父王的命令，又有母亲的盼咐，朋友的大义，这回可全了。我要伤的话，我这回伤人可太重了。薛丁山悔也晚了，又有什么办法？薛丁山回来一头就扎到了床上，这一觉就睡到了天明。

薛丁山一睁眼，一点动静没有，肯定樊梨花远去了。这个时候薛丁山就觉得自己不妙，不妙也没办法，也罢！硬着头皮才来到老元帅的房来。到里边一看老人家在那坐着吃早茶呢，上前连忙跪倒地："爹爹，我有罪，我该死，您老人家把我处死吧。"

"啊？"薛礼瞅了瞅薛丁山，也就是一瞬间想到，是不是又出事了？王爷马上就问道："丁山，到底怎么回事？你说！"

薛丁山就把所有的经过，没有照实说，仅说把樊梨花几句话就气跑了，我来见您老领罪。老帅一抖手照着薛丁山啪嚓就一个大嘴巴，"咱俩不是父子，分明是冤家对头！我领你见驾任凭发落。"

这才引出一段书，要三请寒江关。

623

第九十四回　锁阳城入狱

薛礼一听薛丁山又把樊梨花赶走了，老元帅都傻了！这就等于大唐君臣在锁阳城就走到末路了！下一步不敢向白虎关进兵，白虎关的都督杨凡那是万夫不当，百胜不输，没有樊梨花，大唐军去了会碰钉子的啊！用人之际，把这样的能人给贬走了，老元帅能不傻眼吗？抬手打了薛丁山一掌，吩咐："绑！"

有人过来把少帅捆了起来。老元帅押着少帅进了行宫。贞观闻奏，这种情况不好啊！城大空虚，内无良将，甭说去打白虎关，就是顾燃眉之急，怎么守住锁阳都不敢想啊。皇上心眼儿多，看看薛礼："看卿面上，死罪饶过，活罪难免，打入牢狱。"当时把薛丁山押到狱里，还说看在薛礼的面上，薛礼还得谢恩。薛礼要走没让动，留下薛礼，君臣是一块儿用饭，徐懋功、程咬金陪着。徐懋功在桌面上也是唉声叹气，程咬金直骂："这个冤家简直太不像话了，目无一切。"

皇上跟薛礼谈来谈去，皇上说出来："朕觉得身体不好，我打算要回长安，是不是爱卿你想办法派人保驾，朕要还朝。"

薛礼一瞬间也想道：皇上回去对，一个是这个地方不保险，二一个是有他在分神啊，如果把皇上送走了，我这减压力，少担负，精神集中一个劲我就是打。

薛礼点头："好，如此说来，我想法派人，一定让我主一路安全，早日还朝。"薛礼回帅府一合计一安排，把力量派足了，怕这个杨凡在白虎关玩心眼儿，我们在锁阳没去打他，他要万一得这个消息，半道要是把圣驾要闹个好歹，那可了不得。所以保驾有二百多员，护驾的有名的将里头有徐懋功多谋足智，还有程咬金福星高照，左右陪驾。另外兵权给了姜须,把姜须派出去了,知道姜须多谋足智,见景生情,随风而转,见事而做,那真能够见风使舵,保险得多。另外配备徐清徐文建,力量挺足啊。再搁一个能够来回通信儿,武艺高超的世外英雄窦一虎。跟皇上一启奏,皇上挺满意,皇上也感觉出来了,这就说是百分之八十的力量都来保驾。皇上点头,一切都准备好了,薛礼这一送皇上出城,就感觉到特别难过呀!君臣是恋恋不舍,就好像不定再能见着见不着了。

老帅送走了君臣回到了锁阳,光阴似箭,日月穿梭,整一百天没动兵。身体好好坏坏啊,他操演三军,又听着皇上的信息,半道上还没听着什么样的不幸,如果有意外早就快马来报。薛礼认为皇上这阵儿已经回去了,高枕无忧了。

这天突然有人报,说是白虎关主杨凡来信。"嗯,拿进来。"老元帅将书扯开从头一看,啊!好狂的杨凡。杨凡给薛礼来信几句话:薛礼你是英雄吗?当初远征听说你威震大唐,英名震天下,豪气贯八方,耳闻别见面,见面大有限,稀松平常。来突厥哪脸是你露的?哪关是你打的?哪寨是你夺的?又说你在锁阳城这么久,好几个月稳兵不动,是不是害怕?要害怕赶紧回朝,你别在那现天现地的,你不嫌寒碜,我们替你有点不好看。

老元帅把信扯了,没给他回信。三天后来报,"怎么?"
"杨凡又来信。"
"拿来。"
把信打开再一看,杨凡说:你家教不严,你儿薛丁山霸占有夫之妇,我妻樊梨花落到你们家。你识时务赶紧把我妻樊梨花给我鼓乐喧天,花轿抬着送来,我能饶你这条老命。你要不把樊梨花给我抬到白虎关,薛礼你回朝?你别想回朝,你呀三魂七魄回朝吧!

薛礼把信又扯了,仍没理他。第三天又来信,老元帅打开再一看,杨凡这个信说:我在白虎关等你,你不来,你坐到锁阳又不走,干什么?限你十天,你的兵马能到白虎关,咱们决一死战。胜我杨凡,白虎关归你;胜不了我杨凡,樊梨花归我,你父子的人头要挂在我的营门。十天限你们要不发兵来白虎关,还想在锁阳坐着,那就不行了。我要兵困锁阳,生擒活捉你父子。

625

老帅把信唰唰一扯，"人来，升堂！"这个时候咚咚鼓一响，所有的众将啊，男女老少——老王爷平素有令，因为城里头人少，老王爷告诉过大家，一旦升堂都到，不用说别人，连薛金莲都到。这个时候薛金莲、窦仙童到了，看看亚雷公主赫连英身体也见好了，这回都上了大堂。

不一会儿王爷来到，里边的中军辕门，旗牌众将，两旁列摆，内旗牌、外旗牌，齐齐整整，男女老少一个个精神百倍。老王爷来到当中落座跟大家讲，我们要起兵，兵发白虎关，与突厥就在此一战啦。战胜杨凡我们就能够凯旋，战不胜他吗，我们回朝的日子就要迟晚一些。今天大家来了，我们准备起兵。"窦仙童、赫连英听令！"俩人来到帅帐，见了元帅。老王爷瞅瞅她俩，心里就在想：赫连英兵困黑风关半年之久，我不能敌她，赫连英有本领。窦仙童曾经报号杀四门，这两个女将不白给。叫她们妯娌两个带领人马三万，作为前营先锋官，逢山开道，遇水叠桥，在头前儿进兵，到白虎关安营下寨，严守汛地，不要出马。候本帅到，我们再跟杨凡决战。

"是！"二女将得令，从里边出去到外边，派备人马，押粮运草，准备着前队行军。

老王爷派左翼，派右翼，派后队分为五路行军，带着他的好友王新溪、王新豪、周文、周武，还有薛先图。因为薛丁山在锁阳城牢里头押着，就把老夫人留到锁阳，把女儿薛金莲放在这儿，孝顺母亲，照顾牢里哥哥。老王爷也有意识地把薛丁山多押一阵子，把他的脾气改改。甚至于老王爷现在不等于没希望，琢磨只要丁山能够回头，樊梨花还有归来的可能。至于写休书等等这些事，老帅都不知道。

老王爷带领三军够奔白虎关，也知道由界牌关一直打到现在，什么界牌关、南界牌关、玉霞关、寒江关、黑风关、赤虎关，加上锁阳关、盘龙岛等等，据说都没有杨凡厉害。杨凡十二岁就能做水军大都督，现在水旱两面大都督，这个家伙有特别的。杨凡跟对方打起来，到了跟前儿的时候，两马在错镫的工夫，他把脑袋一摆，他那红头发一抢开，唰！里头有药，对方的眼睛都睁不开，这工夫他一飞身，他特别灵，像燕子似的，还力大无穷，过去就能把你掳过来。杨凡这三股托天叉马上步下，样样精通，也用兵如神。杨凡认为白虎关是铜墙铁壁，稳如磐石，薛礼来打是痴心妄想。

亚雷公主赫连英和窦仙童前边催兵，这一天就来到白虎关的东门外，公主下令安营下寨，回头跟窦仙童说："嫂子，老元帅有令，元帅不到不准出马，咱们要守住汛地。"

"对，弟妹，安营。"

前后左右这才安下左军营、右军营，前后左右挑战壕，立下梅花桩，钉上铁蒺藜，壕边绊马索、绷腿绳等项，用冷弓弩箭，严守汛地，放炮安营，埋锅造饭，铡草喂马，营里忙成一团。

有人报到都督府，关主杨凡一听：我这三封信真起作用，要不然这老该死的，还在锁阳坐着玩。好！兵行百里不战自疲，趁着你人困马乏，我杀你一个措手不及。"来呀，排兵点将。"

杨凡排开两千人马，拉过他的花斑豹，抬过三股托天叉，杨凡手下七十二大都督簇拥着杨凡，搁里头往外走。杨凡来到外边纫镫扐鞍，三声大炮，他由打白虎关的东门出来，踏吊桥，过了护城河来到两军阵地，旗分左右，二龙出水式把阵脚压住，战鼓齐鸣。杨凡喊了一声："到前营给我骂阵，不要别人，叫薛礼、薛丁山父子领死。"

"是。"

"慢，你再告诉让樊梨花前来见我，就说我杨凡候等多时了。"

平章都督点头说："我知道。"这个平章都督叫褚云，在马上扑棱一抖掌中这一条枪，一踹绷镫绳马到阵地，离唐营不远是用枪点指："唐兵听真！不要别人，要薛礼、薛丁山父子前来受死，要樊梨花赶紧找上门来，就说她的丈夫，我们关主杨都督在这候等多年啦。"

唐兵听这话简直火大了，"什么东西！满嘴胡说，你往后去！再往前来开弓放箭！"

褚云往后撤，在马上等着望着，唐兵到大帐里报："启禀公主得知，两军阵上杨凡他们来讨战，叫咱们出马，骂人说得挺不好听的。"

"嗯？他真乃无礼！按理说听老帅的命令不准出征，可你既然找到头上，又惧者何来？嫂子，我们去看看。"

"弟妹，我看还是等着吧。公父说不让咱们打，万一……"

"没有什么万一，排兵点将。"亚雷公主赫连英也挺冒失，外边儿来人给公主和窦仙童都带过马抬过刀，这就把兵将摆开。这妯娌俩由打帐里出来,纫镫扳鞍就出了西营门,列摆门旗,压住阵脚,"嫂子,你在这观敌我过去。"

"弟妹多加小心,能行就行,能止就止,不可强为,等着公父来了为对呀。"

"嫂子你放心吧。这点小事还把他放在心上?哼!"赫连英说这话呀,心里也想:嫂子窦仙童是不服我的,我困公公半年多,就没把白袍老元帅给拿住,话说回来你知道我是怎么回事吗?我不都叫徐清把我坑了吗?要没有他磨我,也别说是半年,半个月城里也保不住。这阵儿赫连英就不想这个了,也不讲这个了。马到对面,她一看两军阵上这个人,尖嘴猴腮,两腮无肉,两眼往里头抠抠着,这个小脸儿像个猴似的,个儿还不高。再一看他头顶的板门盔,挂着青铜甲,掌中握着一条枪,阴阳怪气:"面前女将不用说是樊梨花到此,你没良心,你不该嫁给薛丁山,气坏我家关主。今天关主找你来了,识时务你还嫁给关主,不然的话你休走,看枪啊!"

赫连英脸往下一沉:"你是什么人?"

"我是褚云,我是镇城大都督杨都督手下的左都平章。"

"你说的是杨凡?"

"不错,是你丈夫。"

"呸,满嘴胡说。你认识我吗?"

"你不是樊梨花吗?"

"我是亚雷公主赫连英。"

"唉,没好人。我听说你更不是东西,樊梨花投唐归顺嫁给薛丁山,气我们关主。据说你呀,爹妈不要啊,你嫁了一个姓徐的,你可把我们突厥糟践苦了,你爹妈都气死了,好啊!你还有脸见人?休走看枪。"

公主银牙咬碎,双眉倒立:"好小子,你信嘴开河。好恼!"枪就来了,公主啪啪一转刀,斜肩带背就下去了,小子往下一缩脖,他还真躲过去了。公主刀往回一翻腕子,他再一缩脖稍微慢一点,扑哧!就像切大萝卜似的,把他脑袋斜着茬儿,给去了三分之一。

公主给宰了一个,后边那火就大了!"好恼啊!"杨凡火了,他晃动三股托天叉,够奔对面。杨凡就明白了:不用说,来的是樊梨花。

大唐女将最厉害的就是樊梨花,这个就厉害,那就是她,哎呀我妻长得是真漂亮。杨凡一想啊:我为你没白等,谁嫁我,我也不要,天仙下来我都不娶,我发誓,我非等樊梨花不可。你跟薛丁山就过几年也行,我还要你。杨凡小子一想:樊梨花来了,今天就怕见不着,我担忧就怕你不出来,你只要出来这就好办,咱们俩这就算见着了,你这就算又嫁给我了,你就是我家的人了,跑?没门儿。

这时候马到对面,亚雷公主一看对面来个花斑豹,往马上一看,他这个儿挺大,不算太胖,骨肉还挺匀。哎哟一瞅这张脸,这个头发,穿着一身青,短衣襟小打扮,他不戴盔,他也不挂甲,下边薄底儿的乌靴,他的脸上这个颜色,这个脑形,哎哟,特征得说罕见,天下难找,地上难寻。前奔儿喽冲东南,后脑海对西北,斜山吊角,翡翠琉璃瓦的脑袋瓜儿,对青竹的嘴巴,母狗须的眼睛,招风的耳朵。面蓝又绿,绿中透青,青筋暴露,怪肉横生,那真是长得三分像人,七分像鬼,十个见着九个咧嘴,剩下一个还直后悔。这个模样他怎么琢磨长的?琢磨都不好弄,巧笔丹青啊,画都不大好画。那年头就没有照相机,你就有照相机,那镜头都兴许给打了。

亚雷公主赫连英在马上恍然大悟,不用人说我清楚了,是杨凡。她刚琢磨到这,就听对面说话:"贤妻呀,咱俩是爹许娘配,十几岁做亲,岳父老大人别看不在了,你还是我家人。贤妻呀,梨花呀,你可把我想坏了!我白天晚上啊,从你投唐开始,我没睡过一宿好觉,没吃过一顿好饭,我对天发誓了,非等你不行。别看你到唐营里头啊,去几年,我不生气。薛丁山是个无名鼠辈,到哪儿都被获招擒,净打败仗。你不应该弃旧迎新啊!干脆吧,你就跟拙夫进城,用不着你出马呀,我白虎关有的是钱,吃不尽珍馐美味,享不尽荣华富贵,你使奴唤婢,这辈子你也不遭罪,我是你的丈夫杨凡啊。"

"住嘴,你知道我是什么人?"
"你不是樊梨花吗?"
"胡说!我是赤虎关一字并肩王恕个罪儿赫连杰之女,人称我叫亚雷公主,复姓赫连单名英,我是大唐朝世袭英国公开国元勋,恕个罪儿爷爷徐懋功的孙子媳妇,我的公公御大夫徐敬业,我的丈夫就是前营先锋姓徐名清字文建,再往下问就是你家徐夫人。"

"啊？不是樊梨花？哎呀你要不是樊梨花，这个……好，樊梨花是我老婆那是没错的，你，我也要，跟我进城能活命啊，不嫁杨凡，今天就是死。休走看叉！"

公主这刀就到了，杨凡用叉哗棱往外一点，当啷一声，马往跟前儿一凑，这两马头尾相齐，镫鞴相磨，杨帆把脑袋像拨浪鼓猛这么一甩，红头发唰——公主眼睛立时就酸了，哎呀，那好像比催泪弹都厉害，公主的眼睛睁不开了，杨凡就到了。公主刚一愣，就让杨凡走马给抱去了，来到队伍中吩咐："给我绑！"把公主就这样一个照面生擒活捉。

杨凡二番他就把马拨回来，三股叉一响高声喝喊："哪个过来？"窦仙童一想我去也是白给，白给是小，剩了公公怎么办？窦仙童令下收兵，前队改后队，后队改前队，用弓箭挡路，就这样挡住杨凡。

窦仙童回到大营，第二天炮响，老元帅到了，上帐报告公公不好，如何长短。老元帅一听，外面又来人报："杨凡又来讨战！"

"好！"老帅一怒要会杨凡，这才要引出三请寒江关。

第九十五回　血战白虎关

老元帅薛礼来到白虎关东门外大唐营，上了大帐。窦仙童如实报告：亚雷公主赫连英怎么打的，怎么战的，被杨凡怎么抓的，我要不是放箭挡住，杨凡就能闯进我们的唐营，如何如何厉害。

老帅点点头：杨凡我俩迟早也得一场血战，赢不了杨凡，我取不了白虎关是一方面。老王爷有点内心的想法，我要把杨凡铲除，还能解除儿子薛丁山其他的想法，倘若是跟樊梨花回心转意，我就如意回朝了。

老元帅吩咐抬戟带马，排兵点将，我要出去看看。老元帅刚一吩咐，下面闪过五个人，齐声尊道："大哥，我们哥几个去，既有我们服其劳，杀鸡何用宰牛刀。小儿杨凡，谅他也是个胎毛未干的无能辈。"

老帅一看王新溪、王新豪、周文、周武、薛先图这五位兄弟，是八大御总兵中的哥儿五个。老元帅一想，八大总兵就剩你们了，姜兴霸、李庆红不幸死在盘龙岛，周青死到八卦山。老元帅当时有心不叫去，看样子他们是非去不可，"好，你们能行就行，能止便退，不要勉强，要多加小心。"

"知道了，带马。"哥儿五个来到外边纫镫扳鞍，各持兵刃，三声炮响，大队齐出，来到西营门外，压住阵脚，列开二龙出水式。王新溪马往两军阵上一奔，掌中一抖这条枪，他看见白虎关东门外番兵番将旗幡招展，队伍交杂，在两军阵上有一匹马，在马上坐着这个家伙三分像人，七分像鬼，手使三股托天叉，哇哇暴叫。王新溪马刚到跟前儿，还没等勒马，马上杨凡高声喝喊："来者老儿，你是什么人？

马前留名,好准备在叉下受死。"

王新溪听到这个话,说:"我不瞒你,我就是大唐国朝八大御总兵,伴驾来的,我们跟薛礼磕头,大哥现在帐中候等。我名叫王新溪,再往下问是御总兵,你可是小儿杨凡?"

"啊?没听说有你这么个御总兵,也没听说有这么个王新溪,休走,看叉。"这个叉是搂头就打,他砸下来,老总兵用枪一架,当啷一声就觉着两臂吃力,杨凡哈哈大笑:"你往哪里走?"

杨凡在这个时候要给唐兵唐将看,瞅瞅我杨凡的厉害,那就是说备不住也能迫使薛礼,让他儿子把樊梨花还给我。杨凡马往前一奔,又跟王新溪两马这么一接头,头尾相齐一错镫,杨凡一晃脑袋把头发一甩,那红头发唰——他那里头有药,王新溪就觉得两眼流泪。杨凡不等对方预防,就蹿到对方的马上,一伸手就把王新溪给抓下去了。杨凡站在王新溪老总兵马上,把老总兵头下足上,两臂晃力,往下一摔,啪——噗!可惜御总兵王新溪就这样为国尽忠了。

王新豪马就到了:"好贼呀!"杨凡一问,还是御总兵,又走俩照面,还是照样在马身上抓起来,往下一摔,啪——噗!周文过来也是如此,周武最后上去也没战有十合,杨凡一叉拍过去,四位老总兵,一天阵亡。老薛礼这八个兄弟就剩薛先图,要依薛先图马也就过来了,旁边儿有几员大将围住,跟他讲:您再出去行吗?营里头太单了,应该回去报告老师再做定夺,想打,我们也得想出好的办法再战不迟。薛先图当时是二目流泪,"好,收兵。"

前面搁弓箭压着,前队就变了后队,后对就变了前队了,唐兵唐将这才倒卷回营,营门紧闭,告诉严防。薛先图飞马来到帐外,弃镫离鞍,有人将马带过,他跑到帐中见着薛礼:"哎哟不好了啊!"薛礼再一看,兄弟薛先图简直哭成了泪人。老帅站起问道:"先图怎么了?"

"哎呀大哥,可糟了!王新溪、王新豪、周文、周武两军阵前阵亡!"

"哎呀!"薛礼身子一震,也是身子骨近来太不好,差一点就昏倒,叫薛先图等人给扶住了。坐到这儿大伙捶打后背,擦擦前胸,好半天老元帅缓过一口气,虎目圆睁,钢牙紧错,"哎呀,兄弟们死得好苦！"老元帅吩咐带马，外边给他准备戟马这个工夫，薛先图上前拦住大哥说："可要三思啊，今天这个仗要依我看，不能进行。"老帅摇摇头，岂有此理。

薛礼出帐上马，到营外炮响三声。老帅催马奔疆场见杨凡，二人通名报了名姓，那杨凡大骂："薛礼，养儿不教父之过，你儿霸占我的发妻，为什么你不管？今天你要答应把梨花还给我，饶你一命，如若不然，今天杀你个全军尽殁，一口气打进长安，杀光君臣，灭了大唐，我杨凡面南背北基登坐殿。"

薛礼气得说不出话，画戟猛刺杨凡前胸。两马错镫，杨凡一个照面跟薛礼动手，别看杨凡力量大，叉碰这条方天画戟，咯嘣当啷——杨凡就觉着虎口疼痛，两臂吃力啊！不愧是薛礼，还不减当年，好厉害。所以杨凡就不想和薛礼打了，他跟薛礼这马一错镫，把头发一甩，他这个药就出来了。薛礼哎呀，两眼这个泪就止不住了，这一下子杨凡噢就蹿过来，把薛礼的戟就抓住了。他力量没薛礼大，薛礼虽然说两眼睁不开，看不着他，但是薛礼这力量还是有的，这戟不肯给他，杨凡没掳下来。就在这千钧一发呀，关键时刻，从东边噢——就来了一支箭，杨凡这一甩脸，箭奔杨凡的颈嗓，谁射的？薛丁山。薛丁山怎么来了？

老帅走后，老夫人就有点不放心。老夫人的意思是：老王爷这次到白虎关，吉凶不定，我们生就生一起，死就死一块儿。这才把女儿薛金莲叫过来，跟女儿商量："我打算也到白虎关去，你看怎么样？"

"娘啊，您到前边去是不是又给父亲分神啊？爹爹不是让我在这保护您嘛。"

"孩子，我不相信这样的话。要说后边就无事，有事都在前边，那么咱们在黑风关怎么了？不曾把君臣都坐囚车了吗？"

"这……"

"是啊，还不如前边呢。你父亲这回怎么样我放心不下，我是要跟你父亲生生在一起，死死在一起，金莲你不要多说，听娘的话就这么办吧，收拾，走。"

"好，谨遵母命。"

"慢着，你吩咐把你哥哥放出来。"

"这……圣上的旨意?"

"不怕,你父亲告诉我了,皇上临走有话,什么时候放,随你父亲便,这一次我到前边,有你哥哥还能助你父一臂之力。"

"对,对。"薛金莲到外面一吩咐,不一会儿把薛丁山就放了。薛丁山到了里边就哭了,给母亲跪倒:"娘,不孝儿罪该万死。"

"你起来,你父亲身体不好,白虎关我放心不下,咱们一块去。你把力量拿出来,到白虎关把关拿了,把杨凡宰了,要保你父安全,孩子,你有没有这个信心?"

"娘,请放心,我一定遵命。"

"好,收拾走。"

"那好,我就准备。"薛丁山听母命,赶紧收拾太岁盔、天王甲、朱雀袍、登云靴、腾云马、穿云箭、震天弓、青钢剑、玄武鞭、银龙戟,十件东西。老太太这阵儿车辆也备好,薛金莲也准备盔和甲包,带着丫鬟前后保护老夫人,派出五百人。城里头老夫人又嘱咐一番,从打锁阳就奔白虎关来。有人探报,说老元帅出马打杨凡去了。老夫人一听就一激灵,知道杨凡不是好斗的,"丁山儿。"

"儿在。"

"你先行一步吧,有这么多的人,也要到唐营不远了,娘也无事了,你赶紧快去助你父一臂之力。"

"请娘放心。"薛丁山把马的肚带刹刹紧紧,拜别母亲,纫镫扳鞍,这马行如飞,直接穿进唐营。来到西营门外,薛丁山一看杨凡已经过去把爹爹要抓住夺戟,薛丁山搭弓认弦,嗖——杨凡一看雕翎来了,这小子真够滑的,他左手还抓着戟,右手他一甩脑袋,把这只雕翎就给截住了,一甩腕子,噗——给老元帅薛礼正刺到颈嗓咽喉。老薛礼啊的一声,他眼睛睁不开,翻身落马。这个时候杨凡又跳到自己马上,摘下三股托天叉:"来者什么人?"

杨凡一看愣了,这个人长得这个模样,哎呀,是不是薛丁山?长得真漂亮。杨凡也琢磨,不特漂亮,樊梨花也不能跟他过几年啊!杨凡恨不得把薛丁山都撕碎了:"你是什么人?"

"大唐二路元帅薛丁山,看戟!"没工夫跟他唠了,这阵儿薛丁山顾爹爹不行,就得先对付杨凡。

"薛丁山！你夺人之美，霸占樊梨花我妻，那是有夫之妇。你今天碰见我，咱俩是夺妻之恨，岂肯甘休？"

薛丁山说："你放屁，老人家丧在你手我是目睹眼见，杀父之仇是不共戴天。"戟就到了。杨凡的钢叉架戟叮当一响，两人大战三合五合，十来合二十合，有三十多合。薛丁山不白给他，可是也赢不了人家。

杨凡一看：薛丁山的这种武功啊，不是我杨凡能容易就把他胜了的。因此他拿定主意，又是两马头尾相齐，镫鞴相磨，他一晃脑袋那个红头发，唰——薛丁山挨上了，眼睛也掉泪。杨凡一晃三股托天叉嗖——就过来了，哪知道他过来伸手一抓薛丁山，薛丁山这阵儿啥也看不着，就得干等着被抓，眼泪流得眼睛睁不开了，杨凡伸手眼瞅着要把薛丁山抓住了，嗡——啪！来一种东西就打在杨凡的手背上。杨凡一抖手嗷一声，啪！又打在左腮一块儿，他刚想要清醒，啪！又打到脑门一块儿。哎呀！杨凡跳到马上往西去。

薛丁山两眼睁不开，就觉着身后有人，是站在他的马后胯上帮忙打的杨凡。听着杨凡是给打跑了，薛丁山刚问什么人，后边这主儿扒拉薛丁山一下，不让说。这个时候就一踹这个马后胯，把薛丁山就这样给救回来了。

薛丁山他一到大营啊，这三军众将把他围着进来，那个人也就跳下马来。薛丁山慢慢叫风一吹，很快也就不流泪了。薛丁山虽然视力稍不得劲，能够睁眼瞅了，哎呀！薛丁山不看便罢，一看有人把薛礼抢回来了，就在这儿放着呢，薛丁山到了跟前儿扑过去，他拿手一摸，父亲已经绝气身亡。"哎呀爹爹！"薛丁山脑袋忽悠一下子，觉得天转地转，他是放声痛哭！"爹爹啊，是不孝儿我把您老害了，我我……我……"说完亮剑就要自刎，薛金莲手快，一把把剑抢下来，"你死，你死行吗？现在老娘也进营了。我也是想哭，我哭不出来了。哥哥，你死了，谁给爹爹报仇啊？"

薛丁山听到这儿，就听有人说："丁山！"

"啊？"薛丁山一回头，一看是老祖王禅来了，上前跪倒给师父叩头："您老什么时候到的？"

旁边有薛先图讲："孩子，刚才在两军阵救你，在马后胯上打跑

635

杨凡，就是你师父。"

薛丁山跪倒叩头："师父要不叫您老到来，我就完了。师父……"

"住口，你先把十件东西摆来。"

这才让薛丁山把二次授艺，老祖给他的太岁盔、天王甲、朱雀袍、登云靴、腾云马、银龙戟、玄武鞭、青钢剑、穿云箭、震天弓，这十种东西放到这儿，老祖当时叫薛丁山："你把那盔甲都整好，挂到马上，把戟也挂好。我告诉你，像你这样的人，你从今往后到哪儿不许再报我是师父。我两次授艺，费尽苦心，熬尽心血呀。可是没承想我艺传歹人，你不如禽兽啊！你所作所为你从头想想，你叫师父我还怎么讲？那乌鸦反哺、鹁鸽呼雏，此为仁；蜜见花聚其众、鹿得草鸣其群，此为义；羊羔跪乳、马不欺母，此为礼；蜘蛛结网寻食、蝼蚁塞穴避水，此为智；鸡晓而鸣、雁暖而至，此为信。飞禽走兽它都懂得仁义礼智信，你所作所为是什么？为主，你不忠不听皇上话；为夫，你逼走樊梨花，不仁不义；为儿，你把父母扔到开外。唉，我要再承认你是我的徒弟，简直地我就活不了了。"

他把话说完，上马是扬长而去。薛丁山急得昏倒，大伙叫起来没有办法，由这开始严守汛地，把老元帅成殓，高搭灵棚，薛丁山是守孝陪灵，转眼就是三七二十一天。这一天突然报，说老主还朝，幼主驾到，让元帅赶紧迎接四十里。可是离营不到二十里地了，薛丁山一听不到二十里，让迎接四十里，这里有事，薛丁山一拧就没动。

这一天，千岁进营上帐吩咐："来人啊，请元帅。"薛丁山一听这字样就糟了，来吧。硬着头皮上了大帐。千岁一看薛丁山，头戴麻冠，身穿重孝，手提哭丧棒。"你真是小瞧小王。"吩咐，"推出去，斩！"这才引出来一段三请寒江关。

第九十六回　少千岁亲征

上一回书说少主千岁李治来到唐营，他怎么来的？贞观皇回朝，离开突厥地面，到了大唐的管辖。少主千岁李治，特为到这儿来要看看皇父，打算把皇父换回去，必须要御驾亲征的话，李治就想代替皇父。

父子一见面，贞观皇前后这么一琢磨，锁阳城是是非之地，太危险了，龙潭虎穴不能让皇儿前往，阻拦李治。李治的意思：已经来到，您老人家都能看看，我怎么就不能？请您老放心，我年轻我不怕。老主听皇儿高低要去，老主瞅瞅徐懋功："既这样，你就陪着去一趟吧。"徐懋功说："微臣遵旨。"程咬金问："我呢？"皇上说："你也去。有你们一文一武不离我儿左右，朕就放心了。"程咬金说："遵旨。"

老皇上回朝带的这些人呢，整个都给幼主带回来了。少主千岁李治带的这些人呢，保着老皇上就回朝了。程咬金、徐懋功不离左右，而且这里有赛霸王姜须姜腊亭，还有矬英雄窦一虎，徐清徐文建，这些人全都返回来了。

李治千岁每天要问问徐清，又问问姜须，哪关挨哪关，打得如何。这一天他们君臣来到寒江关东门外，突然前边一报，少主李治一勒马问道："什么事？"

"回千岁，前边有一民女阻路喊冤。"

"啊？姜须。"

"千岁。"

"你去看看怎么回事？"姜须一抖丝缰，就打这个队伍丛中穿出来了。来到大队前边，姜须一看，在道当中跪着一个女人，穿着一色青，头上的发髻蓬松，什么也没戴，清水脸儿，她在那低着头不动不哼。姜须一看，啊？樊梨花！你冤啊？对！你是冤，你太冤了，对对！你应该告！姜须喊了一声："面前的民女，你为什么拦住少主千岁？你有事吗？"

樊梨花一听就知道是姜须，微微抬头看了姜须一眼。樊梨花在这个时候没承认叔嫂："这位大将军请你帮忙，我要求见千岁。"

"你要告状？"

"不错，我冤沉海底，我一定要告。"

"好，等着。"姜须一抖丝缰，马一拨回，来到千岁的马前："少主千岁，头前儿有一名民女拦路喊冤，她要告状。看样子哭得好像泪人一样，可能她的冤屈不小。"

少主闻报，有民女拦道喊冤，吩咐带到马后，沈三多迎接君臣进城，到行宫喝了点水，洗了把脸，他们就听到薛礼不幸的噩耗，文武群臣，你瞅我我看你，没有一个不难过的，心里都是刀绞把抓一样。姜须哭傻了都，哭来哭去，外边已经有二更天了，姜须才到了跟前儿瞅了瞅幼主："千岁，咱们在路上还接了一个案件，天不早了应该问问。马上把这事给办完，明天咱们好上路啊。"

李治瞅瞅姜须："哦，也倒是，去把那民女带来。"

姜须赶紧往外吩咐："去，把那拦路喊冤的民女带进来。"

"是。"

不一会儿樊梨花就被带来了，她一身民女打扮，泪眼愁眉紧走几步，跪在地上："给千岁磕头。"就连徐懋功、程咬金见过樊梨花也没看出来，也没往那上想。文武大臣愣着，姜须在旁边不哼，千岁李治在上边瞅了半天："小王问你，你状告什么人呢？"

樊梨花跪爬半步："千岁，我状告薛丁山。"

千岁愣了，薛丁山？千岁就知道薛丁山是二路元帅，薛王爷之子，怎么还有另外的薛丁山？一想她告也不能告二路帅，她挨不上边，一定是重名。千岁当时一沉脸："你告哪个薛丁山？这薛丁山是二路元帅的官讳。"他这名字不许随便叫，老百姓没有资格，你能叫元帅的名字？

樊梨花跪爬半步："我告这个薛丁山，就是二路元帅薛丁山，王爷之子，老帅之后。"

千岁把脸往下一沉："住口，大胆的疯婆，你简直吃了疯药，你告他什么?"

"我告他一不忠、二不孝、三不仁、四不义,他,他罪该万死。"

"啊?"千岁勃然大怒,脸沉似水,瞅着樊梨花拍桌子说,"你大胆!你敢状告我二路元帅?他不忠,你怎么知道?他不孝,与你何干?你清楚吗?你纯属胡闹。来人啊,把这个疯婆给我轰出去。"

两旁往前一进,樊梨花如梦初醒,天下老鸹都是黑的,老皇上那样,小皇上也差不多,这回全明白了!樊梨花一抬头:"千岁,不用轰,我走,你就再问我也不讲了,我不告了,现在我全明白了,我不告了!"樊梨花觉得天旋地转,两眼发黑,昏倒地上。

姜须说:"少主千岁,我看这样,先把她唤醒,她能说还要继续问,这里头我看事情不小。如果她不能说,我替她诉。"

"啊?姜须,你认识她?"

"认识,不但认识,她要告的事,我全知道。她想要告薛丁山什么,我哪一点也不能说错。她明白之后她愿意叫我代诉,我就诉,她不愿意我讲,再问她。不过这个案子,千岁必须要审,这里是关系重大。"

"哦,唤她醒来。"

姜须过来呼唤多时,樊梨花慢慢睁开眼睛,一瞅,没出这个屋,还在行宫。她一瞅跟前儿是姜须,樊梨花没等张口,姜须就说:"我说咱就实说吧,你要告我的薛哥薛丁山,你要告什么,我恐怕知道得差不多。你现在哭成泪人,也说不出话来了,你愿不愿意我代替你诉一下?"

"要这么的,那就……你替我讲吧。"

"好,千岁可以吗?"

"好,你说,小王听。"

姜须说:"尊千岁,二路帅和她是夫妇,几年来,此女战功赫赫,几次化险为夷,可是二路帅打骂不算,还杀过洞房。这女将要论文,不动如山岳,难测如阴阳,豪明如四海,悬明如三光,知三略晓六韬,孙子兵法她全懂;这女将要论武,横冲四面,力挡八方,斩将夺旗,盖世无双,马上步下,刀枪剑戟有特长。"

"啊?"千岁李治脑袋里有这个人,樊梨花呀!在路上没有细问,因为没见过这个人,概括地知道点。今天一听说二路元帅的夫人,状告二路元帅,千岁李治这气就小了,就不像刚才那么动怒了。"噢,原来如此,姜须,要照你这么说,她这功劳还不小呢。"

"不小?少主千岁啊,我就把话都说到家了。老伯父到了突厥,界牌关不费吹灰,寒江关六个多月,怕谁?就怕此女。樊梨花就有这么大的本领。薛哥下山出马,当天取寒关是因为他奉令和樊梨花成婚,樊梨花把寒关献了;青龙被困仨多月,黄子陵是嫂子亲手杀的,我们才得了青龙关;黑风关窦仙童报号杀四门,也是嫂子去助一臂之力;玉霞关圣驾遇劫,哥哥救驾不但没救了,把哥哥弄到山野,差一点死到珠顶大仙手,也是嫂子来打走了珠顶大仙,抢了玉霞关,哥哥死里复生,而且救了圣驾;锁阳城老伯父中了毒镖,刮骨疗毒,奄奄一息,国手官束手无策,嫂子两丸药,外敷内服起死回生。在这种情况下,万岁下旨锁阳城歇兵一个月,就周济他们夫妻两个和美,否则的话,万岁当时讲了,就连我薛老伯父都有罪。这个事啊,薛伯父差我办的,收拾后房,大家给成全。没承想在洞房里究竟怎么把嫂子赶跑的,这话就不好说了。天亮了听薛哥讲啊,嫂子生气了又走了。圣上动怒,就把薛哥薛丁山打入监牢。这样一来,圣上气得回朝,我们保驾出来,老伯父拿眼泪送出多远啊。现在老伯父为国捐躯了,恐怕大唐营都危险了。素往也是这样,哪关都得樊梨花到,樊梨花一到的话,三军都认为高枕无忧,睡觉都消停。樊梨花一走不是被困就是遭难,伤兵折将,一言难尽。在路上我正想跟千岁您讲,我们是不是以您老为首,去把樊梨花找来,没承想今天我们在这见着了。樊梨花状告薛丁山这件事,请千岁要酌情三思,可不能不管啊。"

千岁点了点头问樊梨花:"他替你诉冤说得对不?"

樊梨花跪爬半步:"千岁,姜先锋所说完全不错,我也就是这一番话,我说不出来了。"

"哦,他说的全对?"

"全对。"

李治一回头看看徐懋功:"英国公,姜须说的这话都是真吗?"

徐懋功启奏千岁:"完全不错啊!樊梨花功高日月,功劳簿上不知道得怎么注了。可是这几年一而再再而三被贬,受难,出家,死活,一言难尽。如果老主早就把樊梨花和薛丁山和美弄好了,我们现在就能够回朝了。"

千岁李治听到这儿：这样一个人，真得说是擎天白玉柱，架海紫金梁，怎么不用呢？薛丁山随便就给赶走行吗？有她就能打胜，没她就要遭难，为什么不留她？就这么点权力也没有？我父亲……哦明白了……我父难为情，玉霞关薛丁山去救驾，恐怕念他有功，又是王爷之子，将帅的苗裔，却不开情面也就迁就了，可您这一迁就误事了。您老回朝，把事情都推给薛礼，现在薛礼阵亡，你用什么人代替？薛丁山打入牢房，就不打入牢房，这么一听，不但说和樊梨花天地之差，他也不如老帅呀。有薛丁山也未必就能旗开得胜，马到成功，何日奏凯？想到这儿，要想早日鞭敲金镫响，齐唱凯歌还，得留住樊梨花。李治沉了半天："好，樊梨花。"

"千岁千千岁，望乞千岁给小民做主。"

"你不要难过，你的功劳不能泯灭，久后凯旋一定要高高地加封，我跟皇父去讲。现在我们大营之中要用你，你还能出力吗？"

"千岁，要有用我之处，千岁请讲，我赴汤蹈火在所不辞！"

"好，从现在起，头路帅薛礼阵亡，二路帅薛丁山已经蹲监坐狱，兵中不可一时无主，小王加封你三路都招讨实印大元帅。"

千岁心想，加封三路实印大元帅，没有回音不谢恩，嫌官小？不能啊，樊梨花不是这样人。哦，可能人家功劳太大，封她三路元帅，回朝就不是元帅了，千岁瞅瞅樊梨花："小王还加封你威宁侯位。"

樊梨花还不哼声，为什么呢？樊梨花没有这个要求啊，只想千岁能够周济夫妻团聚就得了，还给兵权？出乎意料呀，樊梨花如同木雕就傻在那儿了。姜须乐得合不上嘴："我说嫂子，你怎么了，你上火耳朵聋？千岁加封你三路都招讨实印大元帅，外加威宁侯，怎么还不谢恩？"

"啊！"樊梨花这才清醒过来，"谢千岁千千岁。"

"三路元帅平身，搭座过来。"樊梨花谢座。

"三路元帅，小王拂晓起身到白虎关，你在这操演三军不要动，我让薛丁山前来请你，爱去就去，不去就罢。你只要不去我还叫他再来，你在这候等吧，我一定能够做得到。"

"谢千岁千千岁。"

就这样幼主千岁拂晓离开寒江，一到白虎关，见着薛丁山是怒气冲天，这才引出来三请寒江关。

第九十七回　二番下圣旨

樊梨花状告薛丁山，少主李治这火可大了。由打寒江关动身到白虎关，一道上李治就在想怎么能够制服薛丁山，绝不能像皇父那样迁就，让薛丁山得知道有王有法，有理有非。千军容易得，一将最难求，樊梨花这样的人，凤毛麟角，不可多得。大唐的江山社稷可能都在此人身上，你为什么不用？千岁这一路上这个气呀！等他来到白虎关的时候，远探近探流星探马一报说，离唐营还剩二十里地，千岁李治传口谕，让二路元帅薛丁山前来迎接。

"是。"

"慢，叫他接出四十里。"

"啊？"去传口旨的人也听出来，这就叫哈人，不讲理呀。这个人心想：眼瞅着离大营二十里，等我到营里头给他送信他再准备，就连十里也没有了，让接四十里，这不简直就是无理的要求吗？可是敢哼吗？赶紧抓马绒镫就够奔唐营。

李治怒气冲冲等着，反正心里琢磨你不敢不接。四十里？二十里你也接不了啦，没有了，十里也没了！五里——李治一直进了唐营，也没看见二路元帅薛丁山的影子。到了帅帐了，都下了逍遥了，有人拉马过去，李治心里可在琢磨，哎呀，这个人是真拧啊！这才明白薛丁山这个人不好制。千岁怒气冲冲上了大帐，左有徐懋功，右有程咬金，两旁的文武陪伴，李治把眼珠儿一转，琢磨不拿出点厉害也不行。

少主上帐吩咐："请二路帅。"

丁山在灵棚里，听少主请他，就知道，千岁生气了。他只好硬着头皮出灵棚进前帐，见少主连忙跪倒："薛丁山参见千岁。"

少主一看,薛丁山头戴麻冠身穿孝服就来了,说:"你是目中无我啊,推出去问斩!"

众人将薛丁山拉了出去。姜须一看忙跪倒:"尊千岁,薛哥杀不得!别看那位将他告了,那位是凤凰,这位就是梧桐树。梧桐要在凤凰能落,千万别鸡飞蛋打。那位告他,不是愿他真死,千岁三思。"

少主说:"我杀杀他的威风!要逼他请元帅,怕他不应。你看怎办?"

姜须说:"哥哥最孝,要这么这么这么办……"姜须说逼他,怕他真不干,他拧!可有一件,哥哥他孝,要把他全家都给绑来,他可就傻眼了。千岁点头,就依姜须的高见。赛霸王姜须由打大帐出去,直接地就往后跑。哎呀!老远看见灵棚,姜须那眼泪唰就下来了,这一瞬间,就想起伯父生前对自己的慈爱关怀,在伯父面前随便耍娇,想说啥就说啥,想怎么就怎么,伯父就连句恶言恶语都没有,"伯父啊,您老人家死得好苦啊!您老的冤仇一定要报,要想方设法杀杨凡。"

老夫人在旁说:"对,想法找能人,报仇雪恨。"

姜须说:"就得嫂子挂帅,哥哥不去请,千岁打算绑全家,逼兄请大贤。"

老夫人点头同意,这才将三口绑到。母女婆媳哭声不止,丁山瞧看刽子手,也没辙了。姜须哭着问:"哥哥,时辰要到,有何话嘱咐?"

丁山说:"我死无所谓,快想办法,保我娘!她们娘儿仨回故乡,我死也安心了。"

"哥哥呀,你不去请梨花,啥法儿也没有了!"

"我要去能咋样?"

"那找千岁可以谈谈。"

丁山说:"只要能放老娘,我就去寒关。"

姜须跑进大帐,不一会儿,把全家带到帐前。千岁说:"把全家押到罪犯营,请来元帅再放。元帅不来,我再斩。"

薛丁山跪爬半步说:"千岁千千岁,我娘身体太弱了,父王不幸过世,我母现在昼夜忧思,看她老人家瘦到什么样?您要把她押到罪犯营,倘若要是臣回来,我娘都许不在了。望乞千岁高抬贵手,虽然说臣有罪,还请对我老娘关照一二。"

"你想怎么办?"

"不能把老娘押到罪犯营,让老娘在营里候等,我定把元帅请来也就是了。"

"嗯……"千岁没等答应,姜须也过来说情,徐懋功也插嘴,程咬金也说:"是啊,不看活的看死的,别让薛夫人在罪犯营里待着,再一加上忧思愁郁,这不简直就要命了?"

千岁瞅瞅薛丁山说:"小王答应你这件事情。"吩咐把他们全家三口送到灵棚,让她们陪灵去吧。

柳氏迎春老王妃带着儿媳窦仙童、女儿薛金莲谢千岁,她们姑嫂扶着老太太奔灵棚,老太太明白这是摆的阵势,演一场戏。老太太要走,瞅瞅丁山:"儿啊,早去早归,恐怕你要一步归迟,我们这三口嘛……"

李治点头:"对,你要早归便罢,要是归期一到不见你来,我这里是定斩不饶。"

薛丁山匍匐在地:"臣遵旨。"

"慢着,请是请,去是去,现在你的大罪非小,死有余辜。虽然说死罪饶过,活罪难饶,搁现在起你的二路帅印马上交回。薛丁山,你现在是贬职为民了。"

"小民遵旨。"

"慢着,你也不是安善良民,懂吗?你罪太大啦,你今后不管到在哪里,谁叫你干什么你干什么,天下的黎民百姓,所有的人都比你大,你是民奴。"

"这……好,奴才知道了。"

"来人,给他把衣服更换。"

李治在半路上就想好了,给薛丁山当帐就把衣服一换,什么衣服?就像家用的仆人一样,身穿青衣,头戴小帽,立时就变成大唐国朝全国黎民百姓的民奴。薛丁山瞅瞅这个样子,刚想说不去,自己一想:我不就糊涂了吗?不去,不忍看老娘为我挨刀。人在矮檐下,怎能不低头,但得一步地,何须不为人?薛丁山一想人到这个地步,还管什么叫好瞧不好瞧,什么自尊心啊!"好,奴才遵旨,我这就动身。"

"慢着,你已经成为民奴,你就没有资格乘马坐轿,你要徒步而往,一步一步到寒江关,把三路元帅请来,按照你的功劳我再酌情减

644

罪。如果你要请不来三路元帅樊梨花，还要杀你二罪归一，回晚了要杀你全家，下帐去吧。"

薛丁山一听可太厉害了：步步紧逼啊，真叫赶尽杀绝。我薛丁山二路元帅呀，贬职为民变为民奴，身穿青衣，头戴小帽，不准乘马，我徒步而往，这个……薛丁山这口怒气咽不下去，又有什么办法？帐退了，从打里边出来，也只好就这样凄凄凉凉，一步一步离开唐营直奔寒江关，徒步而往。薛丁山这一道上这个琢磨呀，又后悔，又羞惭，怎么想也不是好事。薛丁山走到哪儿，认识他或是不认识他的，一个理他的都没有。人在时，花在池，看来我这是一落千丈啊。外边已经天要黑了，一文钱没带，我怎么办？人是铁饭是钢，一顿不吃饿得慌。我不骑马，走，行，我得吃饭哪。天上不能掉馅饼。薛丁山坐到树底下，他左思思右想想，越想越难，心如刀绞，外面已经天黑了，初更了，也觉得风挺凉，薛丁山自己越琢磨越不是滋味：我旁的不说，我咋忘了跟千岁说了，还不拿俩钱吃饭吗？我这没提，唉这个……越想越窄越难受，薛丁山这个人也没什么远见识，有勇无谋。他一想：我这份罪遭的什么呢？干脆吧！他站起身来，把身上带子解下来，在一个歪脖树就给系上了，一咬牙就挂上了，手刨脚蹬他就认了。薛丁山心里在想：怨不得说人上吊一猛劲上了，上上就后悔，勒这个滋味可忒难受！薛丁山觉得他也忍受不了了，想拿两手去给自己解，那是办不到，手上不去了。薛丁山忽悠一阵可能糊涂了，就听耳旁呼唤，他睁眼这么一瞅啊，自己在地上躺着呢。旁边一看有一个面似红火的老人，这个老人能有五十多岁，又一看旁边还有两匹马，马上还有搭子，这是个买卖人。薛丁山揉揉眼睛坐起来愣着："啊？是不是你救了我？"

"是啊，我走到这看见你在这儿上吊，人还有见死不救的吗？这话又说回来了，为什么呀？你看你挺年轻的，来日方长啊。你不像我有早无晚的，你这是正好的时候，你怎么要死啊？你是哪的？姓什么叫什么呢？好像哪家的仆人，你主人怎么了？"

薛丁山刚想要说我叫薛丁山，我是二路帅。一听人家说仆人，哦明白了，身穿青衣，头戴小帽，薛丁山马上就挣扎站起来："哎呀老人家别提了，我家主人不幸中途身亡，钱都给他治病了，发送完我囊空手乏，分文没有，回不去寒关，我才想，死了吧。"

"哦，你还是义仆，对待主人这么好，哎呀巧了，咱们结伴儿吧，我也上寒关，我在寒关住，一路上你放心，你不管想吃什么，我还能供得起，我这带着钱呢。"

薛丁山说："老人家，那我可太感谢了。"

"那有什么，我一个人走着无聊，我有你这么个伴儿，咱俩互相还有个依靠，再说两匹马，一人不能乘两马，还得空着，你帮我把这马也骑着。"

薛丁山一想：我这命不算忒坏，这可真难得呀，这马上哪儿得去？就这样薛丁山就跟着这位直接够奔寒江关，他有了这个出路，薛丁山路上心里也宽敞一点，就觉得好一些。饥餐渴饮，晓行夜宿，这一天来到寒江关的西门外，老头儿瞅瞅薛丁山："小伙子，咱们该分手了，我在南门外住，我离南门还有七里多路，我就搁西门不进城了，你不是到城里吗？"

"是是，我到城里。"

"那好，我们就有缘再会吧。"薛丁山把这匹马交给人家，自己对人家是千恩万谢，又问老人家的姓名。老人家说："你不用问啦，我也用不着你报恩，这也算不了啥。我花俩钱，我还觉得挺高兴，道上还有你这么个伴儿。我也到家了，来来来，我这还有几两银子，我也用不着了，你拿去吧。"

"哎呀，我这怎么好意思呢。"

"唉，没什么没什么，拿去拿去，咱俩就后会有期吧。"老头儿乘了一匹马，拉着一匹马走了。

薛丁山托着这几两银子，看看老人的背影，心里是十分感激。揣着这个银子进了城，转弯抹角他就来到都督府，不用问，他来过呀。薛丁山今天来到这个都督府，再一看可不像过去了，可不是那个都督府了。薛丁山一看今天是辉煌壮观：三路元帅府，威严真可夸。辕门升祥瑞，五彩起光华。鼓乐楼三吹三打，影壁墙贴金字严肃王法。第一条军法无亲，第二条分明赏罚。元戎府言出法随，贪官卖法别到此衙。恶人徒难逃活命，奸淫妇女抓住就杀。往里看，左右两亭台高有丈八，沟檐滴水前出一廊后出一厦。东亭台里，侍卫官半文半武，西亭台里，四总兵明盔亮甲。往里看，二层辕门，内有半朝銮驾。左脚门里，右脚门下，站几位官：参谋官、军政官、审判官、记录官，州府县衙，穿圆领戴乌纱，粉底缎靴足下踏。右脚门里，左脚门下，站几员将：勇猛将、仁义将、虎豹将、偏裨将、万千百夫将，头顶盔身挂甲，武将披挂真可夸。三层辕门里，六杆大旗顺风飘刮，一杆一杆各有分法。飞龙旗、飞凤旗、飞虎旗、飞豹旗、引军旗、坐纛旗，飞龙旗龙鳞片片，飞凤旗两翅插花。飞虎旗张牙舞爪，飞豹旗头上长角，引军旗军前独立，坐纛旗全军只敢军将看它。旗脚下是炮架：牛角炮、西瓜炮、九节连环炮，炮门上蒙块朱纱。左边看有刀架：青铜刀、偃月刀、板门刀、三停刀、三环刀、三尖两刃刀，大刀小刀半大刀，刀架上插。右边看有枪架：楂白枪、亮银枪、梨花枪、点钢枪、五钩枪、丈八蛇矛枪，大枪小枪半大枪，插满枪架。真是刀枪剑戟、斧钺钩叉、镗链槊棒、鞭锏锤抓，长短兵刃齐放光霞。外中军单管传报，内中军点鼓升衙。好个元帅府，威风第一家，十人看完九人怕。

薛丁山越看越害怕，越觉着严肃。心里就在琢磨：樊梨花你也真能整，做梦我也没能想到我薛丁山一落千丈，你樊梨花步步登天，咱俩差得也太悬殊，真是今非昔比，天壤之别呀。樊梨花你现在对我薛丁山是恨呢？是想呢？是近呢，是远呢？我薛丁山被事所迫呀！如果要不牵扯全家，就是我薛丁山一个人，杀剐存留，我也不来。就是来，我今天一看樊梨花你荣耀到这个程度，我也不攀，我绝不能借你的光儿，我薛丁山自己就认了。可是我现在不行，我认了，我怎么交代？我的生身母亲真要是万一挨一刀，再像我父亲那样没得善终，我薛丁山骂名千载，我真是死到来生我也不能甘心。薛丁山想到这儿我怎么办？这院里有人怎么都不瞅我？一个也不看我？他正愣，有人过来问："我说你干什么的？你找谁？"

"我……我找你们元帅。"

"啊？找元帅？你这个穿戴还找元帅，你干什么的？"

"我是薛丁山。"

"哎呀这小子真能整，信口开河冒认官亲，我说听到没有？他冒充咱们姑老爷，打！"

呼啦七八个人围住薛丁山就要开打。

第九十八回　再请樊梨花

上一回说薛丁山一报名，这些人一听，怎么着？你报我们姑老爷的名，你真是好大的胆子，"打！"真就有俩伸手的，薛丁山挨了两下子，一想：君子不吃眼前亏，人家不承认我是薛丁山，就是打了也白打。薛丁山就往外跑。他抱头鼠窜跑出帅府，连跑过几道街啊，好像还听着后头追呢。薛丁山回头看看，没人追来，自己就想：真得说倒霉啊！一看太阳要落了，天不早了，怎么办？我要见樊梨花，看来还不太容易。不管怎么样，人怕见面，树怕扒皮，我见了面说说能解围，可是我见不着我怎么请她呀？薛丁山思思量量地往前走，他是从西往东走，从这条大街走着走着，由南北街他往北转向了，意思是天不早了，找个店房住下，兜有几两银子，我还吃点嘛，明天再说。

他往北走不远，在路东一看有个店房，写着温家老店。薛丁山来到店门，这个店是坐东朝西，他一进门往前走，南北筒子屋，拿眼往南一看，那都是单间双间；往北一看，两旁都是平铺，一般人住的。薛丁山直接就往右转，他往南来。他刚往南一转呢，对面那就是后门，搁后院来一人，系着白围裙，一看是店中的伙计，"哎，你站住。"

薛丁山那还当好意呢："我住店啊。"

"住店？你上那屋干什么？"

"我住店！"薛丁山就有点不乐意了，我住店哪屋不行？

"你住店？咱俩差不离，那屋你住得起吗？这屋来吧，店钱还省，你到那屋，你周身上下不值半刀火纸钱，够一宿店钱吗？嘿嘿，来来来进屋。"

薛丁山也真没处撒气去了，气得火星乱爆，啪！就给一嘴巴。

"哎呀，你怎么打人？"

"打人？你怎么看我住不起？包子有肉不在褶上，懂吗？我是清官骑瘦马……"

"哎呀你真能整啊，话茬儿还挺硬，你无故打人，不行，咱俩没完。"

"站住。"店中伙计一回头，搁这个南屋里头出了一个黑大个儿。这个人看样子仪表非俗，来到跟前儿说："慢着，店家，你这就不太对，人家有钱住店，你还能看衣帽？你说住不起，人家能住得起，你还不让人家过来，那还怨打吗？朋友，你请来吧。"

薛丁山瞅瞅伙计："岂有此理。"薛丁山一想：那三路帅府可怕，把我打得抱头鼠窜，怎么到小店还不让住啊？薛丁山当时跟这个人进了南屋，这个人在一个单间里把门打开，把薛丁山让进坐下。薛丁山一抱拳："请问贵姓？"

"好说，我姓穆，叫穆成。我听你们俩争吵，我就观察你，朋友，你贵姓？"

"我姓薛。"

"哦，你怎么称呼？"

"我叫薛丁山。"

穆成一听："薛？您是……"

"实说了吧，我就是大唐二路元帅。"

"哎哟！失敬失敬。"

"不，你不要客气，我现在罢官了。"

"这……"

"丢官革职，贬家为民，你没看我这身穿戴吗？我现在是一样的黎民百姓，咱们都一样。"

穆成一听别逗了，一样？也许不是真的，是冒充薛丁山，也许是真的，人家化装到这来访什么来了。穆成一想：我也真是待着没事搬砖砸脚，你看我惹这个娄子干吗？多一事不如少一事。穆成马上抱拳说："薛元帅，您怎么来到这儿？难道有什么要事？"

"实不相瞒，我是真的罢官了，你不要多想，我没有什么其他。"

"那么实在这样我也不敢多问。令尊是平辽王头路都招讨,你们父子怎么能……"

"唉,我父不幸在白虎关阵亡了。"

"啊?这我倒听说。"

"不过老人家死得惨啊,我被罢官,我奉千岁的旨意来请三路帅,三路帅和我的关系想来你也知道。"

"知道知道。"

"可惜啊,人在时,花在池,我到帅府,把我打出来了,我见不着。"

这个人听到这儿,又仔细看看薛丁山,说这话他眼泪汪汪的,看样子还是真的,"好,二路元帅,要依小可看,那么帅府不能见,他们不给禀,反倒无礼冒犯,那您就不能再闯帅府了,再去也恐怕吃亏。"

"是啊,我现在也为难,先找个店房住下,我明天再想办法。"

"有办法。"

"什么办法?"

"三路帅由打千岁走后,她是每天不闲,早晨起来,拂晓就奔校军场操演三军。每天她清晨必要路过大街,你到帅府见不着,要在大街冷不丁地闯过去一喊,准能跟她见着。如果要能见着,我认为事情也就好办了。"

薛丁山一抱拳:"多谢这位仁兄,你这几句话不要紧,我开了窍了。刚才我真有点蒙头,我还给伙计一掌,这简直我对不起人家。"

这个穆成听到这儿,马上就把伙计叫来给介绍,伙计一听吓坏了:"哎哟我该死,我该死!"还问薛丁山,"打够没?没打够再打。"

薛丁山脸通红说:"对不起。"伸手掏出一块银子,"这个,这是我临走小费,给这么点钱,你……"

"不不不不……"

"无论如何你得收,不然叫我太不好意思。"

穆成在旁边也就让伙计收下吧,薛元帅有这意思。伙计也还挺乐,"哎呀,收块银子。"同时穆成准备的饭,跟薛丁山连吃带喝。天头儿晚了,穆成让薛丁山赶紧安歇:"天头亮我叫您,咱们吃完饭我送您。到那儿呢，那就在您了。"

薛丁山挺感谢这个姓穆的，在这儿两个人饭毕就歇觉了。第二天早晨，早早地把饭预备好了，穆成请客，饭毕喝了点水，穆成就引着薛丁山打店房里头出来了，转弯抹角就来到大街。这阵儿大街两旁这个人就不用说了，也是都愿意看看寒江关的兵马，樊元帅操练得怎么好。大伙在这儿注目，这个时候就听那边喊："来了，来了。"街上的人烟稠密，薛丁山在人丛之中往当中观看，穆成这阵儿说："我就要走啦，您自己看，后边一会儿就到。"

薛丁山千恩万谢，他站到人群里头，不瞅便罢，仔细一看，哎呀，好厉害。薛丁山就给看个目瞪口呆，不寒而栗。

见兵将：一层层、一趟趟、一溜溜、一行行，高的、矮的、瘦的、胖的、男的、女的、老的、少的、黑的、白的、丑的、俊的、硬的、冲的、愣的、横的、不要命的。

再看紧跟着那些：云箭手、弯弓手、硬弩手、藤牌手、捆绑手、刽子手、长枪短刀手、铁索神钩棍棒手，一个个拧眉瞪眼，腆胸叠肚，威风凛凛，杀气腾腾，刀枪闪闪，剑戟森严。

再看半空中旗幡招展，号带飘扬，被风吹，行舒就卷，遮天盖日，真像五色花蝴蝶，英雄眼花缭乱。

只见那：一天旗、二地旗、三才旗、四象旗、五行旗、六甲旗、七星旗、八卦旗、九宫旗、十面埋伏旗、三十六天罡旗、七十二地煞旗、一百零八杆压阵旗、左青龙旗、右白虎旗、前朱雀旗、后玄武旗、门旗、令旗、护背旗，外加引军旗，正当中突出一杆双飘带、金火焰、红缎子坐纛大旗。黄缎子掐着狼牙边，外加白龙穗儿，上绣四个白字：三军司命。正当中白月光上绣着个斗大的"樊"。前边一对火红缎子门旗，左右列旗前进，后跟着二十四对丫鬟女兵，都用黄绫子手帕罩发，前压鬓角后兜发，斜拉蝴蝶扣。众女兵都是樱桃红的上衣，葱心绿的裤子，粉绫子汗巾煞腰，每人穿一双红缎子绣花软帮鞋。各个手持柳叶单刀，都是清水脸儿不擦胭脂，长得眉清目秀，看一眼如花似玉，再想看冷若冰雪。

再看后边全是明盔亮甲，耀武扬威，文武官员：中军官、辕门官、内旗牌官、外旗牌官、军政官、记事官、执事官、记录官、阴阳官、粮饷官、国手官、说客官、判审官、赏罚官，两旁有五百随行队，身后有二百八十名护卫队。

前后左右拥着一员女将，就像众星捧月、乌鸦伴凤一样，此女坐骑千里胭脂雪，正是那三路都招讨、实印大元帅、威宁侯樊梨花。见她头戴一顶黄金凤翅帅字盔，上有三叉盔枪朝天压顶。身后八杆护背旗，上绣八个字：威震天下，仁勇严明。身穿红袍，外挂玲珑宝铠，护心镜冰盘大小，十二钩挂九吞八乍鱼褐尾，两扇梅花战征裙分为左右，肋佩一口开天宝剑。脸上看，面如三月桃花，眉似春山，目如秋水，鼻赛悬胆，唇比涂朱。论容貌胜似天仙，什么叫闭月羞花，沉鱼落雁，英姿飒爽，仪表非凡。真不愧女中魁首，巾帼英雄。怀抱兵符令箭，真有气吞山河的英雄气概。

薛丁山看得五体投地，呆若木鸡，傻了。他一想：我再不哼，大队过去了。薛丁山一扒拉人群，他噌的一步就出去了："冤啊，冤哪！"

两旁哗啦一乱，樊梨花正往前奔，这个时候大队不走，中军官回来："报！"

"报启何事？"

"启禀元帅知道，前边有人拦路喊冤。"

"啊？拦路喊冤？什么人？"

"报名叫薛文举，他状告薛丁山。"

别人不清楚，樊梨花知道薛丁山名叫薛丁山，字表文举啊。你自己告自己，你来了？千岁可那么说的，愿意去我就去，不愿意去我就不去。我就是不去，他也得再来。你薛丁山到我寒江关来过一趟，我就跟你一塌糊涂去了。在青龙关大战黄子陵，我跟你去了，把黄子陵铲除，你对我就不像在寒江关那个意思。这回你是第二次又到我寒江来了，我要再跟你一塌糊涂去了，我樊梨花委屈到哪一年啊？樊梨花把眼珠儿一转："来人呀，把他带到马后，校军场操演三军，晚上再说。"

"是。"下边人呼啦把薛丁山就给弄到后边，带到校军场。樊梨花是置之不理，跟每天一样，照常操演三军。有的三军明白，交头接耳，不明白的还是多数。外边已经操演三军完毕，天就黑下去了。樊梨花往这儿一坐,啪一拍桌子,吩咐:"来人,带喊冤者。"

不一会儿把薛丁山给带到了,薛丁山身穿青衣,头戴小帽,来到樊梨花的前面,樊梨花瞅瞅他,又恨又气呀又同情。薛丁山面红耳赤,无脸抬头,上前施礼:"元帅在上,我薛丁山这旁有礼。"

"薛丁山。"

"元帅。"

"本帅问你,你到这儿来干什么?谁让你来的?"

"元帅,千岁到在唐营,让我前来请你前去杀杨凡,给爹爹报仇。我薛丁山奉旨而来。"

"嗯,旨意何在?"

"这……没有。"

"口谕是吗?空口无凭,你素往即没信用,你说有旨意我就能听吗?赶紧回去,有旨意我可以商量,没有旨意,我是决定不去。"

"啊?樊元帅,怎么,你不去?"

"不去,没旨意,我不去。口说有旨,为什么没旨?"

丁山说:"为人做事留点余地,不要得尺进丈,鸡蛋里找骨头。你真要不去,我也不走,碰死你这儿,万事皆休。"

刚要碰,元帅命令:"捆起来,打四十军棍!"这大伙本来就恨薛丁山,叭叭叭,打得薛丁山当时就背过气去了。樊梨花这时候是真没办法了,令出山摇动,言出鬼神惊,令无二行,她下令打,能说打着打着,没人讲情就拉倒?那叫什么元帅?所以樊梨花疼的呀,一听薛丁山背气,一甩袖子走了。薛丁山也不知道昏沉了多长时间,等他苏醒过来,夜静了,凉风一嗖,两腿疼痛,打得皮开肉绽。打薛丁山的确比别人重,打得是够厉害,恨他找不着这个机会,这回是奉命打,理直气壮打。薛丁山起不来,在这儿疼得直咧嘴,心里就在想:这真是脚上的泡自己走的,我薛丁山能有今天,真是天绝我也!

薛丁山不知道哭了多半天,就听有脚步声音,薛丁山呻吟着喊:"哎呀,救人哪,救人啊!"对面来的这盏灯笼,有两个老头儿。薛丁山一看一个黑胡子老头儿,黑脸,一个白胡子老头儿,白脸。就看这黑脸的老头儿挑着灯笼到了跟前儿:"你怎么了小伙子?摔倒了起不来了?"

他把灯笼递给白胡子老头儿，他到跟前儿一瞅薛丁山，"哎哟哎哟！"

"哦，不轻呀，你是怎么了？这淌血了，你叫谁打的？"

"大哥，这个人打得还不轻呢。"

"兄弟，咱哥儿俩赶上了，也就是有缘。你有这种手法，你还带着药，你那手还拿壶水，我看要这么的，你就给他治治吧。"

"治治？这随便就治啊？这药谁都给呀？我得看好人坏人，好人就治，不好人咱不管。"

"唉，半夜小伙子这样动不了啦，慈悲之心人人都有。我说兄弟，看我面上治治吧。小伙子，你这是叫谁打的？"

薛丁山不好说叫老婆打的，"老人家，我是摔的。"

黑胡子老头儿笑呵呵说："小伙子，别跟我扯这个，分明是叫人家打得皮开肉绽，偏说是摔伤。按理说，你的伤势我不能管，岳大哥百般说情。只好给你吃点止疼药。"

丁山说："您老救了我的命，以后必报您的恩德。恩人贵姓？"

黑老头儿说："他姓岳名叫岳学好，我叫蒋良心，药名叫别缺德。"说完二老抬腿走了。

薛丁山就觉得奇怪：这俩老头儿这么跟我说话是什么意思？知道他的话里头就好像有话。薛丁山就在这个校军场里遛了两趟，真能走，一点不疼了，这药真够神。薛丁山一合计：我不能再到帅府，头一次闯帅府，看来她有话，樊梨花没话不能那么对他。校军场就冲这么打呀，我再去也是枉然。回去我也好交代，我见千岁怎么说都行。

薛丁山由打寒江城里他就出来了，走有半天的路了，薛丁山忽然看见来不少官兵，一看都是唐兵，还有车辆。哦，运粮。薛丁山老远拦住，要不差这个腿啊，他还就不麻烦这个。唐兵一看，其中还有几个认识，"哟，元帅，您怎么到这儿了？"

"不要这么讲，我现在罢了官了，我是黎民百姓。我今天奉千岁旨意到这来请三路帅樊元帅。元帅有事不去，我回去交旨，我有点走不动了，我想要借车。"

"哎呀，正上白虎关运粮，少帅，您请上车。"

"不过我身份现在没有坐车骑马的身份……请大家帮我要守口如

瓶，瞒一瞒，让千岁知道我坐车回来我还有罪。"

大伙你瞅我，我看你，一想元帅也不知道为什么事，跟我们这么说话。我们也不敢抬杠，也就得是是是。大家心里讲话，这不岂有此理吗？元帅不能坐车，就按三路元帅是夫妻也有坐车的身份，可是旁边有人嘀咕："也备不住啊，夫妻不和。"

"待着你的吧！两口子不和有什么？真是，你跟大嫂常打架，那大嫂净给你做好吃的。话又说回来了，这里头说不上什么事，就真正丢官了，也比咱强，久后人家元帅一句话，人家什么官来不了？"

"那可不嘛。"

这些人就这样把薛丁山带到白虎关，来到唐营他就下了车了，薛丁山进了唐营。他一步一步来到大帐，有人往里一传，千岁吩咐叫他进来交旨。薛丁山到里边连忙跪倒，从头至尾一字不差，一句不落是这么这么回事。人没来，我怎么被打的，回来是没有办法。千岁听到这儿，这便如何是好？在旁边姜须过来说出一番话，千岁点头："好。"这才要三请寒江关！

第九十九回　三请樊梨花

上一回说薛丁山二请寒江关，没有请来樊梨花，让樊梨花好打。他回到唐营跟少主千岁都是实话实说，薛丁山把话说完了，少主千岁也就愣到这儿了，怎么办？就在这一瞬间，少主就想：樊梨花别说没错，有错我也不能怪，还指望谁呀？大唐江山目前的危机全靠三路帅。再说薛丁山以往这几年，本来对待樊梨花就是太过火啦，那么樊梨花这回对他稍有不周，又有什么不对呢？可是也不能怪薛丁山，说是请不来回来就杀，能杀吗？杀完怎么算？怎么收拾？千岁瞅着姜须，意思叫姜须出主意。姜须会意，扑哧一乐："千岁呀，我看这样吧，我哥哥到寒江关没请来三路元帅，究竟怎么回事，这都听一面之词，我们也定不下来谁理谁非，谁对谁错。那么我打算要同薛哥再来个三请寒江关，我哥哥去过一回，这回我哥哥又去的第二回，那么我再陪他去个三回，看看还怎么样？回来咱们再定夺。"

"嗯，言之有理，就依你。薛丁山，你同姜先锋再去一趟。"

"是。"

姜须把薛丁山领出大帐，来到后边灵棚。薛丁山一进灵棚，在父亲的灵柩面前哭得两目发昏。薛金莲、窦仙童、老夫人都过来了，薛丁山又给老娘磕头，趴在娘的膝盖上，薛丁山说："我全错了，可我现在晚了，挽不回来。一切一切，我怎么到的寒关，怎么回来的，你媳妇樊梨花可不像过去了，官升脾气长。"

"唉，孩子也别这么说呀。事情也都是你自己咎由自取，姜须你看……"

"我跟千岁说好了，我马上就跟哥哥去，请老伯母放心，您就等着看媳妇吧。我伯父的仇算报定了，杨凡这回就判决了。走，哥哥。"

薛丁山同姜须到外边，看姜须把他的千里豹鞴上，薛丁山就愣了："兄弟，咱们哥儿俩走不到一块儿，你乘马到寒关等我吧。"

"为什么呢？"

"我身份不能骑马，你没看我，身穿青衣，头戴小帽。我不瞒你，我跟兄弟能说实话，我是借光运粮车回来的。"

姜须说："我的薛哥呀，你可把人糟践苦了呀。我给你鞴马去，你回去，别的衣服没有啊，你把过去当先锋官的衣服拿出来换上，我把马鞴完，咱哥儿俩就一块儿走。"

"兄弟，我这不是罪上加罪吗？"

姜须瞅瞅薛丁山扑哧乐了："薛哥啊！就听我的吧！"

薛丁山说："我就听你的。对错我也不知道，我也糊涂了。"

"你糊涂我明白，换衣服去。"

薛丁山回到了后帐，真就把他的这个衣服换了，回来姜须把马也给鞴了，哥儿俩就打唐营里乘马出来，直接够奔寒江关。

他们俩来到寒江关一到城门这，就有人恭敬："哟，姜老爷您好。"

"哎，不错。我好，你们也好吗？"

"哎哟姑老爷也来了，姑老爷您好。"

薛丁山一想：真是势利眼，远敬衣服近敬财，这回看我穿这个，也认识姑爷了。

"姑老爷，您说呀，上次还来一个到帅府冒充您，您说他那小样长得也不带劲的，他胡说八道，叫我们好打，给打跑了。"

薛丁山一想你们损透了！"啊是是是。"薛丁山装傻。

后边听着小声嘀咕，还真叫薛丁山听见了。"你说这个真姑爷？"

"真姑爷多精神，那一看就认识，我们这眼睛是干啥的，上回那纯冒牌货，那啥玩意儿啊。"

姜须也没给直罗锅啊，哥儿俩就转弯到了帅府。姜须到帅府门，一看帅府特别庄严，里边有人过来给姜须、姑爷施礼问好，看样子上下都挺尊敬的。不一会儿，沈三多出来了："哎哟，姑老爷，姜先锋，不知到来，如知到来早该远迎，沈三多老来无用，有罪有罪。"

姜须说:"别客气,别客气。"

把哥儿俩的马有人带过去,接到里边让座,吩咐献茶。姜须说:"咱们就直说,救兵如救火,这是一百个火急,一万个火急,用不着咱们先客气,嫂子在后楼吗?"

"啊,在。"

"我们到后边去,见到嫂子说完了再说。"

就看沈三多直摇脑袋,"啊?老将军怎么了?"

"别提啦,小姐病了。"

姜须问一声:"沈老将军,嫂子病得轻重?"

"别提了,说个不好的话,挺危险。"

哎呀,姜须这才拉着薛哥赶快往后跑,轻车熟路,噔噔噔他这往后边一跑,刚一上楼就听着这个丫鬟在里头哭呀:"小姐,听说是姑老爷来了,小姐!"

薛丁山和姜须进来一看,樊梨花在那儿躺着呢,形容憔悴,那脸不是颜色,合着两眼一动不动,可真是很危险。姜须就哭了:"嫂子呀,这可要了命了!"

薛丁山就两眼发呆直到这儿了,眼泪抑制不住也流下来,也觉得对樊梨花忒亏心,惭愧内疚。姜须哭着哭着就问丫鬟夏莲:"小姐得的什么病?"

"姜老爷,您哪知道,您上次来就好了,您没来姑老爷自己来的。姑老爷也不知道为什么不上帅府里来,他在大道上拦路喊冤。姑老爷这一喊冤,姑娘在众目之下没有办法,把他带到校军场。夫妻俩两句话,姑娘也是气愤,就把他推出吩咐打四十军棍。可是姑娘回来跟我讲,做梦也想不到这些人都浑蛋,一个过来讲情的也没有,没台阶下了,一直把姑爷打完,把姑娘差点疼昏了,气得姑娘回来还说,等他们要犯到我手,谁要讲人情,我非宰了他不行。姑娘说对不起姑爷,问我怎么办。我们主仆研究,最后才打发两个人夜晚送药,知道姑爷吃完姑娘的药,不疼了,上上药不说好了就差不多,掉痂就算好。姑娘一想,姑老爷非来不可,一等不来,二等不来,等到晌午一过,姑娘也没吃饭。天头刚一黑,姑娘就倒下了,第二天一句话也没有说,找先生一看,说是中风不语,直到现在还没说一句话呢。"

薛丁山这才明白，这个姑娘后悔了。那就说还是因为打他打得病了，薛丁山更难过。姜须和薛丁山问明白之后，哭了多会儿。沈三多来了劝解，让外边休息，准备好饭了，薛丁山瞅瞅夏莲说："丫鬟，你多分点神吧，代替我在这好好陪伴你家姑娘，请好先生给她用药紧急治，我们弟兄得回去。白虎关仗怎么打的，如何长短太不好了。不回去，恐怕大营随时有事。千岁还在那儿，我们把事情办完再回来。到那我们再打发好先生来，你这边受点累吧。"

"姑老爷，怎么能这么说？我都是应该的。"

姜须一想也对，在这待着陪着也不是一天两天，究竟什么样，这阵儿再指望樊梨花杀杨凡，那是办不到了。

哥儿俩到外边跟沈三多讲，也不吃饭了，走吧。这哥两个出了城，在马上你说不快也不慢，不慢也不快，哥两个也忘了吃了，忘了喝了，离开寒江关。外边天黑日坠，姜须说："薛哥，咱俩得找个地方吃点啥，就这么也不行啊，身子骨造坏了，这大营的事怎么办？"

可能就在一更多天，两人抬头一看路旁有个店。来到这个店房，一看是韩家店，哥儿俩弃镫离鞍，让伙计把马带去，往里头找了个单间，洗了洗脸，哥儿俩喝了两碗水。这个时候准备叫店家给弄饭，饭还没等拿来，就听隔壁里头有人说话："我说呀，你说真聪明假聪明？"

"那你说呢？"

"我看不咋样？有病，有病就走了？事谁办？仗谁打？这不开玩笑？就真病假病还说不上呢，真病，她病就好不了啦？这人吃五谷杂粮谁能没病？这简直哎呀一对傻子啊。"

姜须听着挺刺耳，这是旁敲侧击给我们弟兄听，对呀，嫂子真病假病？正这时候，咯棱门开了，姜须一愣，一看一个陌生人不认识，"你找谁？"

"嘿嘿，我找我儿子，哎呀碰个傻子。"一转身就走了。

姜须说："放屁！追！"哥儿俩搁里边出来追了一下，这人没有了，哥儿俩从外边回来就愣了，这是怎么回事？"店家。"

店掌柜的就过来："你们有什么吩咐？"

"隔壁住什么人？"

659

"没人呀。"

"不对,里边说话怎么能没人?还不是一个人。"

把店掌柜弄得头发根直乍:"没有啊,那里头没住人。"

"你把门打开。"

把门拉开一看,里头真是空空的。姜须瞅瞅薛丁山,薛丁山看看姜须,这哥儿俩再瞅店家,掌柜的直摸后脑勺,没人呀!把门关上,这个时候店掌柜走了,哥儿俩到屋里坐下,气得也没吃饭,这是怎么回事?哥儿俩躺这也没宽衣服,糊里糊涂地夜深了,迷糊一觉睁眼天亮了,不但亮了早就大亮了,别的客人都走了。掌柜一听有动静才过来命人送净脸水,伙计问:"你们二位想吃什么饭?"姜须说:"准备点随便饭,吃完我们就走。"饭吃完了,账算好了,付款之后出了店堂,姜须说:"薛哥,干脆回寒江。这个地方咱也打听了,离寒江不到一百里地,咱们哥儿俩回去倒瞅瞅,嫂子这个病得弄清楚,不能一塌糊涂。"

"对。"薛丁山跟姜须两个人一抖丝缰,奔寒江去了。他们两个过了晌午一到寒江,姜须就愣了!一看城上的旗怎么落了半旗?姜须一愣往里头一走,马上就问,三军为什么落旗?三军一个个眼泪汪汪:"元帅病故。"

啊?哥儿俩一听元帅病故就蒙了!这两匹马来到帅府,弃镫离鞍,再一看帅府挂着倒头纸,往院里头一看,哥儿俩是目瞪口呆。府里有人把马接过去,姜须跟薛丁山往里头紧走。薛丁山抬头看院内高搭大灵棚:东南方面挂幔帐,西北方面画丹青。画的是白猿偷仙桃,仙鹤展翅云中行。桃花柳绿两边摆,旗罗伞盖列当中。金桥银桥奈何桥,善男信女伴金童。金童手中打黄幡,玉女宝盖手中擎。对对双双双双对对,真像那活人一般同。见梨花灵柩当中放,白布灵帷两边蒙。八仙桌子灵前摆,上掌一盏照尸灯。香焚玉炉燃素蜡,案上纸花插金瓶。五供烛扦全齐备,鲜果供饭都用银碗盛。两边还有一副对儿,上联下联写得清。上联写有山有水无人管,下联写落花落叶最伤情。陪灵男女头戴麻冠身穿孝,都像白鹅一般同。香烟霭霭灵棚内,纸灰飘飘半空中。悲悲惨惨人哭泣,吹吹打打哀悼声。

简直就把哥儿俩给傻到这儿了,丫鬟等等大家在旁边陪灵哭着,弟兄也就在这里头泪如汪洋。沈三多也紧让,无论如何先休息,就是哭到什么程度也不行,也没有用,人死没有复生之理。这么劝那么说呀,姜须一看哥哥的表情,瞅他的眼泪,就很明白薛丁山内疚到极点,那就说明对不起樊梨花,这一切一切薛丁山现在怎么后悔也办不到了。只能说呢,薛丁山在这拿眼泪,就好像安慰安慰自己。姜须最后止泪含悲强劝哥哥,把哥哥就扶出来了。人家给引到一个房里,落座,拿脸水,哥儿俩也没洗。倒茶,姜须喝了一杯,叫哥哥喝点水:"咱们还得要沉着,事到其间也没有办法,人死又不能复生。终究夫妻呀,三个字:冤怨缘。你们两口子看来真得说冤家对头,见面就吵,一直打到现在。没等和美这又死了一个,这又占个'怨'字。'缘'你们两个是真不大,我姜须真是梦想不到。"

有姜须这么解劝着,薛丁山缓和一下,还真吃了一点点的饭。天头定更了,沈三多又来问用啥呀,姜须说:"老将军呀,你们尽量发丧周到一些,把嫂子好好安葬吧。我们弟兄天明还是得走啊,因为白虎关的事情已经跟你都讲了,我们不回去是不行的,军中不可一时无主,头路元帅老伯父为国捐躯了,那么三路帅现在又不幸病故了,我哥哥这个二路帅是不是元帅,革职也好,没革也好,他也得暂时出头。事情都安置一定了,这边你们把小姐安葬完了,你们大家再到前边去,我们这是用人之际。"

沈三多点头,都是哭得泪眼愁眉的。沈三多又在这劝了一番,送了壶茶。夜静沈三多走了,这院子里头也消停了,姜须说:"哥哥,睡一觉吧。昨天就没睡好,你把身子骨壮起来,一切的事还得看咱们回去怎么安排呢。"

"唉!好吧。"哥儿俩倒在床上,隔一会儿唠一句,隔一会儿唠一句,后来慢慢地姜须就不哼了。薛丁山更是没话,屋里就静下来了。

大雁一声天地空,天高气爽起金风。百草枯黄柳不绿,遍地落叶甚凋零。亮晶晶残月清光似水,静悄悄夜静万籁无声。

薛丁山轻起悄悄离房,步伐沉重来到了灵棚。听丫鬟低声悲戚说:"小姐啊,您老命苦啊!好容易盼到姑爷回心转意,谁想到您老却……临咽气,您说没见姑爷面,死到九泉都不瞑目。看来这是您老的命,注定苦命想好不能。黄连蘸蜜还是苦,竹篮打水一场空。我实在支持不住,回房倒一会儿,再来陪灵。"

薛丁山看丫鬟一走,他来到灵棚里头,在樊梨花的灵柩旁边,薛丁山沉思深想,眼花耳鸣,扶灵哭泣,不敢高声:"我对你吵吵闹闹好几载,你对我恩恩爱爱表衷情。这一回我诚诚恳恳来团聚,谁料到你孤孤单单丧残生。临终前贤妻未留一句话,这才叫千古遗恨恨千重。你为我玉碎珠沉人不在,我想你镜花水月化成空。元帅府深闺绣楼依然在,住楼的贤惠娘子影无踪。你早想恩情美满成佳偶,哪知道负义男人太无情。好像是命中造定无缘分,怨恩师不该当初牵红绳。连理枝狂风吹散分左右,比翼鸟棒打鸳鸯各西东。怨只怨最后永诀没见面,恨只恨满怀心事对谁倾。愁只愁何人能代三路帅,怕只怕无你难把杨凡赢。从今后要想夫妻重团聚,除非是鼓打三更在梦中。贤妻你奈何桥上等一等,拙夫我要跟你去酆都城。"

薛丁山只哭得月暗星稀没了气,好像是云愁雨泣助悲情。哭着哭着棺材里头搭茬儿了:"丈夫,我听说你愿意酆都团聚,阎王爷允许我来把你迎。"

怎么着?樊梨花来接我,我说进酆都,这……

"怎么?你不答复,难道你又说的是假话吗?"

"不不,我绝不能骗你,我不会骗你,你生前我对不起你,现在我句句都是肺腑之言,我愿意跟你在酆都团聚。"

"丈夫,既然这样,我出去把你引进酆都,待好便待,待不好我再送你回来。因为你我阳世没有团聚,阎王爷这是破格对你我的关怀,你既有真心,我就出去了。"

"那你就请出来。"

就听嘎巴一声,棺材顶就崩开了,薛丁山眼睛也直了,再看樊梨花出来一伸手,抓住薛丁山,"走——"薛丁山脑袋嗡的一声,不知如何是好。

第一百回　破敌斩杨凡

上一回书说薛丁山夜静哭灵，他对樊梨花表态：我对不起你，我把心里话要告诉你，我打算到阴曹和你见上一面。薛丁山这么一表态，这个棺材还就开了，樊梨花出来说阎王爷破格照顾，拉着薛丁山就奔酆都城。薛丁山现在说不算行吗？心怀忐忑，他们两个携手从打这个灵柩旁边一步一步，薛丁山就跟着樊梨花出了灵棚，觉得忽忽悠悠，昏昏沉沉，又是夜静，薛丁山好像觉得步步高，啊？上楼了？这可能是酆都的望乡台？真把薛丁山造得蒙头转向。薛丁山睁眼仔细望，这屋里装饰点缀非寻常。乌木条几长有七八尺，上摆着玉石骆驼翡翠羊。玛瑙瓶插着花一束，颜色鲜艳红绿黄。文房四宝桌上放，古琴围棋放一旁。门两旁悬挂两轴画，巧笔丹青画得强。左一轴断机教子秦雪梅，右一轴哭倒城墙徐孟姜。隔扇本是鹦哥绿，两边都用金粉装。红门帘儿配着绿腰子，上绣斑鸠和凤凰。红漆漆的门帘轴儿两头露，古铜钩子挂一双。门楣上挂一块匾，画着蜡梅和海棠。手把门帘儿往里望，飘出一股桂花香。菱花镜明晃晃，梳妆台光又光。胭脂粉扑鼻香，靠后墙铺着一张透花顶子床。蓝绫子铺底鹅黄里儿，红缎子被褥黑缎子镶。这头儿放着荷花枕，那头儿放着小枕箱。踏脚板上定睛看，放着那替新换旧鞋几双。小香几摆着《列女传》，床头放着针线筐。墙上挂着弓和箭，绣线大刀戳一旁。

薛丁山在这发愣的工夫，就听樊梨花说话："丫鬟呀。"

夏莲就过来了："在。"

樊梨花说："你去到前面把姜老爷请来，就说你家姑爷要跟我到酆都去一趟。我们临走之前请他来，我们一块儿唠唠，喝两盅，不知多咱再见了。你姑爷要到鄬都城待好了,就不打算回来了。"薛丁山一听一哆嗦。"如果要待不合适,我还把他送回来,他们弟兄就能见。万一要待好了不回来,他兄弟就永诀了,你去请姜老爷快来!"

"是。"丫鬟夏莲出去找姜须,姜须这阵儿也正找薛丁山,他睡醒一看人没有了,怎么回事?姜须就想啊,是不是在灵棚?姜须刚要奔灵棚,就听后边说话:"姜老爷,您在这儿呢,我可把您好找啊。"

姜须回头一看是丫鬟夏莲:"哦?你从哪儿来?"

"姜老爷你在这儿,让我找半天。小姐请你去喝酒,工夫大了你没到,小姐有点不耐烦。她还说,你要愿意她还带你去,我没记住要去什么关。"

姜须皱眉说:"你别逗,我知道那是鬼门关。"

姜须那是干什么的?眼珠儿一转姜须就明白了,我嫂子没死啊!这是诈死哭丧计,要看薛丁山是否回心转意。嫂子,这招高!对,就应该这么办。一瞧两个人的神态表情,那姜须揣事如见,料事如神,就知道他们已经八九不离十,可能是好了。姜须心里那个高兴:哥哥要真跟嫂子好了,杨凡还算个什么?给我老伯父报仇,那是极容易。姜须心里那高兴劲就甭提了:"嫂子,看来真是谁跟谁远,谁跟谁近,以近知远,以一知万呀。你们怎么通的气?我还在坛子里睡觉呢。"

"贤弟不要开玩笑了,嫂子我现在跟你说实话吧,我也真有点放心不下,你薛哥究竟是怎么个脾气?他怎么深夜哭灵,我怎么跟他上楼,最后找你。兄弟,你看嫂子做得过吗?"

"不,做得不软不硬,不前不后,不左不右,说正合适。"

"丫鬟呀,你去准备酒菜。"

"是。"

这个时候丫鬟去准备酒菜,樊梨花、薛丁山、姜须三个人在这儿候等,酒菜摆齐,三个人吃到天明。樊梨花问道:"将军,你还记得我们斗了飞空和尚后,我怎么离开唐营?"

"那完全是我薛丁山一人之错,现在我明白了,恐怕薛应龙未必能谅解我吧?"

樊梨花打了个咳声:"薛应龙这个孩子,当初在高山,我收他为义子,就是一句话说出去洒水难收。他的贪图我也看出来了,他总觉得占山不是长久之计,他愿意弃暗投明,改邪归正,到唐营沾咱们点光,得个一官半职。因为你多思他走了,我让他回到黄家庄不许动。既不许到唐营,也不许到寒关,直到现在孩子还很听话。我打算咱们奔白虎关去抓杨凡之前,叫咱们义子薛应龙也到那儿,你看合适不?"

薛丁山点头说:"太合适了,我明白,应该这么办。"

姜须说:"对了,哥哥,你这算是明白了。我说嫂子,我去找他怎么样?"

"是呀,我正这么想的。我和你哥哥到白虎关等你,等到孩子到了,我们一块儿出马,两军阵去抓杨凡,给公父滴血祭灵。"

姜须说:"好了好了,薛哥啊,你跟嫂子一块儿走,有话你们近着唠,哪一句话有滋味,你留着等兄弟回来再告诉我。"

"死小子,你去吧。"

这阵儿姜须听了嫂子的话,看他们夫妻一和,知道太好了。他到了外边乘跨战马离开寒江,够奔黄家庄,去找薛应龙。姜须明知道薛应龙不到唐营,樊梨花脸上不好瞧,当初弄得一塌糊涂,那么一定这回要叫大伙看看,这完全都是误会。

夫妻俩点了五百马骑,樊梨花告诉沈三多,在寒江你候等吧,我到那里把事情安置完善,一定来信儿叫你。沈三多点头,送出夫妻。

樊梨花带着五百骑,齐催征驼,乱抖丝缰,直奔白虎关。一路上樊梨花心里头也觉得,人的一生三还九转,看来真是波浪曲折,苦辣酸甜。我能盼到今天薛丁山回心转意,还能夫唱妇随,樊梨花是满意。另一方面,樊梨花又心如刀绞,如似把抓,想公父他老人家死得太早,撇下我那婆母,她老人家得怎样的悲伤?夫妻两个在道上有事则长,无事则短,眼瞅着这一天就来到白虎关的唐营不远,老远就有人来回报告:"报!启元帅知道,少主千岁是亲身接出唐营二十里。"

薛丁山在旁瞅瞅樊梨花,心想人比人得死,货比货得扔,樊梨花人家能感动千岁接出二十里地。樊梨花说:"我何德何能?敢劳千岁大驾,这还了得?快往前奔。"

薛丁山急得凑到樊梨花跟前儿问:"贤妻,千岁驾到,我没穿青衣小帽儿,不见驾,又怕怪罪。"

梨花微笑答:"将军用不着怕,有我呢!"

见到少主，梨花说："丁山的衣服是我让换的，千岁莫怪罪。"

少主闻听说："只要你们夫妻和美，家务事本王不干涉。"

哎哟！薛丁山在旁边一听，心里头真得说高兴极了：闹了半天，这阵势都为我摆的，看样子我跟樊梨花一好，一切的事都迎刃而解。薛丁山这才敢上前参驾，少主单手把薛丁山扶起来乐了："起来，起来，小王对你有点过分，你也会明白，今后你们夫妻能够夫唱妇随，不但说小王高兴，全营三军众将没一个不愉快的。大唐国运将兴，有樊梨花这样顶天白玉柱，架海紫金梁，我们眼看就要全胜了。"

樊梨花在旁边说："千岁，我力量也恐怕未必能行啊。"

"三路元帅不要过谦啦，赶紧进营。"

他们由打外边进了唐营，樊梨花直接弃镫离鞍就够奔后灵棚。柳迎春老夫人、薛金莲、窦仙童都在灵棚，听说樊梨花来了都出来了。樊梨花来到里边，瞅着公父的灵柩，那心就像揪出来一样，两手颤抖来到跟前儿，樊梨花扑在地上："公父，您老人家死得太早了！"

樊梨花哭得死去活来，千岁这阵儿陪着，老夫人在旁边劝着，薛金莲扶着，窦仙童搀着，薛丁山也跪到旁边哭得说不出话。这阵儿众将就是铁石心肝，都让樊梨花给哭得呀，没法说怎么难受。

樊梨花一连就在这里守灵三天，三个昼夜没离开。第三天头上，薛丁山从灵棚里出来往前边奔，打算要问问军前有什么事，猛眼一看就看见蓝旗官："蓝旗官，你干什么去？"

"今天这个杨凡不像往常，兵将带得多不想回去，看样子在营门外大骂，主要就……"

"你怎么不说了？"

"就指着您老的名字骂您，要跟您决一死战。他说得可不好听了，说您又是贪生怕死，如何如何。"

"我早就知道他来了，用不着报，赶紧回去。"

"是。"

"来人啊，抬枪鞴马。"

薛丁山现在也有点扬巴了，一看樊梨花说话真算，千岁真不敢碰他。薛丁山想：我虽然丢官罢职，我说你们也得听。这就给他抬枪带马，告诉排兵就排兵，告诉点将就点将。他带五百人由打大唐营的西营门就出去了,没让樊梨花知道。抬头往正西一看,正是白虎关的东门,一看后边兵层层,将层层,枪刀如麦穗。再往对面一看,正是丑鬼杨凡。杨凡的托天叉在掌中这么一抡,高声喝喊:"薛丁山小冤家,今天有你无我,有我无你,咱俩是势不两立。"

薛丁山双眉倒皱,心里就这么想:这回我不怕你了,我能放开手豁出一切。那为什么呢?营里头过去樊梨花没来,我要有个好歹,大营兴许叫他们冷冲开,兵中无主,旗倒营散。现在营里有樊梨花,我怕什么?所以薛丁山大骂杨凡:"我父死在你手,咱俩不共戴天,咱俩有杀父之仇。"

杨凡也一瞪眼:"薛丁山你霸占我的老婆,你对我有夺妻之恨,来来来,休走。"三股托天叉照着薛丁山泰山压顶,是搂头就打。薛丁山用枪往外一架,就觉着两膀吃力,杨凡小子真是力大叉重。薛丁山心想:有我三寸气在,今天我就不能回营。他这个枪奔着杨凡——枪这个东西在十八般兵刃以内,它是贼呀,那见空隙就走。杨凡一抖叉,这两个人叮叮当当,来往复回,干有好几十合。

突然在薛丁山的后队营门,呛啷呛啷鸣金。薛丁山一想这是元帅出来了,现在不敢抗元帅的令,那是十七条五十四斩第一条:闻鼓不进,闻金不退,旗举不起,旗按不伏,此为悖军,犯者斩首。他一拨马大喊一声:"杨凡,等着我去去就来。"

"啊?"杨凡一想:我可把你要出来了,这么长时间你跟我只打一仗就不再露面。我踏破铁鞋无处觅,我再把你放回去,什么日子再来呀?有你在樊梨花还能想我吗?只要你死了,樊梨花才能够跟我重圆啊。杨凡想到这儿,就跑到薛丁山的头前儿给拦住了:"你往哪里走?"薛丁山拿枪一挑他,他又用叉一拨,两马头尾相齐,镫鞴相磨,杨凡在那就火了,干脆我还玩邪的吧!两马一错身,杨凡把脑袋一抡像拨浪鼓似的,唰——头发全开了。这一抡薛丁山知道不好,这就晚了,眼睛就睁不开了。杨凡从打马身上就想要飞身过来,伸手抓薛丁山,就听大喊一声:"住手!"

杨凡一回身,看来了一匹白马,马上坐着一员小将,面如美玉,剑眉虎目,齿白唇红,两耳垂肩,掌中银枪,胯下白马,和一团白云一样,长得干净利索。杨凡愣了:"什么人?"

667

"休走,看枪。"

嗡——枪奔杨凡,杨凡一架。薛丁山这阵儿睁不开眼,勒马就回去了。薛丁山马到人群,这阵儿樊梨花也上来了。樊梨花不知道用什么药,马往前一贴,把薛丁山眼睛一蹭,薛丁山眼泪马上就止住了,眼睛就睁开了。

"多谢元帅,刚才元帅鸣金让我归来,不是我不听元帅将令,他是截住不叫我回来,我才二战杨凡。"

"这个本帅不怪你,我看清楚了。"

"那是什么人?要不叫他,恐怕我回不来了。"

"你不认识他吗?"

姜须在一旁说:"薛哥啊,我们回来了。"

"啊?薛应龙,应龙儿?"

"就是他,他一听你在这打仗,他当时就出来了,你没看我们都跟出来了,刚才嫂子给他眼睛抹了点药,他现在把嫂子的那口开天宝剑都带上了,去救你。"

"哎呀!不行,恐怕他抵不了。"

薛丁山这阵儿带马又要往上奔,樊梨花一看薛丁山关心薛应龙,心里高兴。姜须一喊:"薛哥你加小心,你加小心。"

"我知道啦。"薛丁山奔两军阵,这阵儿杨凡已经弄明白了,知道薛应龙是樊梨花的干儿子。杨凡一想:好啊,你没嫁我,还有个儿子。我先杀你儿子,后杀你汉子,你还不得归我吗?他跟薛应龙就玩命了。一看薛应龙不好整啊,他先下手为强,他把脑袋一晃,唰——他以为薛应龙的眼睛就睁不开了,哪知道薛应龙的眼睛抹着药呢。他飞身过来一伸手,薛应龙拿着樊梨花给他的这口开天宝剑,噗一声杨凡的手就掉了,杨凡疼得跳到了马上,往回就跑。薛应龙一撒手,噗——这一剑刺到杨凡的后心,他翻身落马。薛丁山高声喝喊:"应龙儿,给你爷爷报仇了,给你义父义母出气了!回来……"

薛应龙跳下马上前给义父磕头,薛丁山下马赶紧搀住说:"上回为父对不起你。"应龙说:"爹爹您老人家只要不怪,那是孩儿的莽撞。"薛应龙说着话,眼泪下来了,薛丁山看着他,眼泪也下来了。这阵儿樊梨花到了,薛丁山回头一瞅,樊梨花乐了,薛丁山也乐了。

668

应龙一看义父乐了,他也乐了。姜须扑哧一乐:"哈哈,我早知道有今天!"

这正是:

因杨凡梨花被贬,杨凡死破镜重圆。
应龙儿杀敌救父,薛丁山一目了然。
夫妻俩忠心报国战突厥,不久凯旋。
小姜须欢天喜地请寒江,到此算完。

后 记

长篇书《大西唐演义》又名《薛丁山与樊梨花》《三请樊梨花》，由东北大鼓名艺人陈仲山（1886—1967）编创，传子陈青远（1923—1988），在陈青远几十年的说书实践中不断打磨，使这部书情节紧凑，引人入胜，人物形象鲜明，各具特色。其主要情节是：唐代贞观年间，突厥犯境，唐王派薛礼挂帅征西，在寒江关受阻。时逢薛礼失散多年的爱子薛丁山归来，和守关女将樊梨花结为夫妻，使唐军连破四关。薛丁山因故多次赶走樊梨花，薛礼阵亡后，薛丁山三请樊梨花，杀死杨凡，夫妻和好，得胜还朝。

20世纪80年代，这部书经耿瑛、裴福存整理为评书本《三请樊梨花》，1987年由春风文艺出版社出版，只有四十二回，不到二十万字。此书原书共一百回，约六十万字，很多读者希望看到此书的原貌。

陈青远先生留有家用录音机录制的全书，在录音中还夹有"卖豆腐"等市井叫卖声，可以推演陈宅所住之处接近闹市区。似乎画面即在眼前：在不宽敞的房间里，夕阳入窗，一位年逾花甲的老先生，伴着书中人物时而笑时而哭，时而惊时而怒，忽而金戈铁马，忽而深情倾诉……

而其一百回录音因为年代久远，缺失十六回半。后经陈青远爱女、非物质文化遗产东北大鼓项目国家级传承人陈丽洁多方查找，终于在辽宁省黑山县剧团退休多年的赵瑞军团长处找到缺失的十四回录音，最后差的两回多书，用陈丽君、陈丽洁的录音补全。在与陈丽洁核对文本时，陈丽洁多次动情，她说："如果我的父亲天上有知，一定会备感欣慰的。"

这部书语言特色鲜明，真切自然，雅俗并举，传神传情。语言丰富，又擅引经据典。如讲店铺，能讲店幌儿的区别；讲菜肴能报出几十种菜名；讲排兵布阵，能讲十七律五十四斩、十大阵法与十大阵旗。阴阳五行，八卦九宫，天文地理，琴棋书画，三教九流，五行八作，只要提及，即可口若悬河，头头是道。"开脸""刀枪赞"也独具特色，朗朗上口，铿锵有力。难怪陈青远被人称为音韵大师。

　　文字是静止的，出版已经定型。曲艺是流动的艺术，一部评书，不同时代，不同艺人说，各有时代特色。传统书原有《大西唐》《少西唐》二书。书中关于樊梨花的故事不过十几回，更没有姜须这个人物。旧本《薛丁山征西》中的喜剧人物是程咬金，这个公公辈儿常与樊梨花"闹笑话"总是有那么一些违和。陈本中的书筋则是姜须，他是薛礼的磕头弟兄姜兴霸之子。这个"小叔子"多谋幽默，极力促成薛丁山和樊梨花的姻缘。在东北民间小戏和皮影中，姜须是丑行。这说明在东北各艺术门类是互相影响、共同发展的。

　　陈本没有让薛丁山到处收妻。战亡一个蓝凤仙，又将韩月娥改为帮助薛丁山的义女。但是也没有把古人完全现代化，仍然保留了樊梨花、窦仙童二妻。

　　薛礼被封为平辽王后，回家探亲路过汾河湾，为救一打雁少年箭射猛虎，反而误伤了儿子薛丁山。薛礼晚年大战杨凡，杨凡接住薛丁山射杀自己的雕翎，刺死了薛礼。这在传说中是一箭还一箭、父子相克。陈本没有像过去一样去渲染迷信色彩。

　　樊梨花十二岁时，被父亲樊洪许配给了丑陋的杨凡。梨花宁死不嫁，随梨山圣母学艺后，师父命她嫁给薛丁山。樊梨花不像刘金定那样敢于立牌招夫，也不像穆桂英那样当面自许终身。虽然她对抗父命，却谨遵师命，还不是真正意义上的追求婚姻自主。

　　以上均体现了说书人思想随时代的进步的过程。说书人口中的历史，不是真正的历史，但是一定有着历史的痕迹。

　　难忘和陈丽洁共同整理此书录音的两年时光，将此书全貌奉献给读者。

耿　柳
2023年12月